KB262221

이태준과 현대소설사

상허 탄생 100주년 기념

# 이태준과 현대소설사

상허학회 편

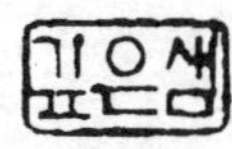

# 이태준을 둘러싼 한국 소설사의 궤적

　금년은 한국 문학사에서 '단편소설의 완성자'로 불리던 상허 이태준 탄신 100년이 되는 해이다. 상허 탄신 100년의 의미는 상허 개인의 문제가 아니라 한국 문학사에서 근대문학이 1세기를 넘어가는 안정기에 접어들었음을 의미한다.

　한국 근대문학은 한국의 정치사가 지닌 질곡을 함께 지고 왔다. 특히 상허가 활발하게 문학 활동을 하던 1930년대는 일제 식민치하에서 우리문학 지키기와 해방이라는 두 명제 사이에서 살아남아야 했던 시대였다. 광복, 그리고 6·25는 한국 문단을 이끌어가는 작가들에게는 그 이전보다 나을 것 없는 고통의 시대였다. 30년대 한국 문학을 순수하게 지켜내려 했던 상허를 포함한 작가들의 월북과 6·25는 결국 오늘날 남한과 북한 문학을 구별케 하는 계기가 되었다. 곧 이어지는 북한에서의 월북 작가들의 숙청, 반공을 국시로 한 남한에서 월북 작가들에 대한 접근 금지는 한국문학의 손실이며, 우리 문화의 왜곡상이라 하겠다. 1988년 남한에서의 정치적 해금은 위축되어 있던 월북 작가의 연구를 풀어놓았고, 연구자들은 묻혀 있던 작가들을 찾아내서 그 실체를 적극적으로 조망할 수 있게 되었다. 그 연구의 향방을 살펴보면 첫 번째 단계는 해금 작가를 찾는 작업이었고, 두 번째 단계는 작가가 처했던 당대에서 그를 이해하고 긍정적으로 평가하여 작가와 작품을 한국문학사에 편입하는 작업이었으며, 세 번째 단계는 이제부터 이루어져야 하는 것으로 지금까지의 연구를 통해 얻은 결과를 놓고 다시 연구하고 평가하는 재평가의 자리라 생각한다. 부풀려지고, 확대된 것들, 놓쳐버린 작품의 의미들을 찾는 작업이 지금 이루어지고 있는 것이다.

여기까지 오는 과정에서 '상허학회'가 그 중심에 서 있었음은 물론이다. '상허학회'는 작년(2003년) '학회 창립 10주년'을 맞이하여 기념학술대회를 열었다. 또, 금년 6월에는 '한국문학사와 이태준'이라는 제목으로 '상허 탄생 100주년 기념학술대회'를 가졌다. 『이태준과 현대소설사(이태준 문학연구Ⅱ)』는 학술대회에서 발표한 결과물들을 중심으로 이태준 연구에 대한 새로운 전환점에서 꼭 짚고 넘어가야 할 연구물들을 함께 수록하였다. 이 책을 기획한 의도와 내용은 다음과 같다.

첫째, 첫 기획물『이태준 문학연구』(1993)를 계승·심화하고자 하였다. 제1부는 주제론에 속한다. 그 동안 이태준에 대한 작가론 연구는 학자들에 의해 어느 정도 연구 역량이 쌓아졌다. 이제 이태준 연구에 있어서 공시적·통시적 비교 연구도 가능해져 그것의 가능성을 타진하였으며, 그동안 소홀히 다룬 이태준의 언어의식도 살펴보았다. 강진호, 박진숙의 글이 여기에 해당된다. 또한 채호석과 정종현의 글은 식민지 규율과 탈식민화의 관계 속에서 이루어진 식민지적 주체에 대한 논의이다. 송인화와 장영우는 자본주의적 근대와의 충돌 속에서 예술과 미의식의 의미를 추적하였다. 그밖에 고아의식에서 출발하여 인정받고자 하는 '욕망'의 심리적 기저를 추적하면서 이태준 소설을 재해석한 김진기, 이호숙의 글도 있다. 한국문학사의 흐름 속에서 이태준을 바라보고 근대 주체, 예술과 미의식, 욕망으로 작가의 의식을 이해하는 데 많은 도움을 줄 것으로 기대한다.

둘째, 제2부는 이태준 소설을 다각도에서 조명한 작품론에 해당한다. 우선 허병식, 김한식, 차혜영은 장편소설을 중심으로 교양, 서사, 소설론을 다루었다. 이 글들은 장편소설 연구자들에게 새로운 방향을 제시하게 될 것이다. 김명렬, 박노현, 이혜령, 김재용은 그동안 소홀히했거나 취급하지 않았던 연구로, 단편「까마귀」비교 연구, 극작술,『문장강화』를 둘러싼 해방 전/후의 역사적 콘텍스트, 전쟁기에 있었던 이태준의 작가적 행적을 살펴보았다. 이태준의 행로와 함께 소설을 조명함으로써 작가의식의 새로운 면모를 살필 수 있는 글들이다.

셋째, 이 책의 부록에는 이태준의 작품 연보와 연구 목록이 새롭게 정리되어 있다. 10년 전과는 다르게 이태준에 대한 연구가 괄목할 정도로 증대되었음을 확인하게 될 것이다. 부록은 이태준 문학 연구자들에게 실질적인 도움이 되길 바라면서 실었다.

이태준의 삶과 문학은 제국주의 혹은 이데올로기와 직접적으로 연관되어 있어 복잡한 문제의식을 내포하고 있다. 이 책은 이러한 문제의식을 첨예하게 드러내고 그것을 해결하고자 하는 바람을 담고 있다.

'상허문학회'에서 기획한 첫 번째 연구 성과인『이태준 문학연구』를 간행하면서 회원들은 약속했었다. 이 모임이 일회적이어서는 안 된다는 것과 이태준 연구뿐만 아니라 연구 범위를 '구인회' 작가 혹은 근대 작가 전반으로 확대할 것을 말이다. 그 동안 단행본으로『박태원 소설연

구』,『근대문학과 구인회』,『1930년대 후반문학의 근대성과 자기성찰』,
『1920년대 문학의 재인식』을 펴냈고,『상허학보』도 13집을 발간하였다.
'상허학회'가 10여 년을 달려 왔지만 다시 돌아보니 갈 길이 아직 멀기
만 하다. 월북 이후 북한에서의 삶과 작품 활동이 밝혀지지 않았고 더
나아가 생사도 확인된 바가 없으며 그와 연관된 평가들도 여전히 정리
되지 않았다. 비워져 있는 틈새 사이사이를 채워야만 온전한 작가론이
완성될 것이다. 그렇다면 이와 같은 작업은 민족 동질성 확인이라는 과
제 아래 통일문학사를 써야만 하는 민족적 과제와 함께 맞물려 있음을
알 수 있다. 다시 10년 후 만약『이태준 문학연구Ⅲ』을 낸다면, 이태준
연구가 곧 분단 극복이라는 민족적 과제와 동궤의 것임을 알 것이다. 해
야 할 일은 많고 어깨는 무겁다.

이 책을 상허 탄신일인 11월 4일에 맞춰 내는 것은 올해가 탄생 100
주년이기도 하려니와 그 동안 '상허학회'에서 매년 성북동 상허고택에
서 조촐하게 그를 기려왔기 때문이다. 비록 연구서의 형태지만 이 책에
는 이태준의 삶과 문학에 대한 관심과 열정, 그리고 그를 기리는 마음을
오롯이 담았다. 올해도 늦은 밤에 모여 그를 기리면서 이 책을 바칠 것
이고 한국문학의 미래에 대해 논할 것이다.

많은 기대와 성원을 부탁드린다.

2004년 10월 중순

상허학회 회장　김 현 숙

# 목　차

# 1부

# 현대소설사와 이태준의 위상

― 이태준 연구와 향후의 과제 ―

강 진 호*

## 1. 이태준 탄생 100년과 근대문학사

이태준은 1904년에 태어났고 1925년 「오몽녀」로 등단했으니 등단연도로 따지자면 팔순에 이르렀고, 탄생 연도로는 1백년의 시간을 맞게 되었다. 그 1백년의 시간에는 장강대하와도 같은 한국 근대문학 역사가 굽이치고 있고 그 한켠에는 월북 작가라는 오명으로 잠시 문학사의 뒤편으로 사라졌던 한 불행한 소설가의 실존이 놓여 있다. '구인회'를 주도하고 『문장(文章)』지를 주재하는 등 왕성하게 활동한 뒤 이데올로기의 격랑에 휘말려 분단의 뒤편으로 사라진 이태준의 행적에는 이 식민지 근대와 분단 문학사의 비극이 각인되어 있다.

이태준은 이기영, 임화, 김남천 등과 함께 월북의 멍에를 쓰고 있지만 누구보다도 많은 연구의 표적이 된 작가였다. 100편 이상의 학위논문과 활동 당시의 촌평을 비롯한 422편 이상의 논저들은[1] 근·현대문학을

---

* 성신여대 교수.
1) 부록의 연구 목록 참조.

연구하고 정리하는 과정에서 연구자들이 한 번쯤 이태준을 고민하지 않았을까 하는 느낌을 줄 정도여서, 지금의 시점에서 그것을 모두 찾아 읽기란 불가능한 상황이 되었다고 해도 과언이 아니다. 그럼에도 정리 과정이 고통으로 다가오지 않았던 것은 이태준을 중심으로 형성된 문학사의 망(網)이 그만큼 의미로웠기 때문이다. 연구물들을 검토하면서 필자에게 다가온 것은 우선 그 폭과 깊이의 다양함이었다. 단편에서 장편으로, 기법에서 작가 정신으로, 초기작에서 월북 후의 작품으로 다양한 영역의 논의가 이루어지고 있었고, 특히 서정성, 인물과 성격, 양식적 특성, 아이러니, 사회성, 민족의식, 고아의식, 작품의 분위기 등이 핵심어로 등장하는 것을 목격할 수 있었다. 이제 이태준의 문학적 특성은 거의 실체를 드러냈다고 해도 지나친 말이 아니다. 더구나 문학 연구가 개별 작가와 작품에 대한 이해를 바탕으로 문학사적 탐구로 이어지고 그것을 통해서 작가에 대한 이해가 완성되는 것이라면, 그간 이태준 연구의 방향은 타당하고 또 필요했던 것이라 할 수 있다. 돌이켜 지난 연구를 일별하자면 대략 세 가지로 구분될 수 있을 듯하다. 하나는 작품의 내적 특성에 대한 고찰이고, 둘은 작가의 의식과 정신사의 문제이며, 셋은 최근 연구자들이 주목하고 있는 미적 근대성의 문제이다. 이들 연구의 축적으로 이태준은 근대 단편 양식의 정립에 결정적으로 기여한 작가로, 또 현실에 대한 감각적 인식과 서정적 문체로 특유의 단편 미학을 구축한 작가로, 그리고 해방 후 남북 분단과 더불어 사회주의에 투신한 양심적 작가로 평가되어 탄생 100년에 걸맞는 문학사의 위상을 갖게 되었다.

이 글은 기왕의 논의를 긍정적으로 수용하면서 검토 과정에서 발견되는 몇 가지 문제점을 지적하여 향후 연구에 보탬이 되고자 한다. 여기서 특히 주목하고자 하는 것은 논의의 횡적·종적 확산의 문제이다. 사실, 이태준은 작가의 지향이나 작품의 경향에서 중간자적인 특성을 전형적으로 보여주었고, 그로 인해 과장되거나 폄하된 면이 적지 않았다. 이태준을 "단편소설의 완성자"2)라고 평가한 논자와 함께 "소녀적인 감상성"3)을 특질로 한다고 폄하한 논자가 공존하는 것은 이태준 소설의 진폭이 그만큼 크다는 것이지만, 한편으론 그렇게 평가될 수밖에 없는 내적 요인들을 갖고 있다는 뜻이기도 하다. 연구의 자의성에서 벗어나 객관적 실체에 다가서기 위해서는 우선, 단편에 집중되었던 논의를 종적·횡적으로 확산할 필요가 있다. 기존 석사논문의 80% 이상이 단편을 대상으로 하고 있고, 또 개별 논문의 경우도 예외가 아닌데, 이런 사실로 해서 논문들은 유사한 문제의식을 반복하거나 혹은 기존 논의를 무비판적으로 답습하는 등의 문제를 노정해 왔다.4) 그래서 주변 작가들과의 대비적 고찰이 절실하다. 사실 한 작가의 문학적 정체성은 그 작가만의 탐구로는 불가능하고 주변의 다른 작가들과의 대비적 고찰을 통해야 가능하다. 이태준이 비판하고 부정했던 이른바 프로 계열이나 이태준과 친연성을 보였던 모더니즘 계열과의 비교 연구를 통할 때 이태준의 특질과 위상은 한층 객관화될 것이다. 아울러, 종적 확산이라는 측면에서, 이태준을 중심으로 한 그 전후 작가들과의 비교 연구 또한 중요하게 고려해야 한다. 김동인, 나도향 등과의 관계는 최근 들어 깊이 있게 연구되고 있으나 그 이후의 김동리나 이범선 등 후대와의 영향 관계는 거의 언급되지 않고 있다. 이들과의 종합적 고찰을 통해야 이태준의 문학사적 위상은 한층 분명해질 것이다.

　이런 작업은 물론 기계적이고 형식적인 차원에 머물러서는 안 될 것이다. '근대성'의 문제를 중심으로 활발하게 논의되는 최근의 연구를 지켜보면서 갖게 되는 생각의 하나는 연구자들의 형식주의적 태도로 인해 인간에 대한 탐구라는 문학 본연의 자세가 희석되거나 간과되는 점이었다. 문학을 연구하는 과정에서 인간이 소외된 채 단지 '근대성'이라는 획일적 잣대만으로 혹은 문화주의라는 박물학적 지식만으로 작가와 작

---

2) 이재선, 『현대한국소설사』, 홍성사, 1979.
3) 백철, 『신문학사조사』(백철 전집 5), 신구문화사, 1968.
4) 학위논문에 대해서는 뒤의 부록 참조.

품을 재단하는 논의들이 빈번히 목격되는 게 최근의 현실이다. 이태준 연구 역시 예외가 아니어서, 이태준의 감각과 형식적 특성, 근대성의 구현 정도 등이 심도 있게 천착되고는 있으나 그 역시 문학을 인간화하고 나아가 인간의 사회적 삶을 고민하는 과정의 일환이라는 사실을 간과한 채 이른바 문학주의적 문학 연구의 물신성을 보이는 경우도 있었다. 중요한 것은 이태준 문학이 포지한 삶과 사회에 대한 고민과 동시에 그에 기반을 둔 문학 행위의 제 양상이고, 그런 점에서 형식에 경도하여 논의의 본질이 흐려져서는 안 될 것이다.

## 2. 장·단편의 통합적 고찰과 동일한 서사 원리

최근 들어 본격화되고 있는 단편과 장편의 통합적 고찰은 이태준 연구의 심화를 위해서 매우 바람직한 현상이라 할 수 있다. 박사논문을 중심으로 활발하게 개진되고 있는 단편과 장편의 통합적 고찰은[5] 단편에 국한되었던 논의의 제한성에서 벗어나 보다 폭넓은 시각에서 이태준을 조망한 것이라는 데서 중요한 의미를 갖는다. 초기 연구의 상당수가 작가의 다양한 특성들을 규명해내는 데 모아졌다면, 최근의 그것은 그 성과들을 종합하면서 논의의 영역을 다양하게 확대하는 형국으로, 이는 부분에 대한 인식은 총체 속으로의 통합에 의해 구체화되지 않는 한 추상적이고 피상적일 수밖에 없다는 점에서[6] 향후 더욱 심화되어야 할 것으로 보인다.

박사논문에서 보여준 문제의식은 기존의 논의가 대부분 단편에 치우쳐 있고 그로 인해 11편에 이르는 장편을 논의에서 배제하였으며, 또

---

5) 김현숙, 이명희, 장영우, 이병렬, 박헌호, 송인화, 김택호, 이탄미, 박진숙 등의 박사논문을 그런 사례로 볼 수 있다.
6) 루시앙 골드만, 송기형·정과리 옮김, 『숨은신』(연구사, 1986), 5-28쪽.

장편과 단편을 분리해서 논하다 보니 이태준 문학의 특성을 제한적으로
밖에 드러내지 못했다는 데 있다. 그런 문제의식에서 이들은 장·단편을
통합적으로 고찰한 뒤 적극적으로 의미를 부여한다. 먼저, 장영우는 장
편에 대한 부정적인 평가를 비판하면서 이태준의 장편은 삼각관계를 바
탕으로 하는 단순한 연애소설이 아니라 사회 계몽성을 강하게 내포한
이른바 성장소설의 중요한 사례로 규정한다. 송인화는 예술적 자의식과
실천적 참여라는 이중적인 충동을 중심으로 상허 소설이 전개된다는 전
제 하에, 예술을 통해 근대의 속물성에 대한 항의를 표현하고 동시에 현
실과의 관계를 모색하고 실천의 가능성을 추구한 작가로 이태준을 설명
한다. 그리고, 박헌호는 상허 장·단편의 특성에 주목하여 단편은 기법적
차원에서의 근대성을, 장편은 계몽을 통한 사회적 근대성을 각각 추구
한 것으로 평가하고 있다.[7] 이를테면, 단편은 예술적 세련화를 통한 근
대화를, 장편은 계몽 의지를 통한 사회적 근대화를 각각 시도하고 있다
고 본다. 조금씩 강조점은 달리하고 있으나 이들은 모두 미적인 측면에
서 단편을 이해하고, 계몽 의지의 구현이라는 차원에서 장편을 평가하
는 공통점을 보여준다. 이런 고찰의 결과 이태준은 단편뿐만 아니라 장
편에서도 사회 현실에 대한 깊은 관심을 피력한 작가로 평가되기에 이
른다. 공감되는 바 많지만, 여기에는 한편으로 적잖은 문제점이 발견되
는 것을 지적하지 않을 수 없다. 가령 단편에 집중되었던 그간의 논의를
보완하려는 의도가 앞선 나머지 장편을 지나치게 고평하는 역편향을 보
인다든가, 혹은 단편과 장편을 규정하는 근원적 서사원리나 가치의 문
제를 도외시한 채 단지 장·단편을 형식적으로 통합해서 이태준 소설의
특성을 규명하는 작위성을 보여준다는 점이다. 단편에서 미적 근대성을
찾고 장편에서 사회적 근대성을 찾으려는 시도는, 연구자의 선의에도

---

7) 장영우, 「이태준 소설연구」(동국대 박사논문, 1992. 8), 송인화, 「이태준 소설 연구」(연
  세대 박사, 1999. 8), 박헌호, 「이태준 문학의 소설사적 위상」(성균관대 박사, 1997. 8)

불구하고 결과적으로는 단편에 덧붙여 장편 논의를 형식적으로 결합한 것이라는 비판을 면하기 힘들다.

그런 태도는 구체적으로, 장편과 단편의 양식적 특성을 간과한 채 단편은 미(학)적인 측면에서 고찰하고 장편은 주제(혹은 내용)를 중심으로 이해하는, 서로 다른 차원의 논의를 결합한 것이라 할 수 있다. 단편을 분석하는 과정에서 구사되는 개념이 정서의 시각화, 소설의 구성 요소(특히 아이러니), 소설의 서정성 등이고, 장편을 분석하는 과정에서 활용되는 용어가 계몽성과 통속성이라는 것은 분석의 잣대가 서로 다르게 적용되고 있음을 말해준다. 이태준 소설의 본질을 해명하기 위해서는 단편과 장편을 각기 다른 기준으로 설명하기보다는 그 둘에 관철되는 근본적인 서사 원리를 해명하는 식이 되어야 할 것이다. 장편이란 본래 계몽적일 수밖에 없다는 사실을 논외로 하더라도, 과연 작품에서 구사되는 계몽이 진정한 의미의 그것인지도 물어야 한다. 게다가 미적 근대성이란 부르주아 근대에 대한 비판과 부정의 산물이라는 점에서, 과연 미적 근대성과 사회적 근대성이 분리되어 표현·실천될 수 있는지도 의문이다. 사회적 근대성이 도구적 가치와 효율을 중시하는 근대 사회의 특성을 집약한 것이라면, 미적 근대성은 그런 근대 사회의 부정성을 미적 자의식을 통해서 공격하고 비판하는 일종의 가치 지향적 태도와 자세라고 할 수 있다. 주술과 마법의 세계를 과학적이고 효율적인 세계로 바꾸고자 하는 열망이 사회적 근대성의 파토스(pathos)라면, 그러한 세계의 몰가치와 물신성을 인간적이고 가치－합리적인 차원에서 문제 삼는 게 미적 근대성의 파토스이고, 따라서 미적 근대성과 사회적 근대성이란 동전의 양면과도 같은 근대성의 두 층위 즉, 가치－합리성과 도구－합리성의 다른 표현으로 봐도 무방할 것이다. 그리고, 도구－합리성이 추구하는 목표도 궁극적으로는 인간의 삶을 합리적으로 조정하고자 하는 것이라는 점에서 그 역시 가치－합리성에 대한 지향을 내장하고 있다. 효율과 합리성의 강조는 전근대의 무지와 불합리에서 벗어나 인간의 존엄과 가치를 고양하고자 하는 의지이다. 모두 알듯이, 이태준은 본질적으로 도구—합리성을 인정하고 수용했던 근대주의자였고 동시에 그런 지향을 통해서 전근대적인 미망에서 벗어나 인간의 가치와 존엄을 찾고자 한 작가였다. 그렇다면 미적 근대성과 사회적 근대성이 분리되어 드러난다는 견해는, 이태준이 그것을 의식적으로 구분해서 실천했기 때문이 아니라 단편과 장편이라는 양식상의 특성에 따른 표현 방식의 차이로 봐야 할 것이다.

이태준 장편의 특성을 이해하기 위해서는 무엇보다 장편소설에 대한 그의 인식이 매우 소박했다는 사실을 전제할 필요가 있다. 이태준은 단편에 대해서는 비교적 체계적인 견해를 갖고 있었으나 장편에 대해서는 그렇지 못하였다. 이태준은 인생을 하나의 다각형(多角形)으로 가정한다면 "장편은 그 전체를 그린 것이고, 단편은 그 각면(角面)을 그린 것"8)이라고 말한다. 이런 생각은 인생을 전체의 차원에서 그린 게 장편이고 그 한 단면을 그린 게 단편이라는 말로 바꿀 수 있는데, 문제는 여기서 말하는 '전체'가 질적인 것이라기보다 다분히 양적인 것이라는 데 있다.

주먹구구 같은 소리지만 사실상 장(長), 중(中), 단(短), 장(掌)이란 모두 먼저 양(量)을 가리키는 문자들이다. 장편과 단편을 규정하는 데 질로도 문제가 될 것은 물론이지만 결국 질이란 것도 단편의 것이라면 장편의 것보다는 단소한 분량 내에서 성숙되어 버리는 운명은 어쩔 수 없는 것이다. 단편과 장편(掌篇)도 마찬가지다.

단편은 인생을 묘사하는 데 한 경제적 수단으로 발생한 형식이다. 그러므로 고대의 것이 아니라 근대의 것이다. 단편의 시조라면 창창하게 성경으로 올라가 '방탕한 자식'의 이야기를 꺼내는 사람들이 많으나 그것은 우연한 사실이요 소설가의 손으로 의식적으로 계획되기는 에드가 알란 포우(1809~1849)에서부터다.

---

8) 이태준, 「단편과 장편(掌篇)」, 『무서록』, 박문서관, 1941, 91쪽.

> 그는 장편을 읽거나 쓰거나 하기에 누구보다 권태를 느낀 작자였다. 인
> 생이란 반드시 길게, 늘어지게 이야기해야만 표현될 것은 아니다. 어느 한
> 단면만으로도 족하다.(밑줄은 인용자)9)

'인생을 길게 늘어지게 이야기'하는 것이 장편이고 단편은 그것을 '경제적으로 묘사하는 것'이라는 진술은 단편과 장편을 양(量)의 다소에 따라 구분하고 있기에 가능한 말이다. 그렇지만 단편과 장편의 특질을 양의 다소에서만 찾을 수는 없을 것이다. 이태준의 말대로 단편은 '인물이면 인물에만 치중하고, 행동이면 행동, 배경이면 배경에 강조해서 단일적인 효과를 거두는 것'이지만, 장편은 그와는 달리 삶과 현실의 총체성을 구현하고자 하는 양식이다. 이때 총체성이란 단순한 양의 총화가 아니라 현실을 구성하는 이면적 계기들의 본질적 연관성을 뜻한다. 그것은 어떤 환경을 구성하는 개별적 요소들을 세세하게 나열하는 게 아니라 어떤 중요한 사회문제에 대한 전형적 규정들이 줄거리에 적합하게 나타나는 인간 운명을 서술적 필연성을 가지고 묘사할 때 획득된다.10) 말하자면 총체성이란 삶과 현실에 대한 작가의 인식과 가치를 내장한 질(質)을 문제 삼는다. 그런데도 이태준은 그것을 양의 문제로만 받아들임으로써 "조선의 현실이란 그 특성상 장편을 창작하기에 불리한 조건"이라고까지 단언한다. "공간적으로나 시간적으로나 대국적이게 취급하려면 가지가지 난점에 봉착되는 환경"11)이라는 것인데, 이는 총체성을 기껏 '대국적(大局的)'이냐 '소국적(小局的)'이냐의 문제로만 이해하고 있기에 가능한 말이다. 후술하겠지만, 이태준의 장편이 단편 하나에도 포괄될 수 있는 내용을 작위적으로 길게 늘여서 표현한 것은 그런 사실과 관계될 것이다.

---

 9) 이태준, 앞의 글, 91-92쪽.
10) 게오르그 루카치, 김혜원 역, 『루카치 문학이론』, 세계, 1990, 138쪽.
11) 이태준, 앞의 글, 94쪽.

　　또한 이태준은 단편의 독자와 장편의 독자를 분리해서 설정함으로써, 장편에 대해 깊은 고민을 하지도 않았던 것으로 보인다. 단편의 독자는 미적 감식안이 높은 고급독자로 상정한 반면, 장편은 그와는 달리 한글이나 겨우 해독할 수 있는 일반 대중을 전제로 하고 있다. 이런 안이한 인식으로 인해 이태준은 장편에 대해서 상대적으로 빈약한 견해를 갖게 된 것이다. 여기에는 한편으로 이태준을 작가로 이끈 중요한 동기가 되었던 신파조 소설의 영향이 작용하고 있다.[12] 낭독조이고 저급한 독자의 흥미에 부응하는 게 신파조 소설이라고 이태준은 부정적인 시각을 갖고 있었는데, 이런 태도 역시 장편관을 안이하게 만든 중요한 요인이다. 이 안이한 인식에다가 장편소설의 대부분을 상업주의에 의해 조율되는 일간지에 연재했던 까닭에 작품은 강한 통속성을 특징으로 하는 것이다. 실제로, 이태준은 여러 곳에서 신문소설은 통속적으로 나갈 수밖에 없다는 사실을 환기하고 전작(全作)소설에서나 예술성을 취할 수 있을 것이라고 말한 바 있다. 하지만 이런 주장은 당시 염상섭, 이기영, 채만식 등의 작품이 모두 신문 연재소설이었음에도 불구하고 통속소설에서 벗어나 리얼리즘 소설로서 높은 성과를 달성했다는 사실에 비추자면 쉽게 동의할 수 없을 것이다. 중요한 것은 장편에 대한 인식과 그것을 작품에서 어떻게 구현하느냐의 문제인 것이다. 이와 같이 이태준은 소박한 수준에서 장편을 이해하고 있었고, 그로 인해 장편은 단편에 비해 이완되고 통속적인 형태를 취하게 된 것이다. 이런 사실은 다음에서 상술하겠지만, 단편과 장편의 서사원리가 거의 동일하다는 것으로도 입증될 수 있을 것이다.

---

12) 여기에 대해서는 이탄미의 박사논문(「이태준 연구」, 중앙대 박사논문, 2002) 참조.

## 단편과 사이비 구체성의 세계

단편과 장편을 양의 문제로 이해하고 있었기에, 이태준 단편과 장편의 서사원리는 거의 동일한 형태로 드러나는 것을 목격할 수 있다. 그것은 먼저 주관과 객관의 문제에서, 주관이 객관 세계를 압도하는 형국이라는 데서 확인된다. 자아와 세계의 대결 과정을 그린 게 서사 양식이라면, 소설은 본질적으로 객관(세계)과 주관(주체)의 대결 양상을 그리는 것이라 할 수 있는데, 이태준의 경우는 그와는 정반대로 주관이 객관을 압도하는 형국이다. 작가의 의식과 가치가 작품의 전면에 노출되어 그 이면에 놓인 객관 현실의 모습은 부차화되거나 추상적인 형태로밖에 드러나지 않는다. 이태준 소설을 서정성의 견지에서 주목한 것은 작품이 보여주는 이 주관적 측면을 중시한 것으로, 여러 연구자들이 언급했듯이 이태준 단편은 대부분 현실의 문제를 주관적으로 가공하고 추상화해서 보여준다. 작품의 대부분이 현실의 모습을 담고 있으나 사이비 구체성의 세계에서 벗어나지 못하는 것은 그런 이유라 하겠다.

절정기의 작품에 해당하는 「달밤」에서 이런 사실은 구체적으로 확인되는데, 여기서 객관 현실의 모습은 후경으로 스치듯 제시될 뿐이고 대신 작가의 주관적 의도만이 전면화되어 나타난다. "태고 때 사람처럼 그 우둔하면서도 천진스런 눈을 가지고 자기 동리에 처음 들어서는 손에게 가장 순박한 시골의 정취를 돋워 주는" '황수건'의 현실적 존재를 부인하는 건 아니지만, 작품에 그려진 그의 성격과 행동은 실제 현실의 그것이라고 보기는 힘들다. 작가는 외견상 못난이라는 이유로 학교 급사에서 쫓겨나고 또 신문 보조배달부 자리에서도 밀려난 황수건을 통해서 각박한 현실을 비판하는 듯하지만, 그런 현실은 배경 이상의 의미를 갖지 못한다. 대신 낙오자로 전락한 황수건의 우직하고 천진스러운 모습에 초점이 맞춰짐으로써 비감한 분위기가 연출되고, 그런 작위적 형상으로 말미암아 현실의 역동성이라든가 삶의 본질적 계기들은 가려지

고 만다. 그래서 작품은 막연히 그렇겠지 하는 느낌을 줄 뿐이고, 인물
은 "그림자와 같이 부유하는 모습"13)으로 나타나는 것이다.

　이런 사실은 이태준 작품 중에서 사회성이 강한 것으로 평가되는「고
향」의 경우도 예외가 아니다. 다른 작품과는 달리 이 작품은 인물의 행
동성이 두드러지지만, 그 역시 즉자적이고 감정적인 것이라는 데서 관
습적인 실천의 수준을 크게 벗어나지 못한다. 즉, 주인공 윤건이 가난에
찌들고 출세주의자들이 판을 치는 현실에 대해 격한 분노를 보이는 것
은 이상과 현실의 괴리에서 비롯된 행동이다. 윤건은 동경에서 학교를
다니면서 항상 '조선'을 그리워하지 않은 적이 없었고, 그런 그리움을
간직하고 학업에 매진한 결과 우수한 성적으로 졸업장을 받게 되었다.
그런 까닭에 그에게 귀국이란 "고향에 돌아가는 것이 아니라 전장에 나
가는 것"과 같고, 그런 심리에서 그는 "조선을 위해 일하겠다"는 계몽적
열정에 사로잡히게 된다. 그렇지만 귀국하면서부터 마주하게 된 현실은
그의 생각과는 전혀 다른 것이었다. 부산에 내리자마자 경관에게 취조
를 당하고 또 "그만한 취조쯤은 차장이 차표 조사하는 것 같은 예상사로
알고 다니는 이미 중독된 사람들"의 "무신경 무비판적" 모습을 접한다.
또 취직에 실패한 뒤 파고다 공원을 거닐면서 넘쳐나는 가난한 사람들
의 모습과 누구보다도 양심 있게 살아야 될 지식인들의 훼절한 모습을
목격하며, 특히 귀국하는 도중에 잠시 만났던 청년이 관공서나 다름없
는 '××은행'에 취직해서 거드름을 피우는 모습을 보고 심한 반감을 갖
는다. 조선의 현실이 생각했던 것과 전혀 다르다는 것을 알게 되고, 그
런 절망감에서 급기야 술기운을 빌어 격한 행동을 보인 것이다. 윤건의
행동은 이렇듯 고향에 대한 향수와 사명감이라는 주관적 관념에서 비롯
되는 관계로 현실적인 힘을 갖기보다는 '술집에서의 난동'이라는 위약
한 형태를 취하는 것이다. 윤건의 행위가 현실성을 갖기 위해서는 현실

─────────────────

13) 안회남,「문예시평」,『조선일보』, 1933. 5. 30.

의 어떤 측면이 주체의 행동을 가로막는지를 고려했어야 하지만, 작가는 그보다는 주관적 관념으로 현실을 규정하는 전도된 의식을 갖고 있었고, 그런 이유로 인물의 행동은 '문학청년식의 센티멘탈'(「아무일도 없소」에서)에서 벗어나지 못하는 것이다. 이런 사실은 동일한 제목의 장편 『고향』(이기영)에서 주인공 김희준의 행위와 비교해 보면 한층 분명해진다. 즉, 김희준 역시 동경 유학을 마치고 조국을 위해서 뭔가 큰 뜻을 품고 귀국한 인물이다. 그렇지만 귀국 후 직면한 현실은 그의 기대와는 전혀 다른 것이었다. 이 과정에서 김희준은 윤건과는 달리 냉정하게 자신을 반성하고 현실을 천착해 간다. 농민회 청년들을 만나고 농사에 직접 뛰어듦으로써 자신의 관념을 새롭게 조정하고 그것을 통해서 실천의 구체적 계기를 마련하는 것이다. 이와 비교하자면 윤건의 행위란 순진하고 위약하기 짝이 없다. 이상과 현실의 괴리라는 낭만적 요인에 의해 행위가 촉발될 뿐 일상적 삶에 의해 매개된 사회적 행동을 보여주지 못하는 것이다. 그래서 이 부류 인물들은, 「실락원 이야기」에서 단적으로 목격되듯 허무주의적 경향마저 노정한다. 문명의 침입이 전혀 없는 궁벽한 산촌에서 "원시인의 양심과 순박한 눈동자를 그대로 지니고 있는 숫된 아이들"을 위해서 "수공업의 문화를 일으키리라"는 주인공의 희망은 현실에서 환상으로 판명되고, 급기야 자신의 무력을 노정할 수밖에 없다. 속악한 현실에 직면한 주인공은 결국 꿈을 접고 P촌을 떠나며, 깊은 좌절과 허무주의적 심경을 드러내는 것이다.

이태준의 단편이 인식론의 측면에서 이른바 '사이비 구체성'의 세계에서 크게 벗어나지 못하는 것은 이런 사실과 관계된다. 사이비 구체성의 세계란 현실적이고 본질적인 과정의 표면에서 진행되는 외적인 현상들의 세계이자 동시에 조작의 세계이며, 한편으론 그 자체로 자연적 상태라는 인상을 주지만 인간의 사회 활동의 결과로서 직접적으로 인식되지 않는 고정화된 대상들의 세계이다.14) 「달밤」에서 목격되는 세계는 자연적이라는 느낌을 주지만 실제 현실과는 거리가 먼 고정화된 대상들

의 세계이고, 그래서 작품에서 현실의 모습은 편린의 형태로밖에 드러
나지 않고 대신 대상으로부터 환기되는 특유의 정서와 분위기가 두드러
진다. 이태준 소설이 감각적이고 선명한 인상을 준다는 것은, 이렇듯 작
가의 의식에 투영된 외적 현상이 정지화면과도 같은 조작된 형태로 제
시된 데 원인이 있다.

## 장편과 허위적 총체성의 세계

장편에서도 이런 특성은 그대로 유지되는데, 그것은 장편의 세계가
하나같이 실제 현실과는 거리를 둔 조작된 의식의 산물이라는 데서 알
수 있다. 작품의 내용은 단편 하나에도 담을 수 있을 정도로 빈약하고
또 현실에 대한 묘사나 인물들에 대한 천착, 사회의 심층에 대한 계기적
인식 등은 거의 배제되어 있다. 이태준의 장편은 극단적으로 말하자면
하나의 주제(혹은 의도)를 전달하기 위해 인물과 사건을 가공해서 보여주
는 허위적 총체성으로 충만한 공간이다. 이런 사실은 첫 장편『구원의
여상』(31)에서 형태를 갖추면서 이후 거의 모든 장편에서 유사하게 반복
되어 나타난다.

『구원(久遠)의 여상(女像)』에서 작가가 주목한 것은 '인애'의 헌신적
인 사랑과 그것을 묵묵히 실천하는 그녀를 '구원의 여상'으로 제시하려
는 데 있다. 그런 의도대로 그녀는 시종일관 희생적이고 인고적인 여성
으로 성격화된다. 가령, 고아인 인애는 조도전 대학에 적을 두고 있는
손영조를 사랑하는 사이였다. 손영조는 사회운동에 관여하고 있으나 인
애를 사랑해서 그녀에게서 정신적 위안을 얻고 결혼을 조르는 상태이다.
그런데 귀국한 후 영조는 인애의 단짝친구 명도에게 첫눈에 반하고 급
기야 육체적 관계를 갖기에 이른다. 인애는 그것을 알고 괴로워하지만

---

14) 카렐 코지크, 박정호 역,『구체성의 변증법』, 거름, 1985, 16-17쪽.

불만 한마디 표현하지 못하고 끝내 두 사람의 사랑을 받아들인다. 이 과정에서 인애는, "나의 개인 행동에는 침묵해 달라, 그와 반대로 나의 사회 행동에는 엄정한 비판과 편달이 있어 달라."는 명도의 변명에 대해서, "참말 유쾌합니다. 그리고 명도는 나의 좋은 친구외다. 그에게 낙망함이 없도록 지도하소서."라는 용서와 당부를, 말하자면 배반한 정혼자에게 보내는 편지라고는 도저히 상상할 수 없는 글을 보낸다. 게다가 작품의 말미에서 영조가 수감되자 인애는 자신의 폐병 치료까지 포기하고 영조에게 영치금을 보내는 고귀한 모습을 보이고 급기야 죽음을 맞는다. 이런 내용의 작품으로 한편으론 숭고하고 헌신적인 사랑을 제시한 듯하지만, 그 일련의 과정에서 서사의 개연성을 찾기란 힘들다. 작가의 의도만이 인물의 행위를 규율하고, 인물은 그들을 둘러싸고 있는 주변 환경이나 인물들과 실제적인 교섭을 전혀 보여주지 못한다. 돌변하는 영조의 성격이나 그에게서 버림받은 명도가 보여주는 분방한 행동은 말할 것도 없거니와 주인공 인애의 행동 역시 자연스러운 사건 전개와는 거리가 멀고, 그런 연유로 인물은 고유의 내면과 자율성을 갖지 못한 채 작가의 의도를 전달하는 꼭두각시로 전락하게 된다. 이들은 현실과는 무관한 무시간성의 세계를 살고 있는 셈이다.

이태준이 자신의 온 정열을 바쳐서 썼다고 자부하는[15] 대표작『제이의 운명』(33) 역시 예외가 아니다. 여기서 사랑하는 여성을 빼앗길 위기에 처한 주인공 필재의 모습 역시 부자연스럽기는 마찬가지다. 즉, 친구의 간교한 술책에 넘어간 결과, 며칠 후면 다른 친구의 아내가 될 은주를 앞에 둔 상황에서 그가 보인 태도란 현실에서 도저히 상상할 수 없는 것이다. "내 별이 되던 순구의 별이 되던 어두울수록 빛나는 저 별이 되라"는 필재의 독백은 사랑의 열병에 불타는 인물의 태도라고는 볼 수 없고, 더구나 그 과정에서 토로된 다음과 같은 사랑관은 그의 상황에서는

---

15) 이태준,『제이의 운명』서(序), 깊은샘, 1988.

도저히 나올 수 없는 말이다. 여기서 목격되는 필재의 위선은, 한 연구자의 지적대로 희화적이기까지[16] 하다.

「아닐세. 내가 노엽다는 말은 자네도 웨 천숙을 사랑하느냐는 게 아닐세. 남을 사랑하는 감정을 품는 건 누구나 자율 것일세. 결혼은 한 여자와 한 사나이만이 할 수 있지만 사랑하는 마음만은 누구나 품고 있을 자유가 있네. (……)」
　　(…중략…)
「또 이런 경우에 말일세, 나도 도울 재주도 없네. 수환의 말을 들으면 내가 양보하고 양보 안하는 게 문제 같으나 천숙을 무슨 물건으로 아나? 내가 양보하고 어쩌고…. 그런 천숙을 모욕하는 말이 어디 있나? 천숙은 그렇게 자기 개성에 무감각한 여자는 아닐세. 그러니까 자네는 천숙을 사랑할진대 좀더 경건하게 우러러보며 사랑하게. 그렇게 하는 것이 자네가 인간으로서 진정한 사랑을 소유해 보는 것도 되고 또 천숙의 사랑을 포용할 자리를 닦는 것도 되네. 너무 문학적 용어 같네만 정말 아름다운 여자는 꽃과 다르네. 마음으로 꺾어야지 손으로 덤비다가는 꺾지 못 하네 허허허….」[17]

자신의 애인을 노리는 인물이 아무리 친구이고 은인의 아들이라 해도 마치 제삼자가 충고하는 듯한 이와 같은 위선은 사랑을 통속적인 욕망 게임에 지나지 않는 하찮은 것으로 치부하고 그보다 더 위대한 무언가를 이미 기획한 상태이기에 가능한 일이다. 또 심천숙의 성격 역시 작위적이기는 마찬가지이다. 필재와 사랑하는 사이이고 결혼까지 약속한 상태임에도 불구하고, 필재에 대한 심천숙의 믿음은 종잇장처럼 허약해서 박순구의 농간에 너무나도 쉽게 넘어간다. 순구의 여동생 박정구와 필재가 혼인할 것이라는 음모에 말려 "자기의 '영웅의 윤필재'가 하루아침에 보잘것없는 한낱 천박한 서생, 허영의 야심가로 표변해 버리는 이

---

16) 이호숙, 「이태준소설의 이중욕망 연구」, 이대박사논문, 2002, 59-60쪽.
17) 이태준, 『제이의 운명』, 67-68쪽.

환멸의 고민"을 겪고, 급기야 필재에 대해서 "악마와 같이 미움과 저주"를 쏟아내는 것이다. 이태준 장편에서 공통적으로 연애의 삼각구도가 활용되는 것도 이러한 작위성과 관계될 것이다. 삼각관계란 그 자체가 통속적 흥미의 대상이거니와, 남녀간의 사랑을 삼각구도를 통해서 그려낸다는 것은 작가의 궁극적 의도가 '사랑' 그 자체가 아니라 주제를 전달하기 위한 도구로 그것을 활용하고 있기에 가능한 것이다. 대표적인 장편소설로 평가되는 『구원의 여상』, 『법은 그러치만』, 『제이의 운명』, 『불멸의 함성』, 『성모』 등은 하나같이 삼각연애를 기본 축으로 해서 역경을 뚫고 나가는 남녀의 모습을 소재로 하고 있다. 이태준 소설이 연재 당시 상당한 인기를 끌었던 것은 이러한 단순성과 통속성이 시종 독자들의 기대와 호기심을 사로잡은 데 있을 것이다.

그런 이유에서 이들이 펼치는 계몽 역시 진실성을 갖고 있지 못하다. 실연의 상처를 극복하기 위해서, 혹은 결혼 생활에 실패한 뒤 재기의 발판을 마련하기 위해서 계몽 활동에 투신한 인물의 행위는 기껏 현실의 문제를 외면하기 위한 도피 이상의 의미를 갖지 못한다. 그래서 이들이 내보인 계몽의 내용 역시 현실성을 담보하지 못한 지극히 원론적인 수준이다. 무지하고 봉건적인 생활을 개선하고 한글을 가르치고 또 민족 교육을 하겠다는 주장은, 비록 당대 현실에서 필요한 것이었다 하더라도, 현실과 매개되지 않은 추상적·개념적 수준을 벗어나지 못한다.

이렇듯 이태준의 장편은 하나의 주제를 향해서 모아져 있고, 그런 관계로 작품의 다른 요소들은 모두 그것을 지지하는 도구로 기능한다. 말하자면 작가의 의도나 주제가 하위 요소들을 지배해서 각각의 자율성을 무시하고 주관적으로 그것을 조작하는 식이고, 그로 인해 인물의 행위라든가 성격은 그 자체의 운명과 자율성을 갖지 못한, 마치 모놀로그(monologue)와도 같은 전일성을 드러내는 것이다. 따라서 장편소설 역시 이태준이 일찍이 단편을 설명하는 자리에서 강조했듯이, 소설의 제 요소 중에서 어느 하나만이 선명하게 부각되는 단편과 같다고 하겠다. 그렇다면 이태준의 장편은 현실을 사실적으로 반영하고 총체성을 지향하는 진정한 의미의 그것이라기보다 단편에서 견지했던 작가의 가치와 태도를 장편이라는 양식(그것도 이태준이 이해한 양식적 특성)에 맞추어 확대·조정한 것임을 알 수 있다. 기존 연구자들이 상허 장편을 사회적 근대성의 표현으로 봤던 것은 인물의 성격이나 분위기를 중시했던 단편에 비해 계몽적 주제를 중심으로 그 외의 요소들을 부차화한 이러한 특성에서 비롯된 것이다. 그렇지만 작가의 인식이나 가치, 그리고 작품의 세계가 단편의 그것과 동일하다는 점에서 장편과 단편의 세계는 서로 다른 근대성의 구현과정이기보다는 근대주의자인 이태준의 가치와 지향이 장·단편이라는 양식의 특수성에 의해 각기 다른 형태로 표현된 것이라고 볼 수 있을 것이다.


## 3. 비교 연구의 성과와 한계

이태준 연구가 한 단계 진전하기 위해서는 장·단편에 대한 통합적 고찰과 함께 다른 작가들과의 대비적 고찰 또한 중요하게 고려해야 한다. 다른 작가들과의 비교 연구를 통해서 이태준의 실체는 한층 온당하게 밝혀질 것이고, 그 과정에서 이태준의 소설사적 위상 또한 보다 분명해질 것이다. 그 동안 김동인, 현진건, 나도향 등과의 비교 연구를 통해서 이태준 단편의 특성과 형성 과정을 설명하려는 노력이 있었고, 또 이태준의 고아의식을 이광수의 그것과 비교한 경우도 있었다. 이런 논의들을 통해서 이태준 문학의 저변은 한층 명확해졌거니와, 이 과정에서 특히 주목되는 것은 외국문학과의 비교 연구이다.

이태준의 문학관과 장편의 통속성을 일본의 시가 나오야(志賀直哉)와 기쿠치 칸(菊池寬)과 비교한 와다 토모미의 논문[18]은 이태준 소설의 원류를 해명한 것이라는 데서 의미를 찾을 수 있다. 시가나 기쿠치는 당시 일본의 주류였던 고백조의 사소설이나 지식인 소설도 아닌, 오히려 그와는 대립적인 위치에 있던 문학을 한 사람들이었다. 시가는 그의 '기분'에 절대적으로 순응하면서 아(我)를 초월하는 방향의 작품을 창작했고, 기쿠치는 다수의 생활하는 독자를 의식함으로로써 개(個)의 문학보다 최대 다수의 문학을 추구하는 방향으로 나갔다. 이태준이 '기질'을 강조하면서 시가 나오야와 비슷한 단편들을 창작한 것이나, 장편을 대중·통속적으로 창작한 것은 이 두 작가와 긴밀하게 관련되어 있다는 게 연구자의 주장이다. 구체적 사례의 대조를 통해서 제기된 이런 견해는, 비록 단편적이고 문제 제기적인 수준이지만, 좀더 정밀하게 다듬어진다면 단편을 중시하고 장편을 통속적인 것으로 치부한 이태준 문학의 심층에 도달하는 중요한 통로를 제공할 것이다. 그리고 이태준이 카프에 대한 대타의식에서 문학 활동을 시작했고 또 독자를 의식한 글쓰기를 했다는 전제에서, 이태준이 텍스트 속에서 상정하고 있을 것으로 보이는 '내포 독자'와 소설의 구성원리를 해명한 박진숙의 논문 역시 비교 연구의 중요한 성과로 볼 수 있다. 와다 토모미와 민충환의 견해[19]를 이어받아 모파상의 소설론과 이태준의 그것을 비교하면서, 특히 이태준의 「가마귀」를 포우(E. A Poe)의 시 「The Raven」과 비교하면서 작품의 착상 과정, 구성, 사건, 인물의 인공적인 측면을 고찰한 대목은 이태준 소설의 작위성(혹은 인공성)을 입증하는 구체적 사례로 이태준 소설의 본질에 한층 다가선 것이라 하겠다.[20] 이런 일련의 연구를 통해서 상허 소설은 1930년대 문학사에 느닷없이 돌출한 것이 아니라 여러 복합적 요인들에 의해서 형성된 것임을 알 수 있다.

이와 같은 비교 연구는 이제 시작 단계에 불과하다는 점에서 한층 심화될 필요가 있다. 특히 이태준 당대 작가들과의 비교 연구는 이태준

---

18) 와다 토모미, 「외국문학으로서의 이태준 문학」, 『상허학보』, 깊은샘, 1999. 12.
19) 민충환, 『이태준 소설의 이해』, 백산출판사, 1992, 209-218쪽.
20) 박진숙, 「이태준 문학 연구」, 서울대 박사논문, 2003. 8.

의 문학적 특질을 객관화하는 전제가 된다는 점에서 한층 시급하다. 그
동안 연구자들은 작가의 어떤 특성 하나만을 지나치게 강조하거나 과장
함으로써 작가의 객관상을 제대로 드러내지 못한 경우가 많았다. 가령,
이태준 소설을 모더니즘으로 규정하는 논자가 있는가 하면 그와는 정반
대로 리얼리즘으로 고평하는 논자 또한 있었다. 그리고 개별 작품에 대
해서는 한층 심한 편차를 보여서, 「농군」에 대한 기존의 긍정적 평가를
비판하고 그것을 연구자들의 "무신경한 오독"21)의 결과로 타매하는 경
우도 있었다. 이들의 논의는 이태준의 어느 한 부분만을 과장하거나 폄
하한 혐의가 짙고, 그런 점에서 이태준에 대한 이해는 보다 폭 넓은 지
평으로 확대될 필요가 있다. 이 과정에서 고려해 봄직한 것이 작중 '인
물'의 비교 연구이다. '인물'이 중요한 것은 이태준 소설의 본질은 바로
이 인물과 관계되고 동시에 이태준의 삶과 문학에 대한 가치가 내재되
어 있는 까닭이다. 알려진 대로, 이태준은 소설을 설명하는 자리에서 무
엇보다 '인물'을 강조한 작가였다. 단편에서 중요한 것은 인물이고 그
인물을 어떻게 좀더 선명하고 감각적으로 제시하느냐에 단편의 승패가
달렸다는 게 이태준의 견해였다. 그런 생각대로 그의 단편은 '인물 사
전'을 보듯 다양한 인물들의 만화경으로 채워지고, 연구자들 역시 그런
사실에 주목해 왔다.22)

　　이태준의 인물은, 최재서가 일찍이 간파한 대로, 대부분 사회의 주변
부를 형성하는 사람들이다. "낙백한 유자(儒者), 누항에 침면하는 퇴기,
불우한 소학교원이나 혹은 유랑하는 농민, 어리석은 신문배달부, 생에
희망을 잃은 노인"23) 등은 모두 식민지 근대화의 과정에서 소외된 기층

---

21) 김철, 「몰락하는 신생: '만주'의 꿈과 '농군'의 오독」(『상허학보 9』, 깊은샘, 2002. 8)
22) 학위논문을 확인한 결과 100여 편의 논문 중에서 '인물' 연구를 표제로 내세운 경우가
　　10편을 상회했고, 실제 내용에서는 거의 대부분의 논문들이 인물을 거론하고 있었다.
　　이태준 '단편' 하면 으레 인물을 떠올리고 그것의 특징을 애수 어린 분위기와 결부지어
　　분석하는 식이었다.
23) 최재서, 「단편작가로서의 이태준」, 『문학과 지성』, 인문사, 1938, 175쪽.

민중들이다. 이들이 작품의 주인공으로 즐겨 활용된다는 것은 이태준이
그만큼 이들에게 관심이 많았다는 증거이다. 더구나 이태준은 작품에서
이들을 사회 현실과 관련지어 제시함으로써 한편으론 사회성을 강하게
암시하기도 한다. 가령, 「꽃나무는 심어놓고」를 보자. 이 작품은 방서방
일가가 농촌에서 더 이상 살 수 없어 도시로 이주한 뒤 아이를 잃고 아
내마저 인신매매되어 가정이 파괴된다는 내용으로, 여기서 이태준은 방
서방의 몰락 과정을 다음과 같이 제시한다.

> 그들은 세 식구였다. 저희 내외, 방서방과 김씨와 김씨의 등에 업혀 가는
> 두 돌 되는 딸애 정순이었다. 며칠 전까지는 방서방의 아버지 한 분까지 네
> 식구로서 그가 나서 서른 두 해 동안 살아온, 이번에 떠나는 그 동리에서
> 그리운 게 없이 살았었다. 남의 땅이나마 몇 대째 눌러 부쳐오던 김진사네
> 땅은 내 땅이나 다름없이 알고 마음 놓고 부쳐먹었다. 김진사가 돌아간 후
> 에도 다른 지방에 대면 그리 심한 지주는 아니었다. 김진사의 아들 김의관
> 도 돌아간 아버지의 덕성을 본받아 작인네가 혼상간에 큰일을 치르는 해면
> 으레 타작에서 두 섬 석 섬씩은 깎아 주었다. 이렇게 착한 김의관이 무엇에
> 써버리노라고 그 좋은 땅들을 잡혀 버렸는지, 작인들의 무딘 눈치로는 내
> 용을 알 수가 없었다. 더러 읍엣사람들이 지껄이는 소리에 무슨 일본 사람
> 과 금광을 했으니 회사를 했으니 하는 것을 들은 사람은 있고, 또 아닌게아
> 니라 한동안 일본 사람과 양복쟁이 몇이 김의관네 집을 드나들어 김의관네
> 큰 개 두 마리가 늘 컹컹거리고 짖던 것은 지금도 어저께 같은 일이었다.24)

방서방은 후덕한 지주의 땅을 붙여먹던 소작인이라는 점, 그런데 그
자식 대에 오면서 시대적 소용돌이에 휩쓸려 농토를 날렸고, 작인인 방
서방마저 오갈 데 없는 신세가 되었다는 것으로, 사회 현실을 보는 작가
의 날카로운 시선을 목격할 수 있다. 그렇다면 방서방은 이상(李箱) 소설
의 피투적(彼投的) 인물과는 다른 사회적 존재라 할 수 있고, 바로 그런

---

24) 이태준, 「꽃나무는 심어놓고」, 『달밤』, 깊은샘, 215쪽.

점에 주목해서 그 동안 이태준을 리얼리즘의 견지에서 평가하기도 했다. 이런 견해에 의하자면 이태준은 시대 현실에 민감한 촉수를 뻗치고 그 것을 인물로 표현한 작가로 규정될 수 있을 것이다.

그런데 문제는 이렇듯 사회성을 담지한 인물임에도 불구하고, 작가가 궁극적으로 주목하는 것은 그와는 다른 차원의 개성적 성격이라는 데 있다. 즉 이태준은 인물의 사회성 대신에 인물에게서 목격되는 개성에 초점을 맞춤으로써, 작품은 리얼리즘보다는 오히려 자연주의에 가까운 형태로 드러난다. 「꽃나무는 심어놓고」에서 작가가 초점을 맞춘 것은 봄을 맞아 "너무나 슬픈 시인"과도 같은 심경에 사로잡힌 방서방의 형상이다. 사꾸라가 만발한 일본집 정원을 바라보면서, 아내와 자식을 잃고 하루벌이 노동자로 전락한 방서방은 불현듯 고향을 떠올리고 심지어 지나가는 일본 여자를 보고 "찌르르 하고 가슴을 진동시키는 무엇" 을 느끼기도 한다. 작가는 이런 방서방에 초점을 맞춰 그의 우울한 형상을 브로마이드처럼 포착해낸다. 그래서 그의 성격에는 앞서 제시된 사회적 요인들은 배제된다. 말하자면 이태준은 사회 환경과 인물의 성격을 변증법적으로 결합하지 못하고 형식적으로 병치(竝置)한 관계로 농지를 잃고 도시 변두리를 전전하는 막일꾼임에도 불구하고 방서방은 단지 춘정에 사로잡힌 인물로만 그려지는 것이다. 인물 형상에서 리얼리즘과 자연주의의 차이점은 이런 데 있다고 하겠는데, 곧 리얼리즘이 환경과 인물의 변증법적 통합을 추구한다면 자연주의는 그 양자를 형식적으로 나열하고 생활 속의 피상적이고 개별적인 현상만을 기록한다.[25] 그런 점에서 작품은 현실과 연관성이 없는 허위적 총체성으로 채워지고, 인물의 개체적 특성만이 부각되는 자연주의적 특성을 보이는 것이다.

이런 사실은 이태준 소설에서 인물과 환경을 변증법적으로 통합하는 전망이 존재하지 않는다는 데서도 확인될 수 있다. 이기영과 대비해

---

25) 장공양(蔣孔陽), 『형상과 전형』, 사계절, 1987, 2장(형상과 형상 사유) 참조.

보자면 이런 특성은 보다 분명해지는데 가령, 「서화(鼠火)」를 보자. 『고향』으로 나가는 전단계의 작품으로 거론되는 이 작품은 이른바 성격소설이다. 농촌에서 간혹 목격되는 건달 끼 있는 인물 '돌쇠'에 주목하여 그의 성격을 형상화한 것으로, 작가가 주목한 것은 그의 단순한 성격적·기질적 특성이 아니라 일제의 착취와 수탈 속에서 부모와 이웃마저 외면하는 존재가 된 인물의 사회적 특질이다. 돌쇠는 농촌 전역에서 성행하는 도박과 갈수록 시들해지는 쥐불놀이라는 두 상징으로 구축된 농촌의 한복판을 살아가는 인물이다. 쥐불놀이는 정월 대보름께 동네 대항으로 벌어지는 놀이로 축제의 성격을 갖고 있었으나 농촌의 몰락과 더불어 활기를 잃었고, 이제는 도박이 그 자리를 대신하고 있다. 여기서 인물과 환경을 통합하고 조율하는 것은 작품 전반에 관철되는 작가의 전망(perspective)이다. 작가는 그런 현실을 변혁하고자 하는 열망을 투사하여 개별화된 인물과 환경을 유기적으로 연결한다. 돌쇠의 '열기 있는 눈'으로 표상된 작가의 변혁적 열망은 개인의 성격뿐만 아니라 사회 변혁의 열망까지 아우르고 있고, 그로 인해 돌쇠는 단순한 개인의 범주를 넘어 당대의 피폐한 농촌을 상징하는 전형인물로 부상한다. 여기에 비하자면 이태준의 인물이란 브로마이드와도 같은 정지되고 가공된 형상일 뿐이다.

그렇다고 이태준의 인물이 이상의 인물과 흡사한 것도 아니다. 「날개」의 주인공처럼, 이상에게 문제되었던 것은 인물의 성격이 아니라 그 인물이 처한 독특한 환경과 가치이다. 「날개」는 작품의 배경에서부터 철저하게 작위적이다. '三十三번지 十八가구'가 구성하는 유곽의 어둡고 침울한 분위기, 그 속에서 '밤이나 낮이나 잠만 자는' 주인공이 빚어내는 분위기는 무력하고 기괴하기까지 하다. 주인공은 아내와 같은 공간에서 살지만 부부 생활은 거의 이루어지지 않고 있고 심지어 돈의 필요성조차 느끼지 못하는 반사회적 삶을 살고 있다. "나에게는 인간 사회가 스스로웠다. 생활이 스스로웠다. 모두가 서먹서먹할 뿐이었다." 이로 인해 주인공의 삶은 거의 동물과도 같은 단순함으로 채워진다. 이상은 이런 형상을 통해서 근대적 가치와 삶에 대한 무의식적 조롱과 거부, 사회로부터 독립된 자아의 내면을 표현해 내고 있다. 이상을 대표적인 모더니스트로 평가하는 것은 이렇듯 작품 전반에서 목격되는 인공적 미의식, 인물의 탈근대적 가치와 지향, 그것을 표현하는 주관적 자의식 등에 근거를 둔 것이다.

이기영이 인물의 성격과 배경을 사회적 맥락에서 변증법적으로 결합해서 제시했다면, 이상은 그 두 요소를 모두 작위적으로 만들어서 제시하였다. 그런데 이태준은 작품의 배경은 사회 현실로 하고 있으나 그것을 인물과 유기적으로 결합하지 못하고 단지 인물의 개체적 특성만을 포착해서 보여준다. 그런 점에서 이태준은 이기영과 이상의 중간지점에 놓여 있다. 이태준은 인물이 존재하는 사회 환경을 인식하고 있지만 그것을 인물의 성격과 연결해서 통합하는 원근법을 갖고 있지는 못하고, 그렇다고 이상처럼 시종일관 인공적인 미의식을 바탕으로 근대적 가치를 비판하고 있지도 않다. 언급한 대로, 이태준의 단편은 오히려 현실의 세목을 나열하고 개성적 특질을 포착하는 자연주의에 가깝다. 앞의 「꽃나무는 심어놓고」에서 보이는 당대 농민들의 몰락과 분해 과정, 「고향」에서 보이는 '신간회'를 비롯한 민족운동의 몰락과 급진적 지식인의 훼절, 「아무 일도 없소」에서 보이는 상업주의의 만연과 신문의 통속화, 「달밤」에서 보이는 남아선호 의식, 「봄」에서 보이는 인쇄소 노동자로 전락한 몰락 농민의 고통스러운 삶 등은 당대의 구체적 일상을 사실적으로 보여주는 신문 기사와도 같다. 이들 작품에서 당대 사회를 조율하는 거시적 전망을 찾기는 힘들지만, 현실의 세목에 대한 소상한 정보를 제공받을 수 있는 것은 사실이다. 이태준을 중간적 존재라고 한 것은 이런 데 있거니와, 그의 소설은 리얼리즘과 일정한 거리를 두고 있고 그렇다고 모더니즘이라고도 할 수 없는, 그 두 속성을 동시에 갖는다. 그런 점에서 그것은 사회 현실에 대한 단편적인 정보와 인물의 개성적 성격화를 특징으로 하는 자연주의에 근사한 셈이다. 일찍이 임화가 이태준을 채만식, 박태원, 안회남 등과 함께 "자연주의적 전통을 그대로 계승하여 주로 소시민의 생활감정의 묘사에 치중했고 주로 소설의 예술적 측면의 완성에 주요한 노력이 경주되었다."[26]고 했던 것은 그런 점에서 중요한 시사를 제공한다. 물론 이태준이 채만식, 박태원, 안회남 등과 같은 창작 방법을 구사한 것은 아니지만 그가 보여준 현실을 수용하는 태도나 인물의 성격화 방식, 작품의 구성원리 등은 자연주의로 보기에 합당한 측면이 많다. 향후 좀더 엄밀하게 규명되어야 하겠지만, 이런 사실이 분명해진다면 이태준을 보는 새로운 시각이 될 것이다.

## 4. 상허의 소설사적 파장과 영향

이태준의 소설사적 파장은 후대 작가들과의 영향 관계를 통해서 보다 구체적으로 확인된다. 신문사 문화부 기자로, 구인회를 주도했던 문단의 실력자로, 그리고 『문장(文章)』지를 주재하면서 다수의 신인을 배출한 선자(選者)로서 그의 문단적 영향력은 상당했던 것으로 확인된다. 특히 『문장』지를 통한 영향력 행사에 주목할 수 있는데, 잡지에 투고한 신인들의 작품을 선정하면서 촌평한 「소설 선후(選後)」는 독자들이나 작가 지망생들에게 중요한 지침이 되었던 것으로 보인다. 당대 최고의 단편작가이자 또 인기 있는 신문소설 작가로, 이태준은 「소설 선후」를 통해서 자기식의 인물을 거듭 강조함으로써 독자 혹은 작가 지망생에게 하나의 규범을 제시했던 것이다.[27]

그런 맥락에서 주목할 작가가, 순수문학의 기수로 평가되는 김동리이다. 알려진 대로, 김동리와 이태준의 관계는 자못 돈독했었다. 이태준

---

26) 임화, 「조선소설에 관한 보고」, 『신문학사』(임규찬·한진일 편, 한길사, 1993), 425쪽.
27) 박진숙의 앞의 논문, 67-68쪽 참조.

이 학예부장으로 있던 <조선중앙일보>에 김동리가「화랑의 후예」(35)
로 등단한 이래 두 사람의 관계가 시작된 것으로 추정되는데, 김동리의
데뷔 평론이「이태준론」(『풍림』, 1937. 3)이었고, 또 이태준이『문장』을 주
재하면서 김동리에게 특별한 배려를 했다는 데서 두 사람의 친분 관계
를 확인할 수 있다. 김동리가 당시 갓 등단한 신인이었음에도 불구하고,
『문장』지에「황토기」,「찔레꽃」,「완미설」,「동구앞길」,「다음 항구」,「소
년」등의 소설과「순수이의(純粹異議)」,「신세대의 정신」등의 평론을
발표할 수 있었던 것은 모두 이태준의 배려와 후원에 의한 것이었다. 이
렇듯 친밀한 관계를 유지했던 까닭에 김동리는 이태준을 형님처럼 따랐
고, 그래서 해방 후 이태준이 좌익에 가담하고 월북한 사실을 못내 아쉬
워했다고 한다.28)

　　김동리 소설에서 목격되는 전통에 대한 태도나 인물의 특성을 비교
한다면, 두 작가의 영향 관계는 한층 분명해진다. 두루 알듯이, 두 작가
는 모두 전통에 대해서 상당한 조예를 갖고 있었다. 이태준에게 있어서
전통은 주체의 성찰과 동경의 대상이었다.「패강냉」에서 목격되듯이 재
래의 전통은 효율성 위주로 재편되는 현실의 황량함을 성찰하는 매개이
자 동시에 그 특유의 아름다움을 내장한 동경과 탐미의 대상이었다. 평
양 여인들의 머릿수건이 사라지는 모습을 보면서 효율만을 중시하는 현
실을 비판하고 한편으로 그 특유의 멋과 아름다움을 동경하는 식이다.
대상에의 몰입이 아니라 '거리두기'를 통한 관조의 시선인데, 바로 이
점이 김동리와 구별되는 이태준의 전통관이다. 한편 김동리는 초기작의
거의 대부분을 전통을 소재로 했고, 심지어 그것을 '구경(究竟)적 삶의
원리'로까지 승화시킨 바 있다. 그에게 있어서 전통이란, 그 반근대적인
외양과는 달리, 그 자체가 지고의 가치이자 동시에 근대의 부정성에 대

---

28)「자전기(自傳記)」(『김동리대표작선집 6』, 삼성출판사, 1967)와『생각이 흐르는 강물』(김
　　동리, 갑인출판사, 1985) 그리고 이태동의「한국순수문학의 위대한 집념」(『김동리』, 벽
　　호, 1993) 참조.

한 대항 이념과도 같았다. 「무녀도」에서 볼 수 있듯이, 모화로 대변되는 전통은 그 자체가 현실적 삶의 목적이자 종국의 가치이다. 모화의 사고 속에는 삶과 죽음, 자연과 인간의 구분이란 애당초 존재하지 않는다. 낭이를 수국 꽃님의 화신이 변해서 태어났다고 믿는 것이나, 개나 돼지에게도 아양을 부리고 또 주변의 모든 사물을 정령적 존재로 파악하는 등의 태도는 합리성이나 과학으로는 설명되지 않는 인간의 원초성에 뿌리를 두고 있다. 인간이 곧 자연이고, 삶이 바로 죽음과 통하는, 그래서 모화의 죽음은 소멸이 아니라 삶의 완성으로 의미화된다. 이를 두고 김동리는 "인간과 자연 사이에 상식적으로 가로놓인 장벽"을 무너뜨리고, "곧 자연의 율동으로 귀화합일"[29]하는 것이라고 설명한 바 있거니와, 그런 점에서 동리의 전통은 주체와 대상이 합일된, 그 자체가 삶의 목적이자 종국의 가치인 것이다. 시론 형식의 이 글에서 이런 사실들을 상세하게 석명하기는 힘들고 후일을 기약할 수밖에 없지만, 이런 사실들이 구체적으로 밝혀진다면 이태준을 원류로 해서 분비된 상고주의(혹은 전통 지향성)의 맥락과 의미는 한층 분명해질 것이다.

아울러 이범선과의 관련성 역시 주목해야 할 대목이다. 이범선은 전후문학을 대표하는 단편작가라는 점, 특히 작품의 상당수가 서정성에 바탕을 둔 이른바 서정소설로 분류된다는 점에서 외견상 이태준과 흡사한 점들이 많다.[30] 실제로 이범선은 '문학 대담'에서 이태준과의 관련성을 고백하기도 했다. "좀처럼 안 하는 얘깁니다만 숨길 수 없는 것인지도 모릅니다. 내 문학수업이 상허(尚虛)에서 시작되었으니까"[31]라는 고백처럼, 이범선 소설에서 이태준의 흔적은 곳곳에서 발견된다. 문장이 간결하고 감각적이라는 점, 분위기를 적절하게 활용한 점, 그리고 아이러니를 능란하게 구사한 점 등은 두 작가에게서 발견되는 공통 요소들

---

29) 김동리, 「신세대의 정신」, 『문장』(1권 7호), 91-92쪽.
30) 이범선에 대해서는 졸저 『현대소설사와 근대성의 아포리아』(소명출판, 2004) 참조.
31) (대담) 「'오발탄' 그리고 '피해자'」, 『문학사상』, 1974. 2, 219쪽.

이다. 가령 데뷔작인 「일요일」에서 아이러니의 활용을 구체적으로 확인
할 수 있다. 즉 모처럼의 일요일을 느긋하게 보내고자 했던 주인공은 게
으름을 부리다가 목욕탕을 가게 된다. 탕 안에 몸을 담그고 여유롭게 휴
식을 취하고자 했으나 주변을 의식하지 않는 안하무인의 인물들에 의해
그 꿈이 순간적으로 무너지고 만다는 내용으로, 인물의 기대가 외부인
에 의해 극적으로 배반되는 상황의 아이러니에 해당한다. 이런 아이러
니는 「행복」「어둠」「꽃나무는 심어놓고」 등에서 이태준이 일찍이 즐겨
했던 기법이다. 그런데, 좀더 눈여겨보아야 할 대목은 두 작가 사이에서
보이는 기법적인 유사성이 아니라, 그 바탕이 되는 작가의식의 유사성
이다. 흥미롭게도 이태준이나 이범선에게서 발견되는 공통된 정신적 특
질은 일종의 '고아의식'이다. 이태준은 실제 고아였고, 이범선은 그렇지
않았다. 하지만 작품에서 확인할 수 있는 두 작가의 공통된 특질은 '고
아'로서의 정신적인 고립감과 소외감이다.

① 나의 고향은 어대냐? 윤건은 심사가 울적할 때마다 보던 책을 다다미 우
　에 집어 내던지고 그리운 곳을 톱파보군 하엿다. 함경북도 배기미냐 서
　울이냐 철원이냐 그저 막연하게 조선땅이냐, 그러면 배기미나 서울이나
　철원에 누가 나를 기다리고 잇느냐 아모도 업다. 배기미 갓지도 안타,
　서울도 철원도 아닌 것 같다. 그러나 그는 이말 끄테 엿달어 '조선땅이
　아니다'라는 말은 해 본 적이 업섯다.[32]

② 그러고 보면 나 자신도 역시 사랑의 고아였다. 아니 뿐만 아니라 가정의
　고아이기도 했다. 직장의 고아이기도 했다. 또 교회의 고아이기도 했다.
　남편이면서 남편이 아니었고, 아버지이면서 아버지가 아니었고, 스승이
　면서 스승이 아니었고, 기독교인이면서 기독교인과 어울리지 못하였고,
　나는 나를 비로소 발견하는 것이었다. 모든 면에서 나는 고아였다고 새
　삼스레 생각해보는 것이었다.[33]

---

32) 이태준, 「고향」, <동아일보> 1931. 4. 21.

이태준에게서 볼 수 있는 고아의식은 거의 육친적인 것이다. 어려서 부모를 잃고 눈칫밥을 먹으면서 성장하는 과정에서 무의식적으로 갖게 된 고아로서의 고적감은 이태준 소설 전반을 규율한다고 해도 과언이 아니다. 이태준은 그런 운명을 감수하면서 자신의 삶을 스스로 개척하겠다는 강한 의지를 토로한 바 있다. 그런데 이범선에게서 보이는 것은 일종의 정신적 고아의식이다. 분단으로 말미암아 가족과 헤어져 강제로 월남해야 했고, 월남 후에는 그 정신적 상흔을 간직하면서 살아야 했던 이범선은 일종의 정신적 부적응자와도 같았다. 인용문에서 볼 수 있듯, 스스로를 고아로 규정하고 사회와 유대를 거부한 채 개인적 적대감을 내보이는 것은 현실에 적응하지 못한 작가 특유의 결벽성에서 비롯된다. 물론 그 원인은 전쟁에 있다. 전쟁을 체험하면서 작가는 사회와 국가에 대한 최소한의 믿음을 잃었고, 현실에 대한 극도의 불신감을 갖게 되었다. 국가는 국민의 생명과 재산을 보호해 주어야 하지만, 현실은 그와는 정반대로 국민들을 저버렸고 주변 이웃은 선의를 외면하였다. 그래서 이범선은 전쟁이 "내 자신을 완전히 변형시켜 왔어요"34)라고 말한다. 게다가 전후의 참혹한 현실은 작가에게 사회적 불신감을 한층 강화시켰던 것으로 보인다. 「오발탄」에서 사실적으로 묘사되듯이, 인륜마저 포기해야만 하는 전후의 현실은 작가의 결벽성을 더욱 강화시켰고, 급기야 현실에 대한 극도의 불신감을 심어주었다. 「몸 전체로」에서 보이는 사회 현실에 대한 환멸과 적대감은 그런 심리의 단적인 표현이다. 그래서 "저는 돌아온 이 서울 거리에서 '우리' 대신 폐허 위에 수많은 '나를' 발견했습니다. 나, 나, 나, 나, 나. 나 정말 한강의 모래알만치나 많은 '나'"35) 라는 진술은 전후 현실에 대한 처절한 반감이자 정신적 고아의식을 집약한 말로 이해할 수 있다. 「자살당한 개」에서 육신의 불구로 인해 사랑

---

33) 이범선, 「피해자」, 『한국현대문학전집 6』, 신구문화사, 1967, 274쪽.
34) 앞의 「'오발탄' 그리고 '피해자'」 참조.
35) 이범선, 「몸 전체로」, 앞의 책, 321쪽.

하는 여인마저 포기한 채 고립된 자존 속에 칩거하는 주인공의 모습이나, 「두메의 어벙이」에서 화려하고 풍요로운 서울을 버리고 혼자 두메 산골로 돌아가는 '어벙이' 역시 그런 고적한 심리를 대변한다. 이범선은 이 속악한 현실에 대해서 '몸 전체로' 맞서고자 하는 단호한 의지를 토로했는데, 이는 마치 이태준이 『사상의 월야』에서 자신의 의지만으로 세상을 개척하겠다는 비장한 결의를 내보인 것과 흡사하다. 현실에 대한 환멸과 고립감에서 작가는 공동체적인 유대가 온존했던 고향을 추억하고, 그것을 참혹한 현실과 대비하면서 작품의 비판성을 주조(鑄造)해낸 것이다. 연구사를 개관하는 이 글에서 이런 사실을 온전하게 석명할 수는 없으나 그것이 이태준의 소설사적 파장을 확인할 수 있는 단적인 사례인 것만은 분명하다. 이태준과 이범선의 특질이 한층 명확해진다면 이태준을 원류로 해서 분비된 소설사의 다양한 궤적들이 조금이나마 그 실체를 드러낼 것이다.

## 5. 새로운 연구의 원년

근대화의 깃발을 앞세우고 오늘에 이른 한국문학 100년의 역사는 다양한 문양(紋樣)의 작가와 작품들로 채워져 있다. 그 긴 역사를 통해서 근대성의 구현을 위한 다양한 실험과 모색이 이루어졌고 또한 괄목할 만한 성취가 이루어졌다. 이태준은 이 거대한 흐름을 이끈 향도의 한 사람이었다. 그는 단편 양식의 미적 정련화 과정에서 근대성의 문제를 누구보다 숙고하였고, 장편을 통해서도 그런 의지를 집요하게 관철시키고자 했다. 이태준에게 헌정된 그 동안의 상찬들은 모두 이런 선구적 성취에 따른 당연한 결과로 볼 수 있다. 하지만 본격적인 논의의 대상으로 떠오른 이후 10년 이상의 세월이 흐르면서 그에 대한 평가는 때로 균형 감각을 상실한 편향과 극단성을 노정하기도 했고, 그로 인해 작가의 위상이 매우 혼란스러운 상태로 제시되기도 하였다. 이 글은 그런 문제점들을 지적하면서 논의의 새로운 전기를 마련하고자 의도되었다.

작가와 작품은 태어난 그대로의 모습으로 존재하지만, 그것을 규정하는 시대와 주체의 시선은 끊임없이 유동한다. 최근 '문학의 죽음'이 회자되고 한편에서는 연구 환경의 악화를 이야기한다. 하지만 한 소설가의 말대로, 그것은 기존 문학의 쇠퇴를 말하는 것이지 문학 자체가 쇠퇴했다는 것은 아니며 또 기존 작가들이 쇠퇴한 것이지 문학의 광맥이 고갈된 것을 뜻하지는 않는다. 새로운 문학에 도전하겠다는 각오만 확고하다면 문학의 광맥은 얼마든지 우리에게 그 가능성을 열어 보일 것이고,[36] 그런 사실은 문학 연구에서도 동일하게 적용될 수 있을 것이다. 광포한 근대의 첨단을 걸으면서 그에 기반을 둔 연구자들의 문제의식과 미답지를 개척하고자 하는 열망이 더욱 벼려진다면 연구의 새로운 영역은 끊임없이 창출될 것이다. 이태준에 대해서 많은 연구가 축적되었고 또 문학사의 대체적 위상이 밝혀졌다는 것은 역설적으로 연구자의 새로운 각오와 문제의식이 한층 갱신되어야 한다는 것을 의미한다. 그런 점에서 이태준 탄생 100년은 훗날 연구의 새로운 원년으로 기억되어야 할 것이다.

---

36) 마루야마 겐지, 김난주 역, 『소설가의 각오』, 문학동네, 1999, 7-8쪽.

# 이태준 문학과 '예술 자율성'

송 인 화*

## 1. 들어가며

이태준 소설을 접근하려고 할 때 가장 먼저 부딪히는 것은 예술이라는 어사이다. 그것은 무엇보다 상허 자신이 자기 문학의 가치를 예술에서 찾으려고 했던 데서 비롯되지만 최근의 연구에서 지적되는 것처럼 그의 문학에서 미(美)나 아름다움이 애상적 취향과는 구별되는, 자본주의적 근대와 비판적으로 대응하는 의미를 가지고 있다는 인식에서 연유한다.1) 상허 문학의 문제적인 지점인 전통이나 고전에 대한 지향도 전근대적인 의식과 구분되는, 과거의 시간성을 미적으로 향유하는 심미성의 미학적 태도임이 해명되면서 미적인 것 혹은 예술은 상허 문학의 인

---

* 평택대학교 겸임교수.

1) 예술 자율성에 관한 최근의 논의가 주목하는 것은 자본주의적 근대에 대항하는 비판적 인식이라고 할 수 있다. 그러나 대부분은 김동인을 중심으로 한 20년대 동인지 문학에 대한 연구에 집중되어 있고, 상허 문학의 예술 자율성의 의미에 대해서는 아직 본격적인 논의가 이루어지지는 않았다. 자본주의적 근대의 속물성에 대한 비판이 상허 문학의 근간이라는 점에서 이 문제에 대한 좀더 세밀한 논의가 요구된다. 이에 관해서는 다음의 논문을 참조할 수 있다. 김민정, 「이태준론」, 『한국학보』, 1998년 가을/ 졸고, 『이태준 문학의 근대성』, 국학자료원, 2003.

식과 실천을 포괄하는 의미를 갖게 되었다.[2]

그러나 예술이 갖는 이러한 각별한 의미에도 불구하고 상허의 소설을 예술이라고 하는 단일한 개념으로만 선뜻 포괄하기는 어렵다. 그의 소설이 전적으로 제작성에 기반한 자기반영적 미학만을 추구한 것이 아니라 장르로 구분되면서 혹은 한 장르 안에서 계몽적 서사를 동시에 보여주고 있기 때문이다. 이태준 문학을 연구하는 연구자들이 부딪히는 난점도 바로 여기에 있는데, 그의 소설은 어느 하나의 통합적인 개념이나 방법론으로 접근하기 어려운 문제성을 보여주고 있다.

이러한 이질적인 분화의 지점을 근대성이라는 범주로 통과하려고 했다는 점에서 박헌호와 서영채의 글은 주목을 요한다. 글쓰기의식이라는 시각에서 상허 소설을 접근하고 있는 서영채는 상허 소설이 예술가 의식과 지사 의식이 결합된 처사의식에 기반하고 있다고 보고 있다.[3] 그가 말하는 예술가 의식이란 세계로부터 자신을 격리시키는 금욕적인 의식으로서 인위적인 제작성에 기반한 형식적인 기법의 문제로 수렴된다. 따라서 그는 서사적 객관화를 위한 기법으로서의 아이러니를 상허 소설에 나타난 예술성의 핵심적인 내용으로 분석한다.[4] 이러한 서영채의 논의는 상허의 의식에 나타나는 모순된 충동과 결을 해명하려는 최초의 시도였다는 점에서 의미가 있다. 하지만 결국 모더니즘적 미학과 계몽주의적 실천이라는 상반된 충동을 마주보는 관계로 설정하여 독립된 의식의 현존을 증명하였을 뿐 모순된 의식의 결합관계를 적절하게

---

2) 차승기, 「1930년대 후반 전통론 연구」, 연세대학교 박사논문, 2002.

3) 서영채, 「두 개의 근대성과 처사의식」, 『이태준 문학연구』, 깊은샘, 1993.

4) 서영채는 아이러니를 세 가지 층위로 나누어 분석하고 있다. 첫째는 서사 구성 기법으로서의 아이러니, 둘째는 정서적 아이러니, 셋째는 세계 인식의 차원에 존재하는 아이러니이다. 이들 아이러니를 구분하는 기준은 서술자 혹은 예술가의 위치이며 그것의 소설내적 기능은 형식적 완결성을 갖게 한다는 것이다. 세 가지 층위로 나누어 분석하고 있지만 세 가지 모두 소설을 축조하는 기교적인 차원으로 수렴된다는 점에서 각각의 아이러니가 갖는 의미의 차별성은 그리 크지 않다. 서영채, 위의 글, 61-71쪽.

해명하고 있다고 보이지는 않는다. 특히 예술가 의식을 인위적인 제작성의 차원으로만 해명함으로써 예술 자율성의 현실적 의미가 무시되고 있다는 점에서 문제적이다. 박헌호의 경우 근대성이라는 범주를 보다 적극적으로 활용함으로써 상허 소설의 이질성을 포섭하려는 의지를 보여준다.5) 그는 미적 근대성과 사회적 근대성이라는 양분된 개념으로 상허의 단편과 장편을 각각 해명한다. 단편은 예술적 세련화를 통한 근대화를, 장편은 계몽 의지를 통한 사회적 근대화를 각각 시도하고 있다고 보고 결과적으로는 양편이 모두 '민족의 근대화 과제를 실행하고자 했던 의지의 소산'이라고 해명함으로써 사회적 근대성을 양자의 핵심적 계기로 해명한다. 이러한 박헌호의 논의는 상허 소설의 이질적 계기를 포괄적으로 이해하는 틀을 마련했다는 점에서 의미가 있다. 하지만 사회적 근대성, 미적 근대성이라는 양분된 계기로 한 작가의 문학을 판별하고 있다는 점에서, 또 상허 문학의 예술성을 그 역시 기술적 세련화의 차원으로만 해명하고 있다는 점에서 문제적이다. 식민지 근대화의 반봉건성을 작품 해석의 최종 심급으로 상정하고 있기 때문인데, 사회적 근대화라는 계기에 묻혀 예술 자율성이 갖는 의미가 상대적으로 부차화, 혹은 간과되고 있다.

이러한 논의에서 공통적으로 주목하는 것은 상허 문학에서 예술의 자율성이 갖는 각별한 의미이다. 그럼에도 또한 이 글들에서 그것을 형식적 완결성을 추구하는 '기법'으로만 해명하고 계몽의 계기는 그것과 별개의 독립된 '의식'으로 분별하여 다루고 있다는 점에서 공통적이다. 그것은 무엇보다 예술을 작가의 사상이나 의식을 담지하지 않은 형식적 기교라는 의미로 접근하고 있기 때문이다. 그러나 다른 개념들이 그러한 것처럼 예술 역시 이질적인 의미들이 상충하는 구조를 가지고 있음은 물론이다. 더욱이 식민지 시기 예술의 자율성을 구성하는 내부는 자

---

5) 박헌호, 「이태준 문학의 소설사적 위상」, 성균관대학교 박사학위논문, 1997.

기 모순적인 충동들이 작용하는 매우 복잡하고 압축적인 장이라고 할 수 있다. 또 예술 자율성이 보여주는 자기 전개의 과정 역시 미리 예정된 궤적을 그리는 것도 아니다. 그렇다고 이념의 차원으로까지 고양되지 못한 식민지 시기 예술 자율성의 한계를 결과론적 차원에서 지적하는 것도 상허문학을 해명하는 데 별반 생산적인 논의를 제공하지는 못한다. 필요한 것은 이태준 문학 심부에 놓여 있는 예술이라는 개념의 구조와 논리를 주밀하게 살펴봄으로써 '이태준 문학의 예술'의 내용을 해명하는 것일 듯하다. 따라서 이 글이 지향하는 것은 다음과 같다. 이태준 문학에서 예술의 자율성이 작동하게 된 출발의 동력은 무엇이었을까. 자본주의적 근대와 갈등하는 영역으로서 그가 지향했던 예술의 내용 즉 침전된 내용으로서의 형식은 무엇일까. 또 그것의 내부에서 충돌하는 모순적인 계기는 무엇이며 어떻게 충돌하며 전개되어 가는가 하는 것이다. 이러한 물음에 접근하는 과정에서 우리는 예술 자율성을 통해 그가 도달한 성과와 한계, 그리고 30년대 후반을 지나면서 보여준 문학적 여정의 변화와 그 의미를 추적해 볼 수 있을 것이다.

## 2. 예술, 출발의 동력 - '민족'

예술이 생활현실과 분리되어 독립적인 제도로서 자율성을 확보하게 될 때 가장 먼저 물어야 할 것은 그것이 생활현실을 떠나게 된 배경 즉 출발의 동력을 따져보는 일이 될 것이다. 서구의 경우 그것은 속물성이 지배하는 사회적 집단과 이념에 대한 회의와 부정을 결정적인 기반으로 하고 있다. 상허의 경우도 예외는 아니어서 그의 소설은 자본주의적 근대의 속물성, 즉 이윤의 논리가 관철되는 생활현실에 대한 부정이 그의 소설 전반에 강하게 피력되고 있다. 하지만 예술의 자율성이 작동되는 경로는 그만의 특이함을 보여준다. 상허가 생활현실을 떠나 예술을 지향하게 되는 데에는 '민족'이라고 하는 집단의 이념이 매개되어 있다. 민족은 생활현실을 벗어나 예술로 나아갈 수밖에 없게 만드는 상황의 필연성을 제공하는 윤리적인 정당화의 기제로 작용하고 있다.

「결혼」(1931)은 결혼과 직업이 초래하는 생활에의 함몰을 경계하는 작품이다. 주인공인 S는 세속적인 권위나 물질에 쉽게 유혹받지 않는 자존심 강한 여성이다. 혼령기에 들어선 그녀는 재상가집 아들이나 대학병원의 의사를 모두 마다하고 T를 자랑스럽게 선택한다. 아직 문명(文名)도 나지 않은 일개 문학청년일 뿐인 T를 그녀가 선택하는 이유는 다름 아닌 그의 '예술적 정열' 때문이다. 그것은 자본의 논리에 지배되는 세속적인 욕망과는 구분되는 진정한 가치라는 것인데 이렇게 예술을 추구하는 이유는 '하늘을 싸덮은 검은 구름장 같은 거대한 굴욕' 아래서 '비열한 생활자'로 살아가는 '조선사람들'에 대한 문제적 인식 때문이다. 즉 식민지 현실에 대한 민족적 자각이 개인의 현실적인 욕망을 허용하지 않는다는 것이고 그러한 세속적 욕망을 벗어난 영역이 바로 '예술적 정열'이라는 내용으로 구체화되는 것이다. 결혼 이후 이들이 생활에의 유혹에 굴복하여 관청과 같은 직장에 취직해야겠다고 생각했을 때 다시금 물질주의적 욕망을 벗어날 수 있었던 계기도 다름 아닌 조선에 대한 의식 때문이다.

S는 눈을 건반에서 떼었다. 그리고 여러 사람을 둘러보았다. 그때다. S의 눈은 화경처럼 빛이 났다. 그의 눈을 새삼스럽게 찌르는 것이 있던 것이다. S의 가슴 속가지 피가 나라하고 찌르는 것이 있었다. 개성과 서울 예배당에서 십여년 동안 보아오던 똑같은 광경이었으나 그때 S의 눈엔 너무나 새삼스럽게 드러나 보이는 것이 있었으니 그것은 같은 찬송가를 부르고 섰는 속에서 서양사람의 모양과 조선사람의 모양이 같지 않은 것이었다.

그 값진 의복을 입고 살진 목청을 울리고 섰는 서양 사람들과 후적지근한 두루마기를 걸치고 그 주름살 잡힌 얼굴을 비통스럽게도 움직이고 있는 조선 사람의 꼴들은 너무나 조화되지 않는 억지스러운 광경이었었다.[6)]

조선사람의 현실이 서양의 그것과 대비되면서 '고통스러운 얼굴'이 부각되고 있다. 이러한 식민지 현실 때문에 개인적이고 물질주의적인 욕망은 허용될 수 없다는 것이고 현실주의적 욕망을 초월한, 그러한 점에서 순수한 이상의 실현이 보장되는 '예술'을 고집할 수밖에 없다는 것이다. 이러한 주장의 근저에는 자본주의적 근대화가 민족적인 이해와 이반된, 억압자인 일제에 의해 진행되고 있다는 논리가 놓여있다. 즉 상허에게 '조선민족'은 자본주의적 근대화라는 지배적인 현실로부터 배제된 타자이자 피해자인 것이다. 따라서 이윤의 욕망에 일상이 점령되는 상황은 일제의 세력이 확장되는 것이자 조선의 민족적 정체성이 위협받는 것으로 파악된다. 그리고 그러한 세속적인 욕망을 떠난 예술이 바로 민족적 이념을 실현하는 대사회적 이상의 구현체로 인식될 수 있었던 것이다. 이윤의 욕망에 침윤되지 않은 금욕적 현실이반이 민족적 이념을 실현하는 길이 되었던 것이고 예술은 생활현실을 초월한 자율성으로 인해 그러한 금욕적 민족주의를 실현할 수 있는 유효한 방식이 되었던 것이다. 결국 상허에게 예술은 단지 반속물성으로만 포괄될 수 없는, 식민지 현실과 연결된 민족주의와 모순적인 결합관계를 갖게 된다. 여기에서 분명해지는 것은 상허의 예술이 사회와 민족이라고 하는 대사회적인 계몽적 의지를 필연적인 동력으로 내면화하고 있다는 사실이다. 즉 그의 예술은 반속물성과 계몽성이라고 하는 모순의 동력을 '함께' 내장하고 있는 것이다. 그러한 점에서 개인적 욕망보다는 대사회적인 윤리가 우월성을 획득하고 있는 것으로, 금욕적이면서도 동시에 대사회적인 이러한 욕망은 상허 문학 전체를 통해서 지속적으로 관류하고 있다. 그것은 구체적인 내용은 달리하면서도 선택의 시기마다 항상 작동하는 상허문학의 인식을 지배하는 심층의 '구조'라고 할 수 있다. 즉 개인의 욕망은 언제나 민족과 사회라는 집단적 이념과 갈등하고 있고 또 그것은

---

6) 이태준, 「결혼」, 『달밤』, 깊은샘, 1995, 118쪽.

매번 사회적 이념이라는 요청에 의해 부차화되거나 무시되는 것이다.[7]

이처럼 계몽적 자아의 내면은 예술의 개념 내부에 '처음부터' 출발의 동력으로 구조화되어 있고 그것은 이후 상허가 본격적으로 예술을 추구하는 데 있어 그것의 질과 성과를 한정하는 요인이 된다. 민족을 단위로 하는 집단적인 사유와 대사회적 실천이라는 당위적인 명분은 개인의 가치를 절대화시킴으로써 작동하는 자율성의 논리를 시행하게 될 때도 여전히 윤리적 판단자의 시선으로 개입할 뿐만 아니라 작품경향의 급격한 변화를 수행하는 계기가 되는 것이다. 물론 이러한 모순적인 결합은 자율성의 토대가 난숙하지 못한, 즉 식민지 근대화라는 맥락 속에서 이해될 수도 있다. 하지만 동시기의 이상이나 박태원 등을 염두에 두고 볼 때 그의 예술에 개입하고 있는 계몽적 자아의 형상은 그보다 먼저 '이태준 고유의 것'이라고 생각된다. 상허가 자본주의적 속물성에 대한 강한 혐오감과 또 그것과 분리된 비동일자로서의 예술에 대한 인식을 가지고 있었으면서도 예술의 자율성이 가진 비판적 긴장을 치열하게 지속할 수 없었던 것은 계몽적 자아의 내면을 윤리성의 차원에서 견지하고 있었던 상허만의 독특한 인식적 구조 때문이었다고 판단된다.

물론 앞의 작품에서 나타나는 것처럼 속물성에 대한 강렬한 혐오감, 그와 대비된 '순수한' 이미지로 표상되는[8] 오염되지 않은 세계에 대한

---

7) 구조를 보다 더 일반화시킨다면 상허에게는 작은 것과 큰 것의 경합, 사적인 것과 공적인 것의 이항적인 갈등이 존재하고 있고 언제나 후자 쪽이 우월한 가치로 상정된다. 이는 근대주의자의 계몽적 사유를 그대로 보여주는 것이지만 이러한 이항적 구조와 선택이 유독 그에게 선명하게 드러나는 데는 고아로서 현실주의적 욕망을 품었던, 그리고 실제로 문단에서 '구인회'와 <조선중앙일보>, 『문장』 등의 매체를 통해 헤게모니를 장악했던 그의 현실주의적인 욕망이 깊게 작용하고 있다고 볼 수 있다. 나아가 일제 말 그가 지배논리에 공조하면서 자기 당위성의 명분으로 삼았던 것도 바로 이 공적인 것, 사회적인 것, 집단적인 것의 우월성이었다는 점에서 파시즘에의 동조는 사실상 처음부터 그의 인식 속에 구조화된 것이었다고 볼 수 있다.
8) 상허의 예술에 대한 지향은 '청(淸)'이라는 이미지로 표명되기도 한다. 그런데 '청'은 조선조 유학자가 지향했던 지조와 관련된 유교윤리의 표상적 기호였다는 것을 염두에

낭만적 동경은9) 상허가 예술을 찾아가게 되는 본원적인 요인이 된다. 그가 바라보는 생활현실은 자본의 논리가 관철되는 세속적인 욕망의 타락한 세계이며 또 세부적인 삶에까지 그것이 편재되어 있어 어떠한 실천도 자본의 논리를 승인하지 않고는 불가능한 곳이다. 사회적인 이상을 안고 귀국한 동경유학생의 좌절을 그린 「고향」에서 주인공인 윤건이 목격한 현실사회는 동맹휴학을 반대했던 사람이 교장으로, 밀고자가 정식 선생으로 앉아있고 지식인들은 직업과 생계를 마련하기에 급급한 비겁자가 되었으며 사회주의자 역시 이론만 앞세울 뿐 사회적 명망가의 자리를 차지하고 있는 곳이다. 그뿐인가 신문사는 독자의 흥미를 자극할 기사의 수집에만 관심이 있고 신간회는 문이 닫혀있으며 잡지사들도 상업적인 매체로서의 직업적인 일에 분망해 있을 뿐이다. 그가 기대했던 '손 잡아주고 함께 일할' 사람도 공간도 일체 봉쇄된, 자본의 논리만이 광휘를 발휘하는 세계인 것이다. 상업적 이윤의 논리만이 관철될 뿐 그것을 부정하고서는 실천 자체가 불가능하다는 것이다. 더욱 문제적인 것은 지식인을 대상으로 하는, 혹은 그들과 함께 하는 계몽적 이상이 봉쇄되었다는 사실로 실천의 불가능성에 대한 인식이 비등하게 드러난다. 이외에도 '붓이 칼이 되겠다는' 비장한 각오로 기자가 되지만 경영진의 상업적인 이해와 자신의 생활고로 윤락가에 취재를 나가는, 그리고 그곳에서 매춘으로 생활을 지탱하는 애국지사 딸의 비극상을 목도하는 「아무일도 없소」. 궁벽한 시골에서 교육적 이상을 실천하고자 했던 희생적

______________

둘 때 상허의 예술이 지향했던 세계가 그러한 동양적 윤리를 상관물로 하는 이미지에 한정된다고 보이지는 않는다. 자연물을 대상으로 한 상허의 수필에 한정한다면 모르지만 상허의 소설까지를 대상으로 할 때 상허가 지향했던 예술적인 순수는 위생학적인 깨끗함과 밝음이 교차하는 서구적인 이미지로 재현될 때도 있다는 점에서 포괄적인 개념의 '순수'가 적당할 듯하다.

9) 강진호는 상허 소설을 낭만주의적 정신으로 해명하며 구체적인 내용으로 주관적 동경과 문명화된 세계에 대한 비판, 과거에 대한 향수 등을 들고 있다.(강진호, 「동경과 좌절의 미학」, 『이태준 문학연구』, 깊은샘, 1993)

인 교사가 가정집 도둑으로 변해 잡혀가는 어처구니없는 현실을 그린 「어떤 날 새벽」 등. 이러한 작품을 통해 확인할 수 있는 것은 자본의 논리가 철저히 관철되는 생활현실이며, 생활에 굴복하지 않고는 어떠한 실천도 현실적으로 불가능하다는 인식이다. 여기에서 생활현실을 떠나야할 필연성이 제공된다. '떠남'을 통해서만이 속물성이 지배하는 생활과의 비판적 대응이 가능하다는 것이고 그럼으로써만 사회적 이상을 실현할 수 있다는 것이다. 이러한 실천의 불가능성 속에서 비판적 태도를 표현할 수 있는 곳이 바로 예술이다. 따라서 예술은 실천의 포기를 조건으로 한, 인식을 통한 부정성의 방식이다. 그것은 실천 자체를 부정하는 것과는 다른, 실천의 좌절을 고통으로 체험한 자아가 좌절을 안고 떠나는 여행이다. 그러한 점에서 비록 소극적 방식이지만 사회적 이념을 실현하는 통로가 된다.

### 3. '예술'의 내용과 구조

　민족주의적 이념과 예술이 만나는 접점이 속물성에 대한 부정적 인식임은 앞서 살펴보았지만 이러한 불안정한 동거는 30년대 중반까지 상허소설의 중요한 성과들을 생산하면서 상당기간 지속된다. 그것은 무엇보다 상허가 경제적인 이윤추구의 합리성이 관철되는 대상화된 인식을 거부하고 정감적 인식을 통한 비판적 긴장을 유지함으로써 가능한 것이었다. 상허가 추구하는 예술성의 가장 중요한 내용은 정감적인 인식이다. 대상을 자아의 주관성을 통해 인식한다는 점에서 그것은 시적 인식의 계기를 포함하지만 서사적 진행과정 안에서 이루어진다는 점에서 시적인식과 전적으로 일치하는 것은 아니다.

　정감적 인식에서 대상에 대한 지각은 개념이 아닌 감각을 통해서 이루어진다.

한 사람이라도 좋다. 자연에 대한 솔직한 감각을 표현하라, 금강산에 어떠한 문헌이 있든지 말든지, 백두산에서 어떠한 인간의 때묻은 내력이 있든지 없든지, 조금도 그 따위에 관심할 것이 없이 산이면 산대로, 물이면 물대로 보고 느끼고 노래하는 시인은 없는가? 경승지景勝地에 가려면 문헌부터 뒤지는, 극히 독자獨子의 감각력엔 자신이 없는 사람은 예술가는 아니다. 조금만 학문과 고고考古의 사무가일 뿐, 빛나는 생명의 예술가는 아니다.10)

다른 학문과 예술을 구별하는 자질을 '감각'이라고 말한다. 철학이나 정치, 혹은 역사 등의 다른 사회적 영역과 예술을 구분하는, 그러한 점에서 자율성을 가동시키는 핵심적인 자질을 감각이라고 본 것이다.11) 감각은 주관의 정서적 감응으로 대상을 감촉하는 것이라는 점에서 개념적인 인식과 구분된다. 개념이 관념을 통해 대상의 내용을 분석적으로 파악하는 것이라면 감각은 감응 주체의 주관적인 느낌과 체험을 통해 대상과의 순간에서의 통합적인 일치를 통해 정서적인 교감을 나누게 되는 것이다. 통합적인 일체감에 근거한 이러한 정감적 인식은 개념으로 대상을 인식함으로써 대상의 차이가 무시되는 동일시적인 사유에 대항하는 미적인식에 근접한 것으로12) 실용성의 연관에 지배되는 근대의 속물성에 대한 비판적 긴장을 함유하고 있다. 즉 투자와 이윤의 생산이라는 자본의 논리에 따라 모든 것을 대상화시키는 근대의 동일시적 사유에 대한 비판적 항의를 표현하는 것이다.

작가의 기질과 적성을 유독 강조했던 상허의 예술가의식13)이나 언

---

10) 이태준, 「자연과 문헌」, 『무서록』 깊은샘, 1994.
11) 상허는 이 글 외에도 그의 문학관을 피력하는 많은 글을 통해 직관, 느낌, 감촉, 감정 등을 거듭 강조하면서 논리나 개념, 그리고 분석과 대비되는 미적인 자질로서의 감각성을 예술가 혹은 예술의 특권적인 자질로 지목한다.(「명제 기타」, 『무서록』, 위의 책, 63쪽./ 「필묵」, 위의 책, 92-93쪽./ 「고전」, 위의 책, 124-125쪽)
12) 이러한 점에서 정감적 인식은 아도르노의 미메시스적 인식에 가깝다고 할 수 있다.
13) 상허는 예술에 대한 견해를 표명한 여러 글에서 제재 및 주제는 물론 표현의 문제에

문일치에 국한된 문장을 거부했던 상허의 독특한 언어의식,[14] 그리고 표현의 개성을 무시하고 전고에 의존하는 전통소설에 대한 비판[15] 역시 이러한 미의식에서 산출된 자연스러운 결과라고 할 수 있다. 사회적 규약에 의해 의미가 동일하게 전달되는 언문일치의 문장보다는 작가마다 다르게 감지되는 감각의 내용과 그것을 개성적으로 표현하는 언어를 통해 자본주의적 근대의 효용적 연관에 대한 거부감을 표현하는 것이다. 여기에서 자율성이라는 예술의 위치가 결정적인 요건임은 물론이다.[16]

---

있어서까지도 예술가의 자기 능력과 취향에 맞는 것을 찾아 개발해야 한다고 강조하고 있다.

14) 상허의 언어의식은 '말을 뽑아도 남는 것이 있는'이라는 수사적 표현에서 단적으로 드러난다. 상허는 '말을 뽑으면 아모 것도 남는 것이 없다면 그것은 문장의 허무다. 말을 뽑아 내여도 문장이기 때문에 맛있는, 아름다운 매력있는 무슨 요소가 남어야 문장으로서의 본질, 문장으로서의 생명, 문장으로서의 발달이 아닐까? 현대, 또는 장래문장의 이상은 이곳에 있지 않을까 생각한다. 언문일치는 실용정신(實用情神)이다. 일상의 생활이다. 연기(演技)는 아니다. 창조하는 도구다. 언어가 미치지 못하는 대상의 핵심을 찝어내고야 말려는 항시 교교불군하는 야심자다. 어찌 언어의 부속물로 생활의 기구로 자안(自安)할 것인가!'(이태준, 『문장강화』, 깊은샘, 1988, 297-298쪽)라고 함으로써 실용적인 언어관에 대한 분명한 거부감을 나타내고 있다. 이러한 언어에 대한 감각은 일상적인 언어소통을 의도적으로 방해하는 모더니즘적인 언어관과 닿아있는 것으로 사회적인 소통의 거부를 통해 지배담론과의 갈등을 표출하고 있다고 할 수 있다. 따라서 그의 언어관을 현실인식을 사상한 제작성의 측면으로만 해명하는 것은 적절하지 않다. 상허의 언어의식에 대해서는 한상규, 「문장강화를 통해 본 이태준의 문학관」, 『이태준 문학연구』, 위의 책 참조.

15) 다음과 같은 언급에서 알 수 있다. "「장화홍련전」, 「흥부전」, 「춘향전」 같은 작품들이 우리의 고전문학으로 재음미되고 있기는 하나 현대인의 소설 관념에서는 극히 먼 거리에 떨어져 있는 것이다. 한마디로 말하면 표현에 진실이 없었던 까닭이다. 인물 하나를 진실성이 있게 묘사해 놓는 것을 찾기가 어렵다. … 그러니까 이런 이야기책 속에도 내용만은 '문학적'인 것이 있다 할지언정 그 문장, 그 표현, 그대로를 소설이라, 문학이라 할 만한 관대는 가질 수가 없다. 그러기에 춘원 같은 이는 그렇게 많은 춘향전을 하나도 믿지 못해 자기의 붓으로 개작까지 해 본 것이다."(이태준, 「조선의 소설들」, 『무서록』, 앞의 책, 65-67쪽) 이를 통해 볼 때 상허가 전통소설을 비판했던 가장 큰 이유는 작가마다 동일한 표현을 사용하여 동일한 내용을 전달하는, 그러한 개성 부재의 동일시적인 사유방식이었다고 할 수 있다.

16) 뷔르거는 자율성의 상태는 결코 예술가가 정치적 입장을 취하는 것을 배제하지 않으

예술의 '기능 없음'이라는 무효용성의 기능을 통해 사회의 기능연관을 부정하는 것이다.[17]

고전이나 자연물에 대해 그가 보여주었던 각별한 취향의 진정한 의미도 이러한 미적인식을 통한 효용성의 거부에 있다고 할 수 있으며[18] 스스로 예술이라고 지목했던 그의 단편에서 지속적으로 추구되는 예술성의 진정한 내용도 일반적인 서사인식과는 다른, 이러한 대상인식의 새로움에 있었다고 할 수 있다. 자본주의적 속물성에 대한 비판이라는 점에서 앞서 살펴보았던 민족의식과 결합하고, 사회적 이상을 실현하는 실제적인 방식이 된다. 상허가 대항했던 현실의 모순인 자본주의적 속물성에 대한 비판은 계몽적 자아의 교훈적 훈시를 통해서가 아니라 예술의 자율성에 기반한 미적인 인식의 계기를 통해 구체화되는 것이다.[19]

나아가 이러한 심미적 인식은 상허 소설의 독특한 형식적 개성을 창출하는 인식적 기반이 된다는 점에서 구체성을 확보하고 있다.[20] 전통적인 서사와 다른 상허 소설의 형식적 새로움은 이미지적인 표현과 공간적 구성에서 특징적으로 드러난다. 상허 단편에서 서술자는 대상과의

---

며 자율성 상태가 제한하는 것은 영향(효과)의 가능성이라고 말한다.(페터 뷔르거, 최성만 역, 『전위예술의 새로운 이해』, 심설당, 1986, 44쪽) 이는 근대사회에서 자율성이 가지는 무효용성의 비판적 기능을 말하는 것이라고 할 수 있다.

17) 홍승용 역, 『미학이론』, 문학과지성사, 1984,(Theodore W. Adorno, *Aesthetic Theory*, University of minnesota press) 358쪽.

18) 졸고, 위의 글, 31-43쪽.

19) 이러한 점에서 상허가 예술 자율성의 실현에 있어 김동인보다 한 걸음 나아갔다고 말할 수 있다. 김동인에게 있어 예술은 생활을 지배하는, 그러한 점에서 또 다른 계몽적 기획의 형태로서의 성격을 보여주지만 상허의 경우 예술은 생활현실과 분리된 독립적이고 자율적인 영역으로 추구된다. 상허에게 예술은 자율적인 공간이었을 뿐 생활을 압도하는 또 다른 지배의 영역으로 설정되는 것은 아닌 것이다. 작품에서도 김동인의 경우 예술성의 실현이 시점의 운용에 초점을 맞춘 서사적 객관화 방식에 집중되었다면 상허는 작품의 구조나 인물형상화, 그리고 표현의 측면에까지 기존의 서사적 전통과는 다른 미적인 새로움을 창출하고 있다.

20) 상허 소설의 형식에 대한 본격적인 연구는 이병렬에 의해서 처음으로 시도되었다. 이병렬, 「이태준 소설의 창작기법 연구」, 숭실대 박사학위논문, 1993.

정서적인 통합을 통해 주관적 인식을 표현한다. 이미지는 이러한 주관적인 감응의 과정에서 자연스럽게 나타나는 표현 방식으로 전통적인 서사와는 구분되는 형식적인 새로움을 보여준다. 즉 대상을 논리적인 연관 속에서 개념을 통해 인식하는 일반적인 서사적 전통과 달리, 이미지는 대상과의 감각적인 체험에서 창출된 인상을 시각적인 영상으로 표현한 것으로 이러한 이미지를 통해 상허 소설들은 서사적 전통 내부에 서정적 양식의 자질을 결합하게 된다.[21] 소설이 묘사하는 대상은 행동이나 사건이 아니라 체험주체의 인식이 되며[22] 주제적 의미는 이미지의 자질적 진행과정을 통해 실현된다. 상허 소설 중 대표적인 수작으로 꼽히는 「달밤」이나 「가마귀」의 경우 이러한 이미지가 현저하게 드러나는 작품으로 도입부에서 제시되는 황수건과 별장의 이미지는 작품 전체를 통어하면서 모순적인 의미의 결합을 통해 주제적 의미를 은유적으로 표현하고 있다.[23]

그는 말 몇 마디 사귀지 않아서 곧 못난이란 것이 드러났다. 이 못난이는 성북동의 산들보다 물들보다, 조그만 지름길들보다, 더 나에게 성북동이

---

21) R. 프리드먼, 신동욱 역, 『서정소설론』, 현대문학, 1989.

22) 예컨대 「달밤」에서는 다음과 같은 부분이 이에 속한다. "나는 가까운 친구를 먼 곳에 보낸 것처럼, 아니 친구가 큰 사업에나 실패하는 것을 보는 것처럼, 못 만나는 섭섭뿐만 아니라 마음이 아프기도 하였다. 그 당자와 함께 세상의 야박함이 원망스럽기도 하였다."(「달밤」, 깊은샘, 259쪽)/ "나는 그 다섯 송이의 포도를 탁자 우에 엎어 놓고 오래 바라보며 애껴 먹었다. 그의 은군한 순정의 열매를 먹듯, 한 알을 가지고도 오래 입안에 굴려보며 먹었다."(위의 작품, 261쪽)

23) 「달밤」에서 황수건은 '시골'이라는 이미지를 통해 제시되는데 세속에 때묻지 않은 천진성과 소외된 자의 어두운 현실이 서두의 시골 이미지에서 응축적으로 표현된다. 그것은 다시 작품 말미의 '달밤'이라는 이미지에서 강렬하게 집약되는데 달밤이라는 매개물에 공존하는 밝음과 어두움의 모순된 조화를 통해 황수건이라는 인물의 순수한 성격과 고난에 찬 현실이 순간적으로 전달된다. 「가마귀」에서도 서두에서 공교하게 드러나는 별장의 풍경은 하나의 거대한 이미지로 표현되는데 여기에서 태고적의 신비함과 함께 현실과 분리된 공간의 정태적이고 막막한 고적감이 동시에 제시됨으로써 인식주체인 그가 속한 자율적 예술의 현실적 의미와 한계를 동시에 전달하고 있다.

시골이란 느낌을 풍겨 주었다.

　서울이라고 못난이가 없을 리야 없겠지만 대처에서는 못난이들이 거리에 나와 행세를 하지 못하고, 시골에선 아무리 못난이라도 마음놓고 나와 다니는 때문인지, 못난이는 시골에만 있는 것처럼 흔히 시골에서 잘 눈에 뜨인다. 그리고 또 흔히 그는 태고 때 사람처럼 그 우둔하면서도 천진스런 눈을 가지고, 자기 동리에 처음 들어서는 손에게 가장 순박한 시골의 정취를 돋워 주는 것이다.[24]

　「달밤」의 도입부로 시골이라는 이미지를 통해 주인공인 황수건의 순수하고 천진스러운 성격과, 또 근대화에서 소외된 현실적 고통까지가 전달된다. 이 두 가지는 작품이 실현하려는 궁극적인 의미로 시골이라는 하나의 이미지가 인물의 성격과 현실 전체를 통합적으로 드러내는 것이다. 「가마귀」 역시 작품의 초입에 나타난 별장의 이미지는 태고적인 순수함과 실용적 연관에서 벗어나려는 예술가의 소망, 그리고 고적함과 외로움까지, 작품의 주제적 의미를 통합적으로 모두 전달한다. 그것은 대상을 분석적으로 관찰하고 개념을 통해 의미를 설명하는 방식과는 다른 것으로, 대상과 체험적인 교감을 느끼고 그것에서 창출된 인상을 표현함으로써 가능한 것이다. 따라서 상허 소설에서 이미지는 미적 효과를 얻기 위해 기교적 차원에서 고안된 형식적 특징은 아니다.[25] 그것은 대상화된 인식이 지배하는 현실과의 불화를 표현하는, 그러한 점에서 침전된 내용으로서의 형식이라고[26] 할 수 있다.

　미적 인식에 기초하는 형식적인 새로움은 공간적인 구성에서도 확인된다. 모더니즘 소설의 미학적 특징이기도[27] 한 공간적 구성은 서사

---

24) 이태준, 「달밤」, 『달밤』, 깊은샘, 1995, 255쪽.
25) 상허 소설의 형식을 논의할 때 이미지적 표현의 특징은 많이 지적되었다. 하지만 대부분 그것을 인위적으로 제작된 기교로 규정하며 그것이 환기하는 정서적인 효과에 주목할 뿐 미적인식의 새로움에서 창출된 근대비판의 의미는 간과되고 있다. 이에 관해서는 박헌호, 위의 논문, 이병렬, 위의 논문 참조.
26) 아도르노, 위의 책, 208쪽.

를 구성하는 계기들이 동시적으로 참이 되는 동시성을 지향하는 서사구
성 방식이다. 이는 시간의 누적적인 진행에 따라 전개하는 서사적인 전
통과는 달리 각각의 계기가 선조적인 시간성을 벗어나고 있다는 점에서
기존의 서사적 문법에서 벗어난 새로움을 창출한다.[28] 「달밤」의 경우
몇 개의 삽화들로 구성되어 있는데 각각의 삽화들은 논리적인 연속에
의해 긴밀하게 의존되어 있기보다는 각각의 독립된 의미를 형성하고 있
다. 따라서 삽화들 간의 순서를 바꾸거나 어느 하나의 삽화를 빼도 작품
전체 의미에는 크게 손상을 주지 않는다. 논리적인 시간의 필연성 속에
서 삽화들이 단일한 의미를 향하여 일사분란하게 조직되어 있는 것이
아니라, 각각 독립된 지위를 가지고 선적인 논리를 넘어선 통합적인 관
계로 작품의 의미를 실현하는 것이다.

상허가 본격적으로 작품 활동을 시작하는 33년부터 전통적인 서사
로의 변화를 보여주는 30년대 후반 이전까지 상허 소설에서 압도적으로
발견되는 이러한 공간적 구성은 목적론적 시간의식에서 벗어나 개별 단
위의 차이와 자율성을 인정하고 있다는 점에서 근대적 기획과의 갈등을
표현하고 있다고 할 수 있다.[29] 즉 최종의 단일한 의미를 향하여 개별성
이 무시되는 것이 아니라 각각의 계기들이 자기 목소리를 주장하는 것
이다. 논리적 연속과 분석을 통한 억압이 상대적으로 경감된 이러한 구
성은 결국 목적합리성에 규율화된 근대의 억압적 구조에 대한 낯선 이
탈을 보여준다. 따라서 이미지적 표현과 동시적 구성은 미(美)를 통해 기

---

27) A. 아인스테인손, 임옥희 역, 『모더니즘 문학론』, 현대미학사.
28) 서사의 양식적 특징을 분석적으로 고찰한 제랄드 프랭스는 공간적 구성을 전통적인
　　서사의 틀에서 벗어난 새로운 양식의 특징으로 지적하고 있다.(제랄드 프랑스, 최상규
　　역, 『서사학』, 문학과지성사, 1988)
29) 아도르노 역시 병렬적 구성이 갖는 근대비판적 의미를 적극적으로 해명한다. 그에 의
　　하면 동시성을 지향하는 공간적 구성은 주어진 개념에 일사분란하게 지배되는 목적주
　　의적 서사와는 달리 개별 서사적 단위들의 독립성과 차이를 인정한다는 점에서 근대적
　　사유의 폭력성을 넘어서고 있다고 말한다.(아도르노, 위의 책, pp. 202-249)

존의 지배논리와 다른 새로움을 추구하려는 상허의 의지가 구체화된 것으로 상허 소설이 현실과 갈등하며 거둔 비판적 인식의 성과는 바로 여기에서 찾을 수 있다. 상허 소설의 미적 근대성이라고도 할 수 있는 이러한 예술을 통해 자본의 논리가 폭력적으로 관철되는 속물적 세계에 대한 미학적 항의가 표현되고 있는 것이다.

하지만 상허 소설의 예술이 근대의 부정성에 대한 비판적 긴장을 '치열하게' 유지했다고 말하기는 어렵다. 즉 예술을 통해 근대성 자체를 넘어서려는, 이념적 차원으로까지 고양된 신념이 관철되고 있다고 보기는 어렵다. 그러한 점에서 근대에 대한 상허의 비판은 규정적인 것이라고 할 수 있다.30) 그런데 이러한 미적 근대성의 불철저함을 판단하기에 앞서 그 이유를 해명하기 위해서 우리는 상허의 예술에 내재한 모순의 지점을 찾아내는 것이 필요하다. 여기에서 예술을 지향하는 그의 소설에 계몽적 혹은 근대주의적 신념을 강고하게 지키고 있는 자아를 발견할 수 있다.

자각적으로 예술을 지향했던 상허의 단편에는 지도자적인 형상의 인물이 거의 빠짐없이 등장한다. 「달밤」이나 「손거부」에서의 초점화자인 '나'나, 「가마귀」와 「팽강냉」에서의 예술가인 '그'가 인식적인 우위성을 확보한, 그러한 인물이라고 할 수 있다. 이들은 작품에서 대상을 판단하고 의미를 통어하는 흔들림이 없는 의미 생산의 주재자이자 윤리적 신념을 갖춘 선생님격의 인물로 등장한다. 즉 예술을 추구하는 소설에서 일반적으로 발견되는, 해체적인 징후가 드러나는 분열적인 주체라기보다는 자기중심성을 확고히 견지한 근대적 주체의 모습을 보여주는 것이다. 이들은 자기보다 못한 어리석은 인물들의 생계 마련을 위해 도와주고,(「달밤」) 아이들의 이름을 지어주며 용기를 북돋워주기도 하고 또 그들의 우문에 현명한 답을 내리기도 한다.(「손거부」) 대상을 판단하고

---

30) 서영채, 위의 글.

삶의 방향을 조정하는, 그러한 인식적, 윤리적 우위성을 확보하고 있기 때문에 이들의 우월한 위치는 작품에서 시종 변함없이 유지된다. 나아가 과학적인 지식에 대한 신뢰와 병에 대한 위생의식을 보여주는 데서 근대주의자로서의 정체성은 확고하게 드러난다. 「가마귀」에서 초점화자인 그는 상업성과 상관없는 '기벽한 글'로 생활의 어려움을 겪는 예술가이다. 곧 생활의 논리에서 벗어난 '예술가'인 것이다. 하지만 그가 폐병환자인 여성을 위로하는 방식은 철저히 근대적 의학에 기댄 것이다. 가마귀의 울음에서 죽음의 공포를 느끼는 여인에게 공포감을 없애는 방법으로 그는 실제로 가마귀를 해부해보임으로써 그것의 부재를 증명하는 것이다.31) 해부와 증명이라는 자연과학적 지식으로 무장되었을 뿐만 아니라 병을 눈에 보이는 실체로서만 접근하는 근대주의자의 의식을 그대로 보여준다.

근대주의자의 내면으로 무장된 자아는 따라서 예술을 추구하면서도 그것에 대한 무한한 신뢰까지를 보낼 수는 없다. 즉 생활현실과 분리된 자율성의 영역에서 추구되는 예술이 가진 현실 작용력의 한계를 그는 누구보다 예민하게 지각할 수밖에 없는 것이다. 예술을 통한 비효용성은 그에게 속물적 현실에 대응하는 비판적 무기이지만 동시에 그것은 "현실적으로 아무 것도 할 수 없는", 무기력한, 인식적 차원의 대응이라는 한계성 속에 노출된다. 따라서 누구보다 실천적 이성에 대한 믿음과 참여적 욕망을 강하게 가지고 있었던 자아는 더 이상 미적인 자율성에 의탁할 수 없다는 인식에 도달하는 것이다.

물론 예술의 자율성이 가진 실천적 한계에 대한 인식은 상허만의 것

---

31) 「가마귀」에 나타난 계몽성을 해명한 김동식은 그의 의식에 나타난 근대주의자의 성향을 분석한 바 있다. 그런데 김동식의 경우 예술가인 그의 의식을 전적으로 신화화된 계몽의식으로만 해명하고 있어 예술가의식의 착종과 모순이 제대로 드러나지 못한다.(김동식, 「'가마귀'에 관한 몇 개의 주석: 계몽의 변증법과 관련해서」, 『상허학보』 제11집, 2003. 8)

은 아니라고 할 수 있다. 뷔르거의 지적처럼 아방가르드는 심미적 예술이 가진 참여적 한계를 극복하고 현실 속으로 들어가고자 했던 미학적 시도였으며,[32] 아도르노가 내세운 내재적 비판 역시 예술의 자율성이 처한 무기능성을 자기성찰이라는 부정성의 동력으로 돌파하고자 한 것이라고 할 수 있다.[33] 예술은 사회적 실천의 거부를 통해 현실을 잘못된 것으로 탄핵할 수 있지만 그것은 어디까지나 미적 가상 속에서 이루어지는 것이기에 현실은 그대로 내버려 둘 수밖에 없다는 파라독스에 직면하게 되는 것이다. 따라서 예술의 실천성에 대한 한계의식은 자율성을 추구하게 될 때 당면하게 되는 자연스러운 경로라고 할 수도 있다. 또 식민지 현실이라는 경제, 사회적인 문맥을 염두에 두고 보면 예술에 대한 이러한 회의는 당연한 것이라고 말할 수도 있다. 하지만 30년대 후반 상허의 단편이 보여준 급작스러운 서사적 변화나 같은 시기 장편에 나타난 계몽적 서사의 경향성 등은 그러한 예술 자율성의 일반적인 경로로만은 해명되지 않는다. 그것은 '상허 예술'의 내부구조, 구체적으로는 모순적으로 교차하는 계몽적 자아의 현존성을 적시할 때 가능한 것이다. 자본의 논리가 지배하는 효용적 연관의 생활현실에서 비효용성이라는 예술의 사회적 위치를 통해 '예술가'이면서 동시에 '예술가 이상'이기를 고대했던 상허이지만 계몽적 근대주의자로서의 내면을 한 번도 포기한 적이 없는 그에게 예술이 가진 한계는 '처음부터' 자각된 것이었고 따라서 계몽적 서사를 동시에 추구하는 이중적인 상황도, 또 실천적인 서사로의 급작스러운 반전도 모두 가능한 것이었다.

어쨌거나 상허는 중일전쟁 이후 '30년대 후반'이라는 엄혹한 현실 앞에서 예술의 자율성을 포기하고 현실의 문맥에 직접 참여하는 실천적인 서사로 나아간다. 변화하는 현실 속에서 그는 경제논리와 무관한 예술가의 영역이 더 이상 불가능하다고 감지하였고 뿐만 아니라 예술의

---

32) 뷔르거, 앞의 책.
33) 아도르노, 앞의 책.

무기능성이라는 비판적 도구로는 현실을 대응할 힘이 없다는 무기력함을 인식하는 것이다. 「패강냉」은 30년대 후반으로 넘어가는 상허 소설의 변화의 지점을 예각적으로 보여주는 작품으로 전횡하는 자본의 논리 속에서 예술가의 입지점의 변화를 포착할 수 있게 한다. 작품의 초점은 경세가이자 부일인사인 동창생 '김'이 "팔릴 글을 쓰라"며 상업적인 권고를 하는 데 맞서 작가인 '현'이 보여주는 울분에 있다. 여기서 현은 '예술가 이상'이라는 예술가로서의 자존감을 표현하지만 결국 '이상견빙지(履霜堅氷之)'라는 현실의 냉혹함을 인정함으로써 자본의 논리가 완전하게 관철되는 현실 속에서 예술가의 자리가 보장될 수 없다는 위기의식과, 그에 따른 방향전환에 대한 필요성을 암시하는 것이다.[34]

## 4. 참여와 동참, 그 위험한 경계

상허가 현실참여를 위해 보여준 변화의 내용은 두 가지이다. 하나는 자본의 논리를 인정하는 것이고, 다른 하나는 투쟁과 갈등이라는 근대적 역동성의 논리를 수용하는 것이다. 자본의 논리는 그가 비판했던 속물성과 바로 연결되는 것이지만 자본의 논리를 거부하고는 현실개입 자체가 불가능하다는 판단에 의한 것이다. 적대적 세력과의 갈등과 투쟁도 그가 서구적 근대의 고유한 속성으로 거부했던 것이지만 근대의 역동성을 서사적 원리로 취함으로써 현실에 대한 실천적인 모색을 시도하는 것이다. 하지만 30년대 후반의 냉혹한 현실에서 자본의 논리나 역동성은 그 의도만큼 문학적 실천의 적극적 결과를 보여주지는 못한다.

상허 단편 중 현실 참여의 의지를 적극적으로 보여주는 작품은 「영

---

34) 「장마」 역시 생활에 무기력한 예술가의 삶을 자조적으로 제시하는 작품으로 30년대 후반을 넘어서면서 예술에 대한 변화된 의식의 일단, 즉 '예술'이 더 이상 현실 대응의 비판적 무기일 수 없다는 의식을 확연히 보여준다.

월영감」과 「농군」이다. 「영월영감」(1939, 『문장』)은 지사적 인물의 교훈적
언술을 통해 예술가적 인물의 반성과 참여를 촉구하고 있는 작품이다.
영월영감은 한말 관리를 지내고 개화운동에 헌신했던 지사적 인물이다.
해외로 떠돌던 그가 문득 조카인 성익을 찾아와 전하는 교훈적 메시지
는 '역사적 현장 속으로 들어오라'는 것이다.

> "넌 너의 아버닐 너무 닮는구나! 전에 너의 아버니께서 고석을 좋아하셔
> 서 늘 안협(安峽)으루 사람을 보내 구해 오셨지… 그런데 나는 이런 처사
> (處士) 취민 대 반대다."
> "왜 그러십니까?"
> "더구나 젊은이들이 우리 동양 사람은, 그 중에두 우리 조선사람이지 자
> 연에들 너무 돌아와 걱정이야."
> "글세올시다."
> "자연으로 돌아와야 할 건 서양 사람들이지, 우린 반대야, 문명으루, 도
> 회지루, 역사가 만들어지는 데루 자꾸 나가야 돼…"
> 이렇게 영월 영감은 목소리가 더 우렁차며 얼굴이 더 붉어지며 가을비
> 에 이끼 끼인 성익의 집 마당을 부산하게 나섰다.35)

자연과 처사취미를 부정하고 문명과 도시를 예찬하는 데서 근대주
의적 지향이 분명히 드러난다. 영월영감은 그동안 예술가 의식의 한쪽
에서, 그러나 지속적으로 그 존재를 드러냈던 계몽적 자아가 독립된 인
격체로 나타난 것이다. 따라서 예술이 추구했던 생활현실과의 거리는
부정되고 '문명과 도회가 만들어지는 현장'으로서의 역사, 곧 근대적인
현실로의 유입이 거듭 강조된다. 여기에서 역사는 시대적 이념이 투사
된 추상적 개념이기보다는 문명이 이루어지는 현장으로서의 '동시대적
현실'이다. 따라서 그러한 역사 속으로 들어오라는 참여의 의미는 다름
아닌 동시대적인 현실에 대한 적극적인 인정과 유입이라고 할 수 있다.

---

35) 이태준, 「영월영감」, 『돌다리』, 깊은샘, 1995, 119-120쪽.

뿐만 아니라 이러한 주장에서 주목할 것은 생활현실과의 거리만이 비판될 뿐 정작 현실의 내용이나 참여를 통해 극복해야할 모순의 내용에 대해서는 언급이 없다는 사실이다. 무엇을 위해 문명으로, 도시로 나가야 하는지 그리고 그곳에서 참여를 통해 극복해야할 현실의 문제는 무엇인지 등에 대해서 어떠한 간접적인 언질조차 없이 '심미적 거리 자체만'을 비판하는 것이다. 참여의 진정한 의미가 모순에 대한 인식과 그것의 비판적 극복에 있다고 할 때, 현실을 비판적으로 조망할 수 있는 거리의 확보는 매우 긴요한 조건이다. 그런데 「영월영감」에서는 현실과의 비판적 거리는 무시된 채 현실의 문맥 속으로 들어오라는 현실개입의 당위성만이 반복적으로 강조되는 것이다. 그리고 이렇게 비판적 거리가 확보되지 않은, 현실에의 막연한 유입은 곧 지배현실의 문맥 속에 들어서는 '동참'과 그리 멀리 있지 않다고 할 수 있다. 동참 역시 현실에 대한 실천적 개입의 한 방식이며 진정한 참여와의 경계는 비판적 거리의 확보에서 이루어진다. 결국 이 시기 상허의 실천적 모색은 참여와 동참 사이의 경계에 서있는 위험한 이중성을 보여준다.36) 상허는 생활현실과의 거리를 상쇄시키는 데만 집중했을 뿐, 정작 중요한 현실에 대한 진지한 성찰과 비판적 거리를 확보하는 데는 실패했다고 말할 수 있다.

이와 관련하여 실천적 참여를 강조하는 인물이 개화기 계몽주의자라는 것도 문제적이다. 이는 상허가 염두에 두었던 현실참여의 이상적 표상이 개화기 계몽에 있었음을 알게 하는 대목이지만 동시에 그것은

---

36) 상허 소설은 이중적인 의미로 읽을 수 있는 지점이 매우 많다. 그에 대한 직접적인 이유로는 상허가 직설적인 화법보다는 간접적이고 비유적인 화법을 구사하였기 때문이라고 할 수 있다. 그러나 단지 화법상의 문제라고만 보이지는 않는다. 보다 깊은 차원에서 보자면 그것은 일제의 지배담론에 거스르지 않고 현실적인 생존을 보장받으면서도 동시에 예술가로서의 비판적 목소리를 작품에 침투시키려 했던, 그의 중첩된 욕망 때문이라고 생각된다. 고아로서 가열한 생존본능을 가지고 현실적인 성공에 대한 집착도 강했던 상허이지만 현실의 문맥에 완전히 동의할 수 없었던, 그러한 시각의 균열이 그의 작품에서 이중적인 의미를 발생케 했다고 보인다. 상허 소설의 평가가 찬/반의 극단적인 방향으로 나뉘는 것도 이러한 이중적인 발화에 기인하는 부분이 크다.

30년대 후반이라는 현실에 대한 진지한 모색이 결여되어 있음을 보여주는 것이기도 하다. 계몽적 실천의 가치가 유효했던 시기의 이상적 상을 상상적으로 끌어옴으로써 실천에 대한 당위성을 보장받으려 했을 뿐 그것이 어떻게 파시즘적 현실에 대항하는 실천적 방법이 될 수 있는지에 대해서는 정당한 인식을 보여주지 못하는 것이다.

따라서 작품을 통해 강조되는 '자본의 힘' 역시 현실의 모순을 극복하려는 진지한 모색의 결과라고 보기 어렵다. 영월영감이 현실참여의 구체적인 방법으로 성익에게 말하는 것은 바로 '자본의 획득'이다. 이 작품에서 자본은 생활현실을 도모하는 정당한 수단이자 현실적인 힘으로 상정된다. 이렇듯 자본이 가진 현실적인 힘을 승인한다는 것은 사회의식의 성숙을 보여주는 단서라고 할 수도 있다. 하지만 자본의 논리에 함몰될 수 있다는 위험성에 대한 의식은 전혀 없다. 즉 상업적 수단으로서의 자본과 실천적 힘으로서의 자본이 어떻게 구분될 수 있는지에 대해서는 아무런 인식이 없는 것이다. 뿐만 아니라 그것을 획득하는 과정이 하필 전쟁자금을 마련하기 위해 당시 일제가 독려했던 사업 즉 금광개발이라는 사실에서 그러한 정당성은 무색하게 되고 실천적 힘으로서의 자본이라는 주장은 설득력을 잃게 된다. 일제는 이 작품이 발표되기 2년 전인 1937년 전쟁수행을 위한 전쟁마련의 방법으로 조선산금령(朝鮮産金令)을 발동하여 금광채굴을 독려하였는데[37] 영월영감은 바로 이 금광채굴에 생명을 걸고 투신하며 조카인 성익에게까지 무리하게 사업자금을 융통해 가는 것이다. 영월영감 자신이 언급하는 것처럼 이는 '정부가 지원하는 사업'임이 분명한 데 바로 이 사업이 성익의 의식을 변화

---

37) 중일전쟁을 통해 전쟁야욕을 노골화하기 시작한 일제는 전쟁을 수행하기 위한 자금마련의 수단으로 금광개발을 적극적으로 권유하게 된다. 30년대 후반 산업구조의 변화를 초래하는 이러한 금광개발은 영월영감의 지적대로 국고보조에 의해 장려되는데 「영월영감」이 발표되기 2년 전인 1937년 조선산금령(朝鮮産金令)을 제정하여 금광채굴을 독려하였다.(강만길, 『한국사 14―식민지 시기의 사회경제 1』, 한길사, 1994. 참조)

시키는 실천적 참여의 이상적인 모델로, 즉 계몽적 교훈의 실제적인 내용으로 제시되고 있다. 약간의 비약을 허용한다면 이는 전쟁수행을 위한 일제의 정책에 동조하는 것이라고 보아도 무방할 것이다. 개화기 계몽주의자의 목소리를 빌어 명분을 지켰을 뿐 실제로 작품이 주장하는 내용은 근대주의의 폭력적인 상황을 연출하고 있었던 지배담론을 승인하는 위험성을 심각하게 보여주고 있다.

현실과의 거리를 지우고 그 문맥 속으로 들어감으로써 실천적 참여를 모색해보지만 비판적인 거리마저 상쇄함으로써 실제로 나타난 참여의 모습은 작가의 의도와는 달리 지배현실의 논리를 승인하는 결과로 드러나게 된 것이다. 「농군」(1939년『문장』) 역시 이러한 결과적인 상황에서 크게 벗어나지 않는다. 「농군」은 만보산사건이라는 실제 사건을 서사적으로 재현하고 있다는 점에서 당시의 시대적인 상황과 관련하여 찬성과 반대의 상반된 평가를 받기도 한다.38) 이 글에서는 그러한 사회학적 배경으로 작품의 의미를 문제삼기보다는 미학적인 차원에서 「농군」

---

38) 찬성하는 입장에서는 일제 말의 폭압적 상황 속에서 「농군」이 집단적 갈등과 성취를 통해 이전의 애상적인 작품경향을 극복하고 적극적인 실천을 모색했다는 점을 들어 높이 평가한다. 나아가 이 작품을 30년 후반 상허 소설의 발전적인 변화를 보여주는 작품으로 지목한다. 반면 부정적인 시각의 연구에서는 「농군」이 만보산사건이라는 역사적 사실을 왜곡하여 제시함으로써 일제의 전쟁의 야욕에 동조한 작품으로 해석한다. 전자의 경우가 주로 리얼리즘적인 시각에서 상허의 '예술'을 부정적으로 판단하고 실천적인 모색을 시도한 작가의 의도 자체를 긍정적으로 인정한 것이라면 후자의 경우는 작품이 생산된 사회적 배경 속에서 그것이 생산하는 효과와 의미에 초점을 맞추어 그 부정성을 지적한 것이라고 할 수 있다. 전자에는 임화(「현대소설의 귀추」, 「조선일보」, 1937. 7. 19)와 최유찬(「이태준의 삶과 문학」, 『리얼리즘이론과 실제비평』, 두리, 1992), 김재용(「친일문학의 성격 규명을 위한 시론」, 『실천문학』, 2002. 봄)이 대표적이며 후자의 경우는 민충환(「상허 이태준론—특히 '농군'을 중심으로」, 『공산권연구』, 1986. 7), 장양수(「단편 「농군」의 대일협력적 성격」, 『동의대 동의논집』 23), 김철(「몰락하는 新生: '만주'의 꿈과 「농군」의 오독」, 『상허학보』 9집, 2002. 가을) 등이 있다. 본고는 작가의 의도 자체나 사회학적인 사실만으로 작품의 의미를 평가하는 방식은 문제적이라고 생각하며 작품의식을 점검할 수 있는 작품 자체에 대한 정밀한 분석과 상허문학 전체 속에서 이 작품이 갖는 의미를 진단하는 것이 필요하다고 본다.

의 의미를 짚어보고자 한다. 이 작품은 이전의 상허 작품의 경향과는 확연히 구분되는 서사적 특징을 보여준다. 그것은 두 가지 점에서 확인할 수 있는데, 하나는 시간을 중심으로 서사가 진행되면서 목표지향적 성취의 서사를 보여주고 있다는 것이며, 다른 하나는 적대적 대상과의 갈등이 집단적인 차원에서 제시되고 있다는 것이다. 이러한 특징을 통해 「농군」은 사실주의적인 성향을 강하게 드러내는, 상허 단편 중 매우 이색적인 작품이 되었다고 할 수 있다.

작품은 윤창권 일가를 중심으로 조선이주민들이 수로작업을 위해 만주의 토착민들과 벌이는 투쟁과 성취를 그리고 있다. 토민들과의 갈등이 커짐에 따라 투쟁의 정도도 높아지면서 극적으로 물길이 열리는 감격적인 장면으로 작품은 마무리된다. 다음은 「농군」을 요약한 것으로 논리적인 연계 속에서 사건이 전개되는 과정이 잘 드러난다.

1) 생존을 위해 만주로 떠나는 윤창권 일가는 불안한 심리와 기대가 교차하는 가운데 창밖 중국인들의 공격적인 시선을 목격한다.
2) 논농사를 위해 봇도랑을 파려는 이주민들의 작업을 토민들이 방해하자 이주민들은 결집된 힘으로 상황에 맞서며 봇도랑을 완성해야한다는 의지를 결연히 갖는다.
3) 온갖 회유와 방해 책동에도 굴하지 않고 봇도랑을 파내는 작업을 계속한다.
4) 총까지 퍼붓는 극한적 상황에서 인명의 손상을 입게 되지만 이주민들은 사생결단의 각오로 밤샘 공사를 하여 마침내 물길을 열게 된다.

기-승-전-결이라는 전형적인 서사적 구도를 따르고 있음을 볼 수 있다. 여기에서 시간은 목표의 성취를 보장하는 긍정적인 계기로 작용하고 각각의 단락들은 마지막의 하나의 목표를 향하여 일사분란하게 움직이고 있다. 시간의 경과가 곧 발전으로 이어지는 근대주의적 시간 의식을 그대로 따르고 있는 것이다. 따라서 시간이 누적될수록 적대적 세력과의 갈등도 커지지만 그와 비례하여 목표에 도달하는 가능성 역시 높아진다. 그런데 이렇듯 시간이 적극적인 의미를 갖는, 성취를 보장하는 서사란 중일전쟁 이후의 상황에서 현실적으로 가능하지 않았다는 점에서 그것이 갖는 한계는 분명하다. 적대적 세계의 힘이 아무리 강고할지라도 투쟁과 노력을 통해 그것을 극복할 수 있다는, 이러한 긍정적인 신념의 투사는 곧 현실과의 불가능한 화해를 억지로 시도하는 거짓화해에 가까운 것이기 때문이다. 시간에 대한 의식은 역사를 해석하는 시각과 긴밀하게 연결된다는 점에서 30년대 후반 역사적 현실을 낙관적으로 투시하는 이러한 의식은 현실과의 불화를 무화시킬 위험성을 안고 있다.

더욱 위험한 것은 이 작품이 집단적인 힘을 강조하고 있다는 점이다. 「농군」은 개인보다는 집단적인 이해에 전적으로 의존하고 있다. 토민들과 상대하는 조선이주민들의 힘은 그들이 집단이라는 사실에서 오며 재산과 생명을 한 데 모아 벌이는 이들의 투쟁은 집단적인 결속의 인상적 예표라고 할 수 있다. 그런데 개인의 욕망과 차이를 무시하고 집단적인 이해와 동질성에 그것을 귀속시키는 것은 전체주의의 논리와 상당부분 닮아있음을 부정하기 어렵다. 즉 ‘예외 없는 현실에의 참여’만을 강조하며 어떠한 이질적인 영역도 가차없이 억압하는, 동일시적인 사유의 폭력적 징후를 여기에서 발견할 수 있다. 실제로 30년대 후반 이후 일제에 동조하는 과정에서 상허가 내세웠던 논리가 개인보다 집단의 이해를 중시해야 한다는, 집단적인 가치의 우월성에 대한 당위성이었다는 점을 보면 더욱 그러하다. 일문소설인 「제1호 선박의 삽화」는 개인의 능력보다 집단적인 이해와 협력을 강조해야 한다는 것을 교훈적 주제로 제시하고 있으며, 30년대 후반 이후 일제에 대한 동참을 노골적으로 드러내는 상허의 장편들 역시 개인의 욕망을 제압하고 집단적 명분에 추종해야 함을 강조하고 있다.[39] 초기 작품부터 대사회적 이념이라는 명분은 그대로 지키고 있지만 사회에 대한 비판적 긴장을 확보하지 못함으로써 참여의 의미가 훼손되는 결과로 나타나게 되는 것이다.

진보적인 실천의 가능성이 봉쇄되고 역사적 전망을 투시하기 어려운 30년대 후반에 많은 작가들이 개인적인 성찰과 모색으로 침잠해 들어갔음은 잘 알려진 사실이다. 이러한 시기 거꾸로 개인의 세계에서 집단적 투쟁과 성취로 나아간 「농군」은 결과적으로 집단적 파토스 속에서 현실에의 동참을 강조하는 지배담론에 흡수되는 안타까운 결과를 보여준다. 물론 상허가 처음부터 친일적인 의도를 가지고 이 작품을 창작했다고 단언하기는 어렵다. 예술이 가지고 있는 현실참여의 한계를 극복하려는, 그 나름의 작가적인 모색을 했다는 것도 부정하기 어려운 사실이다. 하지만 작가의 의도보다 더욱 중요한 것은 작품을 통해 나타난 결과적인 의미일 것인데 그러한 점에서 볼 때 「농군」이 갖는 한계는 분명하다.

## 5. 맺음말

상허 소설의 심부에 놓인 가장 근원적인 욕망은 '예술'이라고 할 수 있다. 자본의 논리가 관철되는 생활현실에서 벗어나 심미성을 추구함으로써 효용적인 연관에 매이지 않은, '순수한' 세계가 되고자 한 것이다. 이윤의 욕망을 추구하는 속물적인 생활의 연계에서 이탈하여 스스로 '쓸모없는 존재'가 됨으로써 속물성에 대항하는 영역을 확보하고자 했다. 그럼으로써 상허는 철저히 예술가이면서도 동시에 예술가이상이라는 자존의 자리를 자기 것으로 만들고자 했다. 하지만 이러한 예술 자율

---

39) 『청춘무성』, 『행복에의 흰손들』, 『별은 창마다』 등이 이에 속하는 작품이다. 이들 작품에서는 개인의 욕망을 억압하고 집단적인 행동에의 참여를 강조함으로써 일제의 전쟁 동원에 대한 적극적인 호응을 보여준다.

성의 욕망만으로 상허의 소설이 포괄되지 않는다는 데 그의 소설이 갖는 문제성이 있다. 상허의 소설은 현실에 개입하여 역사적 현실 속에 자국을 남기려는 실천적인 의지 또한 간직하고 있는 것이다. 지금까지의 연구들이 양분된 개념으로 그의 소설을 접근하고, 또 찬반의 극단적인 갈림을 보여주는 것은 모두 이러한 상허소설이 갖는 이질적인 충동 때문이라고 할 수 있다. 이 글에서는 상허가 추구하는 예술의 내부구조와 논리를 살펴봄으로써 상허가 추구하는 예술 자율성의 고유한 전개과정과 그 속에서 나타나는 이질적인 충동의 교차와 갈등의 양상을 살펴보고자 하였다.

상허의 예술은 민족주의 이념과 결부된 사회적 이상을 출발의 동력으로 삼고 있다. 생활현실이 이윤 추구의 개인주의적인 욕망에 지배되고 있다고 판단한 자아는 그러한 속물적인 현실을 벗어나 사회적인 이념이 순수하게 지켜질 수 있는 영역으로서 예술을 소망한다. 이처럼 처음부터 상허의 예술에 내면화되어 있는 계몽의 이념은 예술을 본격적으로 추구하게 될 때 그것을 치열하게 밀고 나가지 못하게 하는 요인으로 작용한다. 상허가 추구하는 예술의 핵심적인 내용은 정감적 인식으로 구체화되는 대상인식의 새로움에 있다고 할 수 있다. 개성적인 느낌으로서의 감각을 중시하는 상허는 대상과의 체험적인 일치를 통해 정서적인 교감을 소통함으로써 개념적 인식으로 사물을 대상화시키는 동일시적인 근대적 사유에 대한 항의를 표현한다. 이미지나 공간적인 구성은 이러한 미적인식에서 창출된 형식상의 결과로, 서정적인 계기가 결합됨으로써 일반적인 서사적 전통에서 벗어난, 새로움을 보여준다. 그것은 대상화된 사유가 궁극적으로 지향하는 경제적인 이윤추구의 효용성을 거부함으로써 비효용성을 통한 비판의 기능을 수행한다. 하지만 예술의 내부에 현존하는 계몽적 자아는 지도자적인 인물의 형상으로 나타나고, 예술의 부정성에 대한 무한한 신뢰를 스스로 포기한다. 예술의 자율성이 가지고 있는 현실 참여의 파라독스를 예민하게 감지하는 자아는 생활현실과의 분리를 청산하고 현실의 문맥 속으로 들어가려는 실천적인 모색을 하게 되는 것이다. 중일전쟁 이후 나타나는 이러한 실천적인 모색은 그러나 작가의 의도와는 달리 현실 비판의 거리마저 상쇄함으로써 참여와 동참 사이의 위험한 경계선상에 놓이게 된다. 자본의 논리와 근대적인 역동성을 받아들여 현실을 극복하려는 시도를 해보지만 예술과 현실 사이의 거리를 없애려고만 할 뿐 현실에 대한 진지한 성찰도, 또 모순의 극복을 위한 비판적 인식도 제대로 확보되지 못함으로써 결과적으로 일제의 지배담론에 흡수되는 것이다.

# 이태준의 언어의식

박 진 숙*

## 1. 서론

이태준은 글쓰기에 대해 뚜렷한 자의식을 가진 작가[1]이다. 이원조는 이태준을 "글에는 化한 사람"이라고 하며 "우리 문장도의 수립에 있어 不拔의 기초를 놓았다"[2]고 평가한다. 뿐만 아니라 김남천도 이태준이 명문장[3]이라는 데 대해서는 인정을 하고 있다. 한 작가의 정신세계는 그가 선택한 문학어를 통해 표현된다고 할 수 있다. 김남천이 30년대 후반 신진작가들이 이태준의 문장만을 본받으려고 하는 것에 대해 우려를 표한 것도 궁극적으로는 "한 가지 내용을 표현함에 가장 적당한 문학어로 가장 알맞는 문장으로서 一家를 건설"[4]해야 한다는 생각에 근거하고 있기 때문이었다. 이렇게 볼 때 작가의 정신세계를 추적하기 위해 어떠한 문학어와 문장을 쓰고 있는가를 살펴본다는 것은 당연한 일일 터이다. 더구나 명문장으로 공인되고 있는 이태준의 문장관을 추적하면서

---

* 과기대 강사.
1) 김윤식, 「이태준론」, 『현대문학』, 1989. 5, 347쪽.
2) 이원조, 「跋」, 『상허문학독본』, 백양당, 1946. 6. 12.
3) 김남천, 「문장・허구・기타」, 『조선문학』, 1937. 4, 134쪽.
4) 위의 글, 134쪽.

언어의식을 살펴본다는 것은 충분히 가치 있는 작업이 될 것이다. 따라서 이태준의 언어의식을 살펴본다는 것은 다른 작가의 언어의식을 살펴본다는 것과는 다른 의미를 갖는다. 문학과 언어의 관계를 전제로 하는 일반적인 차원이기보다는 언어에 대한 자의식의 측면에서 차별적인 측면이 존재하기 때문이다.

이태준은 1925년 「오몽녀」를 『조선문단』에 투고하여 등단하지만, 1930년대에 들어와서 본격적인 창작 활동을 하게 된다. 그리고 불과 몇 년 만에 작품집 『달밤』(한성도서, 1934)이 2, 3천 부라는 판매부수를 기록하면서5) 문단의 중심적 위치로 부상한다. 『개벽』사 『중외일보』 기자, 『조선중앙일보』 학예부장 역임 등 저널리즘의 중심에 서 있었으며, 구인회를 결성하여 새로운 문학 장(場)의 재편6)을 가져오고, 이화여전 작문 교수,7) 경성보육학교 작문교사로 출강하면서 조선어의 독자성 및 문학어의 창안에 관심을 기울이기도 했다. 여기에 『문장』지 창간 등으로 이어지는 그의 문학 활동 및 문단활동은 일제식민지 시대 지식인이라는 존재조건과 아울러 복합적인 인식을 만들어내는 요인이 된다.

이제까지의 연구성과는 이태준의 언어의식에 대한 연구를 본격적으로 진행했다기보다는 대부분 『문장강화』를 분석하고 소설에 대한 인식과 창작과의 관련성에 대한 연구였으며,8) 『문장강화』의 한계를 중심으

---

5) 「서적 시장조사기」, 『삼천리』 제7권 9호, 1935. 10.
6) 김민정, 「구인회의 존립양상과 미적 이데올로기의 상관성 연구」, 서울대 박사학위논문, 2000. 8.
7) 이희승, 『딸깍발이 선비의 일생』, 창작과 비평사, 1996, 101쪽.
   이희승은 1932년 6월부터 1942년 5월까지 이화여전 교수를 지낸 바 있다. 그의 기억에 따르면 이태준은 자신보다 2, 3년 후에 들어왔다고 한다.
8) 한상규, 「『문장강화』를 통해 본 이태준의 문학관」, 『이태준문학연구』, 깊은샘, 1993.
   장영우, 「개성적 글쓰기를 위하여」, 『(아버지가 읽은) 문장강화』, 깊은샘, 1997.
   천정환, 「이태준의 소설론과 『문장강화』에 대한 고찰」, 『한국현대문학연구』 6, 1998.
   김윤식, 『한국근대문학연구방법입문』, 서울대학교 출판부, 1999.
   박진숙, 「이태준 문장론의 형성과 근대적 글쓰기의 의미」, 『시학과 언어학』 6, 2003.

로 논한 글들9)로 이루어져 있다. 본 논문은 이러한 기존 연구사를 토대로 하면서 이태준의 언어의식을 살펴볼 것인바, 이태준이라는 작가가 일제식민지 시대 그것도 만주사변(1931)10) 이후 주로 활동을 해온 작가라는 점을 염두에 두고, 그의 활동과 인식에 영향을 준 문학 場의 여러 요인들을 고려하면서 그의 언어의식이 어떠한 방향으로 자리잡게 되는가를 추적하고자 한다. 「글짓는 법 ABC」(1934. 6, 『중앙』), 그리고 『문장』지 창간과 함께 연재되고 보강하여 책으로 출판된 『문장강화』(1940)가 주로 이 논문의 논의 대상이다.

일제 식민지 시대의 언어문제를 다룬다는 것은 일본어가 제국주의의 언어로서 '국어'로 강요되는 상황을 전제로 해야 하며 일상어로서의 조선어 사용이 어떠한 제한을 받았는가 하는 점이 동시에 논의되어야 한다. 이른바 이중언어상황이라는 것인데, 식민지 정책적으로 행해진 경성제대 조선어문학부 설립, 『동아일보』, 『조선일보』 등 신문사의 부흥과 폐간, 경성방송국 JODK 개국11) 등으로 인해 이 이중언어상황은 일제의

---

9) 권혁준, 「이태준의 『문장강화』에서 살펴본 문장관과 전통성」, 『청하 성기조 선생 화갑 기념논문집』, 신원문화사, 1993.
   최시한, 「국문운동과 『문장강화』」, 『시학과 언어학』 6, 2003.
10) 만주사변이 라디오의 진가를 발휘하게 한 계기였다는 점이 기억되어야 한다. 일제는 만주사변을 기회로 국론 통일을 기하기 위해 조선 방송을 더욱 강화하게 된다.(쓰가와 이즈미(津川泉), 『JODK, 사라진 호출 부호』, 김재홍 역, 커뮤니케이션북스, 1999, 62쪽)
11) 1925년 3월 동경방송국(JOAK), 6월 大阪방송국(JOBK), 7월 名古屋방송국(JOCK)의 개국이 있었고, 경성방송국은 네번째 개국하면서 JODK라는 호출부호를 갖게 되었다. 이 호출부호를 결정하기 전에 일본 체신청에서는 JOXX는 국내용으로 두고, 외지 방송국에 대해 조선을 JBXX, 관동청을 JQXX, 대만을 JFXX로 할 의향을 가지고 있었고, 조선 체신국에서는 도쿄, 오사카, 나고야에 이어 JODK를 요청하여 서로 의견이 충돌한 상태였다. 경성담당자는 내지와 외지의 호출부호 차이가 내선일체의 국책에 반하는 것이라는 의견을 제시하였고, 또 시험방송 개시날짜가 얼마 남지 않아 JODK를 사용하는 것으로 결정이 되었다.(쓰가와 이즈미(津川泉), 『JODK, 사라진 호출 부호』, 김재홍 역, 커뮤니케이션북스, 1999, 36쪽) 이러한 개국과정을 통해 방송이 담당해야 하는 것이 식민지 동화정책이었다는 것을 알 수 있다. 일제는 표면적으로는 '반도민중의 문화를 개발하여 복리를 증진시킨다'(한국방송공사, 『한국방송사』, 한국방송공사, 1977, 18쪽)는 것을 내세

동화정책이라는 의도와는 다른 방향의 의식을 끌어내기도 해 식민지/제
국주의 지배의 중층적 구조를 생산해 내기도 한다. 본 논문에서는 이러
한 여러 가지 요소를 고려하며 문단과 저널리즘의 한가운데 있었던 이
태준이 어떠한 언어의식을 가진 작가였는지 고찰하고자 한다.

## 2. 저널리즘과 경성방송국이라는 場 속에서의 언어인식

1896년 조선 최초의 근대적 신문인 『독립신문』의 발간[12]은 국민 만
들기라는 기획하에 설정된 것이었다. 이어서 2년 후인 1898년 『황성신
문』과 『제국신문』이, 1904년에는 『대한매일신보』 등이 발간되어 국민으
로서의 결집을 주도해 나갔다. 한일합방 이후 일본은 이들 신문을 모두
폐간시키고 『대한매일신보』를 인수, 『매일신보』로 발간했는데, 이는 조
선인을 일본의 국민으로 창출해내려는 의도의 발현이었다고 볼 수 있다.
일제의 문화정책의 산물이기도 한 조선 양대 민간지인 『조선일보』와
『동아일보』의 창간은 이러한 배경을 안고 탄생되었다.[13]

저널리즘은 사회에 문화의 표준화[14]를 가져온다. 신문은 독자들을
일정한 방향으로 이끌어가는 역할을 하고, 또 독자들은 자신도 모르는
사이에 이 새로운 정보들을 수용하면서 근대로 나아가고자 하는 내면화
기제를 만들어내기 때문이다. 이 과정에서 중요한 것은 언어의 문제이

---

운 바 있다.

12) 신문을 통한 국민 창출 구상은 1880년대 말 일본에 망명중이었던 박영효의 개혁상소
로부터 시작된 바 있다. 박영효는 1894년 말 일본으로부터 귀국한 후 국민계몽수단으로
서 정부기관지를 발간하려는 구상을 구체화하였고, 1995년 중반 그가 일본으로 재차 망
명한 뒤 서재필이 그 업무를 담당하여 1896년 최초의 근대적 신문인 독립신문이 발간
되었다.

13) 박용규, 「일제하 민간지 기자집단의 사회적 특성의 변화과정에 관한 연구」, 서울대 신
문학과 박사학위논문, 1994. 8, 49-58쪽.

14) 이건영, 「저널리즘과 문학」, 『신동아』 31, 1934. 5, 93쪽.

다. 신문은 당연히 조선어로 발간되었지만, 당시는 문맹률이 높아 구독자가 제한되어 있었다. 이에 조선일보사에서는 신문의 홍보와 문화사업의 일환으로 1924년 말부터 공개시험방송을 실시하였다. 신문은 문자해독능력이 있는 사람만이 볼 수 있는 매체이지만, 방송은 문자해독능력이 없어도 청각을 통해 수용되는 것이었기 때문에 훨씬 더 효력이 큰 매체였다. 물론 조선일보사의 이 같은 시험방송은 조선총독부의 무허가 사설방송국의 단속으로 오래 지속되지는 못하였고, 조선총독부에서 1924년 첫 시험 방송, 1925년부터 정기적인 시험방송을 실시하여 경성방송국을 개국하기에 이르렀다.

라디오 보급이 급격히 증대하던 1930년 당시 조선총독부 조사에 의하면 한글과 일본어 모두 해독 가능한 인구는 6.8%였다.[15] 『조선일보』와 『동아일보』에서 1929년부터 이루어졌던 브나로드 운동은 이렇듯 문맹자가 많은 상태에서 "배워야 산다. 아는 것이 힘"이라는 슬로건을 내걸고 시작된 것이다. 이 브나로드 운동에 조선어학회가 참여를 하게 되는데, 모든 계몽운동에 관련된 문자보급의 한글교재를 조선어학회가 편집을 맡는 것으로 나타났다. 전국 순회 한글강습 역시 조선어학회의 몫이었는데, 이 순회 한글강습 강사에는 이윤재, 이병기, 김윤경, 최현배, 장지영, 이희승 등 많은 국어학자들이 포함되어 있었다.

식민지 상황과 함께 매체의 이러한 변화는 말과 글에 대해 자각적 의식을 가질 수 있는 지반을 마련해 놓은 셈이었다. 라디오를 통해서는 음성언어로서의 말이, 신문과 한글강습을 통해서는 문자언어로서의 글이 중요한 위상을 갖게 된 것이다. 특히 1930년대 신문 학예면의 역할은 문화생산과 담론의 형성에 기여하게 된다.[16] 이러한 배경 속에서 이태준은 소설을 쓰기 시작하는데, 그가 언어에 대해 자의식을 갖는 건 당연

---

15) 천정환, 『근대의 책읽기』, 푸른역사, 2003, 18쪽.
16) 조영복, 「1930년대 신문 학예면과 모국어 체험」, 『어문연구』 제31권 제1호, 2003. 봄, 174쪽.

한 일이었다. 또 소설에서 플롯보다는 인물이 더 중요함을 강조하는 그의 문학관으로부터도 언어의 중요성을 그가 이미 인식하고 있었음을 알 수 있다. 왜냐하면 플롯을 중요시하는 작가는 자신의 의도대로 소설을 전개해 나가면 되지만, 인물을 중요시하게 되면 설정된 인물이 갖는 성격방향에 의해 소설이 전개되어야 하므로 그것을 표현하는 언어의 역할은 더욱 중요해지기 때문이다.

신문의 역할인 문화의 표준화를 위해서는 언어의 표준화가 먼저 이루어져야 하는데, 이는 1927년 시행된 JODK라는 경성방송국의 존재와 함께 표준화된 문법과 문장론의 출현으로 가능해진다. 조선어 라디오 방송의 가장 중요한 특징의 하나는 언어유지 개선 기능이었다. 1920년대 후반 조선어 방송의 시작은 조선의 고유 언어를 체계화, 표준화하려는 노력에 도움을 주었다. 1920년 이후 한국어 신문들의 발간 허가는 조선어의 통일된 문법과 표기법을 만들려는 민족주의 운동을 일으켰고 라디오는 이 과정에서 표준어의 문제를 제기함으로써 중요한 역할을 했다. 지식인들은 식민지 방송사를 통해 아나운서의 선택과 그들의 언어 사용을 면밀히 살폈다. 1933년의 순조선어 방송17) 시작은 시기적으로 최초

---

17) 조선에서의 라디오 방송은 1927년 JODK라는 콜 사인을 사용하는 KBC로 정규방송을 시작했다. 일반적으로 라디오는 일본의 정치적 선전과 문화적 동화정책에 봉사하는 광범위한 정보통제 시스템의 한 부분으로 해석되어 왔다. 일본 당국은 일본어의 사용과 일본의 문화적 가치를 전파하려는 거시적 목표를 달성하는 데 있어서 방송의 잠재력을 인지하였던 것이다. 식민지의 라디오가 중앙으로부터 엄격한 통제를 받은 것은 사실이었다. 그런데 일본 당국은 수신기의 확산과 대중 청취자 집단의 창출을 위해 순한국어만을 사용하는 제2방송국을 설립할 필요에 부딪혔다. 게다가 방송국을 꾸리는 데는 광범한 유료 청취자 집단이 필요했던 것이다.

KBC의 최초 6년 동안(1927~1933)은 이중언어방송정책이 우세했다. 초기의 이중언어 정책은 조선어가 일본어 보도를 소개하는 가교 역할을 하는 것이었다. 그래서 처음 방송비율은 일본어와 조선어가 3대 1이었다. 그러나 한국어 언론들의 즉각적인 비판이 이어지고 일본인들 역시 조선어 사용에 불만을 표시했다. 이에 방송국은 하루는 종일 일본어 프로그램을, 다음날에는 한국어로 이런 식의 교대 방송을 실시했다. 이런 시도에도 불구하고 이중언어방송정책은 프로그램을 파편화하고, 청취자들을 짜증나게 했으며

의 조선어 표준 표기법인 '맞춤법 통일안'과 그 후의 최초의 표준 조선
어 문법 "조선어 문법 통일안"이 나온 시기와 일치한다.[18] 또 1933년 제
2 방송국에 의하여 제작된 첫 번째 문화 강의 시리즈 중 한 편은 조선어
에 관한 것[19]이었다. 이 강의들은 대중을 위한 것은 아니었지만 근대 조
선어를 표준화하고 근대 담론 내에서 조선어 사용을 제고하려는 한국
인텔리겐차들의 의사 일정에 영향을 끼치기도 했다.[20] 표준어 제정의
필요성은 방송이 진행되면서 자발적으로 제기된 바 있는데, 이는 신문
보다는 라디오 방송이 대중에 호소력이 있는 매체였기 때문에 가능한
일이었다. 경성방송국 정무총감 이마이에 의하면 1934년 무렵에는 라디
오 청취자가 수만 명에 달하며, 라디오가 일본과 조선의 문화담론 형성
에 중요한 역할을 담당하고 있다는 점을 강조하기도 한다.[21]

　　이태준이 『중앙』에 「글짓는 법 ABC」를 연재하는 것도 1934년에 와
서이다. 「글짓는 법 ABC」는 경성보육학교 강의록[22]이다. 이태준은 고바

------

　라디오 보급을 방해하고 처음 방송 6년 동안 수입을 감소시키는 등의 이유로 실패한 것
이 분명했다.
　KBC는 폭넓은 청취자 계층이 형성되지 않자, 경영난에 부딪혔다. 중요한 것은 1931년
순한국어 방송(제2방송) 설립 계획 발표 이후, 라디오 판매와 청취자가 증가했다는 사실
이다. 한국인의 라디오 사용은 계속 증가하여 1940년이 되면 일본인과 동등한 정도에
이르게 된다.(Michael Robinson, "Broadcasting, Cultural Hegemony, and Colonial Modernity in
Korea, 1924~45", *Colonial Modernity in Korea*, ed. Gi—Wook Shin & Michael Robinson, Cam-
bridge & London ; Havard University Press, 1999, pp. 56-61)
18) 『한글학회 오십년사』, 한글학회, 1971, 89-97쪽.
19) 「방송국 한글강좌 강사는 권덕규」, <조선일보> 1933. 11. 7.
20) Michael Robinson., op. cit., p. 63.
21) 쓰가와 이즈미, 앞의 책, 66쪽.
22) 이태준, 「글짓는 법 ABC」, 『중앙』 1934. 6, 24쪽.
　<기자 註>
　"이번 호부터 연재하는 이태준 씨의 『글짓는 법 ABC』는 문예나 혹은 문장에 대하여
많은 관심을 가지는 初學者에게 둘도 없을 지침이 될 것을 장담합니다.
　필자는 누구나 다 그의 필명을 잘 아는 신진작가로서 그의 간결하고 조리 있고 明麗
한 문장은 누구보다도 탁월한 경지를 독점하고 있는만치 그는 많은 연구를 거듭한 X界
의 유일한 篤學者입니다. 본편은 필자가 일찍 경성보육학교에서 강의하기 위하여 힘들

야시 다끼지小林多喜二를 예로 들며, 조선의 문학현실 속에서 글쓰기가 힘든 이유는 우리가 제대로 배운 적이 없기 때문이라고 한 적이 있다.23) 이러한 자각과 강단체험 그리고 창작을 통해 얻은 명성24)에 기반하여, 이태준은 문장론을 쓰게 된다. 다음은 '새로 있을 문장작법'을 제시하면서 그가 말과 글을 차별적으로 인식하고 있는 부분이다.

> 첫째, 말을 짓기로 해야 할 것이다. 글짓기가 아니라 말짓기라는 데 더욱 선명한 인식을 가져야 할 것이다. 글이 아니라 말이다. 우리가 표현하려는 것은 마음이요 생각이요 감정이다. 마음과 생각과 감정에 가까운 것은 글보다 말이다. "글 곧 말"이라는 글에 입각한 문장관은 구식이다. "말 곧 마음"이라는 말에 입각해 최단거리에서 표현을 계획해야 할 것이다. 과거의 문장작법은 글을 어떻게 다듬을까에 주력해왔다. 그래 문자로 살되 감정으로 죽이는 수가 많았다. 이제부터의 문장작법은 글을 죽이더라도 먼저 말을 살려, 감정을 살려놓는 데 주력해야 할 것이다.25)

이태준은 말과 글의 차이에 주목하여 현대의 문장작법은 말짓기여야 함을 강조하고 있다. 즉 마음과 감정을 담아내는 말로서의 글로 쓰여져야 한다고 하며, 여기에 문장작법이 필요한 이유가 있다고 한다. 글은 '말보다 더 설계와 선택과 조직, 발전, 통계 등의 공부와 기술이 필요하'기 때문이라는 것이다. 이를 통해 개인 본위의 문장작법이 강조되고 있다는 것을 알 수 있다. 그런데 여기서 말과 글의 차이에 대한 인식은 어디서 비롯된 것일까. 낭독에서 묵독으로의 독서변화를 주도한 것 중 하나가 신문이라고 한다면 신문이란 시각에 의한 묵독을 선도한 매체가 아닐까. 이 점에서 신문이 글에 대한 인식의 전환을 가져온 것이라 한다

---

여 쓴 것이니 『작문』의 신교과서라고 말할 수 있는 것으로 보아 회를 따라 정독함으로써 한 줄의 글이라도 바로 쓰게 되리라는 것을 간단히 소개하는 바입니다."
23) 이태준, 「1934년 문학건설－창작의 태도와 실제」(<조선일보> 1934. 1. 1)
24) 『개벽』, 1934. 11, 114쪽.
25) 이태준, 『증정 문장강화』, 박문서관, 1949, 15쪽.

면, 문자해독능력이 없어도 새로운 정보를 알 수 있게 해준 라디오는 말에 대한 인식의 전환을 가져온 것이라 할 수 있을 것이다. 신문은 오로지 문자언어로서 여러 가지를 표현해야 하고, 방송은 음성언어로서 또 다양한 감정과 내용을 표현해야 한다는 점을 고려해보면, 이태준이 주장한 현대의 글쓰기란 이러한 방송언어에 추동되어서 나온 형태라 할 수 있을 것이다. 말짓기로서의 문장론26)은 고정된 문장형식이 아니라, 언어 상황이 달라지면 다른 감각으로 쓰이고 읽힌다는 것이 전제되는 관점이다. 이는 신문의 언어와 방송의 언어의 차이에 입각하여 형성된 문장론이라고 할 수 있다.

## 3. 식민지적 기획으로서의 언어학의 영향과 문학어의 창안

경성제국대학은 일본이 제국주의적 기획 하에 설립한 제국대학의 하나로서, 식민지 체제를 영구화하기 위한 정책 중 하나였다. 따라서 제국대학은 권력에 예속된 측면을 지니고 있었고 국가권력의 필요에 의해 학과를 설치하기도 했는데, 이러한 취지에서 설치된 학과 가운데 하나

---

26) 이태준의 말짓기로서의 문장론은 언문일치라는 문제의식에 닿아 있다. 실제로 이태준은 언문일치를 근대적 글쓰기의 전제로 보았다. 그러나 그가 추구한 근대적 글쓰기의 도달점은 문장미가 우러나는 개인 본위의 문장이었다. 이 점에서 그의 언문일치에 대한 태도의 복합성을 볼 수 있다. 또 여기서 알 수 있는 다음의 내용은 애국계몽운동기의 언문일치와는 차별적으로 파악되어야 한다. 이태준은 글쓰기로서의 언어와 말하기로서의 언어를 차별적으로 인식하고 있었고, 글을 쓰긴 쓰되 개인의 특징적인 측면이 반영되어 나타나는, 말을 중심으로 하는 글을 써야 할 필요성을 강조하고 있는 것이다. 이는 황호덕(「한국 근대 형성기의 문장 배치와 국문 담론」, 성균관대 박사학위논문, 2002. 12)에 따르면 역언문일치가 될 수도 있다. 그러나 중요한 것은 글을 말에 일치시키느냐, 혹은 말을 글에 일치시키느냐가 중요한 것이 아니라, 현실에서 언중들이 사용하고 있는 언어에 주의를 기울여 문장을 규범화하고자 하는 노력을 했다는 점에 있다. 그리고 이태준의 문장론에서는 말짓기가 글쓰기에 끊임없이 반영되어 나타나야 한다는 것이 중요하게 다루어지고 있다.

가 언어학과였다. 당시 일본 언어학은 근대국가 형성 및 제국주의로의 발전과 밀접한 관계를 갖고 있었다. 일본 언어학 국어학의 아버지라 불리는 우에다(上田萬年)를 중심으로 한 도쿄제대의 언어학은 '국내적'으로는 표준어의 설정, 언문일치, 표음문자 채용, 일본의 고유 언어인 가나의 개정, 방언의 박멸 등을 통한 '국어'의 통일을 지향했다. 대외적으로는 비교언어학의 방법론을 바탕으로 한 언어 계통론을 통해 '국어'의 대외진출을 적극적으로 옹호하게 되는데, 우에다의 제자로서 조선어를 맡았던 가네자와는 일본어와 조선어의 언어동계론(言語同系論을) 내세워 일선동조론을 주장하는 등 일제의 조선침략을 정당화하는 이데올로그의 역할을 하기도 했다.[27]

이러한 언어학적 정책을 시행하는 가운데 일본 언어학이 전면에 내세운 것은 '과학'이었다. 일본 언어학이 내포하고 있던 정치적 의도는 '과학주의에 기초한 귀납적 결론의 강조'라는 외피를 띠고 있었다. 경성제대 조선어문학부 역시 이러한 근대 과학이라는 외피를 쓴 언어학이 수용되었고, 조선어문학부 학생들은 근대적인 학문을 배운다는 열정에 사로잡히기도 했다. 경성제대는 '조선 문화 또는 동양문화' 연구라는 이름 아래 대륙 침략을 위한 정보를 제공하거나 식민지 지배 이데올로기를 재생산하는 역할을 맡도록 규정되어 있었다. 이러한 맥락에서 조선어문학과는 이들에게 중요한 의미를 갖는 것이었다. 경성제대 조선어학 담당교수였던 오쿠라 신뻬이(小倉進平)와 1927년부터 언어학 강좌의 책임을 맡고 있던 고바야시 히데오(小林英夫)를 주목해 볼 필요가 있다. 오쿠라는 실증주의 언어관을 통해 조선어학회 중심의 조선인 한글운동의 의미를 비과학적인 것처럼 만드는 역할을 해낸 바 있다. 고바야시 히데오(小林英夫)는 1928년 소쉬르의 『일반언어학 강의』를 일본어로 번역했

---

27) 이준식, 「일제 강점기의 대학 제도와 학문 체계 — 경성제대의 '조선어문학과'를 중심으로—」, 『사회와 역사』 61호. 2002. 191-197쪽.

는데, 이 소쉬르의 언어학이 번역소개됨으로써 과학으로서의 언어학이 강조되고 민족 문화와는 분리된 연구대상으로서의 언어학이 정립되기에 이른다.[28]

　이러한 배경과 관련하여, 경성제대 조선어문학부 출신으로서 이화여전 교수를 지내고, 조선어학회 주요회원이었던 이희승과 이태준의 관계,[29] 휘문고보 교사였고 『문장』지의 정신적 기반이었던 이병기와 이태준의 관계, 그리고 이태준이 1935년부터 36년까지 세 차례에 걸쳐 이루어진 표준말 사정위원회의 위원이었다는 점[30], 이화여전 교수였다는 점 등을 고려하면서 『문장강화』에 나타나 있는 언어관을 살펴볼 필요가 있다.

　　語感이란 것은 言語의 生活感, 다시 말하면 言語의 生命力입니다. 語感 없이는 모든 말이 槪念的으로 取扱되어 버립니다. 卽 語感 없는 말은 言語의 屍體거나 그렇지 않으면 精神 喪失者입니다. 이와같이 語感은 言語活動에 있어서 生動하는 힘을 가지고 있습니다. 그리하여 思想을 傳達하는 言語活動은 感情을 移入하므로써 表出者의 表現效果를 훨씬 增大시킬 수 있읍니다.

　　그러면, 語感의 正體는 무엇인가. 그것을 다시 한번 생각하여 보려 합니다. 대개 言語에는 意味 卽 뜻과 音聲 卽 소리 두 方面이 있읍니다. "사람"이란 말은 "사"란 發音과 "람"이란 發音이 合하여 成立되어가지고 "人"(사람)이란 槪念 卽 意味를 나타내게 됩니다. 그러므로 發音은 말의 形式이요,

---

28) 위의 책, 202-205쪽.

29) 이희승, 「'소설'과 '얘기책'」, 『박문』, 1939. 2, 146-148쪽.
　　이 글에서 이희승은 표준어 사정회의에 참석했을 때 두 단어의 의미가 같으냐 아니냐를 놓고 논쟁을 했던 예로 '소설'과 '얘기책'을 들고 두 개념이 겹치기도 하고 차이를 보이기도 한다고 정리를 하고 있다. 여기서 소설과 얘기책을 두고 예민한 논쟁을 벌인 것은 이태준이 소설과 얘기책에 대한 생각과 일치한다. 이 점에서도 이희승과 이태준의 관계를 미루어 짐작할 수 있다.

30) 이준식, 「일제 침략기 한글 운동 연구-조선어학회를 중심으로」, 『사회와 역사』 49, 1996, 76쪽.

意味는 말의 內容입니다. 그리하여 語感이란 것이 이 形式과 內容에 다 關
係를 가지고 있습니다.[31]


　이 부분은『문장강화』에 인용되어 있는 이희승의「언어표현과 어
감」[32]의 일부이다. 이희승은 어감을 설명하기 위해 언어를 의미(개념,
signifie)와 소리(청각영상, signifiant) 두 가지로 나누고, 이 두 가지 즉 언어의
내용, 형식과 어감의 상관관계를 말하고 있다. 이 설명과정은 소쉬르의
언어학에 기대어 있다. 소쉬르가 설정한 기표 기의의 관계를 볼 수 있는
것이다. 실제로 위에 인용한 부분 바로 앞에는 '언어활동과 감정'이라는
항목이 놓여 있다. 이 언어활동 역시 소쉬르 이론의 langage(랑가쥬)를 말
하는 것으로서, 이희승에 와서 강조되는 부분은 "언어활동은 감정도 전
달하게 되고, 동시에 어감이 문제되는 것"이라고 보는 점이다. 즉 강조하
고 있는 것은 어감에 관련된 것으로 언어활동에 있어서의 감정과 표현의
중요성이다. 언어활동에서 parole을 제외시킨 부분이 langue라고 할 때 이
langue가 있기 위해선 언중이 필요하다. 이 언중은 바로 언어의 사회성을
말해준다고 할 수 있으며 이는 곧 기호의 자의성과 연관되어 있는 것이
다. 즉 언어가 사회적 규약이라는 합의가 전제되고 있음을 볼 수 있다.
　따라서 이희승의 이 글을 인용함으로써 이태준이 강조하고 있는 것
은 감정과 표현이 담긴 개인 본위의 문장인 것이다. 이를 가능하게 하는
것으로서 어감의 중요성에 대한 강조인데, 이 어감은 문체를 형성하는

---

31)『문장강화』, 52-53쪽.
32) 이것은「思想表現과 語感」이란 제목으로『한글』 49호(1937)에 실린 글로서 '어감'에 해
　　당되는 항목 중 일부이다. 제목이 다르게 쓰여져 있는 것은 이태준의 실수로 보인다. 이
　　글은 1937년 6월 7일 라디오 방송한 원고로 되어 있다. 이 글의 마지막 부분을 옮겨 보
　　면 다음과 같다.
　"그러므로, 文字로 나타나는 文學 作品이나 "라디오" 放送에 있어서 語感을 傳達하지
　못할 念慮는 조금도 없습니다.
　우리는 言語의 洗鍊을 爲하여서나, 새 文學의 樹立을 爲하여서나, 語感에 큰 注意를
　더하여 表現을 가장 曲盡히 할 必要를 切實히 느낍니다."

기본요소로서 그가 강조하고 있는 개성적 글쓰기와 관련되어 있다. 이
희승이 '언어활동'을 "말하는 사람의 발표행동과 듣는 사람의 이해행동
을 한데 포괄하여 이르는 말"이라고 하는 것이나 또 '표현'이 성립되려
면 표현주체, 표현세계, 언어 세 가지 요소가 구비되어야 한다고 정리하
고 있는 것에서도 소쉬르의 견해와 이태준의 다음과 같은 입장이 서로
연관되어 있음을 보여주고 있는 것이라 할 수 있다.

> 그 글이 훌륭하거나 나쁘거나간에 글 속에는 작자의 심경이 환하게 드
> 려다 보히는 것이다. 그러므로 글은 그 사람의 일면 혹은 전면을 그대로 비
> 처 주는 거울이다. 그 사람과 꼭 같기가 사진과 같다. …글은 마음의 사진
> 이다. **글은 곧 그 사람이다.** …以心傳心이란 말이 있다. 이 말은 글의 정도
> 를 가리킨 말이다. 글은 마음과 마음의 교섭, 情과 情의 교섭이다. **마음의
> 열과 진정은 글의 생명이다.** 산 사람에게 피가 흐르듯이 글에는 진정이
> 흘러야 산 글이 된다. 즉 남을 움즉일 수 있는 글이 된다.[33](강조-인용자)

이태준에게 있어 글이란 마음의 반영으로서, 마음과 마음의 교섭으
로서의 커뮤니케이션을 전제하고 있다. 작가가 진정으로 글을 쓰고, 그
진정이 독자에게 전달되도록 쓰여져야 하며 이러한 소통과정이야말로
작가와 독자 사이에 이루어져야 함을 강조하고 있는 것이다. 이로써 작
가와 독자 사이의 소통은 이태준의 무의식 속에 기입되어 있음을 알 수
있다. 그가 강조하고 있는 문체 역시 문장 형식에 의해서만 구성되는 것
을 말하는 것이 아니다. "스타일은 그 사람이다."[34]라는 뷔퐁의 말은 라
깡의 불란서어 텍스트 『에크리』에서도 볼 수 있다. 라깡은 그 어구를
"스타일은 한 사람이 말하게 되는 대상이다."로 수정하고 있으며 이에
근거하여 아이러니를 화자와 청자를 관련시키는 양식이라는 것을 설명

---

33) 「글짓는 법 ABC」 4, 『중앙』 1934. 9, 41-43쪽.
34) 『문장강화』, 284쪽. 이태준은 문학자 페이터가 "스타일(文體)은 그 사람이다."라고 했다
　　고 하며 설명을 하고 있는데, 이는 이태준이 뷔퐁을 페이터로 잘못 인식한 소치이다.

하고 있다.[35)]

"스타일은 그 사람 자신이다."라는 말은 작가가 취하고 있는 문장 체재가 하나의 표현이라는 기능을 담당하고 있다는 것으로서, 곧 작가가 대상을 어떤 식으로 파악하는가를 보여주는 방식이라고 할 수 있다. 이태준의 문체는 안회남에 의해 비판되고 있거니와, 그 비판의 초점은 실물재현으로서의 실재가 아니라 작가의 이미지에 의해 만들어진 실재를 이태준이 그려내고 있다는 것이다.[36)] 실재는 단순히 묘사되는 것이 아니라 언어에 의해 형성되는 것이다.[37)] 이태준이 문체를 그 사람 자신이라고 한 것의 의미는 작가의 상상력에 의해 만들어진 이미지가 문체를 만들어내고 있다는 것을 보여주고 있는 셈이다. 결국 『문장강화』를 비판적으로 바라보는 연구사의 대부분이 이태준이 형식적인 문체를 강조하고 있다는 것을 겨냥하고 있었는데, 이는 작가가 대상을 어떤 식으로 파악하여 표현해내는가를 염두에 둔 것으로 설명이 되며 '표현'이라는 의미에 담긴 상상력의 여지를 고려해야 하는 것으로 귀결된다.

위에서 살펴본 바와 같이, 개인 본위의 표현의 중요성에 대한 강조는 이희승에 의해 수용된 소쉬르 언어학의 영향하에 설명될 수 있다. 이희승은 일제의 언어정책으로서 시행된 '과학주의'라는 이름의 소쉬르 언어학을 수용하여 이를 통해 조선어를 과학적으로 정립해내고자 한 바

---

35) Michael Payne, 『읽기 이론/이론 읽기』, 장경렬 이소영 고갑희 역, 한신문화사, 1999, 69-70쪽.

36) 안회남, 「9월 창작평」(下)—『아담의 후예』와 『총각』—실물묘사와 이야기를 위한 서술의 차, 『조선일보』, 1933. 9. 28.

37) 장병기는 에즈가, 소쉬르는 언어기호 정의에서 구체적 지시 대상인 외부 세계와의 관계를 제외시키고자 하는데, 이는 다분히 의도적인 것으로 보인다고 파악한 견해를 소개하고 있다. 소쉬르는 의식적으로 외부 세계와 언어기호와의 관계를 제외시키고 있는지도 모른다고 정리하면서 어쩌면 언어 기호는 자의성과 필연성을 동시에 포함하고 있는지도 모른다는 것이 장병기의 생각이다. 또한 소쉬르의 이론이 이와 같은 모순을 내포하고 있음에도 불구하고 그 근본원리 때문에 대단히 중요한 기반이 되고 있다는 것을 제시하고 있다.(장병기, 「소쉬르와 랑그」, 『한글』 196, 1987. 여름, 414-415쪽)

있다. 일제는 식민정책의 한 방편으로서 언어의 기표 기의의 관계가 자의적이라는 데 근거하여 언어에 민족정신이 담긴다는 것이 과학적으로 근거없음을 이로써 증명하고자 했는데, 이희승의 어감에 대한 강조는 이를 변용한 것으로서 음성과 의미가 다 어감에 영향을 끼치는 것으로 설명되고 있다. 또 이 어감에 대한 강조는 개인 본위의 문장을 주장하는 것으로 소쉬르 언어학에서 강조하고 있는 랑그보다는 파롤에 더 주목하게 되는 결과를 자아내게 되었다. 이는 결국 식민정책으로서의 언어학에 대한 수용에서, 일제의 의도와는 다른 결과를 낳게 되는데, 여기에 이태준의 언어의식의 한 단면이 있다고 할 수 있다. 즉 소쉬르가 말하고 있는 것은 언어활동에서 파롤을 제외한 것으로서의 랑그에 깃들여 있는 체계성에 대한 강조인데, 이희승을 인용하고 있는 이태준에 이르면 파롤이라는 개인적인 영역이 강조되고 있다는 것이다. 나아가 소쉬르의 언어학대로 언중과 사회성에 대한 강조는 그 당시의 언어 현실, 즉 이중언어상황을 토대로 성립되는 것이기 때문에 조선어에 국한되는 것이 아니라 국어로서의 일본어 사용이라는 상황으로부터 자유로울 수 없음을 말해준다. 따라서 이숭녕이 언어가 민족과 문화가 아니라 언어현실을 반영한다고 주장한 것은 이러한 맥락에서 설명 가능하다. 결국 소쉬르의 수용은 당대의 언어현실 즉 이중언어 상황을 기반으로 이루어진 정책적인 측면이 강했는데, 이희승−이태준에 오면서 조선어라는 언어현실만을 염두에 둔 식으로 변용되면서 조선어의 어감을 강조하게 되고, 그 결과 언어에 정신이 깃들여 있다는 인식으로 귀결된 것이라 할 수 있다.

## 4. 지방어로서의 조선어, 민족어로서의 조선어의 길항관계와 '조선적인 것'의 구현

이태준은 문장에서 방언을 쓸 것인가, 표준어를 쓸 것인가에 대해

"언문의 통일이란 큰 문화적 의의에서 표준어로 써야 할 의무가 문필인에게 있다."[38]고 한 바 있다. 이러한 언급과 아울러 이광수 소설과 마찬가지로 이태준의 소설이 모두 맞춤법 규정에 일치한다[39]는 사실은 근대국가를 구상한 표준어의 창출이라는 점에서 규범화를 시도하고 있었다고 할 수 있다. 이는 『문장』지 추천을 통해 소설관을 정전으로 제시하는 것과 같은 맥락에 놓인 문제이다. 이태준은 "누구나 먼저는 언문일치 문장에 입학해야 한다. 그리고 문예가가 되려면 이 언문일치 문장을 완전히 소화하고 나서야 할 것이다."[40]라고 하면서 결국 도달해야 할 것은 예술가의 문장이라는 점을 제시하고 있다. 여기서 중요한 것은 언문일치 문장이 문예가가 되기 위한 기본 조건이라는 것이다. 언문일치체는 일본에서도 서구의 구문론과 표현법 수용과 밀접하게 연결되어 있다[41]는 것 때문에 오히려 개성을 말살시키는 역할을 한다고 비판되기도 했다.

표준어에 대한 인식과 민족어로서의 조선어에 대한 인식은 방송과 신문을 통해 이루어진 한글운동의 결과이기도 했다. 민족어로서의 조선어에 대한 고민의 문제는 장혁주와 같은 작가를 문제삼으면서 1936년 8월 『삼천리』에서 「'조선문학'의 정의－이러케 規定하려 한다!」라는 제목의 설문조사로 이어진다. 이 설문에서는 조선 '글', 조선 '사람', 조선 사람에게 '읽히우기' 등 세 가지 조건이 조선문학 규정의 근본이라 하고, 1. 연암이 한문으로 쓴 소설이 조선문학에 속하는가? 2. 일본인 中西伊之助가 쓴 조선인의 사상감정을 드러낸 작품을 쓴 경우 이는 조선문학에 속하는가? 3. 장혁주 씨처럼 일본 사람에게 읽히기 위해 쓰는 작품도 조선문학에 속하는가? 등의 질문을 하고 있다. 여기에 동원된 문인은 이

---

38) 『문장강화』, 28쪽.

39) 이병렬이 문학어 사전 준비과정에서 확인한 바에 의하면 이광수, 이태준이 가장 정확한 표준어를 구사하고 있다고 한다.

40) 이태준, 앞의 책, 333-337쪽.

41) Tomi Suzuki, Tanizakis Speaking Subject and Creation of Tradition, *Narrating the Self*, Stanford University Press, 1996, pp. 176-180 참조.

광수, 임화, 이병기, 김억, 염상섭, 장혁주, 이태준 등인데, 이태준은 한글
문학만이 '조선문학'이라며 다음과 같이 정리하고 있다.

> 「熱河日記」, 「九雲夢」 등의 문제는 조선문학사를 쓸 이들이 연구처리할
> 바이요, 한글이 唯一한, 또 完全한 우리 글로 認定된 이 時代부터는 (過去에
> 어떤 例外가 있었던간에) 첫재 朝鮮글로 된 것이라야 '조선문학'일 터이지
> 요. 조선사람이 썻드라도 조선말이 아니면 '조선문학'이 아니요 外國人이
> 썻드라도 조선말이면 그것은 훌륭히 朝鮮文學이리라 생각합니다.[42]

이태준은 이와 같이 조선문학에 대한 규정에서 어떤 언어를 사용하
느냐가 중요함을 단호하게 말하고 있다. 이광수, 박영희, 김광섭과 함께
강경한 속문주의의 입장을 취한 이태준의 태도는 외국인이 썼더라도 조
선어로만 씌어 있으면 조선문학이라는 주장에서 극에 달한다. 이 설문
의 문제의식에서 보여주는 바와 같이 민족어로서의 조선어에 대한 인식
만 강조될 뿐이지 조선문학이 갖추어야 할 다른 구체적인 내용은 나타
나지 않고 있다. 이는 조선문학의 규정에 대해서는 피상적이라는 한계
가 있지만, 다른 시각으로 보면 식민지 상황에서의 언어 문제가 매우 절
박한 것이었다는 점에 대한 반증이 될 수도 있다.

이런 이태준이 다음 대화내용에서 보이고 있는 질문은 그 상황의 급
박감을 드러내기에 충분하다. 1938년 3차 조선교육령이 개정 공포되면
서 조선어 과목은 학교 교육에서 철폐되기에 이르고 창씨개명과 아울러
동리명, 학교명까지 일본식으로 바꿀 것이 강요된다. 다음은 이러한 배
경을 염두에 둔 대화이다.

> **이태준**  잠깐, 秋田선생께 물어보겠는데 조금전 선생께서는 內地語로
> 써도 조선어로 써도 상관없다고 말씀했는데, 우리 처지로서는 (이 말은) 중

---

42) 「'조선문학'의 정의」, 『삼천리』, 1936. 8, 98쪽.

대하기에, 이 토론과제와는 다소 어긋나는 것이나 질문하겠습니다. 일본인 선배들쪽은 우리 조선작가가 조선어로 쓸 것을 속으로 바라고 있습니까, 아니면 일본어로 쓸 것을 보다 희망하고 있습니까?

　**秋田**  우리 일본인 작가의 요망, 즉 대중의 요망으로서, 독자대상을 대중에 두는 작가로서는 일본어가 좋다고 생각합니다.

　**林房雄**  일본어 문제가 나왔는데, 이는 매우 중대하다고 봅니다. 우리로서는 조선작가 제군에게 말하거니와, 작품은 모두 일본어로 써주길 바랍니다.[43)]

이태준은 조선어가 아닌 일본어의 사용을 종용당하는 시점에서 愚問을 할 수밖에 없었는데, 그에게 조선어를 사용하느냐 않느냐는 '조선적인 것'을 구현할 수 있는가 없는가, 즉 조선문학이 가능한가 아닌가의 문제였기 때문이다. 1938년을 기점으로 이태준의 소설이 더욱 중층적인 구조를 가지게 되는 것 역시 이러한 관점을 배경으로 규명할 때 더욱 설득력 있는 논의가 가능하리라 생각된다.

민족어로서의 조선어의 중요성에 대한 인식은 지방어로서의 조선어에 대한 인식[44)]과 길항관계에 놓이면서 조선문학의 위상을 다르게 설정하는 계기가 되기도 한다. 이광수는 일어는 조선어와 뿌리가 같고 조선어는 더 우월한 '국어'의 일부이기에 '없어질' 운명을 가진 국어의 '지방

---

43) 「조선문화의 장래와 현재」, 『경성일보』, 1938. 11. 29～12. 8. 이 글은 1938년 10월 일본의 신협극단이 춘향전을 서울에서 공연한 바 있었고 이를 계기로 이루어진 좌담회의 제목이다. 이 좌담회는 1939년 1월 『문학계』에 「조선문화의 장래」로 재수록된 바 있고, 이어서 「'춘향전' 비판 좌담회」(ラト 1939. 5～12)로 번져갔다. 이들 논의의 쟁점은 민족적 표현주의와 용어의 문제에 있었다.(김윤식, 『일제말기 한국 작가의 일본어 글쓰기론』, 서울대학교 출판부, 2003, 75-76쪽)

44) 安田敏朗, 『植民地のなかの「國語學」』, 三元社, 1998, 183-195쪽. 여기서는 국어일원화의 논리로서의 조선어방언화론을 소개하고 있다. 이는 二言語倂用狀態를 해소하기 위한 논리의 하나로서 조선어 역시 내지의 방언과 마찬가지로 국어의 방언으로 위치시키고자 하는 것이다. 조선어 방언화론의 연장에는 조선어가 방언인 이상 일본어의 방언과 똑같은 운명을 밟게 되는데, 특히 1940년을 전후하여 내지에서는 "방언교정"의 움직임이 각지에서 일어나게 된다.

어'로 인식하고, 조선문학 역시 일본문학에 흡수될 한시적인 것[45]으로 설정하면서 쉽게 친일문학에로 나아간다. 그러나 이태준의 경우는 미술론에서 관변 동양주의 미술론과 반관변 동양주의 미술론을 구분하여 스스로 반관변 동양주의 미술론의 입장에 섰던 것처럼, 식민정책을 그대로 구현하는 입장이기보다는 식민정책에 대한 성찰과 그 변용으로서 '조선적인 것'을 지향하는 노력을 보인다.『문장』지 발간과『문장강화』의 연재도 이러한 맥락에서 이해되어야 한다. 결국 이태준의 조선어에 대한 강조는 "국어에 의해서만 국민이 형성된다는 국어의 논리"를 조선에 역으로 이용해서 조선어의 정당한 존속을 호소하고 있는[46] 논리라고 볼 수 있다. 조선어에 대한 탐색은 일본이라는 타자가 있었기 때문에 가능한 작업이었다. 그리고 국가건설과 국어의 정립이라는 문제의식은 해방 이후의 국가만들기에서 유효하게 재현되었던 것이다.

## 5. 결론

이태준은 언어와 글쓰기에 대해 뚜렷한 자의식을 가진 작가이다. 본 논문에서는 이태준이 1930년대에 들어와서야 비로소 본격적인 창작활동을 한 작가라는 점을 염두에 두고, 1931년 만주 사변의 파장, 1933년 한글맞춤법 통일안 제정, 1935년 표준어 사정위원회의 독회활동, 1933년 경성방송국에서의 순한국어 방송, 조선어학회의 활동과 한글운동, 경성제대 조선어문학부의 설립, 신문사의 활동, 조선어 방언화론 등 여러가지 조건을 고려하면서 이태준의 언어의식을 살펴보고자 했다. 이태준은 신문과 방송이 초래한 말과 글의 차이에 근거하여 "말짓기로서의 문장

---

45) 이광수,「문학의 신도표 3」, <매일신보> 1943. 2. 7, 이경훈,『이광수의 친일문학 연구』, 태학사, 1998, 229쪽 재인용.
46) 安田敏郎, 앞의 책, 193쪽.

론”을 펴게 되는데, 이는 마음과 감정이 담긴 말의 문장화로서 어감의 중요성을 강조하게 된다. 이는 묘사의 강조, 개인본위의 문장에 대한 강조로 나타나는데, 소쉬르 언어학의 흔적을 볼 수 있다. 이태준의 언어의식은 식민정책적으로 행해진 것이 그대로 수용되기 보다는 나름대로 변용에 의해 “한글문학만이 조선문학”이라고 할 정도의 강경한 원칙을 고수하는 것으로 나타난다. 이러한 강경한 원칙은 해방 이후 국가 건설을 전제한 민족어에 대한 강조로 나타나게 되는 발판이 되기도 했다.

# 통속과 계몽, 그리고 (제국)의 논리
### ― 이태준 장편소설 『청춘무성』의 경우 ―

채 호 석*

## 1. 글을 시작하며

몇 년 전 나는 이태준의 장편소설에 대한 글을 한 편 쓴 적이 있다.[1] 이미 오래 전의 글이어서 지금으로서는 그대로는 받아들일 수 없음은 물론이다. 내가 그 글에서 밝히고자 했던 것은 이태준의 장편소설과 단편소설 사이의 낙차였다. 이태준의 단편소설이 당대 최고의 단편으로 받아들여졌음에 비해 장편소설들은 폄하되기 일쑤였다. 그 글에서도 밝힌 바 있고, 이미 많은 사람들이 알고 있듯이, 이태준은 장편소설을 일종의 '일탈' 혹은 '여기' 아니면 먹고 살기 위한 한 '방편'으로 여기고 있었다.

이태준의 장편소설에서 보이는 특징을 나는 아마도 통속과 계몽의 결합이라고 말했던 듯하다. 이미 많은 논자들이 지적했던 것처럼 이태준 소설의 통속성은 '삼각 관계'에서 비롯한다. 아니 정확하게 말하자면

---

* 한국외국어대학교 한국어교육과 조교수.

1) 졸고, 「이태준 장편소설의 소설사적 의미 : 『불멸의 함성』을 중심으로」, 『한국근대문학과 계몽의 서사』, 소명, 1999.

'삼각 관계'가 이태준 장편소설의 통속성의 핵심에 있다고 할 수 있을 것이었다. 문제는 삼각 관계 자체가 아니라 삼각 관계가 작동하는 방식일 터인데, 이태준 소설에서의 삼각 관계는 세계에 대한 평면적 인식을 확대하는 하나의 방편으로서 사용되고 있다고 나는 그때 생각했었다. 다시 말하자면 이태준의 단편소설에서 보이는 '하나의' 특징2)인 세계에 대한 평면적 인식이 '장편소설'이라는 거대한 몸뚱이를 감당하기 위해서는 '서사'를 위한 장치가 필요했고, 바로 그 장치가 '삼각 관계'라는 것이었다.

이쯤에서 본다면 '삼각 관계'는 하나의 장치 이상은 아니게 된다. 삼각 관계란 어차피 세 사람 사이에서의 일이고, 그리고 그 사이에서의 갈등의 일이다. 그러므로 서사의 목표는 갈등의 해소로 나아간다. 그런데 이러한 장치에서의 갈등이란 어차피 해결이 '지연'되지 않으면 안 된다. 삼각 관계라고 하더라도 그 안에 있는 두 사람 사이의 관계가 '방해'받지 않는다고 한다면 서사는 진행되지 않을 것이기 때문이다. 그러므로 삼각 관계는 엄밀히 말하자면 두 사람 사이의 관계를 방해하는 존재로서만 성립된다. 삼각 관계 한가운데 서 있는 존재가 심적인 갈등을 일으킬 수는 있지만, 이러한 갈등은 사실 이미 해소의 방향이 정해져 있기 십상이다. 왜냐하면 어떤 존재들이 결합에 이를 것인가는 이미 소설 초반에 전제되는 게 보통이기 때문이다. 다시 말하자면 독자는 이미 삼각 관계의 해결 방향을 인지하고 있는 것이다. 그러므로 독자들은 어떤 인물과 어떤 인물이 맺어질 것인가에 대한 관심을 가지고 있지는 않다. 독자들의 관심은 어떻게 그 결말이 지연되는가, 다시 말하자면 어떤 방해

---

2) 명료하게 하자. 이태준 소설 전반이 보이는 특징 일반이라기보다는 특정 소설에서 보이는 하나의 특징에 지나지 않는다. 다른 말로 하자면, 앞선 논의에서 다른 특징들에 대해서는 고려하지 않았다는 말이 되는 것이다. 그리고 바로 이 '하나의' 특징을 가지고 논의를 일반화하였던 데에 지난 내 논의의 한계가 있었다고 생각한다. 아마도 그 글이 별 반향을 보이지 않았다면 그것도 하나의 이유가 될 것이다.

속에 놓이고 어떻게 그 방해를 넘어서서 행복한 결말에 이르는가에 대해서만 관심을 가지고 있다고 해야 할 것이다.[3]

 이태준 장편소설의 창작 원리를 이렇게 보았던 것은 그 나름대로 타당성은 있었다고 생각된다. 이태준 소설의 한 특징이 그의 소설 속에서 인식된 세계가 평면적인 세계, 다시 말하자면 시간성을 가지기 힘든 세계라는 점에서는 그러하다. 그의 단편 소설의 대다수가 이러한 평면적 세계 인식을 가지고 있음은 사실이다. 그렇기 때문에 이러한 평면적 세계 속에서는 시간성이 별로 커다란 의미를 갖지 못한다. 이는 단편소설이기 때문에 그렇기도 하겠지만, 거꾸로 말하자면 단편에 적합한 세계 인식을 가지고 있다고 보아도 될 것이었다.

 세계가 눈에 보이는 것만은 아니라는 것, 그 밑에는 겉보기와는 전혀 다른 세계가 존재한다는 것, 바로 그것이 이태준 소설을 규정하는 하나의 특징이었다. 물론 이러한 인식 그 자체가 부정적인 것만은 아니다. 뿐만 아니라 사실 지난 논의에서 이태준 소설의 특징으로 든 이러한 세계 인식을 대표하는 작품이라고 했던 「아무 일도 없소」 같은 작품을 이태준의 대표작품이라고 말하기는 조금 어렵기는 하다. 결국 지난 논의는 결정적인 한계를 가지고 있었다고 해야 할 것이다. 이태준의 소설 속에서 대표적이라고 말할 수 없는 작품을 가지고 이태준의 '창작 원리'를 말해야했기 때문이다. 그러나 그럼에도 불구하고 이전의 논의를 전적으로 철회하고자 하는 생각은 없다. 제한된 범위 내에서는 여전히 타당하다고 생각하기 때문이다. 그러므로 논의를 진전시키기 위해서는 이태준의 대표적인 작품으로 논의를 확대해야 할 필요가 있다.

---

3) 이를 위해서는 주인공 누군가에게 결정적인 결점이 있어야 한다. 이 결점이란 인간적인 결점이어서 바로 그 '인간적임' 때문에 갈등과 방해가 '그럴듯한 것'으로 인식되게 된다. 그러므로 이 결점은 존재 자체에 대해 결정적인 결점이라고는 할 수 없다. 인물 자체가 지니고 있는 결정적인 결점이라면 더 이상 삼각 관계는 진행되지 않는다. 왜냐하면 이미―정해진 관계 자체가 불안정하기 때문이다.

이태준의 대표적인 작품을 뭐라 할 것인가에 대해서는 논란의 여지가 있지만, 대체로 「패강냉」, 「영월영감」, 「복덕방」, 「돌다리」, 「토끼 이야기」 정도를 드는 데는 별로 이의가 없으리라 생각한다. 일단 이들 작품으로 한정하여 논의를 한 걸음 진전시켜보자. 역시 문제가 되는 것은 세계 인식의 평면성을 여전히 지니고 있는가, 또 하나는 평면적 세계 인식에 수반하기 마련인 시간성의 부재, 혹은 제한을 마찬가지로 드러내고 있는가 하는 점일 것이다.

「패강냉」을 보자. 「패강냉」의 핵심은 '이미 흘러간 시간' 그러므로 다시 되돌아올 수 없는 시간이다. 그 시간은 다시 되돌아올 수 없기 때문에 과거로서 혹은 회상으로서만 존재한다. 평양 여인네들의 머릿수건이 바로 그것이다. 그것은 '기억'되거나 '회상'되는 존재일 뿐이다. 그러므로 그것은 여기 존재하지 않는다는 점에서 시간성으로부터 벗어난다. 시간성으로부터 벗어난 존재들은 아련한 추억의 세계에서만 존재할 수 있다. 그리고 그것은 '과거', 다시 돌아올 수 없는, 흘러가버린 과거이다. 그 과거는 단지 예외적인 존재들에 대해서만 현실감으로 다가올 수 있다고 해야 할 수 있을 것이다. 물론 이 흘러가버린 과거는 가치를 갖기는 하지만, 그 가치가 선택의 우선순위는 아니다. 이러한 과거를 불러일으키는 존재, 그리고 과거가 아무러한 가치를 가지고 있다고 하더라도 결코 그것은 되돌아올 수 없는 과거이다. 그러므로 그 과거는 현재 여기에 영향을 미치는 과거가 아니라, 시간 속에 정지하여 현실 속에서는 존재할 수 없는 그런 과거일 뿐이다. 그러므로 과거는 현재 속에 존재하기는 하지만 지금과 연속되어 있는 존재가 아니라 현재와는 무관한, 혹은 현재를 비추는 과거에 지나지 않는다.

이태준 소설의 아름다움, 혹은 가치는 바로 이 잃어버린 것에 대한 향수에서 나온다고 해야 할 것이다. 이 잃어버린 것이 다시 올 수 없음을 확인하는 자리, 그 잃어버린 것이 가치 있음을 확인하는 자리, 그러므로 지금 현재가 가치 부재의 공간임을 확인하는 자리라는 점에 이태준 소설의 아름다움이 있다. 이러한 가치 부재의 공간으로서의 현재는 시간성을 갖지 않는다. 오로지 '부재'로서만 정의되기 때문이다. 예외적인 존재에서만 과거는 현실로 나타나는데, 기생의 경우가 그러하다. 그러나 그 기생 역시 과거를 '과거'로 묻어두는 존재일 뿐이다. "죽은 자는 죽은 자로 하여금 장사지내게 하라."4) 현이나 기생은 과거를 조상하는 존재이고, 과거의 죽음을 장사지내며, 죽어버린 과거를 애도하는 존재이다. 그들은 그러므로 결코 현실 속에서 살지 않는다. 현실 속에서 살 때 그들의 삶은 누추해지고 만다.

  이제 우리의 이야기의 핵심으로 되돌아 와보자. 이전에 했던 논의는 제한을 가진 것이었다. 세계 인식의 평면성이라는 점이었다. 그리고 이러한 평면성을 시간적으로 늘이기 위한 방법이 바로 삼각 관계였다. 「패강냉」의 경우는 시간성을 가지지 않는다. 과거를 조상하는 자리에서 중요한 것은 그 느낌이라고 해야 할 것이다. 지나가버린 과거의 '본질'을 파헤쳐들어가는 것도, 과거를 묻고 새로운 자리에 서는 것도, 그 어느 것도 「패강냉」과는 거리가 멀다. 그렇다고 해서 파국의 조짐을 발견해내는 것도 아니다. 파국이 오지 않을 것임을 작가는 안다. 왜냐하면 현재라는 시간 속에서의 현실, 부정적 현실은 강고하기 때문이다. 누추하고 비루하나 강고한 현실. 아름다우나 다시 돌아올 수 없는, 가치 있는 과거. 아무 일도 없소의 세계의 이중성, 곧 겉보기의 현실과 그 이면에 존재하는 현실 사이의 이중성은 패강냉에서는 과거와 현재의 이중성으로 변화한다. 겉보기의 세계와 이면에 존재하는 세계가 모두 다 현실이라고 하더라도 그 사이에 아무런 연관관계가 존재하지 않았듯이, 과거와 현재는 아무런 연관성을 갖지 못한다. 세계의 변화에 대한 질문이 던져지는 게 아니라 변화한 현실, 누추한 현실 그대로, 그리고 찬란한 혹은 아름다운 과거는 과거 그대로 그저 의식 속에 병치되어 존재할 뿐인

---

4) 마태복음 8장 22절.

것이다. 여기서 누추한 현재의 작동 원리, 혹은 기본 원리가 돈과 효율성이라고 하더라도, 그리고 그것이 비판받아 마땅한 현실원리라고 하더라도 여전히 그것은 현실인 것이다. 결국 「패강냉」은 「아무 일도 없소」와는 다른 모습을 보이지만, 그럼에도 불구하고 세계의 평면성이 문제가 되지 않는 대신 이제 시간의식의 단순함이 남는다.

## 2. 삼각 관계, 그리고 '이자(二者) 관계' : 통속의 논리

세계 인식의 평면성을 넘어서는 방식, 이러한 평면적 세계를 시간 속에 끌어들이는 방식이란 결국 '서사'를 마련하는 것이고, 이를 위해서 가장 손쉬운 방식은 '삼각 관계'를 마련하는 방식이다.

삼각 관계는 흔히 '통속적'인 서사 방식으로 생각된다. 그리고 어느 정도 타당하다. 삼각 관계(혹은 그 이상이어도 상관없지만, 그 이상의 모든 복잡한 관계는 삼각 관계의 확대라고 할 수 있다.)는 기본적으로 이자 관계에 근간을 두고 있다. 다시 말하자면 삼각 관계는 이자 관계의 재확인이라고 할 수 있다. 삼각 관계에 중심축이 있다는 점은 손쉽게 이해할 수 있다. 한 존재를 두고 두 명의 존재가 관련되어 있을 때에 삼각 관계가 성립된다. 다시 말하자면 한 존재를 둘러싼 '쟁취'를 위한 투쟁이 삼각 관계를 마련하게 되는데, 그 원인이 어디에 있는가는 삼각 관계의 이야기 자체에는 중요하지만 실상 삼각 관계 자체에는 그리 큰 영향을 미치지 않는다. 오히려 중요한 것은 이자 관계가 근간에 놓여 있다는 점이다.

이 이자 관계란 사랑의 관계, 한 사람과 한 사람의 사랑의 관계이다. 이러한 관계는 삼각 관계가 만들어지기 이전에 이미 전제되어 있는 관계이다. 이자 관계가 파괴되었거나, 아니면 더 이상 의미를 갖지 못할 때, 삼각 관계는 존재할 수 없다. 그러므로 모든 삼각 관계의 이야기는 뒤틀린 이자 관계에 대한 이야기라고 할 수 있다.

뒤틀린 이자 관계를 만들기 위해서는 이자 관계 외부에 원인을 마련할 수도 있고, 혹은 내부에 원인을 만들 수도 있다. 외부에 원인을 만들 때, 이는 혼사장애와 같은 모습을 띠게 된다. 이미 성립되어 있는 이자 관계를 해체하기 위해 외부로부터 힘이 개입해 들어오기 때문이다. 내부에 원인을 만들 때에는 기본적으로 이 관계의 중심에 놓여 있는 존재의 인간적 결함이 원인이 된다. 다시 말하자면 이자 관계를 유지하기 어려울 만큼의 결함이 존재하는 것이다.

이자 관계가 삼각 관계의 핵심이라면, 삼각 관계란 '이자 관계'가 정립된 이후, 혹은 이자 관계가 정립되는 과정에서 생긴 현상이라고 할 터인데, 이 때 이자 관계란 결국 '연애−결혼'의 문제라고 해야 할 것이다. 이 연애−결혼의 문제가 비로소 표면에 떠오른 것은 물론 근대에 돌입하면서이다.

조금 더 나아가 보자. 그런데 왜 이자 관계가 아니라 삼각 관계가 지속적으로 등장하는가? 삼각 관계의 지속적 등장은 이자 관계의 불투명성이 전제가 된다. 이자 관계가 자연스러운 법칙이 아니라는 사실, 그것이 바로 삼각 관계의 끊임없는 재등장의 이유가 되고, 아직까지 존재할 수 있는 이유가 되는 것이다. 이자 관계는 실상 두 인간의 상호 관계의 평등성을 전제로 한다. 연애와 결혼 모두 그러한 것이다. 그러나 이 상호 관계의 평등함이란 한낱 가상에 지나지 않는 것이다. 이 이자 관계에 '사랑'이라는 이름이 붙더라도 마찬가지이다. 사랑이 지속되기 위해서는 '연애'로 발전해야 하는데, 연애로 발전하기 위해서는 '정열'의 재연소가 불가결하다.5) 모든 사랑의 이야기가 최종적으로 '행복한 결합' 혹은 '안타까운 결별(대부분은 사별)'로 이루어질 수밖에 없음은 이 때문이다. 사랑의 이야기는 사랑의 완성에서 끝난다. 사랑의 이야기에는 사랑에 대한 회의가 없다. 사랑에 대한 회의는 사랑을 부정하기 위해서가 아니라

---

5) 서영채, 『사랑의 문법』(소명, 2004)을 참조.

사랑을 긍정하기 위해서만 존재한다. 사랑은 '이미' 존재한다. 그러나 사랑의 방식은 항상 동일하지 않다. 삼각 관계는 한편으로 이자 관계를 의심한다. 사랑이라는 것이 일시적이지 않은가, 성적 매력이라는 것도 순간적인 것은 아닌가 하고 의심한다. 그러나 다른 한 편으로 이 의심했던 이자 관계를 다시 공인한다. 사랑은 '이자 관계'이다. 사랑하는 사람끼리의 결합이 이루어지건 이루어지지 않건 간에, 사랑은 '이자 관계'라고 말한다.

사실 이자 관계라는 말은 없다. 아무도 사용하지 않는다. 이자 관계는 그렇지만 존재한다. 이자 관계는 근대적 개인이 등장하면서부터, 형식적으로만 평등한 개인들이 등장하면서부터, 그리고 계약이 성립하면서부터 성립한다. 아니 그때 성립한다. 그렇다면 이자 관계의 기본은 계약관계이다. 사랑은 계약으로서만 존립한다. 사랑이 상호성을 요구하고, 권리와 책임을 갖는 것은 기본적으로 계약이기 때문이다. 그러므로 기본에 존재하는 것은 계약관계인 것이다. 자본가와 노동자 사이에는 형식적으로는 평등한 계약관계가 존재한다는 것, 실제로 존재한다는 것, 그러나 그 내용은 결코 평등하지 않다는 것, 그러므로 평등한 독립된 개체의 계약관계라는 것은 사실 하나의 이데올로기, 그러나 허구가 아닌 이데올로기에 지나지 않는다는 사실은 이미 밝혀져 있다. 최소한 근대적 개인을 둘러싼 자리에서 문제가 되는 것은 이 이중성, 혹은 모순이다. 평등의 외피에 갇혀 있는 불평등.

사랑이 이자 관계에 바탕을 두고 있다면, 그리고 이자 관계가 겉보기로만 평등하고 독립된 개인의 계약관계라고 한다면, 사랑 역시 겉으로만 평등한 계약관계라고 해야 할 것이다. 사랑의 본질이란 이와 같은 것이다. 이자 관계는 겉으로만 평등한, 사실 이부자리 속에서도 불평등한 관계이다. 삼각 관계는 이 이자 관계의 평등한 모습에 균열을 낸다. 삼각 관계가 등장함으로써 이자 관계의 평등성, 보편성, 사랑이라는 이름의 허울을 뒤집어본다. 거기에 계약관계, 불평등한 계약관계로서의 이중성이 존재한다는 것을 드러낸다. 사랑은 일순간만 존재하는 것이고, 그리고 사랑의 일상화인 연애는 이로써 사랑으로부터 독립된다. 그리고 그 연애야말로 근대적인 것으로 드러난다. 그러나 이 근대적인 연애 관계 속에 불평등이 숨어 있음은 삼각 관계 속에서만 드러난다. 삼각 관계는 이자 관계의 불평등성을 폭로하며, 사랑이라는 환상을 폭로한다. 그러나 또한 다른 한편으로 이 환상을 또 다른 방식으로 완성함으로써, 폭로된 불평등성을 은폐한다. 불평등한 이자 관계는 항상 관계가 깨질 위험에 처해 있는데, 삼각 관계의 성립은 이로부터 오는 불안을 잠재우는 역할을 한다. 삼각 관계 속에서 비로소 '사랑의 아름다움'이 확인되는 것이다. 삼각 관계의 등장이 사랑의 비순수성 때문이라면 삼각 관계의 해소는 사랑의 순수성을 재확인한다.

삼각 관계는 바로 이 점에서 '통속'이 된다. 삼각 관계는 근본적으로 이자 관계를 바꾸려 하는 게 아니기 때문이다. 이자 관계를 부정하는 삼각 관계는 삼각 관계로서의 성격을 상실하고 만다. 통속이 당대 독자의 기대치로부터 한 걸음도 벗어나지 않는 것이라고 한다면, 삼각 관계가 확인하는 이자 관계의 공고함이란 독자의 기대치 안에 있는 것이며, 독자들의 안녕을 확인하는 것이기 때문이다.

삼각 관계는 그 출발이 이자 관계에 있고, 그리고 이자 관계의 핵심인 계약관계가 뒤틀린 형태로 표출되는 것이기 때문에 삼각 관계 속에서는 두 가지 욕망이 항상 개입하게 된다. 하나가 상대에 대한 절대적 소유의 욕망이라고 한다면, 다른 하나는 현실적 힘으로서의 '돈'에 대한 욕망이다. 절대적 소유의 욕망은 대부분 '돈'의 힘에 의해 달성되는 것처럼 보인다. 삼각 관계의 해소가 환상인 것은 이 '돈의 힘'을 부정하기 때문이다. 이 두 가지 욕망 가운데 어느 하나만 있으면 통속으로서의 삼각 관계는 성립하게 된다.

삼각 관계 속에서 갈등하는 존재는 이제 서로 다른 두 가치를 지향하게 된다. 그러나 그 지향 속에는 여전히 동일한 욕망이 자리 잡고 있다. 결국 삼각 관계란 타자의 절대적 소유라는 자본주의적 욕망에 포섭되어 있는 것이다. 이 타자의 절대적 소유라는 자본주의적 욕망은 이자 관계 속에서는 드러나지 않는다. 그러나 다른 한편 타자의 절대적 소유라는 욕망은 교환 가능성이라는 체제 속에서 달리 양상을 드러내게 된다. 타자는 이제 분할된다. 타자의 정신에 대한 욕망, 마음에 대한 욕망, 그리고 타자의 물질적 조건에 대한 욕망, 타자 자체에 대한 욕망, 이 모든 욕망들은 타자를 분할한다. 그리고 적절한 방식으로 분할된 타자는 교환가능성의 체계 속으로 들어간다. 사랑의 순수함을 위해 결혼 전의 애인을 '범하지' 않고 창녀촌을 찾는 '사랑스러운' 젊은이는 사랑하는 대상을 분할하여, 그 한 부분을 다른 대상으로 교체하는 것이다. 이렇게 함으로써 타자의 일부분은 상처받지 않은 그대로 남지만, 그러나 그 타자는 분할되고 분열된 존재로 된다. 삼각 관계 속에서 나타나는 성적 욕망과 뒤틀린 방식으로의 해소는 결국 이 교환가능성의 체제의 현상 형태에 지나지 않는다.

### 3. 『청춘무성』에서의 삼각 관계, 성립과 해소의 방향

중언부언하면서 통속의 문제로서의 삼각 관계를 이야기한 것은 이 통속의 문제에 식민지/근대의 문제가 걸려 있기 때문이다. 통속으로서의 삼각 관계란 그 관계가 형성되고 유지되는 현실이 제한되기 마련이다. 삼각 관계가 성립되는 현실이 점차 넓어진다고 하더라도 그 현실은 삼각 관계가 이루어지는 단순한 배경에 지나지 않게 된다.[6] 소설 속에서

---

6) 삼각 관계는 아니지만 통속으로 분류될 수 있는 최독견의 『난영』과 같은 작품들은 기본적인 애욕을 바탕으로 하여 끊임없이 배경으로서의 현실을 바꾼다. 그러나 배경이 바뀐다고 하더라도 '애욕'이라는 관계는 변함이 없고, 그것은 오로지 상대방의 '성'만을 추구하기 때문에 배경은 또 다른 의미, 곧 이국취미의 만족이라는 의미만을 지닐 뿐이

단순한 배경으로서 존재하는 현실은 삼각 관계라는 바로 그 틀, 혹은 장치 때문에 자명한 것으로 나타난다. 소설 속에서 눈을 끄는 것은 삼각 관계 그 자체일 뿐, 어떤 이유로 삼각 관계가 형성이 되건 일단 형성이 되면 그 배경이 되는 현실에 대해서는 눈을 돌리지 않게 된다. 아니, 좀더 적절하게 말하자면, 배경이 되는 현실 자체는 삼각 관계에 의해 구성이 되는 것이다.

『청춘무성』에서의 삼각 관계가 어떻게 구성되는지 살펴보도록 하자. 반복해 말하지만, 삼각 관계 그 자체가 논의의 대상은 아니다. 삼각 관계를 형성하는, 혹은 삼각 관계에서 형성되는 현실이 논의의 초점이다.

『청춘무성』의 삼각 관계는 삼각 관계의 하나의 전형을 이루고 있다고 해도 과언이 아니다. 1940년에 이미, 지금―여기에서 수없이 반복 방영되는 드라마의 기본 구조를 여기서 발견할 수 있다고 해도 좋을 터이다.[7]

『청춘무성』의 삼각 관계는 원치원과 고은심, 그리고 최득주의 관계

---

다. 이는 마치 포르노에서 배경 설정은 다양하지만 결국 최종적으로 만족시키고자 하는 (거짓된) 욕정만을 따라나가기 때문에 배경은 의미가 없는 것과 마찬가지이다. 이에 대해서는 졸고, 「대중소설 혹은 근대소설 : 1920년대 최독견 장편소설의 의미」(『한국문학 이론과비평』, 2002. 9) 참조.

7) 물론 삼각 관계가 『청춘무성』에 의해 정립된다는 의미는 아니다. 왜냐하면 1917년 이광수의 『무정』에서 이미 삼각 관계는 훌륭하게 구성되었기 때문이다. 졸고(1999)에서 말한 바 있듯이, 『무정』은 이후 많은 소설들이 따르는 하나의 모범이 되고 있다. 어떤 점에서는 많은 통속적 장편소설들이 『무정』의 반복 재생산에 지나지 않는다고 말할 수조차 있다. 이러한 반복재생산은 사실 하나의 희극이다. 그러나 이를 희극으로 보기 이전에, 『무정』의 단순재생산으로 보기 이전에, 왜 '단순재생산'되는가에 대해 관심을 가져볼 필요가 있다. 『무정』 이후의 많은 소설들이 『무정』의 재생산이라면 왜 끊임없이 재생산될 수밖에 없는가가 문제가 되기 때문이다. 어쩌면 바로 이 점이 우리 문학사의 중요한 장면일지도 모른다. 이에 대해 해명하는 것은 지난한 일이다. 이태준의 『불멸의 함성』으로 『무정』의 희극적 재생산을 졸고(1999)에서 다루어보았다면, 『청춘무성』을 다루는 이 글은 그 연장선상에 있다. 물론 목표는 '한국적'(이러한 말이 가능하다면) 통속소설의 성립 가능성과 존립 및 재생산의 가능성을 탐구하는 것이고, 이는 우리 역사의 특수성을 이해하는 하나의 방법이라고도 생각된다.

이다. 원치원은 일본에서 신학교를 나오고 지금 여학교에서 성경을 가르치는 20대의 선생이다. 그리고 양옆에 고은심과 최득주가 있다. 원치원을 향한 이들의 사랑이 삼각 관계를 형성하는 것은 당연한 일인데, 고은심과 최득주는 원치원을 향한 사랑의 진정성을 제외하고는 전적으로 대립되어 있다. 이들의 삼각 관계가 어떠한 식으로든 진행되기 위해서는 이 관계를 해소하려는 노력이 있어야 한다. 관계를 해소하려는 노력은 대체로 열세에 놓여 있는 존재, 혹은 오해하고 있는 존재로부터 시작된다. 이미 원치원과 고은심이 서로 사랑을 고백한 관계이고, 최득주에 대해 원치원의 펼치는 사랑은 전적으로 종교심에 의거한 사랑이다. 그러므로 이 삼각 관계에서 열세에 놓여 있는 존재는 최득주이다. 뿐만 아니라 부유한 가정의 자식인 고은심과는 달리, 최득주의 가정은 그야말로 파탄 일보 직전에 있다. 오빠는 3·1운동 이후 어디론가 사라지고, 그 때문에 어머니는 눈을 멀고, 언니는 기생이 된다. 그리고 최득주 또한 가족의 생계를 위해서 정기적으로 들르는 충청도 사람에게 몸을 파는 존재이다. 그 때문에 최득주의 경우, 세상을 향한 적개심으로 가득차 있다.

원치원이 자신을 사랑한다고 생각했던 최득주가 원치원과 고은심과의 관계를 알고 나서 이 관계를 최악의 방식으로 해소하고자 한다. 다시 말하자면 자신은 이미 불가능하기 때문에 원치원과 고은심의 관계 또한 깨뜨리려는 것이다. 삼각 관계에 내재해 있는 이자 관계, 절대적 소유의 욕망이 발현되는 지점이다.

그런데 소녀 같은 '순수한' 애정과 '악마' 같은 광포한 애정의 대립은 기본적으로는 부와 빈의 대립에 의해 규정되고 있다. 그리고 부와 빈은 '순수함' 대 '불결함'의 대립으로도 나타난다. 이 대립 속에서 승자의 위치를 차지하게 될 것은 물론 전자이다. 통속 소설에서 삼각 관계의 해소가 이미 정해진 길을 걷고 있다고 한다면, 바로 이 가치의 대립 때문이다. 물론 다른 조합도 가능하다. 가난한 '대신에' 아름다운, 부유하나

아름답지 못한 그런 대립을 가지고 있는 조합도 있을 수 있다. 문제는 실상 어떻게 조합되건 결국은 동일하다는 점이다. 각기 대립 속에서 어떤 위치를 점하건 간에, 여기서의 삼각 관계는 '돈'과 '정신의 아름다움'에 의해 구조화되어 있기 때문이다. 그리고 이 바탕에 이자 관계가 놓여 있다. 이자 관계는 소설의 초반에 원치원의 입을 통해 드러난다. 세상 사람의 반이 여자인데, 그 가운데 자신의 짝은 단 한 사람, 자신이 사랑할 사람, 자신을 사랑해줄 사람은 오직 한 사람일 뿐이라는 것이다. 이를 고은심을 사랑하게 된 '종교인' 원치원의 생각으로 읽을 수도 있겠다. 그러나 이 이자 관계의 절대화는 소설의 방향을 결정하는 중요한 기제가 되고 있다. 고은심 또한 원치원에 대해 그렇게 생각하고 있기 때문이다.

소설의 결말이 아름답고, 순수하고, 부유한 고은심과 원치원의 결합으로 끝나는 것은 당연하게 보인다. 아름답지 않고, 순수하지 않고, 부유하지도 않은 최득주가 승리할 수는 없는 것이다. 결국 예정되어 있던 대로, 최득주의 방해에도 불구하고 오랜 시간을 거쳐 원치원과 고은심이 결합하게 된다. 원치원-고은심, 원치원-최득주의 이원적인 이자 관계는 원치원-고은심이라는 일원적인 이자 관계로 정립되게 된다.

그러나 최득주에게서 전적인 부정성만을 발견할 수는 없는데, 최득주가 고은심과 같은 자리에 놓일 수 있는 것도 이 때문이다. 최득주는 비록 그릇된 방식으로기는 하지만, 원치원을 '진정으로' 사랑하고 있기 때문이다. 결국 사랑의 면에서 그 어느 쪽도 부정할 수 없다면, 결국 남은 방식이란 사랑이라는 이자적 관계를 절대적인 것으로 규정하는 것이다. 어떠한 과정을 거치건 간에 이미-하나인 원치원과 고은심의 결합은 절대적인 것이 된다. 그것은 세상에서 사랑할 수 있는, 사랑해야 하는 유일한 존재를 상정하는 것이다.

이러한 사랑관을 운명적인 사랑관이라고 말할 수 있다면, 이러한 운명적 사랑관에는 아무런 이유가 존재하지 않는다. 오로지 하나의 대상을 향한 절대적 동경만이 있을 뿐이다. 이러한 사랑이 존재하는가 그렇지 않은가, 아니 이러한 사랑이야말로 '진정한' 사랑인가 아닌가의 문제는 사실 그리 중요하지 않다. 소설 속에서 이러한 사랑이야말로 절대적이고 진정한 사랑이라고 말하고 있다는 점이 중요하다. 이러한 사랑을 설정함으로써, 다른 가능성은 모두 배제될 뿐만 아니라, 다른 사랑의 가능성 자체가 차단된다. 이제 남는 것은 어떠한 방식으로건 이 사랑이 맺어지는 일뿐이다. 이러한 이자 관계가 상대에 대한 절대적인 소유의 논리이면서 동시에 철저하게 두 사람 이외의 존재들을 부차화시키는 논리에 바탕을 두고 있음은 물론이다.

그러나 여기에는 사실상 힘의 논리가 숨어 있다. 바로 '부'의 논리이다. 부가 곧바로 이 삼각 관계에서의 궁극적인 '승리'를 가져다주지는 않는다. 절대적인 사랑의 논리 때문이다. 그러나 실제로 여기서 부는 승리의 바탕이 된다. 부는 하나의 조건처럼 보인다. 그러나 단지 조건만은 아니다. 원치원은 얼굴의 아름다움이냐, 아니면 정신의 아름다움이냐를 묻는 학생들의 물음에 물론 정신의 아름다움이라 답한다. 그러나 곧바로 얼굴도 아름답고 정신도 아름답다면 더욱 좋지 않은가를 되묻는다. 정신의 아름다움까지는 몰라도, 얼굴의 아름다움은 이제 자본으로 작동한다. 얼굴의 아름다움이 자본으로 작동하면서 아름다움은 이제 분할되고 자족적인 하나의 대상이 된다. 얼굴이냐 마음이냐를 묻는 질문이란 이미 이렇게 대상을 분할하고, 대상의 가치를 분할한다. 일단 분할되면 분할된 대상은 자립하게 된다. 이렇게 분할되어 자본으로 작동하는 아름다움은 이제 부와 마찬가지의 형식을 지닌다. 동일한 논리적 과정이 이제 뒤집혀서 다시 등장하는 것이다. 이제 부유함은 새로운 자본으로 관계 속에서 작동한다.

사실 여기가 결정적인 대목이라고 말할 수 있다. 부유함은 소설 속에서 이제 얼굴의 아름다움, 정신의 아름다움과 함께 자본으로서 기능한다. 이 자본이 없는 한 최득주는 원치원과 고은심 사이의 결합을 막을 방법이 없다. 비록 원치원과 고은심 사이의 결합이 '부'에 의한 것이 아니라고 하더라도 그러하다. 고은심과의 결합은 부의 논리 때문은 아니지만, 결국은 부의 논리가 승리함을 보여주는 것이다. 아니 '부'를 갖고 있지 않은 자의 패배를 보여준다고 하는 편이 옳을 것이다.

　이 점은 다른 한 편으로 앞서 말한 바와 같은 이자 관계의 절대성을 사실상 훼손한다. 얼굴이 아름답지 않았다면, 정상적인 가족관계를 갖고 있지 않았다면, 상대적으로 부유하지 않았다면 과연 원치원과 고은심의 이자 관계가 유지될 것인가 묻는 것이다. 이 물음에 선뜻 답하기는 쉽지 않다. 답할 수도 없다. 왜냐하면『청춘무성』은 동시에 그렇다고, 그리고 아니라고 대답하고 있기 때문이다. 소설『청춘무성』의 문학적 가치를 논하는 자리가 아니라, 그 소설이 제기하는 문제, 아니 제기되는 문제를 풀고자 하는 자리라면 굳이 이거냐 저거냐로 결판을 낼 필요도 이유도 없다. 또 그렇게 결판이 날 수도 없다. 고은심과 원치원의 사랑의 이야기, 주변의 방해로 인한 결별, 그리고 방황과 재결합의 이야기는 사실 삼각 관계에 의해서만 그 아름다움을 보장받을 수 있다. 그러나 한편으로 삼각 관계가 아니었다면 고은심과 원치원 사이에서 작동하는 여러 가지 자본의 논리, 대상의 분할과 분할되어 자립하는 자본의 논리가 드러날 수는 없었을 것이다.

　삼각 관계가 이자 관계의 본성을 폭로하는 기제가 된다고 말한 것은 이 때문이다. 이 이자 관계 속에서 자본의 논리가 작동하기 때문에 이 이자 관계가 불평등한 관계임이 명료해진다. 고은심이 자신을 하나의 물건처럼 주고받는 죠오지·함과 원치원 모두에게 저항하는 것은 남성의 이데올로기, 주고받을 수 있는 대상으로서의 여성이라는 이데올로기에 대한 저항이다. 그리고 바로 그 점에서 비록 단순화되고 부분적인 면은 있지만 지배 이데올로기에 대한 저항의 측면을 갖는다. 고은심의 저항은 고은심을 놓고 '아름다운 아내와 문화저택'을 꿈꾸는, 아니 꿈꾸어도 좋지 않냐는 원치원의 이데올로기에 대한 저항이다. 그리고 이러한 저항은 원치원에 대한 고은심의 사랑이(최득주의 사랑도 마찬가지이다.) 대상을 분할하지 않고 있다는 점에서, 최소한 바로 원치원 그 사람을 사랑하고 있는 것으로 나타난다는 점에서 사랑스러운 미모와 아름다운 정신, 게다가 물질적 부의 결합까지를 꿈꾸는 원치원의 사랑에 대한 저항으로서 작동한다. 그리고 이 저항이 작동하는 한, 고은심은 원치원과는 멀리 떨어진 곳에 존재한다. 원치원도 죠오지·함도 아닌, 두 사람의 힘이 미칠 수 없는 곳에 자리를 잡는 것이다. 그러나 이 자리는 불투명하고 불명료하다. 이 자리가 '공부'의 자리라고 말하는 것도 『청춘무성』에서는 의미가 없다. 아마도 『무정』에서라면 이 '공부'의 자리가 대단히 큰 의미를 차지할 것이다. 『무정』에서의 애정의 삼각 관계에서의 난관이 '공부'라는 계몽의 이데올로기로 극복되고 있다는 점은 이미 잘 알려진 사실이다. 『청춘무성』은 이를 반복하기는 하지만 그에 대단히 큰 의미를 부여하고 있지는 않다. 이미 공부를 통해 구원할 수 있는 '민족'이란 존재하지 않기 때문이다. 그렇기 때문에 고은심과 원치원의 재결합은 결국 이자 관계에서 고은심의 패배로 드러난다. 고은심의 행위가 부정했던 원치원과의 불평등한 관계가 다시 하나도 달라지지 않은 조건 속에서(물론 원치원은 고은심에게 '사죄'한다.) 다시 성립되는 것이다.

그렇다면 고은심과 원치원 사이의 이자 관계를 다시 성립시키는 조건에 대해서 생각해볼 필요가 있다. 카페 여급들의 이해를 돕는 사업을 하기 위해 자신의 몸을 팔아 돈 십만 원을 마련하려다 실패하고, 결국은 돈을 훔치려다 덜미가 잡힌 득주가 형기를 마치고 감옥에서 나왔을 때 다시 등장하는 원치원은 '금광쟁이'가 되어 있었다. 이 소설 속에서 가장 낯선 부분이 바로 이 부분이다. 금광쟁이가 된 원치원은 사실 소설 속에서 전혀 예비되어 있지 않았기 때문이다. 그리고 원치원과 '금광' 사이에는 넘기 어려운 벽이 있다.8) 비록 득주가 몇 번 말한 현실 속을 살

---

8) 원치원이 금광쟁이가 되는 것은 아마도 당대의 반영이라고 해야 할 것이다. 채만식의 『금의 정열』이 그러하고, 이미 1936년에 박태원이 소설가 구보씨의 일일에서 '서정시인마저 황금광이 되는 시대'라고 말하고 있기 때문이다. 그러나 금광쟁이가 당대의 반영

아가라, 현실에서의 힘을 가지라는 요구가 있었고, 그에 따라 원치원이 자신도 현재를 살아가야 하지 않겠냐는 반성을 보이는 대목이 있다고 하더라도 그렇다. 왜냐하면 소설 속에서 달리 원치원의 변화를 뒷받침해 주는 부분이 없기 때문이다. 결국 원치원의 변화를 설명할 수 있는 논리는 소설의 내적 논리가 아니라 작가에 의해 주어지는 외적 논리가 된다.

원치원은 금광쟁이로 좋은 광산을 발견을 하지만 돈이 없어서 금을 캐내지는 못한다. 이때 우연히 눈에 들어온 것이 저수지를 만들 만한 적격의 자리였다. 저수지를 만들어 논을 풀면 상당히 많은 돈을 마련할 수 있을 것이라는 생각이었다. 군청을 설득하고, 전주를 모으고, 마을 사람들을 설득하고 그렇게 해서 저수지를 만들고, 몸을 다쳐가면서 홍수의 위험으로부터 지킨다. 이렇게 만들어진 저수지로 인해 원치원은 땅값의 4분의 1의 지분을 갖고 갑부가 된다. 결국 원치원을 갑부로 만들기 위한 과정이라 해야 할 터인데, 자본의 논리가 정확하게 작동하는 지점이다. 결국은 '돈'의 문제임이 확실해지고, 바로 이 점에서 최초의 삼각 관계에서 삼각 관계를 지배하고 있지는 않았지만 그럼에도 불구하고 삼각 관계 내부에 존재했다고 말한 '돈의 논리'가 완성에 이른다. 삼각 관계에서는 마치 아무런 역할도 하고 있지 않은 듯했던 돈의 논리가 소설의 마지막 장면에 가서야 비로소 자신의 모습을 전면에 드러내는 것이고, 그렇게 함으로써 앞의 삼각 관계, 나아가서는 그 관계의 비밀스러운 핵심이라고 할 수 있는 이자 관계에까지도 돈의 논리는 작동을 하게 된다.

사실 여기서 '근대'를 말하기는 어렵지 않다. 돈의 논리가 작동된다는 점에서 직접적으로 '근대'에 닿아 있거니와, 돈이 현실을 지배하는 실질적 힘이라는 점에서도 그러하다. 여기에 소설 초반의 원치원과는 전혀 다른 '합리적 이성'의 소유자로서 원치원이 등장하게 된다는 점에서도 근대 이성의 논리가 관철된다고 하겠다. 비록 하나의 사건에 지나

---

이라고 하더라도 소설 속에서의 내적 필연성과는 거리가 멀다.

지 않지만, 근대적 합리성은 원치원이 개발의 가능성을 점치는 지점에서 명료하게 나타난다.

당연히 여기서 합리적 이성에 대한 믿음의 문제가 제기될 법하다. 합리적 이성이란 도구적 이성이고, 도구적 이성에서 목표란 이성의 제어 가능성과는 별개의 문제이기 때문이다. 이 지점을 살펴보는 것, 돈의 맹목성과 도구적 이성의 맹목성을 어떻게 제어하는가를 살펴보는 것이 마지막 과제가 된다. 그리고 그 속에서 우리는 식민지/근대의 이면을 볼 수 있을 것이다.

## 4. 식민지/근대와 감추어진 제국의 논리

식민지 시대에 자신의 존재에 대한 인식을 드러내는 일은 지난하다. 인식이 문제가 아니라 드러냄이 문제이기 때문이다. 식민지인으로서의 인식을 곧바로 드러내는 것은 1930년대 중반 이후 거의 불가능하다. 식민지인으로서의 자기 인식을 드러낼 수 있는 유일한 공간은 스스로를 부정하는 경우에만, 다시 말하자면 '황국의 신민'으로서 재탄생하기 위해 자신을 부정하기 위한 경우에만 가능하다. 물론 전적으로 불가능하지는 않았다. 뒤틀린 형태이지만, '국민문학'을 논하는 자리에서 식민지인으로서의 자기 인식을 얼마만큼 발견해 낼 수 있다. 그리고 틈틈이 이런 부분들이 눈에 띄기도 한다. 그러나 식민지인으로서의 자기규정이 제국주의에 대한 저항으로 연결되는 지점에서라면 발견할 수 없다. 물론 그렇다고 해서, 다시 말하자면 언급되지 않는다고 해서 전혀 없었다고 말할 수는 없다. 언표된 것이 전부라고는 할 수 없기 때문이다. 언표들 속에서 언표되지 않은 저항의 지점, 혹은 미끄러지는 지점을 발견하는 것이 우리의 과제의 하나라면 우리는 그 지점의 하나로서 괄호로 묶인 제국을 생각할 수 있다. 1930년대 후반에 엄연한 힘으로서 존재하였던 제국주의 일본을 괄호친다는 것은 리얼리즘의 입장에서는 용납할 수 없는 것이지만, 현실 속에서 엄연하게 보일 때 보이지 않게 함으로써 부정하는 방법도 있다고 생각된다.9) 그러나 보이지 않음은 또한 인식되지 않음이기도 하다. 인식하지 못하기에 드러나지 않은 것이다.

『청춘무성』에서 일본은 존재하지 않는다. 단지 지역으로서의 동경만이 존재할 뿐이다. 하지만 여기서의 동경은 이전의 문학에서 보이던 동경, 임화와 김기림이 가기 위해 현해탄을 건넜던 동경이 아니다. 이전 문학에서의 동경은 '동경─일본'이었고, 가능성의 공간이었으며, 현실로 존재하는 문명(『무정』)이었거나, 그렇지 않으면 일거에 세계성을 획득하여 식민지 조선인과 일본인의 구별이 존재하지 않는 환상의 공간(『만세전』), 또한 그랬기에 실제로 가서 보았을 때 문명의 찌꺼기만 존재했던 환멸의 공간(이상)이었다. 그것이 환상의 공간이건 아니면 환멸의 공간이건, '동경─일본'은 여기, 식민지 조선과는 다른 공간이었다. 그러나 『청춘무성』에서 이런 공간으로서의 동경─일본은 존재하지 않는다. 동경은 동양에서 가장 발전된 공간이기는 하지만, 거기를 가기 위해서 낭만적 동경을 안고 현해탄을 건너거나, 아니면 가다가 현해탄에 빠져죽어버리는 나비가 지향하는 공간은 아니다. 『청춘무성』 속에서 식민지와 제국주의 사이에 경계는 존재하지 않는다.

그렇다고 해서 제국을 괄호치고 바로 문명 자체라고 인식되는 서구와 맞대결하고 있지도 않다. 『청춘무성』 속에서 문명과 야만의 지리적 심상, 서구─일본─조선으로 이어지는 문명─야만의 지리적 심상은 없다.10) 동경─일본이 생활의 공간인만큼이나 미국 또한 생활의 공간이다.

---

9) 이 점에 대해서는 「탈─식민의 거울, 임화」(고려대학교, 『한국학연구』, 2002. 12)와 「탈─식민과 (포스트─)카프 문학」(『민족문학사연구』, 2003. 12)를 참고하기 바란다. 여기서 나는 이 '보이지 않음' 혹은 '삭제'가 어떻게 부정성으로까지 이어질 수 있는지에 대해서 시론적으로 고찰해 본 바 있다.
10) 고모리 요이치, 『포스트콜로니얼』, 삼인, 2003. 참조.

이 알 수 없는 생활의 공간에 대한 동경이 존재하지 않고, 미국 또한 동경의 대상이 아니기 때문에 미국, 그리고 미국으로 대표되는 서구의 문명은 그저 거기에 있는 존재에 지나지 않는다. 심리적 거리는 사라지고, 남는 것은 물리적인 거리, 공간적 거리뿐이다.

이렇듯 『청춘무성』 속에서는 제국이 사라진다. 제국이 사라지면서 제국은 이제 일상의 차원이 된다. 더 이상 일상과 제국을 구분할 수 없게 되는 것이다. 그러므로 제국은 보이지 않는다. 『청춘무성』에서 제국이 보이지 않는 이유, 그렇기 때문에 '민족'도 보이지 않는 이유는 바로 이 때문일 것이다. 식민지 조선에서, 아니 이전의 이태준의 소설에서(적어도 『불멸의 함성』이나 『제2의 운명』에서는) '민족'은 계몽의 대상이 되건, 실천의 주체가 되건 간에 항상 제국을 염두에 둘 수밖에 없었다. 민족을 말하는 순간, 혹은 조선어를 말하는 순간 제국이 전제되는 것이다. 그러나 『청춘무성』에서는 더 이상 민족은 없다. 민족이 감추어지는 것이 아니라 존재할 공간을 잃게 되는 것이다. 『제2의 운명』과 달리 계몽적 실천의 대상이 민족이 아니고, 실천의 방법이 교육이 아니다. 민족이라는 이름으로 공동성을 지니고 있었던 어떤 존재들은 『청춘무성』에는 없다. 그러기에 이제 『청춘무성』에서 사람들을 가르는 선은 민족적이라기보다는 계층적이다(계급적이 아니다). 이러한 구분은 이태준 초기 소설의 모습과 유사하다고 생각되는데, 이러한 구분 속에서 제국이 존재할 여지는 없으며, 제국의 그림자도 비치지 않는다. 제국은 없거나 아니면 보이지 않는 모습으로만 존재하는 것이다. 『청춘무성』에서 제국이 없는 존재인지, 아니면 보이지 않는 모습인지는 명확하게 하기 어렵다. 제국은 이제, 특정한 공간, 바다 건너, 혹은 관청에 존재하는 것이 아니라 모든 곳에 편재한다.

그러나 조금 더 살펴보면 제국의 존재를 찾을 수 없는 것은 아니다. 『청춘무성』 속에서 제국의 존재는 두 군데 정도에서 나타난다. 하나는 득주가 재판을 받는 장면이고, 다른 하나는 원치원이 저수지를 만들기 위해 찾아가는 공간이다. 이 두 공간의 공통점은 무엇일까. 두 공간 모두 '국가기구'라는 점이다. 뿐만 아니라 이 두 국가기구 모두 '합리성'에 바탕을 두고 있다는 점이다. 이제 제국은 침탈자, 억압자로서가 아니라 합리적인 제도로 일상 속에 자리를 잡는다. 합리적인 판결, 그리고 수리에 대한 합리적 판단. 여기서 제국은 지배하기는 하지만, 권력을 가지고 있기는 하지만 억압하지 않는 존재가 된다. 이를 괄호 쳐진 제국, 〈제국〉이라고 말할 수는 없을까? 제국은 일상 속에서 합리성으로만 드러나기 때문에 실천의 영역은 이 합리성 속에 남아 있는 비합리성의 수정일 뿐이다.

〈제국〉은 제국이 아니라 〈제국〉이기 때문에 본래적 속성, 팽창하는 자본주의로서의 속성조차 괄호 안에 들어간다. 자본은 아니 돈은 막강한 힘을 가지고 있는 것이기는 하지만, 실상은 중립적인 것, 다시 말하자면 하나의 수단과 같은 것으로만 현상한다. 그러므로 돈은 누가 어떠한 방식으로 쓰는가에 의해서만 가치가 부여되거나 부여되지 않는다. 작가는 돈이 막강한 힘을, 현실적인 힘을, 이상을 현실화하는 힘을 가졌음을 받아들이지만 그러나 돈 자체를 중립적인 수단으로 설정함으로써 문제를 돈을 사용하는 자에게 넘기고 있다. 돈이 문제가 아니라 어떻게 어떠한 목적으로 사용하는가가 문제가 되는 것이다. 그러기에 여기서의 돈은 자본이 아니다. 이태준은 돈에서 피의 냄새를 맡지 못한다. 돈은 그저 돈일 뿐. 사악한 존재에게는 돈이란 억압의 수단이지만 선량한 존재에게는 돈은 환상을 현실로 만들어줄 수 있는 가공할 만한 힘일 뿐이다.

앞서 말한 〈제국〉의 두 힘이 함께 작용하는 지점이 바로 '자선사업'이다. 선을 베푸는 사업. 최득주가 십만 원을 훔쳐 시작하고자 했던 일, 그리고 원치원이 50만 원이라는 거금으로 시작하는 일, 그 모두가 기본적으로는 자선사업이다. 최득주의 일이 어둠으로부터 사람들을 이끌어내는 일이라면, 원치원의 일은 꿈을 현실화시키는 일이다. 여기서 중요한 것은 자선 사업에서 피의 냄새가 지워진다는 것이다. 그리고 선량함의 향기가 난다는 점이다.[11] 그리고 자선 사업을 통해서 앞서 말한 것처럼 계급도, 민족도 아닌 다른 경계, 곧 계층이라는 경계가 등장한다. 계층이 문제가 되었던 것이 단지 이때만은 아니었겠지만, 다른 경계선들이 더 이상 현실적인 힘을 갖고 있지 않을 때, 민족과 계급이라는 구분이 더 이상 현실적으로 불가능할 때 나타나는 계층이라는 구분은 결코 민족과 계급이 불가능하기 때문에 대체하는 구분이 아니라, 민족과 계급을 지우고 나타난다는 점이 중요하다. 그리고 자선 사업, 혹은 구제사업이 갖는 의미도 바로 여기에 있다고 하겠다. 그리고 그렇게 될 때, 제국은 더 이상 자본주의로서의 제국주의도, 혹은 지배자로서의 제국주의도 아닌 아무 것도 아닌 존재로 있을 수 있는 것은 아닐까.


## 5. 글을 맺으며

지금까지 다소 혼란스럽게 논의를 진행시켜왔다. 혼란스럽다는 점은 나도 인정한다. 나는 여기서 삼각 관계, 통속, 삼각 관계의 근간으로서의 괄호 처진 (이자 관계), 『청춘무성』에서의 삼각 관계/(이자 관계)의 바탕에 존재하는 돈의 논리, 그리고 돈의 논리가 소설의 끝에까지 관철되는 모습을 살펴보았다. 이 각각의 논의들은 충분히 따로 설명되고 논의되어야 할 문제들임에도 불구하고 그러지 못하였다. 연관이 없어 보이는 것들을 연관을 지어나가면서 많은 비약이 있었고, 혼란이 있었다. 게다가 이를 괄호 처진 (제국)의 논의로까지 확대하였기 때문에 혼란이 가중되었다고 생각한다. 좀더 정리가 되어야겠지만, 지금은 이 정도 이상으

---

11) 미처 찾아보지는 못하였지만, 자선 사업, 혹은 구제 사업이 그냥 갑작스럽게 등장하지는 않는 듯하다. 이보다 1년 앞서 나온 김남천의 『사랑의 수족관』에서도 자선사업의 이야기가 나오기 때문이다. 자선사업이 정부에서 권하는 혹은 획책하는 하나의 일이었다는 생각이 드는 것도 이 때문이다.

로는 나아가지 못할 듯하다.

기실 나의 관심은 『무정』이 어떻게 재생산되는가였다. 틀림없이 『무정』은 재생산되고 있었고, 그리고 아직도 재생산되고 있다. 이태준이 장편을 쓸 때 『무정』을 직접적으로 염두에 두었는지는 알 수 없지만, 이태준 장편소설의 문법은 『무정』을 닮고 있다. 구조적 동일성을 지닌다는 말이다. 그러나 동일한 구조라고 하더라도 현상 형태는 다를 수밖에 없다. 그 차이가 이태준을 만들고 있다면 이태준에게 가혹한 일일까. 아니 오히려 구조적 동일성 속에서 보이는 차이가 이태준의 장편소설, 대체로는 통속으로 폄하되는, 그렇지 않으면 지나치게 강한 민족주의로 보이는, 혹은 이상주의로만 받아들여지는 이태준의 장편소설의 역사적 맥락을 규정하고 있다고 생각된다. 이태준 개인을 기린다든지, 이태준이 얼마나 뛰어난 작가였던가를 말하는 것과 이태준이 지니는 문학사적 의미를 읽어내는 것은 같은 일이 아니다. 이태준이 이광수를 반복하면서도 이광수가 아닌 지점에, 이광수보다 더 나아갔거나 혹은 덜 미친 지점에 이태준의 문학사적 의미가 있다고 생각된다. 사실 이렇게 해서 나는 임화의 뒤를 이어 이태준을 우리 소설사의 한 맥으로 설정하는 것이기도 하다.

그러나 이 의미는 아직은 불투명하다. 마지막 지점에 〈제국〉을 말하기는 하였지만, 아직은 추상의 수준에 머물러 있다. 무엇보다도 먼저 '자선 사업' 혹은 '구제 사업'과 관련된 역사적 현실부터 확인하지 않으면 안 된다. 그리고 던져진 수많은 논제들에 대한 집중적인 검토도 필요하다. 사실 출발은 『청춘무성』이어야 했으나, 그러지 못하고 나는 나의 이전 논의로부터 출발할 수밖에 없었다. 그리고 역시 몇 개의 가설을 연결점도 불명확한 채로 제시하는 데서 더 나아가지 못했다. 어쩌겠는가. 거기가 한계인 것을. 이것이 이 논문이 지닌 결정적인 한계가 될 것이다.

언제나처럼 후일을 기약하지만 또한 알 수 없는 일이다. 다만 아마도 어느 때 조금은 정제된 방식으로 재논의할 것만은 다짐해 둘 뿐이다.

# 인정 투쟁의 변증법
## - 이태준론 -

김 진 기*

## 1. 해결되지 않은 과제들

해금 이후 상허 이태준의 소설에 대한 연구논문은 이루 헤아릴 수 없이 많이 나왔다. 해금이라는 정치적 결정이 문학부문의 활성화에 미치는 영향이 이다지도 큰 것이다. 마찬가지로 이태준 역시 그의 문학적 생애를 결정한 것은 정치적 현실이었다. 문학에만 투신해왔던 그의 생명을 결정한 것은 정치였고 그의 문학과 삶이 현실에서 사라질 수도 복원될 수도 있었던 힘이 정치에 있었음을 상기해 본다면 그의 소설과 정치의 함수관계를 심도 있게 따져보아야 하리라 본다. 그러나 한편으로 그의 문학적 생애 중 가장 본격적인 시절의 그의 소설관은 정치와 동떨어진, 혹은 정치 경멸적인 것이었음은 새삼스러운 지적이다. 그는 카프의 와해와 동시기에 부상한 구인회의 창립멤버이자 핵심 멤버였고 그 단체의 성격이 정치와 무관한 단순한 친목단체의 성격을 띠고 있었다는 것은 주지의 사실이다. 또한 그가 내세운 미학의 핵심도 작품의 내용보다는 형식에 있었다. 그가 쓴『문장강화』의 전체를 사로잡고 관철하고 있는 논리가 무엇보다 문장의 개념적 특성보다는 입체적 감각적(소위 개성적) 특성의 강조라는 점을 상기해 보면 내용적 측면을 강조했던 카프와 다른 자리에 서 있음을 간파할 수 있다. 실제로 이태준의 카프적 입장에 대한 반감은 일찍부터 내면에 자리하고 있었던 것으로 보인다. '루나찰스키의 예술론을 도저히 이해할 수가 없었고 이해하려면 할수록 반감만 커갔다'[1]는 그 자신의 말에서 우리는 그의 반사회주의, 혹은 반카프적 정서를 이해할 수 있다. 그러던 그가 해방이후 좌익문학단체에 가입하고 월북, 심지어 소련을 방문하고 나서 소련의 천국화를 부러워 하는 찬사를 늘어놓은『소련기행』을 쓰기에 이르렀다는 사실을 접하게 될 때 우리는 놀라움을 금할 수 없다. 더욱이 그가 그러한 자신의 변화에 대해 납득할 만한 설명을 남기지 않았고, 또 그 같은 변화를 낳은 계기를 확인해 볼 도리도 없을 때 그 같은 변화의 원인을 찾는 작업이 연구자들을 곤혹스럽게 하리라는 것은 충분히 짐작할 수 있다.[2] 실제로 이러한 불명료성은 아직도 이태준, 혹은 이태준 소설에 대해 논리화하려는 연구자들을 여전히 미궁으로 빠뜨리게 하는 근본적인 요소라 할 것이다.

이태준의 문학적 특성 중에서 핵심적인 현상형태는 예술가의식과 지사적 의식이라는 상반된 가치의 양립현상일 것이다. 이러한 상반된 가치들의 양립현상에 대해 그 원인규명에 앞서 그 상반된 특성이 이태준의 모순된 의식구조를 이루고 있다고 하는 절충적 시각이 설득력을 얻고 있다.[3] 서영채는 "서로 상반되는 두 개의 의식이 나란히 놓여 있다

---

1) 이태준,「내가 본 톨스토이, 그의 25주기를 당하야」, <조선중앙일보> 1934. 11. 20.
2) 이태준의 자기행위에 대한 설명으로서 우리는 그의 해방후 작품인「해방전후」를 염두에 둘 수 있다. 그러나 이 작품은 상당한 자기합리화의 방식으로 서술되어 있어서 연구자들의 전폭적인 공감을 획득하지는 못하는 것 같다. 정종현,「제국/민족담론의 경계와 식민지적 주체」,『상허학보13집』, 2004. 8. 참조
3) 서영채,「두 개의 근대성과 처사의식—이태준의 작가의식」, 상허문학회 지음,『이태준

는 것은, 말을 바꾸면 그 어느 것도 본질적이고 본격적인 모습으로 현상하지 않는다는 것을 의미한다고 할 수 있다"고 정리한다. 아마 이러한 정리 정도가 무난할 것이다. 따라서 그는 이태준이 소설이나 글쓰기에 대한 예술가의식에서 출발했지만, 그것을 구극에까지 끌어올리지는 못하고 있다고 진단한다. 말그대로 그가 철저한 예술가 의식의 소유자라면 그에게 지상의 가치는 감각적인 진리 곧 예술미의 아름다움이며, 그것을 위해서라면 그 어떤 것도 희생하여 아까울 것이 없었을 것이라는 것이다. 이러한 견해는 이태준의 미학을 베버주의와 관련시킨 결과이다. 학의 진리나 윤리의 진리와 더불어 예술의 진리는 자율적인 위치를 점하고 있다고 보는 것이 그것이다.[4] 이 상대적인 위치에서 절대적인 위치로까지 비화시키는 것이 예술절대주의라면 이태준의 소설은 그렇게 전개되지 못했고 그 원인이 그 반대편에 있는 지사적 태도 때문이라는 것이 그의 견해다. 그러나 본고에서는 오히려 이러한 언뜻 상반돼 보이는 두 가지 가치가 사실은 동일한 욕망의 한 방향임을 밝히고자 한다. 지사적 태도와 예술절대주의가 서로 길항하는 관계가 아니라 지사적 태도가 달리 말하면 예술절대주의요 예술절대주의가 곧 지사적 태도라는 사실의 인식이 중요하다는 것이다. 본고의 목적은 이 내적 질서에 대한 유기적인 분석이라 하겠다.

　이태준 소설 해석에 있어 또 하나의 난점은 그의 형식미 긍정과 형식파괴의 낭만성 사이의 괴리이다. 그는 여기저기에서 기회 있을 때마

---

　문학연구』, 깊은샘, 1993, 60쪽.
4) 근대적 세계는 부분체계들의 총체적 구조로 이해할 수 있다. 그 부분체계들은 인지적 기술적 영역, 심미적 표현적 영역, 도덕적 실천적 영역으로 나눌 수 있고 이것들은 각기 자율성을 획득해 나아가면서 총체적 체계를 형성하는데, 이런 점에서 부분화가 사실상 강력한 전체화—통합화와 동시적으로 진행된다고 할 수 있다. 베버는 시장에 의존하는 자본주의적 기업과 관료적 기체에 의존하는 근대국가에서 부분들의 기능이 가장 조직적으로 실현된다고 보았다. 김예림, 「근대적 미와 전체주의」, 김철, 신형기 지음, 『문학 속의 파시즘』(삼인, 2001), 160쪽.

다 소설의 언어미에 대해 강조하고 있고 서영채에 의하면 이태준 소설
의 소설구성적 형식이 작가와 서술자, 그리고 인물간에 보이는 각각의
거리에 의한 아이러니로 설명되기도 한다.5) 그것은 서로간의 위치에서
벗어날 수 없는 존재론적 한계가 빚어내는 애수를 낳기도 한다. 따라서
이 애수는 그들 사이의 보이지 않는 장벽을 무너뜨릴 수 없기 때문에 발
생한 것이기도 하다. 그러나 한편으로 그의 장편 소설에 보이는 그 한계
를 벗어나려는 무한한 정서적 충동은 그러한 장벽인정의 애수와는 별개
의 특성을 보여주고 있다. 바로 이러한 특성을 두고 강진호는 낭만적 동
경으로 설명하고 있기도 하다.6) 이러한 낭만적 동경의 포기가 불러일으
키는 애수와 그에 따른 형식미의 완성, 그리고 낭만적 동경을 결코 포기
하지 않는 그 충동의 무절제는 서로 상반된 것이면서 동시에 이태준 소
설에 내재하고 있는 것들이다. 이러한 두 특성을 연결짓는 내적 의식구
조의 특성의 파악이야말로 이태준 소설에 대한 연구결과에서 아직까지
도 미진한 부분이라고 할 것이다. 이것이 해명되지 않을 때 이태준 소설
에 대한 연구는 끊이지 않을 것이라 생각한다. 왜냐하면 그는 한국 근대
문학과 근대성을 설명하기 위해 반드시 넘어야 할 많은 보고의 하나이
기 때문이다.

　이외에도 이태준에 대한 평가는 아직도 모순 투성이다. 예컨대 이태
준은 단편의 완성자라는 평가를 받기도 하는가 하면 통속작가라는 서로
어울리지 않는 평가가 양립해 있는 것이다. 본고에서는 이러한 아직 해
명되지 않은 요소들을 그의 소설과 수필을 근거로 그의 세계관과 미학
관 및 창작심리의 특성을 도출하여 규명해 보려 한다. 이때 본고에서 주
요하게 사용하게 될 개념은 심미주의이다. 심미주의는 일반적으로 일군
의 문학적 경향을 지칭하는 사조적 개념으로 이해되지만, 보다 포괄적
으로는 미를 매개로 하여 형성되는 삶과 세계에 대한 특정한 태도를 의

---

5) 서영채, 앞의 글 참조.
6) 강진호, 상허문학회지음, 앞의 책, 「동경과 좌절의 미학—이태준론」 참조.

미한다. 서구에서는 19세기 중후반 프랑스와 영국을 중심으로, 아름다움, 즉 문학, 예술을 통해 자기를 완성하고 삶의 의미를 찾으려는 경향이 강하게 대두하는데 예술을 위한 예술은 이러한 광범위한 관심의 한 응용이라 할 수 있으며 이 전반적인 경향을 가리키는 가장 포괄적인 용어가 바로 심미주의인 것이다. 결국 심미주의는 특정하게 제한된 가치로서의 미―인지적 기술적 영역, 심미적 표현적 영역, 도덕적 실천적 영역 중 심미적 표현적 영역을 지칭―가 그 경계를 넘어 삶의 영역으로 확장되는 현상을 의미한다고 하겠다. 이 광의의 심미주의는 사조로서의 심미주의가 갖는 근대의 자율적 미에 대한 절대적 관심과 형식화에의 의지, 나아가 삶과 예술의 통합, 즉 삶의 미학화를 통해 주체를 구성하는 방식 모두를 포괄하는 개념이다. 궁극적으로 심미주의의 미는 주체를 구성하는 특별한 기제로 작동할 뿐만 아니라 미 외부의 삶의 영역으로 범람한다는 점에서 사회적이고 정치적인 의미망, 혹은 이데올로기를 갖게 된다.[7] 앞서 살펴본 이태준 소설에 내재하는, 상반된 가치의 양립으로 인한 불명료성을 이와 같은 심미주의의 개념을 통해 밝혀 보려는 것이 본고의 의도이다. 이태준의 이러한 심미주의는 '김동인을 시발점으로 형성되기 시작한 근대 문학의 미적 지향은 이태준에게 와서 가장 정적이고 정제된 형태로 실현된다'는 평가를 받고 있다. 그러나 김예림의 이 글은 이태준의 내적 세계를 정교하게 살펴보았다기보다는 단순한 심미주의의 현현에 주목하고 있으므로 본고에서는 그러한 규정에 힘입어 이태준의 내면과 작품의 구조를 유기적으로 드러내는 데 주력하고자 한다.

---

7) 김예림, 앞의 글, 앞의 책, 179-180쪽.

## 2. 계층적 불안의식과 계몽성

이태준을 이해함에 있어 그의 원체험이라 할 수 있는 고아의 위치는 많은 사람들이 지적했다. 그러나 대부분 그의 고아체험을 그의 울분과 단순히 대응시켜 간단하게 언급하고 말 뿐 더 이상의 논의 진전은 이루어지지 않았다. 그러나 한 작가에게 있어서 고아로서의 현실 체험과 의식은 그의 삶은 물론 문학 전체에 스며 있게 마련이다. 그것은 무시무시한 고독과 험악한 현실을 오로지 혼자서 견뎌야 한다는 점에서 그의 삶 자체라고까지 할 수 있다. 연보에 따르면 아버지는 1909년 8월 28일, 그의 나이 35세를 일기로 러시아 해삼위(현재 블라디보스토크)라는 이국땅에서 "웅기에서 들어온 행인에게서 무슨 소식을 듣고는 땅을 치며 통곡하다가 병이 돋혀" 타계한 것으로 되어 있다. 상허 부친이 숙환으로 폐결핵을 앓고 있었다고 하니 아마 폐결핵이 원인이 아닌가 한다. 1912년, 가장을 잃고 이듬해 함북 배기미에 닻을 내리고 음식점을 경영하던 어머니마저 작고, 손위 누이(12세), 누이동생(3세), 이태준(9세)은 졸지에 고아가 되어 버린다. 천애의 고아가 된 이들 세 남매는 고향인 철원 용담의 친척집에 맡겨지지만 부모가 없는 고향에서의 생활은 척박하기 그지없었을 것이다. 1915년 안협 사는 당숙댁에 양자로 갔으나 심한 괄시로 오래 머물지 못하고 다시 용담에 돌아와 사립 봉명학교에 입학한 상허는 졸업때 받은 우등상과 상품을 가지고 집에 돌아왔으나 "왜 나한테 어머니가 없나!" 하고 한탄과 울음을 비쳤다고 한다.[8] 이 당시 그를 사로잡은 욕망은 '콩쥐'에의 지향, 또는 콩쥐적 상상력이다.[9] 그것은 권선징

---

8) 이상의 자전적 기록에 대해서는 민충환, 「이태준의 자전적 고찰」, 상허문학회 지음, 앞의 책 참조.

9) 이후의 기록은 이태준의 자전적 소설 『사상의 월야』(깊은샘, 1988)를 참조하기로 한다. 페이지 수는 깊은샘 출판사의 것에 맞추기로 한다. 이러한 용어는 다음과 같은 인용에서 암시를 얻은 것이다. "그 흔한 산골에서 저 쓰던 부지깽이 하나 태웠다고도 며칠을 두고 성화를 받은 일이 있는 송빈이는 걸레를 찾지 못하고는 돌아갈 수가 없다. 그러나

악이라는 틀에 박힌 구조라는 측면에서 주체의 나르시시즘을 표나게 드러내는 것이면서 동시에 고아로서의 그의 체험이 얼마나 고통스러운 것이었는가를 역설적으로 암시해 준다. 그 고통이 그로 하여금 스스로를 '콩쥐'로 만들려 했던 것이다. 이것은 그 누구도 자신의 욕망을 대신 채워주지 않는다는 냉혹한 현실 인식의 결과이면서 동시에 절대적인 존재로부터 구원받으려는 무의식적 욕망구조를 함축하고 있다 할 것이다.

다시 말해 어린 시절 그를 괴롭힌 가장 큰 것은 물론 부모의 부재이지만 현실적으로는 부끄러움이었다. 가난 때문에 남처럼 입거나 먹지 못하는 것이 그것인데 그것이 가장 표나게 두드러지는 때는 명절날과 같은 특별한 날이었다. 추석 때 해옥이와 송옥이를 보러 오촌댁 근처로 한참 빙빙 돌았으나 송옥이도 해옥이도 보이지 않고 "마당에는 하인의 자식들까지 동저고리나마 하얗게 빤 것들을 입고 있어, 가까이 갈 용기가 나지 않는다"는 발언은 그가 부끄러움을 어느 정도로 느끼고 있었는지를 알게 해준다.[10] 그렇게 남루를 견디다보니 그에게 생긴 무의식적 욕망은 새것에 대한 갈망이다. 송빈이 시골에 잠깐 다니러 온 은주를 우연히 만나게 된 장면에서 우리는 은주의 새하얀 용모에 대한 송빈의 반응, 즉 은주에 대해 시골소녀들에게서 흔히 볼 수 없는 "연분홍저고리에 옥색치마"에 대한 경탄이나 "그 하얀 얼굴, 까만 눈, 금세 맞난 것을 먹은 것처럼 반지르르한 빨간 입술, 그리고 포동포동한 손" 등에 대한 선명한 인상을 보이는 것에서 그것을 확인할 수 있다. 이러한 원체험이 그

---

물속은 시시각각으로 어두워지는데 떠내려간 데는 물도 아니요 꺼지지 않는 얼음이다. 송빈이는 펀뜻 전에 할머니께 들은 '콩쥐팥쥐' 이야기가 생각났다. 콩쥐를 위해 비단옷과 타고 갈 꽃가마까지 낳아주러 하늘에서 검정암소가 내여왔듯이 저한테도 어머니께서 검정암소나 내려보내 주셨으면! 검정암소가 할머니 계신대로 데려다 주었으면! 그렇지 못하면 우선 잃어버린 걸레라도 찾아주었으면! 송빈이는 정말 눈물이 글썽해 어두워지는 하늘을 처다보았다."

10) 실제의 누이들의 이름은 정송, 선녀이다. 여기서는 『사상의 월야』의 인물 이름을 그대로 사용하기로 한다.

로 하여금 다양한 현실적 계기를 인정하지 않고 이러한 두 대립적 계기가 불러일으키는 무자비한 욕망에 종속하게 하였던 것이다. 그러나 이러한 새것을 가능하게 하는 요소란 무엇인가. 그것은 경제적 부이다. 새것과 부는 떼려야 뗄 수 없는 함수관계에 있다. 그 부는 또한 권력과 불가분의 관계가 있다. 그는 새것은 권력이 가져온다고 믿고 있다.

    "네 누인 인전 시름을 놓았다"
하셨다.
    "읍에 새미꿀선 제일 잘 사는 영월집 메누리루 간단다. 너이 어미가 살았어두 이런 자리야 마대겠니"
    "영월집이 뭐유?"
    "신랑의 아버지가 지금은 돌아가시구 없지만, 전에 영월 고을 원노릇을 했단다. 넌 이담 도 장관이나 돼라"
    "해옥인 어떻게 허우"
    "지금 그댁에 그냥 두지 어떡허니! 그래두 양반의 자식 나이 차문 혼처 없겠니? 딸자식은 암만 설게 자랐어두 저 시집 좋은 데루 가문 그만이란다…… 어서 난 네가 잘 되는 걸 보구 죽음 한이 없겠다."
    "도장관이 되문 잘되는 거유?"
    "그럼!"
    송빈이는 눈을 딱 감았다. 가슴에 '도장관'이 깊이 박혔다.[11]

가난으로 인한 남루를 부끄럽게 여긴, 그리하여 새것에 맹목적인 고착을 보이는 고아 소년은 그것의 상상적 해결책으로서 도장관을 가슴속 깊이 박아놓게 된다. 말하자면 고아 이태준의 자아이상은 도장관, 이를테면 출세가 되는 것이다. 이러한 출세의지는 비록 '나의 소망'에 대해서 말하는 수업시간에 다른 아이들이 나파윤(나폴레옹) 등을 말할 때 자신의 왜소한 소망에 '부끄러움'을 느끼기는 하지만 그의 출세의지는 결

———————————

11) 『사상의 월야』, 67쪽.

코 사라지지 않는다. 그가 더 나은 배움을 위하여 가출을 하는 것도 출세를 위함이요, 나중에 원산 객줏집에서 보성중학교 학생의 모자를 선망어린 마음으로 써보다가 들켜 모욕을 당했을 때 "복수허자! 돈으로! 명예로!"[12]라고 부르짖는 것은 출세라는 것이 그의 마음속에 얼마나 깊이 자리잡았는지를 알게 해준다. 이러한 사실들은 이태준이 교육을 통한 출세와 그로 인한 우월감의 획득을 간절히 소망했음을 말해 준다. 이렇게 보면 앞서의 '콩쥐이미지'는 출세이미지와 환유의 관계에 있음을 알 수 있다. 라캉식으로 말하자면 주체는 결핍이고 욕망은 환유이다. 이 욕망은 헤겔의 인정투쟁과 불가분의 관련이 있다. 계급탈락자, 혹은 계급탈락의 위기에 처한 자는 주인의 위치라기보다는 노예의 위치에 가깝다고 할 수 있다. 주체는 타자와의 인정투쟁에서 타자를 노예로 만듦으로써(즉 타자의 인정을 받음으로써) 자신의 주체성을 인정받고자 하는데 그러나 일단 타자를 노예화하고 자신의 주체성을 획득하게 되면 자신을 인정해주어야 할 타자 자체가 소멸됨으로써 욕망은 사라지고 주인성에 고착된다. 그렇게 되면 그에게는 더 이상의 발전이란 없다. 반면에 노예의 위치로 전락한 자는 자신의 일상적 노동을 통해 주체성의 객관적 토대를 마련하고 인정(주체성)을 위한 투쟁을 감행한다. 이 투쟁은 목숨을 건 것이어야 하기 때문에 결코 중단될 수 없다. 다시 말해 주인으로서 인정을 받지 않는 한 이 변증법은 끝이 나지 않는다는 것이다.[13] 이태준에게 있어 이러한 상처받은 자존심을 회복할 수 있는 유일한 길은 인정투쟁의 대상인 출세를 획득하는 길이었다. 세상에 자신을 드러낸다는 이 출세를 위한 삶의 역정은 그로 하여금 고아에서, 그리고 시골 한 촌구석에서, 도시로, 고등보통학교로, 일본유학으로, 조선중앙일보 학예부장으로, 구인회의 핵심멤버로, 해방 이후에는 조선문학가동맹 부위원장으로, 우뚝서게 한 주인-노예의 변증법 그 자체였다고 할 수 있다.

---

12) 『사상의 월야』, 86쪽.
13) 마단 사럽 지음, 김해수 옮김, 『알기쉬운 자크 라캉』(백의, 1996), 59-65쪽 참조.

그러나 이러한 이태준식 변증법의 특징으로 타자에 대한 무자비한 파괴보다는 오히려 자기보존성을 강하게 띠고 있다는 점을 들 수 있다. 왜냐하면 그의 객관적 조건이 아무도 돌보아주지 않는 고아의 신분에 있었기 때문이다. 타자에 대한 무자비한 공격을 강하게 밀고 나갈 때 그는 전부를 잃을 수도 있고 그러할 때 결과적으로 자신을 보존, 유지할 수조차 없게 될 수도 있다. 이에 따라 이태준의 행보는 인정을 위한 투쟁을 버릴 수 없으면서 동시에 현실과 적절하게 타협할 수밖에 없는 길을 걷게 된다. 낭만적이면서 엄격한 형식주의자의 모습을 띠거나, 일제에 대한 거부의식을 강하게 갖게 되나 그것을 극도로 표출하기를 꺼려하는 모습 등에서 우리는 그것을 확인할 수 있다. 나는 그것을 이태준 의식의 또다른 중요한 축이라 보고 안정지향성이라 명명하고자 한다. 그렇다는 말은 그가 강한 인정투쟁의 형식과 안정지향성이라는 상관된 구조 속에서 주체로 구성되고 있다는 말과 다르지 않다.

이러한 출세의지는 한편으로 그가 계층 하락, 혹은 심지어 자신의 계층으로부터 탈락할지도 모른다는 불안을 느끼고 있는 존재임을 의미한다. 사실 『사상의 월야』에서 보면 이태준 부친의 존재는 상당한 양반(덕원감리)으로 제시되어 있다. 이것은 물론 이태준의 상상적 욕망의 결과이다. 실제로는 민충환의 앞의 연구에 의하면 이태준 부친은 덕원감리 주사라는 일개 하급관리에 불과했던 것으로 보인다. 이러한 실제와 괴리되는 상상적 욕망을 갖게 된 원인은 남의 무시로부터 벗어나려는 고아로서의 자존심이 불러일으킨 것 같다. 그렇지만 어쨌든 그것이 이태준 특유의 정체성 확보에 기여하고 있다는 것 또한 사실이다. 다시 말해 이태준은 자신을 하층 사람들과 분리시키고 자신이 속해 있다고 믿은 중류층으로부터 탈락하지 않으려는 강한 의지를 가지고 있다고 보아야 하겠다는 것이다. 그 의지는 안정된 생활의 확보의지와 불가분의 관계에 있다. 자신의 계급으로부터 언제 탈락할지 모른다는 불안은 그러한 불안이 사라진 상태를 염원하게 되고 그것이 안정지향성으로 나타나게 되었다는 것이다. 이러한 특성들은 그의 장편 대부분에서 확인할 수 있다. 장편의 인물구조는 거의가 애정의 삼각관계를 형성하고 있고 이 관계 속에서 작가의 대변이라고 할 수 있는 주인물의 객관적 여건은 고아로서 친척의 집에 기숙하고 있는 가난한 고학생의 신분일 뿐이다. 이 인물이 연루되고 있는 애정의 갈등상황은 이 인물로 하여금 끊임없이 자신의 가난을 저주하게 하고 그 상황으로부터 벗어날 수 있는 길을 모색하도록 추동하고 있다.

사실 안정과 불안이라는 이원적 대립구조는 이태준 의식구조에서 표나게 드러난 부분이다. 고아의 신분이 안정에 도달하기란 지난한 일이다. 특히나 식민지 현실에서 신분이나 직위를 통해 안정에 도달하기란 더욱이나 지난한 일이다. 채만식의 문학적 화두 중의 하나가 「레디메이드 인생」이나 『탁류』에서 확인할 수 있는 바와 같이 식민지 교육의 허상이라고 할 때 이태준의 출세의지는 언제나 좌절될 수밖에 없다. 이처럼 현실적인 출세나 그에 의한 안정이 주어지지 않을 때 계층 하락의 불안은 그로 하여금 관념적인 이념적 유토피아의 설정을 통해 상상적 안정에 도달하게 하려는 메커니즘을 만들게 한다. 이러한 소망의 환유과정은 그가 아직까지 현실적으로 물질적 안정 상태를 갖추지 못했기 때문이기도 하지만 동시에 그가 접하는 현실이 합리적 원칙에 입각하지 않고 있다는 것을 함축하는 것이기도 하다.[14] 이러한 소망의 환유과정을 통해 이태준은 식민지 현실의 부정과 부패를 목도하지만 그러한 현실을 버리고, 다시 말해 현실을 치밀하고도 구체적으로 인식하지 못하고, 부정과 부패가 없는 세계를 무매개적으로 지향하게 된다. 소망의 끊임없는 환유과정은 그가 꿈꾸는 미래상에 닿게 되고 그 미래상은 사회

---

14) 이러한 원칙의 강조는 고아로서의 그가 물질적 허위적 삶으로 자신을 억압하는 타자로부터 자신을 지킬 수 있는 유일한 것으로서 이것을 우리는 이태준의 정신주의라 명명할 수 있을 것이다. 이러한 정신주의의 표현에 대해 나는 자기결정성이라 부르고 있다. 졸고 「고아의식과 의미구조」, 이태준, 『별은 창마다』(깊은샘, 2000) 해설 참조.

전체의 부정과 부패가 없는 사회, 아비가 꿈꾸던, 혹은 꿈꾸었다고 믿었던 근대적 계몽의 세계이다. 『불멸의 함성』이나 『성모』, 『제2의 운명』 등에 주로 나타나는 일본 유학생 순회강연의 모티브나 애정의 실패 후 신흥학교 건립을 위해 훌쩍 일상성을 떠나는 모티브 등은 비근한 예에 속한다. 그 세계는 이태준의 소설에서 개화파의 준비론에 닿아 있다.

> '오! 아버지? 이 미거한 것이나마 아버지의 뜻을 이으오리다! 선각자들의 수난에 보답하오리다! 김옥균 선생 같은 이를, 아버지 같은 이를 매국노라, 역적이라 몰아붙이던 그 완매한 보수주의자들, 지금도 민철이 할아버지 따위, 원섭이 할아버지 따위가 조선엔 득실득실 차 있습니다. 그들은 지금 하나같이 남작이니 후작이니 작위를 받아먹고 민족은 도탄에 들어있어도 저 자들만은 세도를 부리며 호의호식을 하고 있습니다. 누가 정말 민족의 역적이며 누가 정말 나라를 팔아먹은 자들입니까? 아버지? 이 배에도 지금 조선 청년이 많이 탔습니다. 그 속에는 매국노들의 자식으로 일본 관립학교나 졸업하고 제 할애비 제 애비의 세도나 물려 가지려는 얼빠진 자식들도 있을겁니다만, 아직도 김옥균 선생이나 아버지께서 일본에 조국을 팔기 위해서가 아니라 일본의 유신을 본받으러 가셨듯이, 일본에 협력하기 위해서가 아니라 이 앞으로 일본과 투쟁하여 조선을 찾을 그런 준비로 학문과 사상을 배우러 가는 진정한 애국청년들이 더러는 있을 겁니다! 영혼이 계시다면 이들의 앞길을 인도해 주옵소서'
> 썰늘하게 식은 송빈이의 뺨 위에는 뜨거운 눈물이 흘러내렸다.[15]

여기서 우리는 이태준의 세속적 출세라는 소망이 비로소 분명하게 이상적 명예로 자리바꿈하고 있음을 알 수 있다. 다시 말해 그의 불안한 의식을 안정시키는 논리적 정체성으로서 개화적 계몽주의와 그것의 실현을 가장 이상적으로 여기는 명예의식이 자리잡게 되었다는 것이다. 물론 이 논리적, 혹은 관념적 명예는 당시의 현실에서는 현실화할 수 없

---

15) 『사상의 월야』, 189쪽.

는 것이었다. 그래서 이러한 이데올로기는 이태준의 소설에서 장편에서
만 나타나게 되는 것이다.[16] 장편의 특징에 대해서는 뒤에 가서 다시 살
필 것이다. 이렇게 명예가 주어질 때 그것은 그로 하여금 현실적 존재들
로부터 훌쩍 뛰어 고상한 곳에 위치할 수 있게 한다. 고아로서의 상처받
은 자존심의 회복과 그 회복을 통한 안정희구를 위해 끊임없이 소망한
결과 이제 명예에 대한 욕망이 싹트게 된 것이다. 명예를 추구하게 될
때 현실에서의 상처는 정신 속에서 자랑이 된다.

## 3. 미적 딜레탕티슴과 전체성

이러한 개화적 계몽성은 그러나 이태준에게 있어서는 일종의 진공
상태의 것이다. 왜냐 하면 거기에는 중요한 하나가 빠져 있기 때문이다.
식민지 현실에서 빼놓을 수 없는 것이 일본제국주의라는 엄연한 현실이
다. 이태준의 소설에 있어 일본이라는 존재는 미약하게 나타난다. 그것
은 아마도 그들의 폭력에 의한 물질적 안정의 상실 우려 탓일 것이다.
이태준 소설에는 일제에 대한 간접적 비판이 종종 드러난다. 「고향」이
나 「실낙원이야기」, 「어떤 날 새벽」 등과 같은 소설이 그 대표적인 경우
일 것이다. 특히 농촌에서의 신흥학교운동 모티브의 작품에서 주인물이
지향하고 있는 개화적 계몽성은 현실화되자마자 탄압을 받는다. 그러나
그에 대한 작가, 혹은 인물의 반응은 비판적 날카로움이라기보다는 무

---

16) 이러한 개화적 계몽성은 단편에서는 「실낙원이야기」나 「어떤날 새벽」 등에 순화되어
　　나타날 뿐이다. 하지만 『불멸의 함성』이나 『성모』, 『제2의 운명』등 장편에 이르러서는
　　비록 일상성과 대립된 이원적 형태이긴 하지만 비교적 선명하게 드러난다는 특징이 있
　　다. 이러한 이데올로기적 층위로 장편에 접근한 논문으로 채호석의 「이태준 장편소설
　　의 소설사적 의미」(상허학회, 『이태준소설연구』, 깊은샘, 1993)를 참조할 수 있다. 이 글
　　은 이태준의 장편을 삼각관계와 계몽성으로 규정짓고 삼각관계가 해소된 이후에 계몽
　　성을 추구한다는 점에서 생활과 이념의 분리를 날카롭게 지적한다.

력한 무저항의 형태로 드러나고 있다. 이러한 무저항성(안정지향성)이 그로 하여금 정치적 발언을 자제케 하고, 동시에 관념 속에서의 정치적 유토피아를 꿈꾸게 하는 것이리라. 그가 카프의 목적성에 반대하고 오히려 우월한 입장에서, 말하자면 미학적 입장에서 그들을 비판하는 것은 이태준 특유의 자존심회복의 형식이 불러온 것이다.[17] 이태준은 자존심을 회복하기 위해 자신의 정당성을 논리화해왔던 대로 문학에 있어서 자신의 정당성을 주장하기 위해 자신의 미학을 정립하지 않을 수 없었다. 이러한 과정에서 그의 미학이 도출된다. 이 미학은 일제의 지배와 폭력이라는 현실적 위협을 상정하지 않아도 좋다는 점에서 보다 자신있게 주장된다.

> 기질에 맞는 것을 쓴 작가에게는 상식 혹은 개념이상의 창조가 있다. 그러나 기질에 맞지 않는 것을 쓴 작가에게는 기껏해야 상식이요 개념 정도다. 종교는 윤리학이기보다는 차라리 미신이기를 주장한다. 문학은 사상이기보다는 차라리 감정이기를 주장해야 할 것이, 철학이 아니라 예술인 소이다. 감정이란 사상이전의 사상이다. 이미 상식화된, 학문화된 사상은 철학의 것이요, 문학의 것은 아니다.[18]

위 인용에서 우리는 개념화된 문학에 대한 이태준의 강한 거부감을 확인할 수 있다. 이러한 개념화된 문학은 당시의 기준에 비추어 보면 카프의 문학이 된다. 그에게 있어 카프와 같은 목적성 짙은 문학이 함유하고 있는 것은 폭력과 그 폭력에 의한 안정의 상실일 뿐이다. 그가 루나촬스키의 이론을 거부한 이유도 바로 이와 연관이 있다. 고아로서의 안정의지는 모든 불안정, 그러니까 계층 하락, 혹은 심지어는 탈락의 불안을 야기하는 모든 것들에 대한 거부를 불러일으킨다. 그러나 단순한 거

---

17) 이는 앞서의 헤겔적 논의에 입각한 것이지만 이를 미셸 푸코의 방식으로 바꾸자면 주체구성과 권력의 상관관계로 설명이 가능하다.
18) 이태준, 「누구를 위해 쓸것인가」, 『무서록』(범우사, 1993), 53쪽.

부는 자신의 정체성을 정당화해주지 못한다. 그에 대한 논리화가 불가피한데 그 논리화의 하나가 문학의 심미성인 것이다. 즉 문학은 도구가 되면 안 되는 것이요 그 자체가 목적이 되어야 하며 개념적이라기보다는 기질적이어야 한다. 그 기질은 감정과 연관되고 그 감정은 그것을 불러일으키는 감각화와 관련이 있다. 그의 『문장강화』는 문장의 맛을 강조하고 있는데 그 맛이란 감각화의 다른 이름인 것이다. 「명제 기타」[19] 에 씌어 있는 문학에 대한 그의 입장을 보면 이것이 더욱 드러난다. 그는 소설에 있어 문장은 작품에 따라 다르다고 주장한다. 이것은 플로베르의 일물일어설과 맞닿아 있는 것인데[20] 하나의 상황을 설명하기 위해서는 하나의 언어만이 필요하다는 플로베르의 말은 문장에 대한 감각이 어느 정도여야 하는지를 말해준다. 그렇다는 말은 소설은 짓는 것이 아니라 만들어내는 것이라는 사실을 함축하고 있다. 퇴고에 대한 그의 입장이 이를 잘 말해준다. 그는 현실사정 때문에 못하는 경우가 많지만 '너무나 중요하다'고 거듭 강조한다. 사실을 있는 그대로 보여주는 것이 아니라 언어적으로 새롭게 가공을 해야 한다는 이 인공성의 개념은 그가 삶과 얼마나 동떨어져 있는가를 설명해준다.(각주 26) 참조, 삶의 소유와 표현간의 괴리) 삶을 자발적으로 표현하는 것이 아니라 그것을 언어적으로 새롭게 가공해야 한다는 이 명제에는 삶과 문학이 다르다는 것이 강조되어 있다. 다시 말해 문학은 예술이지 삶이 아니다. 그에게 있어

---

19) 이태준, 『무서록』에 수록.

20) 플로베르의 일물일어설은 대체로 사실주의와 관련하여 설명되고 있는데 이를 심미주의와 연관시킨 설명이 더 설득력 있으리라 생각된다. 하우저는 플로베르처럼 고통스럽게 그리고 그처럼 자신의 본능에 역행하여 글을 쓴 작가도 없다고 단언하면서 "언어와의 끝없는 씨름, 단 하나의 올바른 낱말을 찾으려는 플로베르의 투쟁은 단지 하나의 증상—삶의 '소유'와 삶의 '표현'간의 메울 수 없는 간격의 징표—일 따름"이라고 주장한다. "단하나의 올바른 형식이 있을 수 없듯이 단 하나의 올바른 낱말이란 것도 있을 수 없다. 그것은 모두 생명기능으로서의 예술을 망각한 탐미론자들의 발명인 것이다"라고 하우저는 보고 있다. 아르놀트 하우저, 백낙청, 염무웅 옮김, 『문학과 예술의 사회사』(창작과 비평사, 2000), 104쪽 참조.

문학은 삶의 예술화의 다른 표현이었던 것이다.

이와 같은 명제에서 그의 독자 기피(혹은 배제)론이 나온다.

무릇 소수의 그 독자, '당신 자신의 기질에 맞는 최선의 형식으로 무엇이든지 아름다운 것을 지어달라'는 그 독자를 향하여 우리는 붓을 들 것이다. 그외의 독자는 천이든 만이든 우리에겐 우상일 것뿐이다. 얼른 생각하면 대중을 무시하는 것도 같다. 그러나 무시가 아니요 우대도 아니다. 정당일 뿐이다. '민족을 위해서 합네' '대중을 위해서 합네'란 말처럼 대중이 이해하기 쉬운 말은 없다. 대다수가 지지할 수 있는 표제라 절대의 권력을 잡을 수 있는, 가장 관작과 같은 말이다. 소수를 위해서 쓴다는 말은 얼마나 내세우기 불리한가 그래서 겁내는 작가가 많은 것이다.[21]

문학이 많은 독자가 찾을 수 있는 대상이 아니라는 것, 그것은 동시에 소수의 독자만이 감식할 수 있으면 된다는 것 등은 그 문학이 삶과 분리되어 있다는 것을 의미한다. 문학이 모두가 수긍할 수 있는 삶의 내용이 아니요 극소수의 예술적 감식력이 있는 사람만이 감득할 수 있는 인공적 산물이라는 사실은 이태준이 당대의 문학관에 대립하여 표나게 내세울 수 있는 미학이었던 것이다. 그 미학이 하늘에서 뚝 떨어진 것이라면 설득력이 있을 리 없다. 설득력이 없다면 자신에게 미학적 안정감을 줄 수가 없다. 불안으로부터 도피의식이 강한 피해의식의 소유자 이태준이 그렇게 간단하게 자신의 미학을 내세울 리 없다. 그러한 미학을 그는 모파상에서 구하게 된다.[22] 다시 말해 서구의 자연주의에서 인상주의로 전환되는 시기의 이 대작가의 미학에서 자신의 설득력 있는 미학을 도출해 냈다는 말이다. 주지하다시피 인상주의는 순간과 변화와

---

21) 이태준, 앞의 글, 앞의 책, 52쪽.
22) 이태준, 「누구를 위해 쓸 것인가」, 앞의 책 참조. 그러나 이태준이 영향 받은 서구작가에는 모파상 외에도 인상주의의 대가라 할 수 있는 체홉과 러시아 작가 뚜르게네프를 포함시켜야 한다. 이태준, 「체홉의 오렝카」, 삼천리, 1940. 12, 「투르게－넵흐와 나」, 조선일보, 1933. 8. 22. 참조.

우연의 미학이다. 미학적으로 말하면 분위기가 생활을 지배한다는 것, 말하자면 변하기 쉬울뿐더러 분명치 않고 모호한 속성을 가진 사물과의 관계가 삶에서 지배적인 의의를 갖는다는 것을 뜻한다. 인상주의는 자기중심적인 심미적 문화의 정점으로서 실제적이고 활동적인 삶에 대한 낭만주의적 체념의 극단적 귀결을 의미한다. 다시 말해 이처럼 예술적 표현을 순간적 분위기에 귀속시키는 데에는 동시에 인생에 대한 기본적으로 수동적인 태도, 수용적 관조적 주체로서의 방관자의 역할에 대한 만족, 멀찍이서 바라볼 뿐 뛰어들지는 않겠다는 입장, 요컨대 전적으로 심미주의적 태도가 드러나 있다.[23] 이렇게 개념화할 때 이태준의 미학은 이러한 인상주의에 정확하게 대응한다. 그의 작품이 분위기미학으로 구성되어 있다는 것, 그리고 그것이 물적 세계와 변증법적 관계를 상실하고 있다는 것, 그리고 서술자가 작품 현실에 뛰어들지 못하고 짙은 애수를 동반하고 있다는 것 등은 모두 그와 연관이 있다고 할 수 있다.

　이태준 소설에서 우연적인 것, 혹은 객관적 관련성을 상실한 것들이 우위를 점하고 있는 이유도 이와 같은 인상주의적 자세와 유사하다.[24] 이태준의 고완취미나 도저한 미의식 역시 현실적 구속력을 상실한 소멸된 것들에 대한 애정의 한 표현이다. 그러한 애정은 심미주의의 극단적 사례를 보여준다고 하겠다. 그는 자신의 심미주의가 역사적으로 어떠한 위치에 있는 것인지에 대한 성찰의 고려 없이 그것이 단지 서구의 대가가 주장한 것이라는 점에서 자신의 미학적 정체성의 논리적 근거로 삼고 있다. 이러한 처사취미에 대한 애정은 자못 심각할 정도이다.


　정말 파초가 꽃이 피면 열대지방과 달라 한 번 말랐다가는 다시 소생하지 못할는지도 모른다. 그러나 내 마당에서, 아니 내 방 미닫이 앞에서 나

---

23) 아르놀트 하우저, 앞의 책, 203쪽 참조.
24) 이것은 「달밤」, 「손거부」, 「가마귀」 등 이태준의 대표적인 서정단편들을 염두에 둔 것이다.

와 두 여름을 났고 이제 그 발육이 절정에 올라 꽃이 핀 것이다. 얼마나 영광스러운 일인가! 그가 한 번 꽃을 피웠으니 죽은들 어떠리! 하물며 한마당 수북하게 새순이 솟아오름에랴![25]

돌! 나는 다시 마루로 올라와 아침 찬비에 젖는 잡석을 내려다 본다. 그리고 좀더 돌에 애착하지 못했던 것이 적이 부끄러워진다. 동양화에 石壽圖가 생각난다. 또 동양의 선비들이 돌 석자를 사랑하여 호에까지 흔히 석자를 가진 것도 생각난다. 그것은 돌의 그 묵직하고 편안하고 항구한 성품을 동경한 때문이리라. 생각하면 돌은 동양인의 놀라운 발견이다. 돌을 그리고 돌을 바라보고 이름까지 즐겨 돌로 부른 동양예술가들의 심경은, 찰나적인 육체에 붓들인 서양인의 그것에 비겨 얼마나 차이 있는 존경할 것이리오![26]

수일 전에 우연히 大慧普覺師의 <書狀>을 얻었다. 4백여 년 전인 嘉靖年間의 板으로 마침 내가 가장 숭앙하는 추사 김정희 선생의 보던 책이다. 그의 藏印이 남고 그의 親蹟인진 모르나 전권에 토가 달리고 군데군데 註譯이 붙어 있다. <서장>은 워낙 난해서로 한 줄을 제대로 음미할 수 없지만은 한참 들여다 보아야 책제가 떠오르는 태고연한 표지라든지 장을 번지며 선인들의 정독한 자취를 보는 것이나 또 일획 일자를 써서 絲欄을 쳐가며 칼을 갈아가며 새기기를 몇 달 혹은 몇 해를 해서 비로소 한권 책이 되었을 것인가 생각하면 인쇄의 덕으로 오늘 우리들은 얼마나 버릇없이 된 글, 안된 글을 함부로 박아돌리는 것인가 하는, 일종 참회를 느끼지 않을 수 없는 것이다.[27]

위 인용에서 우리는 이태준의 딜레땅티즘을 유감없이 볼 수 있다. 이러한 딜레땅티즘은 삶의 예술화라 이름할 수 있을 것이다.[28] 그와 같

---

25) 이태준, 「파초」, 『무서록』, 27쪽.
26) 이태준, 「돌」, 『무서록』, 31쪽.
27) 이태준, 「古甑」, 『무서록』, 127쪽.
28) 이 말은 벤야민의 정치의 심미화를 응용해 본 것이다. 발터 벤야민, 반성완 옮김, 「기술복제시대와 예술작품」, 『발터 벤야민의 문예이론』(민음사, 1983), 231쪽 참조할 것.

은 견지에서 예술은 느낌, 즉 쾌락주의적 감각주의의 다른 이름이라 할 것이다. 이러한 쾌락주의적 감각주의는 예술 이외의 어떤 것에도 무관심한 도저한 심미주의를 내포하고 있다. 다시 말해 자기 삶을 하나의 예술작품으로 만들려는 태도를 반영하고 있다. 이와 같은 태도는 기존의 현실에 대해 말할 수 없는 증오의 결과라 할 수 있다. 현실 자체를 버리고 예술 속에서 삶의 형식을 찾으려는 태도는 현실에 대한 환멸의 결과이면서 동시에 현실보다 우위에 설 수 있는 주체의 태도를 표상한다. 이와 같은 태도는 이태준의 고아적 위치가 빚어낸 필연적 귀결이라 할 수 있다. 그 불안한 위치가 그로 하여금 안정적 이념을 구축하게 하였고, 사회로부터 받은 냉대와 수모를 극복할 수 있는 계기를 예술에서 찾게 한 것이다. 이렇게 보았을 때 이태준의 처사 취미, 혹은 고완 취미는 그 발생에 있어 동양적이라기보다는 현저하게 서구적 흐름에 기대어 있다. 이념적 세계관에 있어서 자신의 불안한 현실적 위치로부터 벗어나려는 자기정체성의 추구가 다양한 개적 계기들의 초월로서의 전체성으로 발현되고 있듯이 미학에서도 그것은 수다한 미적 계기들의 초월로서의 전체성으로 나아가고 있다. 삶과 예술의 각 계기들은 무수한 모순들로 가득차 있고 이 모순을 벗어나려는 노력이 더 큰 범주로 그를 이끌어 가는데 이 더 큰 범주가 말하자면 反俗的이고 동양적인 미적 민족주의의 개념이라 할 수 있다.[29] 여기서 우리는 지사적 태도라는 현실지향성과 몰주체적 예술지상주의가 하나로 통일되어 있는 모습을 확인할 수 있다. 이태준

---

29) 이러한 것을 우리는 「해방전후」에서 확인할 수 있다. "그는 일찍부터 출산수향 독서송 계림의 한퇴지의 유풍을 사모하여 이런 산수향에 수령되어 왔음을 매우 만족해 한듯하다. 새우짖는 소리속에 책을 읽고 꽃흩는 나무 앞에서 백성의 시비를 가리는 것이라든지, 녹은 적으나 몸 한가한 것만 신선이어서 새로 낚시꾼들에게 끼어 한달이면 반은 강변에서 지내는 것을 스스로 호강스러워 예찬한 노래다. 벼슬살이가 이러할 진댄 도연명인들 굳이 평택령을 버렸을 리 없을 것이다. 몸이야 관직에 매였드라도 음풍영월만 할 수 있으면 문학이었고 굳이 관대를 끌르고 전원에 돌아갔으되 역시 음풍영월만이 문학이긴 마친가지였다." 이것은 이태준의 지향성이라고 보아도 좋다. 『이태준문학전집 3』, 깊은샘, 1988.

의 세계관이 출세에서 명예로, 나아가 민족 전체를 문제삼는 개화적 계몽성으로 가듯이 이태준의 미학적 전체성도 단순한 미적 현상을 해명하는 데 그치지 않고 미학적 입장에서 삶과 예술, 그리고 민족의 모든 문제를 포괄적으로 해명하려는 결과 그의 미학은 그에게 있어 개화적 계몽성과 하나가 되어 중심적인 범주가 되고 있다. 미적 유토피아의 추구가 그것이다. 그것은 삶을 예술로 환치시키려는 노력의 맨 끝을 장식한다.

이것은 인정받으려는 욕망의 한 극단적인 형식이라 할 수 있다. 앞서 말한 바 있듯이 이태준에게 있어 日帝의 존재는 감히 문제삼을 수 없는 것이었다. 그것이 서구의 문학적 세례를 전해준 통로로서의 엄청난 위상에 대한 선망의 결과로서 그렇게 된 것인지 아니면 일제의 폭력적 실제성에 대한 두려움 때문인지 명확하지 않으나 이 두가지가 모두 포함된 것으로 해석하는 것이 무리없을 듯하다. 폭력에 대한 두려움은 그의 물질적 안정확보에 있어 최대의 암초이다. 말하자면 이태준은 자신의 안정확보를 위해 일제에 대한 저항은 유보해 둔 셈이다. 중요한 것은 기존의 현실 속에서 자신의 존재를 인정받는 것이기 때문이다. 그렇다는 말은 이태준이 사회적 서자(여기서 계급탈락의 불안이 남다르게 지배한다)라는 말도 된다. 자기 자신도 적자가 아니라 서자였듯이 그는 사회적 서자에 대한 남다른 관심을 가진 바 있다.30) 그의 소설 속에 등장하는 많은 하층민들의 존재, 예컨대 「달밤」의 황수건이나 「손거부」의 손서방은 물론이고 「산월이」, 「불우선생」, 「아무일도 없소」, 「봄」, 「꽃나무는 심어놓고」, 「촌띄기」 등 그 외의 수많은 작품에서의 하층 주인공들의 제시는 그가 그러한 하층민과 계급적 아이덴티티를 확보하려는 의지의 결과가 아니라 자신과 마찬가지로 사회적으로 홀대받는 그들의 서자성에 그가 공명하고 있기 때문이다.31) 따라서 그의 하층민 애호는 계급

---

30) 민충환, 앞의 글, 주 9 참조.
31) 상허 단편에 보이는 하층민에 대한 관심은 여러 논자들에 의해 지적되어 왔다. 최재서는 "낙백한 儒者, 陋巷에 침면하는 退妓, 불우한 소학교원이나 혹은 유랑하는 농민, 어

적 유대감이 아니라 동일한 사회적 서자로서의 연대감이 작용한 것으로 보아야 한다. 달리 표현하면 그들이 사회 속에서 안정적인 위치를 점할 수 없음에 대한 그의 말할 수 없는 연민은 자기 자신에게 보내는 연민이라고 해도 무방하다. 동시에 그렇기 때문에 하층민 묘사가 카프적 계급투쟁으로 변모되지 않고 있는 것이다. 그렇다는 말은 그의 딜레땅티즘, 혹은 미적 유토피아의 추구가 철저하게 보헤미안적 자세를 보이지 않고 있다는 말과 다르지 않다. 정확하게는 댄디즘의 풍모가 그에게는 보다 가깝다.[32] 둘다 기성사회에 대한 반발로 기성사회로부터 벗어나기로 작정한 존재들이지만 보헤미안이 자신들의 계급으로부터 이탈했다면 댄디즘은 그 중심에서 반속운동을 주장하는 존재들이다. 계급탈락의 위기로부터 벗어나려는 이태준에게 있어 시인 이상과 같은 보헤미안적 존재는 단지 선망의 대상일 뿐 추구의 대상이 될 수는 없었다. 그가 나아가야 할 길은 오로지 그 계급의 안에서 속물들과 일정한 거리를 두는 댄디즘의 행보를 걸을 수밖에 없었던 것이다. 그는 보헤미안의 반사회적 몰도

---

리석은 신문배달부, 생에 희망을 잃은 노인"들이 상허 단편의 주요인물이라고 지적한 바 있고(최재서, 『문학과 지성』, 인문사, 1938, 175쪽) 한걸음 나아가 류보선은 "당대의 모순 구조가 바로 이들 민중에게 직접적으로 체현된다는 것을 인식하고 있음에도 불구하고 바로 이들이 역사변혁의 주체임을 인식하지 못하고 있다"고 비판한 바 있다.(류보선, 「역사의 발견과 그 문학사적 의미」, 현대문학연구회, 『한국의 전후문학—현대문학연구 1집』, 태학사, 1991) 채호석은 상허 단편에 주로 보이는 하층민에 대한 관심이 다분히 상식적인 관점에서 이루어지고 있고 또 현실인식이 미약하기 때문에 그들의 결과적 삶에 대해서만 관심을 기울인다고 지적한다. 이에 따라 상허단편이 서정성을 강하게 보인다고 설명한다. 채호석, 앞의 글, 앞의 책, 312-315쪽. 이러한 지적들은 상허단편에 보이는 하층민들이 계급적 차원에서 그려진 것이 아니라는 것을 강하게 암시한다.

32) 이러한 지적은 앞서의 김예림의 지적과도 연결된다. 여기서의 보헤미안에 해당하는 문인들을 지적하자면 보들레르, 베를렌느(심한 술꾼), 랭보와 고갱과 반고흐(세계를 떠돌아다니는 방랑자요 부랑인) 등을 들 수 있다. 레를렌느와 랭보는 구호병원에서 객사하고 반고흐는 한때 정신병원에 들어가는데 어쨌든 이들 대부분은 까페나 음악실, 사창가나 병원 또는 길거리에서 생애를 보냈다. 말하자면 보헤미안은 사회에서 쫓겨난 방랑자집단이며 비도덕화와 무질서 가운데서 비참하게 생존하는 한 계층으로 부르주아사회뿐만 아니라 전 서구문명에 결별을 고한 절망자들의 집단인 것이다. 하우저, 앞의 책, 230쪽.

덕적 성격을 포기하고 내면적인 탁월함과 독립, 일체의 도구적 현실로부터 벗어난 비실제적 목표와 동기에 지배되는 쪽을 선택한다. 결론적으로 말해서 이태준의 미적 세계관은 그의 고아의식이 불러온 인정-욕망의 형식으로 인해 그로서는 불가피했던 내적 필연성의 행로와 그 결과라고 보아야 하겠다는 것이다.

그러한 도저한 자기중심적인 미학화는 그러나 일제말기에 이르러 파괴되기에 이른다. 현실과 일정한 거리를 둔 상태에서 미학의 논리화가 가능했고 그 논리화에 의해 계급보다 우위에 둔 미학적 논리가 탄생했다면 그러나 현실과 인접할 수밖에 없게 되었을 때 자신의 기왕의 미학적 논리를 전면 부정하는 현실을 갑작스럽게 상기하지 않을 수 없게 되었다는 것이다. 그 단초를 우리는 단편 「장마」에서 찾아볼 수 있거니와 「패강냉」에 이르면 그 정도가 자못 심각하다는 것을 알 수 있다. 이때 문학과 현실의 관계가 다시 정립되기 시작한다. 물론 그것 또한 인정변증법의 차원에서 이루어질 것임은 명확하다. 그의 삶 전체를 차지하는 동기가 바로 이 인정받으려는 욕구에 지배받고 있기 때문이다. 위의 「패강냉」에서 천박한 자본의 논리를 따르는 실업가이자 평양부회의원인 친구 김의, 팔리는 소설을 쓰라는 방향전환 운운에 "이자식? 되나 안되나 우린 이래뵈두 예술가다! 예술가이상이다. 이자식……"라는 주장은 인정받아야 할 자신의 미학적 태도가 파괴되고 있다는 불안의 표현이면서 동시에 자신의 미학적 논리에 현실이라는 계기를 포함시켜 재정립시켜야 한다는 내적 당위성의 표현이라 하겠다.

## 4. 창작과정의 심리학 – 은폐의 욕망

지금까지 논리화한 것을 작품에서 확인해 볼 때 가장 눈에 띄는 사실은 은폐의 욕망이다. 이태준에게 있어 욕망은 뚜렷이 이원화되어 나타난다. 그 하나가 예술적(혹은 계몽적) 욕망이라면 다른 하나는 현실적 욕망(성적 욕망, 혹은 출세욕망을 포함해서 현실속에서 구성된 자기 욕망을 있는 그대로 표현하고자 하는 욕망)이다. 이태준에게 있어 현실적 욕망은 부단히 은폐된다. 그러한 현실적 욕망의 은폐는 물론 현실원칙이 그러한 현실적 욕망을 허용하지 않(혹은, 않는다고 생각하)기 때문이기도 하겠지만 동시에 그러한 허용되지 않는 현실적 욕망에 의해 자신이 기껏 세워온 예술적 혹은 계몽적 태도를 훼손시키지 않으려는 욕망이 또한 개재되어 있기 때문이기도 하다. 그것을 우리는 그의 초기작에서 확인해 볼 수 있다. 이태준의 처녀작은 단편 「오몽녀」이다. 이 작품의 앞에는 "이 작품은 오직 나의 처녀작이란 애착에서 여기 거둔다. 모델 소설이 아닌 것, 여기 나오는 현실도 지금은 딴판인 십오륙 년 전 옛날임을 말해둔다."는 작가의 말이 부기되어 있다. 이 말이 의미하는 것은 무엇일까. 이 작품의 가치가 단지 처녀작에 불과하다는 것을 함축하는 것일 것이다. 왜 작가는 이런 말을 부기한 것일까. 하나는 이 작품의 성격에 대한 작가의 부정이고 다른 하나는 그럼에도 불구하고 작품집에 실을 만하다는 작가의 긍정이다. 그렇다면 무엇을 긍정하고 무엇을 부정하고 있는 것인가.

먼저 이 작품의 성격은 현저히 낭만주의적이다. 지참봉과 같이 살고 있는 오몽녀의 현실적 위치는 지참봉의 처이다. 그러나 오몽녀는 자신의 성적 자유에 대해 부끄러움을 느끼지 않을뿐더러 지참봉의 곁을 떠나 금돌과 더불어 결연히 자기가 처해 있는 현실을 떠난다. 이러한 낭만성은 이태준 소설의 기본항이다. 그러나 현실은 어떠한가. 현실은 떠나고 싶다고 해서 쉽게 떠날 수 있는 것이 아니다. 떠날 수 없는 현실을 떠나 새로운 미지의 세계로 떠나는 것, 이러한 낭만성은 현실적으로 수많은 난관에 봉착한다. 그 난관에 봉착하여 결국 만신창이가 되어 상처만이 남게 되는 현실에 몸담을 수밖에 없는 존재, 그것이 고아로서의 이태준의 현실적 입지점이다. 고아로서 받은 냉대와 수모로부터 훌쩍 떠나고 싶은 욕망과 그 욕망의 좌절이 이태준 소설에 짙게 나타나는 연민인 것이다. 이태준의 대부분의 소설은 애수를 기반으로 하고 있고 이 애수는 떠나야 할 존재가 떠나지 못하는 상황에 대한 짙은 연민의 결과라 할 것이다.(하층민에 대한 연민과 그로부터 빚어지는 짙은 작품내적 애수는 하층민들과 동일시된 사회적 서자로서의 자신의 초월에의 의지와 초월할 수 없는 상황에 대한 안타까움이 결합되었기 때문에 나타난 현상이다) 따라서 이태준의 소설에는 떠나지 못하는 자로서의 작품내적 인물, 혹은 현실에 대한 냉철한 거리감이 존재한다. 이 거리감이 그의 아이러니의 비밀이다.[33]

　　이 작품의 서술자는 그러나 냉담하다. 초월적인 오몽녀의 행동 하나하나를 작가적 개입 없이 이끌어나간다. 이 거리감이 이태준으로 하여금 이 작품을 작품집에 수록하게 하였을 것이다. 여기서 우리는 이태준의 자신의 욕망 은폐하기를 확인할 수 있다. 자신의 떠나고 싶은 욕망을 오몽녀에 의탁하고 그 인물이 마치 자신과 무관한 존재인 것처럼 서술하는 거리감의 획득은 자신의 낭만적 현실인식을 은폐하면서 드러내는 이태준 미학의 특성을 형성한다. 1938년에 발간된 『이태준 단편선』과 1941년에 발간된 『이태준 단편집』에는 이 작품과 유사한 「그림자」, 「온실화초」, 「누이」의 세 편이 수록되지 않았다. 이 작품들은 「오몽녀」와 같이 과도한 낭만성과 치졸한 자신의 드러냄이 거리감을 획득하고 있지 못하고 있다. 그것은 자신의 치부를 드러내는 것이어서 작품집에서 누락시킬 수밖에 없었던 것이다. 「그림자」는 자신의 이기성이, 「온실화초」는 자신의 숨김없는 과거가, 「누이」는 자신의 욕정이 가감없이 그려져 있기 때문에 자신의 작품집에서 누락시켰으리라.

---

33) 아이러니에는 언어적 아이러니와 정황적 아이러니가 있다. 이태준의 소설에는 후자가 지배적으로 나타나 있다. 아이러니가 기대와 좌절의 구조를 가지고 있다면 그것은 이태준의 의식구조와 정확히 대응된다. 인물은 항상 행복에의 기대를 갖고 있지만 그것은 좌절될 수밖에 없다. 행복에의 기대와 그 반복된 좌절은 이태준의 낭만적 인식과 반대로 안정된 삶에의 지향을 드러내는 미적 구조라 할 수 있다.

이와 같은 은폐의 욕망은 장편에서는 전혀 다르게 나타난다. 장편에서는 그야말로 분출하는 욕망의 분화구와 같다. 지금까지 철저하게 자제해 왔던 그의 낭만적 욕망이 이처럼 화려하게 분출하게 된 원인은 어디에 있는가. 그것은 당시 장편소설의 특성에 있다. 이태준의 장편 소설은 대부분 연재된 것이고 연재가 내포하고 있는 상업성과 그에 따른 대중성과 통속성이 그의 낭만적 욕망을 만족시켜 주었다고 할 수 있다. 다시 말하면 연재장편의 상업성이 자신의 진실한 낭만적 욕망을 은폐하게 해주었다는 것이다. 자신에게는 진실한 내면적 열정이지만 독자에게는 그것이 하나의 상업적 통속성으로 비추일 것이라는 안심이 그로 하여금 자신을 드러내게 했던 것이다. 그로 인해 이태준의 개화적 계몽성이나 애욕의 드라마가 여과없이 드러난다.[34] 이러한 개화적 계몽성이나 애욕의 드라마는 그것이 당시 장편의 상업적 대중적 특성으로 인하여 통속적으로 비추일 것이라는 생각 때문에 작가 자신도 자신의 것이 아닌 것으로 바라볼 수 있게 된다. 다시 말하면 이태준에게 있어 이러한 것들은 자신의 이념적 세계관을 드러내면서 은폐하는 그의 문학세계와 하등 모순되지 않는다. 요약하면 이태준의 중심축은 이념적 세계관의 구축, 제시와 그로 인한 우월적 위치의 점유에 있다는 것이다. 그 우월적 위치가 도저한 미학주의에 사로잡히게 하였고 그렇지만 그러한 절대적 미학이 마침내 흔들리게 된 것은 그러한 미학구성에 그동안 방해요소가 되지 않았던 일제의 폭력적 전쟁광분이었던 것이다. 그리하여 그 전쟁광분의 분위기가, 다시 말해 자신을 친일의 길로 밀어붙이는 전사회적 병영지배체제가 도래했을 때 이태준의 기왕의 작품경향과 다른 현실지향적인 「농군」, 「영월영감」 등의 작품이 얼핏 나오게 된다. 그러나 그것도 잠시,

---

34) 그러나 이태준의 장편이 애정의 삼각관계가 끝난 뒤 개화적 계몽성으로 회귀하게 된 것에서 볼 수 있듯이 그러한 상업성 속에서도 일정한 자기검열이 작용하고 있었다고 보아야겠다. 다시 말해 개화적 계몽성은 애정의 통속성과 관련해서만 나타날 수밖에 없었던 것이다.

상황이 악화되자 이태준의 소설은 도저한 비현실적 세계로 잠입하게 된다. 「석양」, 「사냥」, 「토끼이야기」, 「무연」 등과 같은 작품이 바로 그것. 특히 「석양」의 경우 자신의 미학적 논리로는 더이상 인정받지 못하는 주체가 오히려 미 속에 깊숙이 잠겨 들어가는 몰주체화 과정을 짙게 표상한다. 오직 미만이 현실속에서 인정받지 못하는 자신을 위로할 수 있기 때문이다. 그러나 이러한 미 속으로의 투신은 그 자체로 현실(친일의 강제)의 보상받지 못한 주체를 함유하게 마련이다. 이 작품에서 작품의 공간으로서 신라의 고도를 설정한 것은 주체의 의도적 산물이라 할 것이다. 그것은 미보다 현실이 앞선다는 고통스런 자각이 아니겠는가. 해방 후 「해방전후」에서 보인 현의 방향전환의 의미를 파악할 때 지금까지 살펴본 이태준의 내적 구조를 염두에 두지 않는다면 과소 혹은 과대 평가로부터 자유로울 수 없을 것이다.


## 5. 결론

본고는 지금까지 이태준의 작품과 수필을 통하여 그동안 미진했던, 또는 상호충돌했던 이태준의 의식구조를 그의 세계관과 미학관을 통해서 규명해 보았다. 그동안 이태준을 설명하려는 많은 평자들이 애매하게 절충할 수밖에 없었던 것은 이태준의 소설과 수필이 주는 논리화할 수 없는 다양한 모순 때문이었다. 그 모순들을 갈피지을 수 있는 길이 모색되지 않을 때 이태준 소설에 대한 연구는 어쩔 수 없이 공전을 거듭할 수밖에 없을 것이다.

본고에서는 이태준의 세계관의 규명을 그의 고아체험에서 도출해 보았다. 고아의 위치는 이태준으로 하여금 안정된 상태를 거의 절대적으로 희구하게 하였다. 그러나 안정된 상태의 추구가 자신을 우월한 존재로 인정받으려는 자존심과 결부되어 단순한 세속적 출세만을 추구하게 하지만은 않았다. 세속적 부정과 부패 앞에서 이태준의 자존심은 무참하게 파괴되고 그 파괴된 자존심을 회복하기 위해 세속성과 다른 정신적 가치를 전면에 내세우게 되는데 그 결과 그의 세계 인식은 개화적 계몽성에 귀착하게 된다.

그러나 이러한 개화적 계몽성은 잠재된 상태로만 존재하고 구체적으로 이태준을 사로잡은 것은 미학적 논리화였다. 이태준의 미학은 삶을 예술로 환치시키려는 욕망의 결과이다. 그 욕망은 자신의 고아적 위치에서 받은 냉대와 수모로부터 그를 구제할 수 있는 것이었다. 그래서 그는 거의 무방비적으로 그 안으로 잠입하게 되는데 그의 미학의 도저한 심미주의는 그에게 있어 그러한 안정의지와 인정받으려는 욕망이 실현될 수 있는 유일한 공간이었던 셈이다. 그러나 일제말기에 이르러 그는 자신이 그토록 의식속에서 배제하려 했던 현실을 수용하지 않을 수 없었다. 이때 그는 진정한 안정은 미가 아니라 현실을 통해 가능할 것이라는 것을 미학적 우월자가 가질 수밖에 없는 상처로 깨닫게 되었을 것이다. 해방이후 거칠게 현실에 참여하게 된 계기를 나는 여기서 찾고 있다.(『농토』나 그 밖의 해방 후 그의 단편소설, 예컨대 「첫 전투」 등에서 보이는 투박하거나 경직된 형상화를 상기해 보라)

이러한 메카니즘은 작품 속에서도 확인할 수 있다. 이태준의 창작과정의 핵심은 은폐의 욕망이다. 그는 모난 돌이 정 맞는다는 우리의 속담대로 작품의 형식과 그에 따른 미학화를 모나지 않게 만들려고 노력했다. 처녀 단편 「오몽녀」와 단편집에 수록되지 않은 세 편의 작품을 통해 우리는 그것을 확인할 수 있다. 또 장편에서 통속성이라는 가면을 쓰고 비로소 자신의 욕망을 드러낸 그의 의식구조를 통해 그것을 알 수 있었다. 이러한 은폐의 욕망은 그의 불안과 그로부터 벗어나려는 인정 투쟁이 낳은 비극적 산물이라 할 것이다.

# 제국/민족 담론의 경계와 식민지적 주체

## ― 1940년대 이태준 '문학'에 나타난 혼종성 ―

정 종 현*

## 1. '진정한 自己'의 구축과 '自己' 구제의 글쓰기

「해방전후」는 작가 이태준이라는 인격적인 실체의 내면 심경을 '솔
직'하게 드러낸 작품으로 읽힌다. 이 작품은 '수기'라는 형식과 이전부
터 이태준 소설에서 반복적으로 등장했던 '현'이라는 이름, 작품상 드러
난 서술자의 직접적인 언급[1], 작자의 연대기와 참조적으로 읽히는 주인
공의 행적 등을 통해, '현'과 작가 이태준을 등치시키는 사소설적 독법
을 발생시킨다.[2] 작품 속의 인물과 서술자, 작가를 동일시하는 이러한

* 동국대 한국문화연구단 연구원.

1) "한 사조(思潮)의 밑에 잠겨 사는 것도 한 물밑에 사는 넋일 것이다. 桑田碧海라 일러는
　오나 모든 게 따로 대세의 운행이 있을 뿐 처음부터 자갈을 날라 메꾸듯 할 수는 없을
　것이다."라는 「무연」(42. 6.『春秋』)의 마지막 구절을 직접 작품 안에 삽입한다든가, 이
　무영과의 공저인『大東亞戰記』등을 언급함으로써, '현'은 작가인 이태준과 동일시된다.

2) 사소설과 사소설적 독법에 대해서는 Tomi Suzuki(*Narrating the Self―Fictions of Japaneses Mo-*
　*derity*, Stanford University Press, Stanford, California, 1996./ 한일문학연구회역,『이야기된 자
　기』, 생각의 나무, 2002)를 참조할 것. 근대적인 '자아'의 형성과정이라는 측면에서 일본
　사소설 담론과 사소설의 관계를 연구한 스즈키의 저서에 따르면, 사소설은 특별한 문학
　형식이거나 장르가 아니라 문학작품들이 판단되고 설명된 문학적이고 이데올로기적인

독법은 메이지(明治) 이래 일본 사소설의 맥락과 긴밀하게 연결된 것이다. 일찍이 이원조는 ‘내성, 심리, 신변, 심경’ 등의 용어로 명명된 30년대 사소설적 맥락의 소설 문학의 흐름을 일컬어 ‘소설의 수필화 경향’이라고 지적한 바 있다.[3] 특히, 이태준은 30년대에 사소설적 경향을 보인 대표적인 작가로 평가받는다.[4] 「장마」(36. 10) 이래 「패강랭」(38. 1), 「토끼이야기」(41. 2), 「무연」(42. 6), 「석양」(43. 1) 등 이태준이라는 인격적 실체를 연상시키는 1인칭 서술자와 ‘현’, ‘한’, ‘매헌’ 등 3인칭 인물을 반복적으로 등장시키는 단편들, 이 단편들의 참조적인 맥락을 견고하게 뒷받침하는 자전적 서사의 대미인 『사상의 월야』, 여기에 동양적 ‘처사’로 스스로를 구축한 수필집 『무서록』 등을 통해서, 이태준은 독자가 받아들여주길 원하는 ‘진정한 자기’의 상을 개별 텍스트와 텍스트간의 참조적인 맥락 위에 구축해 나갔다.

「해방전후」가 사소설적 맥락의 연장선상에 있는 텍스트라는 진술은 이 작품을 작가의 의도대로만 읽을 수는 없다는 사실을 의미한다. 『참회록』의 고백의 서사가 루소의 솔직한 내면과 대면하고 있다는 효과를 창출하듯이, 「해방전후」라는 허구의 텍스트는 ‘수기’라는 고백의 형식과 이전부터 구축된 사소설적 맥락의 결합에 의거해서, 이태준이라는 인격적 실체의 솔직한 ‘내면’을 부조하며, 그 내면의 ‘진정성’을 구제해가는 방식을 취하고 있다. 「해방전후」에서 ‘현’이 자신의 심경을 토로하며 환기하는 기억은 이태준의 자전적인 행로와 겹쳐진다. 그러나 「해방전후」가 구축하고 있는 ‘현’의 행적에 대한 기억, 더 엄밀히는 독자에게 전달

---

패러다임이다. 사소설을 둘러싼 창작과 수용의 관행에서 중요한 것은 사소설 담론이 구축되고 난 이후, 사소설 담론에 의해 소급적으로 개별 문학작품이 사소설로 규정된다는 사실이다.

3) 30년대 사소설 독법의 성립과 사소설적 맥락의 소설 경향에 대해서는 정종현(「진정한 자기 구축으로서의 소설쓰기」, 한국근대문학연구 4, 2001. 하반기)을 참조할 것.

4) 백철, 「신사상의 주체화 문제─이태준·안회남·박영준의 작품에 관하야」, 『신천지』 27, 1948. 7.

하고자 하는 인격적 실체 이태준의 이력은 실제와는 미묘하게 어긋나거
나 생략되어 있다.5) 작품에서 '현'이 고향으로 낙향하는 시기는『大東亞
戰記』를 번역하는 치욕적인 경험을 한 직후라고 서술되어 있다.『大東
亞戰記』6)의 간행일은 1943년 1월 20일로, 실제 번역은 1942년에 이루졌
던 것으로 추정할 수 있다. 그러나 작품은 텍스트상의 시간 차원에서
『大東亞戰記』의 저술 이전에 '일반지원병제도'와 '학생특별지원병제도'
를 언급하며, 현에게 고민을 상담하고 다녀간 지 한 주일 뒤에 유서를
보내온 학생의 에피소드와 그들에게 '일러주고 싶은 말'을 흥분해서 일
러주고 불안에 떠는 장면을 배치한다.7) 학생특별지원병제도는 1943년 8
월 1일에 공포되었다. 요컨대 텍스트의 서술은 43년 8월에 공포된 지원
병 제도 및 그에 대한 '현'의 대응과 42년의 대동아전기 번역의 시간 차

---

5) 「해방전후」의 서술상의 사건 배치, 실제 역사적인 사건과 이태준의 행장 사이의 착오
  에 대해서는 이미 호테이 토시히로(布袋敏博)(「일제말기 일본어 소설 연구」, 서울대학교
  석사논문, 1996. 104-105쪽)가 정리한 바 있다. 「해방전후」의 기억착오와 일제 말기 이태
  준의 행적에 대해서는 그의 작업에서 많은 도움을 받았음을 밝혀둔다.

6) 이무영·이태준 공저,『大東亞戰記』, 서울: 인문사, 1943. 1. 20.
  이 번역서의 내용과 효용이 무엇이었는가를 알려주는『國民文學』43년 1월호 出版通
  信「新刊の部」(201쪽)의 소개 기사를 발췌 번역하면 다음과 같다. "하와이 해전 이래 연
  전연승하는 황군의 활약 정황을 모르는 자는 한 사람도 없을 것입니다. 그러나 불행히
  도 國語를 알지 못하기 때문에 그 고투의 양상과, 수많은 감격적인 기사를 읽을 수 없
  었던 사람이 많았습니다. 그러한 사람들에게도 국민적 감격을 송축하는 동시에, 황군의
  진면목을 인식하게 하기 위해서 2인의 인기 작가에게 요청해서, 육군편·해군편으로
  나누어, 최초부터 지금까지의 전황을 평이하고 흥미진진하게 서술하고 있습니다. 가정
  에서도 안심하고 읽을 수 있는 유일한 언문판 전기입니다." 이태준이 맡은 부분은 해군
  편이며, 실제로 이 전기를 읽으면 단순한 해전 기사의 번역이라기보다는 서사적 육체를
  입히는 창작 작업으로 간주할 수 있는 부분들을 발견하게 된다.

7) 「해방전후」에서 지원병 제도의 발포 이후 찾아온 학생들에게 해주었을 법한 이태준의
  사적인 언명이 그 나름의 진정성을 지니더라도, 「志願兵訓練所의 一日」(『文章』1940. 11
  월호)이라는 르뽀를 쓰고 있는 이태준의 행적 역시 외면하기 힘든 사실이다. 1940년 10
  월 12일에 38명의 문인들이 일본군 장교의 안내로 양주 훈련병 훈련소에 입소하였고,
  『삼천리』는 「文士部隊와 志願兵」(1940. 12월호)이라는 표제로 19명의 소감을 받아 게재
  했다. 이태준은 이때의 소감을 자신이 편집하는『문장』에 실은 셈이다.

146 이태준과 현대소설사

원을 뒤바꾸어 배치한 후, 낙향을 묘사함으로써 '결심'의 진정성을 강화하는 방식을 취하고 있다. 이후 장면은 "문인궐기대회가 있으니 올라오라는 전보가 온" 시기로 건너뛰며, 『대동아전기』(1943. 1. 20. 간행)의 저술 시기와 '문인궐기대회'(1944년 6월 18일[8]) 사이의 공백은 온전히 철원에서 낚시질로 소일하며 시국과 거리를 둔 채, 나름의 지조를 지키고자 고투하는 '현'의 내면과 행적으로 채워져 있다.

그러나 "구린 일본어를 배설해야 될 것을 깨"닫고, '문인궐기대회'장을 벗어나왔다고 서술하고 있는 텍스트의 이면에는 이태준이 감추고 싶은 행적이 존재한다. 「해방전후」의 텍스트상에서는 생략되어 있는 기간인 1944년 4월 20일에 이태준은 문인보국회의 증산제일선 파견이라는 '문예동원'의 일환으로 운보 김기창과 함께 목포의 조선창을 방문한다.[9] 이 방문은 「木浦造船現地紀行」이라는 보고기로 『新時代』에 실렸고, 이후 작품화되어 『國民總力』지에 「第一號船の挿話」라는 일문소설로 게재된다.[10] 이러한 저간의 사정은 "時局物이나 日文에의 전향이라면 차라리 붓을 꺾어 버리려는" '현'의 결의와는 양립하기 힘든 상황이고 행보이다.

「해방전후」를 통해 간략히 짚어보았지만, 고백의 형식과 '기억'의 재구를 통해 작가는 자신이 처한 엄혹한 상황을 강조하면서 자신의 내면을 구제하고 있다. 이 글의 관심은 이태준이 구축한 이 연대기의 착오를 대조하여 바로잡으려는 데 있지 않다. 또한, 상술한 문예동원에 부응한 글과 한두 편의 일본어 글쓰기, 그리고 조선예술상을 받았던 경력 등을 근거로 이태준의 가려진 행위에 대한 윤리적인 시비를 하려는 것도 아니다.[11] 이 글의 목적은 직접적으로 드러나는 작가의 실제 행보보다 더

---

8) 「京城日報」, '消息欄', 1944. 6. 18, 1면 및 6월 19일, 2면, 기사 참조.
9) 「文報の頁」 '四月二十日', 『國民文學』, 1944. 4, 31쪽.
10) 이태준, 「木浦造船現地紀行」, 『新時代』, 1944. 6.
　　이태준, 「第一號船の挿話」, 『國民總力』, 1944. 9. 1.
11) 이태준은 정인택 번역의 『福德房』(동경, モダン日本社, 1941년)으로 제2회 조선예술상

깊은 곳에 존재하는 중층적인 문제를 다루어 보고자 하는 데 있다. 「해방전후」에서 다루고 있는 이 "치욕"의 시기에 이루어진 이태준 문학은 우리의 통념 이상으로 이전 단계의 그의 문학과 연속되는 것이다. 또한, 30년대 말부터 해방 직전까지 이태준의 행보와 문학은 '제국'과 '식민지'의 관계, 더 정확히는 '제국'의 경계 안에서의 '민족'의 문제, 식민모국과 피식민지간의 동화와 얽힘이라는 중층적 양상을 보여주는 적절한 사례의 하나이다. 앞질러서 말하자면, 이 시기 이태준의 문학은 「조선어=조선문학=조선민족」이라는 내셔널리즘의 완결된 구도 속에서 이태준을 '문화적 민족주의자'로 묘사하는 기존 연구의 평가와는 다른 중층적 면모를 지니고 있다. 이 글에서 고찰하고 있는 대략 1930년대 후반부터 1945년의 해방까지의 시기는 문학의 암흑기라기보다는 문학 연구의 암흑기라고 명명하는 것이 좀더 온당해 보인다. 이 시기 이태준 문학은 그의 진술 및 해방 이후 이태준 문학에 부여된 일국적 내셔널리즘의 영토화 작업과 일정한 거리를 두고 당대의 상황을 전제로 맥락화할 때 그 혼성적인 면모가 드러날 것이다.


## 2. 식민체제의 경험과 반복 : '全體'와 '個'의 관계 설정과 국가주의의 내면화

김윤식은 30년대 말의 『문장』과 『인문평론』에 대해서, 창작정신으로 승화된 『문장』 중심의 복고주의는 '심정'의 차원에 놓여 있었기 때문에

---

을 수상했다.(1회는 이광수) 조선예술상의 내력에 대해서는 임종국 『친일문학론』 중 「포상제도론」의 「조선예술상」 항목에 상세히 정리되어 있다.(72~74쪽) 흥미로운 대목은 아쿠타가와상 심사위원들이 조선예술상 심사위원을 하다가 조선문인협회에 이 상의 심사를 이관했으며 자신이 상을 받은 그 해의 심사위원 명단에 이태준이 들어가 있다는 사실이다. 이때 심사위원은 '정인섭, 杉本長夫, 김동환, 辛島驍, 이태준, 寺田瑛, 유진오, 이효석, 百瀨千尋, 유치진'이다.

일제의 동화 정책에 반발하는 지향성을 지니고 있었던 반면,『인문평론』
으로 대표되는 개방적 세계관은 추상적 '논리'의 차원에서 전개되면서
체제내부로 흡수되었다는 논지를 전개한 바 있다.『문장』과『인문평론』
을 '심정적인 것/논리적인 것', '민족적인 것에 대한 지향/세계적인 것에
대한 지향' '순문학으로의 침잠/체제에의 순응'의 대립쌍으로 묘사하는
이러한 방식은『문장』의 심미주의를 '주체적 미의식'으로 설정하고,『문
장』지의 편집자인 이태준의 상고주의를 '주체적 미의식'에 기반한 문화
적 민족주의의 맥락에서 파악하는 하나의 전제가 된다.[12]『문장』지의
세계관과 미의식에 대한 고찰은 본고가 감당할 만한 논제는 아니지만,
이러한 이분법에 의거한 윤리적인 구분으로는 40년을 전후로 해방 이후
까지 이어지는 식민지 지식인들의 정신 구조의 내적 연결의 양상을 파
악할 수 없다는 점만큼은 지적되어야 한다. 30년대 후반의 전통론과 '심
미주의'는 이러한 이항대립의 구도로 묘사한 것 이상으로 당대 제국의
담론과 얽혀 있다.[13]

　　임종국은 김윤식의 경우와는 또 다른 차원에서, 저항적 민족주의와
식민주의가 연결되는 방식을 보여주는 사례이다. 지사적인 염결성과 실
증적인 열정을 지닌『친일문학론』의 저자 임종국의 사유는 저항적 민족

---

12) 김윤식,『한국근대문예비평사』, 한얼문고, 1973/『한국근대문학사상비판』, 일지사, 1978.
　　한형구, 「일제말기 세대의 미의식 연구」, 서울대학교 박사논문, 1992.
13) 요네타니 마사후미(米谷匡史)는 제국의 '동아협동체론'에 공명하여 전향한 식민지 조
　　선의 좌파 지식인(서인식, 박치우, 김명식 등)이 왜 트랜스－내셔널한 틀에 동조했는가
　　에 대해 설명하면서 '동화되면서 저항하기'라는 틀을 제시한 바 있다.(포럼 사이 주최
　　발표요지, 「동아시아의 사상연쇄」, 연세대 인문관 501호, 2003. 11. 17.)『인문평론』창간
　　호의 권두논문을 쓴 서인식이나, 최재서와 함께 인문평론의 한 지주였던 김남천 등이
　　'니시타 기타로', '미키 키요시' 및 '코우야마 이와오' 등의 교토학파의 '세계사의 철학'
　　이 제공하는 '동양론'의 보편주의를 매개로 전향한 사정은 잘 알려져 있다. 그러나『문
　　장』의 상고주의와 전통지향성 역시 제국의 '일본주의'와 '반서구(근대)주의' 심미적 동
　　양 담론이 구축한 틀을 차용하고 있다는 사실은 그다지 주목되지 않은 듯하다. 논리의
　　차원만이 아니라 '미'라는 심미적 차원과 '전통'의 영역 역시 트랜스－내셔널한 담론
　　구조 속에 있었다는 것이 본고의 전제이다.

주의에 기반한 반제국주의, 반식민주의의 정신구조가 어떻게 '친일문학'
의 정신 구조를 재생산하는가를 보여주는 역설적인 사례이기도 하다.
임종국은 친일문학의 공과를 따지는『친일문학론』의 결론부에서 친일문
학의 과(過)를 정리한 뒤에, 문학에 국가관념을 도입한 "국가주의 문학
이론", "동양에의 복귀", "자유주의적 서구문명에 대한 비판"14)을 '친일
문학'의 공(功)으로 긍정한다. 임종국이 긍정하는 친일문학의 세 가지 특
징은 일본이 내세운 대동아공영권론의 핵심이기도 하다. 임종국의 진술
은 저항 민족주의가 제국주의(식민주의)와 대척적인 위치에 있는 듯하지
만 경우에 따라 식민담론 속으로 회수될 수 있다는 포스트콜로니얼의
명제를 실증하고 있는 것이다.15) 또한 임종국의 사유는 해방 이후 국가
및 민족문화의 건설 과정에서 식민지 제국에서의 경험이 어떻게 온존하
고 반복될 수 있었는가를 일러준다. '제국'의 내부에서 '자기'를 구성했
던 식민지 지식인의 자아는 "도둑처럼 찾아온 해방"의 순간적인 열도에
의해서도 쉽사리 청산될 수 있는 것이 아니었다.

　　임종국에 의해 긍정되고 있는 친일문학의 세 가지 양상은 이태준 문
학을 고평하는 후대 연구들이 사용하는 수사와도 겹쳐진다. 실제로 식
민지 시기 이태준 문학과 자기 구성은 이 세 가지 국면을 축으로 전개되
었으며, 해방 이후 문학사에서 재구되는 이태준에 대한 평가는 이 세 가
지 요소를 내셔널리즘의 관점에서 재정립하면서 구축된 것이다. 해방 이
후 적어도 남한 문학사의 담론장에서 발견되는 문학의 '국가(민족/전체)'
통합의 기능, "한국적 특수성(주체성)" "공동체주의(농경사회적 상상력)"의
담론은 임종국이 긍정하고 있는 '국민문학'의 세 가지 양상을 변용한 것
이거나, 그 담론을 발화하는 '주체'를 다른 동일자로 대체한 혐의가 짙

---

14) 임종국,『친일문학론』, 평화출판사, 1966, 468-469쪽.
15) 임종국의『친일문학론』의 사유구조와 식민주의와의 관련에 대한 비판은 김철(「파시즘
　　과 한국문학」,『문학 속의 파시즘』, 삼인, 2001)과 강상희(「친일문학론의 인식구조」,『한
　　국근대문학연구』, 한국근대문학회, 2003. 상반기)를 참조할 것.

다. 요컨대 임종국이 긍정하고 있는 '국민문학'(혹은 친일문학)의 이 세 가지 양상은 일본 제국의 내셔널리즘을 구축하는 요소였으며, 그것들이 해방 이후 한국의 근대 내셔널리즘(문화/문학)을 구축해가는 데 유용한 참조틀로 재활용되었다는 것을 알 수 있다. 이태준 문학과 그것에 대한 평가는 제국의 경계 안에서 식민화된 주체가 가졌던 중층적이고 혼종적인 자기 정체성이 해방 이후 남한의 네이션 스테이트의 경계 안에서 어떻게 단층적이고 통일된 정체성으로 묘사되었는가를 보여준다. 임종국이 진술한 세 가지 항목에 대응되는 이태준 문학의 면모를 하나씩 따라가 보면, 단일한 민족적 정체성으로 묘사되는 이태준 문학의 '심미성', '정신주의'의 근원이 어떻게 중층적으로 형성된 식민지적 정체성과 연관되는지가 보일 것이다.

첫째, '국가(국민) 문학'이라는 차원을 검토해 보기로 한다. 국민국가는 자유와 복종, 즉 '주체화'와 '신민화'의 등가성을 상정하는 토대 위에 성립한다. 개인의 의지에 기초한 자율성이 '국가'라는 '전체'에 회귀되는 것이다. 개별 주체가 전체와 합일하는 형상이 바로 자연적인 운명공동체로 상상되는 내셔널리티이다. 조관자는 식민지 조선에서 30년대 말 이래 등장한 이른바 "친일 내셔널리즘"의 구조가 '개체=민족=전체'라는 동일성을 복합적인 형태로 정립하는 것이었으며, 이 틀 안에서 '민족의 힘'을 욕망하는 것이었다고 지적하고 있다.[16] 이태준에게 이러한 "주체=신민"을 전제로 하여 "주체=전체"가 되는 "친일 내셔널리스트"의 굴레를 씌우는 것은 부당할 지도 모른다. 이광수나 최남선 등에 비해 그의 행보는 늘 소극적이었고, 생활 세계와의 미적 거리를 통해 '현실' 논리를 거부하고 있는 듯이 보이기 때문이다.

그러나 이태준 문학에는 우리의 통념 이상으로 식민화된 주체의 중

---

16) 조관자, 「'민족의 힘'을 욕망한 '친일 내셔널리스트' 이광수」, 『기억과 역사의 투쟁』, 삼인, 2002년 당대비평 특별호.

층적 정체성이 미묘하게 겹쳐져 있다.『왕자호동』(『매일신보』1942. 12. 22
~1943. 6. 16)은 ‘漢’과 ‘漢四郡’에 대한 승리를 이룬 고구려를 묘사함으
로써, “韓민족의 재발견과 민족성 회복이라는 심정적 민족주의”가 실현
된 텍스트로 평가되곤 한다. ‘漢’이라는 타자와 고구려라는 동일자가 각
각 제국주의 일본과 식민지 조선을 은유하고, 낙랑을 위시한 ‘漢’인에
의해 좌우되는 속국들(‘옥저’ ‘동예’ 등)이 친일자에 대응되는 독법이다.[17]
그러나 이 텍스트에는 민족주의에 기댄 독법만으로 포착할 수 없는 미
묘한 컨텍스트가 존재한다. 역사 쓰기이든 소설 쓰기이든 간에 역사에
대한 이야기란 글쓰기의 대상인 과거와 쓰기의 시점인 현재 사이에 특
별한 관계를 만들어내는 것을 목표로 삼는다. “충효와 도의정신(道義精
神)은 전시하의 우리들을 감격시킬 뿐 아니라 본받고도 남을 만할 것이
잇슬 것”이라는 <매일신보>의 연재 예고라든가, “출천의 忠과 효(孝)가
잇고 애절한 사랑이 잇고 나중에는 대의(大義)를 위해 사분(私憤)을 참기
를 복검(伏劍)으로 침묵”[18] 하는 ‘호동’에게 감격하여 붓을 들었다는 작
가의 변은 텍스트가 전제로 삼은 과거와 현재의 특별한 관계가 당대의
컨텍스트에서는 후대의 평과 사뭇 다를 수 있음을 암시한다. 특히, 호동
이라는 인물 설정은 눈여겨볼 대목이다. 왕자 호동은 ‘국민국가’가 요구
하는 가장 이상적인 ‘국민’의 특징을 고루 갖춘 인물이다. 그는 “힘과 재
조를 겸”하고 “출천의 충과 효가 잇”고 “대의를 위해 사분을 참기를 복
검”으로 할 만큼 장쾌한 기상을 지닌 충용한 신민이다. ‘個’의 차원에서
가장 소중한 ‘사랑’까지도 희생하며 국가의 안위에 헌신하고, 국가의 상
징인 임금을 위해서는 자신의 억울함까지도 희생하는 진정한 멸사봉공
의 자세를 보여준다.

호동은 ‘서자’라는 치명적인 한계를 지니고 있다. 충효의 화신인 호
동은 ‘서자’라는 원인에서 비롯한 정비(正妃)의 모함에 의해 죽음에 이르

---

17) 이명희,「역사적 사실과 이야기적 요소의 만남」,『왕자 호동』, 깊은샘, 1999, 309쪽.
18) ‘『王子好童』 예고’ <매일신보> 1942. 12. 19.

게 된다. '서자'라는 설정이 이등국민으로서의 '조선인'의 위치를 상징한다고 본다면, 이 텍스트는 제국 안에서의 이등국민으로서의 '조선인'의 갈등과 고뇌를 형상화하는 작품으로 해석될 수 있다. 텍스트의 서사구조에서 중요한 것은 이 '서자'의 갈등이 해소되는 방식이다. '서자'라는 태생적 한계를 지녔음에도 국가를 위해 최선을 다한 호동은 '국체'를 상징하는 '대무신왕'의 오해를 사서 버림받는다. 호동은 '복검'이라는 비장한 죽음의 형식을 통해 국가(임금)에 대한 충성과 정비에 대한 사적 원한 사이의 갈등을 해소한다. 소설의 서사구조는 '호동'의 죽음을 통한 비장미로 통일 수렴되고 있다. 이 비극적 영웅의 '가슴이 후련'해지는 죽음의 미학은 왕자 호동이 간직하고 있던 긴장된 서사 구조를 일순 무화시킨다. 결국『왕자호동』에 투영된 '서자'의 내적 갈등은 '국가주의'를 매개로 하여 제국 일본이 요구하는 국민상에 부응하는 충성스럽고 '私'를 잊은 국민의 면모를 강조하고 수락하는 것으로 귀결된다고 볼 수 있다. 이 텍스트는 내셔널리즘의 텍스트임에 틀림없지만, 내셔널리즘의 구조 틀은 '주체=전체'에서 조선 '민족'이 될 수도, 또한 제국 일본이라는 국민국가에서 충용한 '국민'이 될 수도 있는 애매한 경계 지점에 위치한다.

다른 사례를 들어보자.「해방전후」에서 스스로의 내면을 부조하는 과정에서 생략했었던 그 1년여의 시기에, 제국이 요구하는 '주체=신민'의 '국민'화 이데올로기에 부응하는 직접적인 동원의 행적이 44년 4월 20일의 '목포조선창'의 방문기였음을 앞서 밝힌 바 있다. 다음은 그 시찰기의 일절이다.

생각하면 적재적소란 말이 있다. 썩어 이름없이 쓰러지는 것보다 어디고 유용하게 적재(適材)로 쓰여진다면 나무로서는 그것 이외에 본원(本願)이 없을 것이다. 더구나 개인의 가옥이나 가구가 아니라 나라일에 쓰여지는 것이요, 나라일이라도 한 나라를 위해서가 아니라 전 인간사회, 전 지구 위에 큰 개혁을 위해 출정하는 것이라 생각하면 일개 초목으로서 이에 더한

영달이 없을 것이었다.[19)]

산야에 널려 있는 나무라는 '個'가 '나라(국가)'와 인간 사회, 나아가 전지구의 개혁으로 확대되는 과정이 묘사되고 있다. 시찰기의 존재 자체가 국책에 부응한 이태준의 행보를 보여주는 증거였고, 그렇기 때문에 「해방전후」의 텍스트적 시간에서는 생략되어야 했다. 이 시찰기에서는 국책에 부응하고 있는 행위의 직접성보다 부응의 논리를 주목해야 한다. 시찰기에서 '나라' '전인간사회' '전지구'의 개혁을 위해 쓰여지는 '나무'는 조선창에서 "시국에 대한 인식이 예리했고, 전사로 자임하는" "자기 자식이 세상으로 나가는 것"[20)]과 같이 배를 만들고 진수시키는 하나하나의 '국민'들과 겹쳐진다. 시찰기가 묘사하는 '전체'에 대한 '개(個'의 복무라는 윤리 의식은 이태준 장편문학에서 서사를 구조화하는 한 방식이기도 하다.[21)] 이 시기에 창작된 이태준의 장편들에는 시국에 대한 언급들이 직접적으로 등장하지는 않지만, "이상(理想)"적이고 정열적인 개인이 "전체"를 지향하는 윤리의식을 근간으로 하는 구조 위에서 서사가 진행된다. 『청춘무성』의 복지사업, 『별은 창마다』의 문화도시 건

---

19) 이태준, 「木浦造船現地紀行」, 『新時代』, 1944. 6/ 『무서록』, 깊은샘, 1998, 295쪽. 재인용.
20) 「목포조선현지기행」, 같은 책, 300쪽.
21) 이태준 문학, 특히 장편 문학에서 '個'와 '전체'의 관계에 대해서는 三枝壽勝(「이태준작품론」, 『사에구사 교수의 한국문학 연구』, 베틀북, 2000)와 和田とも美(「외국문학으로서의 이태준 문학」, 『상허학보: 근대문학과 이태준』, 1999)를 참조할 것. 사에구사는 이태준 장편에서 '사랑이란 개(個)의 문제를 민족의식이라는 공(公)의 문제로 대체하고자 하는 의식'을 찾아낸다. 와다 토모미는 이태준 장편에서 여성이 주인공인 경우, 남성이 주인공인 경우에서는 볼 수 없는 세상과의 화해와 조화가 이루어지는 데 이것은 '個'와 '個'의 관계를 포기한 공동체의 화해와 조화라고 지적하고 있다. 사에구사는 다른 글(「1940년대 전반기 소설에 대하여」, 같은 책, 557쪽.)에서 이러한 '個'와 '전체'의 관계가 한국의 근대문학 초기 시대부터 되풀이되어온 한 패턴이라고 지적한다. 40년대 초반 정열과 신념에 기반한 소설들은 "전체를 개인에 대한 전체인 듯이, 또한 국가는 자신의 민족을 가리키는 듯"한 태도를 취하고 이 과정에서 '이상 지향성'을 반복한다는 것이다. 40년대 이태준 장편에 드러난 이상지향성에 대한 한 참조가 될 듯하다.

설을 희구하는 개인들의 이상 지향적 성향과 그것이 수렴되는 대상 세계(전체)는 발표 지면과 공간에서 보자면 상당히 미묘한 것이다.

이태준의 이력을 살펴보면, 국가(식민권력)의 논리를 저항없이 내면화하고 그 내면화된 권력의 시선을 외부로 투사하는 것을 반복하고 있는 순간을 만나게 된다. 「만주기행」과 「농군」은 식민권력의 시선을 내면화하며 발생한 식민지적 무의식을 만주라는 공간에서 새롭게 발견한 야만인 '지나'인에게 투사하는 맥락으로 접근할 수도 있는 작품이다.22) 김동인의 「붉은 산」이나 안수길의 「벼」가 그렇듯이, 이 작품은 취급하고 있는 소재 자체만으로는 '민족주의적'일 수 있는 텍스트이다. 이때의 '민족주의적'이라는 것은 당대의 제국의 경계 안에서의 특수한 존재태로서의 '민족적인 것'이며 그것이 반드시 제국의 논리와 대립하는 것만은 아니었다. 국가 권력의 요구를 받아들여 식민권력의 시선에서 대상을 응시하고 그것을 작품으로 내면화하여, '국가(국민) 문학'의 맥락 위에 자리하게 되는 이후의 텍스트로는 「木浦造船現地紀行」과 「第一號船の挿話」를 들 수 있다. 이들 텍스트는 국가의 요구와 그 요구를 내면화하는 식민지적 주체의 시선을 보여준다. 이때의 '국가(전체)'라는 주체가 일본 제국인가 아니면 '조선'이라는 내셔널리티인가를 준거로 국민문학의 공과를 구분하는 임종국의 인식을 이미 언급했거니와, 임종국의 이러한 사유 구조는 이미 1946년 자신의 정치적인 행보를 '민족이 밟는 서리'라는 상황으로부터 정당화하는 이태준의 수필에 선취되어 있다.

　　……日帝時代의 國民文學은 日帝의 政策잇 것이 善이 아니요 眞이 아니였기 때문에 日人作家로도 良心的인 者는 協力할 수 없었고 非良心的인 者

---

22) 식민지 시기 문학에서 '만주'라는 공간의 기능에 대해서는 윤대석(「일본의 그늘」, 『작가』, 작가, 2002. 여름)을 참조할 것. 「만주기행」과 「농군」을 통해 이태준의 식민지적 무의식을 구명한 글로는 김철(「몰락하는 신생(新生): '만주'의 꿈과 「농군」의 오독(誤讀), 상허학보 9집, 깊은샘, 2002)을 참조할 것.

들만의 走卒 行爲였기 때문에 所謂 日本의 國民文學인 것도 結局은 日本帝
國과 同一한 醜態만을 남긴 것이다. 그러나 朝鮮이 오늘 살려는 努力에 眞
아닌 것 善 아닌 것은 排除되여야 할 것은 政治에 있어서나 藝術에 있어서
나 마찬가지인 것이다. 그렇기 때문에 이로부터 우리 藝術家들의 藝術觀은
우리의 政治家들의 政治觀과 同一理念엣 것이요 따라서 우리의 文學은 따로
國民文學을 標榜하지 않드라도 절로 國民文學이 될 수 있는 것이다.……23)

인용문에서는 '국민문학'이 문제가 아니라 그 주체가 취하는 태도가
'眞'인가 '善'인가 하는 윤리적인 기준이 문제가 된다. 일본 제국의 말기
『국민문학』이라는 틀 안에서 형성되었던 혼종적 정체성과 신생 '조선'
에서 강조되는 '국민문학'의 주체성과는 과연 얼마나 거리가 있는 것일
까. 인용한 이태준의 사례는 식민지기의 '국민문학'의 논리가 신생 '조
선'의 민족문학, 국민문학의 수립 과정에서 어떻게 소환되고 있는가를
증거하는 것이다. 이후 「蘇聯紀行」에 나타나는 관찰의 주체와 대상세계
사이의 무비판적인 밀착과 찬탄도 식민지 시기의 동원 과정에서 드러난
식민화된 주체와 무관하지 않아 보인다. '국가(권력) 논리'의 내면화와 무
비판적인 대상 응시를 반복하고 있는 이태준의 이력은 국민국가의 체제
안에서 그 논리를 내면화하는 방식이 그에게서 예외적인 오점으로 거론
될 차원의 문제가 아님을 알려준다고 하겠다.

## 3. '동양'이라는 정체성의 형성 : 『무서록』과 '동방정취'의 기원

임종국이 긍정한 친일문학(국민문학)의 두 번째 양상은 "동양에의 복
귀를 주장하며 동양 고유한 이데올로기의 발견을 모색"했다는 사실이다.
대동아전쟁의 수단으로 전락했으나, "동양인을 위한, 동양인에 의한, 동

---

23) 이태준, 「隨想―履霜」, <서울신문> 1946. 1. 1, 4쪽.

양인의 동양을 건설하자는 주장은 아무런 모순이 없다.”는 그의 진술은, 발화주체가 일본이 아니라 ‘한민족’이라면 문제될 것이 없다는 논리이다. 임종국의 논리는 30년대 제국의 동양주의적 담론의 지반 위에서 구축된 이태준 문학이 어떻게 해방 이후 온전한 민족적 전통과 미의식으로 재조정 될 수 있었는지를 시사한다.

30년대 이태준의 단편 미학에 대한 여러 평가가 있지만, 대체로 심경과 관조의 세계로 침잠하면서 당면한 시대적 현실에 거리를 두는 식민지 지식인의 자기방어 기제로 읽는 독법이 일반화되어 있다. 현실과의 거리두기가 ‘자신의 무력함, 궁색함을 시인하는 것이기보다는 자신을 고결한 도덕적 주체로 확립하려는 노력이었으며, 이 도덕적 주체를 구성하는 한 방식이 ‘처사’로서의 자기상의 주조’24)였다는 지적은 이 글의 관심인 식민지 지식인의 중층적인 정체성의 문제와 관련해서 의미 있는 시사점을 제공한다. 이 독법을 확장해보면, 작가의 인격을 직접 환기시키는 단편은 물론이거니와, 이태준 장편에 반복적으로 등장하는 속악한 현실과 이상주의적 인물의 대립 구도도 도덕적 주체인 ‘처사’적 자화상을 투사한 것으로 해석할 수 있다.

문제는 이태준이 구축하고자 한 ‘처사’로서의 자기상이 토대하고 있는 지반이다. 이태준은 폭력적이고 자본주의적인 속악한 일상 세계로부터 스스로를 구별하여 ‘처사’로 성형하는 과정에서 ‘동방 정취’로 표상되는 세계를 매개로 활용하였다. 자신을 삼킬지 모르는 현실의 폭력성과의 거리두기는 심미적인 방식으로 기획되었으며, 이 심미적인 거리에 의해서 ‘현실’은 무화될 수 있었고 ‘자아’는 보존되었다. 이때 자아상을 ‘처사’로 구축하는 기반이 되는 ‘靜的’ 세계는 반드시 ‘조선적인 것’의 세계로만 한정되지 않는다.

1930년대 말 이후 이태준의 문학은 일국적인 민족주의의 관점만으

---

24) 황종연, 「한국문학의 근대와 반근대」, 동국대학교 박사논문, 1991.

로는 설명하기 어려운 것이다. 이 시기 이태준 문학의 배경은 우선 동·
서양을 각각 본질적인 실체로 동일화하는 당대 동양론의 한 흐름과 직
접적인 친연관계에 놓여 있기 때문이다. 근대 물질 문명을 타락한 것으
로 규정하며 '서양'의 것으로 본질화시키고, 그 대척점에 정신적이고 자
연적인 '동양'을 본질적인 것으로 구축하는 이데올로기로서의 반근대주
의는 30년대 반서구주의(반자본주의), 일본주의를 근간으로 한 일본 동양
론의 중요한 한 흐름을 형성하고 있다.[25]

　이러한 식민지 시기 제국의 동양 담론과 이태준 문학이 맺고 있는
관계를 명징하게 보여주는 텍스트가 「無序錄」(1941)이다. 이 책은 예술
적 성취를 이룬 것으로 평가되는 득의의 단편들이나, 계몽성과 통속성
을 아우르고 있다는 장편들 이상으로 이태준 문학을 이해하는 데 중요
한 참조점을 제공해주는 텍스트이다. 책의 표제인 '無序'가 암시하듯, 이
세계는 인위, 체계, 구조, 틀로 규정된 서양적인 것과 대척점에 위치해
있는 세계이다. 그 세계는 "智者 노자가 일즉 「上善若水」"[26]라 한 무위
자연의 세계, "雲深不知處"[27]의 '詩境'의 세계, "동양인의 최고 교양의
표정인 禪"[28]이 느껴지는 세계, 무엇보다도 세속의 이해와 명리에서 벗

---

25) 1930년대 중·후반 일본 제국의 동양주의의 제맥락에 대한 큰 틀에서의 이해와 구체
　　적인 전개 양상에 대한 정리는 다음의 자료들을 참조할 수 있다. 廣松涉, 『近代の超克』,
　　講談社學術文庫, 1989.(히로마쓰 와타루, 『근대의 초극』, 김항 옮김, 민음사, 2003)/ 竹內
　　好, 『近代の超克』, 富山房百科文庫 23, 1979/ 柄谷行人, 『「戰前」の 思考』, 文藝春秋, 1994.
　　[특히 「近代の超克」(pp. 95-122)]/ Tetsuo Najita & H. d. Harootunian, JAPANESE REVOLT
　　AGAINST THE WEST, Peter Dnus, ed., The Cambridge History of Japan, vol.6, The Twentieth
　　Century(Cambridge University Press, 1988)/ 米谷匡史, 「戰時期日本の社會思想—現代化と戰
　　時變革」, 『思想』, 1997. 12/ Stefan Tanaka, Japan's Orient: Rendering Pasts into History( Uni-
　　versity of California Press, 1993)(스테판 다나카, 『일본 동양학의 구조』, 박영재·함동주 옮
　　김, 문학과 지성사, 2004) 임성모, 「滿洲國協和會의 總力戰體制 構想 硏究—'國民運動'
　　路線의 摸索과 그 性格」, 연세대학교 대학원 사학과 박사학위논문, 1997.
26) 이태준, 「물」, 『무서록』, 박문서관, 1941, 12쪽.
27) 이태준, 「山」, 위의 책, 23쪽.
28) 이태준, 「동양화」, 위의 책, 234쪽.

어난 '명상'의 세계이다. 그 세계는 '동양'이라는 동일자로 본질화된다. 『無序錄』에서 동/서양의 문화는 선험적으로 나뉘어진 것으로 설정되어 있고, 자기동일적 실체를 지닌 것으로 파악된다.

돌은 동양인의 놀라운 발견이다. 돌을 그리고 돌을 바라보고 이름까지 즐겨 돌로 부른 동양예술가들의 心境은, 찰나적인 육체에 붓들인 서양인의 그것에 비겨 얼마나 차이 있는 존경할 것이리오![29]

서양화에선 무슨 나체를 잘 그린다고 해서가 아니라 색채본위인 만치 피는 느껴져도 동양인의 최고 교양의 표정인 禪은 좀처럼 느낄 수 없는 것을 어찌하는가![30]

미와 예술의 영역에서 바라본 동서양의 문화는 동양 예술가의 '심경'과 찰나적인 육체에 붙들린 서양인의 그것, '피', 즉 육체성과 '禪', 즉 정신의 대립으로 표상된다. 인용문은 결국 동양과 서양의 문화를 각각 정신과 육체에 대응되는 것으로 본질화하는 문화 본질주의적 인식의 일절이다. 동양/서양을 정신/육체(물질)로 구획짓는 인식은 인용한 두 절에만 해당하는 것이 아니며, 『무서록』 전편의 기본구도로 도처에서 확인되는 일관된 사유 방식이다.

이러한 문화 본질주의적 동양론을 기본 사유로 하여 변주되는 또 다른 인식이 「自然」과 「人爲」에 대한 구획이다.

電髮처럼 너머 인공적으로 피는 전람회용 국화도 싫다. 장독대나 울타리 밑에 피는 재래종의 황국이 좋고 분에 피었더라도 서투른 선비의 손에서 핀, 떡잎이 좀 붙은 것이라야 가을다워 좋고 자연스러 좋다.[31]

---

29) 이태준, 「돌」, 위의 책, 43쪽.
30) 이태준, 「동양화」, 위의 책, 234쪽.
31) 이태준, 「가을꽃」, 위의 책, 56-57쪽.

있는 재주를 다 내어 기르는 그 사층나무 오층나무의 석류보다도 나의 눈엔 오히려 한편 구석 응달 밑에서 주인의 一顧之惠도 없이 되는대로 성큼성큼 자라나는 봉선화 몇떨기가 더 몇배 아름답게 보이기 때문이다.[32]

인공적인 것에 대한 혐오, '작위'와 '인위'와 '물질'과 '도시'는 모두 같은 범주에 속한 타자의 영역이다. '電髮'처럼 인간의 작위가 들어간 전람회용 국화와 장독대 밑에 핀 황국이 대립되어 있고, '있는 재주(인위)'가 가미된 사, 오층의 석류나무와 인간의 '一顧之惠(인위)도 없이' 자란 봉선화가 대립된다. 이태준이 사용하는 '자연'의 개념은 '작위를 사용하지 않은 것'을 의미한다. 이때의 '자연'은 서양어 'nature'의 표준적인 번역어가 되기 이전의 '自然'의 의미를 전제한 것이며, 특히 그것은 'じねん'이라는 발음을 가진 일본의 전통적인 '자연'의 의미와 겹쳐지고 있다. 일본어의 '자연'은 본래 형용사 내지 부사로서 사용되어, '있는 그대로'라든지 '저절로'를 의미했다.[33] '작위를 사용하지 않는' '저절로', '있는 그대로'의 세계인 '동양'적 세계와 그 세계를 체현하고 있는 '심경'의 경지가 바로 이태준 문학이 구축하고 있는 도덕적 주체인 '처사'가 몸담은 세계이다.

이태준이 긍정하는 세계는 못을 쓰지 않고 투박하고 소박한 장인정신을 지니고 있는 목수들이 만드는 '연장자국은 무디나 믿업고 자연스러운'[34] 조선집과 같은 세계이며, 파괴 혹은 불구로 만들 수는 있으나 그것을 '창조'하거나 개작할 재주는 없는 자연의 세계이다.[35] 자연(혹은

---

32) 이태준, 「화단」, 위의 책, 29쪽.
33) 야나부 아키라, 『번역어 성립사정』, 서혜영 옮김, 일빛, 2003, 125-146쪽.
34) 이태준, 「목수들」, 앞의 책, 226쪽.
35) 흔히 이태준 문학을 지칭할 때 언급되는 '고완취미'와 '고전'에 대한 태도 역시 이 '자연'에 대한 태도와 동궤의 것이다. "竹杖芒鞋로 山寺를 찾아가는 心境이 아니고는 고전은 언제든지 써늘한 形骸일뿐, 그의 따스한 심장이 뛰여주지 않을 것"(이태준, 「고전」, 위의 책, 216쪽)이기에 고전과 고완은 그 자체로 중요한 것이 아니라 그것들을 통한 '심경'의 획득 때문에 중요한 것이다.

그 자연이 걸러진 심경의 세계)과 연결되고 합일될 수 있는 매개는 "직감" 뿐이다. "자연에 대한 우리 인간의 최고 능력은 직감"뿐이라는 자연에 대한 이태준의 태도는 그대로 문학관에 투사된다. 그것은 허구와 제작의 관념이 개재되어 있는 서양의 산문소설과 대척점에 있는 동양적 '심경'을 포착한 사소설(혹은 심경소설)에 대한 경도로 귀결된다. "「썼다기보다 만들었다」요 「만들었다기보다는 다시 꾸미었다」는 기분"이며 "한 개 수공품이란 느낌"이 드는 "콩트(혹은 문학작품)를 제작하는 것으로는 신중한 진실한 작가 생활이라고는 할 수 없을 것"[36]처럼 느끼게 된다. 이러한 문학관에서는 세익스피어나 도스토옙프스키의 모든 작품들도 "그 살덩어리와 피의 비린내로 찬 閭風巷俗類에 墮한 것 뿐"이며 그 대척점에 "孤古飄逸한 東方詩文"[37]이 배치되고 있다. 정신적 처사인 예술가는 이제 독자가 한 사람도 없어도 슬플 것이 없으며, 오히려 그 고독은 작자의 운명이요 사명으로 격상된다. "고독하되, 불리하되, 자연이 준 自己만을 완성해 나가는 것"은 "예술가만의 영광"이다. 「무서록」에 산재한 구절들을 일별해도 이태준이 일본 사소설, 그중에서도 특히 심경소설이 구축한 근대성을 둘러싼 담론과 얼마나 내밀하게 연계되어 있는지를 알 수 있을 것이다.

　동·서양의 문화 본질주의적 이분법을 전제로 하고 자연스러움과 정신성을 강조하는 예술가는 세속의 논리에서 벗어난 정신적인 태도를 지녀야만 한다. 처사의 정신주의는 현실의 영역에서 통용되는 이해타산에서 벗어나 진정한 자기를 구현하는 정신적인 태도이다. 「파초」에서 세속의 논리로 내년이면 죽게 될 파초를 팔라는 옆집 사람을 안쓰러이 바라보는 "가슴에 비가 뿌리되 옷은 젖지 않는 그 서늘함"을 아는 파초의 맑음을 닮은 처사인 '나(이태준)'와 시속의 사람인 옆집 사람은 '雅/俗'이라는 다른 차원에서 살아가는 사람이다. 서재에 챙을 해달면 파초에

---

36) 이태준, 「단편과 장편」, 위의 책, 95-96쪽.
37) 이태준, 「동방정취」, 위의 책, 89-90쪽.

비맞는 소리가 안 들린다는 설명을 이해하지 못하는 속인을 안타까이 바라보는 처사의 정신적 귀족성은 장편의 기본 구도에서도 은밀하게 반복되는 것이다. 흥미로운 대목은 이 미묘한 정신적 귀족주의가 성공한 민족 부르주아지의 세계관과 미묘하게 겹쳐진다는 사실이다. 장편에서 '속인'의 표상으로 등장하는 인물들, 가령 『화관』의 배일현, 『별은 창마다』에서 고완취미를 붙이기 이전의 사장, 『딸 삼형제』의 남한상사회사 사장 김택수 등과 같은 속물적인 인간들과 그 대척점에 있는 '이상'의 소유자인 『별은 창마다』의 정은과 하영, 『청춘무성』의 원치원 등의 대비는 '동양/서양'의 대립틀이 '물질/정신', '현실/이상'의 틀로 전환되는 양상을 보여준다. 이때 '득주' 등이 품은 이상주의가 원치원 등과 같이 성공한 민족 부르주아지의 후원으로 실현되는 구도는 이태준의 민족주의가 제국의 체계 안에서 어느 위치에 놓여지는 것인지를 보여주는 사례이기도 하다.

　본질화된 '동양'에 정초한 도덕적 주체인 '처사'는 반드시 민족적인 주체일 필요가 없다. '예도'를 표방하는 고독한 예술가로서의 작가 이태준, 혹은 고완 취미를 지닌 '처사' 이태준의 면모는 메이지(明治) 이래의 문학에서 일본적 근대성을 설명하는 사소설 담론이 일본적 전통을 강화하면서 소환한 마츠오 바쇼(松尾芭蕉)나 은둔자의 표상과 겹쳐지기도 하고, 동양적 심경의 세계를 보여준 '禪'적 구도자로도 환기되기도 하며, 종합적인 교양인인 '완당'의 면모로 변주될 수도 있다. 또는 「樹木」에서 묘사되고 있는 '오막살이'에서 사는 숨은 성자인 '인도인'으로 변주되더라도 문제되지 않는 것이다. 처사적 전통은 조선 교양인의 근원적 정서와 연관되는 것이기도 하지만, 보다 근본적으로는 서구적 물질 문명을 타자로 하는 동양적 정조와 정신을 강조하는 담론 구조 안에서 구축되는 것이다. 제국의 경계 안에서의 동양적 '심경'을 강조하는 이태준의 미학 이데올로기가 어디로 귀결되었는가를 보여주는 흥미로운 글이 「靜窓黎明」이라는 수필이다.

時代란 世紀의 것이 아니라 요새는 年代의 것으로 자젓다. 우리 젊은 半生에도 이미 몇 시대가 지나갓든가! 자즌 黃昏과 자즌 黎明은 큰 黃昏과 큰 黎明이 올 前兆였던가. 小說을 쓰되 「이야기책」을 發達시킨게 아니요 옷을 차리되 넥타이가 도포에서 發達시킨 게 아니다. 演劇이 音樂이 建築이 모다 그 지경이엿다. 동양이 필요해서 抄譯한 서양이 아니라 해수만 떠 놓으면 소금이 되는 인도의 사람들이 전매하는 고가의 영국제 소곰을 사먹어야 하는 것 가튼 침략의 「서양」이었다. 이 무례한 「서양」에게 오래 억압되었던 동양의 ○○○○(해독불가—인용자주) 꿈은 이제 문화 우에서도 지도를 새로 그리는 현실의 아침이 우리 창마다에 비최이는 것이다. 아침이다! 얼마든지 위대한 理想에 靜坐할 수 있다![38]

하와이 공습(1941. 12)의 감격이 가시지 않은 42년 벽두에 실린 이 수필은 "살고 싶다"는 욕망에서 어쩔 수 없이 쓴 글로는 보이지 않는다. 이 짧은 수필에는 동양적 '처사'로 자기상을 구획한 미적 주체가 현실과 두려했던 거리가 얼마나 허약한 것인가를 보여주는 정황이 드러나 있다. 이 글에는 침략자 '서양'과 이에 대항하여 이 서구 제국주의로부터 '동양' 전체를 해방시킨다는 '탈식민주의적' 전쟁 명분을 내걸었던 일본제국의 담론이 내면화되어 있다. "전매하는 고가의 영국제 소곰을 사먹어야 하는" 인도인은 서구에 의해 침탈당하는 '동양' 전체의 표상이다. '동양'의 내부적인 차이는 무화되고 서구라는 타자를 기축으로 동일화되며, 동양 안에서의 침략과 지배는 문제되지 않는다. 이러한 동/서양 인식은 문화 분야에도 전이되어 나타난다. 서양으로부터 수입한 것이 아닌 '도포에서 발달시킨' '넥타이'와 같이 '자기 자신'으로부터 뻗어나오는 문화나 대안에 대한 강렬한 염원은 이 수필에서만 존재하는 것이 아니며, 이태준이 『무서록』과 단편에서 반복적으로 토로했던 것이다. 문제는 이 때 문화가 뻗어나오는 '자기 자신'은 제국의 담론 속에서 동일화되었던 '동양'이기도 하고, 해방 이후의 맥락에서 묘사하자면 '한민족'의 '전통'

---

38) 이태준, 「靜窓黎明」, <매일신보> 1942. 1. 22.

으로 조정되어 구축될 수도 있는 '민족주의적'인 것이었다. '동양'과 '민족적 전통', 이 미묘한 겹침이 이태준 문학의 '상고주의'가 문화적 민족주의로 구축될 수 있도록 하는 기반이다. 동시에 이 겹침은 이태준 문학이 포스트콜로니얼한 동화와 얽힘 속에서 발생한 혼종적인 것임을 일러주는 것이기도 하다.

## 4. '심경소설'과 근대성

30년대 말 이래 이태준은 '도덕적 주체'로서의 자기상을 주조하면서 식민지인의 고뇌를 담은 일련의 '심경소설'을 썼다. 파시즘이 강화되는 시기에 식민지 지식인이 느끼는 음울한 심사와 일련의 고뇌가 이 소설들에 드러나 있다. 이 고뇌는 서사를 통해서라기보다는 '심경' 속에 새겨져 있다. 이태준의 심경소설은 1920년대 이래 일본적 특수성을 드러내는 대표적인 문학 양식으로 강조되었던 일본 사소설(심경소설)과의 관련 속에 있는 것이다. 서구적 근대의 종언을 강조하며 복수의 보편사를 창출하려 했던 학문적 사상적 담론과 마찬가지로, 일본 사소설도 토착의 '일본 전통'과의 연속성을 만들어내면서 서구적 근대성을 넘어서는 양식으로 묘사되곤 했다.39) 이태준의 경우에도 '피'와 '살점'이 튀는 서구의 소설과 '심경'과 '선'과 '시경'을 포착하는 동양 예술의 한 양상으로 심경소설을 사유하고 있는 전거들은 이미 『무서록』의 수필들을 통해서 살핀 바 있다.

---

39) 물론, 일본의 '사소설'에 대한 담론이 사소설에 대한 고평으로만 시종한 것은 아니다. 고바야시 히데오는 유명한 논문 「私小說論」에서 지드 등의 서구의 사소설을 '사회화된 私'가 드러난 것으로 보고 일본의 소설에는 '사회화된 나'가 결핍된 것으로 진술한 바 있다. 그러나 이것을 일본 사소설에 대한 부정이라고 고려해서는 곤란하다. 다야마 가타이의 '이불' 이래의 일본 사소설을 비판하면서도 고바야시는 '진정한 자기 탐구'로 거듭나는 일본 사소설의 정립을 주창하고 있다고 보는 것이 타당해 보인다.

그러나 일본 사소설과의 유비관계가 곧바로 식민지성을 증거하는 것은 아니다. 또한 1940년대 초반부터의 이태준의 '심경소설'에 드러나 있는 '심경'은 일본 사소설 담론이 묘사하는 '조화자의 담담한 심경'이나 '안정된 태도' 등과는 사뭇 거리가 있다. "단돈 삼십 원으로도 달아날 수 있는 그 양복 조끼에게는 세상이 얼마나 넓으랴!"고 끝을 맺는 「사냥」의 '한'의 '심경'은 '조화'나 '안정'과는 거리가 멀다. 이때의 심경은 벗어날 수 없는 현실과 세계에 대한 우울과 체념이다. 여기서 느껴지는 것은 적극적인 저항은 아니지만, 식민지 지식인이 대면한 식민지적 현실에 대한 부정적 시선이며 무력한 자신에 대한 우울한 토로임에 틀림없다. 이러한 '음울'과 '체념'의 심경은 「무연」에서도 반복적으로 다루어진다. '起居無時의 생활부터 없으면서' 전설이 되버린 '淸福'을 구하러 다니는 자신의 처지를 실소하며, '못'을 메우려는 늙은 어미의 애닯음을 응시하는 '나'의 심경은 '조화'나 '안정'과는 말 그대로 '無緣'한 '심경'인 것이다. 음울함을 배경으로 '체념'을 묘사하는 이러한 주인공의 '심경'은 40년 이후의 이태준 단편에서 반복되는 정서이다.

이처럼 음울한 '심경'들을 부조했음에도 불구하고, 40년 이후의 이태준의 단편에 대한 당대의 해석은 지금과는 다른 것이었다.『국민문학』에 실렸던 「석양」은 식민지 지식인의 음울한 '심경'이 새겨진 텍스트가 지금과는 다른 해석 지평에서 받아들여지고 있었음을 보여주는 작품이다. 「석양」에서 경주로 향하는 '매헌'은 이유는 제시되어 있지 않으나, '피로'에 지쳐 '정신을 느꾸고' 싶은 상황 속에 있다. 경주에 도착한 매헌이 접하는 미적 대상품에서 느끼는 기꺼움은 "봉덕사 종의 슬픈 전설" 이상으로 울려 올 것 같은 슬픈 음향이 기저에 깔려 있는 정서를 배경으로 하는 것이다. '古都' 경주를 배경으로 미술품과 삶의 '니힐'을 이해할 줄 아는 교양을 지닌 생동감 있는 젊은 묘령의 여인과, 청춘을 지나서 석양의 스러짐을 향해 가는 중년의 작가가 짝을 이루어 펼쳐지는 이 작품의 서사는 지금의 해석 지평에서는 단일한 논리로 맥락화하기 힘든 분위기를 지닌 것이다.

　실제, 이 작품은 당대의 평자들 사이에서도 평가가 엇갈리는 텍스트였다. 1942년『국민문학』2월호 '대동아전쟁특집호'에 실렸던 이 작품에 대해서 편집자인 최재서는 편집후기에서 "東洋的 靜觀이 전편에 흐르는, 氏近來의 快作"40)으로 평하는가 하면, 유진오는 「국민문학」 42년 11월호 「創作の一年 國民文學といふもの」41)에서 이 작품을 평가하면서 "古都 경주를 배경으로, 중년의 작가와 江波惠子(에나미 케이코-인용자주)류의 젊은 여인을 배치하여, 작자는 지나치게 의식하여 쓰고 있는 듯하다. 이 젊은 여자는 작위적인 느낌을 주고, 온천의 하룻밤도 대중소설류의 수법"이라고 서술하고 있다. '동양적 정관'을 강조하는 최재서의 독법은 '古都' 경주를 배경으로 한 묘사와 정조가 지니는 '지방색'(로칼 칼라)을 전제로 행해지는 독법이다. 이 작품에 등장하는 '경주'에 대한 풍경묘사, 이조백자와 같은 소녀, 묵향이 묻어나는 문인의 자태와 스러지는 석양과 교차하는 지식인의 심회는 아름답지만, 이 아름다움과 지식인의 '심경'이 과연 당대의 제국의 논리에 저항하는 민족적인 '심경'의 표현인지는 단언하기 어렵다. 최재서는 이 '심경'에서 '동양적 靜觀'과 '심경'을 새기는 공간과 언어를 통해서 일본 제국의 한 지방 문학으로서의 이태준 문학을 고평하는 독법을 취하는 것으로 볼 수 있다. 반대로 이 텍스트에서 유진오는 '타옥'이 당대의 베스트셀러인 이와사키 요지로(石坂洋次郎)의 「若い 女」(1937년『三田文學』연재)에 나오는 江波惠子를 차용한 것으로 보고, 이 텍스트 자체를 통속물로 평가하고 있는 것이다. 흥미로운 대목은 유진오가 같은 평론에서 42년의 이태준의 작으로 함께 다루는 「무연」에 대해서는 "中鮮 지역의 지방색이 잘 드러났다."는 이유로 고평하고 있다는 사실이다. 그렇다면 유진오의 독법 역시 제국의 경계 안에서 조선문학을 일본문학의 일익을 담당하는 지방색, 즉 로칼 칼라

---

40)『국민문학』1942. 2, 편집후기.
41) 유진오, 「創作の一年 國民文學といふもの」,『국민문학』, 1942년 11월호, 10-11쪽.

로 위치지으려는『국민문학』의 조선인 이데올로그들의 독법과 같은 것이다. 유진오는 그 로칼칼라를 어떤 텍스트가 보다 '순예술적'으로 구현하고 있는가 하는 문제를 제기하고 있는 셈이다.

당대의 평가들마저도 엇갈리기는 하지만, 40년을 전후한 이태준의 '심경소설'에 등장하는 주인공들은 '清福'과 '淸遊'의 정신세계를 동경하는 도덕적 주체인 '처사'로 주형되고 있는 것만은 사실이다. 이들의 '피로'와 '체념' '우울'의 원인은 광의의 의미에서 일본 파시즘의 광폭한 현실이라고 할 수 있겠지만, 텍스트 상에서 도출할 수 있는 대립자들은 '속물'과 '간상배'의 논리가 횡행하는 현실 논리이다.「장마」의 실업가 강군,「패강랭」의 부회의원,「무연」의 고기만을 탐하는 낚시꾼 등으로 표상되는 도구적 합리성을 내세우는 타락한 현실이다. 서영채는 이태준 문학의 '근대성'의 차원을 '사회적 근대성'과 '미적 근대성'으로 나누고, 근대의 비판과 새로운 근대를 지향하는 것이 응축되어 있는 작가의식을 '처사 의식'으로 규정하고 있다.[42] '타락한 근대성을 부정하면서 새로운 근대성을 추구하는 것'을 이태준 문학의 처사의식의 본류라고 지적하는 이 견해는 이태준 문학을 통어하는 작가의식을 구명한 의미있는 시도에도 불구하고, 한 가지 관점이 결락되어 있다. 여기서 묘사된 '반근대적 근대주의' 즉 '타락한 근대성'에 대한 비판과 새로운 '근대성'의 추구라는 것이 일본 파시즘이 제공하는 '반근대, 반서구' 담론과 겹쳐지고 있다는 사실이다. 40년대 초반 이후에 이르면 이태준 문학에서 비판되고 있는 것은 '도구적 합리성'과 자본주의의 폐해를 이식시킨 식민 권력이라기보다는 '자본주의'적 합리성의 본산인 개인주의적 서구 문명에 초점이 맞추어져 있다. 이러한 반근대, 반서구주의적 '심경소설'은『국민문학』으로 대표되는 당대의 해석 지평에서 '제국'의 억압하에 있는 조선인의 음울한 현실과 고뇌를 피력한 텍스트로 해석된 것이 아니라, 제국

---

42) 서영채,「두 개의 근대성과 처사의식」,『이태준 문학연구』, 상허문학회, 깊은샘, 1993.

내의 '지방색' 즉 로칼칼라를 구현하고 있는 텍스트로 해석되고 있는 것이다.

## 5. 반근대 정신과 민족주의의 영토화

임종국이 『친일문학론』의 공과론에서 지적했던 마지막 항목, 즉 "자유주의적(개인주의적) 서구 문명에 대한 비판"이 친일문학의 하나의 공적이며, "서양 근대정신의 붕괴는 오늘날 하나의 상식"이라는 진술에 대해서 검토할 차례이다. 이 진술에서 우리는 즉각적으로 서구 근대 문명의 몰락을 담론화했던 1935년 이래의 교토학파의 역사철학, 일본낭만파의 일본적 전통에의 회귀 및 이러한 흐름의 결산이라 할 수 있는 1942년의 「근대의 초극」 좌담회 등 일련의 '근대초극'의 사상을 연상할 수 있다. 앞서 살폈듯이, 이태준의 『무서록』의 세계, 사소설의 세계는 30년대 일본 제국 사상계 및 문화계의 화두인 동양론의 담론적 자장 안에서 중층적이고 미적으로 구성된 식민화된 주체의 일단을 드러내는 것이었다. 이태준 문학 정신에서 일관되고 통일된 태도는 서구 문명을 근대성으로 본질화하고 그것을 타락과 속악화로 인식하는 반근대의 정신이라고 할 수 있다. 그는 『무서록』과 단편들에서 이 반근대의 정신을 일관되게 형상화하고 있다. 서구 문명의 타락과 속악화를 본질적 전제로 하여, 이에 대척점에 있는 반근대 정신의 가장 극적인 표상으로 등장하는 것이 '골동'과 '농토'이다. 이 중 특히 '농토'를 단순한 '필지'의 차원에서 시적 종교적 가치의 영역으로 격상시키고 있는 소설이 바로 「돌다리」이다. 「돌다리」는 해방 이후 박경리의 『토지』 등으로 이어질 '농토'를 민족의 원형적 가치의 집산으로 사유하는, 일련의 민족주의적인 농촌공동체적 상상력이 최초의 형식을 얻은 작품으로 기억되어야 할 것이다.

이태준의 「돌다리」가 김남천의 「어떤 아침」과 함께 1943년이라는

시점에, 그것도『國民文學』에 게재되었다는 사실은 각별한 의미를 지닌다. 더 정확하게는「石橋」(平本―平譯)와「或る朝」이라는 일문 소설이『국민문학』43년 1월호에 나란히 발표된 것이다. 김남천이「경영」「맥」「낭비」및「길우에서」『사랑의 수족관』등을 통해서 일본 제국의 동양론을 매개로 삼아 내면의 갈등 과정을 소설화한 사정은 이미 여러 글에서 지적된 바 있다.[43]「或る朝」은「등불」에서 극점에 달했던 제국과 민족, 보편과 특수 사이에서 진동하는 '식민지적 주체'의 내적 동요가 제국의 국민으로 닻을 내리게 된 음울한 사정이 드러나 있는 작품이다. 작품에서 다섯째 아이의 출산을 기다리며 올망졸망한 아이들을 데리고 초조한 마음으로 산보에 나선 화자는 과거의 문필가이자 지사인 S선생과 민족 부르주아인 K씨 등과 조우하고, 한 일가의 단란한 체조를 응시한다. 일본 정·재계에 연이 닿아 있는 실력자이자 부르주아인 K씨 일행이 부르는「바다로 가면」[44]이라는 부조화의 노래를 씁쓸히 바라보는 삽화에서 지식인 나름의 속물들을 비판적으로 바라보는 시선의 일단을 엿볼 수 있다. 하지만, 화자는 다섯째 아들의 출산의 기쁨을 안고 출근하는 길에 '륙삭'을 짊어지고 소풍을 가는 아이들이 이루는 '조그만 국민의 행렬'을 시대의 조류로 수락하면서 그 대열 속에서 자신의 다섯 자식과 왕년의 지사였던 S선생님의 막내, 부르주아지 친일 실력자 K씨의 손자 등 민족의 '후속 세대' 모두가 뒤섞여 대오를 이루고 나아가는 현실을 응시하는 착잡함을 드러내고 있다.

　30년대 중후반 이래의 동양론 중에서도 동양적 '심경'과 심미주의와 보다 직접적인 친연관계를 맺고 있는 이태준의 경우에는 김남천 등의

---

43) 김철,「'근대의 초극',『낭비』그리고 베네치아(Ventia)」,『민족문학사연구』18호, 2000. 정종현,「폭력의 예감과 '동양론'의 매혹―전환기, 김남천·서인식의 작품과 평론을 중심으로」,『한국문학평론』2003. 여름호.

44) 海ゆかば: 1942년부터 '기미가요'에 버금가는 국민가요로 지정되어 각종 집회에서 의무적으로 제창되었다.「만요슈(萬葉集)」의 가사에 도쿄음악학교 교수 노부토기 기요시가 곡을 붙였다.

마르크스주의자들과는 다른 평가를 받아왔다. 좌파 지식인들이 만주사변과 카프해산, 중일전쟁 등을 겪으며 보였던 '마르크스에서 동양으로의 전회'는 해방 이후 일국적 내이션 스테이트에 발화 위치를 두는 국문학 연구사에서 '계급'과 '민족'의 양범주 모두에서 벗어난 이중의 훼절로 평가되었다. 반대로, 1930년대 말부터 1940년대 초반의 이태준 소설들에 대한 독법은, 거칠게 말하자면, 강화되는 파시즘의 계절에 '履霜堅氷至'를 각오하는 도덕적인 염결성을 지닌 처사의 모습에 초점이 맞추어져 있다. 김윤식이 언급했던 '심정과 논리'라는 이분법은 잡지로는 『문장』과 『인문평론』에 대응된다면 소설가로서는 김남천과 이태준의 면모에 대응되는 도식이기도 하다.

「石橋」는 이러한 기존 소설사의 서술에 의문을 제기할 수 있는 근거가 되는 소설이다. 이 작품은 제국의 담론과 미학이 민족의 담론과 미학과 어떻게 겹쳐질 수 있는가를 극적으로 보여준다. 이 작품을 주목해야 하는 이유는 그것이 일문으로 씌여졌으므로 고결한 처사 이태준이 훼절한 징표가 되기 때문은 아니다. 조선의 문인들에게 일본어 글쓰기를 강요하던 그 시기에 이미 씌어진 조선어 문학의 번역 발표에 대해 시비할 이유는 없어 보인다.45) 그러나 이 작품이 언문판과 국문판의 이원적인 구상을 완전히 폐기하고 국어(日語)만의 「국민문학」으로 전환된 시기에 「국민문학」지에서 선택 번역된 사실은 중요하다. 이 작품이 『국민문학』이라는 특수한 지면의 맥락에 위치해 있을 때의 발화와, 다른 지면에 있을 때―이를테면, '깊은샘'판 이태준 문학전집 2권 소재 「돌다리」―의 발화는 커다란 차이를 보이는 것이다. 『국민문학』이 이 텍스트를 선택

---

45) 김동인(「文壇三十年의 자최(十一)」, 『신천지』, 1949. 7)은 일제 말기를 회상하며, "사실 그때 리태준까지도 자기가 일본말에 통하지 못하매, 자기의 작품을 친구시켜 일본말로 번역해서 발표하는 등의 고육책까지 쓰는 형편이었다."고 진술하고 있다. 3~4년 뒤에 해방되었다는 진술이 있어서 그것이 정확히 정인택 번역의 「복덕방」을 의미하는지 아니면 「石橋」를 의미하는지가 불분명하다. 히라모토 잇뻬이(平本一平)에 대해서는 알려진 바 없으며, 『국민문학』지를 검토해 보아도 「石橋」 번역 외에는 등장하지 않는다.

하여 번역 게재한 이유는 무엇일까. 『국민문학』이 표방했던 것이 제국의 지방 문학으로서의 '조선문학'과 '지방색'을 매개로 한 '조선문학(화)'의 위치 정립이었다고 한다면, 이태준의 「石橋」를 번역했을 때, 『국민문학』이 독자들에게 예상한 기대지평은 동양적 가치(세계)를 공유하면서도 '조선적인 것'이라는 특수성을 형상화하고 있는 이 텍스트의 성취라고 할 수 있다. 『국민문학』을 중심으로 논의되었던 '로컬칼라론'과 최재서가 고민했던 영문학 안의 지방 문학의 특수성과 독창성 문제와 겹쳐지는 일본문학과 조선문학의 관계,[46] '동경이나 경성이나 다 같은 전체에 있어서의 한 공간적 단위'[47]라고 주장하는 김종한의 주장은 『국민문학』의 중요 조선인 이데올로그들의 '국민문학'의 논리가 무엇이었나를 암시해주는 사항들이다. 『국민문학』의 조선인 이데올로그들은 '조선적인 것'이라는 특수성을 독창성과 보편성을 지니고 있는 로칼리티로 위치지으려 했고, 김종한 같은 논자는 한 걸음 더 나아가서 '경성'과 '동경'의 로칼리티가 제국 내부에서 각각 같은 비중의 것이라는 논법을 취하고 있다.

이러한 『국민문학』의 맥락을 고려하지 않고 읽는다면, 「돌다리」는 '농토'의 가치를 시적이고 종교적으로 승화시키고, 조상 대대로의 무형의 정신적 가치와 전통의 표상으로 각인시킴으로써, 민족적 삶의 가치

---

46) 『國民文學』지에서 최재서는 일본인 문단관료들과 '조선문학'의 특수성과 독창성 문제를 두고 긴장된 관계를 유지한다. 조선적 독창성을 인정하지 않으려는 카라시마 쯔요시(辛島 驍·경성제대법문학부교수) 등의 일본 문단관료들에게 최재서는 조선의 '특수하고 독창적' 문화가 일본 국민문학 정립에 일익을 담당한다는 논리를 편다. 그가 드는 대표적인 논거의 하나가 콘라드(Donrad Joseph)의 사례이다. 『국민문학』 창간호의 좌담회 「朝鮮文壇の再出發を語る」에서 최재서는 "콘라드는 네델란드인으로 나이 들어서 영어를 배우고 영국에 귀화해 결국 영국작가로서 남아 있습니다만, 영국인이 쓸 수 없는 새로운 경지를 영문학 안에서 펼쳤습니다. 그렇기 때문에 역시 지금까지 작게 웅크리고 있던 조선의 작가가 일본문학의 일익으로서 일어서는 경우에는 일본문학 안에서 어떤 새로운 분야가 개척되어진 것"(78쪽)이라고 언급하고 있다.
47) 김종한, 「一技의 倫理」, 『國民文學』, 1942. 3, 36쪽.

를 소설화한 작품이 되지만,『국민문학』의 맥락에서는 '조선문학'의 로
칼리티를 구현한『국민문학』의 이데올로그들의 이념과 맞아 떨어지는
텍스트가 되는 것이다.『국민문학』의 작품선택이 작가의 책임은 아니다.
하지만『국민문학』이 이 텍스트를 번역 게재한 이유는 이 작품이 지닌
반근대(서구/자본)주의가 제국 안에서 '조선'의 위치를 정립하기에 유용
한 그 무엇을 지니고 있었기 때문이다. 이 텍스트는 합리적 경제 감각을
전제로 세계를 파악하는 아들과 '농토'를 동양적 정신 세계의 가치의 표
상으로 사유하는 아버지 사이의 갈등을 아버지의 세계와 가치체계에 대
한 긍정을 통해서 해소함으로써 '자유주의적(개인주의적) 서구 문명'으로
표상되는 도구적 합리성의 세계에 대한 '공동체적 동양 세계'의 우월성
을 서사화하고 있다.

　　서구적 근대문명을 타락한 것으로 본질화하는 이데올로기인 반근대
주의는 일본 동양론의 중요한 한 흐름이다. 동양적인 것(일본적인 것/조선
적인 것)과 서양적인 것을 이분하는 소박한 본질화의 양상은 이후 심미
적 차원, 미적 표현에 이르기까지 정교한 논리의 개발과 형상화를 통해
서 더욱 세련화되어 갔다. 반근대의 전통을 창안하는 폐쇄회로가 '조선'
을 사유하는 민족주의적 기제에서만 비롯된 것이라는 판단은 큰 오산이
다. 이태준 문학의 반근대적 정신은 서구에 대항하여 '동양(일본)'적인 것
을 본질화하는 근대 일본의 사상사적 맥락과 긴밀하게 연결되어 있으면
서, 동시에 그것을 '조선적인 것' '조선'의 근원적인 정서로 구조화하고
있다.


## 6. 식민지기 '민족 문화'의 위치

　　해방 이후, 식민지 제국(帝國)의 판도 안에서 형성된 '근대(성)'을 언
급하는 것은 '현해탄 콤플렉스'를 재생산하는 것으로 인식되었다. 일본

과 맺고 있는 근대적 '知(앎)'의 상호 관련성을 의식적으로 망각함으로써 그 흔적을 지우고, '민족적 주체성'을 세우고자 하는 내셔널리즘의 욕망이 40년 이후의 문학을 설명하는 '타락의 내러티브'를 구축하는 동력이었다. 식민모국과 피식민지의 근대적인 '知' 및 '제도' 등의 상호 관련성은 그 흔적을 의식적으로 망각한다고 사라지는 것이 아니다. 띠페쉬 짜크라바르티(Dipesh Chakrabarty)는 식민지 인도를 분석하면서, 「근대성/전통」이 이원적인 것이 아니며 「동시대의 문화」를 구성하는, 복수의 헤게모니를 내포하고 있다고 서술한다. 요컨대, '식민지 제국의 문화'가 '비동시적인 동시대성' 안에서 복수의 헤게모니를 구성한다는 것이다.[48] 식민지 제국의 「知(앎)」는 「이식/역류」「모방/저항」이라는 모순적인 것의 혼합이고 뒤엉큄이다. 그 뒤엉큄을 단순화한 '친일/반일(반민족), 제국주의적 억압/식민지의 저항'이라는 대립쌍에 기반한 이데올로기적 분류법으로 파악하는 것은 식민지 시기 지식인들의 「知」의 기반과 내면 의식을 드러내는데 무력할 수밖에 없다.

이 글에서는 저항적 내셔널리즘의 극점에 해당하는 임종국의 『친일문학론』에서 긍정하고 있는 제국의 담론 틀을 빌어서 이태준 문학의 특성을 살펴보았다. 이태준이 '문학'이라는 육체에 아로 새긴 정신주의와 미적 세계의 본질은 민족적 소유권을 주장하기 곤란해 보일 정도로 트랜스—내셔널한 것이다. 식민지 시기, 특히 1930년대 말 이래 이태준이 구축한 자기 정체성은 그렇게 단일하고 통일된 내셔널한 것이 아니다. 이태준 문학과 자기 구성이 지니고 있는 중층적인 정체성은 해방 이후의 내셔널리즘의 구축 속에서 민족적 전통이라는 단일한 폐쇄회로로 조정 변형된 것으로 보인다. 제국의 경계 안에서 형성된 중층적 자기 정체성을 단일한 내셔널리즘으로 조정하는 작업은 후대의 평가 속에서만 진

---

48) Dipesh Chakrabarty, 「맑스주의 이후의 맑스—역사, 서발터니티, 차이」, 이찬행 옮김, 『TRANSTORIA』 창간호, 2002, 56-74쪽.

행된 것이 아니며, 해방 직후 이태준에 의해 직접적으로 시도된 것이기도 하다. 『사상의 월야』(『매일신보』41. 3. 4.~42. 7. 5)의 결말부는 이 사정을 압축적으로 보여주는 사례이다. 46년 11월의 을유문화사판의 결말부는 현해탄을 건너며 지사이자 민족주의자인 아버지에 대한 열정적인 사모감과, '일본과 투쟁하여 조선을 찾을 그런 준비'로 일본을 향한다는 민족주의적 독백으로 개작되었다. 그러나 해방 이후 을유판에서 삭제된 연재 당시의 결말부는 다르다. 그 결말부에서는 '조선'이라는 공간을 벗어나 '시모노세끼(하관)'로 이동하면서 획득되는 '흰 옷'에 대한 시선과, '시모노세끼'에서 '동경'으로 이동하는 와중에 '경상도 사투리를 쓰는 노파'에 대한 시선을 통해서 자기 문화에 대한 연민과 경멸이 착종된 송빈의 '식민지적 무의식'이 드러나 있음을 알 수 있다. "은폐되고 있었던 것이 노출"되었다거나, 일제의 압력이 사라져 민족주의적 성향을 작품 표면에 과감하게 드러내고 있다는 해석에서는, 이태준의 개작이 조정하고 있는 '송빈'이라는 식민지 지식인의 정체성의 맥락이 포착되지 않는다.

　　민족문화를 국가주의, 전체주의의 기획 속에서 활용하고 있던 파시즘의 계절에 식민지 조선에서 '조선 민족 문화'라는 것은 어떻게 설정되고 어떤 논리로 작동된 것일까. '조선적 전통=민족문화=저항적'이라는 도식 위에서는 제국의 논리에 결코 저항적이지 않으며 모순되지도 않는 '민족문화'론이 양립할 수 있었다는 역사적인 사실이 보이지 않게 된다. 제국문화와 민족문화, '민족됨'과 '국민됨'의 경계가 따로 있는 것이 아니라 겹쳐지는 것이었음을 40년 이후부터 해방 직후까지의 이태준 문학은 보여주고 있다. '동양적 전통'에 기반한 '조선'인이 공감할 수 있는 근원적인 정서와 미의식의 창출, 반근대주의 등은 해방 전 이태준 문학을 구성하는 요소이자, 동시에 해방 이후 새로운 민족(국가)문학을 정립하면서 참조한 중요한 항목들이다. 제국과 내이션의 겹침, 이것은 이태준 개인사의 문제가 아니며, 향후 구명되어야 할 포스트콜로니얼한 한국 근대 문학의 상황이 아닐까.

# 이태준 소설의 특질과 의의

장 영 우*

## 1. 고아의식과 선비정신

올해는 이태준의 탄생 백주년이 되는 해이다. 우리 근현대문학사의
수다한 문인들 가운데 백수를 누린 이가 없는 전례에 비추어 이태준이
아직까지 생존해 있기를 바라는 것은 무망한 욕심일 터이다. 안타까운
것은 해방후 월북한 이태준이 1956년 숙청된 뒤의 행적에 대해서는 추
론만 분분할 뿐 어느 것 하나 확인된 사실이 없다는 점이다. 그런데 몇
년 전 한 월간종합잡지에 이태준이 1956년 황해도 해주로 추방되어 황
해도일보사 인쇄공장 노동자로 복무하다가 1967년 평양에 복귀해 대남
심리전 소설을 쓰는 101호 창작실의 작가로 활동했고, 1974년 재차 사상
투쟁을 겪은 뒤 강원도 장동 탄광 노동자지구로 추방되어 아내가 병사
하자 곧이어 종적을 감췄다는 기사가 게재된 적이 있다.[1] 이 글의 원본

---

* 동국대 국문과 교수.

1) 김홍균, 「월북작가 이태준의 '통곡의 가족사'」, 『월간중앙』, 2000. 11, 284-295쪽 참조.
　　이 글은 북한의 작가동맹 중앙위원회 소속 작가로 활동하다 탈북한 '최진이(崔眞伊)'란
　　여성이 제보한 문서를 바탕으로 기술된 것이라 한다. 기자는 '일기'의 끝장에 "이태준
　　의 빛 바랜 가족사진 열여섯 장이 그 어떤 역사적 증거물처럼 빼곡이 붙어 있었다"고
　　적고 있으나, 정작 잡지에 게재된 사진은 성북동에서 찍은 가족사진 등 새로운 것은 한

이 이태준의 두 딸(장녀 소명과 막내 소현)이 직접 기록한 일기라는 전언자의 말을 그대로 믿는다면 이태준은 고희를 넘긴 나이에 행방불명(또는 사망)된 것으로 보아야 하겠으나 이 또한 다양한 이설 가운데 하나일 따름이다. 이처럼 이태준의 정확한 생사조차 확인할 수 없다는 것이 남북분단의 비극적 현실을 더욱 실감나게 해준다.

이태준은 등단작 「오몽녀」(1925)를 필두로 북한에서 숙청되기 전까지 60여 편의 단편과 18편의 중단편을 발표함으로써 한국현대문학사에 뚜렷한 족적을 남긴 작가이다. 이태준 문학 연구가들이 그의 이름 앞에 헌정한 관사(冠詞)는 하나같이 거창한 수사로 장식되어 있다. '한국 근대 단편소설의 완성자'(이재선) 또는 '비경향 문학이 낳은 가장 큰 작가'(임화)라는 문학사적 평가에서부터 '현대소설의 기법을 완벽하게 체득한 작가'(정한숙)라든가 '조선의 모파상'(기석복)이라는 다분히 심정적 차원의 찬사에 이르기까지 이태준에게 바쳐진 헌사는 거의 최고 수준에 가까운 것들이다. 한국 근현대문학사를 통틀어 이처럼 화려한 수사로 추앙받는 문인은 춘원·금동(琴童)·횡보·빙허 등 극히 소수의 몇몇 작가에 지나지 않는다. 그러나 그의 이름 곁에 악령처럼 따라 다니는 '월북작가'라는 붉은 꼬리표는 이태준 문학에 대한 객관적 평가를 방해하는 결정적 장애가 되기도 했다. '구인회'의 실질적 좌장으로 카프의 경향문학과 대립하는 위치에 있었던 이태준은 해방후 갑작스럽게 좌익 문인들과 어울리다 월북하는 등 과거와 판이한 삶의 행적을 보여주어 한때 남북 문학사에서 아예 언급조차 안 되거나 복자(覆字)로 처리되는 비운을 겪었던 것이다.

이태준의 부친은 개화당에 관계했던 식자인(識字人)으로 구한말 조선관리들의 등쌀에 못이겨 해삼위(블라디보스톡)로 이주했다가 1909년 "웅기에서 들어온 행인에게서 무슨 소식을 듣고는 땅을 치고 통곡하다

---

장도 보이지 않는다.

가 병이 돋혀” 사망한다. 졸지에 가장을 잃은 이태준의 가족은 고향으로 돌아오려다 어머니가 누이동생을 출산하게 되어 함경도 소청에 잠시 머무는데, 1912년 어머니마저 그곳에서 숨을 거둔다. 이태준은 여섯 살에 아버지를 잃고 아홉 살에 어머니마저 돌아가셔 졸지에 고아가 되고 만다. 그것은 1892년 생인 춘원 이광수가 1902년 열한 살의 나이에 콜레라로 부모를 모두 잃은 것보다 더 어린 나이에 맞닥뜨린 삶의 가혹한 시련이었다. 일반적으로 고아는 부모부재(父母不在)의 상황을 관념적으로 극복해 심리적 균형을 회복하고자 한다. 이런 상실감의 극복의지는 부모를 대치할 수 있는 것을 향한 강한 그리움[2]으로 전이되거니와, 이광수와 이태준의 고아의식은 흥미로운 대비적 양상을 보여준다.[3] 이광수의 아버지에 대한 기억은 ‘부끄러움’이란 단어 한 마디로 요약된다. 「그의 자서전」에서 이광수는 “조부나 아버지나 삼촌이나 다 세상에는 아무짝에 쓸데 없는 인물들”로 논죄하고 있으며, 특히 아버지가 어린 자신을 데리고 김교리에 가 딸을 며느리로 달라고 하다 거절당한 기억을 자세히 기술하는 대목에 이르면 “아버지가 차마 어떻게 이런 뻔뻔한 소리를 하는가 하고 나는 더욱 부끄러움을 참을 수가 없어서 죽고 싶었다”[4]고 쓰고 있다. 그러나 미처 철 들기 전의 어린 나이에 고아가 된 이태준의 아버지에 대한 기억은 다소 신비화된 관념으로서의 아버지상(像)으로 고착된다. 이를테면 이태준은 한 수필에서 아버지가 쓰던 연적에 대해 “저것이 아버님께서 쓰시던 것이거니 하고 (…) 옷깃을 여미고 입정(入定)을 맛보는 것은 아버님이 손수 주시는 교훈이나 다름없다”[5]며 감격스럽게 회고하고 있는 것이다. 아버지에 대한 부끄러운 기억을 가지고 있던 이광수가 일본을 모델로 한 근대성의 세계를 정신적 아버지로 모방했다면,

---

2) 김윤식, 「고아의식과 국학」, 『한국근대문학사상비판』, 일지사, 1995, 35쪽.
3) 이광수와 이태준의 ‘고아의식’의 차이에 주목한 연구가는 김윤식(『이광수와 그의 시대』 1. 솔, 1999)과 박헌호(『이태준과 한국근대소설의 성격』, 소명출판, 1999) 등이 있다.
4) 이광수, 「나의 자서전」, 『이광수 전집』 9권, 삼중당, 1968, 253-275쪽 참고.
5) 이태준, 「고완」, 『무서록』, 깊은샘, 1994, 138쪽.

이태준은 아버지의 이념과 사상을 자신의 것으로 그대로 계승, 발전시키고자 했던 점에서 근본적인 차이를 드러낸다. 어려서 고아가 된 이태준은 성장하면서 아버지에 대한 이미지를 스스로 조작하고 미화하는데, 관념으로서의 아버지상이 상허에게 심어준 사상은 '민족(주의)'과 '선비정신'이었다. 그의 자전적 소설에서 빈번히 목격되는 작중인물의 '불끈'하는 성질과 속악한 현실에 굴복하지 않으려는 기개는 고아의식과 선비정신에서 연유하는 것이다.

「고향」(1931)은 동경유학을 마친 지식인 청년의 귀국 여정과 귀국 후 체험하는 식민지 현실의 타락상을 핍진하게 그리고 있어 염상섭의 「만세전」과 자주 비교되는 작품이다. 이 소설의 작중인물 김윤건은 "M대학 정치학부에서 교수들이 혀를 차는 훌륭한 논문"으로 졸업한 뒤 "전장(戰場)에 나가는" 절박한 심정으로 귀국하는 과정에서부터 식민지 조선의 현실을 온몸으로 절감한다. 고국에 돌아온 그의 예민한 감각에 포착된 서울의 풍경은 예전의 정의파는 감옥에 가고 배신자와 기회주의자만이 득세하는 타락한 현실이어서 그는 박철과 ××은행원에게 참아왔던 분노를 폭발한다. 그의 분노와 폭력은 타락한 자본주의에 감염된 속물적 지식인에 대한 통렬한 질책이며, 나아가 그것을 은근히 조장하고 유인하는 식민지 제도를 겨냥한 항거의 한 형태라 할 수 있다. 『만세전』은 "식민지성에 대한 성찰을 통해 조선적 근대의 특수성을 해명하려 한 최초의 작품"[6]으로 "한 시대의 시대의식의 봉우리"[7]를 형성하고 있다는 문학사적 평가를 받는다. 그것은 『만세전』이 여로형 구성 방식을 통해 작중인물(이인화)의 식민지 조국에 대한 정확한 현실 인식과 정신적 각성의 과정을 면밀하게 추적하면서 의식의 성장과 변화를 암시하고 있기 때문이다. 그러나 현실과 일정한 거리를 유지하고 다소 냉소적인 태도를 유지하는 이인화에게서 적극적인 현실 변혁의 의지 같은 것을 기대하기는

---

6) 하정일, 「『만세전』의 새로움」, 『작가연구』 제4호, 1997, 130쪽.
7) 김우창, 「비범한 삶과 나날의 삶」, 권영민 편, 『염상섭문학연구』, 민음사, 1987, 350쪽.

어렵다. 이에 반해 「고향」의 김윤건은 매우 능동적으로 신문사 등을 찾아다니며 자신의 경륜을 밝히고 왕년의 사회주의자의 변절에 직접적인 폭력으로 응징하기도 한다. 이러한 차이는 문학을 공부하는 이인화와 정치학부를 졸업한 김윤건의 전공의 다름에서 기인하는 것일 수도 있겠으나 부잣집 도련님으로 성장한 이인화와 고아로 자란 김윤건의 성장배경의 차이가 더 큰 요인으로 작용한 것으로 보인다. 김윤건이 박철과 ×× 은행원에게 가한 폭력은 개인적 원한과 증오에서 비롯된 것이라기보다 불의와 타락에 저항하고 대의를 세우려는 선비정신에서 그 연원을 찾는 게 되레 합당하리라 생각한다. 그러나 「어떤 날 새벽」(1930), 「실락원 이야기」(1932) 등의 작품은 대의명분을 가지고 올곧게 살아가려는 식민지 지식인의 삶이 어떻게 좌절되는가를 사실적으로 제시하고 있다.

## 2. 고백과 산책의 형식

「고향」, 「실락원 이야기」, 「어떤 날 새벽」 등은 폭압적 식민 상황하에서 겪는 지식인의 갈등과 좌절의 양상을 객관적 시각으로 묘파한 작품이라는 공통항으로 묶을 수 있다. 이들 작품의 주인공은 상황의 압력에 절대 굴복하거나 타협하지 않음으로써 낙원에서 추방되거나 사회의 일탈자로 낙인찍히게 되지만 그 책임은 일탈자 개인에게 있는 것이 아니라 그를 추방한 사회 제도에 있는 것이다. 한때 순수하고 열정적인 이상을 가슴에 품었던 청년 지식인이 속악한 자본주의에 오염되어 점차 사물화되어 가는 내용을 다룬 소설이 「서글픈 이야기」나 「삼월」 등이다. 이런 일련의 작품에서 우리는 식민지 시대를 살아가는 청년 지식인들이 종국에는 정신과 육체가 함께 황폐화하여 속물이 될 수밖에 없는 냉엄한 현실과 대면하게 된다.[8]

식민지 시대 이태준 소설은 대략 1938년을 전후로 하여 방향 전환의 조짐을 드러낸다. 이태준이 자신의 삶과 문학에 대해 심각한 반성을 하고 있는 듯한 첫 징후는 「장마」(1936)에서 찾아볼 수 있다. 그 후 상허는 「패강냉」(1938), 「농군」(1939), 「밤길」(1940), 「토끼 이야기」(1941) 등 자기반성적인 태도와 리얼리즘의 정신에 입각한 소설을 집중적으로 발표하면서 새로운 삶의 방향을 모색한다. 일제의 조선민족 말살정책이 서서히 그 본격적인 수성(獸性)을 드러내기 시작할 무렵 식민지 지식인으로서 다소 위축된 삶을 살았던 자신을 되돌아보면서 이농민과 하층민의 궁핍상에 주목했다는 것은 중요한 의미가 있어 보인다. 「장마」는 작가 자신임이 분명해 보이는 화자의 별로 특별할 것 없는 하루의 일상과 자신의 삶에 대한 반성을 사실적으로 그린 소설로 '산책자Flâneur' 모티프가 반영된 '심경소설'의 한 유형으로 분류된다. 안나 하렌트는 벤야민의 생애를 기술한 『일루미네이션』 서문에서 산책자의 의미를 "군중들 속에서 아무런 목적 없이 느릿느릿 거니는 사람"으로 정의하고 있는데, 그들은 도시의 공포와 충격을 피해 한가로이 자신의 내면적인 환상에 젖거나 과거의 숨겨진 메시지를 읽으며 자신을 반성하게 된다. 박태원의 「소설가 구보씨의 일일」은 이러한 산책자 모티프를 차용한 대표적 작품의 범례가 되거니와, 「장마」와 「패강냉」의 화자는 뚜렷한 목적의식 없이 경성과 평양 시내를 거닐며 주위환경과 주변인물들에 대한 매우 날카로운 촌평을 늘어놓는다. 그 가운데 이태준 연구가들에게 자주 인용되는 다음의 대목은 대단히 인상적이다.

　　안국동(安國洞)에서 전차로 갈아탔다. 안국정(安國町)이지만 아직 안국동

---

8) 현진건의 초기작 「빈처」, 「술 권하는 사회」, 「타락자」는 외국 유학을 마치고 귀국한 식민지 청년이 한때 문학을 꿈꾸기도 하며 사회를 위해 유위유망(有爲有望)한 사업을 벌이려 노력하지만 결국 기생과의 접촉을 통해 성병에 걸리고 그 병을 아내에게까지 옮기는 정신적·육체적 타락의 극한적 상황을 다룬 소설이다. 일종의 연작소설로 이해할 수 있는 이 세 편의 작품은 체제에 순응하지 않는 식민지 지식인의 암담한 행로를 상징적으로 보여준다.

이래야 말이 되는 것 같다. 이 동(洞)이나 이(里)를 깡그리 정화(町化)시킨데 대해서는 적지 않은 불평을 품는다. 그렇게 삐지니쓰의 능률만 본위로 문화를 통제하는 것은 그릇된 나치스의 수입이다. (…중략…) 이리다가는 몇 해 후에는 이가니 김가니 박가니 정가니 무슨 가니가 모다 어수선스럽다고 사람의 성명까지도 무슨 방법으로던지 통제할런지도 모른다.9)

이 대목에서 화자가 일제의 창씨개명 음모를 사전에 예견했다는 사실도 중요하지만, 그보다는 일제의 식민정책에 “적지 않은 불평을 품”고 “삐지니쓰의 능률만 본위로 문화를 통제하는 것은 그릇된 나치스의 수입”이라고 직접 비판하고 있는 점에 주목할 필요가 있다. 그것은 전차10) 를 타고 지나가며 문득 떠오른 생각에 불과한 것일 수도 있지만, 그가 평소에 세계로부터 자신을 격리시키는 태도에 익숙해 있었다면 그런 생각조차 떠올리기 쉽지 않았을 것이다. 따라서 그는 식민지 현실을 타락한 세계로 규정하고 비판적 거리를 유지하고 있지만 완전히 그 세계와 자신을 단절시켰던 것은 아님을 알 수 있다. 그가 이른바 ‘쓰는 소설’로서의 단편과 달리 ‘씌키는 소설’로서의 장편을 다수 창작한 것은 작가로서의 세속적 명성을 얻기 위한 속물적 계산에서가 아니라 가족의 생계를 책임져야 하는 가장으로서의 경제적 책임 때문이라 보는 것이 합당하다. 이를 루카치나 골드만의 어휘를 빌어 표현하면, 그는 식민지 현실을 ‘타락한 세계’로 규정하면서도 장편소설 연재 등의 ‘타락한 방식’을 통해서나마 ‘진정한 가치’를 추구하고자 노력했던 작가라 할 수 있다. 그런 점에서 그의 작가 정신을 “이념의 자기 전개 기반이 확보되어 있지

---

9) 이태준, 「장마」, 『가마귀』, 한성도서주식회사, 1937, 156-157쪽.
10) ‘산책자’ 모티프 소설에서 전차타기는 경성공간을 드러내는 가장 효과적인 문학장치 (최혜실, 「“소설가 구보씨의 일일”에 나타나는 ‘산책자’ 연구」, 『관악어어문연구』 제13 집, 1988, 200쪽)였을 수 있다. 전차를 탄 승객은 일단 거리를 오가는 무수한 군중과 일정한 공간적 거리를 유지하면서 그들을 관찰할 수 있다는 점에서 거리를 걷는 산책자보다 여러 면에서 유리한 위치에 있을 것은 명백해 보인다.

않은 상태"의 '처사 의식'[11]으로 파악하는 견해도 있으나 그보다는 루카치나 골드만의 용어를 빌어 '문제적 개인'이란 관점으로 해석하는 것이 타당하리라 생각한다. 서영채는 처사의 의미를 현대적으로 새롭게 해석해 처사에게 가능한 것은 현실로부터 한 발 떨어져 나와 금욕적 태도를 고수하는 일 뿐이지만 동시에 현실 참여에의 강한 지향성과 현실에 대한 비판 정신을 가지고 있다고 정의하고 있지만, 뒷 부분의 해석은 전통적 의미의 처사[12]에게는 어울리지 않는 현실적 정신 태도나 행동 양식이기 때문이다.

「패강냉」은 서리[霜]가 내린 뒤 곧이어 닥칠 혹독한 추위를 걱정하는 주역의 한 구절[履霜堅氷至]을 통해 일제 식민정책이 더욱 가혹해지리라는 점을 예견하고 있는 듯한 작품이다. 이 소설에서 발견되는 또 하나의 흥미로운 사실은 춘원과 상허 소설의 작중인물이 오랜만에 평양을 방문하여 눈여겨보는 풍경이 판이하게 다르다는 점이다. 『무정』의 이형식은 영채를 찾기 위해 평양에 갔다가 우연히 한 노인을 통해 조선이 얼마나 낙후해 있는가를 깨닫게 된다. 형식은 그 노인을 "조선이 아직 옛날 조선으로 있을 때에 선화당(宣化堂) 안에서 즐겁게 노닐던 사람"으로 간주하면서 자신과 그 노인과는 "전혀 말도 통하지 못하고 글도 통하지 못하는 딴 나라 사람",[13] 즉 시대의 '낙오자'라고 단정짓는다. 이에 반해 「패강냉」의 '현'은 평양거리의 풍경을 다음과 같이 관찰하고 있다.

---

11) 서영채, 「두 개의 근대성과 처사 의식」, 상허문학회 지음, 『이태준 문학 연구』, 깊은샘, 1993, 76쪽.

12) 이희승 편 『국어대사전』(민중서림)에는 '처사(處士)'의 뜻이 "세파의 표면에 나서지 않고 조용히 야(野)에 파묻혀 사는 선비"로 정의되어 있고, 연대와 작가 미상의 가사(歌辭) 「처사가」는 "天生我才 쓸데없어 世上功名 하직하고 養閑守命ᄒ야 雲林處士 되오리라" 로 시작하여 "回還麋鹿 벗시되어 萬壑千峰 오며가며 石路蒼苔 막혀쓰니 塵世消息 끗혀세라 아마도 事無閑身은 나뿐인가 하노라"로 끝맺고 있다. 이로 미루어 전통적 의미에서의 처사는 세상사와는 완전히 단절하고 살아가는 은둔지사를 일컫는 개념으로 이해할 수 있다.

13) 이광수, 『무정』, 『이광수전집』 1, 삼중당, 1962, 164-165쪽.

오면서 자동차에서 시가도 가끔 내다보았다. 전에 본 기억이 없는 빌딩들이 꽤 많이 늘어섰다. 그 중에 한 가지 인상이 깊은 것은 어느 큰 거리 한 뿌다이에 벽돌공장도 아닐 테요 감옥도 아닐 터인데 시뻘건 벽돌만으로, 무슨 큰 분묘와 같이 된 건축이 웅크리고 있는 것이다. 현은 운전수에게 물어보니, 경찰서라고 했다.[14]

『무정』의 형식이 평양에서 근대 문명에 눈뜨지 못한 노인을 불쌍히 여기는 것과 달리 「패강냉」의 '현'은 근대의 제도 가운데 부정적인 것(경찰서, 감옥 등)에 먼저 시선이 간다. 사소한 것 같아 보이는 이 차이는 두 작중인물(더 나아가 이광수와 이태준)의 근대 또는 일제의 식민통치에 대한 이해 방식과 대응 전략이 어떻게 다른가를 극명하게 보여주는 사례라 할 수 있다. 요컨대 이광수에게 있어 일본(근대)은 부끄러운 아버지를 대체하는 "칠칠함의 표준"[15]으로 전범의 대상이었으나, 이태준에게 일본은 우리의 전통과 문화를 압살(壓殺)하는 제국주의의 표본이었던 것이다.

「토끼 이야기」(1941) 역시 자전적 요소가 강하게 반영된 작품으로, 이태준은 '고백'이라는 형식을 통해 일제말기의 암담한 현실을 고발하고 그에 대처하는 처절한 생존 방식을 박진감 있게 보여주고 있다. 가라타니 고진은 주로 약자나 패배자가 고백의 형식을 비는 것은 그것이 왜곡된 권력의지이기 때문이라고 말한다. 따라서 고백은 '참회'가 아니라 당당한 '주체'로 존재하는 것을 목적으로 하며 외부의 권력과 대립하는 특질을 갖는다.[16] 「토끼 이야기」는 1940년 조선·동아일보가 강제 폐간되어 신문에 소설을 연재하는 일조차 불가능해진 궁핍한 경제적 상황 속에서 보다 적극적으로 생계 수단을 강구하는 한편 본격문학에 힘쓸 것을 다짐하는 내용을 담고 있다. 작중인물 '현'은 어떻게든 살아 견뎌야 한

---

14) 이태준, 「패강냉」, 『이태준전집』 2, 깊은샘, 1988, 210쪽.
15) 김윤식, 『이광수와 그의 시대』 1, 37쪽.
16) 가라타니 고진·박유하 옮김, 『일본근대문학의 기원』, 민음사, 1996, 116-117쪽 참조.

다는 절박한 생각으로 일제가 장려하는 토끼 사육을 결심한다. 그와 함께 본격문학에의 의욕을 새삼 다지는 것은 '진정한 가치'를 추구하기 위해 삶의 '타락한 방식'을 소극적으로나마 수용하는 문제적 인물의 행동양식을 연상시킨다. 따라서 '현'의 이러한 행동은 "점증하는 시대의 부하에 굴복하는 모습"으로 볼 것이 아니라 거꾸로 "벌거벗고 생활 속에 뛰어들어 현실을 태클"[17]하려는 적극적인 태도로 이해해야 할 것이다.


## 3. 근대와 반근대


「영월영감」(1939)에는 앞에서 살핀 「토끼 이야기」의 작중인물에 비해 훨씬 진취적이고 능동적으로 현실에 대처하다 결국 실패하는 인물이 등장한다. 젊은 시절 영원 군수를 지냈고 기미년에는 4~5년 옥사(獄事)를 경험하기도 했던 영월영감(박대하)은 "키가 훤칠하고 이글이글 타는 눈방울이 늘 술취한 사람처럼 화기띤 얼굴에서 번뜩일 뿐 아니라 음성이 행길에서 듣더라도 찌렁찌렁 울리는" 호걸풍의 사내로서 젊은 시절에는 "세도가 정상시가 아닌 때에 득세(得勢)를 하는 것은 소인잡배의 무리"라는 처사적 가치관을 지녔던 인물이다. 그런 그가 느닷없이 화자 앞에 나타나 천 원이란 거금의 융통을 부탁하며 화자의 처사취미를 은근히 나무라고 나서는 데 이 작품의 주제의식이 내포되어 있다.

> "넌 너의 아버닐 너무 닮는구나! (……) 그런데 난 이런 처사(處士) 취민
> 대 반대다."
> "왜 그러십니까?"
> "더구나 젊은이들이…… 우리 동양사람은, 그중에두 우리 조선사람이지.
> 자연에들 너무 돌아와 걱정이야."

---

17) 김동석, 『예술과 생활』, 박문출판사, 1947, 22쪽.

  "글쎄올시다."

  "자연으루 돌아와야 할 건 서양사람들이지. 우린 반대야. 문명으루, 도회
지루, 역사가 만들어지는 데루 자꾸 나가야 돼……"[18]


  이 작품이 문제적인 것은, 삶의 황혼기에 접어든 노인(영월영감)이 삼
십대 초반의 젊은 조카(성익)의 처사 취미를 은근히 나무라며 '근대'로
나아갈 것을 종용하고 있다는 사실이다. 이태준에게 고완품과 난(蘭) 등
을 즐겨 수집하고 애써 기르는 취미가 있다는 것은 주변인물들에게 널
리 소문난 사실이다. 그는 "冊만은 '책'이 아니라 '冊'으로 쓰고 싶다.
'책'보다 '冊'이 더 아름답고 더 '冊'답다"[19]고 할 정도로 호고적 취향이
강한 작가이다. 그의 이러한 호고적 취향을 '상고주의(尚古主義)'라 불러
도 무방할 터이다. 이태준의 상고주의에 대하여는 "근대적 생활과 무관
한 완결성의 세계"[20] 또는 "30년대 후반기 문학의 전통주의는 한국학의
성장을 통해 강화된 전통의식과 서양 추수적 근대주의에 대한 회의의
결합상태"[21]라는 주장과 함께 "이태준의 상고주의는 물신적 전통숭배나
폐쇄된 고전 세계에의 집착이 아니라 옛것을 통하여 현재의 의미를 해
석하고 올바른 방향으로 나아가려는 진취적 현실인식의 방법"[22] 혹은
"(「영월영감」의) 의고주의는 폭압적 현실을 버팅기는 의지의 대상이자,
심미성을 갈고 닦는 계기로써 의미를 갖는다."[23]는 다소 상반된 해석이
팽팽하게 맞선다. 이태준이 고완품에 남다른 애정을 느끼고 매란국죽과
같은 자연물을 사랑했던 것은 그것들이 환기하는 정신적 가치나 그 주
변을 둘러싼 아우라에서 현실을 살아가는 삶의 지혜를 시사받을 수 있

---

18) 이태준, 「영월영감」, 『이태준작품집』, 학예사, 1942, 140쪽.
19) 이태준, 「책」, 『무서록』, 깊은샘, 1994, 155쪽.
20) 김윤식, 「『문장』지의 세계관」, 『한국근대문학사상비판』, 일지사, 1995, 173쪽.
21) 황종연, 「한국문학의 근대와 반근대」, 동국대 박사학위논문, 1991, 219쪽.
22) 장영우, 『이태준소설연구』, 태학사, 1996, 59쪽.
23) 박헌호, 앞의 책, 115쪽.

다고 믿었기 때문이다. 이러한 그의 태도는 상품의 실용성이나 재화의 교환가치에 더 많은 관심을 기울이는 근대 자본주의의 속성과는 전연 상반되는 가치관이거나 적어도 물신주의적 사고에 대한 일종의 저항정 신이라 볼 수 있다. 무엇보다 이태준은 고완품을 투자가치가 높은 하나의 상품으로 간주하는 태도나 단순한 소장욕으로 관심을 갖는 부류를 경계하면서 "미술품으로, 공예품으로 정당한 현대적 해석을 발견해서 새로운 생명의 불사조가 되게 해주"24)는 데서 그 참된 의미를 찾으려 했던 점에 유의할 필요가 있다. 옛것을 통해 새로운 것을 지향하고자 하는 온고지신(溫故知新)의 정신은 직선적 시간관과 성장만을 강조하는 진화론적 사고와는 사뭇 그 성격을 달리한다. 그런 점에서 상고주의가 근대에 저항하는 '반근대'적인 성향을 갖는 것은 사실이지만, 그것 때문에 상고주의가 비판의 대상이 되어야 할 이유는 존재하지 않는다.

영월영감이 조카 성익에게 돈 천 원을 융통해 간 이유가 금광개발 때문임이 밝혀지면서 이 작품은 당시 식민지 조선의 현실문제와 예각적으로 조우하게 된다. 당시 일제는 제령(帝令) 제2호 '조선 광업령 개정' 과 부령(府令) 제78호 '금 탐광 장려금 교부규칙' 및 부령 제59호 '저품위 금광석 매광 장려금 교부규칙' 등 일련의 산금장려정책을 공포하여 조선의 골드러시를 부추겼다. 이처럼 무분별한 투기에 가까운 금광 열기로 조선의 산야는 마구 파헤쳐졌지만25) 정작 금광개발로 치부한 이들은 거개가 일본인이었다.26) 이런 점을 감안하면 영월영감은 근대적 삶

---

24) 이태준, 「고완품과 생활」, 『무서록』, 143쪽.
25) 김유정의 「금따는 콩밭」은 금광에의 열기가 농촌 깊숙한 곳까지 파고는 사정과 그 대부분이 비과학적인 방법에 의해 진행되고 있다는 사실을 해학적으로 고발한 작품이다.
26) 1933년도의 광산액 4,830만여 원 가운데 일본인이 차지한 비율은 75%나 되고 조선인은 고작 16%에 그치고 있다. 당시 이름난 조선인 금광재벌은 박화섭·이종만·방응모·최창학·박기효 등 극히 소수에 불과한 것만 보아도 일제의 산금장려정책의 실상을 짐작할 수 있다.(이상의 통계수치는 조선총독부, 『施政25年史』, 1935. 임종국, 『한국문학의 민중사』, 실천문학사, 1986, 160-161쪽에서 재인용)

의 투기적 성격을 교묘히 이용한 일제의 책략에 휘둘려 패가망신한 시대의 청맹과니에 지나지 않아 보인다. 하지만 영월영감이 금광개발사업에 뛰어든 것은 단순한 투기가 아니라 나름대로의 계획과 확신이 있는 것으로 나타난다. 그는 금이 곧 힘이며 그것은 단순한 물리적 힘에 그치는 것이 아니라 인간의 정신까지도 좌우할 수 있는 원동력으로 인식하고 있다. 더구나 그가 느닷없이 홍경래를 끌어들이는 데서 속마음의 일단이 드러난다. 타락한 제도를 뒤집어엎기 위해서는 힘이 필요하고, 그 힘을 결집시킬 수 있는 최선의 방책이 경제력에 있다는 사실을 그는 체험으로 깨닫고 있었던 것이다. 그는 실패의 원인을 분석하여 실패를 줄여가면 언젠가 성공할 것이라는 확신을 가지고 있다. 그것은 과거를 거울삼아 현재와 미래의 보다 나은 삶을 꾀하는 온고지신의 정신의 실천이라 할 수 있다. 온고지신의 상고주의 정신은 부단한 자기성찰과 노력이 선행될 때 비로소 가치를 발현할 수 있는 것이며, 그런 정신이야말로 쓰라린 일제말기를 살아 견뎌야 했던 우리 민족에게 가장 절실하고 긴요한 마음가짐이었을 것이다. 영월영감에게 금은 "역사가 만들어지는 데"로 가기 위한 수단이며 더 나아가 조국의 독립을 쟁취하는 방법의 하나로 이해할 수도 있다.

「돌다리」(1943)는 근대적 사고방식을 지닌 아들과 농촌 공동체적 가치체계를 포기하지 않으려는 아버지 사이의 세대간 갈등이 핵심서사를 이루는 작품이다. 의사인 아들 창섭은 고향땅을 처분해 병원을 확장하고 부모를 모시려 하지만 뜻밖에도 완강한 아버지의 반대에 부닥친다. 농사를 짓는 것보다 병원에 투자하는 것이 더 많은 수익을 올릴 수 있다고 아버지를 설득하는 창섭의 논리는 근대 자본주의의 경제 원칙에 따른 것이다. 정당한 투자로 몇 배의 이윤을 얻으려는 창섭은 근대적 교육을 받고 근대적 삶을 지향하는 인물의 표상이다. 반면 땅에 대한 "이해를 초월한 일종 종교적 신념"을 가지고 시대의 변화를 외면하는 창섭의 부친은 반근대주의자로 보아도 크게 잘못이 아니다. 이런 맥락에서 보면 땅을 두고 대립하는 두 부자의 의견 차이는 근대와 반근대의 충돌이라 해석할 수도 있다. 다시 말해 「돌다리」는 근대적 삶을 추구하는 아들과 전통적 가치를 존중하는 아버지 사이의 갈등을 날카롭지만 대척적이지 않게 그려낸 작품이다. 이들 두 부자는 서로 판이한 가치관을 가지고 있으면서도 상대방의 의견과 인격을 십분 존중함으로써 이들의 갈등이 극단적 대립으로 인한 파탄으로까지 치닫지는 않는다.

> "천금이 쏟아진대두 난 땅은 못 팔겠다. 내 아버님께서 손수 이룩허시는 걸 내 눈으로 본 밭이구, 내 하라버님께서 손수 핏땀을 흘려 모신 돈으루 작만하신 논들이야. (…) 땅이란 걸 어떻게 일시이해에 따져 사구 팔구 허느냐? 땅 없어봐라 집이 어딧으며 나라가 어딧는 줄 아니? 땅이란 천지만물의 근거야. 돈 있다구 땅이 뭔지두 모르구 욕심만 내 문서쪽으로 사 모기만 하는 사람들, 돈노이처럼 변리만 생각허구 제 조상들과 그 땅과 어떤 인연이란건 도시 생각지 않구 헌신짝 버리듯하는 사람들, 다 내눈엔 괴이한 사람들루 밖엔 뵈지 않드라."27)

땅이 국가 형성의 근본 조건이라는 창섭 부친의 국가관은 소박하기 그지없는 것이지만, 나라를 빼앗긴 식민 상황을 고려하면 가장 절실한 체험에 뿌리를 내린 생각이라 볼 수도 있다. 더욱이 "땅이 뭔지두 모르구 욕심만 내 문서쪽으로 사 모기만하는 사람들"이 누구를 지칭하는가는 특별한 설명이 필요치 않을 만큼 분명해 보이는데, 그는 아들을 가르치는 형식을 빌어 땅을 투기대상으로 여기는 부재지주를 통렬히 비판하고 있는 것이다. 이태준은 「돌다리」에서 근대와 반근대 정신을 예각적 대립 관계로 이해하지 않고 상호보완적인 관계로 설정함으로써 신구 세대간의 갈등을 해소하고 있다. 경제적 이윤을 추구하는 아들의 근대적 사고를 정면으로 부정하지 않으면서도 땅의 환금가능성 이상의 정신적

---

27) 이태준, 「돌다리」, 『돌다리』, 박문서관, 1943, 221쪽.

가치를 이해시키려는 그의 노력은 무분별한 근대 추수에의 부정이며 전통 옹호를 위한 적극적 신념의 발현이다. 영월영감이나 창섭 부친은 모두 구세대에 속하는 인물들이지만, 이들이 자신의 경험을 바탕으로 현재의 난관을 극복하려는 정신은 상고주의의 참된 가치를 보여주는 것이다. 상고주의가 일제와 등치(等値)되는 근대주의에의 반동이라는 일차적 의미에서 탈피하여 과거와 현재를 잇는 교량적 역할을 수행할 때 더 큰 의의를 획득하게 된다면, 이들 두 사람은 그 전범에 해당하는 인물 유형이라 할 만하다.

## 4. 이념과 예술

1942년을 전후해 이태준은 「지원병 훈련소의 일일」(1940), 「제1호 선박의 삽화」(1944), 『대동아전기』(1943) 등 친일적 성향의 글을 발표한 뒤 철원으로 내려간다. 특히 최근에 발굴된 「제1호 선박의 삽화」는 일어로 쓰여져 다소 충격적이다. 그러나 소설의 내용을 살펴보면 일어로 쓰여졌을 망정 적극적이고 악랄한 반민족적 친일 행위를 선무(宣撫) 찬양하려는 불순한 의도가 개입되어 있었다고 보기는 어렵다. 어쨌든 이태준은 「토끼이야기」를 쓴 이후 고향에 내려가 가급적 서울 문단과의 교섭을 피한 채 은둔하면서 지낸다. 그가 일본이 연합군에게 항복했다는 소식을 들은 것은 1945년 8월 16일의 일이었고, 즉시 서울에 올라온 그는 임화 등이 주도한 '조선문화건설중앙협의회'에 참여하여 주위 사람을 놀라게 한다. '한 작가의 수기'란 부제가 달린 「해방전후」(1946)는 해방을 전후로 한 시기의 이태준의 사상적 갈등과 전환의 과정을 살피는 데 대단히 유용한 참조가 되는 작품이다. 이 소설의 작중인물 '현'은 일제시대 자신의 문학이 "신변적인 것"이 많았고 "계급보다 민족의 비애에 더 솔직"다고 반성하는 한편, 이른바 '봉황각좌담회'에서 "일본놈 때도 출세를 하고 해방되어서도 또 선두에 나서려 하다니… 이럴 수가 있느냐”
며 친일파를 격렬히 비판하고 나선다. 이태준 자신도 친일적 성향의 글
을, 그것도 일어소설까지 쓴 마당에 김사량 등을 비판한 것은 이율배반
적인 행위처럼 보이지만 그 말속에는 일제시대에 일어로 창작하거나 시
국과 관련된 글을 썼던 모든 문인들의 철저한 반성을 촉구하려는 의도
가 내포되어 있는 것으로 보아야 할 것이다. 해방 후 이태준이 이렇듯
발빠르게 변신을 하고 나선 데에는 여러 논자의 지적처럼 과거의 소극
적 행위를 청산하고 지식인으로서의 실천적 삶을 살고자 하는 내적 욕
망이 개입되어 있다. 말하자면 이태준은 해방을 맞이한 현시점을 개인
적 안위와 명분보다 국가와 민족 전체의 장래를 먼저 생각해야 할 “민족
사적 가장 긴박한 시기”라고 인식하고 있었고, 과거 식민시대의 소극적
행위를 반성하면서 보다 능동적으로 민족과 조국의 미래를 위해 헌신하
고자 하는 자신의 각오를 작품 속에 그대로 드러냈던 것이다.

　　이태준은 1946년 7월경 월북하여 이기영 등과 ‘방소문화사절단’의
일원으로 소련에 다녀온 뒤 일기형식의 소련방문기인 『소련기행』을 펴
낸다. 이처럼 많은 사람의 예상과 기대를 깨뜨리고 좌익계열에 합류한
이태준은 그러나 박헌영의 팔월 테제도 제대로 이해하고 있지 못할 정
도로 이데올로기나 사상에 관해서는 숙맥이나 다름없었다. 그 단적인
예로 「해방전후」에는 ‘인민’이란 단어 대신 ‘민중’이란 어휘가 쓰이고,
『소련기행』에서는 사회주의 리얼리즘의 창작방법론과 예술성의 문제로
고민하는 대목이 나온다.28)

　　　화제에 창작방법론이 나왔을 때, 쏘베트 문학에서는 일관해 사회주의 레
　　알리즘인데 그 원천은 꼬르키에 있노라 했으며 주제의 적극성 문제제 및였
　　을 때, 문예신문 편집국장은, 그것은 그다지 큰 문제가 아닐 것이라 했다.
　　아무리 주제가 크기로 예술성이 없으면 문학작품일 수 없고, 아모리 예술

---

28) 이태준, 『소련기행』, 조소문화협회 · 조선문학가동맹, 1947, 237쪽 참조.

성에 노력했어도 그 시대가 요구하는 문제를 반영하지 못했다면 무가치한 것이 아니냐 하고 웃었다.

과거 KAPF의 내용우위론에 반감을 가진 채 '구인회'를 결성했던 이태준의 문학관이 해방 후에도 전혀 바뀌지 않았음을 쉽게 확인할 수 있다. 그가 소련기행을 통해 '제도로서의 사회주의'에 커다란 호감을 가졌던 것은 부인하기 어렵지만, 문학에 관한한 사회주의 리얼리즘의 창작 방법론을 교조적으로 수용하는 문제에 있어서는 일체의 타협도 없었던 것으로 보인다. 그는 6·25 이후 김일성 소설을 쓰라는 당의 요구를 거절[29]해 사상투쟁 대상이 되었고 마침내 숙청될 정도로 문학의 예술성이 훼손되는 것을 참고 견디지 못할 만큼 반골기질이 강했다. 비근한 예로, 「먼지」의 한뫼 선생은 북쪽의 정책이 옳다고 믿으면서도 남한에 대한 소문을 자신이 확인하기 전에는 믿지 않겠다는 고집을 보이기도 한다.

한뫼선생은 북조선 정치노선이 옳은 줄은 안다. 그러나 북조선 신문들이 보도하는 남조선 사태를 남조선의 진상으로 믿으려고는 하지 않는다. 왜? 자기 눈으로 보지 않았기 때문이다.

한뫼선생은 자기의 60년 생애에 믿을 수 있었던 일보다 믿을 수 없었던 일이 더 많던 세상임을 잘 안다. 남이 다 건너는 돌다리도 자기 손으로 두드려보기 전에는 결코 건너지 않는다.[30]

---

29) 김홍균, 앞의 글, 288쪽 참조.
당초 이태준이 사상투쟁 무대에 오른 것은 그가 정치성 없는 글을 쓴다는 이유였다. 김일성 형상소설을 안 쓴다는 것이었다. 과제와 함께 시간도 줬으나 이태준은 번번이 공탕을 친다. 그런 이태준이 하루는 가족들 앞에서 자신의 심경을 털어놓는다. "나는 작가적 양심과 타협하지 못하겠다. 김일성 소설을 정말 못 쓴다. 김일성과 체험이 전혀 없는데 어떻게 그의 글을 쓴다는 말이냐? 작가가 체험 안 하고 쓴 글을 글이 아니다." 이와 함께 「고향길」(1950)에는 김일성이 축지법을 쓰냐는 부하들의 질문에 "보통사람 이상 능숙해지면 보통사람에겐 귀신처럼 뵈는 법이거던…"이라며 얼버무리는 인물이 등장할 정도로 김일성 신격화에 반감을 가지고 있었다.
30) 이태준, 「먼지」, 『민족문학사연구』 제10호, 1997, 27쪽.

“남이 다 건너는 돌다리도 자기 손으로 두드려보기 전에는 결코 건너지 않는다”는 처세관은 「해방전후」에서 다소의 흥분기마저 드러내며 적극적으로 현실개혁에 참여하고자 했던 ‘현’의 태도와는 상당한 거리가 있어 의외의 감마저 든다. 그러나 달리 생각하면 이 소설을 통해 이태준은 아지·프로 일색의 북한과 소련의 정책이나 문화에 더 이상 휘둘리지 않겠다는 의지를 보여주려 한 것이 아닌가 생각된다. 앞서 말한 것처럼 젊은 시절부터 이태준은 루나찰스키류의 사회주의 문학론에 반감을 가지고 있었고 소련에 가서도 사회주의 리얼리즘의 창작방법론과 예술성 사이의 충돌을 어떻게 해결하는가 하는 문제에 매우 민감한 반응을 보여 왔다. 사회주의 리얼리즘의 창작방법론에 충실하자면, 「먼지」의 한뫼선생은 남한의 타락상을 직접 확인한 뒤 북한에 귀환해 적극적으로 북한정책을 옹호하는 것으로 마무리되어야 마땅하다. 그것이 사회주의 리얼리즘이 요구하는 당성과 인민성 등에 합당한 소설 구조의 논리적 귀결이기 때문이다. 그럼에도 작품의 결말부분에서 한뫼선생이 38선을 월경하려다 카빈총(당시 카빈총은 남측 병사들이 사용하던 총기였다)에 맞아 죽는 것으로 설정된 것은 남한은 물론이고 북한의 정책에 대해서도 일정한 비판과 거리를 두고자 한 의도가 내재된 것으로 해석될 수 있다. 간단히 말해, 한뫼선생(더 나아가 작가 이태준)이 평생 노심초사했던 것은 민족과 국가의 건전한 발전이었지 사회주의 이데올로기는 아니었던 것이다. 이런 점에서 볼 때 해방 후 이태준이 보여준 행보는 특정한 이념의 선택이 아니라 자신이 생각하는 민족주의의 정당한 방향이었던 것으로 보는 편이 옳다.

이태준은 어려서 고아가 된 뒤 아버지를 정신적 모델로 삼아 민족주의와 전통문화를 소중한 정신적 가치로 간직하고 행동으로 실천해 왔다. 조용만의 회고에 따르면 이태준의 첫인상은 “매우 냉정하고 차가운 사람”으로 기억된다고 한다. 「고향」이나 「패강냉」, 『사상의 월야』에 나타난 이태준의 분신들은 불의에 참지 못하고 불끈 하는 성격을 보여준다.

이런 점들을 고려해 볼 때 이태준과 그의 문학에 내재한 정신주의적 특질을 '처사'의 개념으로 이해하는 것은 적절하지 않은 것으로 판단된다. 그것은 조선의 전통적 처사의 모습과는 상당히 다른 현대 지식인, 현대 소설이론의 용어를 빌어 표현하면 루카치나 골드만이 정의한 '문제적 개인'의 면모와 유사한 부분이 더 많다. 요컨대 그는 식민지 현실에 절망한 나머지 자신의 의지와 능력을 사장한 채 초야에 묻혀 산 선비가 아니라 식민제 제도권에 편입하여 장편 신문연재소설을 쓰는 등 현실과 적당히 타협하는 척하면서 진실한 가치를 추구하고자 했던 작가였다.

# 식민지 시대 남성작가의 욕망과 여성 주인공

이 호 숙*

## 1. '여성'과 '욕망'의 작가 이태준

이태준은 동시대의 어느 작가보다 유난히 '여성' 주인공을 많이 채택한 작가이다. 러브스토리가 핵심인 장편 연재소설을 많이 창작[1]한 때문이기도 하지만 연재소설과 달리 문학성을 확보하고 있다는 단편에서도 여성인물의 비중은 매우 높다.[2] 이태준의 데뷔작인 「오몽녀」는 카프가 맹위를 떨치던 시기에 발표된 단편인데 이태준의 다른 초기작들보다 우수한 작품으로 평가[3]되고 있다. 월북 이후의 작품인 「호랑이 할머니」역시 해방 이후의 북한 문단에서 가장 뛰어난 작품으로 평가[4]되기도 한

---

* 이화여대 강사.

1) 14편의 중·장편 중 여성이 주인공인 작품은 『법은 그렇지만』『구원의 여상』『애욕의 금렵구』『황진이』『성모』『화관』『딸삼형제』『행복에의 흰손들』『별은 창마다』의 9편이고, 남성이 주인공인 작품은 『제이의 운명』『불멸의 함성』『사상의 월야』『청춘무성』『왕자호동』의 5편이다.

2) 「오몽녀」, 「만찬」, 「그림자」, 「온실화초」, 「누이」, 「산월이」, 「은희부처」, 「결혼」, 「천사의 분노」, 「코스모스 이야기」, 「슬픈 승리자」, 「어떤 젊은 어미」, 「색씨」, 「까마귀」, 「바다」, 「사막의 화원」, 「석양」 등, 총 48편 중 17편.

3) 이태준에 대하여 후하지 않은 김윤식도 이 작품이 분명 문학의 범주에 드는 것이라고 지적한다. 김윤식, 「이태준론」, 『현대문학』, 1989. 5.

다. 데뷔작과 거의 종료작이라 할 수 있는 두 작품의 주인공이 여성인 점은 우연일 수 있다. 그러나 주변에 세 남성을 거느리는 중심적 위치의 '오몽녀'와 문맹 퇴치 사업의 중심 역할을 하는 '호랑이 할머니'가 남성 인물을 능가하는 행동성을 지니며, 이 두 작품의 문학성이 확보되어 있다는 사실은 이태준의 여주인공 소설들에서 파악되는 여타의 특성들과 더불어 이태준 문학의 정체성을 밝혀내는 데 뚜렷한 단서를 제공할 수 있다고 생각된다.

이태준은 또한 '욕망'의 작가이기도 하다. 데뷔작 「오몽녀」를 필두로 많은 민중 주인공들을 '욕망 경합장' 내지 '욕망 전시장'으로서의 사회에 위치시켜 두고 관찰5)하는가 하면, 통속적인 욕망 성취구조인 장편 연재 소설의 당대 이인자이기도 하고, 해방 이후 소설들의 주제는 주로 욕망의 계급 투쟁이다. 그리고 그의 월북사실 자체에서 감지되는 욕망의 기미들 또한 이태준이 본연적으로 '욕망의 작가'임을 말해준다. 이태준 스스로도 자신이 관심을 두는 것은 당대의 '공통만속', 즉 통속성6)이라고 설파한 바 있는데 그가 파악하는 공통만속의 핵심에는 바로 욕망이 자리한다. 이렇듯 이태준 문학을 점철하는 '욕망'이라는 개념은 앞서 말한 '여성'이라는 개념과 더불어 이태준 문학의 무의식 구조를 밝혀내는 핵심어가 아닐 수 없다.

이태준은 해금 이후의 구체적인 작품 분석과 연구 대상의 확대 속에서 그 이미지가 확연히 달라진 작가이다. 언어에 치중하는 기교주의·패배주의·현실인식 결여의 작가 등등. 일제 강점기의 민족 현실을 외

---

4) 기석복은 「우리 문학 평론에 있어서의 몇 가지 문제에 대하여」에서 「호랑이 할머니」가 해방 후 조선문학에서의 최대 걸작이라고 평한다.(양일문, 「북한의 숙청문인」, 『북한학보』 5, 1981, 62쪽에서 재인용)
5) 이호숙, 「이태준 소설의 이중욕망 연구」, 2001년 이화여자대학교 박사학위논문, 43-46쪽 참조. 데뷔작 「오몽녀」(1925), 중기작 「복덕방」(1937), 후기작 「사냥」(1942)이 대표적이다.
6) 이태준, 「통속성이라는 것」, 『상허 문학독본·평론』, 서음출판사, 1988, 316쪽.

면한 '순문학 작가'라는 꼬리표를 뗐을 뿐 아니라 더 나아가 일제 강점기의 민족 현실에 대한 관심과 고뇌가 남달랐던 '사회의식'의 작가로 구분되기도 한다. 이태준의 사회의식의 발굴 배경에는 순문학 작가의 월북이라는 모순된 전후 사건의 연계성 찾기라는 과제가 놓여 있었는데 그 해답으로 등장한 것이 바로 이태준의 사회역사적 인식이었던 것이다.

그러나 이태준 문학의 중요한 쟁점으로 등장한 그 사회의식에 대한 견해들은 여전히 상반된 가운데 뚜렷한 맥을 잡지 못하고 있다. 가령, 작품의 변화 경향에 대해서조차 전기, 후기의 특성을 전혀 상반되게 평가하거나[7] 어느 특정 작품의 의식적 기조에 대해서도 상이한 평가를 하고[8] 동일 평자 중에서도 시일의 경과 후 이전과 다른 견해를 제시하는[9]

---

7) 강진호, 최재서, 이병렬은 후기 단편들의 사회의식이 강렬하다고 보는 반면, 서은선, 장영우, 유종호는 전기작의 사회의식이 더 두드러진다는 견해를 보인다.(강진호, 「이태준 연구」, 고려대학교 대학원 석사논문, 1987) (최재서, 「최근 문단의 동향」, 『조광』 1937. 11월) (이병렬, 「소설미학과 현실 인식의 사이에서」, 『동서문학』, 1994. 봄) (서은선, 「이태준 장편소설 연구」, 『국어국문학』 29, 부산대 국어국문학과, 1992. 10) (장영우, 「낭만주의적 민족과 온고지신의 정신」, 『동서문학』 1994. 봄) (유종호, 「인간사전을 보는 재미」, 『1930년대 민중문학의 인식』, 한길사, 1990)

8) 가령 『사상의 월야』에 대해서 유보선, 서은선은 근대적 열망을 드러낸 작품이라고 보는 반면, 최혜실, 이익성, 강진호는 이 작품에 내재된 작가의 봉건의식을 지적한다.(유보선, 「역사의 발견과 그 문학사적 의미」, 『한국 현대문학 연구』 1집, 현대문학 연구회, 1991) (서은선, 앞의 글) (최혜실, 「이태준 애정소설에 나타난 애정의 삼각구도」, 『한국 근대 장편소설 연구』, 모음사, 1992) (강진호, 「이상과 현실의 거리—해방기 이태준 소설론」, 『문학의 논리』 2, 태학사, 1992) (이익성, 「『사상의 월야』와 자전적 소설의 의미」, 『한국 근대 장편소설 연구』, 모음사, 1992)
또 『제이의 운명』의 연애에 대해서 장영우는 민족 계몽으로 나가기 위한 구실이라고 보는 반면 최혜실은 민족은 단지 포즈일 뿐이고 통속적인 삼각연애가 주제라고 본다. 각각 앞의 글.

9) 강진호는 이태준의 사회의식이 무시되거나 왜곡되어 있음을 지적하던 초기의 견해와 달리, 최근 연구에서는 그의 선민의식과 귀족의식을 지적한다. 각각 강진호의 앞의 글. 또 김우종도 패배적 인물들만을 다루는 현실의식 결여의 작가라는 평가(『한국 현대소설사』, 성문각, 1968, 240쪽)에서 사회의식이 있는 작품도 있으며 사회성이 결여된 경우에도 독자에게 사랑을 받을 수 있는 미점을 지닌 작품들(「이태준 소설의 몇가지 특성」, 『현대 문학사의 재조명』, 백문사, 1991, 345쪽)이라는 평가로 선회한다.

등 이태준 해석은 여전히 혼선 속에 있다.

필자는 이태준의 사회의식의 성격 규명이 이런 난맥상을 보이는 것은 근본적으로 '욕망의 전치와 의탁'이라는 특이한 구조를 지닌 이태준 문학의 특성 때문이라고 본다. 이태준 문학은 식민지 시대의 고아 출신이라는 작가의 특수 상황 속에서 작가의 욕망을 민족의식으로 전치[10]시키는가 하면 남성적 자아로서는 감당할 수 없는 사상이나 욕망을 여성 주인공, 또는 여성적 자아에 의탁하여 발설하고 실현하는 특이한 구조를 보인다.

이태준이 작가적 남주인공을 욕망과는 먼 거리에 위치시킨 것은 민족적 현실의 요구를 염두에 둔 때문이기도 하지만 그보다는 자신이 궁극적으로 패배하고 좌절할 수밖에 없는 욕망 경합장이었기 때문이었다고 생각된다. 따라서 이태준이 유독 많은 여성 주인공을 채택하고, 그 여성들이 남성들과 달리 무소불위적인 행동성을 보인다는 사실은 이 여성 주인공들이 억압되고 결여된 작가의 무의식적 욕망을 우회적으로 성취하는 도구였다는 것을 추정하게 한다. 즉 이태준의 여성 주인공은 작가의 감정 이입이 원활하게 이루어지는 대상으로 남성 작가의 전(前) 상징계적인 본연적 속성과 기질이 자연스럽게 토로되는 방편인 것이다. 성별·연령·직업·학벌 등에서 실제 작가 자신과 거의 밀착된 남성 퍼스나[11]의 경우 당대의 민족적 현실원칙의 요구에 대한 강박증에서 벗어

---

10) 이에 대해서는 필자의 논문 Ⅱ, Ⅲ장 참조.
　　Ⅱ장에서는 이태준의 '자기 중심욕망'이 시점과 대화형식의 기법으로 전치된 양상을 살펴보고, Ⅲ장에서는 이태준의 은폐·투사·의탁된 통속적 욕망이 남성 주인공의 민족 욕망으로 전치되고 승화되는 양상을 살펴 보았다. 「이태준 소설의 이중 욕망 연구」, 이화여자대학교 대학원 2001학년도 박사학위 논문.
11) 보통 한 작품 내의 어떤 등장인물이 작가적 인물인가의 지표는 그 인물의 이데올로기가 내포작가의 이데올로기와 일치하는가, 즉 작가=서술자=인물 등식이 성립하는가. 다시 말해 그 인물이 작품의 이데올로기의 전달자인가 하는 점이다. 그리고 다른 지표로는 인물의 직업, 성별, 연령, 성격 등이 실제 작가와 유사한가 하는 점이다.(S. S. Lanser, 『Narrative Act: Point of View in Prose Fiction』, Princeton Uni. Press, 1988, pp. 149-53)

나기 어렵지만 여성 퍼스나로는 작가 자신의 무의식적 욕망을 자유롭게 실현할 수 있고, 무의식적인 창작 에너지가 원활히 작동되어 어느 경우엔 작품의 예술성이 더 고양될 수도 있을 것이다.

이렇듯 이태준의 여성 주인공은 작가의 내밀한 의식과 사상과 욕망을 길어낼 수 있는 원천으로 '민족'이라는 개념으로 무장한 남성 퍼스나와 표리의 구조를 이루는 한 짝이다. 따라서 순문학, 사회주의, 역사의식, 월북 등의 개념 속에서 뚜렷이 형체가 잡히지 않는 이태준 문학의 정체성은 욕망의 전치구조인 남성 퍼스나의 이야기와 욕망의 의탁실현 구조인 여성 퍼스나의 이야기를 아울러 분석해 낼 때 비로소 밝혀질 것이다. 본 논의에서는 여성 주인공과 작가의 욕망의 상관관계에 대한 분석에 한정될 것이다.

작가의 욕망과 여성 주인공의 상관성에 대한 이 연구는 이태준의 페미니즘에 대한 성격도 보다 확연히 규명할 수 있을 것이다. 여주인공이 등장하는 소설에 대한 평가는 상업성·대중성을 겨냥하는 장편 연재소설인 여건상 그 문학성이 저열하다는 것과 페미니즘이라는 지적이 주를 이룬다. 그러나 장편의 문학적 저열성의 원인을 단지 연재소설인 여건[12]에서만 찾거나, 이태준의 여주인공 소설에서 이혼·미혼의 모티프가 빈번하고 여성의 주체적 자의식을 강조한다 해서 쉽사리 페미니즘으로 규

---

이태준 소설에서 남주인공이 작가적 인물인 지표는 그들의 직업이 문인이나 기자, 작가, 귀국한 유학생, 고학생 등으로 실제 작가의 전기적 사실에 거의 맞닿아 있다는 사실이다. 또 이태준의 작품에서 작가적 주인공이 명시적으로 드러내는 이데올로기가 산문에서 피력한 작가의 견해와 일치하고, 작품마다의 이데올로기가 거의 일치하므로 작가적 주인공들을 실제작가라고 추정해도 무방하다.

12) 이태준 장편 연재소설의 문학성이 저열한 원인 중 하나는 작가 자신의 민족적 이념과 현실적 욕망 사이의 이중적 갈등 탓이라 생각된다. 그의 인물형이나 플롯의 불안정성은 모두 작가 자신이 뚜렷한 좌표를 정하지 못한 채 흔들리고 있는 상황에서 연유한다. 생활에 쫓기며 쓰는 연재소설이기에 문학성이 저열하다는 주장은 이태준이 신문사를 휴직하면서까지 작심하고 썼다는 『성모』의 문학성이 여타의 연재 장편보다 나을 게 없는 사실로 반박된다.

정하는 평가는 이태준 여성 주인공 소설에 내재된 성격을 감안할 때 결코 충분하지도 정확하지도 않은 것이다.


## 2. 작가적 자아로서의 여성 주인공

여성 공간이 작가의 욕망이 발현되고 실현되는 공간이라는 주장의 기본 전제는 여성 주인공이 작가적 자아라는 것이다. 여성 주인공이 작가적 자아라는 사실은 여러 경로로 입증된다. 여성 주인공의 기질이나 의식, 사상이 실제 작가와 동일한 경우도 있고, 여성 주인공이 작가 스스로의 자의식적 반성을 대리 피력하는 수단인가 하면 작가의 무의식적 원망을 대리 실현하는 도구인 예도 있다. 여성을 통해 드러나는 이런 면모는 해방 이후의 변모한 모습으로 바로 이어지게 된다.

### 1) 무행동성에 대한 자의식적 반성의 대리 표출 도구로서의 여성

여러 정황으로 미루어 작가의 원망적인 자아임이 입증되는 「석양」의 여주인공은 간단한 말에도 깊이 있는 교양을 드러내는 인물인데, 거의 실제작가로 추정되는 남주인공과의 대화를 통해 세월 속에서 바래버린 남주인공의 면모를 지적한다. '실례'라는 관용적인 말에 익숙하고 대상의 '이름'을 먼저 알고자 하는 등 본질보다 껍데기에, 내용보다 형식에 집착하는 면모를 일깨우는 것이다. '이름'이라는 것은 기표에 불과할 뿐 실 내용과는 아무런 필연적인 연관성이 없는 것이다. 이런 '이름'에 남주인공이 민감하다는 것은 실체보다 허상, 더 나아가 본연적 모습보다는 포장된 허위의 모습에 집착한다는 의미일 것이다. 이런 언어적인 문제를 지적하는 여주인공은 언어를 다루는 작가의 자의식적 반성을 대리 표출해주는 작가적 자아에 다름 아니다.

여주인공들의 입을 빌려 피력되는 자신의 무행동성에 대한 자의식적 비판은 해방 이후의 남성 주인공의 자의식적 반성과 동일한 것이다. 이태준의 남주인공들의 기질은 『불멸의 함성』 『청춘무성』의 여주인공들을 통해 지적되듯이 '소극적인 영웅주의'의 특성을 지닌다. 중심 위치에 대한 갈망이 남다르면서도 그에 요청되는 행동성은 결여된 것이다. 그들은 의젓하고 사내다운 인물로 소개되지만 서사적 전개과정에서 어느덧 유치하고 소심한 모습으로 변해간다. 고아라는 개인적 환경과 식민지라는 시대적 환경 속에서 형성된 작가적 기질이 들어서기 때문이다. 중심적 위치에 대한 욕망이 강한 그만큼 자신의 욕망이 좌절되는 상황도 용납할 수 없는 처지가 자신의 욕망을 은폐하거나 투사하고 합리화하는 소극적인 기질로 굳어진 것이다. 남주인공들은 욕망 좌절 후 민족 공간에 투신하지만 그곳은 이차적인 보상 공간의 성격이 강하기 때문에 그 공간에서도 현실적 욕망공간에 대한 미련과 은폐는 지속된다.

남주인공들의 소심성은 신념이나 욕망의 구체적인 실행에 있어서만 나타나는 것이 아니라 아주 사소한 영역에서도 무수히 드러난다. 『불멸의 함성』에서 보듯 아직 학생인 자신에 비해 상대가 선생이라는 직업인이며 금박 찍힌 서적까지 다수 소유하고 있다는 사실 앞에서 열등감에 빠지기도 하고, 자신이 굵은 사실을 애인이 눈여겨보지 않는 사실에 분노하기도 한다. 『화관』의 남주인공도 자신보다 우위의 조건을 지닌 여주인공에게 토라지고 그 여성이 스스로 찾아오기 바라는 수동적인 기다림의 자세를 보인다. 이 외 허다하게 엿볼 수 있는 남주인공들의 성격은 남성의 성격이라기보다 오히려 전형적인 여성적 성격으로 인식되기도 한다.

이태준은 바로 이러한 작가적 남주인공들의 성격적 결함을 뚜렷이 의식하고 이를 여주인공들로 하여금 지적하게 한다. 『제이의 운명』의 남마리아는 남주인공이 적대 인물에 대한 혐오감과 분노로 학교에 대한 열정이 식어지고 결국 사표를 내던지자 패배적인 자기합리화라며 비판한다. 인간적 교사를 자처하며 사표 제출하는 주인공 필재의 행위는 "그런 자의 놀음에 물러 앉는 것일 뿐 결코 용한 일이 아니고 오히려 밟히는 것"이라는 사실을 주저없이 지적하는 것이다.

『청춘무성』의 득주라는 여주인공은 빠 여급 출신으로 이태준의 지식인 여주인공들과 달리 육적인 욕망까지도 그 순수함을 주장하는 여성이다. 남주인공이 목사의 길을 포기하고 통속적인 성공을 추구하는 데 많은 영향을 끼치며 나중에 남주인공의 사회사업의 동반자가 되는 이 여성은 남주인공의 기질을 주저없이 비판한다. 이 여성은 이태준의 남주인공들 중 가장 정신성의 극에 위치한 '목사' 직업의 남주인공에게 기독교의 위선성과 돈의 위력을 설파하며 남성인물이 표상하는 정신적인 가치의 무기력성을 인식시킨다. 또한 여성과의 관계에서 대표적으로 드러나듯 자신의 진정한 욕망을 은폐한 채 그 욕망 대상의 자발적인 방문만을 기다리는 태도는 '소극적 영웅주의'라고 비판한다.

이 여성의 비판은 곧 이태준 스스로의 성격에 대한 자의식적 반성에 다름 아닐 것이다. 이것을 확대한다면 지금까지 이태준의 남주인공들이 자신의 욕망을 은폐한 채 적대적 인물형들을 무조건 모리배로 매도하는 행위는 소극적 영웅주의에 지나지 않는다는 지적이 된다. 이들 여성은 남주인공들이 결여한 추진력을 지니며 현실적 영역에 대한 열정이 지대한 인물들이다. 이런 여성들로 하여금 남주인공들의 성격적 결함을 지적하게 하는 것은 곧 작가의식이 이런 여성들의 방향으로 선회하고 있음을 보여주는 것이다.

실제로 여주인공들을 통한 이런 작가의 자의식적 반성은『해방전후』에서 피력되는 작가 자신의 무 행동성에 대한 자의식적 반성과 동일한 것이다. 이태준의 의식과 문학과 행적의 변모가 그가 주장하듯 강원도 고향에 낙향해 있던 해방전후에야 이루어진 것이 아니라 훨씬 이전부터 주로 장편의 여주인공을 통해 수행되고 있었던 것이다.『청춘무성』(1940)의 남주인공이 재벌되는 이야기,『사상의 월야』(1941~2)의 남주인공이 지금까지의 소심한 남주인공들과 달리 적극적인 현실참여의 의지를 개진하는 것, 『해방전후』의 작가적 남주인공의 변모한 모습 등은 모두 앞에서 본 여주인공들의 성격과 유사하며 그들로부터 지적받은 부정적인 모습을 교정한 것이라 할 수 있다.

## 2) 작가의 기질·의식을 공유하는 여성

이태준은 '인물이 말을 듣지 않아 자신이 상상한 사건이 잘 되지 않는다'는 사실을 직접 고백한다. 인물을 어쩌지 못한다는 것이다.

> 내가 만드는 인물이라 내 마음대로 부릴 수 잇스려니 햇다가 멧번 실패하엿다. 얼굴이 생기고 몸짓이 생기고 말씨가 나와 버티여 한번 성격이 결정만 되면 천하업는 작가라도 그 인물에게 끌려나가던지 그 인물을 잡아버리던지 두 가지 길밖에 업슬 것이다.
> **사건의 진전을 봐서는 꼭 필요한 행동인데 인물이 듯지 안는 경우가 여간 만치 안타.**
> 사건은 완성시키지 못할지언정 **인물을 어쩔 수는 업는 것이다.**
> **작가가 상상한 사건을 원만히 행동해 주는 인물**, 그를 만나기 위해서는 불안을 오래 끄으는 시간 여유가 제일이라 생각한다.[13]

남주인공들이 작가가 예정한 성격, 즉 결단력과 실천적 행동성을 구비한 성격을 초반부에서 잠깐 보여주다 곧 예의 선험적인 이분법적 인식이나 이중 욕망의 갈등 같은 '기질적 결함'의 늪으로 빠져드는 경우가 허다하고 지적하였는데 바로 작가는 이런 사실을 언급하는 것이다. 이태준의 여주인공은 작가 자신도 '어쩌지 못하는' 남주인공 대신 '작가가 상상한 사건을 원만히 행동해주는 인물'로 '오랜 시간을 끌고 설정'한 대상이라고 생각된다. 구체적인 지시성에서까지 실제 작가와 밀착된 남

---

13) 이태준, 「창작의 고심」, 『이태준 문학독본·평론』, 서음출판사, 1989, 253쪽.

주인공들 대신 성별 상 작가와의 객관적인 거리가 확보된 여성을 선택한 것이다. 그러나 작가와의 거리를 확보한 듯하던 여주인공들도 어느새 작가와 간격없이 밀착되어 버리는 경우가 있다. 남성의 경우와 달리 작품의 일부분에서 나타나고 이후에는 남성과는 변별적인 결단력과 실천성을 보이지만 이들 여주인공이 바로 작가적 자아라는 증표가 아닐 수 없다.

『성모』는 좋은 장편을 열망하는 이태준이 휴직까지 하며 창작한 작품이다. 이전의 장편들이 기자라는 직업을 가진 채 신문 연재된 것과 달리 전업작가의 연재물인 것이다. 따라서 이 소설의 여주인공 순모야말로 '작가도 어쩌지 못하는 인물' 대신 '작가가 상상한 사건을 원만히 행동해 주는 인물'로 '오래 시간을 끌며' 설정되었을 개연성이 가장 높다. 그녀는 천방지축일 정도로 당당하고 명쾌한 성격이면서도 순진한 여성이다. 상허의 장편에 익숙한 독자는 『제이의 운명』의 남마리아와 같은 유형의 이 여성이 적극적인 행동적 인물로 내정되어 있음을 감지할 수 있다. 그런데 이 여성은 작가적 남주인공들과는 상이한 성격으로 설정되어 있으면서도 여타 소설에서 보던 남주인공들의 기질과 흡사한 모습을 초반부터 드러낸다. 가령, 한 남성의 실상을 알기도 전에 거의 30여 쪽에 걸쳐 혼자 이성 교제에 대한 상상과 공상, 독백을 하는 이 여성의 모습은 선험적 인식의 특성을 지닌 남성 주인공들의 기질과 그대로 일치한다.

이런 특성은 『화관』의 여주인공 동옥, 「결혼」 「코스모스 이야기」의 여주인공들에서도 동일하게 나타난다. 『화관』의 여주인공 동옥도 현실 논리와 이상 사이에서 갈등을 겪지만 이후 교육 계몽가로서의 정체성을 확실히 드러낸다. 남과 다른 자신의 주관적 판단에 절대성을 부여하는 「결혼」의 여주인공은 물질=악/ 정신=선이라는 선험적 이분법으로 남성을 예단하는 점에서 이태준의 젊은 작가적 남주인공들과 전혀 차이가 없다. 「코스모스 이야기」의 여주인공도 고학생=영웅, 존경 대상/ 부자=

허위의 속물이라는 선험적 이분법의 소유자이다.

이태준의 여주인공들이 작가적 자아라는 사실은 작가가 산문에서 밝힌 내용이나 남주인공들의 생각이 그대로 여주인공들의 입을 통하여 다시 발설되는 경우에서도 드러난다. 「까마귀」『딸삼형제』『별은 창마다』의 여주인공들이 피력하는 서구문화와 전통문화에 대한 생각들은 바로 작가 자신이 산문에서 토로한 견해와 동일하다.

> **조선 상여**는 참 타기 싫어요. 요즘 금칠 막한 자동차도 보기도 싫어요. 하아얀 말 여럿이 몰고 가는 하아얀 마차가 있다면…그리고 **무덤도 조선 산수들야** 어디 누구의 영원한 주택이란 그런 감정이 나요?…
> **사람**처럼 죽는 사람의 감정을 안 생각해 주는 사람들은 없는 것 같아요. 괘니 그 **듣기 싫은 목소리로 울기만** 하고[14]

라며 조선 상여, 조선 무덤, 조선인의 제사풍속에 대한 혐오감을 토로하는 「까마귀」의 여주인공의 모습과

> **조선 절**들도 저 사진에서 보는 **서양 사원들이나 수도원** 같았으면! 백합화 보는 것처럼 순결해뵈구 거룩해뵈구 감상적이구 중들도 교양이 있구…[15]

라며 서구문화에 대한 동경을 피력하는 『딸삼형제』의 여주인공의 모습은

> … 사람의 우름소리! 새들의 그것보다 얼마나 불유쾌한 소리인가! 죽엄을 저다지 치사스럽게 울며불며 덤비는 것도 아마 사람밖에 없을 것이다.[16]

---

14) 이태준, 「까마귀」,『단편Ⅱ』, 서음출판사, 1989, 34쪽.
15) 이태준,『딸 삼형제』, 서음출판사, 1989, 321쪽.
16) 이태준, 「죽엄」,『무서록』, 서음출판사, 1989, 147쪽.

　…자리에서 창이 먼 것과 걸상마다 푹신히 묻히는 것과 고전적인 파여 풀리쓰, 그리고 녹쓰른 람 프들, 불은 켜지 않은 낮이나 그 람프 밑을 이내 일어서고 싶지 않았다[17]

과 말하는 작가의 모습과 동일하다. 여주인공들은 바로 작가적 자아인 것이다.


## 3. 중심욕망의 대리 실현 공간

### 1) 작가적 원망의 대리 실현 공간

　「석양」의 '타옥'이라는 여주인공은 작가의 자의식적 반성의 대리 표출 도구일 뿐 아니라 탈 규범적 행동성을 향한 작가적 원망의 투사물이기도 하다. 남주인공들의 기질적 소극성, 무행동성에 대한 대안적 자아인 것이다.

　　"이리 올라 와 보세요."
하는 소리가 난다. 놀라 둘러 쳐다보니, 꽤 높은 소나무 중턱에서다. 매헌은 머리가 쭈뼛하였다.
　　"올라 오세요. 여기서가 제일 좋게 봬요."(중략)
　땅도 아니요 몇길이나 될 **높은 나무 우에서 나려다보는 처녀**는, 분명, 처음부터 이상한 매력을 풍기던 그 고완품점의 처녀였다.
　　(중략)
　매헌은 어쩔 줄 몰라 다시 소나무 그늘로 드러섰다. 그리고 또 차츰, 이게 정말 현실인가? 자긔 눈씨의 의혹이 생기였다. 그, 소녀는 결코 아닌, 더구나 교양으로는 어느 어룬의 경지보다도 높은 그 **처녀**가 그리 멀리도 가

---

17) 이태준, 「러스킨 문고」, 『무서록』, 서음출판사, 1989, 124쪽.

지 않어 있는 웅뎅이 앞에서 **기탄없이 옷을 활활 떨어버리는 것이다.** 반
짝이는 모새 우에 푸른 먼산을 배경으로 한순간 상큼 서보는 나체, 그 신비
한 곡선들의 오능 속에서 뛰여나온 요정(妖精)이 아니고 무엇이랴! 탐방 탐
방… 물은 빗긴 햇볕에 금쪽으로 뛰었다.18)

작가 스스로도 놀라는 이 여성의 파격적인 대담성은 1942년이라는
발표 연대를 감안할 때 현실적 개연성이 있는 것이라고는 전혀 생각되
지 않는다. 높은 나무에 올라가거나 주위를 의식하지 않고 훌훌 옷을 벗
어버리는 모습은 천진스런 나어린 소년들이나 할 수 있는 행위이다. 실
제로는 어불성설일 이 '현실 초월적'인 광경은 바로 다음과 같이 청년
시절부터 '철나기 두렵다'고 토로하던 작가 이태준이 세월의 두께 속에
서 퇴색하고 묻혀버린 자신의 욕망을 상징적으로 투사한 것으로밖에는
해석되지 않는다.

> 아! 누님? 왜 사람들은 늙으며, 늙으면 왜 자기가 하던 것을 자기가 못할
까요.
> (중략)
> 누님? 저는 저 **어린아희들의 입술이** 부럽습니다. (중략) 언제든지 **춤추
기 조와하는 어린아기들의 다리가** 부럽습니다.(중략)
> '가자 가자 꿋업시…' 소리가 구슬프게 들녀오드니 **철 알기 시작한** 젊은
사람 하나가 또 지나 갑니다. 아! 그는 **불행입니다.**19)

1924년 휘문고보 교지에 실린 이 글에서 청년 이태준은 고아 체험
탓인지 벌써 세상살이에 지친 모습을 보이며 철나지 않는 것이 행복하
다는 조숙한 견해를 피력한다. 작가가 말하는 '철난다'는 것은 곧 입사
식(入社式)을 의미한다. 곧 한 성인 남성에게 요구되는 현실원칙이 무엇

---

18) 이태준, 「석양」, 『단편 Ⅱ』, 서음출판사, 1989, 210-211쪽, 214쪽.
19) 이태준, 「강호에 계신 K누님께」, 『단편 Ⅱ』, 서음출판사, 1989, 249쪽.

인지를 터득하는 과정이다. 일제 시대와 고아라는 이중적 억압 속에서 불과 이십여 세의 젊은 이태준의 철나기 두려워하던 심리는 사십 전후의 이태준에 이르러 앞의 처녀가 보여주는 것과 같은 파격적인 현실 초월의 욕망으로 전화된다.

나무를 타고 올라가 책을 읽는다든지, 냇가에서 훌훌 옷을 벗고 나체로 목욕을 한다든지, 나이 든 남주인공의 옆방에 투숙하는 등, 이 대담한 처녀의 무소불위의 금기 범하기는 남주인공들이 소위 사회적 위신상, 사회적 기대상 하지 못하지만 하고 싶은 본연적인 욕망을 상징적으로 대리 투사한 것이다. 국권 상실기의 지식인이라는 굴레에 얽매여, 또는 가부장의 현실의 붙들려 본연의 욕망을 잠재운 채 현실적 상징계에 갇힌 이태준이 꿈꾸는 나르시즘의 상상계 풍경인 것이다.

이 여성은 자신의 이러한 대담성이 "뭐든지 맘대로 하도록 하라."는 어머니의 유언 덕분이라고 설명한다. 그러나 이 여성인물이 바로 작가적 원망의 투사물이라 볼 때, 이 유언은 바로 작가 이태준의 심층에 잠재된 '파격(破格)의 욕망' 선언이라 할 수 있다. '타옥'이라는 처녀의 파격적 나체는 본연적인 욕망을 은폐한 채 가면을 쓰고 이중성을 드러내는 작가 자신의 나체 욕망이고, 그녀의 순진성과 대담성은 현실 상징계에서 굳어진 민족/욕망의 이분법적인 경계의식을 깨고자 하는 낭만적 열정인 것이다. 이태준의 작가적 여주인공들은 후기로 갈수록 이런 대담한 행동성을 지닌 유형으로 나타나는데 이들은 이런 행동성을 기반으로 민족적인 영역에서든, 남주인공들이 기피하던 현실적인 영역에서든 남성을 능가하는 성취도를 보인다.

## 2) 작가의 중심욕망의 보상 실현 공간

이태준의 여주인공들이 작가의 원망적 자아로 기능하는 또 하나의 방식은 남주인공들의 좌절된 현실적 욕망을 우회적으로 보상 실현해주는 경우이다. 이태준의 남주인공들은 통상 그들의 좌절된 욕망을 민족 이념으로 환치시켜 통속적인 모리배들보다 자신들이 우위임을 입증하고자 하지만[20] 어느 경우 보다 확실하게 여주인공으로 하여금 남주인공의 최우위성을 선언하게 하는 전치기법을 구사하기도 한다. 남주인공들이 성별 자체와 직업 등으로 인하여 실제 작가와의 거리가 너무 가까운 약점을 보완하여 보다 객관적으로 작가적 원망을 실현하는 것이다.

「결혼」(1931)과 「코스모스 이야기」(1932)는 모든 것을 다 가진 자들에 대한 선험적인 결벽적 혐오와 그들보다 이태준 자신이 우위라는 사실을 작가적 여주인공을 통해 확인받는 이야기이다. 여주인공들은 모두 이분법적 남성관을 지닌 인물들로 작가의식을 그대로 대변한다. 「결혼」의 S로 지칭되는 여주인공은 호수돈을 졸업하고 이화전문에서 음악을 공부하며, 배우자로 선택한 인물이 T로 지칭되는 문학 청년인 점으로 미루어 이태준의 아내인 '이순옥'으로 추정되는 인물이다. 그러나 재산가나 의학, 법률을 공부한 신랑감들을 위선덩어리 속물들이라 예단하며 오로지 속물들과 다르다는 사실로 자신의 정체성을 확인하는가 하면, 자신이 선택한 문학청년 즉 이태준을 '뻬에토벤과 같은 고란 많은 예술가'이자 가장 훌륭한 남성이라고 인식하는 이 여주인공은 「고향」, 「순정」, 「실락원 이야기」 등에서 보여지는 젊은 작가 이태준의 모습과 한 치의 차이도 보이지 않는다.

「코스모스 이야기」에서도 유사한 이야기가 펼쳐진다. 이 작품의 여주인공도 「결혼」의 여주인공처럼 고학생은 영웅이자 존경 대상이고 부자는 허위의 속물이라는 이분법의 소유자이다. 가난에 대한 관념적 친밀감 속에서 여주인공이 사랑하는 고학생의 모습에는 당연히 작가의 모습이 투영되어 있다. 이 소설의 결말은 여주인공이 부유한 남편을 버리고 가난을 택하는 것이다. 이런 결말은 남주인공들을 그토록 분노하게

---

20) 이호숙, 앞의 논문, 3장 참조.

했던 가진 자들에게 복수하고 아울러 자신들의 우월성까지도 입증받는 것이다. 곧 '작가의 무의식적 원망의 실현구조'인 셈이다. 여주인공들이 작가의 무의식적 욕망의 실현자임이 다시 입증된 것이다.

작가 자신의 은폐된 무의식적 욕망을 작가적 여주인공을 통해 표출하고 실현하는 이런 방식은 중기 이후의 소설에서 본격적으로 나타난다. 『제이의 운명』『화관』에서도 남주인공들과 적대남성의 이분법적 우열관계가 여주인공들을 통해 확인된다.

이 밖에『성모』『왕자호동』『행복에의 흰손들』『딸삼형제』등의 여주인공들 역시 식민지 현실 속에서 고질화된 소극적이고 패배적인 작가적 기질의 껍데기를 벗어 던지고 결단력과 추진력을 지닌 본연적인 작가의 기질을 드러내어 원망을 실현하는 도구로서의 기능을 수행하게 된다.


## 4. 해방 공간으로 연계되는 변화 공간으로서의 여성 공간

### 1) 토론과 논리적 어조

이태준의 여주인공 소설의 언어와 남주인공 소설의 언어를 대비해 보면 여주인공들의 성격이나 여주인공 공간의 의미를 보다 확연히 규명할 수 있다. 이태준의 여주인공 소설에서는 전기 단편에서 나타나는 단성성의 대화 형식[21]이 나타나기도 하지만 등장인물들간의 활발한 토론이 자주 전개되며, 여주인공의 언어가 결단적인 남성적 어조를 띠는 경우도 있다. 이런 특성은 해방 이후『사상의 월야』개작본의 문체나『해방전후』의 문체로 이어지는 것으로, 이태준 여주인공 공간의 언어가 행

---

21) 이태준의 남주인공과 적대인물간의 대화 양상은 전형적인 중심/주변의 단성성의 대화 형식이다. 작가적 남주인공과 적대적 인물을 기본적으로 양심가/모리배, 선/악으로 구분하는 데 따른 필연적인 언어형식이다. 이에 대해서는 이호숙, 31-34쪽, 149-151쪽 참조.

동성, 욕망 영역과 함께 이태준의 문학적 연계성 해명에 중요한 역할을
할 수 있음을 말해준다.

　『성모』에서의 어머니와 아들의 대화,『불멸의 함성』에서의 여교장과
여주인공의 문답식 대화의 예는 이후『해방전후』에서의 작가적 남주인
공의 자문자답식의 대화형식[22]으로 변형되어 나타나는 점에서 주목된
다. 주지하듯 문답식 대화는 단성성의 대화와 마찬가지로 형식상으로만
대화이지 실제로는 일방의 의사 개진에 불과한 경우가 많다.『성모』의
어머니 순모가 자신의 아들에게 처세 방법을 가르치는 장면이나『불멸
의 함성』에서 여교장이 여주인공 정길에게 여성의 사회적인 각성을 일
깨우는 장면이 어머니와 아들, 교사와 학생의 관계로 설정된 것은 결코
우연이 아니다. 즉 문답식 대화라는 것은 기본적으로 작가적 이데올로
기의 교사적인 위치를 상정하는 것이다.

　『해방전후』의 자문자답식 대화에서 질문 내용은 사회주의에 대한
일반의 의구심이나 이태준 스스로의 내면에 떠오르는 의문이다. 답은
이 의문에 대한 이태준의 논리적 합리화로 이루어진다. 이 자문자답식
대화는 전기의 적대적 남성들과의 분노에 찬 단성적 대화와 견주어 볼
때 작가적 주인공이 일방적 중심이라는 내용에 있어서는 여일하다. 그
러나 보다 확신에 찬 논리를 바탕으로 상대를 제압하는 이 자문자답의
대화 형식을 통해 한층 세련되고 자신만만한 이태준의 면모가 확연히
드러난다. 바로 여성 공간에서 사용하던 방식이 이어진 것이다.

　이렇듯 언어의 측면에서도 전기와 후기의 이태준 문학을 연계하고
있는 여주인공 공간에서는 단성성의 대화 형식과 달리 다양한 가치들의
활발한 토론이 전개되기도 한다.『화관』에서의 여성의 바람직한 삶에
대한 토론, 복수 여주인공들이 등장하는『딸삼형제』『행복에의 흰손들』
에서의 상이한 가치관들의 충돌과 이해,『별은 창마다』에서의 여주인공

---

22) 이호숙, 앞의 논문, 151-156쪽 참조.

과 남주인공의 전통문화와 서구문화에 대한 견해의 개진 등에서 나타나는 언어는 전통과 민족이라는 가치를 부여잡고 있으면서도 정작 그에 대한 확신없이 내면적인 갈등에 휩싸이며 분노하는 이전의 남주인공들의 언어와는 사뭇 다르다. 특히『별은 창마다』에서의 여주인공은 거의 한 쪽 분량에 달하는 논리적인 설득형 어조로 재산가인 자신의 아버지를 설득하여 자본을 획득한다. 이 여성은 바로 여성의 퍼스나를 쓴 작가 이태준이고 이런 적극적인 언변의 여성 퍼스나는 일제 말기의『사상의 월야』『농군』『청춘무성』의 남성 퍼스나,『해방전후』의 실제 작가, 그리고 월북 이후 작품들의 주인공들의 성격으로 이어지게 된다. 이태준의 환경 강박증적인 '굳은 성격의 껍데기'로부터의 탈피는 이렇듯 여성 주인공에 그 시원을 두고 있는 것이다.

## 2) 선악 이분법의 폐기

중기 이후의 이태준의 여주인공 소설에서는 남성들에게 부여하던 그간의 선악 이분법이 폐기된다. 이것을 말해주는 기법적인 지표는 시점형식이다. 이제까지 대부분의 남주인공은 언제나 시점을 단독 점유하는 중심의 위치에 있었다. 그러나 여주인공이 시점 주체가 되면서 이전의 남주인공 유형들은 '보는' 위치에서 '보여지는' 위치로 강등되고 그 중심성이 해체된다. 반면 지금까지 남주인공들의 시선에 포착되는 대상으로만 존재하던 모리배 유형의 남성들이 시점을 점유하며 부정적인 인물일 망정 독자의 심리적 연루를 유도한다.

모리배형 인물의 부상과 지식인 유형의 위상 저하는『성모』『화관』『딸삼형제』『행복에의 흰손들』『별은 창마다』에서 지속적으로 드러난다.『성모』에서의 이분법의 해체는 작가적 주인공은 언제나 민족 계몽가, 작가, 기자, 예술가 등인 반면 법학도, 사업가, 은행가 등은 민족 현실을 외면하는 모리배로 파악하던 이분법적 직업관의 해체로 나타난다.

이 소설에서 여주인공과 삼각관계를 이루는 두 남성 중 하나는 정현이
라는 화가이다. 이 화가가 피력하는 '주관적 나체 미술론'이 주관주의적
시각을 강조하는 이태준의 미술론과 상통하며, 이 인물이 가난한 고아
이지만 깊이 있는 당당한 인물이라는 사실은 이전 소설에서처럼 그가
작가적 인물로 예정되어 있음을 암시한다. 그러나 이 인물은 차츰 변모
하여 여느 남주인공에게서도 볼 수 없던 치사한 방법으로 여주인공을
배신한다. 가난을 긍지로 여기며 현실적 궁핍에 오기로 대항하던 이전
의 남주인공들과는 큰 괴리를 노정하는 것이다.

반면 삼각구도상의 또 한 인물 상철은 이전 같으면 으레 적대적 모
리배형에 속했을 법학도이고 유복한 집안 출신이다. 이 인물은 초반에
는 사내다운 박력은 있지만 상당한 호색한이고 충동적인 인물로 제시된
다. 그러나 그는 변호사로 성공한 이후에도 미혼모가 된 여주인공을 변
함없이 사랑하며 정신적으로 후원하는 인격자로 변모한다. 적대형 인물
이『사랑』의 안빈,『흙』의 허숭 같은 인격자이자 사회적 명사로 좌정되
는가 하면 작가적 유형이 무능 내지 허위적 인간으로 뒤바뀌는 현상은
작가 이태준의 의식 변화를 극명하게 보여주는 예이다.

『행복에의 흰손들』에서는 인물들의 발언을 통해 좀더 확실하게 이
런 변화를 보여준다. 세 여주인공들 중 하나인 차순남의 애인 조영진은
신문사의 전무 취체역이다. 이제까지 이태준의 단편에서 신문사나 잡지
사의 간부는 모두 예외없이 기자의 양심을 저버리고 상혼에만 젖어 있
는 부정적인 인물로 등장한다.「아무 일도 없소」의 잡지사 편집국장이
나「순정」의 신문사 취체역, 또 그 외 직접 등장하는 인물은 아닐지라도
「불우선생」에서 주인공 불우 선생의 시각에 비추이는 신문사 간부들은
한결같이 전날의 기상을 잃고 은행이나 기업의 중역과 같은 모리배로
전락한 인물들이다. 그들의 사생활이 묘사되었다면 아마도 이 소설의
조영진과 같은 화려한 삶일 것이고,「패강냉」이나「고향」의 적대적 인
물들처럼 극단적인 직정적 분노와 비난의 대상일 것이다. 그러나 이 소

설에서 작가는 조영진의 화려한 생활은 버젓이 사는 부러움의 대상이지 비난의 대상이 아님을 분명히 설파한다. "그이처럼 뼈젓이들 못 사는 게 병신이지"라는 여주인공 차순남의 말에 대해 다른 두 여주인공도 반대 없이 동의한다. 작가의 반대의사가 전혀 없을 뿐만 아니라 차순남의 견해가 곧 작가의 견해라는 추정까지도 가능한 것이다.

이 소설에서 이태준의 적극적인 여주인공들처럼 남의 시선을 의식하지 않는 적극성과 명랑함, 그리고 물질적으로 유능하면서도 합리적으로 타인의 의사를 수용하는 잰틀맨 유형의 남성인물에 견주어 상대적으로 왜소해진 또 하나의 남주인공은 이전의 지식인 유형이다. 황순필이라는 인물은 사회적인 배경이나 성격 등이 이전의 작가적 주인공들과 유사하지만 가부장 의식에 절은 부정적인 인물로 그려지며 또 하나의 여주인공인 유소춘의 이혼 대상이 된다.

이런 여주인공 소설들에서의 남성에 대한 시각 변화는 여주인공을 통한 본연적 욕망의 표면화와 동일 맥락에 놓인 것이다. 이 시기의 남주인공 소설인 『청춘무성』에서 목사가 재벌로 변신하는 이야기, 『사상의 월야』에서 남주인공이 출세하여 복수하겠다는 다짐을 하는 이야기, 해방 이후 작가의 현실 참여 등은 결코 고립항이 아니라 바로 이 맥락의 이음줄인 것이다.

## 3) 다원적 욕망 실현 —돈의 공론화

이태준의 여주인공들은 『제 이의 운명』『성모』『화관』『왕자호동』에서 보듯 그 행동성을 기반으로 남주인공들이 추구하는 민족 사업의 보조자나 동반자, 후원자로서 활약하기도 하고 「까마귀」「석양」에서 보듯 남성 주인공은 민족의 표상, 여성 주인공은 서구문화의 표상이라는 기본틀 속에서 민족과 서구문화에 대한 작가의 이중욕망을 실현하는 데서 있기도 하며,『행복에의 흰 손들』에서처럼 여성이 민족·돈·가정의 영역에서 성공할 뿐 아니라 친일적인 행동도 불사하는 경우, 『별은 창마다』의 여주인공처럼 주저없이 조선 전통을 경멸하고 폄하하는 반면 마음껏 서구문화를 예찬하고 향수하는 경우까지 실로 그 활동 영역이 다양하다.

여성 공간은 이렇듯 이전의 남성 공간과 달리 다양한 가치를 막힘없이 추구하는데 그 중 가장 핵심적인 것은 '돈'이라는 욕망의 공론화일 것이다. 이태준의 이미지는 얼핏 '서정주의' '신비주의' '순수', 또는 근래에 이르러 '민족'과 '사회'의 작가이다. 그러나 '돈'에 관한 이야기를 사회구조적인 모순이나 계급 갈등 같은 큰 틀이 아닌, 일상적인 차원에서 이태준만큼 리얼하게 다룬 작가도 드물 듯싶다. 이태준의 이런 특성이 적나라하게 드러난 곳은 단편 아닌 장편이다. 단편은 실루엣일 뿐, 장편은 이태준의 오장육부가 훤히 드러나는 장소인 것이다. 이태준은 인간관계의 핵심을 직관적으로 돈으로 파악한다. 그러면서도 초기에는 그것을 인정하기 거부하다 후기에 이르면 여주인공이라는 객관적 장치 속에서 숨김없이 토로한다.

지금까지 언급하지 않았던 『애욕의 금렵구』『법은 그렇지만』『박물장사 늙은이』 등의 중편들은 모두 돈이라는 주제를 적나라하게 다룬 작품들이다. 『애욕의 금렵구』는 경제적 위력이 사회를 지배하는 사실과 "금력에는 금력으로 맞서야 하는 사실"을 적시할 정도로 돈에 관한 담론이 적극적이다. 단편 「오몽녀」의 변주라 할 수 있는 『법은 그렇지만』에서도 하층민 여성의 막힘 없는 욕망 속에서 도시와 돈이라는 허영의 시장이 여과 없이 펼쳐진다. 『박물장사 늙은이』는 인생은 '욕망의 시장'이라는 박물장사 늙은이의 인생관이 제시되는 작품이다. 『화관』에서도 "놀구 먹을 걸 만들어 노쿠야 예술이요, 종교요 그러치, 먼저 생활의 노예가 되는 걸 어떡 하나? 생활의 노예…"라는 음악선생의 절규를 통해 돈에 대한 작가의 견해가 제시된다. 이 외에 『행복에의 흰손들』과 『별은 창마다』도 궁극적으로 적극적인 물질 예찬과 돈의 힘을 통한 문화주의의 주창이 주제인 작품들이다. 한마디로 "잘 못 사는게 병신이다!"가 주제인 소설들이다.

이런 적나라한 '돈의 공론화'라는 이태준 후기 소설의 특성은 흔히 친일적인 일제말기의 추세의 일환으로 해석되거나 이태준 자신의 친일적인 경사로 비판되고 있다. 그러나 본 논의에서는 이것이 결코 단순한 친일로의 변모나 시대 추세에 대한 추수가 아니라 '이태준 본연의 욕망의 발현'이라는 사실을 일관되게 지적하는 바이다. 거듭 말하지만 이태준이 여주인공 소설 공간에서 지금까지 은폐와 위장으로 일관하였던 자신의 '돈'관을 솔직하게 피력할 수 있었던 것은 이 여성공간이 일제시대 지식인 남성의 삶을 지배하던 민족 상징계의 법과 질서, 도덕 등이 모두 정지되어 효력을 상실하는 일종의 카니발적 공간의 의미를 지니기 때문이었다. 식민지의 남성 지식인 이태준에게는 두 개의 상징계가 적용되고 있었는데 자본주의적인 통속적인 상징계는 민족 상징계와 달리 여성의 가면을 써야만 자유롭게 활동할 수 있는 영역이었다. 즉 이태준의 여성이라는 공간은 남성과 달리 돈의 불의성이나 불결성 등의 멍에로부터 벗어나는 자유로운 공간인 것이다. 전기 남주인공 소설에서 은폐되거나 투사되고 합리화되었던 '돈'이라는 주제는 이런 분위기에서 자유롭게 공론화될 수 있었다. 이런 카니발적 여성 공간에서의 경험은 일제 말기 작인 『청춘무성』 『사상의 월야』의 남주인공들이 민족사업을 출세·돈이라는 현실적 힘의 영역과 모순되는 것이 아니라 동반적인 것으로 인식하며 통합하는 모습으로 이어지고 해방 이후의 작가 이태준의 적극적인 현실참여로 이어지게 된다.

## 5. 이태준 여성 공간의 한계 – 페미니즘 · 가부장성 · 친일성의 혼재 공간

이태준의 여주인공 소설이 페미니즘인가의 여부는 그것이 궁극적으로 실제 현실에서의 여성과 남성의 권력관계의 변화를 모색하는 작품인가에 달려 있다. 이태준 여성소설을 통해 여성의 권익과 여성에 대한 이해가 달라지는가 하는 문제인 것이다. 이 문제는 이태준의 경우 간단하지 않다. 민족적 이념과 현실적 욕망 중 어느 하나도 제대로 펼칠 수 없는 상황 속에서 욕망을 우회적으로 충족하는 방편이 바로 여성적 자아였다는 사실을 전제로 이태준 소설에 접근한 본 논의에서 볼 때, 표면적으로 페미니즘적인 지표가 드러난다 해서 결코 그것을 그대로 페미니즘으로 규정할 수는 없다. 가령, 이태준 여주인공들의 이혼·미혼이라는 모티프나 모권의 강조 등이 눈에 보이는 대로 여성의 주체성을 강조한 페미니즘적인 특성이라고만은 볼 수 없다. 또 긍정적인 페미니즘성이 부정적인 가부장성으로 읽히기도 하는 이중성을 지니기도 한다.

우선 이태준 소설의 긍정적인 페미니즘 특성을 살펴보자. 앞장에서 보았듯 여성의 활동 영역을 전통적인 가부장제적 여성 공간으로 한정하지 않고 여주인공을 전통적인 수동적·소극적인 여성상으로 그리지 않는 점, 여성 스스로의 개성적인 인격체로서의 자각을 강조하는 점, 여성의 경제권에 대한 인식을 주장하고 문화적인 욕망 주체로서의 여성을 인정하는 점, 희생적 모성성을 반성함과 동시에 여성에 관한 법과 제도의 개선을 주장하는 사실 등은 긍정적인 페미니즘성에 속한다.

그러나 이런 긍정적 페미니즘에는 마치 동전의 양면처럼 부정적인 성격이 공존하는데 이 부정적인 성격은 앞에서 살펴보았듯 이태준의 여주인공 공간이 작가적 원망의 막힘 없는 실현 공간인 데서 연유한다. 이태준 소설의 하층민 여성들 역시 지식인 여성들의 경우처럼 남성보다 더 욕망의 주체로 등장하는데 하층민 여성은 특히 성욕의 주체로 등장한다. 적극적인 행동성이 하층민 여성에게 적용될 경우, 「오몽녀」의 오몽녀, 「은희부처」의 은희, 「어떤 젊은 어미」의 여자, 「기생 산월이」의 산월이, 『법은 그렇지만』의 서운이, 『청춘무성』의 최득주처럼 도덕심이 결여된 성욕의 주체로 그려지고, '오몽녀'나 「복덕방」의 딸처럼 정의감이 결여된 인물로 묘사된다. "여자는 거세당할 페니스가 없기 때문에 남자보다 아버지의 법을 덜 두려워한 결과 도덕심이 부족하고 질투를 승화시키는 능력이 발달하지 못하여 정의감까지 결한다"는 프로이트적인 가부장적 성별의식[23]이 그대로 나타나는 경우이다.

또 이태준의 여러 산문과 소설에서 읽어낼 수 있는 탈가부장의 욕망이 주체적인 여성의 이혼·미혼 이야기로 환치되어 실현되는데 이는 이태준의 남성인물들이 어떤 경우에도 가부장으로서의, 아들로서의 책임을 내세우며 가정을 유지하는 것과 대조적이다. 기본적으로 "여자는 아버지의 법을 덜 두려워한다"는 이태준의 성별인식에 기인한 것이다. 『제이의 운명』의 천숙, 『성모』의 순모, 『딸삼형제』의 정매, 『행복에의 흰손들』의 유소춘, 『별은 창마다』의 한정은은 모두 이혼녀이거나 미혼녀인데 이런 독립적인 여성들의 모습은 대개 30년대 유행하던 페미니즘의 한 주제로 해석된다. 여성 스스로의 자각과 결단으로 가부장제적 사고와 인습에 절은 남성의 속박으로부터 벗어나 자유로운 개체로서의 삶을 모색한 결과가 바로 미혼이나 이혼의 길이라는 것이다. 그러나 이런 페미니즘적 시각은 자연스러운 작품 해석인 듯하지만 이 또한 기표 차원에만 머무는 해석이다. 남성작가의 페미니즘 속에 내재된 또 다른 의미를 읽어내고자 하는 본 논의에서 볼 때 이렇듯 미혼이나 이혼녀를 반복적으로 등장시키는 작가의식의 심층에는 바로 남성 작가 이태준의 가부장 컴플렉스가 깃들여 있다고 생각된다.

이태준은 산문 이외 소설 속에서도 남주인공들로 하여금 결혼과 가

---

23) 신명아, 「라깡과 페미니즘」, 『현대시사상』, 1994. 여름, 108쪽.

정의 마성(魔性)에 대해 토로하게 한다. 「토끼이야기」 「결혼」 『불멸의 함성』 『화관』의 남주인공들은 한결같이 가정을 이상 실현의 부정적 장애물로 파악한다.24) 그러면서도 이태준의 남주인공들은 『불멸의 함성』에서 보듯 여성의 교활한 속임수에 연루된 경우일지라도 아들로서의 도리 때문에 가정이라는 굴레를 어쩌는 수 없이 수용한다. 남성은 가부장으로서의 체면과 책임을 다해야 한다는 가부장 의식을 중시하기 때문이다. 남주인공에게는 이혼할 만한 필요충분 조건이 형성되어도 결코 이혼을 권유하지 않으면서 유독 여주인공들에게만 과감하게 이혼녀의 길을 선택하게 하는 것. 이는 여성의 사회적 위치를 진정으로 고려한 페미니즘이라기보다 여성은 전 상징계적인 자유로운 성이기 때문에 여성의 가정 이탈은 남성만큼 부담 큰 반역이 아니라고 보는 성 차별적 인식이 아닐 수 없다. 성별의식을 토대로 한 작가의 또 하나의 탈가부장적인 원망 실현 방법인 것이다.

후기 작품에서는 비판되지만 중기작 『제이의 운명』 『불멸의 함성』 『왕자호동』 『성모』의 여주인공에게 부과되는 희생녀의 역할 또한 전형적인 남성 중심적인 여성 이미지이다. 앞의 세 소설들의 여주인공들은 남주인공들의 민족 계몽이나 국권 사업을 위한 희생적인 보조자로 기용된다. 이들 여성의 과감한 결단과 적극적인 행동성에 힘입어 소심한 남주인공들의 민족적 욕망이 충족되지만 이는 보조물로 이용된 여성의 희생을 대가로 한 것이다. 능동적인 여주인공들이 스스로 사랑하는 남성을 도와 국권사업에 투신하다 기꺼이 희생된다는 이런 이야기는 남주인공의 중심적 위치를 가일층 증대시키는 방법이다. 사랑 이야기는 여자들을 가부장제적인 관계 내에 굳건히 자리 잡게 하고 여자들로 하여금 자신들을 여성성의 피학대적인 형태와 동일시하게 하며 그 속에서 즐거움을 찾도록 부추기는 담론 형식들을 재생산한다25)는 지적처럼, 이태준

---

24) 이호숙, 앞의 논문, 104-108쪽 참조.
25) 크리스 위돈, 『포스트 구조주의와 페미니즘 비평』, 이화 영미문학회 역, 한신문화사,

여주인공들의 기꺼운 희생이야말로 전형적인 가부장제적 음모라 하지 않을 수 없다.

또 거세 컴플렉스[26]에서 자유로운 여성의 진취성이 무소불위로 나갈 경우 지나친 규칙 위반을 저지르게 된다. 식민지 현실의 남성으로서는 좀처럼 좇을 수 없는 통속적인 욕망 실현을 여성에게 의탁 실현한 필연적인 결과이다. 『딸삼형제』「까마귀」『별은 창마다』『행복에의 흰손들』의 여주인공들은 조선문화 비하와 서구문화에 대한 흠모를 거침없이 드러내거나, 친일을 통한 물질적 성공을 이룬다. 또 전쟁이 나야 한다는 발언을 하는가 하면 애국반장으로까지 나서는 등 남성 주인공들은 하지 않았던, 감히 할 수 없었던 일을 서슴없이 실행한다. 『청춘무성』『사상의 월야』에서도 남성 주인공의 친일적인 요소가 드러나지만 그것이 애써 민족적인 욕망으로 덧씌워져 있는 것과 사뭇 대조적이다.

이태준의 여주인공 공간이 이렇듯 페미니즘과 친일성, 가부장성의 혼재 공간이 된 것은 이 공간이 본질적으로 식민지 현실 속에서 이태준의 억눌린 이중욕망을 실현하는 카니발 공간으로서의 의미를 지니기 때문이다. 이태준이 여성 자아를 통해 '자기 도취적인 욕망'을 실현하는 환상적인 로망스의 공간인 것이다. 따라서 그의 소설에서 전개되는 대

---

1994, 208쪽.

26) 거세 컴플렉스는 외디푸스 컴플렉스와 상통하는 개념이다. 프로이트에 의하면 남자아이는 아버지의 법에 따르지 않으면 거세될지도 모른다는 공포 때문에 아버지를 따르지만, 여자아이는 이미 거세된 결여감에서 자신과 같은 처지의 어머니를 버리고 아버지를 욕망한다는 것이다. 여기서 여자아이는 정상적인 수동성을 획득하게 된다. 그런데 여자아이에게 적용되는 또 하나의 거세 콤플렉스는 이미 거세된 인간의 체념적 형태로서 아버지를 두려워하지 않고 저항하는 것이다. 전통적인 가부장제적인 순종적 희생녀/파괴적인 악녀의 이분법적 여성 이미지는 바로 이렇듯 여성이 반응하는 두 종류의 거세 콤플렉스와 관련된다.(크리스 위돈, 『포스트 구조주의와 페미니즘 비평』,이화 영미문학회 역, 한신문화사, 1994, 67쪽) (팸 모리스, 『문학과 페미니즘』, 문예출판사, 1997, 63-68쪽, 177쪽) (신명아, 「라깡과 페미니즘」, 『현대시사상』, 1994. 여름, 108-109쪽) (로잘린드 카워드, 「라깡과 주체의 문제」, 『현대시사상』, 1994. 여름, 160쪽, 169쪽) 참조. 이태준의 여성 유형은 이미 거세되었기에 자유로운 후자라고 할 수 있다.

부분의 여성 공간은 여성의 실제 현실에 대한 깊이 있는 통찰과 진지한 문제 해결의 모색이 이루어지는 장소는 결코 아니다. 오히려 성별의식이 강조된 공간이라고 생각된다.

## 6. 맺음말

이태준의 해방 이후의 행적과 문학적인 변모는 내적 계기가 결여된 돌발적인 것이 결코 아니다. 그렇다고 해금 이후의 연구들에서 흔히 지적하는 민족의식·사회의식의 작가라는 사실만으로 그 연계성이 충분히 해명되는 것도 아니다. 이태준 문학의 총체성은 단·장편을 막론하고 주로 남성 자아를 통해 펼쳐내던 민족적인 공간의 성격 규명과 아울러 주로 여성 자아를 통해 드러내던 욕망 공간의 성격을 해명할 때 비로소 완결될 수 있을 것이다.

본 논의는 이태준의 지식인 유형의 여주인공들이 작가의 본연적 욕망이 투사된 작가적 자아라는 사실을 전제로 여성 공간의 특성을 밝혀 해방 이후 이태준의 변모에 이르기까지의 문학내적 연계성을 밝혀내려는 데 목적을 둔 것이었다. 먼저 본 논의의 기본 전제인, 이태준의 여주인공들이 작가적 자아라는 사실을 입증하고 해방 전후 남주인공 공간의 특성으로 이어지는 여주인공 공간의 특성을 살펴 보았다. 그리고 일견 페미니즘으로 인식되는 여성 공간이 과연 진정한 의미에서의 페미니즘인가도 논의하였다.

이태준의 여성 주인공들이 작가의 무의식적 자아라는 사실은 여러 경로를 통하여 확인된다. 여성 주인공의 성격이 남성 주인공들의 특이한 기질과 완연히 일치하는 경우, 여성 주인공을 통해 자신의 성격적 결함을 지적하는 예처럼 반성적 자의식의 대리자인 경우, 가부장제적인 현실의 틀에서 형성된 작가의 강박증적 증후들을 교정하기 위한 작가의 원망(願望)적 자아로 나타나는 경우, 작가적 욕망을 대리 표출하는 경우 등, 여주인공이 작가적 자아로 존재하는 방식은 다양하였다.

객관성이 확보된 작가적 자아, 작가의 원망적 자아로서의 이태준의 여주인공 공간은 단편이나 전·중기 장편의 남주인공 공간과는 확연히 변별적인 특성을 드러낸다. 전·중기 남주인공 공간에서 주로 사용되던 단성성의 언어가 해방 이후의 남주인공의 언어에서도 발견될 문답식 언어 형식으로 좀더 세련되어 나타나는가 하면, 후기 남주인공들의 어조와 연결되는 자신감 넘치는 논리적 어조도 자주 구사되고 있었다. 또 남성 인물들이 피관찰 대상이 되면서 단편이나 전기 장편의 공식이던, 작가적 지식인 유형=선/ 현실적인 직업의 남성인물=악 이라는 선악 이분법의 구도가 해체되는 사실도 목격하였다. 이와 동시에 다원적인 욕망이 무차별적으로 추구되되 특히 돈에 대한 적나라한 욕망이 백일하에 드러나는 점도 지적하였다.

여성 공간의 특성들이 시기적으로 뒤따라오는 후기 남주인공 공간의 특성들과 연계되어 있다는 이러한 사실은 지금까지의 전통/근대를 잣대로 여성 공간을 남성 공간과 전혀 별개의 것으로 간주하거나 단편과 장편을 분리하는 연구가 잘못된 것임을 말해준다.[27] 작가적 욕망의 대리실현 구조로서의 성격을 띤 이태준 여주인공 소설의 특성들은 일견 단절된 듯 보이는 이태준의 전기 남성주인공 소설들과 후기, 해방 이후 소설들의 맥을 이어줄 뿐 아니라 남성 주인공 소설들이 보다 충실하게 해석될 수 있는 발판을 마련해주는 것이다.

---

27) 졸고, 「이태준의 이중욕망 연구」는 이태준의 전 문학사와 해방 이후의 행적을 '작가적 욕망의 내러티브'로 풀어내어 이태준 문학의 이중성 구조를 해명하고, 해방 이후의 행적을 작품에 투사된 일련의 작가적 욕망의 전치과정 속에서 파악하는 데 목적을 둔 논문이다. 이태준의 '중심욕망'에 발단을 둔 욕망의 서사는 남주인공 공간에서 은폐·투사·합리화·보상의 기법 속에서 잠재하다 중기 이후 주로 장편의 지식인형 여주인공들을 통해 대리 표출되는 경험으로 전개된다. 이후 후기 남주인공과 해방 이후의 남주인공 공간에서 민족 이념과 욕망이 통합되는 결말을 맺는다는 것이 전체 줄거리이다.

해금 이후의 안티테제제적인 연구들은 순문학자로 인식되던 해방 이전의 이태준을 사회의식·민족의식의 작가로 새롭게 규정하고 해방 이후의 행적이나 문학과의 연계성을 모색하였다. 그러나 결국 '이중의식', '자기 합리화'등의 수식어를 이태준에게 덧붙이게 되는데, 이런 수식어들은 곧 본 논의에서 파악해낸 여성적 자아 공간의 특성으로 보다 뚜렷이 해명될 수 있다. 민족 개념만으로는 해명할 수 없는 이태준 문학의 결락 부분을 채울 수 있는 것이 바로 여주인공 소설에 나타나는 특성들인 것이다.

이태준의 여성 공간이 페미니즘 공간인가 하는 문제에 대해서는, 외견상으로는 페미니즘이지만 내면적으로는 가부장제적인 성 구별의식에서 출발되고 전개되는 공간이라는 결론을 내리게 되었다. 이태준이 여타의 남성 작가들보다 여주인공을 많이 등장시키는 점, 그들이 진취적인 행동성으로 민족 영역을 비롯한 다원적 영역에서 남성들보다 높은 성취도를 보이는 사실, 주체적 자각 속에서 가부장 굴레를 벗어나 미혼이나 이혼을 선택하는 사실 등은 이 공간을 페미니즘 공간으로 인식시킨다. 그러나 이 공간은 근본적으로 '여성은 남성이 금기시하는 것도 서슴없이 범하는 일탈적 성'이라는 이태준의 가부장적 성별의식에 토대한 공간이기에 결코 순정한 페미니즘의 공간은 아니라고 생각된다. 식민지적 현실규범을 무소불위로 위반하며 일말의 주저도 없는 친일의 행각으로 이어지는 점으로도 이 사실은 입증된다.

# 2부

# 이태준과 교양의 형성
― 『사상의 월야』를 중심으로 ―

허 병 식*

## 1. 식민지 청년과 교양의 조건

식민지 조선에서 과거와 결별하는 세대론의 전략을 최초로 기획한 것은 이광수와 그의 세대였다. 그들은 청년을 특권화하는 세대론을 통해 이제까지 나라를 이끌어온 낡은 세대의 역할을 부인하고 새로운 국가 건설의 임무를 자임하는 청년의 상을 창출하였다. 그것은 시대에 대한 위기의식을 기반으로 하고 있으며 그 위기를 헤쳐갈 리더쉽을 청년이라는 집단에서 찾으려는 열망을 반영하고 있다. 그러한 국가 운영의 리더쉽을 자임하는 청년이라는 담론은, "일찍이 新思潮에 부딪쳐서 海洋의 壯志를 품고, 멀리 鄕國의 江山을써나, 萬里異域에 多年의 客夢을 맺어 온 留學生諸君"[1] 속에 자신들이 '求하는 바 청년'이 있다는 논설이 주장하고 있는 것처럼, 대체로 일본의 유학생들 사이에서 형성된 것이었다. 그들은 '신사조'와 접촉하여 새로운 사상과 문명을 건설할 사명을

---

* 동국대 강사.

1) 현상윤, 「求하는바靑年이 그누구냐?」, 『학지광』 제3호, 1914. 12. 3, 4쪽.

염두에 두고 유학을 온 것이었으므로, 그들이 없다면 조선에 청년이란 존재하는 않는 것이다. "이것이나 저것이나 朝鮮文明에 새 貢獻을 하고 朝鮮民族에게 새 福音을 傳하랴면 工夫라면 다하고 思潮라면 다 紹介하는 것이 今日 吾輩의 하염있고저 하는 圖謀오 앞으로 나아가는 行進運動이 아니냐."2)라는 주장에서 보이는 바처럼 그들은 유학생활을 통하여 조선민족에게 새 복음을 전하여야 할 사명을 스스로에게 부여하고 있는 것이다.

"우리들 靑年은 被敎育者 되는 同時에 敎育者 되어야 할지며, 學生 되는 同時에 社會의 一員이 되어야 할지라."3)라고 말하는 이광수의 청년에 대한 담론은 한 걸음 더 나아가 아무 것도 없는 대지 위에 새로이 토대를 세우는 자에게 보내는 찬양으로까지 이어지고 있다.

> 금일의 대한청년 우리들은 不然하여 아무 것도 없는 空空漠漠한 곳에 온갖 것을 建設하여야 하겠도다. 創造하여야 하겠도다. 따라서 우리들 大韓靑年의 責任은 더욱 무겁고 더욱 많으며, 따로이 우리들의 價値도 더욱 高貴하도다. 人生의 價値는 努力에 正比例하여 오르는 것인 故로, 우리들은 참 좋은 時機에 稟生하였는도다. 아아 千古無多의 좋은 時機란 말을 이에 비로소 適用하겠도다. 靑年이여, 靑年이여!4)

이광수가 이렇듯 조선의 청년을 예찬하고 있는 것은 그들에게 부여된 의무와 사명이 그만큼 크다는 것을 의미한다. 이광수에 따르면 '우리들의 父老'는 대다수가 거의 '앎이 없는 인물', '함이 없는 인물'이므로, 그들에게 새로운 세대를 교도할 역할을 기대하기란 무망한 노릇이다. 또한 그들은 청년들을 교도할 학교나 사회나 언론이나 기관을 지니지 못하였다. 그러므로 이광수는 생의 발전을 윤리의 절대 표준으로 삼고

---

2) 위의 글, 6쪽.
3) 이광수, 「今日 我韓靑年의 境遇」, 『이광수 전집 1』, 삼중당, 1966, 478-479쪽.
4) 이광수, 「朝鮮사람인 靑年에게」, 『이광수 전집 1』, 삼중당, 1966, 486쪽.

양심의 명령에 따라 학식에 전념함으로써 발전하는 역사의 주체가 될 것을 청년들에게 역설하고 있다.

이광수와 그의 세대가 내세운 청년의 특권화는 일본 메이지기의 청년 담론과 동일한 구조를 지닌다. 일본의 메이지 지식인들은 새로운 일본의 창조자로서 '청년'을 특화하여 민족주의의 윤리적 근간을 형성하는 사명을 '청년'에게 부여하였다. 도쿠토미 소호는 사회 건설의 임무를 자임하는 청년의 상을 다음과 같이 제시한 바 있다.

> 만일 사회의 연령이 그 문명의 변을 향해 회전할 때마다 증가하는 것이라고 한다면 우리 메이지의 청년은 텐보의 노인으로부터 인도를 받는 자가 아니라 텐보의 노인을 인도하는 자이다. 어찌 단지 노인뿐이랴. 우리 메이지 사회 역시 그 지휘 중에 있는 것이다.[5]

도쿠토미 소호는 '텐보로진(天保老人)'이라고 경멸적으로 회자되던 단어의 반대편에 '청년'을 위치시킴으로써 이항대립을 통한 하나의 세대론을 창출하였다. 이러한 도식적인 세대론의 전략은 단적으로 과거와 결별하는 것을 의도하고 있었다. '청년'이라는 단어가 기대와 상찬의 뜻을 담고 새로운 세대로서 조정되고 유통되는 한편, 이 단어 안에서 스스로 정체성을 발견하는 수많은 젊은이들이 출현하기 시작한 것이다.[6] 이광수가 '우리들의 父老'를 경멸적으로 회자하면서 '청년'을 등장시키고 있는 것은 그러한 담론을 충실히 학습한 결과이다.

청년의 탄생과 더불어 비로소 근대의 역동성이 부여한 성장의 과제에 대한 고투와 기획을 보여주는 성장의 서사는 시작된다. 한국 근대 문학은 실로 성장의 과제와 씨름하는 청년의 역사라고 말해질 수 있을 것이다. 그러한 기획을 일러 교양에의 추구라고 부를 수 있다면, 그 교양

---


5) 德富蘇峰, 「新日本之靑年」(1887), 『德富蘇峰集』 明治文學全集 3, 筑摩書房, 1974, 118쪽.
6) 木村直惠, 『靑年の誕生』, 新曜社, 1998, 11쪽.

에의 추구를 보여주는 작품의 맨 앞자리에 이광수의 『무정』이 놓인다. 조선의 미개한 상황을 한탄하며 독서에 전념하고 평양 여행을 통해 자아의 각성을 보여준 이형식이 삼랑진의 수해를 계기로 민족의 문명개화를 선도할 교사로서의 사명을 자각한다는 『무정』의 서사는 식민지의 청년이 어떻게 탄생하는가라는 드라마를 상연하는 하나의 의미 있는 극장이 된다. 그 서사는 교양소설의 맥락과 유사한 계기들을 포함하고 있지만, 식민지 청년이 부담해야 하는 교양 형성의 구조는 그리 단순하지 않다.

고전적 교양 소설에서 주체의 자기 형성은 기존의 사회에 자신을 통합시키는 사회화의 과정을 거침으로써만 가능했으며, 그것은 근대적인 사회화의 이상적인 패러다임이었다. 주체의 '성숙'이라는 결론적인 종합에 도달하기 위해서 성장의 주체는 우선 무엇보다 사회화의 과정을 거치면서 매순간 더 넓은 공동체에 속해 있다는 소속감을 강화해야 한다.[7] 동경 유학생 출신으로 동경의 책방에서 서적을 구해 보는 것을 유일한 낙으로 삼고 있으며, 조선 민족의 길이 일본의 문명을 배우는 데 있다고 생각하는 이형식에게 사회화가 가능하다면, 아마도 그것은 '문명한 나라'라는 추상적인 존재 속으로 자신을 편입시키는 것이라고 할 수 있을 것이다. 자산가 김장로의 딸인 선형과의 결혼을 택해 미국으로 유학을 떠나는 이형식의 행로가 보여주듯이 그에게 부르주아 사회로의 편입을 의미하는 사회화는, 문명에의 투신이라는 추상적인 방식으로 추구되고 있다. 공동체의 특수하고 구체적인 토양에서 자라난 문화를 습득하면서 전체적인 삶의 세계로 나아가는 것이 문화(Bildung)의 이상이라면, 추상적이고 형성되어 가는 과정에 있는 문명에 투신하는 이형식의 여정은 교양의 사명을 달성하는 것이라고 판단하기 어렵다. 자신의 삶을 스스

---

7) Franco Moretti, *The Way of the World: Bildungsroman in European Culture*(London: Verso, 1987), pp. 19-21.

로 결정해나가는 배움의 과정이 곧 더 넓은 공동체에 속해 있다는 소속
감을 강화하는 과정이 되는 것이 고전적인 교양소설의 성장의 면모라면
문명이라는 추상적 가치에 맹목적으로 투신하는 이형식의 여정은 성장
이라는 이름을 부여하기는 너무도 공허하다. 그리고 그 공허함은 1910
년대의 식민지 조선의 청년들이 직면한 성장의 곤경을 대변하고 있는
것으로 보인다.[8]

식민지의 청년 담론에서 주목해야 할 것은 피식민 주체가 주체로 형
성되는 과정이다. '자아의 형성'이나 '주체의 형성'이라는 과정이 자발적
이고 능동적으로 이루어지는 것이 아니라는 것은 상식에 가깝다. 홍수
가 난 삼랑진에서 음악회를 여는 장면을 통해 자각한 주체가 민족적 자
아의 발견을 거쳐 공동체로의 복귀하는 과정을 보여주는『무정』의 결말
이 암시하고 있는 것처럼, 식민지 조선의 청년들은 자아의 성장을 국민
의 성장으로 치환하여 개인의 형성과 공동체의 정치학을 공유하는 '청
년'의 상을 제시하고 있다. 그것은 자각한 개인의 형성이 곧 국가 발전
의 기초가 되는 국민의 양성과 다르지 않다는 생각으로 드러나고 있다.
식민지 조선의 청년 담론이 식민주체인 일본의 담론에 대한 충실한 학
습의 결과였듯이, 식민지라는 시공간에서 근대적 주체와의 추상적인 동
일시를 꿈꾸는 피식민 주체는 식민과 피식민의 혼종적인 양상을 드러낼
수밖에 없다.

식민지의 교육 속에서 국가를 운영할 리더쉽을 자임하는 주체들은
식민지 담론의 언표 속으로 이미 지배되고 통합되는 것이라고 할 수 있
다. 주체가 식민지 권력을 정당화하는 잠재적 오리엔탈리즘의 '무의식'
을 지니지 않는다면, 피지배 주체가 식민지 담론의 내부에서 주체화되
는 과정은 상상하기 어렵다.[9] 식민지 제국을 주도하는 청년담론을 피식

---

8) 이광수의『무정』에 나타나는 교양의 구조에 대해서는, 허병식, 「식민지 청년과 교양의
  구조」,『한국어문학연구』제41집, 한국어문학연구회, 2003. 8. 참조.
9) 호미 바바, 나병철 역,『문화의 위치』, 소명출판, 2002, 156쪽.

민지의 젊은 세대들이 전유하는 것은 지배자의 상을 흉내냄으로써 그것을 따라잡고자 하는 전략의 일종이다. 문명 개화와 주체 확립이 마치 자발적인 의지인 것처럼 지배자를 모방하는 것에 내재하는 자기 식민지화를 은폐하고 망각하는 것은 구조화된 '식민지적 무의식'[10]이라고 할 수 있다.

## 2. 출세의 정당성, 성장의 무의식

식민자와의 동일시와 모방을 통해서 성장을 꿈꾸는 피식민 주체의 욕망 속에는 필연적으로 식민지적 무의식이 존재하며 그것이 식민지 조선의 청년들에게 주어진 교양의 조건이었다는 판단은 이광수의 그의 세대에게만 해당되는 것은 아닐 것이다. 식민지에서 형성된 한국 근대문학의 역사는 그러한 혼성적인 성장의 조건이 더욱 강화되고 내면화된 결과일지도 모른다. 이태준의 『사상의 월야』[11]에 대한 재독이 필요한 것은 그 때문이다. <매일신보>에 1941년 3월부터 이듬해 7월까지 연재되었으며, 해방 후 개작되어 단행본으로 간행된 『사상의 월야』의 형성 주체 이송빈의 여정을 따라가며 이형식 이후의 식민지 청년들의 성장을 조명해 보자.

개화파의 선각자였던 아버지 '이감리'를 어린 나이에 여의고 고아로 자라는 송빈의 삶의 이력은 벽촌인 배기미 땅에서부터 고향인 철원 용담으로, 다시 원산, 중국 안동, 순천, 서울, 그리고 동경으로 이어지는 고행과 유랑의 여정이다. 송빈이 겪는 이러한 성장의 여정은 그가 무엇보다도 변화와 유동성, 불안정을 특성으로 하는 근대성의 소용돌이의 한 가운데 서 있다는 것을 직핍하게 보여주고 있다. 길 위에서 자라나고 길

10) 고모리 요이치, 송태욱 역, 『포스트콜로니얼』, 삼인, 2002. 참조.
11) 이태준, 『사상의 월야』, 깊은샘, 1996. 앞으로 이 책에서의 인용은 쪽수만 표기함.

위에서 자아를 발견하는 그의 여로는 그 자체로 모더니티의 조건을 이룬다. 그 모더니티 속에서 그는 "윤선보다도 더 빠른"(42쪽) 기차에 놀라고, "굴을 뚫되 양편에서 같이 파들어가도 한치의 어긋남이 없이 땅 속에서 만나는 그들의 재주를 보고는, 사서삼경을 외는 것만으로는 살 수 없으리라는 것을 늦게나마"(45쪽) 깨닫는다. 송빈이 '男兒立志出鄕關'[12]이라는 한시를 가슴 깊이 새기며 "사람이란 죽으면 고만 아닌가? 그까짓 뼈야 어디 묻힌들 무슨 상관이랴!"(70쪽)라는 자각을 하는 것은 근대적 인간으로서의 그의 성장을 예고한다. 그러나 모더니티에 대한 자각 이상으로 송빈의 성장에 의미 있는 경험을 안겨주는 것은 가족 질서로 유지되는 안정된 관계가 사라지고 돈에 의해 재편되는 인간 관계가 삶의 조건이 되는 변화되어 가는 현실의 모습이다.

> 송빈이는 신지도 않고 아끼던 경제화가 눈에 선하였다. 그러나 경제화보다도 생각할수록 분한 것은 제 마음이었다. 그를 동정했던 제 마음이었다.
> 「동정이란 이처럼 무가치한 것인가? 사람이란 이다지 못 믿을 것인가?」
> 이 연기처럼 사라진 압대 손님 하나는 송빈이의 인생관이라고까지는 몰라도 아무튼 인생을 생각하는 마음의 눈에 한점의 티가 되어 버렸다.(82-83쪽)

자신이 동정을 보여 준 사람이 가차없이 자신을 배반하고 떠나버리는 경험은 송빈이 '무정'한 세상의 이치에 대해 자각하는 순간을 보여준다.[13] 그것은 교양의 형성과정에서 반드시 체험해야 하는 '마음의 진실'

---

12) 伊藤博文이 지은 한시를 송빈이 자신의 성장의 동력으로 제공받는다는 것 자체가 그의 성장에 식민지적 무의식이 각인되는 순간이라고 볼 수도 있을 것이다. 그의 한시에 나타나는 발전과 지배의 사유구조는 『사상의 월야』에 나타난 성장의 전략과 다르지 않을 것이다. 송빈이 소개하고 있는 한시의 전문은 다음과 같다. 男兒立志出鄕關 學若無成死不還 埋骨豈期墳墓地 人間到處有靑山.
13) 『무정』의 주인공 이형식은 영채를 찾아 평양으로 가는 기차에서 동승한 노파를 '더러온 계집'이라고 인식하지만, 그 노파 또한 자신과 같이 십 몇 년의 새로운 교육을 받을 기회를 가졌다면 자신과 같은 사람이 되었을 것이라고 생각한다. '무정'한 세상에 대한

과 '세상의 이치'가 대립하는 순간이기도 하다. 그러나 송빈은 '세상의 이치'에 대항해서 '마음의 진실'을 지켜가려는 모습을 보여주지 않는다. 소유에 의해 인간관계가 재편되는 현실은 그에게 좌절과 고난을 안겨준 직접적인 원인이지만, 한편으로 "돈이 보편적인 매개물이 됨에 따라 각 개인은 강력히 그 물질적 문화의 일부분을 점유할 수 있게 된다."[14]는 근대성의 매혹을 의미하기도 한다. 그것은 "새로운 악을 소유했으나, 또한 새로운 위대함을 지니고 있는 사회적 유동성의 세계"에 대한 경험이다. 송빈은 누구보다도 그러한 사정을 빠르게 체득한다. 그는 지불능력이 있는 소비자가 되기를 열망함으로써 복수를 꿈꿀 수 있는 것이고, 이제 그에게 의미를 제공하는 것은 자신의 닫혀진 내면성이 아니라, 그를 재단하고 그에게 새로운 지위를 부여해 줄 수 있는 사회이다.

세상이 가변적이고 불확정적이며 새로운 질서에 의해 재편되어 가고 있다는 깨달음은 송빈에게 자신이 지향해야 할 가치가 무엇인가를 분명하게 알려준다. 지식과 지위의 획득을 통한 '출세'가 그것이다. 원산의 객줏집에서 일할 때, 중학생의 모자 때문에 수모를 겪은 그가, "복수허자! 돈으로! 명예로!"(86쪽)라고 다짐하는 장면에서 그가 지향하는 가치는 분명히 드러난다. 또한 서울에서 가난으로 인해 배재학당을 포기하고 야학을 다니던 그가 청년회관의 토론회에 참석했다가 직접 연설에

---

그의 동정이 시작되는 순간이다. 이광수에게 정, 혹은 동정은 감정의 차원에서만 아니라 윤리적이고 사회적인 차원에서 탐구되었으며, 그것이 사회와 민족의 발견을 가능하게 만든 감정의 동일화로 이어졌다는 지적은 개인의 자각이 민족국가라는 공동체에 대한 상상으로 이어지는 경로를 이해하는 데 중요한 암시를 준다. 김현주, 「문학·예술교육과 '동정(同情)'」, 『1960년대 소설의 근대성과 주체』, 상허학회, 2004. 참조. 송빈이 절실하게 체험한 '동정'의 상실에 대한 심경의 토로는 전근대적 공동체를 표상하던 인간관계의 소멸에 대한 증언으로 보는 것이 옳지만, 동시에 그것은 인간에 내재한 도덕 감정에 기반하여 조화로운 사회의 이상을 탐구하는 '동정'(sympathy)의 능력의 근원적인 결핍이 그의 성장의 기반이 되었음을 암시하는 것이기도 하다. 이것은 송빈의 성장의 조건을 이해하는 데 중요한 맥락이다.

14) 모레티, 앞의 책, p. 172.

나서는 계기가 되는 것은 "내가 돈이 없어서 못 다닌 배재학당이다! 돈과 배재학당에 복수를 하자!"(105쪽)는 생각이다.[15] 이날 토론회에서 여러 사람 앞에서 자신의 주장을 펼쳐서 인정을 받은 경험은 송빈의 자아확립에 중요한 계기로 작용하게 된다. 그것은 여러 사람들 위에 군림할 수 있는 지식의 힘에 대한 각성을 가져다 준다. 그는 방학 중에 서울에 온 동경 유학생들의 강연회를 보고는 "세상에 어려운 일, 청년들만 할 수 있는 일은 그들이 먼저 맡아 버린 것처럼 부러웠다."(135쪽)라고 탄식한다. 강연회의 체험은 송빈으로 하여금 "이 무한한 가능성에 찬 것이 사람의 힘이요, 그 중에서도 사내의 힘이요, 그 중에서도 청년의 힘일 것이다!"라고 말하며, "첫째도 공부요, 둘째도, 셋째 넷째도 공부다!"(163쪽)라는 판단하에 동경유학을 감행하도록 만든다. 송빈이 그런 결심을 한 끝에 "한 폭의 지도처럼 서울을 짓밟는 기세로 종현을 뚜벅뚜벅 내려왔다."(163쪽)는 서술 속에 드러나 있는 지배와 권력의 이미지는 그의 내면에 존재하는 성장의 목표를 분명하게 보여주고 있다. 식민지 계몽의 대표적 형식인 유학생 강연회를 통해 계몽의 정신을 출세의 정당화로 전유하는 방식은 이태준의 소설에 나타나는 계몽의 구조에 대해 의미 있는 통찰의 지점을 마련하고 있다.

학내 분규로 휘문고보를 중퇴한 송빈이 동경유학을 결심하는 데에 유일한 장애로 작용하는 것은 그와 고난의 여정을 동반한 '인생의 불쌍한 동무'인 할머니에 대한 염려이다. 고아인 송빈에게 모성의 보호를 평생토록 베풀어준 인물이며, 그가 학교를 졸업해서 어서 취직을 하는 것을 유일한 낙으로 삼고 있는 인물인 할머니는 전통적인 가정의 이미지

---

15) 사에구사는 굴욕감이 자기의 내면에 대한 물음의 계기가 됐어야 했음에도 불구하고 반대로 외부를 지향하고 자기 합리화를 꾀한 것이 이태준 작품의 특색이라고 말한 바 있는데, 이러한 지적은 한국의 근대문학 연구자들에게는 부인되었으나 간과할 수 없는 통찰이다. 사에구사 도시카쓰, 심원섭 역, 『사에구사 교수의 한국문학 연구』, 베틀북, 2000, 402쪽.

를 구현하고 있는 인물이다. 송빈은 이러한 할머니의 바램을 들어주지 못하고 자아의 성장을 실현해 줄 것이라고 기대되는 동경유학의 길을 떠나게 된다. 송빈이 동경유학을 떠나며 "나는 우리 할머니와 우리 할머니의 친족 한 집을 그 가난한 진뗑이에서 끌어낼 수 있기를 바랐다! 왜 진뗑이 전체를 구할 생각은 못하였던가?"(183쪽)라고 독백하는 장면은 그가 자아의 실현을 민족현실에 대한 자각으로 승화시키는 대목인 것으로 보인다. 그러나 앞에서 살핀 바처럼 송빈의 자아 확립에 가장 중요한 계기로 작용하는 것이 돈과 명예와 지위에 대한 염원이라고 판단한다면, 민족현실이라는 이데올로기는 그의 입신과 출세를 정당화하는 알리바이라고 보는 것이 더 올바른 판단일지도 모른다. 동경행 기차에서 만난 한 노파가 손 씻는 물을 송빈에게 먹으라고 권할 때, "인정 구수한 할머니가 은근히 정은 들면서도 바라볼스록 울분의 대상이 되었다"(194쪽)라고 그가 말하는 대목은 문명과 과학의 세계로 나아가는 송빈의 여정에서 토속적인 정으로 가득한 할머니들의 세계는 설 자리가 없다는 사실을 증명하고 있다. 또한 동경에서 지진을 체험하고 난 뒤 연애의 감정과 모성의 본능을 부정하고 과학의 세계가 제일이라고 역설하는 대목은 그에게 계몽에의 의지 또한 입신출세의 한 방편에 지나지 않음을 보여주고 있는 것이다.

> 「과학이다! 과학적 사고(思考)라야 한다! 모ー든 어버이는 자식을 사랑하는 본능을 가젓다. 외할머님께서 나를 사랑하심도 자기의 딸을 사랑한 나머지엿슬 것이다. 그 뿐일 것이다! 「……」 무비판의 정렬 그것은 언제나 리성의 백주(白晝)를 암야(暗夜)로 만드는 날 독까비일 것이다!
> 할머님께 대한 미안 쓸데업는 거다! 먼저 내 완성이 잇고 볼 거다!」(202-203쪽)

과학적 사고를 통해 자신의 완성을 추구하는 송빈에게 중요한 것은 '마음의 진실'이 아니라, '세상의 이치'이며, 그는 기민하고 역동적으로 그 세상에 몸담음으로써 세상의 이치에 따라 출세한 인물이 되는 것을 최고의 목표로 삼고 있는 것이다. 그것은 "어떠한 정당화도 요구하지 않는 완전히 자연스러운 욕망"16)이라고 모레티가 말한 출세의 욕망이다. 이렇듯 맹목적이고 부단하게 전진하는 세상의 이치에 몸담는 젊음의 표상에 성장이라는 이름을 부여해야 한다면, 그것은 교양의 파탄으로서의 성장이라고 불러야 할 것이다. 그것은 진정한 자아의 발견이 아니라, 자기 자신과 결별하는 성장의 이미지이다. 이런 송빈의 성장 과정을 탐색하여 세계 속에서 자신이 점유할 장소를 어떻게 찾아낼 것인가를 합리화하는 작가의 모습을 발견하는 것17)은 『사상의 월야』에 대한 분석을 넘어 이태준의 문학 전반을 다시 읽어야 할 과제를 던져주고 있다.

## 3. 유아 낫 마이 써번트

『사상의 월야』의 이송빈은 이형식이 그런 것과 마찬가지로 공동체 안에서 성숙의 가능성을 발견하지 못하고 자신이 속한 세계에서 유리되어 있는 문화에 기반하여 자신을 규정하는 젊음의 모습을 보여준다. 그러나 송빈의 성장의 여정에서 놓치지 말아야 할 것은 그가 추상적인 문화의 이상을 추구하는 것이 아니라 동경에 도착해서 직접 제국의 담론을 체험한다는 점이다. 송빈의 그러한 체험의 장면에는 식민주의에 저항하면서도 그것을 내면화하여 공모하는 주체의 혼종성이 드러나고 있다. 그 속에서 식민지 담론이 어떻게 권력을 행사하는가, 그리고 피식민 주체로서 송빈이 어떤 경로를 통해 주체화되는가를 살피는 것은 식민지 청년의 주체 형성을 이해하는 데 중요한 준거틀을 제공하다.

동경에 도착한 송빈은 신문 배달을 하며 어려운 생활을 꾸려나가다

---

16) 모레티, 앞의 책, p. 130.
17) 사에구사, 앞의 책, p. 409.

뻬닝호프라는 미국의 선교사를 만나게 된다. 그는 송빈에게 호의를 보이며 비어 있는 기숙사를 숙소로 제공한다. 그가 자유와 평등이라는 계몽 이념의 전달자라는 것은 송빈을 대하는 그의 태도 속에 자연스럽게 드러나고 있다.

> 그리고 무슨 책이든 한권 사줄 터이니 「가구라사까」까지 산보를 나가자고 하였다. 송빈이는 웃어룬의 좌우에 서지 안는 동양의 예의대로 그의 뒤를 따럿더니 그는 멧번이나 송빈이가 여페까지 오기를 기다리고 섯군 하다가 나중에는
> 「유아 낫 마이 써―벤트.(넌 내 노예가 아니다)」
> 하엿다. 송빈이는 그의 너머나 평민적임과 함께 여태것 자기가 묵겨온 동양적인 모든 「근엄」에서 해방되는 것 가튼 경쾌를 전신으로 느끼엿다. (199쪽)

송빈은 뻬닝호프와의 만남을 통해 자신을 속박하고 있던 동양적인 '근엄'에서 해방되는 기분을 맛본다. 서양의 식민 주체와 어깨를 나란히 한 경험에서 체험한 그 해방감은 자신이 떠나온 조선에서 여전히 봉건적으로 군림하던 휘문의 교주나, 체육에 대한 몰이해를 보여주던 과거의 훈련대장 원섭이 할아버지의 세계를 넘어설 지반을 발견한 것에 대한 기쁨이라고 할 수 있을 것이다. 송빈이 뻬닝호프와 산책을 한 지 사흘 뒤의 밤에 지진을 경험하고 "땅뿐이 아니라 세상 모든 것에 대한 미신이 깨여지는 것 가텃다"(201쪽)라고 말하며 '달밤의 사상'을 펼쳐보이는 것은 우연이 아닐 것이다. 그러나 너는 '써번트'가 아니라는 식민 주체의 선언이 송빈이라는 피식민 주체를 '써벌턴'의 지위에서까지 면제해주는 것은 아니다. 그것은 오히려 써벌턴의 각인을 피식민 주체의 몸속에 기입하는 선언과도 같다.

> 「그럼! 이군은 체격이 조타구 내 안해두 칭찬을 허는데 체육에 취미가

업나?」

「체육요!」

「미국 가 체육을 연구허구 와 여기 체육부를 마터 가지구 우리와 함게 스코트 홀 사업을 해 줬으면 조켓는데.」(207쪽)

뻬닝호프는 송빈에게 책을 사주면서 그가 문학에 관심을 갖고 있다는 사실을 알게 되고 소설가가 그의 운명이 될 것이라는 덕담을 하기도 하지만, 정작 송빈에게 미국유학을 권유하며 전공하도록 요구하는 것은 체육이다. 피식민 주체에게 식민 모국에서의 훈육을 권유하고 그것을 바탕으로 식민사업을 함께 하는 주체로 변신할 것을 권유하는 뻬닝호프의 모습에는 지배자의 자기 투영, 자기애적 동일시가 드러나고 있다. 그것은 보편적 가치와 전체성을 강제하는 지배의 담론이다. 그 담론은 바바가 '늠름한 기독교주의'[18]라고 말한, 문명화의 미션을 수행하기 위해 건강한 육체와 쾌활한 정신을 숭상하는 근대주의의 식민지적 실천과 다르지 않다.

"나는 이군만은 첫인상부터 조흐나 조선청년들에겐 대체로 호감을 못 갓는다."(205쪽)고 말하는 뻬닝호프가 서 있는 지반은 분명하다. 그것은 타자에 직면하여 그 타자를 동질화시키거나 아니면 철저히 차이로 인식하는 식민 주체의 전형적인 반응이다.[19] 그러한 뻬닝호프의 양가적인 태도는 송빈에 대한 호감에 비해 훨씬 공격적인 반응을 조선청년들에게 내보이고 있다.

「조선청년들이 우리 스코트 홀 강당이 세가 싼 바람에 가끔 그들의 집회를 여기서 열엇섯는데 보면 대체로 평화적이 아니다. 조선학생들은 연단에 올라가면 공연히 싸우듯 큰소리를 내고 연단을 부시듯 차고 바로 구르기까

---

18) 바바, 앞의 책, p. 200.

19) 박주식, 「제국의 지도그리기」, 고부응 편, 『탈식민주의—이론과 쟁점』, 문학과지성사, 2003, 276쪽.

지 하다가 결국은 싸홈도 버러진다. 그뿐인가, 으레 걸상이 한둘씩은 부서진다. 구두들은 도모지 털지도 안는지 강당안은 흙투성이가 된다. 가래침을 여기저기 뱃는다. 작년 봄부터는 될수잇는대로 강당을 빌리지 안키로 하고 잇다.」(205쪽)

조선이라는 피식민지의 청년들을 바라보는 뻬닝호프의 양가적인 태도는 식민주체가 지닌 나르시시즘적인 동일화 전략과 그 분열의 장면을 보여준다. 타자를 동일화하려는 식민주체의 욕망에 의해 분열이 발생하는 장면은 식민 권력에 불가피하게 발생하는 균열을 의미하는 것이기도 하다. 송빈이 "사실인 줄은 압니다. 그러나 선생께선 한 사실을 보시기만 햇지 생각은 안허섯단 겁니다."(205쪽)라고 뻬닝호프에게 반박하는 장면에는 식민주체가 엿보인 균열의 틈새를 파고드는 저항의 가능성이 엿보이기도 한다. 저항이란 지배담론이 문화적 차이의 기호들을 분절하고 식민지 권력의 예속적 관계들 내부에 그 기호들을 다시 연계시킬 때, 지배담론의 규칙들 내부에서 생산되는 양가성의 효과이다.[20] 식민지 권력의 모방적이고 나르시시즘적인 요구를 해체하고, 그 동일화 과정을 전복의 전략 속에 다시 연계시켜서, 권력의 시선 위에 피차별자의 응시를 되돌리는 것은 피식민 주체가 저항을 시작하는 준거지점이 된다. 피식민 주체의 혼성성은 차별받는 주체가 편집증적인 분류에서 궤도를 이탈한 두려운 대상으로 양가적으로 '전환'됨을 나타내는 것으로서, 권위의 이미지와 현존에 대한 방해적인 문제제기를 드러낸다.[21]

그러나 송빈의 저항이 '궤도를 이탈한 두려운 대상'으로 자신을 구성하는 전략으로 이어질 것이라고 보는 것은 성급한 판단이다. 오히려 그것이 효과적으로 수행되지 못하고 지배 이데올로기에 포섭되리라고 판단하는 것이 더 자연스러워 보인다. 그는 저항하기 전에 이미 식민지

---

20) 바바, 앞의 책, p. 223.
21) 위의 책, pp. 226-228.

적 무의식을 내면화한 존재이다. "그들 중의 한 사람으로 선생님께 간청"하며, "그들이 떠러뜨리는 흙, 담배공초, 가래침, 모다 제가 마터 치겟습니다."(206쪽)라고 말하는 송빈의 입장은 이미 근대의 식민지 규율 권력을 내면화한 자의 위치를 보여준다. 그는 조선을 대변하기 위해서 자신이 유학생들보다 우월한 존재임을 증명해야 한다. 그것은 그가 동경을 향해 떠나는 기차에서 조선의 현실을 "문명국 사람의 눈에 돼지우리로밖에는 보이지 않는 저런 똥과 파리와 헌데와 무지와 미신으로 찬"(183쪽) 것으로 바라보던 시각과 다르지 않다. 송빈에게는 돼지우리 같은 삶을 사는 조선의 민중뿐만 아니라 자각하지 못한 동경의 유학생들 또한 자기식민화를 이룬 존재가 우월한 위치에서 바라보는 내부 식민지의 신민일 뿐이다. 그들은 식민 주체를 모방하는 송빈이 발견한 야만적인 타자들이다. 조선 민족의 문명화를 기획하는 그의 시선은 식민자가 지닌 차이의 기호를 민족공동체 속에 기입하고 있다.

제국주의적 법과 교육의 에피스테메적 폭력의 회로 안과 밖에서, 하위주체는 과연 말할 수 있는가 하는 질문22)은 『사상의 월야』의 송빈에게도 물어져야 한다. 전술하였던 동경에서의 '사상의 달밤'에 그가 과학의 이름으로 사랑의 대상인 은주와 '평생의 동지'인 할머니를 단호하게 부정하는 것은 여성이라는 내부의 식민지를 전유하는 방식에 대한 하나의 예를 보여준다. 식민지적 생산이라는 맥락에서 하위주체가 역사도 지니지 못하고 말할 수도 없다면 여성 하위주체는 더욱 깊은 어둠 속에 있을 뿐이다. 이태준 장편의 결말구조를 "돈에 의해 여자가 떠나버리는 현실에 대한 증오가 돈을 초월한 민족전체를 문제삼는 결말"23)로 이해하는 분석도 있거니와, 송빈이 지배 이데올로기의 담론을 빌어 내부의 식민지인 여성을 전유하는 장면은 그의 주체화 과정의 실제적 조건을

---

22) 가야트리 스피박, 태혜숙 역, 「하위주체가 말할 수 있는가?」, <세계사상> 4호, 1998, pp. 78-135.
23) 김진기, 「고아의식과 의미구조」, 이태준, 『별은 창마다』, 깊은샘, 2000, 284쪽.

노출하고 있다. 그러한 전략이 예속된 국민(subject, 신민)이라는 식민지 주체를 창출하는 기도를 내장하고 있음은 분명해 보인다. 송빈이 보여주는 모습은 "식민지 엘리트의 자부심과 제국주의 서구에 대한 콤플렉스로 분열되는",[24] 피식민 주체의 '욕망의 분열'로 일그러진 내면성의 형식이다.

## 4. 지사의 탄생

이태준은 1941년 3월부터 이듬해 7월까지 <매일신보>에 연재하던 『사상의 월야』의 집필을 중단하며 그 사정을 다음과 같이 설명하고 있다.

> 이 소설에 나오는 시대가 대단 복잡햇섯고 이야기가 사실을 존중햇던만치 주인공의 이 앞으로의 모든 것은 좀더 신중히 생각할 여유가 필요하게 되엿습니다. 독자와 신문사에 미안합니다만 우선 상편으로 쉬이겟습니다. (208쪽)

작가에 따르면 소설에 나오는 시대가 복잡했던 점, 이야기가 사실을 존중했던 점이 연재를 중단하는 이유이다. 후대의 연구자들은 대체로 작가의 입장을 존중하여 일본의 검열을 연재 중단의 이유로 들고 있다. 그러나 '사실을 존중했던' 이야기의 어떤 부분에 검열을 염려해야 할 사정이 있었는지를 판단하기는 쉽지 않다. 또한 『사상의 월야』가 중단된 바로 그 해 12월, 이태준이 같은 지면에 "한민족의 재발견과 민족성 회복이라는 심정적 민족주의"[25] 가 구현된 텍스트로 평가되는 『왕자호동』

---

24) 황병주, 「근대와 식민의 오디세이」, 『트랜스토리아』 제2호, 2003. 상반기, 박종철출판사, 155쪽.

25) 이명희, 「역사적 사실과 이야기적 요소의 만남」, 이태준, 『왕자호동』, 깊은샘, 1999. 309쪽. 『왕자호동』을 이런 방식으로 평가하는 것은 일면적이다. 이 작품에서 발견되는 민

의 연재를 시작하는 것으로 보아, 작품을 완결하지 못한 원인을 검열 탓으로만 돌리는 것은 정당하지 않은 것으로 판단된다.

작가는 해방 후 작품을 단행본으로 간행하면서 연재본의 결말부분을 축소하면서 개작한 바 있다. 단행본에서 두 페이지 정도로 축소된 결말 부분에서 눈에 띄는 대목은 송빈이 현해탄을 바라보며 자신의 아버지를 떠올리고 스스로 민족의 사명을 완수할 것을 다짐하는 장면이다.

이런 악한 이웃 일본에 아니, 지금은 무서운 통치자 일본에 나는 공부를 가고 있다! 오늘 우리들은 비인 머리를 가지고 과학과 사상을 거기로 담으러 가게 되었다. 슬픈, 너무나 쓰라린 역전이다! 「……」 일본에 협력하기 위해서가 아니라 이 앞으로 일본과 투쟁하여 조선을 찾을 그런 준비로 학문과 사상을 배우러 가는 진정한 애국청년들이 더러는 있을 겁니다!(188-189쪽)

송빈이 다소 격분한 듯한 급한 호흡으로 펼쳐놓는 '현해탄의 사상'은 도탄에 빠진 민족의 현실에 대한 울분과 '악한 이웃'인 일본과의 투쟁을 준비하는 비장한 각오의 다짐을 내용으로 하고 있다. 이러한 개작의 내용은 일제의 압력에 의해 드러낼 수 없었던 민족주의적 의식의 발현으로 해석되고 있다. 이와는 조금 다른 맥락에서, 와다 토모미는 작품의 개작에 관해서 다음과 같이 말하고 있다.

해방직후, 창작활동을 소홀히 할 만큼 정치활동에 분주했던 이태준이 지향했던 것은, 해방전의 순문학자로 보여지던 입장에서의 표변이라는 비난이었다. 그러한 비난에 대해서 자전적 소설 『사상의 월야』의 개작부분은 자신이 해방 전부터 참된 애국청년이었다고 하는 메시지를 보내고 있다. 거듭 부친을 언급하는 것에 의해 자신이 핏줄부터도 참된 민족주의자라는

---

족주의의 구조는 네이션과 제국의 혼종을 보이는 모호한 경계에 위치하고 있다. 정종현, 「제국/민족담론의 경계와 식민지적 주체」, 『상허 탄생 100주년 기념 학술대회 자료집』, 2004. 6. 12. 참조.

것을 주장한다.26)

이러한 민족주의자의 탄생을 극화하기 위해서, 이태준은 『사상의 월야』의 개작을 송빈이 현해탄 새벽 하늘이 밝아올 때 새로운 운명을 준비하는 장면으로 끝맺고 있다. 작가는 식민지 일본의 땅에 송빈이 발을 내려놓는 것을 심정적으로 거부하고 있는 것이다. 이 '거부'로 종결된 무의식이 내면의 어떤 지점을 은폐하고 있는가는 좀더 고찰을 요하는 대목이다. 본래의 연재본에서 일본의 시모노세끼에 발을 디딘 송빈의 눈에 가장 먼저 띈 것은 '조선의 흰옷'이다.

저게 조선옷이엿나! 하리만치 처음처럼 조선옷부터가 새삼스럽게 보혓다. 차에서 배에서 석탄연기에 끄을고 꾸기고 말리고 한 베것 모시것들은 흰옷이 흰옷다운 면목이라고는 옷고름 하나가 제대로 업섯다.
「우선 기차와 기선생활을 못할 옷이다! 현대인의 옷일 수 업다!」(192쪽)

식민모국인 타자의 땅 일본에 발을 디뎠을 때 송빈의 시선이 '새삼스럽게' 포착하는 것은 미개한 동족의 차림새이다. 송빈이 조선의 흰옷에 대한 부끄러움을 가감없이 드러낸 위의 장면 바로 다음에는, 앞 장에서 살폈던 '인정 많은' 할머니와의 만남이 나온다. 와다 토모미가 "일본이라는 땅에 와서 본 동족에 대한 거부감을 지금까지 적나라하게 표현했던 부분은 독자로서의 동족을 의식한다면, 해방 후 삭제되어진 것도 무리는 아니다."27)라고 말한 것처럼, '흰옷 입은 조선인'에 대한 경멸은 개작 후의 단행본에서는 삭제되었지만, 이태준의 텍스트라는 참조적인 맥락 속에서 완전히 사라진 것은 아니다.

---

26) 和田とも美,「李泰俊の文學の底流にあるもの」,『朝鮮學報』, 1996. 1, pp. 190-191.
27) 和田とも美, 앞의 책, p. 192.

오래간만에 보는 조선옷은 더구나 석탄 연기에 그을은 노동자의 바지저고리는 아무리 보아도 을리는 구석이 없이 어색스러웠다.
'저 옷이 찬란한 문화를 가진 역사 있는 민족의 의복이라 할 수 있을까?'28)

위의 인용은 이태준의 단편 「고향」의 한 대목이다. 여러 논자들이 지적한 것처럼, 「고향」의 주인공 윤건은 그 삶의 이력을 살펴볼 때, 송빈과 동일한 자아라 할 수 있을 것이다. 위에 인용한 대목에서 윤건이 '흰옷 입은 조선인'을 발견하는 것은, 그가 유학생활을 마치고 다시 조선으로 들어가기 위해서 시모노세끼에 도착한 시점의 일이다. 결국 송빈의 또다른 자아 윤건이 보여주는 것처럼, 작가가 삭제하기를 원했던 송빈의 유학생활의 결과는 민족주의의 신념으로 무장한 계몽주체가 아니라 식민자의 시선을 내면화한 주체의 귀환이었던 것이다. 보다 정확하게 말하자면, 민족주의와 식민주의가 공모하여 내면화된 모습이 송빈과 윤건의 동경 생활을 전후한 장면에서 드러난다고 할 수 있다. 작가가 은폐하려 했던 이런 우월한 계몽주체의 의식은 「해방 전후」에서 "현은 고개를 푹 수그렸다. 조선이 독립된다는 감격보다도 이 불행한 동포들의 얼빠진 꼴이 우선 울고 싶게 슬펐다."29)라고 현이 독백하는 대목에서도 알 수 있듯이, 해방 후의 작품에서도 발견할 수 있다.

이태준의 텍스트에는 혼종적인 발화의 장면이 자주 등장한다. 이는 앞에서 말한 '욕망의 분열'로 일그러진 내면성과도 관련이 없지 않을 것이다. 이를테면, 이 글이 출세의 정당화 과정으로 읽었던 송빈의 이력에는 다음과 같은 장면도 기재되어 있다.

「취직! 행세! 전문 졸업장엔 얼마구 대학 졸업장엔 얼마구…… 취직이

---

28) 이태준, 「고향」, 『달밤』, 깊은샘, 1995, 127쪽.
29) 이태준, 「해방 전후」, 『해방전후·고향길』, 깊은샘, 1995, 34쪽.

목표루 우리가 하는 공불까? 그런 실제적인 인물만이 필요헌 델까? 우리 팔
백명, 아니 서울 와 있는 몇만 명 학생이 죄다 그래 취직이 목표란 말이냐?
그렇다면 난 오히려 반동하구 싶다! 소리치구 반동하구 싶다!」(173쪽)

위의 인용에서 볼 수 있는 것처럼, 텍스트의 문맥에서만 보자면 송
빈은 출세나 성공과 관련 없는 비실제적인 인물이 되려는 결심을 내비
치기도 한다. 「고향」의 윤건 또한 출세에만 혈안이 되어있는 고국의 청
년들에게 이유를 알 수 없는 폭력을 행사하는 장면을 연출하고 있다. 그
러나 송빈이 '비실제 인물'을 찾으려 하는 것은 알고 보면 자신의 가난
으로 학교에서 지정한 내복을 입지 못해서 당한 봉변에 대한 반항심 이
상은 아니다. 그것은 미숙한 난동에 가까우며, 「고향」에서의 윤건의 모
습 또한 그러하다. 실제로 송빈과 함께 '비실제 인물'에 대해 논하던 동
료들이 송빈이 동경으로 떠나는 정거장에 나와서 "'성공'이란 말들로 잡
았던 손을" 놓으며 배웅하고 있는 장면이나 그가 열차에서 내내 이 '성
공'이란 단어를 되뇌이는 것은 송빈의 내면에 자리잡은 동경행의 목표
가 출세를 통해 세상에서 행세하는 것과 다르지 않다는 것을 다시금 확
인해 준다. 이러한 욕망의 분열을 봉합하기 위해서 종종 폭력이 수단으
로 채택되기도 한다. 와다 토모미는 이태준의 작품에 보이는 이러한 '공
격성'에 특히 주목하고 있다.

『사상의 월야』의 연재중단을 이태준은 해방 직후에 당시의 일본에 의한
검열이라는 작품 외적인 이유에 의한 것이었다고 설명하고 있으나, 내적인
요인으로서 이야기의 중간에 송빈의 연대가 작자가 가장 세상에 대해 배반
감을 느낀 시기가 되어, 표현하려고 한다면 다시금 강한 공격성을 노정할
가능성이 강한 장면, 쓰기 어려운 장면에 이른 것도 확실한 것이다.[30]

---

30) 和田とも美, 앞의 책, pp. 195-196.

이태준이 동족에 대해서 강한 배반감을 느끼고 있었고, 그것이 공격성으로 표출되었다면, '사실을 존중한' 자전적 장편인『사상의 월야』에서 그 공격성이 「고향」에서와 같이 허구적인 방식으로 처리되는 것은 불가능했을 것이다. 결국 좌절을 내면화하는 작업을 하지 못한 채, 민족주의 작가로 자신을 합리화31)하고 있는 것이 진정한 개작의 이유에 더 가깝다고 보는 것이 옳을 것이다. 다음과 같은 진술은 그 진실성에 대한 검증의 필요에도 불구하고,『사상의 월야』를 개작할 당시의 작가 이태준이 보여준 한 면모를 포착하고 있다.

> 과거에, 일제에 적극적으로 협력한 것은 아니지마는, 그래도 신변의 협위로부터 小心兢兢하여 「대동아전기」란 것도 譯述했고 「조선문인보국회」에도 잘 다니고 하였으니 소극적이나마 타협하던 尙虛였다. 그러던 것이 8·15 이후부터는 아주 기승해서 바루 무슨 수절하던 志士(정말 志士는 그렇게 淺薄치 않지만)연하게스리 웬만한 사람과는 路上에서 인사도 안 바꾸고…….32)

지사는 이렇게 탄생한다. 그러므로, "지금 이 시대에선 이하(李下)에서라고 비뚤어진 갓(冠)을 바로잡지 못하는 것은 현명이기보단 어리석음입니다. 처세주의는 저 하나만 생각하는 태돕니다. 혐의는커녕 위험이라도 무릅쓰고 일해야 될 민족의 가장 긴박한 시기라고 생각합니다."33)라는 발화는 이태준의 자기 합리화가 도달한 완결지점을 이룬다. 그것은 자기 합리화의 결과일 뿐, 진정한 자아의 성장이 도달한 지점은 아닐 것이다. 지배자의 이념을 모방하기를 끊임없이 요구하는 식민지에서의 성장은 그 자신을 약화시키고 굴욕감을 주는 타자들, 우월감의 대상인 내부의 타자들과의 지속적인 상호교섭 아래 이중적으로 예속되어 있다.

---

31) 사에구사, 앞의 책, p. 414.
32) 방준원, 「이태원론」,『백민』 5호, 1946. 10, 26-28쪽. 사에구사, 앞의 책에서 재인용.
33) 이태준, 「해방전후」, 앞의 책, 45쪽.

그 속에서 그는 자신의 자아가 누구인지 그리고 그것이 함유하는 진실이 무엇인지 점점 더 알기 어렵다는 것을 깨달았던 것은 아니었을까. 자아의 모습이 모호하여 그 진실을 드러내기 어려운 지점이 『사상의 월야』를 미완으로 머물게 만들었다면, 해방 후의 개작은 이러한 양가성의 균열의 흔적을 봉합하고 민족주의적 주체의 상을 창출하려는 의도에서 기획된 것이다.

## 5. '자기'의 창출과 식민지적 주체성

자기 자신을 언어화하는 자서전 양식에서 소설의 미적 주체는 고백을 통하여 자기 자신의 모습을 보여주는 상(像)을 이루고 만들어내는 것을 지향한다. 그들은 다양한 글쓰기의 유희를 통하여 자신의 인성(人性)을 구성하는 것을 목표로 삼고 있다.[34] 일본 사소설에 대한 연구에서 토미 스즈키는 자전적인 소설은 문화적 정체성의 재형성과 강화에 기여했는데, 한편으로는 동시에 그러한 정체성의 서사적 형성을 탐색하고 문제화했다고 말한 바 있다. 사소설의 문화적 기원은 그 소설에 선행하지 않고 오히려 자신의 기원을 요구하고 창출한다는 것이다.[35] 흔히 자아의 형성과 관련된 논의는 위기에 대한 의식을 기반으로 한다. 자서전의 공간에서 주체의 형성을 말하는 것은 현실의 격동을 헤쳐나갈 새로운 사고의 근거를 과거에서 발견하고 주체의 존립을 재확립하고자 하는 의지의 소산이다. 그러므로 과거를 문제화함으로써 구성하고자 하는 주체의 모습이란 어떠한 것인가에 대해 질문하지 않으면 안 되는 것이다. 이태준은 『사상의 월야』, 『고향』, 『해방전후』 등의 자전적인 작품을 통해

---

34) 필립 르죈, 윤진 역, 「지드와 자전적 공간」, 『자서전의 규약』, 문학과지성사, 1998, 249쪽.
35) Tomi Suzuki, *Narrating the Self: Fictions of Japanese Modernity*(Stanford, Califonia: Stanford University Press), 1996, p. 131.

정체성의 서사적 형성을 문제화하고 있다. 그는 이 작품들에서 독자들이 받아들여주길 원하는 '진정한 자기'의 기원을 요구하고 창출해낸다.

문제는 그가 창출해낸 '자기'의 기원에 은폐되어 있는 무의식을 이해하는 것이다. 천꽝신은 제3세계의 민족주의와 본토화운동이 식민주의에 대한 반작용이자 탈식민운동의 일부로서 자기 정체성의 동일시 대상을 단지 식민지배자에서 자기 자신으로 바꿔내는 과정에 불과하다면 그것은 여전히 식민주의의 한계에 머물게 되고 식민적 정체성의 그림자에서 결코 완전히 벗어날 수 없다고 말하고 있다.36) 그러므로 식민지의 문화와 주체성의 형성을 이해하려면 식민의 역사가 특정한 시공간에서 조성해온 영향의 구조에 주목해야 한다. 지금까지 살펴본 이태준의 자전적 소설들에 나타나는 식민적 정체성은 식민지 권력의 놀이 속에 지식의 생산을 기입하는 지배의 내면화37) 속에 비로소 형성된 것이다. 그러한 식민지 담론의 장치 속에서 지식을 담지한 청년으로 주체는 탄생하는 것이다.

정체성이란 정치의 밖에 존재하거나 선행하는 것이 아니라 언제나 특정한 역사 속에서 각인되는 것이다. 피식민 주체의 정신과 육체에 각인된 식민의 기억은 부정되거나 해체될 수 있는 것은 아니다. 모든 주체화가 타자에 대한 모방의 결과라면, 식민 이전의 순수한 주체성을 찾아나서는 것은 무망한 노력에 지나지 않는다. 제3세계의 민족주의가 자신의 입지를 강화하기 위해 식민주의를 민족국가의 공동의 적으로 삼아

---

36) 천꽝신, 「탈식민과 문화연구」, 『제국의 눈』, 창작과비평사, 2003, p. 115.

37) 이 글의 주제에서 조금 벗어나는 지적이지만, 이태준이 『무서록』과 『문장』에 실린 수필들을 통해 보편적 근대에 대한 대안으로 문화적 특수성을 담지한 공간으로서의 동양을 상정하였던 것 또한 지배의 내면화로 볼 수 있다. "명상은 동양인의 천재다."라고 시작되는 「동방정취」라는 글에서 이태준은 동양과 서양의 대립틀을 확립하고 동양의 고유한 가치를 상정하는 문화본질주의적인 시각을 내세우고 있다. 서구 근대의 거울에 비추어 동양의 가치를 구성하는 담론은 일본의 근대초극론이 제기한 동양론의 넓은 틀과 공모하는 혐의가 있다.

전유한다는 점에서 식민주의는 민족주의의 헤게모니를 공고히 하는 숨은 우군의 역할을 하기도 한다[38]는 것을 기억한다면, 그리고 식민지 민족주의 담론은 '문제적인 것'의 수준에서 식민주의 담론을 거부하지만 동시에 '주제적인 것'의 수준에서 계몽주의의 보편적 인식틀에 기반을 두고 있다[39]는 점을 잊지 않는다면, 이태준의 민족주의적 측면을 강화하려는 노력 또한 탈식민의 해법은 될 수 없을 것이다. 식민지 주체성의 형성과 그것에 대한 연구의 시각에 내면화된 탈식민의 획일성을 지양하고 새로운 담론의 실천을 통해 진정한 탈식민을 추구하는 것이 식민지 문학의 연구에 필요한 전략이 될 것이다.

---

38) 이석구, 「탈식민주의와 탈구조주의」, 고부응, 앞의 책, 193쪽.
39) 배성준, 「식민지 민족주의의 모순 구조와 수동적 혁명」, 『트랜스토리아』, 제2호, 2003. 상반기, 박종철출판사, 19쪽.

# Edgar Allan Poe의 「The Raven」과
# 이태준의 「가마귀」

김 명 렬*

## 1.

이태준의 「가마귀」가 에드거 앨런 포우(Edgar Allan Poe)의 「The Raven」[1] 의 영향을 받은 것은 의심할 바 없는 사실이다. 무엇보다 소설의 주인공이 폐결핵을 앓는 여인을 만난 후 그녀의 임박한 죽음을 예감하면서 포우와 그의 시 「The Raven」과 그 시에 나오는 인물인 레노어(Lenore)를 언급하는 등, 그런 관계에 대한 명시적인 내적 증거가 있기 때문이다. 뿐만 아니라 포우의 시가 「가마귀」의 구상에 영향을 주었을 개연성이 다른 데에서도 발견된다. 이태준은 1936년 초에 잠시 동경을 들린다. 그때의 느낌을 "幾種新書 一枝蘭"이라는 제목으로 신문에 발표한 글에 이런 대목이 있다.

　　마침 백만회양화전도 구경할겸 그화장을 가진 은좌의 사국옥서정으로

---

* 서울대 영문과 교수.
1) 「가마귀」와 혼동을 피하기 위하여 포우의 시는 영문으로 표기한다.

갔다. 한참 신판서를 구경하다가 황면도인일하결지개의 역인 에드가・아란
・포—의 시『대아(大鴉)』한권을 샀다. 솜과 낙엽으로 만든 듯한 거칠고도
부드러운 황지에 박은 책인데 권두에는 에드알—・마네 필인 가마귀의 凸
판과 동판이 들어 있다. 꽤 정역(精譯)한 것인 듯 권미에 '予の作詩休止期に
於ける創作的嗜感を感興も譯詩すなはち之也'란 후기가 있다.(<조선중앙일
보> 1936년 4월 29일)

　　시간적으로만 보면 그가 동경에 들린 것이 「가마귀」를 1936년 1월
『조광』지에 발표한 직후이므로 「The Raven」이 「가마귀」의 구상과는 관
계가 없다고 생각하기 쉬우나 문맥과 여러 가지 정황을 고려해 보면 그
렇지가 않다. 그는 인용문에 앞서 서울의 서점에서는 좀처럼 대할 수 없
는 장정본들을 동경의 서점에서는 많이 접할 수 있는 즐거움을 피력하
고 있다. 그런데 그 많은 장정본들 중에서 日夏耿之介가 「The Raven」을
번역한『대아(大鴉)』를 구입한 것은 의미심장하다. 당시만 해도 동경은
쉽게 갈 수 있는 곳이 아니므로 한번 간 기회에 그는 필경 여러 권의 책
과 장정본을 샀음직한데 만약 그렇다면 그 중에서『대아』만 언급했다는
것은 더더욱 특이한 것이 된다. 이런 점들과 연관하여 생각하면 그때가
「가마귀」를 탈고한지 얼마 안되는 시점이라는 것은 두 작품 사이의 연
관성을 오히려 강화해 주는 사항이 된다. 더구나 그가 포우의 시를 처음
대하는 것이 아니고 작품에서 언급한 정도로 익히 알고 있는 터에 구태
여 장정본을 구입했다는 것은 자기 단편의 탈고를 기념하기 위한 것이
라고 보는 것이 타당하고, 이로써 포우의 시의 영향을 간접적으로 인정
하고 있다고 보아야 할 것이다.
　　특히 이태준이 인용한 日夏耿之介의 「후어(後語)」의 일부는 이 시가
이태준으로 하여금 단편 「가마귀」를 쓰게 한 한 동인이었다는 추측을
뒷받침해 준다. 「후어」는 전부해서 몇 줄 안되는 짤막한 것이지만 그 중
에서 단 한 줄 인용한 것이 "나의 창적적 열정을 일으킨 번역시가 바로
이 시이다"라는 내용이라는 것은 매우 시사적이다. 日夏耿之介는 번역

가일 뿐만 아니라 스스로 시를 썼던 사람이다. 그러므로 위의 말은 그가 「The Raven」에서 창작의 영감을 많이 받았다는 말이 된다. 이태준이 이 말을 인용한 것은 그것이 자신에게도 적용되었다는 것을 강력히 암시하고 있다. 이상 여러 가지를 종합해 보면 위의 인용문은 단편 「가마귀」가 그 구상에서부터 「The Raven」의 영향을 받은 것을 이태준 자신이 간접적으로 시인한 것이라고 보지 않을 수 없다.

그런데 「가마귀」를 자세히 읽어보면 이태준이 이 단편을 쓰면서 「The Raven」의 영향만을 받은 것이 아님을 알 수 있다. 다시 말해 그는 포우의 다른 글들도 함께 의식하고 있었던 것이다. 따라서 이 연구의 범위도 「가마귀」와 「The Raven」과의 관계에 국한하지 않고 「가마귀」에 끼친 포우의 영향으로 넓혀 잡는 것이 타당할 것이다. 그러므로 이 논문은 이태준과 포우의 관계를 폭넓게 조망하면서, 그 안에서 「가마귀」에 나타난 포우의 영향을 논할 것이며, 또한 이태준이 그런 영향을 어떻게 수용했는가를 밝히는 데에 역점을 두고자 한다.


## 2.

우선 「The Raven」과 「가마귀」와의 관계를 논하기 위해서는 「The Raven」의 내용을 간략히 알아 볼 필요가 있다. 이 시는 사랑하는 여인을 사별한 남자가 어느 겨울날 밤에 일어났던 괴이한 일을 회상하는 것으로 되어 있다. 따라서 시제가 과거로 되어 있지만 편의상 현재로 바꾸어 설명하겠다.

화자는 황량한 12월 어느 날 한밤중에 세상에 잊혀진 학문이 담긴 옛날 기서(奇書)들을 탐독하다 지쳐서 졸음에 빠진다. 그는 그런 책들에 몰입함으로써 사랑하는 레노어를 상실한 슬픔을 달래려 했던 것이다. 그 때에 그는 방문을 두드리는 소리에 깨어 문을 열어 본다. 그러나 밖에는 아무도 없는 것을 확인하고 그는 적막한 허공에다 대고 "레노어?" 하고 가만히 불러본다. 문을 닫고 방으로 돌아오자 또 다시 두드리는 소리가 난다. 그 소리가 창문께에서 나는 것을 감지하고 창의 덧문을 열어 젖히자 가마귀 한 마리가 어둠으로부터 날아들어 와서 방문 위, 아테네의 흉상 위에 앉는다. 화자가 이 새에게 장난삼아 이름을 묻자 뜻밖에 가마귀는 "네버모어(Nevermore)"라고 대답했다. 이 기이한 대답에 놀란 화자는 이 새의 정체에 대해서 명상하면서 날이 새면 이 새도 날아가리라고 혼자 말을 한다. 그러자 새는 또 "결코 안 날아갈 것이다(Nevermore)"라고 답한다. 다시 화자가 망우약(忘憂藥)을 마시고 레노어에 대한 생각을 잊겠노라고 독백했을 때에도 새는 "결코 그럴 수 없을 것이다(Nevermore)"라고 말한다. 그 이후 길리아드에 그의 고통을 덜어줄 진통제가 있느냐, 천국에 가서 레노어를 다시 만날 수 있느냐는 화자의 질문에 새는 일관해서 똑같은 말로 부정적인 대답을 한다. 그가 소망하고 희구하는 바를 모두 부정하는 이 대답에 격분한 화자는 급기야 새더러 자기의 방에서 나가라고 소리치지만 새는 여전히 "결코 떠나지 않을 것이다(Nevermore)"라고 말할 뿐이다. 결국 화자는 자신의 영혼이 이 가마귀의 그림자로부터 영원히 벗어나지 못하리라는 말로 시를 맺는다.

이 같은 내용과 이태준의 「가마귀」를 비교해 보면 분명히 비슷한 점들이 발견된다. 우선 남자 주인공들이 공통점을 보인다. 「The Raven」은 학자인 주인공의 독백으로 되어 있는 시이니까 주인공 자신을 시인으로 보아야 할 것이다. 「가마귀」의 남자 주인공도 스스로 소설가를 자처하는 사람이므로 이 둘은 다 문필가이다. 뿐만 아니라 둘이 다 세상에서 소외된 문사들이라는 점도 공통적이다. 그러나 이들의 소외에는 내용적인 차이가 있으므로 이 점은 나중에 논급하기로 한다.

게다가 이들은 둘 다 상고취미(尙古趣味)를 갖고 있다. 포우의 시의 화자는 이상하고 진기한 옛날 책을 탐독할 뿐만 아니라 그의 시어도 대단히 의고적(擬古的)이고 시에 성서와 로마신화의 인유(引喩)들을 많이

사용하여 시가 대체적으로 고풍스런 분위기를 자아내고 있다. 이태준의
상고취미는 익히 알려진 것으로 「가마귀」에서도 쉽게 찾아 볼 수 있다.
그것은 특히 주인공이 묵을 추성각(秋聲閣)의 묘사에 잘 나타나 있다. 낙
관이 있는 사군자와 기명절지, 추사체(秋史體)의 현판, 그리고 파랗게 녹
슨 풍경에 대해 언급에 이어 방에서 내려다보는 경관이 묘사된다.

> 또 미닫이를 열면 눈 아래 깔리는 경치도 큰사랑만 못한 것 같지 않으니,
> 산기슭에 나붓이 섰는 수각과 그 밑으로 마른 연잎과 단풍이 잠긴 연당이
> 며 그리고 그 연당 언덕으로 올라오면서 무룡석으로 석가산을 모으고 잔디
> 밭 새에 길을 돌린 것은 이 방에서 내려다보기가 그중일 듯 싶었다.(『돌다
> 리』, 20쪽)[2]

그림과 현판에 대한 언급이 고완에 대한 그의 심취를 반영한다면,
위의 인용문은 그의 처사취미(處士趣味)를 드러내 준다. 이것들이 자아
내는 상고적인 정취는 문단 끝에 가서 "태고(太古)가 깃들이는 듯한 그
윽한 경치(20쪽)"라는 말로 마무리되고 있다.

그러나 이것보다 더 두드러진 공통점은 여인의 죽음과 가마귀일 것
이다. 우선 두 작품은 모두 가마귀가 죽음을 연상시키는 불길한 새라는
점을 이용하고 있다. 또 두 작품의 여주인공들도 상당히 닮았다. 레노어
는 세상에 드믄 미인으로 되어 있는데, 추성각에 나타난 폐결핵을 앓는
여인도 용모가 단정하고 상당히 매력적인 여인으로 묘사되어 있다. 레
노어가 무엇 때문에 요절했는지는 언급되어 있지 않지만, 포우가 필경
레노어의 모델로 삼았을 그의 사랑하는 아내 버지니아(Virginia)가 그 시
를 쓸 당시 폐결핵으로 쇠잔해져 있을 때이므로, 그런 면에서도 둘은 매
우 비슷하다.[3]

---

2) 「가마귀」로부터의 인용은 모두 깊은샘에서 1995년에 출간한 이태준 저 『돌다리』가 그
   출전임. 이후는 면수만 기록함.
3) J. R. Hammond, *An Edgar Allan Poe Companion*, The Macmillan Press Ltd, 1981, p. 158 참조.

이처럼 이 두 작품은 주요 인물들과 사건이 비슷하여 이런 것만 보면 그 내용과 성향도 같으리라는 예상을 하기 쉽다. 그러나 실제로는 그런 여러 가지 공통점에도 불구하고 두 작품은 대단히 다르다. 포우와 이태준 사이의 영향관계는 어쩌면 이런 상이성에서 더 중요한 의의를 지닐 수 있을 것이다. 그런데 그 상이성을 제대로 보기 위해서는 먼저 「The Raven」이 어떤 시인가를 알아 볼 필요가 있다.

위에 간단히 소개한 줄거리만 보아도 알 수 있듯이 이 시는 대단히 괴기스런 시이다. 우선 화자가 폭풍우가 몰아치는 밤에 서재에 혼자 앉아 죽은 애인을 생각하는 상황부터가 그런데다가 가마귀가 날아들어 와서 화자의 질문에 대답을 한다는 것이 더욱 그런 분위기를 고조시킨다. 그러나 이 시의 매력은 그런 괴기스럽고 슬픈 내용이 매우 아름답게 느껴지도록 표현되어 있다는 데에 있다. 그러한 아름다움이 어떻게 해서 이루어졌는가를 알아보는 것은 이 시의 본질을 규명하는 일의 핵심이 되므로 이 시와 단편 「가마귀」와의 관계를 밝히는 데에도 필수적인 선행작업이 될 것이다.

포우는 「창작의 원리(The Philosophy of Composition)」라는 글에서 자신의 시작 과정을 바로 「The Raven」을 예로 들어 설명하고 있다. 그는 이 시를 예로 드는 이유로 "(이 시의) 어느 한 가지도 우연이나 직감에 의한 것이 없으며, 이 시의 창작은 마치 수학문제를 풀 때의 정확성과 엄정한 순서로 단계적으로 완성되었다."는 사실을 들고 있다.[4] 그러나 이런 시작(詩作) 원리는 이 시에만 국한된 것은 아니라 모든 시, 나아가 모든 예술 작품에 다 적용된다는 말이다. 그러므로 예술 작품은 작가의 세심한 계획에 의해서 의도적으로 조성된 것이지 결코 영감이나 우연에 의해

---

4) …no one point in its composition is referrible either to accident or intuition—that the work proceeded, step by step, to its completion with the precision and rigid consequence of a mathematical problem. *Edgar Allan Poe: Essays and Reviews*, The Library of America, 1984, pp. 14-15. 「창작의 원리」로부터의 인용은 모두 이 책이 출전임. 이후로는 면수만 기록함.

만들지는 것이 아니라는 것이 그의 확고한 주장이다.

이어서 그는 "오직 미(美)만이 시의 정당한 영역이다"라고 말한다.5) 그런데 사람들이 미를 언급할 때 의미하는 것은 어떤 속성(a quality)이 아니고 하나의 효과(an effect)이며, 이런 효과는 적절한 소재, 또는 사건 (an incident)과 어조(a tone)에 의해서 조성된다는 것이다. 그런데 "미는 어떠한 종류의 것이든 최고조로 발전되면 예민한 영혼으로 하여금 언제나 눈물을 짓도록 감동시키"므로, 시에 가장 적합한 어조는 애상적인 (melancholy) 것이라는 결론에 도달한다.6) 적합한 소재, 또는 사건도 이와 연관하여 생각할 수 있다. 가장 애상적인 사건은 죽음이므로, 그것과 미가 합치하는 것, 즉, 아름다운 여인의 죽음이 가장 적합한 사건이 될 수밖에 없는 것이다.

이 같은 요건에 맞추어서 포우는 「The Raven」을 쓴 것이다. 그는 이 이외에도 그가 기도(企圖)하는 효과를 유도하기 위해서 세세한 부분에 이르기까지 철저히 기획하여 시를 "만들어" 냈던 것이다. 예를 들어, 후렴이 될 가장 애상적인 단어를 찾다 보니까 "nevermore"로 귀착되었고, 화자의 계속되는 질문에 대해 그 단조로운 대답을 반복하는 주체는 사람보다 동물이 적합하므로 그런 동물로 처음에는 앵무새를 생각했으나 구관조처럼 간단한 말을 할 수 있는 가마귀가 훨씬 더 분위기에 맞아서 그것으로 정한 것이다. 이처럼 포우는 독자로 하여금 미를 느끼게끔 하기 위하여, 그의 표현을 빌자면 "영혼의 그 강렬하고 순수한 고양(저자 강조)"을 느끼게끔 하기 위하여, 모든 조건을 인위적으로 조성한 것이다.7)

여기서 우리가 특별히 고려할 바는 레노어의 죽음이다. 일반적으로는 포우가 사랑하던 여인을 잃고 난 다음 그 비통함을 레노어를 통해 토

---

5) ···that beauty is the sole legitimate province of the poem. p. 16.

6) Beauty of whatever kind, in its supreme development, invariably excites the sensitive soul to tears. p. 17.

7) ···that intense and pure elevation of *soul*. p. 16.

로하고 있다고 믿고 있다. 그것이 사실이라면 포우가 화자를 통해 토로하고 있는 상실의 비애는 상당히 사실적 경험에 바탕을 두고 있는 것이며, 그런 면에서 이 시는 어느 정도 현실과 맥이 닿아 있다고 하겠다. 그러나 위에서 잠깐 언급했듯이 그가 사랑한 아내는 병중이기는 했지만 아직 살아 있었다.[8] 그러므로 레노어를 죽은 여인으로 만든 것은 포우의 전기적 사실과는 무관한 것이며 오직 기대하는 효과를 얻기 위해 그가 만든 허구인 것이다. 뒤집어 이야기하면, 포우는 문학적 효과를 위해서 여인의 죽음을 도입한 것이고, 미를 위해서 비록 허구이기는 하지만 그녀를 죽인 것이다.

또 그는 이 아름다운 여인의 죽음이 주는 비애에 신비와 괴기성을 더하기 위해서 가마귀로 하여금 말을 하게 했을 뿐만 아니라 여러 가지 수사를 동원했던 것이다. 예컨대, 비단 자색 커튼이 바람에 서걱거리는 소리가 "일찍이 느껴 본 적이 없는 기이한 공포로(with fantastic terrors never felt before)"로 그를 사로잡았다든지, "죽어가는 숯덩이들의 혼령이 마루 위에 일렁거렸다(each separate dying ember wrought its ghost upon the floor)"라든지 하는 구절들이 그런 것이다.

그 뿐만 아니라 이런 분위기를 돕기 위해서 그는 사건의 장소를 완전히 고립시켰다. 포우 자신이 「창작의 원리」에서 이를 뒷받침하는 발언을 하고 있다. 즉 화자와 가마귀가 대화할 수 있는 적당한 장소를 모색하면서, "외부와 단절된 사건의 효과를 내기 위해서는 완전히 <u>밀폐된 공간</u>이 절대적으로 필요하다(밑줄—저자 강조. 이하 생략)"고 말하고 있다.[9] 왜냐하면 이런 사건은 일상적 현실로부터 단절된 특수한 상황에서나 가능한 것이기 때문이다.

---

8) 이태준도 이 점을 잘못 알고 있다. 그는 「가마귀」에서 레노어의 죽음을 실제 포우의 애인의 죽음으로 잘못 알고 있다. 또 "레노어의 망령이 스르르 방 한구석에 들어서곤 했다(29쪽)"는 것은 포우의 단편 「Ligeia」의 한 장면인데 이태준이 이 둘을 혼동하고 있다.

9) ···a close *circumscription of space* is absolutely necessary to the effect of insulated incident. p. 21.

사실 자세히 관찰해 보면 이 시의 어느 것도 바깥세상과 연관을 맺고 있는 것은 없다. 레노어는 "천사들이 레노어라고 부르는(whom the angels name Lenore)" 여자이고 "이 세상에서는 영원히 이름 없을(Nameless *here* for evermore)" 여자이다. 그녀는 "희귀하고 빛나는 처녀(the rare and radiant maiden)"라고 만 묘사되어 있을 뿐이고 실제로 어떻게 생겼는지, 어떤 성격의 여자인지, 그녀의 가족은 어떤 사람인지에 관해서는 전혀 언급이 없다. 이처럼 외부세계와 완전히 절연되기는 화자 자신도 마찬가지이다. 그는 고서를 읽고 시를 쓰지만, 그의 실제 생업이나 가족, 친지에 대한 언급이 전혀 없다. 심지어 이 시의 무대가 되고 있는 집조차 바깥 세상과는 완전히 동떨어져 있다. 밖에는 어둠이 있을 뿐이어서 거기에 이웃이 있는지 동네가 있는지조차 알 수 없다

이상 여러 가지 점을 종합하면, 「The Raven」은 생명을 희생해서까지 미만을 추구한다는 면에서 대단히 탐미적이며, 그것을 위해서 일상적 현실의 한계를 쉽게 뛰어넘는다는 면에서 환상적이고 현실과 동떨어진 작품이다. 이 시의 이 같은 성격과 포우의 탐미적 태도에 대해서는 이태준 자신도 알고 있었을 것이다. 宮永孝에 의하면 「창작의 원리」가 일본에 소개된 것이 1893년이고 그 후 많은 번역판들이 나왔음으로 그가 읽었을 개연성이 높기 때문이다.[10] 특히 「The Raven」의 후렴과 「가마귀」에서 가마귀 소리의 묘사 사이의 유사성은 이런 개연성을 더욱 강하게 해준다. 포우는 슬픈 내용에 어울리는 비감한 분위기를 자아내기 위해서는 후렴 끝의 소리가 "울림이 크고 지속적인 강조에 적합하여야 한다"고 정한 다음 그에 맞춰서 장모음 'o'와 'r'이 결합된 'more', 'Lenore', 'Nevermore' 등을 사용하였다.[11] 이 세 단어 중에서 가장 핵심적이고 의미심장한 역할을 하는 것은 마지막 것으로 그것은 바로 가마귀가 내는 소리로 되어 있다.

---

10) 宮永孝, 『ポーを 日本—その 受容の 歴史』, 彩流社, 2000, pp. 273-275 참조.
11) …must be sonorous and susceptible of protracted emphasis. p. 18.

이태준은 그의 단편 속에서 가마귀의 소리를 묘사하면서 특이하게도 두 번이나 로마자를 사용하고 있다. 첫 번은 주인공인 소설가가 추성각에 처음 온 날 저녁 청지기와 이야기하는 도중에 듣는 가마귀 소리인데, 그는 그것을 "'까르르……' 하고 GA 아래 R이 한없이 붙은 발음을 하는 것이다(21쪽)."라고 표현하고 있다. 그리고 단편의 마지막 문장을 "…이따금씩 까르르 하고 그 GA 아래 R이 한없이 붙은 발음을 내곤 하였다(34쪽)."로 맺고 있다. 가마귀의 소리를 로마자로 표기한 것도 특이하지만 그것이 이야기의 첫 부분과 맨 나중이라는 가장 중요한 위치에서 일어나고 있다는 사실은 이태준이 그것을 의도적으로 강조하고 있다고 보아야 할 것이다. 특히 그것을 모음과 'r'의 배합으로 표시한 것은 포우의 경우와 너무 흡사해서 우연의 일치라고 보기 어렵다.

사실 이태준이 포우의 비평문들을 읽었다는 증거는 그의 글의 여러 곳에서 나타난다. 『무서록』에 실린 「단편(短篇)과 장편(掌篇)」에서 포우가 단편의 시조였으며 "그[포우]는 장편(長篇)을 읽거나 쓰거나 하기에 누구보다 권태를 느낀 작자였다."고 소개하고 있다.[12] 이것은 너태니얼 호손(Nathaniel Hawthorne)의 『되풀이해 들려주는 이야기들(*Twice—Told Tales*)』에 대한 포우의 서평을 상기시킨다. 이 글에서 포우는 단편의 길이는 읽는 동안 방해를 받거나 권태를 느끼지 않도록 삼십 분에서 한 두 시간에 독파할 수 있는 정도가 적당하다는 유명한 말을 하는데 이태준의 발언은 이것을 염두에 둔 것이라고 볼 수 있다. 또 이태준은 "인물, 행동, 배경이 전체적으로 균등하게 취급되는 것이 아니라 인물이면 인물에만 치중하고, 행동이면 행동, 배경이면 배경에 강조해서 <u>단일적인 효과를</u> 거두는 것이 단편의 약속이다(59쪽)."라고 단편을 정의하는데, 이것도 포우의 같은 글의 일부를 반향하고 있다.

---

12) 이태준, 『무서록』, 깊은샘, 1994, 59쪽. 이태준의 비평적 글의 인용은 모두 이 책이 출전임. 이후로는 쪽수만을 기록함.

기교가 능한 문학자가 하나의 이야기를 지어냈다고 하자. 현명한 사람이
라면 그는 그의 생각을 이야기 속의 사건에 맞도록 조정하지 않았을 것이
다. 그 대신 이루어 낼 어떤 독특한, 아니면 단일한 <u>효과</u>를 숙고하여 생각
해 낸 다음, 사건들을 만들어 낸다—다시 말해, 이 미리 생각한 효과를 가
장 잘 이루어 낼 수 있는 사건들을 결합한다.[13]

두 인용문이 다 단편에 관한 것들이며 특히 이태준의 글은 포우를
언급한 다음에 나오는 문단인데 둘 다 '단일한 효과'를 강조하고 있다는
것은 둘 사이의 영향관계를 밝혀주는 증거라 하겠다.

이런 방증과 정황으로 보아 이태준이 「가마귀」를 집필하기 전에 포
우의 「창작의 원리」를 읽은 것이 확실시된다. 그것은 곧 이태준이 「The
Raven」에 표출된 포우의 문학적 성향을 익히 알고 있었다는 것을 의미
하는데, 그렇다면 그 점에 대해 그가 어떻게 반응했는가가 중요한 문제
로 떠오른다. 다시 말해서 이태준이 포우의 탐미적 · 환상적, 비현실적인
문학성향을 그대로 수용했는지, 아니면 그것을 거부하고 자기 나름의
세계를 구축했는지가 중요한 문제로 대두하는 것이다. 이 문제의 해답
을 얻기 위해서는 두 작품의 인물과 배경 등을 다시 비교 검토해 보지
않을 수 없다.

우선 두 작품의 여주인공이 좋은 비교대상이 된다. 전술한 바와 같
이 레노어는 구체성이 없는 거의 추상적인 관념에 가까운 인물이다. 그
녀는 세상에서 보기 드문 아름다움과 광휘의 표상일 뿐이며, 그나마도
현실적으로는 존재하지 않는 인물이기 때문이다.

그러나 「가마귀」의 여주인공은 비록 죽을병에 걸려 있지만 대단히
생생하게 살아 있는 인물이다. 그것은 주로 소설가와 나누는 그녀의 대

---

13) A skilful literary artist has constructed a tale. If wise, he has not fashioned his thoughts to
accommodate his incidents; but having conceived, with deliberate care, a certain unique or single
*effect* to be wrought out, he then invents such incidents—he then combines such events as many
best aid him in establishing this preconceived effect. p. 572.

화를 통해서 나타난다. 한때 병드는 것을 미화하고 선망한 적이 있는 낭만적이고 감상적인 소녀였음을 스스럼없이 말할 정도로 그녀는 발랄한 성격을 가진 여인이다. 이제 죽음을 직면하게 되자 그녀는 그때의 생각이 모두 허상이었음을 깨달았다 하지만, 조선의 상여에 실려 가고 싶지 않고 흰말들이 끄는 마차를 타고 싶다든지 공원 같은 묘지에 묻히고 싶다든지 하는 발언 등은 아직도 그런 소녀티가 남아 있음을 말해 준다. 모든 것을 무화하는 죽음과 이런 허망한 애착은 극명한 대비를 이루며, 그것들 사이의 괴리는 인간이 끝내 떨쳐버릴 수 없는 삶에 대한 집착을 극적으로 드러내 준다. 또한 주위의 사람들이 자기에게 진실을 말하지 않음으로써 자기를 이미 죽은 사람으로 따돌리는 것에 대해 노여워하는 것이나, 피할 수 없는 죽음의 공포로부터 벗어나려고 애쓰는 모습도 죽음을 끝내 거부하려는 그녀의 애처로운 몸부림을 부각해 준다. 이런 묘사들로 인해 「가마귀」의 여주인공은 죽음을 목전에 두고 있기 때문에 오히려 살아 있음을 느끼게 하는 대단히 사실적이고 구체적인 인물로 제시된다.

　이런 차이는 두 작품이 보이는 죽음에 대한 태도에서도 나타난다. 레노어는 죽음으로써 오히려 미화되고 이상화되므로, 그런 의미에서 「The Raven」에서는 죽음도 미화된다고 볼 수 있다. 위에서 보았듯이 포우에게는 죽음이 그가 추구하는 아름다움을 구현하기 위해서는 필수적인 것이다. 그러므로 죽음은 반드시 피해야 할 것이 아니다. 이것은 화자가 비탄하는 이유를 살펴보면 자명해진다. 그가 비탄해 마지않는 표면적인 이유는 죽음이 레노어를 앗아갔기 때문이지만, 그러나 실제적인 이유는 그런 비탄을 통해서 그가 기대하는 효과, 즉 숭고한 아름다움을 재현할 수 있기 때문이다. 그러므로 화자는 그런 비감함을 거부하려는 것이 아니라 오히려 그것에 탐닉하고 있는 것이다. 가마귀에게 질문을 계속하는 화자의 심정에 대해서 포우는 이렇게 설명하고 있다.

…그 연인은…반은 미신에서, 그리고 반은 자기자신을 괴롭히는 것을 즐기게 하는 그런 절망감에서 그 질문들을 한다. 즉, 그 새가 예언자적, 아니면 악마적 특성을 가지고 있다고 전적으로 믿어서가 아니라(이성적으로 생각하면 그 시가 기계적으로 배운 바를 단지 반복할 뿐이라는 것을 그는 확신할 수 있는 것이다), 당연히 "Nevermore"라고 할 대답에서 가장 참을 수 없는 것이기에 가장 감미로운 슬픔을 느낄 수 있게끔 질문을 꾸미는 데에 일종의 광적인 기쁨을 경험하기 때문에 그 질문들을 던지는 것이다.14)

위의 인용문에서 보는 바와 같이 화자가 가마귀에게 질문을 계속하는 것은 일종의 자학인 것이다. 그가 자학에 탐닉하는 이유는 그것에서 즐거움을 느끼기 때문이다. 죽음도 바로 이 연장선상에 있는 것이다. 그것은 아름다움을 느끼게 해 주는 것이므로, 말하자면 환영해야 할 것이고 탐닉해야 할 것이 된다.

그러나 이태준의 작품에서의 죽음은 이와 전혀 다르다. 그것은 미를 창조하는 역할을 하는 것도 아니고 더더구나 탐닉할 것은 아니다. 죽음에 직면한 여인에게 일종의 처연한 아름다움이 있는 것은 사실이지만, 어디에도 그런 아름다움에 대한 찬미는 보이지 않는다. 그것에는 가녈핀 꽃이 꺾어지는 모습에서 느끼는 애처러움이 있을 뿐이지 결코 탐닉할 즐거움이 있는 것은 아니다.

또 「The Raven」에서와는 달리 죽음은 이 작품에서 구체적인 현실로 나타나고 있다. 그것은 폐결핵을 앓는 여인에게서 모든 낭만과 즐거움을 앗아갈 뿐만 아니라 모든 사람들에게서부터, 심지어 그녀의 애인으로부터도 그녀를 격리시키는 현실적인 힘으로 제시되고 있다.

---

14) …the lover…propounds them[queries] half in superstition and half in that species of despair which delights in self—torture; propounds them not altogether because he believes in the prophetic or demoniac character of the bird(which, reason assures him, is merely repeating a lesson learned by rote), but because he experiences a frenzied pleasure in so modelling his questions as to receive from the expected "Nevermore" the most delicious because the most intolerable of sorrow. p. 19.

"내 피까지 먹고 나허고 그렇게 가깝게 해도 그는 저대로 건강하고 저대로 살아가야 할 준비를 하니까요. 머리가 좋으면 이발소에 가구, 신이 해지면 새 구둘 맞추고, 날마다 대학도서관에 다니면서 학위 받을 연구만 하고 있어요. 그러니 얼마나 저하곤 길이 달라요? 전 머리 속에 상여, 무덤 그런 생각뿐인데……."(30쪽)

죽음이 사람으로 하여금 가혹하고 잔인한 것을 실감케 하는 것은 모든 일상사가 아무 일 없다는 듯이 계속되고 있는 가운데에 그것이 진행되기 때문이다. 죽음은 그런 일상의 삶 가운데에 있는 한 개인을 그것으로부터 완전히 차단시킴으로써 절망과 공포를 가중시키는 것이다. 위의 인용문에서 보듯이 그것은 그녀를 위해서 자신의 생명까지도 걸 수 있다는 애인으로부터까지도 그녀를 소외시킨다. 다시 말해서 죽음은 그녀에게 절대고독을 강요하는 것이다. 이 저항할 수 없는 힘이 그녀의 생활을 완전히 바꿔놓고 만 것이다. 이처럼 그것은 추상적인 관념이 아니라 그녀의 삶을 지배하는 구체적인 현실인 것이다. 또 그것은 모든 가치를 무의미하게 만드는 생명의 파괴자이며 산 자로서는 끝까지 거부하여야 할 악인 것이다.

두 작품이 보이는 죽음에 대한 이런 차이는 가마귀에 대한 취급에서도 차이를 빚는다. 「The Raven」의 가마귀는 처음 등장할 때부터 "어두운 하계의 바닷가(the Night's Plutonian shore)"에서 온 새라는 수식어로 인해 실제의 새라기보다는 죽음의 사자 같은 초현실적인 존재라는 인상을 준다. 이런 느낌은 그 새가 사람의 말을 할 뿐만 아니라, 그의 말이 비록 외마디일망정 화자의 연달은 질문에 훌륭한 대답이 되면서 점점 더 고조된다. 그러다가 급기야 화자가 "내 가슴에 박은 너의 부리를 뽑아 가라(Take thy beak from out my heart)"라고 소리 칠 즈음에는 이미 실제의 새가 아니라 하나의 은유나 상징으로 바뀌어 있다. 이처럼 포우의 가마귀는 창문으로 날아 든 구체적인 새라고는 하지만, 실제로는 화자를 심리적으로 완전히 제압하는 초현실적인 존재로서의 기능을 한다.

그러나 이태준의 가마귀는 매우 사실적으로 그려진 현실의 새이다. 그것은 돼지우리의 밥 찌꺼기를 찾아 먹고 나무 위에 무리 지어 앉아 까악 까악 우는 자연의 새이다. 사람과 대화하며 사람에 군림하는 신비한 존재가 아니라, 사람이 공격하는 자세를 취하면 피하려 들고 먹이를 주어 유인하여도 경계를 풀지 않는 동물일 뿐이다. 특히 포우의 시에 나오는 가마귀는 죽음의 사자 같은 일종의 불사조가 되어서 시의 화자의 통제에서 완전히 벗어나 있을 뿐만 아니라 죽음이라는 산 자의 숙명으로부터도 벗어난 것 같은 존재이다. 그러나 이태준의 단편에 나오는 가마귀는 남주인공이 적당히 만든 활과 화살에 맞아 죽는, 다시 말해서 자연의 법칙을 벗어나지 못하는 하나의 생명체에 불과하다. 물론 그럼에도 불구하고 이태준의 단편에서 가마귀가 죽음의 상징으로 쓰이고 있는 것은 사실이다. 그러나 그것은 인간이 자기들의 생각을 그것에 투영한 것일 뿐이고, 가마귀 자체는 그런 대접을 받을 아무 주체적인 역할을 하는 것이 없다.

이러한 차이점들을 염두에 두고 두 주인공들을 비교해 보면 두 작품의 차이가 확연히 드러난다. 「The Raven」의 화자가 모든 면에서 바깥 세상과의 연관을 끊고 있음은 이미 언급한 바 있다. 심지어 그의 집도 인간사회와 완전히 단절된 곳으로 설정하고 있다. 이런 곳에서 세상이 이미 잊어버린 학문의 세계에 몰입하고 죽은 애인만을 생각하는 태도는 현실과 등을 지려는 의지를 보여준다. 거기에서 더 나아가 그는 필경 마약을 복용하고 있다. 길리아드의 진통제에 대한 언급도 미심쩍지만, 그보다 니펜시(nepenthe)라는 일종의 망우약을 먹겠다는 구절은 그가 상습적으로 마약을 먹고 있다는 증좌로 보아야 할 것이다. 그런 약물을 복용하는 이유를 그는 레노어를 잊기 위한 것이라고 하지만, 시의 분위기로 보아 환각 상태에 빠지기 위한 것이라는 점도 배제할 수 없다. 이렇게 보면 「The Raven」의 화자는 의도적으로 현실을 외면할 뿐만 아니라, 습관적으로 마약을 통한 환각상태에 빠짐으로써 환상적인 아름다움을 추구하는 사람인 것이다.

「가마귀」의 주인공도 세상으로부터 다소 소외된 사람이다. 그러나 이 소설가는 자의적으로 세상과 등진 것은 아니다. 그가 "괴벽한 문체를 고집하여" 독자가 별로 없다는 것은 사회와 등지려는 그의 고의 때문이 아니라 자기의 문학적 신념에 충실하려는 태도 때문인 것이다. 다시 말해서 세상이 그를 경원하는 것이지 그가 세상을 버린 것이 아니다. 이점에 대해서는 이태준이 쓴 「누구를 위하여 쓸 것인가」라는 글의 일절을 상기할 필요가 있다.

> 먼저 자신을 알면 모든 일에 있어 현명한 일이다. 작품은 개인의 뿌리에서 피는 꽃이다. 평론가는 여론에 무섬을 탈 경우가 많으리라. 그러나 작가에겐 여론이 어쩌지 못할 것이다. 자기를 한번 정확하게 진단한 이상은 자기의 것을 자기의 투로 써서 천하에 떳떳이 내어놓을 것이다. 이상의 작가들에게서 그 떳떳함을 느낄 수 있는 것이 나는 무엇보다 즐거운 일이다. 목전에는 독자가 적어도 좋다. 아니 한 사람도 없어도 슬플 것이 없다. 그 고독은 그 작자의 운명이요 또 사명이다. 고독하되, 불리하되, 자연이 준 자기만을 완성해 나가는 것은 정치가나 실업가는 가져 보지 못하는 예술가만의 영광인 것이다.(50쪽)

이 글은 이상과 김유정의 추도회를 가진 지 며칠 후에 쓴 것이라는 내용으로 보아 1937년에 쓴 것으로 추정된다. 그러니까 이 글과 「가마귀」 사이의 시간적 차이는 기껏해야 일 년여 밖에 안되므로 이 때 이태준의 심경은 「가마귀」를 쓸 때와 다를 바 없다고 보는 것이 무방할 것이다. 특히 "자기의 것을 자기의 투로 써서" 독자가 하나도 없어도 좋다는 발언은 「가마귀」의 주인공이 "괴벽한 문체를 고집하여" 독자가 별로 없다는 내용과 거의 일치한다. 또 작가가 자기를 지키느라고 겪는 고독은 작가의 사명이라고 한 데에는 일종의 비장함마저 엿볼 수 있게 하며, 시류를 좇아 좌고우면하지 않고 자기를 완성해 나가는 것을 예술가만이 누릴 수 있는 영광이라고 한 데에는 예술가의 고고한 자존심을 보여 주는데, 이런 것들은 고난을 무릅쓰고 오직 외길로 매진하는 「가마귀」의 주인공의 고집과도 통한다. 사실 이 인물은 이태준과 무척 비슷하다. 그가 소설가라는 점이 그럴 뿐 아니라, 상고취미도 이태준을 빼어 닮았기 때문이다. 이런 점들을 고려해 보면 이태준은 「가마귀」의 주인공을 통해 자신의 이야기를 하고 있다고 볼 수 있다. 다시 말해서 「가마귀」는 이태준 자신의 글쓰기에 관한 글이라고 볼 수 있는 것이다.

그렇다면 이 작품의 의미를 제대로 음미하기 위해서 먼저 이태준의 문학관을 일별하지 않을 수 없다. 위의 인용문이 나온 글의 다른 부분에서 그는 "소수의 독자만이 당신 자신의 기질에 맞는 최선의 형식으로 무어든지 <u>아름다운 것을 지어 달라</u> 할 것이다(51쪽)"라는 모파상의 말을 인용하면서 그런 사람들만이 작가가 관심을 가져야할 독자라고 주장한다. 또 "소설가"라는 글에서는 소설을 "사람의 생활을 극적인 내용이게 <u>미가 있는 형식이게</u> 기록한 것(72쪽)"이라고 정의하고 있다. 이상의 발언들에서 볼 수 있듯이, 이태준에게 문학을 문학이게 하는 것은 무엇보다도 그것의 예술성, 다시 말해서 심미적인 완결성이다. 그가 여러 곳에서 소설을 "표현(70쪽)"이라고 한 것이나, "철두철미 묘사(73쪽)"라고 한 것, 그리고 "들려주는 이야기가 아니라 보여 주는 이야기(73쪽)"라고 한 것들도 모두 이와 맥을 같이 하는 것들이다.

그러나 이런 점만 보고 이태준이 문학을 순전히 심미적인 구성물로 보고 그것에서 사상성이나 사회의식을 배제했다고 본다면 그것은 속단이다. 하기는 그가 "문학은 사상이기보다는 차라리 감정이기를(52쪽)" 바란다는 발언을 한 바가 있다. 그러나 이 말의 뜻도 문학이 사상을 배제한다는 것이 아니라, 사상으로 구현되기보다는 감정으로 구현된다는 것이다. 그 점은 다음과 같은 글에서 더 분명히 드러난다.

문예작품에서는 사상보다는 먼저 감정이다. 사상으로 명문화하기 이전의 사상, 즉 사고를 거친 감정이라야 할 것이다. 흔히 작품의 생경성은 이미 상식화한 사상을 집어넣는 데 있다. 그러므로 사상가의 소설일수록 너무 윤리적이 되고 만다. 그런 작품은 아무리 대가의 것이라도 철학의 삽화격이어서 문학으로는 귀빈실에 참렬(參列)하지 못할 것이다.(63쪽)

인용문의 첫 문장도 문학에는 사상과 감정 중에 후자가 더 중요하다는 뜻이지, 사상은 필요치 않고 감정만이 중요하다는 뜻이 아니다. 그러므로 이태준이 말하는 감정은 이성적 사고가 제거된 단순한 감정이 아니라, 지적 내용이 그 안에 용해되어 있되 그것이 감성을 통해 전달되고 감지될 수 있는 것, 엘리어트(T. S, Eliot)가 말한 소위 "통합된 감수성(unified sensibility)"이 빚어내거나 감지하는 것에 가까운 것이다. 이태준에게 사상이 문제시되는 것은 그것이 작품의 심미적 구조와 맞지 않고 따로 놀 때인 것이다.

이태준이 사상이라고 지적하는 것으로 가장 대표적인 것이 아마도 당시 조선의 지식인으로서 가져야 할 사회의식 내지 정치의식일 것이다. 그런데 이태준 자신이 "사회는 우리에게 무엇을 요구하느가? 대중은? 물론 이것을 생각하여야 한다.(50쪽)"라고, 작가가 사회의식을 가져야 하는 당위성을 인정하고 있다. 사실 그 자신이 일제 치하에 있던 조선의 지식인으로서 당연히 억압에 대한 저항의식이나, 동포들이 당하는 수탈과 학대에 대한 울분이 많았던 사람이다. 실제로 그의 작품 중에서 항일정신을 강하게 표출하는 것들이 여럿 있다. 이런 작품들을 읽어보면 그가 누구 못지 않게 강한 사회의식을 갖고 있었던 작가였음은 의심할 바가 없다.

그러나 이런 부류의 작품들에서도 그의 작중인물들은 울분을 토로하지만 그 울분을 어떤 적극적인 행동으로 발전시키는 모습을 보이지는 않는다. 이 점을 들어 그의 사상의 불철저성을 비판하기도 하는데, 그것은 그의 정치의식의 결여보다는 그의 문학관에 기인한다고 보아야 할 것이다. 그가 문학은 "사상보다는 먼저 감정이다"라고 한 말은 문학의 효능을 말하는 것이기도 하다. 즉, 그는 문학은 감동을 주는 것이지 독자로 하여금 어떤 구체적 행동을 하게 하거나 그에게 정치적 이념을 주입하는 것이 아니라고 본 것이다.

이런 점들로 미루어 알 수 있는 듯이 이태준은 사상이나 사회의식을 문학이 수용할 수 있는 한도 내에서 표현하려고 하였던 것이다. 그 한도를 벗어나면 문학은 예술이 아니라 생경한 구호나 이념의 선전문으로 떨어진다고 생각했던 것이다. 그렇다면 문제는 이런 문학관을 가진 예술가와 식민지의 지식인이 양립할 수 있는가 일 것이다. 그는 그것이 가능하다고 믿었던 것이다. 왜냐하면 예술을 통해서 그가 민족과 역사를 위해서 할 수 있는 의미 있는 일들은 많다고 생각했기 때문이다. 가령 가난하고 소외된 사람들의 망가진 삶을 그려서 조선 민중의 참상을 드러낸다든지, 좌절한 지식인을 통해 울분을 표출한다든지, 우리 옛것의 훌륭함을 보여서 민족의 긍지를 되살린다든지, 그리고 무엇보다도 우리 말을 아름답게 가꾸어서 민족의 정체성을 지키는 것들이 그것이었다.

그러나 이런 글쓰기는 이중으로 어려운 것이었다. 하나는 다른 문인, 비평가들이 가하는 이념적 비판이었고, 다른 하나는 친일하기를 끊임없이 회유하고 협박해 온 일제의 압력이었다. 그러나 「가마귀」를 쓸 당시 이미 조선문단에서 확고한 지위를 누렸던 그에게 전자는 크게 문제가 되지 않았던 것 같다. 또 그 자신이 항일정신이나 민족주의적 신념 면에서 누구에도 뒤지지 않는다는 자신감이 있었기에 그런 비판은 별로 괘념하지 않았을 것이다. 그러나 후자, 즉, 일제의 압력은 그를 정말 어렵게 하였다. 나중에 그가 결국 붓을 꺾고 초야로 숨어 버리고 만 것도 그것 때문이었던 것을 보아도 그 압력이 얼마나 가혹하고 집요했는지를 알 수 있다.

이런 것들을 염두에 두고 「가마귀」를 읽으면 표면적인 의미 층 밑에 다른 의미의 층이 있음을 알게 된다. 이태준이 「가마귀」를 통해 그의 글쓰기의 문제를 말하고 있다면 허두에 주인공인 소설가가 "괴벽한 문체를 고집하여 독자를 널리 갖지 못"한다는 것은 각별히 눈여겨보아야 할 대목이 된다. 우선 그가 『무서록』에서 주장한 바, "자기의 것을 자기의 투로" 쓴다는 것이 "괴벽한 문체를 고집"한다로 축소, 변형된 것은 이 작품에 적합한 독법이 무엇인가를 암시한다. 이태준은 문학에서 어떤 문제에 대한 노골적인 논의나 직접적인 설명을 적극 반대한 사람이다. 이것들은 특히 자신의 문학을 소재로 삼을 때에 가장 빠지기 쉬운 함정들인 것이다. 그러므로 그는 그 소재가 작품에 흠이 안되도록 하기 위해서는 그것을 변용해야 할 필요를 느꼈을 것이다. "괴벽한 문체"는 바로 그런 필요에 맞춘 그의 문학의 은유인 것이다. 그것은 일제에도 굴복하지 않고 소위 의식주의자들과도 타협하지 않는 외로운 자기만의 문학을 뜻하는 것이다. 이 작품이 가마귀가 지니는 함의를 이용하여 문학적 효과를 성취하는 상징성이 강한 작품이라는 점을 고려하면, 이 글의 주제도 그처럼 비유적으로 읽어야 할 당위성은 더욱 커진다.

이런 독법으로 읽으면, 소설가가 처한 경제적인 곤궁함은 이태준이 일제의 억압하에서 글을 써야했던 열악한 상황을 대변한다. 소설가가 마당에 선 낙엽진 나무들을 '무장해제를 당한 포로들처럼(19쪽)'이라고 특별히 따옴표 안에 넣어 강조한 것은 이태준 자신이 식민지 작가로서 느꼈던 속박과 무력감을 강하게 부각한다. 그뿐만 아니라 "포로"라는 말은 전쟁과 적대관계를 연상시키면서 그를 핍박하고 있는 자는 그가 목숨을 걸고 싸워야하는 적이라는 암시까지 준다. 그리고 방에 들어가기 전에 그것들을 "다시 한참 바라보(19쪽)"는 모습은 우리로 하여금 나목들이 겪을 겨울처럼 점점 더 혹독해질 상황을 예감하는 소설가의 우울한 심경을 감지하게 한다.

또 추성각에서 만난 여인도 이와 관련지어 생각할 수 있다. "저두 선생님 독자예요. 꽤 충실한……(24쪽)"이라는 그녀 자신의 말뿐만 아니라 소설가가 그녀와 함께 "자신의 빈한한 예술을 이야기하고 싶었다(25쪽)"

고 하는 발언은 그녀가 이태준을 이해하는 독자이며 나아가 그가 그의 예술을 이해시키고 싶어했던 조선의 민중이라는 생각을 가능케 해준다. 죽을병에 든 여인과 일제의 압제로 인해 사경을 헤메는 조선 민중 간의 상동관계는 이런 해석에 신빙성을 더해 준다.

이런 구도 속에 가마귀가 죽음의 상징으로 등장하는 것이다. 여인이 가마귀 때문에 악몽을 꾸고 죽음의 공포에 싸이자 소설가는 그녀에게서 죽음의 공포를 덜어 주기 위해서 그것을 죽인다. 그가 그녀의 병을 낫게 할 수 는 없지만, 그녀의 공포를 제거함으로써 그녀가 위안을 받고 다시 희망을 가질 수 있게 한다는 것은 식민 통치하의 작가로서 그가 민족에게 할 수 있는 역할을 암시해 준다. 그런데 자세히 보면 소설가가 순전히 여인을 위해 가마귀를 죽이는 것 같지가 않다. 다시 말해서 그가 남의 싸움을 대신하는 것이 아니라 자기 자신의 싸움을 하고 있다는 인상이 짙은 것이다. 가마귀를 죽일 때의 묘사가 그런 해석을 가능케 해 준다.

> 그는 슬그머니 겁이 나기도 했으나 뭉우리돌을 집어 공중의 놈들을 위협하여 도랑에서 다시 더풀 올려솟는 놈을 쫓아들어가 곧은 발길로 먹투시를 차 내던졌다. 화살은 빠져 떨어지고 가마귀만 대여섯 간 밖에 나가떨어지며 킥 하고 뻐들적거렸다. 다시 쫓아가 발길을 들었으나 그때는 벌써 가마귀는 적을 볼 줄도 모르고 덮어누르는 죽음과 싸울 뿐이었다.(33쪽)

앞서 나무들을 포로로 묘사하여 적을 떠올리게 하였는데, 여기서도 소설가와 가마귀는 서로 적이다. "놈을 쫓아들어가 곧은 발길로 먹투시를 차 내던졌다"라는 표현은 단순히 새를 죽이는 것이 아니라 적과 사생 결단을 하는 듯한 표현이다. 그것은 자기의 목숨에 위해를 가하려는 적에나 느낄 수 있는 강렬한 증오와 적의로 격앙된 사람의 행동이다. 이로 보아 소설가는 분명히 여인을 위해 싸우고 있을 뿐만 아니라 자신을 위해서 싸우고 있는 것이다. 다시 말해서 가마귀는 그들 공동의 적이 된 것이다.

　사실 소설가의 처지가 여인의 그것과 다를 바가 없다는 것은 여인이 처음 소설가의 방에 들어와 앉았다 간 후의 장면에서부터 암시되어 있다. 그녀가 체온과 함께 "병균"을 남기고 간 날밤 그는 "몹시 우울(27쪽)"해 한다. 이제 그녀와 그는 병균을 함께 나누고 있는 것이다. 물론 그가 우울해 하는 이유는 그가 병균에 감염되었을까하는 우려 때문이 아니라 그녀에 대한 연민 때문이지만, 그가 "몹시" 우울해 한다는 데에서 우리는 그녀의 불행에 그가 어느 정도 동참하고 있음을 읽을 수 있다.

　그리고 나서 그는 그녀를 위로할 방도를 궁리하는데 그 사이에 끼어드는 짧은 삽화가 있다. 그는 벽장에서 나는 소리를 듣고 일어나 쥐들을 쫓고 말라빠진 빵 조각을 꺼내면서 다른 손으로 산에서 주어 온 토끼의 배설물을 만진다. 그는 자기의 배설물도 그처럼 가랑잎 덩어리 마냥 담박해졌으리라 생각하지만, 그러나 그보다 좀 더 깨끗하고 향기롭게 살 수 없는 인간의 운명을 슬퍼한다.

　여기서 그의 가난은 토끼의 배설물로 더 할 수 없이 극명하게 대변되고 있다. 그의 가난을 이태준이 처한 시대적 어려움으로 치환하면 그것은 그가 식민적 상황에서 글을 쓰는 어려움이 극에 달해 가고 있음을 말하는 것이다. 그런데 소설가의 불행이 여인의 불행과 이렇게 간단없이 이어지는 것은 그들의 불행이 서로 다른 것이 아니라 하나의 연속체임을 시사한다. 다시 말해서 이태준이 겪고 있던 고난은 당시 조선민중이 겪던 고난과 근본적으로 다를 수 없는 것이었다. 이런 맥락에서 보면, 소설가가 가마귀에게 왜 그렇게 강한 적개심을 갖는지가 자명해 진다. 가마귀는 단순한 죽음의 상징이 아니라 그들이 함께 겪는 불행의 원인, 즉 억압적인 식민상태의 상징인 것이다.

　소설가가 노력한 보람도 없이 여인이 죽고 만다. 그녀의 죽음은 작품의 허두에 소설가가 예감했든 것처럼 더욱 혹독해질 고난을 예고하는 것이다. 그리고 다시 가마귀의 울음소리로 소설이 끝을 맺는 것은 그런 어려운 세월이 언제 가야 끝날지 알 수 없는 암담한 미래를 말해 준다.

## 3.

　이상과 같이 「가마귀」를 분석해 보면 그것은 「The Raven」과는 여러 면에서 대조적인 작품임이 드러난다. 이태준은 이 단편에서 작가로서 자기의 어려움을 비록 비유적인 방법으로 표출하고 있으나, 그래도 그는 그가 처한 엄혹한 현실의 문제를 다루고 있는 것이다. 다시 말해서, 폭압적인 식민지 치하의 작가로서 그가 가야할 험난한 길을 고민하고 있는 것이다. 포우는 그의 시에서 괴로운 현실을 잊기 위하여 그것으로부터 도피하려고 하지만, 이태준은 자기에게 주어진 현실이 아무리 괴로운 것일지라도 그것을 거부하거나 회피하지 않는다. 오히려 어떤 어려움이 있더라도 자기가 할 일을 그 안에서 꿋꿋이 해 나가겠다는 굳은 신념과 강인한 의지를 내보인다. 그래서 비록 작품이 결국 가마귀의 울음으로 끝나더라도, 우리는 소설가가 겪을 고통에 동정하되 그가 좌절하고 포기할 것이라고 절망하지 않는다. 왜냐하면, 그가 부실하기 짝이 없는 음식을 집으며 다른 손으로 토끼의 배설물을 만져보는 장면에서 우리는 그의 수도자와 같은 극기와 근엄한 기율을 보았기 때문이다. 거기서 우리는 "고독하되, 불리하되, 자연이 준 자기만을 완성해 나가는 것"을 예술가만이 누릴 수 있는 영광이라고 선언했던 결연한 이태준의 모습을 다시 확인하는 것이다.

　또 포우는 환상과 괴기에 탐닉하고 그런 것들을 통해 비현실적인 미를 추구했다면, 이태준은 어디까지나 현실에 발을 디디고 서서 사실적인 차원에서 미를 구축하려고 했다. 그 단적인 예로 레노어는 죽어서 없는 여인이기에 미화되었지만, 폐결핵을 앓는 여인은 죽음 앞에서도 발랄함을 잃지 않기 때문에 아름다운 여인인 것이다. 또 포우는 죽음도 미화하려고 했다면 이태준의 언제나 죽음을 거부하고 삶을 긍정하려 하였다. 「The Raven」의 화자는 결국 가마귀에게 굴복하고 마는데 반해, 「가마귀」의 주인공은 가마귀를 죽인다는 것이 그런 차이를 극명하게 보여준다.

지금까지의 논의를 종합해 보면, 이태준이 「가마귀」를 쓰면서 포우의 「The Raven」으로부터 빌어온 것들이 있지만, 그것들은 전체적인 얼개를 이루는 것들뿐이고 내용 면에서는 전혀 다른 작품을 썼음을 알 수 있다. 그러므로 이태준은 「가마귀」에서 포우의 시를 창조적으로 변용했다는 평가를 받아야 할 것이다.

# 이태준 장편소설의 서사 연구
## − 장편 소설 『화관』을 중심으로 −

김 한 식*

## 1. 서론

　상허(尙虛) 이태준은 식민지 시대를 대표하는 단편작가로 평가된다. 다른 한 편 그는 이광수와 함께 가장 인기 높은 신문연재소설 작가이기도 했다. 대중적 측면에서 본다면 단편 작가로서의 이태준보다 장편소설 작가 이태준이 더 큰 성공을 거두었다고 할 수 있다. 비록 김말봉, 박계주 등 '본격 통속'[1] 작가들의 그것들만큼 폭발적인 인기를 얻은 작품은 없었지만 지속적으로 대중적 인기를 누린 몇 안 되는 작가였다. 많은 대중 소설 작가들이 한두 편의 인기작을 내고 문단의 전면에서 사라진 것과 비교할 때 이태준은 어느 정도의 흥행이 보장되는, 독자나 편집자들에게 지속적으로 환영받는 작가였던 셈이다.

---

* 고려대 강사.

1) '본격 통속'이란 용어는 임화가 「정축문단의 회고」(<동아일보> 1937. 12)에서 김말봉의 소설을 가리켜 사용하였다. '본격소설'을 쓰려다가 작품성이 타락하여 '통속소설'이 된 것이 아니라 애초부터 '통속소설'을 목표로 창작된 작품을 일컫는다. 임화는 '본격통속'의 등장을 통속화 경향의 한 절정으로 보았다.

　　이태준 장편소설의 통속·대중 소설적 특징은 그의 단편소설이 갖는 '본격문학적' 성격과 크게 어긋나는 부분이어서 한 작가를 종합적으로 평가하는 데 난점이 되기도 한다. 일반적으로 그의 단편소설이 유니크한 형식으로 높게 평가되어 온 데 비해 장편소설은 상대적으로 낮게 평가되어 왔다. 이태준 장편에 대한 부정적인 평가는 그가 활동할 당시부터 꾸준히 이어졌는데, 이태준 스스로 장편을 예술양식으로 보는 데 반대하는 글을 남기기도 했다. 물론 한 작가의 작품을 이중적으로 평가하는 현상은 이태준에게만 해당되는 것은 아니다. 이효석, 박태원, 채만식 등 다른 작가들을 평가하는 데도 이런 현상을 발견할 수 있다. 그런데도 유독 이태준에게서 이런 괴리가 관심을 끄는 이유는 다른 작가들과 달리 이태준이 양쪽 모두에서 큰 성공을 거두었다는 점에 있을 것이다.

　　사실 이태준의 장편 소설은 30년대 대중 소설의 흐름을 대표한다고 할 수 있다. 이는 특히 서사구조와 인물의 성격[2] 측면에서 두드러지는데, 삼각관계 등 남녀의 연애관계를 주요 서사 축으로 하면서도 사회적 책임 등의 주제를 강조하는 것이 두드러지는 특징이다. 도덕적으로 선한 주인공을 내세우고 그가 겪게 되는 고난을 병렬식으로 제시하는 것도 이 시기 소설에서 흔히 볼 수 있는 구조이다. 때로는 모던 취향이라 부를만한 '세련됨'을 '장식'처럼 내세우기도 한다. 따라서 이태준의 소설을 통해 당시 우리 대중 소설의 문법을 확인할 수 있다고 해도 지나친 말은 아니다.

　　해방 이전까지 이태준이 신문에 연재한 장편은 모두 11편이다. 이들 중 30년대 초반에 발표된 작품과 후반에 발표된 작품 사이에는 약간의 차이가 존재한다. 『구원의 여상』이나 『제2의 운명』이 30년대 초반 이태준 장편의 성격을 대표한다면 『화관』, 『성모』, 『청춘무성』은 30년대 후반 이태준 소설의 성격을 대표하는 작품이라 할 수 있다. 특히 『화관』은

---

2) 본 논문에서 주로 분석하려는 것도 서사구조와 인물의 성격이다.

이념성이 현저히 퇴조되고 일상이 강조되는 30년대 후반 장편 소설 경향을 확인할 수 있는 작품이다. 이 작품에서는 그의 이전 장편에서 강하게 견지되던 계몽성이 상대적으로 약화되고 단선적인 여인의 행적이 작품의 주요 서사를 이룬다. 이런 구조 때문에『화관』은 '통속소설'이라는 평가를 받기도 한다. 실제로『제2의 운명』등 30년대 초반 작품에 비해『화관』에서는 현실과 현실을 개조하려는 인물들의 이상이 유기적으로 결합되어 있지 못하다. 또, 이전 작품들이 어려운 현실 속에서도 미래에 대한 긍정적 시각을 견지하고 있었던 데 비해『화관』에서는 현실의 암울함이 더 강조되고 있다.

『화관』의 이런 성격은 1937년 전후 장편 소설(대중 소설만이 아닌)의 한 경향을 대표한다고 볼 수 있다. 30년대 후반의 악화된 정세는 작가들이 품고 있었던 기존의 이상(그것이 민족주의이든 사회주의이든)으로는 파악하고 설명하기 어려운 측면을 가지고 있었다. 이런 시대의 변화는 작가들에게도 변화를 요구했는데, 역사와 사회에 대한 새로운 시각을 가지고 있지 못했던 작가들은 변화하는 현실에 적응하지 못하고 이상과 현실과의 괴리에서 갈등하게 된다. 많은 작품에서 이러한 현실의 괴리가 직·간접적으로 드러나고 있는데『화관』역시 이러한 이상과 현실의 괴리를 주제적인 측면에서나 구조적인 측면에서 잘 보여주는 소설이다.

이 글에서는 이태준 장편 소설의 일반적 서사 문법을 살펴보고 그러한 서사 문법이 30년대 후반 장편에서 어떻게 구체화 되고 있는지를 살필 것이다. 작품의 완성도로만 볼 경우『화관』(30년대 후반의 다른 작품을 포함하여)은 이태준의 대표작이 아니다. 그러나『화관』은 그의 장편 소설 중 유일하게 '문제'를 안고 있는 소설이다. 서사와 주제의 어긋남을 통해 이태준 장편 소설이 근원적으로 안고 있던 문제가 두드러지게 드러났을 뿐 아니라 이후 소설이 나아갈 방향을 짐작하게 해주기 때문이다.

## 2. 연애의 서사와 계몽의 주제

많은 문학사에서 1930년대 후반은 장편소설의 통속화가 급속히 진행되는 시기로 평가한다. 장편소설의 통속화는 문학의 존재기반이 이전과 크게 달라졌음을 보여주는 대표적인 현상으로 자주 지적되었다. 신문이 계몽적·선도적인 역할을 포기하고 선정적이고 상업적인 목적만을 추구하게 되었다는 비판이나, 작가가 가진 생각과 시대적 환경의 불일치를 지적하는 경우는 모두 이런 현상에 대한 해석이었다. 이러한 시대적 분위기는 신문연재 소설을 쓰는 유명 작가들마저 자신의 작품에 대한 평가 절하를 서슴지 않는 기현상까지 낳게 된다. '예술'로서의 소설이 설 자리는 좁아지고 자본에 결탁한 '시키는 소설'3)만이 유행하게 되었다고 한탄하는 작가의 목소리는 이런 시대 분위기를 단적으로 보여준다.

그러나 통속 소설로 평가되는 작품 사이에도 편차는 존재한다. 통속적 요소가 주제를 압도하는 경우가 있는가 하면 현실과의 끈을 놓치지 않으려는 작가의 고민이 녹아있는 작품도 적지 않다. 통속소설의 감상성은 감상적인 징후들을 통해 드러난다. 이들 징후 중 하나는 작가가 동원하는 언어들이 작품에 관련된 극적인 주제와는 무관하게 과장되거나 미화되든가, 아니면 시적으로 특수하게 변용되는 것이다. 두 번째 징후는 작가가 신문의 사설을 쓰듯 독자들에게 무엇을 느껴야 할 것인가를 지적해 주면서 옆구리를 찔러 독자들의 반응을 불러일으키는 방법이다. 세 번째 징후로는 작품의 최후의 효과를 위해 다루어야 할 실제적인 문

---

3) 이태준이 「조선의 소설들」(『무서록』, 깊은샘, 1994, 68쪽)이라는 짧은 글에서 사용한 말로 단편이 예술 형식에 가깝다면 신문연재소설은 '생활'을 위해 쓰는 것이라는 주장이다. 그는 작가의 입장에서 소설은 '쓰는' 소설과 '시키는' 소설로 나누어진다고 한다. 이태준의 이러한 사고는 자기 작품에 대한 변명으로 이어질 가능성이 있어 위험한 측면이 있지만 당시 문단의 분위기를 짐작하게 한다는 점에서 참고할 만하다.

제들을 비껴가려는 경향을 들 수 있다.[4] 이들은 엄격히 나누어지기보다 한 작품 안에서 함께 나타나는 것이 보통이다. 이태준의 장편 소설을 평가함에 있어 주로 문제가 되는 것은 세 번째 징후이다. 계몽의 주제를 분명히 견지하는 듯하면서도 그것이 연애를 중심으로 한 서사에 묻혀버리는 경우가 많기 때문이다.

역사소설을 제외한 이태준 장편의 골격을 이루고 있는 구조는 인물들간의 삼각관계이다. 한 명의 여성과 그를 둘러싼 두 명의 남성이 하나의 삼각형을 이루고, 삼각형의 한 꼭지점을 차지하는 남성을 둘러싸고 또 다른 삼각형이 만들어지는 것이 보통이다.[5] 이런 애정 갈등은 서사를 이끌어 가는 중요한 힘으로 작용한다. 대부분의 장편에서 주인공의 연애는 실패로 끝나고 마는데, 연애에 실패한 인물은 실의에 빠져 피폐한 삶으로 떨어지기보다 연애보다 더 높은 가치를 찾아 보람 있는 삶을 추구하게 된다. 여기에 이태준 장편의 주제가 숨어있다고 할 수 있는데, 삼각관계에서 긍정적 주인공들의 사랑이 맺어지지 못하는 것은 사랑보다 더 위대한 정신적 가치, 곧 사회와 민족을 위하는 정신의 당위성을 증명하는 가장 확실한 장치가 된다.[6] 이태준이 몇몇 장편에서 연애문제를 줄거리로 삼으면서도 그 안에는 계몽의 내용을 담고 있다는 인상이 여기에 기인하는 것이다.

이태준 소설이 이러한 특징은 그의 장편 소설을 평가하는 매우 중요한 기준이 된다. 연애의 서사와 계몽적 주제가 유기적으로 결합되어 있다고 볼 경우와 둘의 결합이 관념적인 수준에 머문다고 볼 경우 작품을 평가하는 내용은 달라질 수 있기 때문이다. 지금까지의 평가는 크게 두

---

4) 클리언스 브룩스·로버트 펜 워런,『소설의 분석』, 안동림 역, 현암사, 1993, 255쪽.
5)『화관』의 경우 임동옥이라는 여성을 중심으로 박인철과 배일현이 삼각을 이루고『청춘무성』의 경우 원치원이라는 남성을 중심으로 고은심, 최득주가 삼각을 이룬다.『별은 창마다』의 경우 한정은이라는 부자집 딸과 익현과 하영이 삼각관계에 놓인다.
6) 박헌호,『이태준 문학의 소설사적 위상』, 성대 박사학위논문, 1997, 134쪽.

가지로 나눌 수 있다. 작품의 연애서사와 거기서 비롯되는 감상성에 주목하여 '통속소설'로 평가하는 것이 하나이고, 감상성에도 불구하고 작품에서 추구하고 있는 계몽적 주제에 나름의 의미를 부여하는 것이 다른 하나이다. 앞의 경우는 30년대 후반 비평에서 현재까지 이태준 장편을 평가하는 주요 흐름이라고 할 수 있다. 뒤의 경우는 이태준의 단편과 장편을 통합적으로 평가하려는 노력의 결과로 제출된 경우가 많다. 단편 소설의 특징을 미적근대성으로 평가하고 이와 마주보는 자리에 사회적 근대성이 놓여있다는 최근 평가들이 여기에 해당한다.

그러나 이런 논의는 이태준 작품을 통합적으로 이해한다는 장점에도 불구하고 "단편에 덧붙여 장편 논의를 형식적으로 결합한 것"7)이라는 비판을 받기도 한다. 함께 설명하기 어려운 소설 경향을 무리하게 아우르려는 시도에서 나온 평가라는 것이다. 사실 장편 소설에 대한 평가가 여타 작가의 장편과의 비교를 통해 이루어지기보다는 같은 작가의 단편과의 (무의식적인) 비교를 통해 이루어지고 있다는 점은 이태준 장편에서 사회적 근대성을 강조하는 평가에서 가장 큰 약점이라고 할 수 있다. 이태준의 작품 세계를 통합적으로 이해하는 것은 중요하지만 그렇다고 소설사적 맥락을 충분히 고려하지 않고 작가 내부의 논리만을 추적할 수는 없는 것이다.

그럼에도 불구하고 이태준 장편의 중심 주제가 연애가 아닌 '계몽'이라면 우리가 주목해야 할 것은 작가 혹은 인물이 무엇을 어떻게 계몽하려 했느냐에 있다. 실제로 이태준 장편에서 주장하는 "계몽"은 추상적인 수준에서 그치고 있다. 인물들은 주로 교육 사업과 문화 사업을 주장하는데, 그런 사업의 궁극적 지향은 '가난 타파', '지식 보급', '인성 계량' 등으로 막연하다는 인상을 준다. 『화관』의 경우만 해도 출판사업을 해야 하는데 자본이 없어 시작도 못하는 박인철이나 교육 사업을 위해

---

7) 강진호, 「현대소설사와 이태준의 위상」, 『상허학보』 13집, 2004, 16쪽.

원산으로 갔으나 자본 때문에 배일현을 찾아야 하는 동옥의 모습에서 '계몽'의 실체를 발견하기는 쉽지 않다. 금광을 발견해 부자가 되어 자선사업가로 변한 목사출신의 원치원(『청춘무성』)과 토목기사가 되어 만주건설에 노력하는 하영(『별은 창마다』)의 경우는 더 말할 것도 없다.

이렇게 볼 때 이태준 장편에서 계몽은 작품의 주제를 만들어내기는 하지만 그것은 현실과의 긴밀한 관련 아래에서 이루어지는 구체적 상황이라기보다 현실과는 무관한 상투적인 결말 처리 방식이라고 볼 수 있다. 지식인 주인공의 시혜를 위한 고난이 그려지고 있을 뿐 그 고난이 무언가를 지향하고 있다고 보기는 어렵다. 이는 심정적 동정에 기반하고 있는 지식인의 감상주의를 벗어나지 못한다. 이는 사회 문제에 대한 개인적 차원의 접근에 불과하며 여기에 '사업'이상의 의미를 부역하기에는 무리가 따른다.

주지하는 바와 같이 연애의 실패를 통해 사회적 의무를 깨닫고 책임감 있는 사회적 인물로 거듭 나는 소설의 서사는 30년대 후반 장편 소설에서 흔히 볼 수 있다. 그 대표적인 작품으로 박계주의 소설 『순애보』를 꼽을 수 있다. 『순애보』는 등장인물들의 애정 갈등, 삼각관계가 작품의 골격을 이루는 소설이다. 그렇다고 해도, 그것이 주제와 직접 연관되지는 않는다. 작품의 주제인 순수한 사랑이라는 높은 가치는 삼각관계의 파탄에 이어지는 개인의 각성에 의해 드러나기 때문이다. 삼각관계가 '사건'의 중심이기는 하지만 그것 자체로 '주제'를 만들어내지는 못하는 셈이다. 연애를 중요하게 다루더라도 우리 장편소설은 그 주제를 바로 연애에서 찾기보다 연애의 결과로 파생되는 보다 가치 있는 무엇에서 찾는다. 이는 소설은 대사회적인 관심이 주제가 되어야 한다는 작가의 강박관념이 은연중 표현된 것이라 할 수 있다. 이런 작품 경향은 흔히 통속 작가로 분류되는 작가들의 작품에 한정되는 문제는 아니다. 대표적인 예로 한설야의 소설을 들 수 있다. 『청춘기』나 『마음의 향촌』 역시 연애 중심의 서사에 사회적인 메시지가 어색하게 결합된 소설이다. 인물들은 현실에 대한 나름의 시각을 견지하고 있으면서도 이상과 현실과의 괴리로 좌절을 경험하고 끝내는 추상적 수준에서지만 이상을 추구하게 된다.8)

　이처럼 연애 중심의 서사와 계몽의 주제가 어색하게 결합되면서 이태준 장편 소설은 현대소설적인 요소보다는 고대소설적 '이야기'로 기울어진다. 주인공 인물이 어려움을 겪지만 결국 자신의 의지를 현실화시키는 로만스의 서사를 따르는 셈이다.9) 이태준 소설의 남성 주인공은 가난한 고학생이다. 가난한 고학생이 어떤 경로를 통해 부자집 여인을 알게 되고 그로 인해 벌어지는 이야기가 서사의 중심을 이루는 것이다. (그것이 여인이라고 해도 크게 다를 것은 없다) 이는 대중들의 소망을 성취해준다는 점에서 매우 매력적인 주제라고 할 수 있다. 가난한 청년의 야망이 현실의 강고함 앞에서 좌절되는 것이 근대 소설의 기본적인 문법

---

8) 『청춘기』(<동아일보> 1937. 7. 20~11. 29)는 동경서 돌아온 청년 김태호와 여의사 은희를 중심으로 벌어지는 사랑 이야기가 줄거리를 이룬다. 주인공이 현실의 부조리에 대한 깨달음을 얻은 후 모종의 운동에 참여하게 된다는 내용이다. 그러나 현실에서 운동의 당위를 발견하지 못하고 김태호가 구속되면서 운동이 '소문'으로만 전해진다. 작가가 군이 운동을 강조하려고 하지만 작품의 전체 구조와 잘 호응되지는 않는다. 『마음의 향촌』(<동아일보> 1939. 7. 19~12. 7)의 경우는 한 기생의 눈을 통해 현실의 모습을 비판적으로 그리고 있는 소설이다. 초향이라는 기생의 인생 역정을 다루면서 그를 따르는 화류계 남자들에 대한 풍자나 조소가 흥미를 끄는 소설이다. 초향의 오빠 민상기는 『청춘기』에서 철수와 같은 역할을 한다. 비록 현재가 만족스럽지 못하고, 옴짝달싹 하지 못할 만큼 생활에 매여 있지만 그것을 극복한 이상적인 모습으로 늘 주인공의 머리 속에 남아 있는 인물이다. 이러한 구도는 현실을 보는 비판적 시각에서 기원하지만 그것을 이룰 현실적 감수성을 찾지 못해 실효를 거두지는 못한다.
9) 로만스에 대해 단일한 정의를 내릴 수 있는 것은 아니다. 서사적 특성으로 사용되는 로만스의 정의에 대해서는 Gillian Beer의 다음 정리를 참조할 수 있다. "우리는 로만스를 특징지우는 한 떼의 특성을 생각할 수 있다. 즉 그것들은 연애와 모험의 주제, 독자와 로만스의 주인공 쌍방의 사회로부터의 일종의 이탈, 많은 감각적인 세부묘사(흔히 알레고리적인 의미를 암시하는), 단순화한 인물, 의외적인 것과 일상적인 것의 조용한 혼합, 흔히 클라이맥스 없는 복잡하고 길게 늘어진 사건의 연속, 행복한 결말, 과장된 묘사, 모든 등장인물에게 강력하게 강요되는 행동의 규범이다."(Gillian Beer, 『로만스』, 문우상 역, 서울대학교 출판부, 1982, 14쪽.)

이라면(『돈키호테』의 돈키호테, 『적과 흑』의 쥴이랑 소렐, 그리고 독일 교양소설을 드는 것으로 충분하리라) 가난한 청년의 꿈이 현실에서 이루어지는 것은 로망스 구조의 차용이라고 볼 수 있을 것이다. 근대 이전 로망스가 사랑의 성취만을 보여주었다면 30년대 후반 소설은 사랑의 성취라는 주제 외에 사회적 이상의 실현이라는 더 높은(높아 보이는) 가치를 상정하고 있는 것이 다를 뿐이다. 여기서 사회적 이상의 실현이 관습적인 결말 처리 방식에 그칠 경우 '현대적'인 성격을 크게 훼손하고 만다.

　이런 소설에서 플롯의 본질적인 요소는 모험이 된다. 주인공이 지속적인 장애를 만나고 그를 극복하는 과정이 소설의 주요 서사가 되는 것이다. 가장 소박한 형식에 있어서의 로망스는 결코 성장하지도 않고 나이도 먹지 않는 중심인물이 작가 자신이 무너질 때까지 하나의 모험이 끝나면 다음 모험을 계속하는 끝이 없는 형식을 취한다. 로망스의 완벽한 형식은 편력이 성공적으로 끝마치게 되는 형식을 취하며, 이 완벽한 형식에는 세 개의 주요한 단계가 있다. 즉, 위험한 여행과 준비단계의 소모험, 이 다음에 생명을 건 투쟁―보통 주인공이든 적이든 어느 한 쪽이 죽지 않으면 안 되는 싸움―그리고 마지막으로 주인공의 개선이다. 이러한 서사는 『화관』 이후의 소설에서 매우 두드러진다.[10]

　로망스 서사의 채택은 인물이 성격을 계급적·시민적 인물이 아닌 영웅적 인물로 바꾸어 놓는다. 부당한 인물과 사회를 만나면서 주인공은 도덕적 영웅이 된다. 사실 현대소설에서 도덕적 영웅이 주는 위안은

10) 이태준은 1937년 『화관』을 연재하고 다음해 1월 「패강냉」을 발표한 후 1년 동안 소설을 발표하지 않는다. 이후에 발표한 작품이 『청춘무성』, 『딸삼형제』, 『별은 창마다』 등이다. 1938년 이후의 소설은 '생활의 수용과 적극적인 근대화의 실천' 경향을 보여준다고 평가된다. 이는 굳이 이태준만의 변화가 아니라 중일전재 이후 달라진 정세에 적응하는 우리 소설계의 일반적인 변화였다. 이 시기 장편들의 또 다른 특징은 이전 장편에서 볼 수 있었던 '떠남'을 통한 불안전한 결말 처리보다는 행복한 화해의 결말을 추구한다는 점이다. 이에 대해서는 송인화의 논문(『이태준 소설연구』, 연세대 박사, 1999)와 김은정의 논문(「상허 이태준의 『청춘무성』론」, 『상허학보』 7집, 2001)을 참조할 수 있다.

고소설에서 행동하는 영웅이 주는 위안과 유사한 면이 있다. 어느 경우든 영웅이 처한 극적이고 흥미진진한 사건 속으로 몰입하게 만드는 동일시를 통해 독자는 주인공의 낭만적인 운명에 참여할 뿐만 아니라 그의 특권적 지위를 자신의 것으로 상상함으로써, 자신의 마음속에 환상적 삶을 품고 자신을 위무하게 된다. 이 때 위무의 과정은 개념적으로가 아니라 직접적으로 간여하는 방식으로 작용한다. 말하자면 독자들은 그러한 피부적인 자극의 과정을 통해 자신의 현실 상황을 순간적으로 망각하고, 자신의 무기력으로부터 해방되었다는 느낌을 받게 된다.[11] 물론 이러한 해방감이 문제의 근본적인 해결에서 비롯된 것은 아니다.

이런 서사와 주제로 볼 때 이태준의 장편에 사회적 근대성이라는 평가를 하는 것은 그리 적당해 보이지 않는다. 계몽이 구체적인 지향을 가지고 있지 않을 뿐 아니라 관습적인 결말 처리 방식으로 사용되는 경우가 많다고 판단되기 때문이다. 특히 30년대 후반의 소설의 경우에 더욱 그러하다.『화관』을 통해 이를 확인해 보도록 하겠다.


## 3. 고난과 장애 극복의 서사

『화관』의 서사는 여인의 고난과 성장으로 요약될 수 있다. 임동옥이라는 여인이 전문학교 졸업을 앞둔 시점에서 시작하여 그 앞에 닥쳐올 '좀더 어려운 과제'들을 추적하는 방향으로 전개되는 것이다. 그 과제들에는 연애나 결혼의 문제, 취직 문제가 고른 비중으로 포함된다. 이후의 전개는 이 문제를 천착해 가는 과정이라 할 수 있다. 이태준 소설에 자주 등장하는 고학하는 고아의 고난과 비교하면, 그 주인공이 다를 뿐 고난과 극복의 과정은 매우 유사하다.

---

11) 진경환, 「영웅소설의 통속성 재론」,『민족문학사연구』3, 민족문학사연구소, 1993, 94쪽.

화자는 대부분 임동옥을 따라 이야기를 전개하며 임동옥의 세계를 보는 눈에 의해 세계를 바라본다. 때로 그의 고민과 갈등을 일일이 제시해주는 친절함까지 보인다. 이에 비해 상대적으로 다른 인물들에는 그리 밀착해 있지 않다.12) 이런 이유로 이 작품의 서사는 임동옥을 중심으로 여러 남성들의 모습을 병렬식으로 나열한 것이 되고 만다. 임동옥과의 만남을 중심으로 인물이 출현했다 사라짐을 반복하는 것이다. 특히 많은 인물이 임동옥과의 관계에서 역할이 다하면 설명도 없이 작품에서 사라진다. 황정희와 김장두, 황재하 등의 인물이 그러하다.

주인공의 형상은 현대적이라기보다 고전적 才子佳人에 가깝다. 임동옥은 정신적 육체적으로 뛰어난 조건을 가진 여성으로 그려진다. 그녀는 도덕적으로도 완벽한 인물로 언제나 자신보다 남을 먼저 생각한다. 그녀의 이타주의는 때로는 독자를 당황하게 만들기도 한다.

동옥을 좋아하게 되는 남성은 모두 네 명이다. 이들이 동옥을 좋아하게 되는 계기는 '첫눈에 반하는' 수준을 넘지 못한다. 가장 먼저 접근해오는 남자가 김장두이다. 김장두는 동옥이 존경하는 친척 오빠인 동준과 일본에서 알고 지내던 인물이다. 그러나 모종의 운동으로 옥고를 치른 후 정신의 착란이 있어 정상적인 생활을 영위하지 못한다. 그런 김장두가 동옥을 보고 사랑한다는 말을 건넨다. 송전에 도착하는 동옥을 마중하며 한번 본 이후에 갑작스럽게 하는 고백이다. 이러한 이해하기 어려운 김장두의 행동은 그가 정신 이상이라는 말로 모두 합리화되지만 그렇더라도 작품 전개상 어색하기는 마찬가지다.

그런데 여기서 중요한 것은 동옥의 반응이다. 상식적으로 납득하기 어려운 상황에 대한 동옥의 반응 역시 비상식적이다.

"아니, 만일 저쪽이 진정이기만 하면 사랑을 주는 것도 선행의 하나가

---

12) 이중 배일현에 대해서는 한 장을 온전히 할애하는 등 비중 있게 다루고 있다. 그렇더라도 인물의 성격을 알 수 있을 정도로 충분한 설명이 되는 것은 아니다.

아닐까? 주기만하고 돌아서면……? 돌아서면? 그럼 건 사랑이 아닐텐데 사
랑은 결국 한번 주는 것으로 모든 것을 주는 것! 한사람이 지닐 수 있는 건
오직 하나의 사랑뿐, 하나이기 때문에 아무에게나 주어버릴 수 없는 것! 이
렇게 간직해나가는 단 하나의 사랑을 받을 사람은 누군가? 오늘도 여러 움
큼의 조개껍질을 주어보았다. 하나도 제 쪽끼리 맞는 건 없었다. 하나이던
것이 두 쪽으로 헤어지는 것부터 벌써 비극이 아닐까? 타고난 비극에서 비
극 아니기를 바라는 건 그것이 벌써 비극이요 과욕이 아닐까?"13)

김장두와의 관계는 어디로 사라지고 사랑에 대한 감상적인 독백이
이어진다. 작가는 소녀들이 갖기 쉬운 사랑에 대한, 연애에 대한 꿈과
환상을 달콤하게 펼쳐 보여주는 셈이다. 사랑을 고백한 김장두에게 선
행하듯 사랑을 준다는 감상적인 발상, 그런 당혹스런 상황에서 자신이
진정 사랑할 사람에 대해 궁금해 하는 발상, 모두가 설득력은 부족하다.
위 예문만으로 보아도 작품의 방향이 소녀취향의 감상적인 연애소설로
흐를 가능성이 있음을 짐작할 수 있다.
위의 예말고도 서사의 곳곳에서 동옥의 감정과잉과 그 감정을 자세
하게 언급하려는 작가의 의도를 발견할 수 있다. 이런 감상성은 눈물의
체험으로 흐르게 된다. 낭만적인 꿈과 그 낭만이 좌절된 뒤에 따르는 눈
물은 하나의 공식이라 할 수 있는데, 따라서 동옥에게 연애는 하나의 공
상이지 현실이 되지 못한다. 사랑을 다른 무엇보다 높은 가치로 두는 것
은 물론이고, 개인적인 사랑과 사회적인 희생의 구별조차 모호해 지는
경우를 자주 보게 된다. 위의 예문에서처럼 사랑을 선행이라고 생각한
다거나, 하나이기에 귀하다고 새각하는 것 등이 여기에 해당한다.
황재하나 배일현을 대하는 동옥의 반응 역시 크게 다르지 않다. 바
다에 빠져 위기에 처한 동옥을 구하게 되는 황재하는 부잣집 아들답게
첨단의 모던한 유행을 따르는 유한 청년이다. 황재하는 동옥의 첫 모습

---

13) 이태준, 『화관』, 삼문출판사, 1938, 65쪽.

에 반하여 사랑을 고백한다. 동옥은 그도 역시 거부하는데, 거부의 논리는 "날 쓰다듬어줄 사람 그는 반드시 나에게 우러러 뵈는 남자라야"[14] 한다는 것이다. 아무 것도 가진 것 없는 김장두에게는 동정과도 같은 감정을, 부잣집 모던보이인 황재하에게는 사상의 결여를 문제 삼는 셈이다. 이런 부족한 것에 대한 반응은 배일현에게까지 고스란히 이어진다. 배일현에게는 다른 사람보다 넉넉한 돈이 있다. 그 돈을 유지할만한 사회적인 능력까지 갖추고 있는 인물이다. 그러나 그에게는 사랑하던 여인을 과감히 버리는 비정함이 있다. 세상을 법과 돈의 논리로 보는 면도 동옥에게는 만족스럽지 못하다.

이렇게 사랑하기에는 부족한 세 명의 남자를 거쳐 동옥은 박인철을 만나게 된다. 박인철은 앞선 세 사람에게 부족한 하나의 미덕을 소유하고 있다. 사회를 위해 무언가 해야 한다는 의로운 마음, 또는 책임감이다. 그 의지는 사회운동으로가 아니라 문화운동으로 나타난다. 실제로 작품 안에서 실현되는 것은 없지만 동옥에게 있어 박인철의 '의지'는 황재하의 낭만과 배일현의 돈을 모두 이겨낼 정도로 중요하다. 동옥이 자주 언급하는 '우러러 뵈는' 인물의 실체이기도 하다.

> 이날 밤 동옥은 여러 번 잠을 깨었다. 깨일 때마다 방안은 고요하나 마음속은 소란스러웠다. 여러 사람들의 얼굴이 바람에 휩쓸리는 낙엽과 같이 날렸다. 어느것 하나만을 바라봐야 할 지 모르게 어수선스러웠다. 눈물에 젖은 황정희 모양, 결심한 입과 위협하는 눈만이 번뜩이는 배일현이, 다시 똑똑한 사람이 되여볼 것 같지 않는 김장두, 이쪽의 동정만 바라보는 황재하, 그리고 너무나 모르는 척하고 지나가는 박인철이 ……[15]

작품에서 네 남자를 비교하는 장면이다. 이 소설은 긍정적으로 보면

---

14) 같은 책, 99쪽.
15) 같은 책, 186쪽.

한 여성이 짧은 시간에 네 남자를 경험(?)하면서 자신의 이상을 확인해 가는 과정이라 볼 수 있다. 그럴 경우 사랑의 관계보다 확인되는 이상이나 남성들의 실천이 중심에 놓여야 한다. 그러나 이 작품의 구조는 개인의 성장을 다루는 성장소설의 구조가 아니라 단선적인 시간 구조를 포함한 모험 소설의 구조에 가깝다. 이는 인물의 성격을 변화시키는 대상(세계)과의 교류가 있는 것이 아니라 주어진 인물의 성격이 여러 변화를 겪으면서 자기 자리를 찾아가는 구조이다. 박인철의 긍정적인 부분도 그 자체로 의미 있다기보다 동옥의 선택을 위한 조건에 그치는 것이다. 결혼이 궁극적인 가치가 되지는 않는다 해도 결혼을 통해서―다른 결합이라도 좋다―그 가치는 실현될 수 있다. 이런 구도 자체가 전근대적 낭만구조임은 분명하다. 이는 이태준 소설의 공식이 되다시피한 "가난한 고학생과 부잣집 딸의 사랑이야기"[16]의 변형이기도 하다.

이런 구도는 『화관』 외에도 이태준의 다른 작품에 자주 등장한다.[17] 여인의 삶과 고난을 다룬다는 것 자체가 문제가 아니라 그렇게 해서 생기는 주제의식의 약화를 문제 삼을 수 있다.[18] 이런 구조는 대부분 결혼

---

16) 최혜실은 이런 구도를 작가의 개인적 체험과 연관시킨다. 그 근거로 이태준의 자전 소설이라고도 할 수 있는 『사상의 월야』를 든다. 주인공인 송빈과 그가 기식하고 있는 하숙집의 딸 은주의 연애와 그 실패가 이태준 장편소설에서 반복된다는 것이다.(최혜실, 「이태준 장편소설에 나타난 애정 갈등의 삼각 구도」, 『한국 근대 장편소설 연구』, 모음사, 1992, 36쪽)

17) 물론 여성의 불행한 생을 다룬 작품은 이 당시에 새롭게 떠오른 것이 아니다. 이광수나 염상섭의 통속소설의 주요 모티브도 여성들의 불행한 삶이었다. 그렇더라도 30년대 후반 이런 작품의 출현에는 나름의 의미가 있다. 사회적 문제를 본격적으로 다루지 못하는 상황에서 불행한 여인을 다루는 것은 손쉬울 뿐 아니라 '안전한' 일이었다. 그래서 서사의 축으로 '여인의 고난'을 선택한 경우 대부분 서사를 쉽게 얻으려는 안일한 작가의식의 결과로 보인다.

18) 이태준 역시 통속성에 대한 관심을 보인 작가이다. 그러나 흔히 생각하는 부정적 의미의 통속을 그는 거부한다. 오히려 통속성을 어떻게 살리느냐에 관심을 갖는 작가였다. 그는 「통속성이라는 것」, (『이태준 문학전집』 7, 서음출판사, 1988)에서 "소설은 차라리 통속성이 없이는 구성할 수 없는 것이다. 이 통속성이란 곧 사회성이다. 결코 무시될 수 없는, 개인과 개인간의 각 각도로서 유기성을 의미하는 것이다. [……] 정말 작품에 있

을 최후의 가치로 설정하게 된다. 또, 개인의 삶을 추적함으로써 필연적으로 감상적 경향을 띠게 된다. 이런 구조로는 애정을 둘러싼 갈등을 만들 수 있지만 그 갈등이 인간성의 본연을 탐구하는 것으로 발전하지는 못한다. 주인공을 제외한 인물들은 도구화되고 개성을 갖추지 못하게 된다. 그 뿐 아니라 주인공의 삶도 수동적으로 되어 개성을 드러내는 데는 어려움을 겪게 된다.

## 4. 선악 이분법과 비관적 결말

이태준 장편소설은 현실에 대한 관심을 가지고 있는 인물들의 모습을 통해 계몽적 주제를 드러낸다.『화관』역시 주요 인물들의 삶과 이상이 작품의 주제와 직접 연결된다. 작가가 긍정적으로 표현하고 있는 인물은 임동옥과 박인철이고 부정적으로 그리고 있는 인물은 배일현과 황재하이다. 긍정적 인물과 부정적 인물의 대비는 고전 소설처럼 분명하게 이루어지는 셈인데, 이러한 인물의 대비는 사회적 문제를 둘러싸고 벌어지는 것이 아니라 도덕적 문제에 한정된다. 이기적 성격과 이타적 성격, 동정적 성격과 비정한 성격 등의 기준에 의해 긍정적 인물과 부정적 인물이 나뉜다.

그런데『화관』의 경우 부각되는 것은 긍정적 인물보다 부정적 인물이다. 긍정적 인물의 형상화는 동옥을 중심으로 한 단선적 서사에 의해 약화된다. 긍정적 인물이라 할 수 있는 박인철의 행적에 대해서는 거의

---

어 하대될 소위 통속성이란 공통만속(共通萬俗)하는 그 통속이 아니라 작가가 대상을 영혼으로 통제하지 못하고, 흥미만으로 농하는 데서 생기는 부진실미, 그것인 것이다. 연애가 나온다고, 나체가 나온다고 통속이라 하면 인식 부족이다. 나체보다 더한 것이 나오더라도 작가가 열변의 태도면 고만이다. 아모리 聖賢烈士(성현열사)만을 취급하였더라도 작가가 좌담식 농변(弄辯)의 태도라면 그건 소위 통속 즉 '부진실'이다. 통속이란 말은 애매하게 '부진실'이란 말을 대용하고 있다."(316쪽)고 말한다.

묘사되는 것이 없다. 독자들은 동옥에 의해 해석된 박인철의 모습을 볼 수 있을 뿐, 실제로 행동하는 인물로서 박인철은 발견하기 어렵다. 작가가 박인철이라는 인물을 이상적으로 그리려 노력하기는 하지만 구체적 인물로 만들지는 못한 것이다. 그는 작품에서 사업을 계획할 뿐 아무 것도 실천하지 못한다. 이 부분은 사회를 위한 봉사가 교육사업으로 귀결되는 이태준의 다른 소설을 연상하게 한다.『화관』에서 그 일을 맡은 이는 박인철이 아니라 동옥이다. 인철은 모종의 문화운동을 시도하나 시도 자체가 벽에 부딪치고 만다.19) 박인철의 성격화에 실패함으로써 이태준은 사회적 의미의 긍정적 인물을 만드는 데 성공하지 못하고, 주인공의 계몽적 의지만을 강조하고 만다. 박인철은 추상적인 이상을 가슴에 가지고 있는 인물이지 그것을 구체적으로 실천하는 인물은 아닌 것이다.

작품에서 일관되게 견지되고 있는 연애 문제에 민족주의적 내용을 담아내려는 시도는 작품 중반 이후 배일현이 악인으로 변하면서 심각하게 훼손된다. 배일현이 악인으로 되면서 인물들의 관계는 악한과 선한 인물들의, 공세와 수세의 관계로 확연하게 구분되는 것이다. 계략과 술수가 추리소설처럼 펼쳐지면서 독자의 흥미는 배일현 축과 임동옥 축으로 좁혀진다. 이때 중심 문제는 옳지 못한 사랑의 방향과 그것에 대응하는 동옥의 반응이다. 작품의 흥미를 증진시킨다는 장점은 분명 있지만 사회 속에서의 개인 문제를 다루는 데는 실패하고 만다.

배일현의 변신으로 인해 박인철과 동옥은 도덕적으로 더욱 부각된다. 배일현은 돈이 지배하는 사회에서 탁월한 현실 대응력으로 세속의 성취를 이룬 사람이며, 반면에 박인철은 세속적 성취보다는 미래의 희망을 위해 정진하는 이상을 가진 인물이다. 둘 모두 자수성가한 사람이라는 점에서는 같지만 한 사람은 개인적 욕망을 성취하는 삶을 살아가

---

19) 이런 경우를 그의 단편 「고향」(<동아일보> 1931. 4. 21~29)에서도 발견할 수 있다.

는 것이고, 다른 한 사람은 개인적인 영리를 위해 살기보다 사회를 위한 사업에 투신하기를 바라는 인물이다. 배일현이 목표를 위해 온갖 권모 술수를 동원하는 성취욕이 강한 이기적인 인물이라면 박인철은 정직하고 바른 마음을 가진 인물이다.

동옥의 희생도 배일현과 대비된다. 그러나 동옥의 희생은 그 동기가 막연하거나 무모하다. 장학금을 거부하거나, 영어교원 자리를 의리를 무시하고 양보한다든가, 원산 사립학교에서 팔려 가는 여학생을 위해 동분서주하는 모습이 대표적이다. 이런 모습은 다분히 배일현과 대비를 통해 선으로 드러난다. 배일현이 악당으로 설정되지 않았으면 무의미한 행위가 되고 말았을 부분이기도 하다. 배일현의 부도덕과 대조를 이루는 자리에는 늘 경제적 어려움이 놓인다. 희생은 돈이 없기 때문에 생기는 것이어서 그 희생은 돈이 있으면 불필요한 것들이다. 여타 이태준 장편의 특징과 마찬가지로 "문제는 이 진정성과, 그리고 주인공의 계몽주의적 성격으로 인해, 모든 것이 주인공이 추구하는 바와 그것을 가로막는 것과의 싸움으로 나타나"[20]는 것이다. 그래서 주인공이 추구하는 진실과 그것을 방해하는 요소만이 존재하게 된다. 특히 『화관』에서는 방해의 주체인 배일현이 강조되고 그 반대의 인물들의 희생이 큰 대조를 이루게 된다.[21]

박인철 역시 배일현과 대립되는 인물이다. 배일현이 부자인데 비해 박인철은 가난하고, 배일현이 개인의 욕망에 충실한 데 비해 박인철은

---

20) 채호석, 「이태준 장편소설의 소설사적 의의」, 『이태준 문학연구』, 깊은샘, 1993, 306쪽.
21) 『화관』에 대한 김남천의 평가는 이런 면에서 타당하다. 김남천은 현대 소설 주인공의 긍정적 성격이라는 큰 주제 아래 동옥과 인철을 평가한다. 주로 황재하와의 비교인데 그는 "『화관』의 주인공은 경박한 '모던보이'와 대조에서 겨우 양심적이다. 이렇게 저급하게 파악된 양심적 인물의 설정에서 작품의 구성과 묘사를 진행시킨 『화관』은 통속연애소설로 가게 된다. 머리에 기름을 바르고 몸맵시를 보고, 새 구두를 신고자 하는 자, 반드시 경박한 청년이 아닌 것과 한가지로 그런 인물을 싫어하고 댄스를 아니하고, 결혼을 신중히 생각하는 청년, 반드시 양심적 청년의 타입은 아닐 것이다."라고 한다.(김남천, 「현대조선소설의 이념」, <조선일보> 1938. 9. 16)

사회를 위해 무엇을 해야할지를 고민하는 인물이다. 그러나 이분법적
사고를 한다는 점에서 박인철 역시 많은 문제를 안고 있다. 동옥이 처음
박인철을 만나기는 원산에서이다. 첫 만남에서 목사와 음악교사라는 직
업을 버리고 정어리 공장을 차린 유목사와 오교사를 보는 박인철의 시
각이 분명하게 제시된다. 박인철은 유목사와 오교사가 목자로서의 길과
교사로서의 길을 버린 것을 '전향'이라고 표현한다. 그들의 평소 인격으
로 전향의 의미를 애써 축소하려는 동옥의 생각과는 배치된다. 한 번 자
신의 일을 버리고 생활 전선에 뛰어들면 헤어나오기 어렵다는 생각이다.
"오선생님, 유목사님, 다 평생 생활 걱정은 안하실만치 당년으로 부자들
이 되셨으면……"22) 하고 바라는 동옥의 순진성과는 대조를 이룬다 할
수 있다. 박인철은 돈 버는 일이란 "단시일에 성공하면 몰라도 돈 버는
일도 무슨 학교 입학처럼 일정한 기간에 졸업이 된다면 몰라요. 그렇지
만 돈벌이 치고 그런 건 없"23)다고 말한다. 이는 돈이냐 건강한 활동이
냐를 선택해야 한다는 판단을 강요하는 것이기도 하다. 인철이 보기에
돈벌이로 나서는 것은 "결국은 아주 되고 마는 것"에 불과하다. 이는 어
느 정도 냉철한 현실 인식이라 할 수 있다. 그러나 이 냉철함은 세상을
보는 시각일 수는 있어도 실천과 연결되기는 어렵다.24)

　　이처럼 박인철의 사고는 '돈'이냐 사회를 위한 '봉사'냐의 이분법이
지배한다. 이는 이상적으로 볼 때 긍정적인 것과 속악한 가치의 대립을
시도한다는 의미를 갖는다. 그 이면에는 사회 참여의 논리보다는 개인
희생의 논리가 놓여 있다. 개인적 삶을 위해 사느냐, 자신을 버리고 사
회를 위해 봉사하느냐의 선택이 놓이는 것이다. 이는 돈이냐 명예냐의

---

22) 같은 책, 116쪽.
23) 같은 책, 119쪽.
24) 이 점이 『화관』이 동시대 김남천의 장편 소설 『사랑의 수족관』등과 구분되는 특성이
　　다. 현실적으로 이념을 내세우기 어려운데도 불구하고 이념적인 행위를 기도하는 것이
　　『화관』의 주인공이라면 『사랑의 수족관』의 주인공은 일상에 충실하려 노력한다. 이에
　　대해서는 졸고 『현대소설과 일상성』(월인, 2002) 참조.

선택과도 같은 것이다. 더 문제되는 것은 봉사의 내용이나 과정이 작품에 어떻게 나타나느냐이다. 『화관』에서 강조되는 것은 봉사의 사회적 의미가 아니다. 고난의 내용이 소설에서 더 중요한 자리를 차지하게 된다. 사회적 실천이 갖는 의미라든지 행위의 합리적 성격이 문제되지 않고 결과나 감상적인 부분이 부각된다는 의미이기도 하다. 사회 운동적인 면에서 사고하지 않더라도 개인이 기본적으로 담지하고 있어야 하는 사회적 합의, 공감, 개연성이 부수적인 것으로 떨어지게 된다. 이를 희생의 포즈라고 불러도 좋을 것이다. 희생의 포즈는 선과 악 혹은 옳은 인생을 규정하는 중요한 척도가 된다. 사회 역사적인 가치 판단이 어려워진 상태에서 인간의 가장 고귀한 정신으로 주제를 이끌어 가는 것은 납득할만한 것이다. 그렇더라도 현실 안주에 머문다는 점, 그리고 이야기의 전개와 유기적인 관련 없이 이를 수 있는 결론이라는 점에서 여전히 문제를 안고 있다.

그러나 선이 언제나 승리하지는 않는다는 점은 『화관』이 이후의 장편 소설들과 구분되는 점이다. 이태준의 다른 어떤 작품에서보다 『화관』에는 생활의 문제가 중요하게 다루어진다. 이러한 문제로 인해 독자가 생각하는, 또는 작가가 생각하는 바람직한 결론으로 작품이 평탄하게 진행되지 않는다. 박인철이 가진 이상의 추상성과 배일현이 보여주는 윤리적인 부정성이 그들의 미래가 긍정적으로 그려질 수 없는 원인이 된다. 이런 이유로 이 작품은 양쪽 모두의 파탄으로 끝날 수밖에 없다. 특히 박인철의 경우 작가의 윤리적인 결론과 인물이 살아가는 현실이 적절히 맞아떨어지지 않기 때문에 초반의 의도가 결말까지 유지되지 못하는 인물이다.

다음은 작품의 결말 부분으로 작품 전체의 분위기를 암시한다.

거리에는 벌써 전기가 켜졌다. 무지개는 사라지고 저녁놀을 머금은 구름이 몇군데 붉으레할 뿐 낮게 깔린 장마하늘은 역시 무겁고 어둡고 흐터분한 저녁이다. 인철은 파고다 공원으로 들어섰다. 공원 안에는 팔각정 안에만 두어 사람의 그림자가 보일 뿐 거니는 사람이 별로 없었다. 나무들은 장마에 잎만 자란 듯 크레옹으로 문질러놓은 것 같이 짙은 그늘들이다. 인철은 큰 백양나무로 가더니 먼 길을 걸은 사람처럼 벤치에 앉는다기보다 털썩 쓰러져 버린다. 아무렇게나 놓아버리는 우산이 땅으로 굴러서 떨어졌으나 다시 집으려고도 않고, 마치 기도하는 사람처럼 이마를 고이더니 잠잠히 앉아있는 것이다.25)

결말에 이르러 인철은 윤리적으로 염결성을 유지하지도 못하고, 사회적으로도 적극적인 활동을 하지 못한다. 자신의 집안을 도와준 한 여인과 관계를 가졌던 과거가 밝혀지기 때문이다. 그 여인과 연루되어 재판을 받기도 한다.(이 일을 고백한 것 때문에 동옥에게는 더 큰 믿음을 주지만) 이런 개인적인 어려움과 함께 후원자를 찾기 위한 노력 역시 무위로 돌아간다. 위 예문은 이중의 어려움 뒤에 피곤해하는 인철의 모습을 잘 보여준다. 장마철의 해질녘 공원이라는 시간·공간적 배경을 통해 탈출구 없이 답답하게 막혀버린 현실을 은유한다. 공기는 '무겁고' '어둡고' '흐터분'하며 하늘은 비를 머금고 낮게 깔려 있다. 인철은 세상에 짙은 그늘이 드리워지기라도 한 듯 느낀다. 우산을 떨어뜨리고 다시 집으려고 하지 않는 인철의 모습에서 피곤과 함께 무기력을 느낄 수 있다. 이런 분위기와 어울리게 『화관』의 마지막 장의 제목은 '아득한 봄'이다. 완결의 의미보다는 미래에 대한 어두운 전망을 상징하는 제목이라 할 수 있다. 이는 곧 현실을 보는 작가의 인식이기도 하다.

인철이 이렇게 무기력한 모습을 보이는 데 비해 임동옥은 끝까지 인철을 도와주고 자신의 일에 전념한다. 동옥은 원산에서의 교육사업에 노력하는 한편 인철을 위해 배일현에게 돈을 얻어내기도 한다. 임동옥이 원산에서 교사로서 봉사하고 희생하는 부분은 이태준의 다른 소설에

---

25) 이태준, 앞의 책, 453쪽.

서도 사회를 위한 봉사가 교육 사업으로 귀결된다는 사실을 상기하게 된다. 특히 그의 자전 소설이라 할 수 있는 『사상의 월야』에서는 사립학교 운동이 민족주의 운동과 연관되기도 한다. 임동옥의 봉사활동 역시 경제적 어려움 때문에 어려움에 봉착하고 만다. 그 어려움은 소설이 끝날 때까지 해결되지 않으며, 해결되리라는 기대를 남기지도 않는다.

## 5. 결론

1930년대 후반은 장편소설의 통속화 경향이 뚜렷하게 나타났던 시기이다. 굳이 역사적 현실에 민감한 문제를 다루던 작가가 아니더라도 30년대 후반에 이르면 통속적 요소가 다분한 장편 소설은 창작한다. 특히 단편위주로 창작활동을 하던 작가들의 장편소설은 현저히 연애 소설적 경향을 띠게 된다. 이념을 표출하기 어려웠던 정치·사회적 조건과 함께 상업 저널의 팽창이 장편소설의 통속화를 가속화했다 할 수 있다.

이태준의 여타 장편소설과 마찬가지로 『화관』은 통속의 서사에 계몽의 내용을 담으려 했던 작품이다. 그러나 『화관』에서 이러한 시도는 육화되지 않는 내용으로 인해 서로 조화되지 못하고 혼합된 양상을 보이고 만다. 이런 실패가 가장 두드러지게 나타나는 것이 각 인물들의 성격이다. 임동옥이라는 중심인물에 의해 병렬식으로 나열된 인물들의 성격은 입체적으로 구성되지 못한다. 거기에 도덕적인 선의 과도한 강조는 주인공의 성격화를 결정적으로 해치는 결과를 낳는다. 인물의 사회적 성격을 이야기하는 방향으로 나가지 못하고, 착하고 악한 고전적 인물들을 만드는 수준에 그치고 마는 것이다.

결말 부분에서 이태준은 당시 시대상황을 절망적으로 표현한다. 그의 다른 작품 「浿江冷」에서 쓰인 '履霜堅氷止'26)의 경구를 이 소설의 결말에서도 연상할 수 있다.27) 창작 시기로 보아서도 두 작품의 연속성은 쉽게 짐작할 수 있다. '履霜堅氷止'란 서리가 밟히면 얼음이 얼 것을 준비해야 한다는 주역의 말씀이다. 즉, 시대의 어둠이 점점 더해져, 나아지리라는 기대를 가지기는커녕 더욱 악화될 것을 걱정해야 한다는 말이다. 작품 결말의 절망적인 분위기가 단지 소설 내에서의 문제가 아니라 당시 시대를 바라보는 이태준의 생각이었음을 짐작하게 한다. 그렇더라도 시대에 대한 이런 파악이 혼란스럽게 전개되어온 소설의 성격을 한번에 바꾸어놓지는 못한다.

---

26) '履霜堅氷止'라는 말을 소설에 쓴 것, 또 「浿江冷」이라는 제목에 대해 당시 논자들의 비판이 있었던 듯하다. 이에 대해 이태준은 「'履霜堅氷至' 기타」(『삼천리 문학』, 1938. 4, 174쪽)라는 글에서 창작의 의도를 설명한다. "이번에 「浿江冷」에는 是是非非가 많다. 나는 애초부터 소설의 體格을 갖출 수 있기를 斷念하고 쓴 題目이라 다만 오늘에, 이런 말과 이런 글자로 글을 쓰는 우리의 어두워지는 心思를 어설프게나마 나타내보고 싶었던 것뿐이다."라고 한다.

27) 「패강냉」과 「토끼 이야기」(『문장』, 1941. 2)는 닥쳐올 삶에 대한 불안을 구체적으로 형상화한 소설들이다. 1938년에 발표된 「패강냉」이 시대의 변화를 불길하게 예상한 작품이라면, 1941년에 발표된 「토끼 이야기」는 삶의 어려움을 나약한 지식인의 일상을 통해 드러낸 작품이다. 「패강냉」의 주인공은 평양 거리의 풍경이 변한 것과 친구들의 생각이 달라지는 것에서 시대의 변화를 느끼고, 더 혹독해질 미래에 대해 불안한 심정을 숨기지 않는다. 소설가인 「토끼 이야기」의 주인공은 수입이 없어 집에서 토끼를 기르지만 살아 있는 토끼 한 마리의 목숨도 끊지 못할 만큼 무기력하다. 무기력하게 시대를 견뎌낼 수밖에 없는 자신에 대한 환멸과 자괴감이 소설의 주제라 할 수 있다. 『화관』이 <조선일보>에 연재된 것이 1937년 7월 29일부터 12월 22일까지인데, 「浿江冷」은 『화관』 연재 직후인 1938년 1월 『삼천리』에 발표된다.

# 탈식민의 복화술, 이등국민의 내면
## - 이태준의 『왕자호동』

차 혜 영*

## 1. 들어가는 말

　본고는 이태준의 역사소설 『왕자호동』에 대한 자세히 읽기를 목표로 한 글이다. 『왕자호동』은 일제시기 이태준의 소설 중 최후로 쓰여진 소설로서(<매일신보> 1942. 12. 22~1943. 6. 16), 이 소설을 끝으로 철원으로 이주, 수필 등을 제외하고는 소설 창작으로는 일제시대의 마지막 작품에 해당된다. 그동안 이태준에 대한 적지 않은 연구가 축적되어 있음에도 불구하고, 이 작품에 대한 개별 연구는 이명희[1]의 연구를 제외하고는 거의 없는 편이다. 이처럼 연구사가 부재한 이유는, 이 소설이 계몽과 삼각관계를 통한 주제의 구현과 대중적 재미를 만들어내는 이태준의 대부분의 장편 소설에서 가장 예외적인 경우에 속하기 때문이라고 생각된다. 즉 『왕자호동』이라는 소설은, 단편에서 보여준 미의식이나 내면성, 장편에서 보여준 계몽성 등, 소위 이태준의 주류적 경향 속에서

---

* 한양대 강사.
[1] 이명희, 「역사적 사실과 이야기적 요소의 만남」, 이태준, 『왕자호동』, 깊은샘, 1999.

예외적인 경우에 속하는 것이기 때문이라고 할 수 있다.

그러나 이제 이 예외성은, 이태준 연구의 종합성과 섬세함을 위해서는 물론이고, 이 소설이 그의 마지막 소설이라는 점이 갖는 시대적 의미망의 탐색을 위해서도 상세한 연구가 필요하다고 본다. 그리고 이 두 가지는 사실은 맞물린 문제라고 할 수 있다. 이태준이 일제말기 붓을 꺾고 은둔했다는 것은 이태준 자신에 의해서도 해방 이후 담론이나 문학사에서 일종의 공인된 사실이다.2) 이 마지막 작품의 예외성, 즉 기존의 주류적 경향이 더이상 유지되지 못했다는 것과 이후 더 이상 소설을 쓰지 못했다는 것은 동전의 양면이라고 할 수 있다. 이 소설에 이태준의 기존의 세계 해석 방식이 아닌 다른 방식이 처음 표현되었기 때문이라고 할 수 있다. 그리고 이후의 침묵은 그 '다른 세계해석 방식' 자체에 대한 작가의 또 다른 태도 표명이라고 할 수 있기 때문이다.

이런 맥락에서 이 작품이 역사소설이라는 점은 주의를 요한다. 역사소설이란 과거의 역사적 사실을 대상으로 한 자기 시대(현재)의 역사적 의미에 대한 판단 혹은 해석이라고 할 수 있기 때문이다. 더구나 상대적으로 사료가 풍부한 조선시대를 배경으로 한 역사소설3)과 달리 객관적 사료가 부족한 고대 삼국시대를 배경으로 한 이 소설의 경우, 과거에 관한 서사는 사료보다는 작가 자신의 상상이나 허구에 더 가까울 것이다. 물론 역사소설이 기본적으로 근대소설인 한, 사료의 객관성보다는 그것을 해석하는 작가의 주관이 소설에 우선되는 것이 사실이라는 점은 변함이 없겠지만, 사료로부터의 역사적으로 먼 거리가 역설적으로 작가가 과거로부터 취할 수 있는 자유로움으로 나타나는 것 또한 사실일 것이다. 그리고 이 과거로부터의 자유로움이 무한의 상상이나 공상이 아닌,

---

2) 여기서 붓을 꺾었다는 것은 소설 창작에 국한된다. 이후에도 수필 등 잡문형태의 글은 계속되었다.

3) 1930년대에는 홍명희, 김동인, 박종화 등의 상당수 작가들이 조선시대를 배경으로 한 역사소설을 발표했다. 이태준 역시 『왕자호동』 이전에 『황진이』를 발표했다.

결국은 자기시대를 해석하는 당대성의 역사철학적 상상력에 구속되어 있는 것 또한 주지의 사실일 것이다. 결국 이 고대의 시간을 택해 작가가 말하고자 하는 것은 역사적 사실이나 역사적 필연이 아닌, 작가적 진실, 결국 현재를 해석하는 작가의 태도와 입장일 것이다.

따라서 『왕자 호동』은 고구려 시대라는 과거의 사실에 대한 해석을 통한, 당대 1942년, 43년 무렵의 역사적 의미에 대한 작가 이태준의 해석과 비전을 보여주는 것이라 할 수 있다. 본고는 이 작품에 대한 자세히 읽기를 통해, 새로이 등장한 이태준의 당대 세계해석 방식과 그것에 대한 작가의 은밀한 태도표명 여부를 살펴보고, 이를 통해 1942~43년 일제말기 시기에 작가 이태준이 자기 시대를 해석하는 역사철학적 구상의 일단을 살펴보고자 한다.

이 작품의 줄거리는 고구려의 왕자 호동이 낙랑왕 최리의 사위가 되고, 호동이 낙랑공주로 하여금 자명고를 찢게 하고, 이를 안 최리가 딸을 죽이고 고구려군의 공격으로 항복한다는 삼국사기의 기록을 근거로 한다. 이런 기본 줄거리에 작가가 덧붙인 첫째왕비와 둘째왕비의 갈등, 낙랑공주와 왕자호동의 사랑, 기록에 등장하지 않는 소읍별이라는 여인의 등장을 통해 서사가 진행된다. 소설은 두 가지 방향으로 진행된다. 하나는 고구려 건국 초기부터 부딪치고 있는 전쟁 수행의 문제이다. 즉 건국 초기부터 북쪽으로는 부여와 한나라, 남쪽으로는 한이 설치한 한 사군 중에 남아 있는 낙랑 등, 이 당시 고구려는 영토확장을 위한 동족간(부여), 이족간(한, 낙랑) 먹고 먹히우는 관계의 와중에서 전쟁을 수행해야하는 절체절명의 시기에 처해 있다. 이 때문에 대무신왕이나 왕자 호동이나 고구려의 모든 것들은 전쟁 수행을 향해 총집중되어 있다.[4] 또

---

4) "고구려는 개국 오십칠년 이래 처음으로 강대한 적국을 토벌하려는 대규모의 군비가 시작되었다, 전국 방방곡곡에서 군량을 모으고, 군사를 모으고, 군마를 거두고, 쇠를 거두고, 성을 고치고, 창검을 벼리고, 화살을 다듬고, 전포를 짓고, 칠년 동안 준비하여 …"

한 가지는 그런 나라의 문제와는 별도로, 궁궐 내부에서 왕비의 사악한 욕망에 관한 문제이다. 둘째 왕비와 그녀의 태생인 호동왕자에게 쏠리는 왕의 사랑을 질투한 첫째 왕비의 사악한 음모로 둘째 왕비는 하인과 바람나 달아났다고 소문이 나고 암살당한다. 그러나 이 두 번째 서사는 복선으로만 깔리고, 최후의 국면에서 갈등의 핵심으로 드러나기 전까지, 소설 대부분은 고구려가 수행하는 전쟁, 특히 남벌을 향한 집요한 준비와 의지, 실행으로 진행된다. 소설은 먼저 부여와의 전쟁으로부터 시작된다. 부여 공격은 "부여와 고구려는 한 족속이매 한나라됨이 마땅할 것이오, 부여의 민중이 원수가 아니라 부여왕 대소가 원수"라는 기치하에 "좌우국상에서 주부 대사에 이르기까지 이마를 조아려 진충보국할 것을 맹서"하는 것으로 시작된다. 반면 한나라로부터는 불시에 공격을 받는데, 이 한나라 침입을 알리기 위해 소읍별이 등장하고, 그녀가 품은 호동에 대한 사랑과 기지와 헌신으로 한나라의 공격을 물리친다. 이후 왕자 호동이 낙랑정벌을 위해 정세를 살피기 위한 '왕자의 남순'이 시작되고, 이 과정에서 낙랑 궁전에 머물며 공주와 사랑을 나누고, 고구려로 귀국, 이후 소읍별을 시켜 공주로 하여금 자명고를 찢게 하고 낙랑 정벌을 감행한다. 이후 아버지 최리에 의해 죽임을 당한 공주의 관을 메고 고구려로 귀국하는 도중에서 옛날 어머니와 달아났다는 강차를 만나 왕비의 음모를 알게된다. 여기서 서사는 결말을 향한 긴장과 갈등이 고조된다. 왕비의 음모를 알게된 호동이, 그토록 사악한 왕비와 그토록 우둔한 왕, 그리고 그들의 자식인 태자에 의해 존립되는 고구려에 반기를 들겠다는 결심과, 이런 결심을 사분(私憤)의 차원으로 돌리고 고구려라는 나라, 대의를 선택하고, 왕비의 음모와 대무신왕의 처벌을 침묵으로 감내하고 자살하는 것으로 끝난다.

---

이태준, 『왕자호동』, 깊은샘, 199년, 24쪽.

## 2. 사적 가족과 공적 국가

『삼국사기』에 기록되어 있는 호동왕자의 설화는 다양한 해석을 통해 제작, 공연되기도 했고, 최인훈에 의해 희곡으로 씌어지기도 했다. 대부분의 아동물이라든가 대중적 공연물에서는 호동왕자와 낙랑공주에 대한 사랑이야기로 해석된다. '사랑'으로 해석될 때 문제의 중심에 서는 인물은 사실은 호동왕자가 아닌, 낙랑공주이다. 사랑 때문에 조국도 부모도 배신한 낙랑공주, 그녀가 자명고를 찢느냐 마느냐라는 절체절명의 운명적 선택에 직면하는 것이고, 거기서 적어도 조국도 부모도 아닌, 순수하게 사랑을 선택한다는 것이 대부분의 공연물의 해석이고, 또 삼국사기 기록의 핵심이다. 물론 이 삼국사기 기록은 낙랑의 입장에 씌어진 것이 아니라 고려의 기원으로 설정된 고구려의 입장에서 씌어진 것이기 때문에 사랑과 나라의 문제적 국면에 봉착한 낙랑공주의 내면이 그려진 것이 아니라, 낙랑의 선택이 고구려라는 나라의 국운에 기여한 사실로 기록되어있을 뿐이다. 대중적 공연물에서 공통되게 여자는 남자를 따르고 남자는 나라를 따르는 삼국사기의 구도가 오랜 시간 지속되어온 것이 사실이다. 반면 최인훈의 희곡은 전쟁을 치르고 개선한 이후, 공주를 죽였다는 죄책감과 계모를 통한 공주에의 환영으로 시달리는 호동왕자의 내면을 정신분석적인 관점에서 접근하고 있다.[5]

이태준은 이 기록상의 사실을 어떻게 해석했을까? 이 소설의 서사는 앞서 살폈듯, 두 방향이다. 고구려가 치르는 전쟁의 시간적 진행이 한 축이고, 왕비의 음모와 그것의 발각 이후의 호동왕자가 처한 갈등이 그것이다. 이태준의 소설 『왕자호동』은 기록에 없는 첫째왕비의 사악한 욕망과 음모를 삽입했고, 소설에서 있을 법한 낙랑공주의 내면의 갈등을 축소시켰다. 그럼으로써 서사의 가장 핵심적인 갈등은 낙랑공주가

---

5) 최인훈, 『둥둥낙랑둥』, 문학과지성사, 1979.

아닌, 왕비의 음모를 알게 된 이후의 호동왕자의 내면에서 일어나는, 친혈육과 나라 사이의 갈등이다. 나라가 치르는 전쟁 준비와 전쟁의 당위성, 전쟁으로 향한 총집중, 그리고 그런 나라와 혈육 간의 선택의 갈등으로 진행되는 것이다.

따라서 이 소설은 '사랑'이 아니라 '나라'가 문제의 중심에 있다. 이것은 이 소설에서 낙랑공주와의 관계설정의 비중에서도 나타난다. 부여를 공격하고 대국 한나라의 침략을 물리치고, 낙랑정벌까지 일관되게 흐르는 고구려 영토확장의 역사, 남벌의 서사는 무리 없이 순조롭게 진행된다. 이 과정에 위에서 언급했듯, 기록상에서 결정적 갈등에 해당될 낙랑공주와 자명고 찢기는 의도적으로 폄하되어 있다. 고구려가 낙랑과의 전쟁에서 이기게 된 것은 공주가 자명고를 찢는다는 결정적 도움에 힘입고 있다는 것이 인과적 서사구성이나 기록상에서나 공통되는 사실이다. 그러나 이태준의 소설에서, 고구려가 전쟁에 이기는 것과 낙랑공주의 자명고 찢기라는 행위 사이의 연관을 애써 폄하하려는 시각이 보인다. 먼저 낙랑왕 최리는 호동왕자를 한눈에 알아보고 그를 사위 삼고 싶은 욕심을 갖는다. 즉 낙랑은 애초에 고구려를 적국으로 생각지 않았고, 따라서 전쟁의 의사가 없었다는 것이다. 둘째, 호동왕자가 낙랑공주에게 자명고를 찢으라는 밀서를 전달하는 대목에 대한 이태준의 해석 역시 이를 뒷받침한다. 밀서를 받고 몇날 며칠을 고민하며 갈등에 휩싸인 공주의 내면과는 별도로, 호동의 측에서 이 밀서의 무게는 '시험삼아'인 것이다.

> "그런데 본국에선 쭉 왕자 호동은 밀사 소읍별이가 낙랑으로부터 돌아오기만 기다리고 있던 것은 아니었다. 이왕이면 군심을 고무시키기 위해 또는 낙랑공주의 사랑을 한번 떠보기 위해 한번 수단을 써 본 데 불과할 뿐 그 자명고와 자명각이 찢어지고 안찢어지는 것으로 낙랑을 칠 것을 좌우하려던 것은 아니었다.[6]

낙랑공주의 자명고 찢기가 갖는 의미를 이토록 폄하하는 것과 반대로 고구려가 이 전쟁에서 승리한다는 사실에 대해서는 '천기와 운명'으로 의미화되어 있다. 공주의 도움 없이도 전쟁에 이길 수밖에 없으리라는 것, 고구려 스스로가 갖는 전쟁에서의 필승의 자신감과 운명과 대세, 하늘의 기운이 돕는다는 이런 관점은, 고구려가 치르는 전쟁의 정당성을 하늘의 기운으로 정당화시켜주기도 한다.

이런 배치를 통해서 이태준의『왕자호동』, 호동왕자의 서사가 만들어낼 수 있는 낙랑과 고구려와의 전쟁, 전쟁중에 피어난 적국의 공주와 왕자간의 사랑, 사랑과 충성간의 운명적 선택, 그에 따른 나라의 승리와 몰락이라는 장대한 비극과 서사시적 드라마는 온데간데 없다. 이런 부재를 대신하고 있는 결정적 갈등, 바로 이것이 이태준이 호동의 서사를 해석하는 지점이고, 바로 그래서 당대—자기시대를 역사적으로 해석하고 정당화하는 지점일 것이다. 그 갈등은 결말 부분에 있다. 그리고 이 결말은 연재의 초반부에 깔아 놓은 복선이 긴 시간 이후에 드러난다는 점에서 처음부터 끝까지 일관하는 의도된 국면이라 할 수 있다. 또한 이 부분은, 삼국사기의 기록에는 등장하지 않은 채, 이태준의 순수한 창작에 의해 덧붙여진 것이라는 점에서 더더욱 이태준의 주관적 전망을 살피 수 있는 것이라 할 수 있다.

전쟁에서 승리한 고구려군과 그 승리에 기여한 낙랑공주의 관을 메고 돌아오는 길목에서 호동은 강차를 만난다. 강차는 질투심에 눈먼 왕비의 명령으로 호동의 친모인 둘째 왕비를 죽이고, 그녀와 달아났다는 소문을 남기고 사라진 인물이다. 강차의 고백으로 호동은 십여 년 동안 묻혀 있던 진실을 알게 되고 갈등에 휩싸인다.

'왕비께서……? 국모님께서……? 고구려의 국모께서……? 고구려 태자의

---

6) 이태준,『왕자호동』, 깊은샘, 252쪽.

어머님께서?'

　호동의 심경에 급격한 전환이 일어나고야말았다.

　'원수다! 고구려가⋯⋯.내 원수로구나! 나는 나이 어려, 달아났던 왕비의 말만 곧이듣고 내 어머님을 도리어 원망했지만 아버님께서야 그럴 수가 있단 말인가?

　왕비 말에 넘어가도록 그다지도 아버님께선 내 어머님을 못믿으셨던가. 그다지도 내 어머님께 무심하셨던가, 이 호동을 보기로니 오 야속해라. 아버님까지도 야속해라'[7]

이런 야속함은 자신이 충성을 바쳐왔던 조국 고구려에 대한 의심으로 치닫는다.

　'고구려! 고구려가 이렇고도 조국인가?'

　호동은 그런 악한 계집이 국모 지위에 앉아있는 고구려가 딱하게 생각되었다. 그런 악독한 계집이 임금을 받들고, 태자 해우를 낳고, 기르고 하는, 고구려가 딱하게뿐 아니라 정이 떨어지고 말았다.[8]

이런 의심과 부정은 자기가 그 나라에 바친 충성, 그 나라의 국민됨에 대한 의심과 부정에 이른다.

　'고구려, 나는 고구려에 충성해 왔다. 고구려를 위해선 목숨을 돌본 적이 없다. 고구려를 위해선 사랑도 초개같이 여겨왔다. 낙랑공주를 죽인 것도 고구려 때문이 아니었느냐? 그런데 고구려는 나에게 어찌하는가? 왕비는 내 어머님을 죽이고⋯임금께서 냉정하셨고⋯ 해우는 나보다 나중 나서도 태자 노릇이고, 장차 임금이 되어선 나를 살려두지 않을 것이고⋯그렇다. 고구려는 내가 받들 나라는 아니었다.'[9]

---

7) 같은 책, 269쪽.
8) 같은 책, 270쪽.
9) 같은 책, 270쪽.

이런 의심과 부정 끝에 마침내 호동은 반역을 결심하고 부하들을 모아 고구려의 기치(旗幟)를 불태우려 한다. 그러나 자신의 반역의 결심이 사적인 원한의 차원일지 모른다는 반성과 엎치락뒤치락하는 갈등으로 이어진다. 호동이 이런 고민에 휩싸인 것은 어머니의 억울함 죽음을 알았기 때문이다. 따라서 억울한 죽음과 그것에 대한 '앎'이라는 사실을 어떻게 해석하고 어떻게 설정하는가에 따라 그의 결심은 천지차이를 오간다. 충성을 바쳐온 나라를 반역할 것인가 말 것인가를 고민하는 왕자의 내면, 이 고민은 결국 '나라의 정당성'을 묻는 것이다. 나아가 개인이 나라의 '국민됨'의 논리를 스스로 정당화할 근거를 고민하는 것이기도 하다. 또한 이것은 진실에 대한 앎에 어떻게 대응할 것인가라는 근대주체의 근원적 물음과 선택의 문제이기도 하다. 때문에 서사의 결말이 무엇인가, 그것을 어떻게 평가할 것인가를 보기보다는, 이 선택의 국면에 가로놓인 몇 가지 문제틀을 살펴보는 것이, 이태준이 당시에 놓여 있는 문제틀을 살피는 데 유용할 것이라고 보인다.

그가 고구려라는 나라의 정당성을 부정하고 반역을 결심했을 때는, "'대무신왕은 누구냐. 내 어머니에게만 무심한 사나이였다! 태자 해우는 … 내 어머니를 죽인 마녀의 자식이다. 내가 그에게 충성해야 될 이유가 어데 있느냐'"라는 독백처럼 어머니의 억울함에 무게가 가 있었다. 여기서 아버지 대무신왕은 '어머니에게 무심했던 사나이'일 뿐이다. 그러나 고구려의 깃발을 끌러 불태우려는 순간 '어머님 다음으로 사랑하시는 분이 그분이시다! 아니 어머님보다도 나를 이만치 길러내신 것이 그 어른 아니신가? … 어머님만 어버이신가? 아버님도 어버이시다'라고 하듯 아버지 쪽에 무게가 두어져 있다. 이와 같이 어머니의 억울함과 아버지의 무심함에 대한 분노로부터 출발한 어머니와 아버지 사이의 갈등은 사실은 가족적 모델 내부에서의 고민이라고 할 수 있다. 이 고민은 양쪽이 팽팽한 대립자이기에 해결이 보이지 않는다. 결말로의 진행과정에서 이 고민을 해결하는 것은 아버지를 가족 모델에서 떼어내 국가로 전이

시킴으로써 가능하게 된다.

> '… 사분(私憤) 때문에 어찌 대의를 흐리리오! 내 속 한번 시원하자고 어
> 찌 위로 역대성조의 천업을 훼상하며 아래로 몇 천만 백성의 신념을 유린
> 하랴!'
> 호동은 칼자루를 쓰다듬으며 잘못 먹었던 마음을 스스로 달래었다.10)

어머니와 아버지라는 가족 내에서의 대립에서 가족과 국가라는 대
립으로 전이됨으로써 둘은 가치의 경쟁이 가능하게 되고, 따라서 선택
도 가능하게 되는 것이다. 즉 가족이라는 사적인 가치와 국가라는 공적
인 가치 사이의 대립으로 변화됨으로써, 더 우월한 가치인 국가를 선택
하게 되는 것이다. 이처럼 사적 가족과 공적 국가로 대립 틀을 설정하고
스스로가 국가를 선택했을 때 호동은 스스로를 가족의 아들이 아닌 국
가의 국민이기를 선택하는 것이다. 이런 구도는 소설 초반부터 면밀하
게 계획된 것으로 보인다.

> '아모리 지엄지밀한 사이라도 침전에 있어선 한짝 부부일 수 있다! 더욱
> 다른 후궁들이 따르지 않는 데서면 알뜰한 가정일 수도 있다! 나는 가정이
> 그리운 거다. 강 건너 산기슭에서 곰기름 등잔 밑에서나마 아늑하고 오붓
> 한 가정을 이루고 사는 그 단 두내외야말로 인간에 참된 복락을 누리는 자
> 가 아닐까?'11)

이처럼 첫째 왕비의 악행의 근원에 사적인 가족에 대한 그리움을 설
정하고 있는 것이다. 이처럼 가족과 국가, 사적 영역과 공적 영역의 대
립을 설정하고 후자 공적영역을 택하는 것은 이태준 기존 장편에서도
상당히 익숙한 구도이다. 『불멸의 함성』, 『제2의 운명』 등에서 순결한

---

10) 같은 책, 276쪽.
11) 같은 책, 37쪽.

청년 주인공이 가지는 계몽의 의지가 지향하는 공적 가치와 사랑과 결혼 및 이와 연루된 돈과 욕망 등 사적가치가 대립되는 설정은 상당히 익숙한 편이다. 이런 설정은 주로 남녀간의 삼각관계가 돈과 사랑, 개인적 욕망과 민족계몽이라는 가치간의 대립을 대신하고, 사랑의 좌절과 실패를 통해 현실의 악마성을 드러내고, 인물이 지향하는 계몽의지를 비극적으로 강조하는 구도를 보인다. 이런 구도는 이태준뿐만 아니라 이광수의 『무정』을 비롯해 우리 근대 장편이 갖는 공통된 구조이기도 하다. 이점에서 『왕자호동』이라는 식민지 시대 이태준의 마지막 장편 소설은 그 이전까지 존재했던 이태준 자신의 소설뿐 아니라, 한국근대 소설의 공통의 사회적 심정적 구조의 장 내에 있는 것이라고 할 수 있다.

## 3. 복화술로서의 역사철학

『왕자호동』에서 어머니의 죽음을 가족 모델 내부의 양 가치간의 대립으로부터 가족과 국가의 가치의 경쟁으로 해석함으로써 자기 행동을 선택하고도 남는 문제가 있다. 그것은 '앎'이라는 문제이다. 그가 반역을 결심했을 때, 즉 고구려라는 나라의 정당성을 부정했을 때는, 진실에 맹목이었던 왕과, 정당치 못한 국모와 그의 혈육으로 전승될 후손에 의해 성립될 국가에 대한 부정을 수반하는 것이었다고 할 수 있다.

> '나는 나이 어려, 달아났던 왕비의 말만 곧이 듣고 내 어머님을 도리어 원망했지만 아버님께서야 그럴 수가 있었던 말인가? 왕비 말에 넘어가도록 그다지도 아버님께선 내 어머님을 못믿으셨던가'

이는 "왕=국가=아버지"의 무지와 오판에 대한 비판, 즉 이성의 부재에 대한 비판이라고 할 수 있다. 또한 이는 "그런 계집에게서 난 해우”에게 충성한다는 것의 무의미함, 즉 정의롭지 못한 권력에 대한 충성이 무의미하다는 것을 자각하는 것이면서, “악한 자를 버리고 원통한 자의 편이 되지 않는 건 마음 있는 생물로는 무엇보다 추악한 행동임엔 틀림없을 것이다”(274)라는 독백처럼 스스로를 정의롭지 못한 권력의 응징자로 설정하는 것이었다고 할 수 있다.

따라서 고구려에 대한 반역은, 한편으로는 가족이라는 사적 영역 내에서 어머니와 아버지간의 양자택일이라는 문제틀과, 정의롭지 못한 권력의 몰이성에 대한 태도 설정이라는 문제틀이 동시에 연루된 것이라 할 수 있다. 소설의 진행과정에서 고구려에 대한 반역을 사분의 차원 즉, 어머니의 억울함 해원과 이에 대한 사적인 복수로 가치절하 하고, 국가라는 공적 가치를 선택하는 것으로 진행되는 것은 주지의 사실이다. 그러므로 이 선택행위는, 국가권력의 이성의 부재와 정의의 부재를 어떻게 보는가, 국가에게 이성을 요구할 수 있는가? 정의롭지 못한 국가도 국가인가라는 절대절명의 물음이 동시에 수반되는 선택이라고 할 수 있다.

소설에서 고구려에의 반역의 결심을 스스로 꺽고, 사분을 누르고 국가를 선택하는 행위는 소설의 시작 이전부터 예고된 것이었다.[12] 이것이 당시 대동아 전쟁이라는 상황 속에서 대중들에게 ‘멸사봉공’과 ‘황국신민’화로 선전되었다고 추정할 수 있는 것도 사실이다.[13] 그러나 텍스트를 대중에게 홍보하는 매일신보라는 매체의 관점과, 텍스트의 행간을 흐르는 문제의식을 읽는 일이 동일할 수는 없을 것이다. 대중적 수용 방향과 작가가 당대를 해석하는 문제의식의 지층들은 몇 가지의 복화술

---

12) “충효와 도의정신은 전시하의 우리들을 감격시킬 뿐 아니라 본받고도 남을 만한 것이 잇슬 것…. 출전의 忠과 孝가 잇고 애절한 사랑이 잇고 나중에는 대의(大義)를 위해 사분(私憤)을 참기를 복검(伏劍)으로 침묵하는 호동에게 감격…”, ‘『왕자호동』 예고’ <매일신보> 1942. 12. 19.

13) 정종현, 「제국/민족담론의 경계와 식민지적 주체」, 상허학회, 『상허학보』 13집, 2004. 8. 31.

(複話術)로 읽어야할 것이다.

줄거리상 행동선택의 차원에서 호동이 사분을 지우고 아버지의 사랑과 고구려에의 충성을 선택하고 이를 위해 강차를 남몰래 죽이고 왕비의 허물을 과거로 돌려 덮어두려는 결심을 한다. 그러나 사랑하는 낙랑공주를 잃고, 어머니에의 복수심을 꺽고 귀국한 고구려에서, 호동은 왕비를 겁간하려했다는 음모와 귀로에서 반역을 결심했었다는 밀고로 인해 투옥된다. 자신이 살기 위해서는 사실을 밝혀야하지만, 그 사실을 밝히지 않은 채 침묵을 선택한다.

> '이것은 나랏일이기보다 집안일이다. 왕비의 가정적 죄행을 나라 조정에서 폭로시켜 옳을 것인가? 아들이 옳든, 어미가 옳든, 얼마나 남부끄러운 일인가. 내 아버님은 어디까지 임금으로서 존엄을 지니셔야 할 이 자리다. 나만 어서 누명을 벗으려 그 어른의 가정적 추문을 여기서 기탄없이 폭로시킨다면, 그 어른의 위신이 어찌될 것인가? 비록 한때나마 내 아버님, 내 임금께서 신하들에게 얼굴을 붉히시게 해드린다면, 그게 그 어른의 자식되어서, 그게 그 어른의 신하되어서 옳은 도리일까?'14)

이처럼 침묵을 선택하고 누명을 쓰는 것도 나랏일과 집안일을 구분하는 논리에 의한 것이다. 그런데 이처럼 호동이 나랏일을 선택해가면 갈수록, 그 나라의 화신인 대무신왕은 이성으로부터 멀어지는 모습을 보인다. 집안일이기에 신하를 물리고 독대를 청하는 호동에게 "자리를 달리? 이 자리처럼 공명정대한 자리가 어데 있단 말이냐. 내가 네 꾀에 넘을 줄 아느냐? 너 따위 눈이 흐린 놈과 단들이 만나, 무슨 봉변을 당차고?"라며 진실에 더더욱 맹목으로 나타난다. 감옥에 갇힌 호동에게 감춰진 진실이 있으리라는 것을 모든 신하들은 능히 알고 있지만, 유일하게 대무신왕만이 그 진실과 예지에 대해 맹목이고 둔감하다. 스토리의 진

---

14) 이태준,『왕자호동』, 깊은샘, 287쪽.

행을 통해 호동이 국가를 선택하고 사랑을, 복수심을, 심지어 자기 목숨을 포기해가는 동안, 국가는 점점 그 이성부재의 모습과 정의롭지 못한 모습을 고조시켜가는 것이다. 따라서 이런 호동의 행동서사의 진행은 한편으로는 매일신보의 광고문안대로 "멸사봉공하는 신민의 영웅적인 모습"으로 보이지만, 이와 함께 봉공하는 그 '공', 즉 국가 권력의 몰이성과 부당성을 점증적으로 폭로해 가는 과정이기도 하다.

실제 대중적 독법에서도 호동의 죽음은, 한편으로는 '영광스러운 죽음'―"공주여…. 하늘은 이 호동에게도 영광스러운 죽음을 주시는 것이오! 그대는 사랑을 위해 죽었고 이 호동은 나라를 위해 죽는 것이오"―으로 표현되듯, 공적 가치에 헌신하는 영웅적인 행위로 비춰질 수도 있고, 한편으로는 '억울한 죽음'으로 대변되듯 봉공하는 '공', 즉 국가라는 공적 가치가 대체 가치로운 것인가, 정의로운 것인가 하는 국가권력의 정당성에 대한 부정으로 비춰질 수도 있다.

이런 두 가지 이중적 복화술은 결말의 죽음에서 더욱 증폭된다. 소설의 마지막 장의 제목은 '침묵의 승리자'이다. "호동의 입으로부터 어서 어떤 변명이 나오기를 기다리는" 신하들의 기대와, 왕비의 음모와 호동의 친모의 죽음이라는 과거(역사적) 진실이 밝혀지기를 바라는 독자의 기대심리와 가치지평을 저버린 채 호동은 침묵을 택한다. 이 침묵의 선택은 사뭇 비장하다.

> '공주여 변명하지 않는 내 속을 공주는 알아주리라! 고구려를 위해 고구려 왕실을 위해 대무신왕을 위해 내 아버지를 위해 이처럼 값있게 죽을 기회를 어찌 다시 뒷날에 바라리까, 공주여 기뻐해 주시오. 하늘은 이 호동에게도 영광스러운 죽음을 주시는 것이오! 그대는 사랑을 위해 죽었고 이 호동은 나라를 위해 죽는 것이오.'[15]

---

15) 같은 책, 289쪽.

이는 여자는 남자를 따르고 남자는 나라를 따르는 호동왕자 설화의 일반적 해석을 보여주는 것이면서, 호동의 충성이 죽음으로 귀결되는 비극적 해석이 이태준만이 갖는 특수성이라 할 수 있다. 그런데 이처럼 비장한 죽음, 나라를 위한 멸사봉공의 죽음은 그러나 사실은 '집안 일', '가정적 추문'을 덮어두기 위한 죽음일 뿐이다. 작게는 소읍별의 말대로 —"지금 우리 고구려처럼 앞으로 일이 많은 나라가 어데 있습니까? 왕자님 같은 어른이 한 분 더 계셔도 좋을 형편에 왕자님을 잃는 것이 어째 나라에 이익이 되오리까?"— 호동과 같은 장수가 살아있는 것이 고려에 이익일 것이고, 크게는 정당한 국가 권력이 부정한 왕비를 처벌함으로써 진실을 구하고 정의를 실현하는 것이 고구려라는 국가의 정당성에는 유효한 것일 것이다. 이를 통해서만 독자들의 윤리적 가치지평과, 도덕성과 이성을 구현하는 보편으로서의 국가권력의 정당성이 만날 수 있을 것이고, 이러한 '멸사봉공'만이 의미 있는 '영웅적' 행위일 것이다.

그러나 이 소설에서 호동의 침묵은 어리석은 아버지에의 복종이자 몰이성하고 부당한 국가에의 '멸사봉공'인 것이다. 이 소설은 서구의 고전비극에서처럼 왕자의 죽음 이후에 왕이 진실을 깨닫는 장치조차 없는 상태이기 때문에 국가의 몰이성은 진리에 의해 교정되는 계기를 갖지 못한다. 따라서 호동의 영원한 침묵을 통해 지켜지는 국가란 추문을 은폐하고 진실은 영원히 어둠 속에 묻힌 채 존립되는 국가이며, '억울하게 죽어간 정의로운 사람들의 침묵'으로 지속되는 나라인 것이다. 따라서 이 비장한 죽음은 한편으로는 국가를 위한 영웅적 헌신이지만, 다른 한편으로는 정의롭지도 보편적이지도 못한 국가를 위한 그 헌신은 의미 없고, 부당한 것이라는 말을 하고 있는 것이다.

이런 이중적 해석 중에서 이태준이 무엇을 의도했는가를 하나로 선택할 수는 없을 것이다. 이 소설의 특징은, 오히려 하나의 행위가 상반되게 읽혀지는 구조, 하나를 말하면서 사실은 겹으로 말하는 복화술의 방식이라고 할 수 있다. 그리고 이는 이태준이 당대, 즉 대동아 전쟁을 기점으로 전쟁을 향해 총동원되어 가는 시대를 바라보는 역사철학적 관점상의 복화술이기도 하다.

이 소설의 결말에서 이태준이 '허무와 분별'을 강조하는 것도 이런 맥락에서 해석할 수 있다. 영웅적인 죽음을 결단하는 호동은 "인생은 허무하다. 그러나 분별 있이 살고, 분별 있이 죽어야한다."라고 말한다. 이것은 죽는 것을 억울하게 생각할 것이 아니라 인생 자체가 허무한 것이라는 체념을 스스로에게 각인시키는 대목이다. 따라서 이는 나라를 위해서 죽기 때문에 한없이 기쁘다는 언술과 모든 것이 허무하다는 언술이 동시에 발화되는 대목이다. 개인적 죽음의 억울함을 인생이 어차피 허무한 것이라는 체념으로 돌리고 순응하는 것이다. 이는 결국 개인적 죽음을 낳은 근본원인, 즉 국가의 비이성, 보편적 진리의 부재에 대한 판단, 즉 세계에 대한 인식론적 좌절과 포기가 허무주의를 낳은 것이다. 그렇기에 '국가를 위한 영광스러운 죽음의 기쁨'이라는 언술은 실상은, 그것이 무가치하고 허무한 것이라는 판단을 내리고 있는 것이다.

분별의 논리 또한 이에 해당된다고 볼 수 있다. 이 분별은, 사적 가족의 원한과 공적 국가의 이익을 '분별'해야 한다는 표면적 주제를 표현하고 있는 것이지만, 그 이면에서는 행동의 선택과 가치의 선택이 별개라는 분별의 논리로 읽을 수 있는 것이다. 그 행동은 '국가를 위한 멸사봉공의 죽음'을 사뭇 기쁘게 선택하지만, 그것이 결코, 이성에 의한 가치판단은 아니라는 것이다. 충성의 행위를 선택하는 것이 충성하는 국가에 대한 가치를 승인하는 것은 아니라는 것, 국가에 복종은 하지만, 그 국가를 인정하는 것은 아니라는 것, 이런 '분별', 말하자면 가치와 행동의 '분열'이 허무주의의 근원을 이루는 것이라 할 수 있다. 그리고 이는 작중인물 호동왕자의 것이지만, 실은 멸사봉공의 죽음으로 내몰리는 1942~43년 무렵의 식민지 지식인 이태준의 것이라고 할 수 있다. 하나를 말하면서 두 가지 말을 하고, 하나의 행동을 선택하면서 그 행동의 가치를 강하게 부정하는 이런 복화술적 어법이 이태준과 호동에게서 동시에 발화되고 있는 것이다.


## 4. 이등국민의 자리


그렇다면 호동과 이태준이 이런 복화술적 어법을 말할 수 있는 공통점은 어디에 있을까? 복화술적 어법을 통한 행동에의 당위성과 가치의 거부라는 분별과 분열, 이것을 추동하는 허무주의적 세계관을 낳은 근본원인을 이태준과 호동의 존재론적 조건에서 살펴볼 필요가 있다. 이 점에서 이 소설의 제목은 흥미롭다. 제목은 '왕자호동'이다. '호동왕자와 낙랑공주'도 아니고, '호동왕자'도 아닌 '왕자호동'인 것이다. 따라서 이 소설의 관심은 처음부터 사랑도, 호동이라는 문제적 인간도 아닌, 한 나라의 '왕자됨'의 의미가 전면화되어 있음을 언표하고 있는 것이다. 한 나라의 왕자됨의 의미, 그것은 곧 한 나라의 '국민됨'의 의미를 묻는 것이다. 그런데 위에서 본 것처럼 그 물음에 대한 대답이라 할 수 있는, 멸사봉공을 통한 국가에의 헌신이라는 행동서사와 그 행동에 대한 전면적인 가치의 부정이라는 이중적 주제를 낳을 수 있었던 것은 호동의 독특한 존재조건에서 기인하는 것이다.

호동은 왕자, 즉 왕의 아들이지만, 둘째 왕비의 몸에서 난 서자이다. 따라서 국가의 적통은 적자인 동생 태자 해우에게 이어질 것이 자명하다. 사실상, 소설의 서사를 추동하는 근본 원인인 둘째 왕비 살해 역시, 서자인 호동에 대한 경계심에서 비롯되었다는 점, 더구나 이런 호동의 서자의 설정이 이태준에게서 유일하게 보이는 특징이라는 점에서 이 '서자―이등국민'이라는 존재조건에 대한 이태준의 의식은 분명했다고 할 수 있다.

서자 즉 이등국민이란 충성해야 할 국가와 자기와의 분열적 관계를 원천적인 태생의 조건으로 갖고 있는 사람이다. 살아남기 위해서는 아

버지(나라)에 효(충)을 선택해야하지만, 그 아버지(나라)로부터는 항상 이
등으로 밀려날 수밖에 없는 존재, 그렇다고 그 아버지(나라)를 부정한다
면 자신의 존재 자체가 설자리가 없는 존재인 것이다. 더구나 호동이 서
있는 절체절명의 위기는, 살아남기 위해서는 나라를 선택해야 하는데,
그 나라를 선택해 사는 길이 곧 죽는 길로 주어져 있는 것, 태자가 아닌
왕자인 호동과 식민지의 지식인인 이등국민에게 주어진 길이다. 그러나
다른 선택의 길, 나라 자체를 부정하는 길, 자기존재를 '비국민'으로 설
정하는 길을 알지 못했다. 전쟁이 천기와 운명으로 승리가 필연적이라
는 설정에서 드러나듯, 그 나라가 영원히 지속되리라는 생각이 지배적
이다. 나라의 정당성을 따지는 이성은 있지만, 나라의 존재자체를 부정
할 수 있는 실천적, 현실적 비젼은 없는 상태인 것이다. 이 상태에서 이
들의 복화술과, 비극적인 허무주의 인식이 유래한다. 역으로 이런 비극
적 조건이기에 나라가 가진 부당한 권력, 몰이성을 비판할 수 있는 입각
점이 되고 있는 것 또한 사실이다.[16]

그런데 이 소설에서, 이들 이등국민은 호동에게만 국한되지는 않는
다. 소설의 서사를 이끌어가는 주요 동력 중 하나는 전쟁을 수행하고 있
는 나라 자체라고 할 수 있다. 이 동력에 의해 낙랑공주와 호동왕자의
사랑이 부차화되고, 낙랑과 소읍별의 활약이 빛을 발하는 것이다. 그리
고 호동은 이런 나라를 위해 사분을 누르는 대의를 선택하는 것이다. 이
런 나라가 수행하는 전쟁과 그 전쟁에서 승리하여 장구한 역사를 이어
가리라는 전제―'천기와 운명'―가 소설의 주요 인물과 가치, 그리고 인
물들의 행동선택을 집중시키는 중심점이라고 할 수 있다.

그런데 이런 구도 속에서 고구려가 전쟁에서 이기게 되는 과정을 자

---

16) 그가 보유한 '이성', 국가의 정당성에 대한 비판과, 국가 자체를 선택해야 하는 판단,
그리고 선택할 국가는 어떤 국가여야 하는가에 대한 이성은 해방공간에서 구체적으로
제기되는 문제이다. 나라 선택을 둘러싼 두 차례의 소련기행과 기행문, 그리고 해방기
정치적 선택과 창작상의 변화를 이점에서 연속적으로 살펴볼 수 있을 것이다.

세히 볼 필요가 있다. 한나라와의 전쟁에서는 지방 태수의 딸 소읍별의 용기와 기지로 적을 속인 것이 결정적인 승리의 원인이었고, 그토록 꿈꿔온 남벌, 즉 낙랑정벌도 사실은 낙랑공주의 자기조국에 대한 '배신'에 힘입은 바 큰 것이 사실이다. 이들이 전쟁에 기여하는 양상은 어쩌면 당시 태평양전쟁 동원 담론에서 '총후부인'을 강조하는 맥락과 일맥상통하는 것이 사실이다. 이들이야말로 전쟁을 수행하는 나라의 역사를 빛낸 일등공신들인 것이다.

그러나 그런 충신이자 영웅들은 실상은, 여자이기에 승진조차 허락되지 않는 지방 태수의 딸이자 적국의 여자일 뿐이다. 실제 이들은 전쟁을 승리로 이끈 영웅임에도 그에 걸맞는 대접이 주어지지는 않는다. 낙랑공주는 죽음으로서, 왕자의 부인의 예로 모셔져 장례가 치러지고, 소읍별은 "…여자의 몸이라 벼슬 대신 그의 집 문부(文部)를 백성으로는 가장 높은 계급이어서 왕실과 통혼할 수 있는 절로부(絶奴部)로 올려주었다." 즉 전쟁의 공은 집안과 아버지에게 돌려지고, 당자인 소읍별은 왕족과 혼인이 가능한 등급, 즉 누군가의 부인이 될 수 있는 자격으로 승급되는 것이다. 여자가 이루어낸 전쟁에의 공은, 죽어서도 가족의 일원이 됨으로써만 빛이 나는 것이고, 가족이 될 가능성으로 올려주는 것이 최고의 보상인 것이다. 이런 해석은 남자를 공적 영역에, 여자를 사적 영역에 한정해두면서 남자는 나라를 따르고 여자는 남자를 따르는 일반적 해석과 동궤에 놓인 것이다.

그러나 이처럼 목숨을 바쳐 충성한 이들이 여자라는 원천적인 태생의 조건에 의해 대가 없이 희생된다는 점에서 이들 소읍별과 낙랑공주, 즉 고구려의 총후부인들은 또 하나의 이등국민들이다. 전쟁에 내몰리고, 자발적으로 충성하지만, 그들 자신의 태생적 존재조건에 의해 언제나 이등의 자리로 밀려나는 사람들이라는 점에서 그러하다. 고구려의 전쟁은 이들 이등국민의 희생 위에서 승리하는 것이다. 그렇다면 이들의 존재, 이들의 죽음은 어쩌면, 이들의 희생을 통해 승리한 전쟁, 승리한 고구려가 정당한 것인가를 묻는 것일 수도 있을 것이다. 표면에서는 천기와 운명을 말하고, 사랑조차 폄하하면서 나라와 대의를 강조하지만, 이면에서는 이들 미미한 존재들, 즉 총후부인과 서자로 이루어진 이등국민의 죽음을 담보로 승리한 전쟁, 더구나 그러고도 이들 이등국민을 저버리는 나라가 과연 정당한가를 묻는 것이다.[17]

이런 물음을 드러내지는 않지만 이들의 죽음의 방식이 이를 말해준다고 할 수 있다. 결말에서 호동이 죽음을 선택하고 스스로 죽음을 달게 받기로 결심하는 장면에서, 호동은 왕이 내리는 처벌을 거부하고 스스로 감옥을 뛰쳐나가 낙랑공주의 무덤에 가 자살을 선택한다. 그리고 쓸쓸하게 잊혀진 이들의 무덤을 소읍별이 기억하는 것이다. 이 마지막 장에 이태준은 '침묵의 승리자'라는 제목을 달아 놓았다. 역시 복화술의 어법대로 본다면, 한편으로는 정의로운 사람들을 억울한 죽음으로 몰고 가는 침묵의 역사, 그 부당하지만 거대한 역사의 힘이 승리자라는 허무주의적이고도 비관적인 인식이 놓여있는 것이다. 그러나 다른 한편으로는 어쩌면 역사에서 침묵당한 사람들이 승리할 날이 와야 한다는, 부정태의 현존을 통한 미래에 대한 당위적 비전으로 읽을 수도 있다.

사실상, 무덤이란 죽음, 곧 부재이지만, '여기에 죽은 사람이 있다'는 것을 지시하는 일종의 지시물이기도 하다는 점에서 현존이기도 하다. 이 정의로운 사람들이 억울하게 죽어간 무덤, 이등국민들이 희생된 이 무덤은, 그 무덤의 존재로 인해 이들의 죽음의 부당성을 미래에 지시하는 발화행위인 것이다. 국가권력에의 비관과, 그 힘에의 비판을 동시에 행하는 복화술은, 여기서는 현재의 복종과 미래에의 희망을 동시에 말하는 것이다.

이런 의미에서 이 소설의 '침묵'의 의미는 이 소설 이후에 행해진 이

---

17) 최인훈의 『둥둥낙랑둥』은 낙랑과의 전쟁에서 승리하고 귀국한 이후, 죄책감에 시달리는 호동의 내면에서 이런 승리의 정당성을 묻고 있다.

태준 자신의 글쓰기에 있어서의 '침묵'과 함께 볼 수 있는 것이기도 하다. 이 작품을 끝으로, 수필 등의 잡문을 제외하고는 별다른 작품 활동을 하지 않고, 이를 몇몇 회고적 지면을 통해서 '절필' '침묵'으로 명명한 바 있다. 국가권력에의 비관과, 그 힘에의 비판을 동시에 행하는 복화술은, 여기서는 현재의 복종과 미래에의 희망을 동시에 말하는 이등국민의 분열된 복화술이 침묵을 선택한 것이라고 볼 수 있을 것이다.

# 이태준 극작술 연구

박 노 현*

## 1. 이태준 희곡의 자리 : 큰 소설가, 작은 극작가

이태준은 소설가이다. 그가 소설가로서 1930년대 한국문학사에서 대단히 중요한 자리를 차지하고 있다는 사실은 새삼스럽게 동의를 구할 필요가 없어 보인다. 그는 이미 동시대에 "비경향문학이 낳은 가장 큰 작가"[1]라는 평가를 받은 바 있으며, 후대에는 "1930년대 우리 소설계를 대표하는 작가"[2]로 고평받았을 뿐 아니라, 그의 문학세계가 남긴 족적은 개인적 탁월함을 넘어 그의 "작가적 여정이 한국 근대소설사의 특성과 면밀히 결부"[3]되어 있다고 여겨질 정도로 선명한 것이기 때문이다. 이러한 그의 무게감은 그와 그의 창작물이 월북작가라는 이유로 문학사에서 삭제되었다가 해금된 지 대략 10여 년 사이에 무려 300편이 넘는 관련 논저가 쏟아져 나왔다는 계량적 수치로도 가늠할 수 있다.[4]

---

* 동국대 한국문화연구단 연구원.
1) 임화,「本格小說論」,『文學의 論理』, 학예사, 1940, 370쪽.
2) 장영우,『이태준 소설 연구』, 태학사, 1996, 3쪽.
3) 박헌호,『이태준과 한국 근대소설의 성격』, 소명출판, 1999, 12쪽.
4) 1999년 12월을 기준으로 300여 편의 관련 논저 가운데 박사학위논문은 12편, 석사학위
   논문은 65편에 달한다. 이에 대한 구체적인 목록은 다음을 참조할 것.

문제는 1930년대 소설의 지형도를 그렸을 때 대단히 높은, 혹은 대단히 넓은 위치를 차지하고 있는 소설가 이태준이 한편으론 그의 이력에 극작가나 수필가라는 호칭이 첨가되어도 좋을 만큼 다양한 문학적 편력을 남겼다는 점이다. 이 글에서 다룰 대상인 희곡에 국한시켜 보면, 그는 두 편의 창작희곡과 한 편의 번역 희곡을 발표했다. 하지만 그에 대한 연구 논저 목록에서도 확인되는 것처럼 그의 문학세계에 대한 연구의 대부분은 소설에 치우쳐 할애되어 왔다. 그의 희곡에 관한 연구는 희곡사에서 간헐적으로 소개된 경우를 제외한다면, 단 두 편의 논문[5]이 전부일 뿐이다.

이태준 희곡에 대한 최초의 논문이라고 할 수 있는 이명희의 글은 「이태준 희곡 연구」라는 제목으로 발표되기는 하였지만 엄밀히 말하자면 이태준의 희곡을 텍스트로 삼고 있을 뿐 희곡이라는 장르적 특성을 그다지 고려하고 있지 않다. "그[이태준—인용자]의 희곡이 소설가나 군소작가들의 희곡 평가에서 그 위치를 인정받는 것이 필자의 바람이며 동시에 이 논문의 목적"[6]이라고 밝힌 이 글은 애초부터 이태준의 '희곡'—이라는 장르적 특성—을 염두에 두었다기보다는 그의 '창작물'에 대한 폭넓은 관심 가운데 하나로서 출발한 것으로 보인다.

이태준은 세 개의 희곡 작품을 통하여 자신의 인생을 돌아보고, 식민지 시대의 민족의 궁핍상을 폭로함과 동시에 그 원인을 일제의 불합리한 정책에 두고 있다. 또한 그는 부모에 대한 효도를 민족적 자존 지키기와 연계시킴으로써 민족의식을 드러내고 있다. '30년대 희곡은 작가들이 실제적 생존 문제, 다시 말하면 빈궁의 문제에 관심을 기울였고 무명유명 군소작가들이

---

상허학회, 「부록: 이태준 관련 논저 목록」, 『근대문학과 이태준』(상허학보 제1집), 깊은샘, 1999, 345-359쪽.

5) 이명희, 「이태준 희곡 연구」, 『국어국문학』 제112집, 국어국문학회, 1994. 12.
　이종대, 「이태준 희곡 연구」, 『근대문학과 이태준』(상허학보 제1집), 깊은샘, 1999.

6) 이명희, 위의 글, 316쪽.

유명 작가 못지 않게 그 시대를 더욱 진술하게 작품을 형상화했기 때문에, 이태준의 희곡은 바로 이런 선상에서 그의 희곡 작품의 의미가 설정될 수밖에 없다. 결국 이태준은 '30년대 작가로서 희곡 작품에서도 그 당시 우리 민족의 가장 큰 과제였던 빈궁과 민족의 문제를 작품화했기 때문에, '30년대 희곡사상 군소작가로서의 임무를 충실히 행한 작가였음을 우리는 시인해야 할 것이다.[7]

이태준 희곡의 의미 찾기 과정에서 도출된 이러한 결론에서 가장 문제가 되는 것은 그의 희곡이 '빈궁과 민족의 문제'를 다루었다는 평가에 이르기까지의 분석이 희곡과는 전혀 무관한 방식으로 이루어졌다는 것이다. 앞에서도 이미 지적했듯이 이 글은 희곡을 대상으로 하고 있음에도 희곡에 대한 밀도 있는 분석은 거의 시도하지 않은 채, 이태준의 전기적 사실과 1930년대의 역사적 정황을 중심으로 하여 그의 희곡을 읽는 하나의 방편을 제시하고 있을 뿐이다. 그렇기 때문에 이 글에서는 이태준의 희곡이 '희곡'으로서 지니는 공과(功過)를 찾아내기가 힘들다. 따라서 이 논문은 이태준의 희곡에 처음으로 주목했다는 사실을 제외하고 나면 여러모로 아쉬움이 많이 남는 글이다.

반면 동일한 제목으로 발표된 이종대의 글은 이태준의 희곡을 명실이 상부한 '희곡'으로 복원시켜 분석을 시도했다는 점에서 의의를 지닌다. 그는 이태준의 희곡 「어머니」에서 나타나는 식민지 지식인의 굴절된 삶을 '훼손된 지식인의 초상'으로 읽어내고, 「산사람들」에서는 화전민들의 소박한 삶에 대한 연민과 도시 지식인의 위선적 삶에 대한 분노를 읽어내고 있다. 이태준 희곡에 대한 이와 같은 독법은 극작술(dramaturgy)[8]과 연극기호학이라는 방법론을 통해 제시되고 있어 상당한 설

---

7) 이명희, 위의 글, 331쪽.

8) 극작술(dramaturgy)과 극작법(craft of drama)은 전자가 2차원의 문자 텍스트를 3차원의 무대 텍스트로 가공하는데 따르는 이론과 실제를, 후자가 문학 텍스트로서의 희곡적 글쓰기에 있어 갖추어야 할 이론과 실제를 지칭한다는 점에 있어 다소 차이를 지닌다. 이

득력을 획득하고 있다. 더욱이 그가 결론에서 덧붙인 다음과 같은 글은 이태준 희곡 연구에 대한 하나의 방향을 제시해주고 있다는 점에서 주목을 요한다.

> 이태준의 희곡 「어머니」와 「산사람들」은 연극성의 확보에는 미흡했다. 동시대 전문연극인들이 시인·소설가의 극작을 여기화(餘技化)라고 폄하하는 것도 이와 관련되며, 이태준의 작품도 이러한 지적에서 크게 벗어나지 못한다. 그리고 그것은 이태준 희곡의 한계로 남는다.[9]

이태준 희곡의 한계로 지적되고 있는 연극성의 미흡함은 그를 소설사에서는 비중 있게 다루어지게 하는 반면 희곡사에서는 간헐적 소개에 그치고 말게 하는 가장 중요한 요인이다. 이종대의 글은 이러한 이태준 희곡의 위치를 올곧게 직시하고 있다는 점에서 돋보인다. 하지만 이 글은 이태준 희곡이 지닌 의의에 대한 총론적 성격을 띠고 있어서 글의 결론에서 지적한 '한계'의 실체에 대해서는 지면이 많이 할애되어 있지 못하다. 따라서 이 글은 두 편의 선행 연구, 특히 후자의 연구 성과에 힘입어 이태준 희곡의 좀더 세밀한 분석을 통해 그의 극작술이 어느 정도의 수준에 있었는가를 살피는 것에 목적을 둔다. 이러한 작업은 이태준 희곡이 1930년대 희곡의 지형도에서 자기 자리를 찾아가는 데 일조할 것이다.[10]

---

글은 이태준 희곡을 실제 공연 여부와는 무관하게 문자 텍스트에 국한시키지 않고 무대 텍스트로서 조망하기 위해 그의 극작술을 문제삼는다.

9) 이종대, 위의 글, 214쪽.

10) 한 가지 분명히 해둘 것은, 이태준의 극작술이 지닌 '한계'를 노출시키려는 이 글이 그나 그의 희곡에 대한 폄하라는 불온한 의도와는 거리가 멀다는 것이다. 두 편의 희곡에서 다소 상이한 모습으로 등장하는 지식인 형상화 방식을 극작술의 측면에서 검토하는 작업은 그의 희곡이 1930년대 희곡사에서 차지하는 자리를 좀더 정확하게 매기기 위한 하나의 방편으로 기능한다. 이는 이태준이 소설사에서 남긴 커다란 울림을 고스란히 희곡사로 가져오려는 다소 격앙된 평가 방식에 대한 경계임과 동시에 소설을 주력 장르로 삼았던 그가 희곡, 혹은 극작술에 대해서는 어느 정도의 식견을 가지고 있었는가를

## 2. 이태준의 희곡 인식 : '희곡'이라는 통예술(trans-art)

이태준의 창작 희곡은 「어머니」와 「산사람들」 두 편이다. 「어머니」
는 1934년 1월 『중앙』에 발표되었고, 「산사람들」은 1936년 2월 역시 『중
앙』에 발표되었다. 이 가운데 「어머니」는 1939년 12월 극단 고협(高協)
에 의해 상연되기도 하였다. 두 편의 창작 희곡과 한 편의 번역 희곡이
라는 수치는 그의 소설에 비하면 과작(寡作)임에 틀림이 없지만 그가 희
곡, 혹은 연극에 대해 그 나름대로의 식견을 가지고 있었음은 다음의 글
들을 통해 분명히 확인된다.

(1) 演劇은 演劇文學이 아니나 戲曲은 戲曲文學이다. 먼저 文學이라고 보아
야 한다. 이번 應募作品中에는 무대엔 꽤 익숙한 솜씨가 잇스면서 대체
로 「文學」에 水準이 低下한 것은 유감이었다. 最後 ○○[판독 불가―인
용자]에까지 「上演할 수 있는」이 列擧가 되엿스나 結局 그 傑作보다는
「좀 더 文學으로 나은 것」으로 當選을 決定하는 수 박게 업섯다.[11]

(2) 演劇이란 民衆을 爲한 偉大한 社會學校인 것은 說明할 必要도 없습니
다. 거기서 조흔 意義되고 못 되는 것은 民衆 個人個人에게 問題요, 社
會 全體의 重大한 文化 問題일 것입니다. 그런데 요즘 보면 劇場 치고
盛況 아닌 데가 없습니다. 觀劇者와 劇團이 激增해 가는 것은 京鄕이 一
斑으로 이것도 新文化 發展에 至大한 機運이라 아니할 수 없습니다.[12]

희곡은 문학과 연극이라는 서로 다른 예술 영역을 넘나드는 통예술
(trans-art)적 성격을 지닌 장르이다.[13] 두 예술 사이의 중첩이라는 이러

---

살핌으로써 그간 그의 문학세계에 대한 연구에서 백안시되었던 희곡의 자리를 온전히
찾아주려는 시도이다.

11) 이태준, 「國民劇戲曲選後感 : 「目的意識」 때문 作品이 貧弱했다」, <每日新報> 1941.
   10. 20.

12) 이태준, 「戲曲 生産의 促進으로나 民衆 敎化 위해 意義 깊다」, <東亞日報> 1939. 2. 24.

한 특성은 다른 글쓰기와 구별되는 희곡만의 미덕이기도 하지만, 때로는 이것이 문학과 연극 모두로부터 희곡을 일종의 서얼(庶孼)로 여기게끔 하는 부덕이 되기도 한다. 그럼에도 불구하고 희곡이 문학의 한 장르이며, 연극의 유력한 저본(底本)이 된다는 사실에는 변함이 없다.[14] 따라서 한 편의 희곡에 대해 탁월하다고 말할 수 있으려면 그것이 문학성과 연극성이라는 두 가지 측면을 동시에 충족시키고 있지 않으면 안 된다.

이태준이 1941년 국민극 희곡 현상공모의 심사를 끝내고 선후감으로 내놓은 위의 글 (1)은 그가 희곡이라는 장르의 이러한 통예술적 성격에 대해 상당한 수준의 이해를 지니고 있었음을 보여준다. '演劇은 演劇文學이 아니나 戲曲은 戲曲文學'이라는 진술은 이태준의 희곡 이해를 가장 극명하게 보여주는 의미 있는 대목이다. 희곡이 극작가의 손을 떠나 연출가나 배우에 의해 3차원의 텍스트로 가공될 때에는 그것에 대해 '문학'일 것을 강요할 수 없지만, 그것이 아직 2차원의 텍스트—글쓰기의 영역에 머물러 있는 한 어디까지나 문학 장(場) 속에서 자유로울 수 없다는 이 지적은 그가 희곡이 지닌 통예술적 성격을 정확히 간파하고 있었음을 보여주는 좋은 예이다. 또한 희곡은 연극의 저본이기 때문에 '무대엔 꽤 익숙'해야 하는 것이 기본이지만, 결국 문학성의 구현이 당선작을 결정하는 주된 잣대일 수밖에 없었다고 밝힌 대목 역시 그가 희곡을 문학과 연극의 경계에 위치한 장르로 인식하고 있었음을 시사해준다.

1939년 동아일보사가 주최한 제2회 연극경연대회에 즈음하여 '社會各界의 企待'라는 기획면에 실린 글 (2) 또한 이태준의 연극관을 엿볼 수 있게 해주는 좋은 자료이다. 제목에서 알 수 있듯이 그는 연극경연대회

---

13) 박노현, 「한국 근대 희곡 개념의 발생」, 동국대 석사학위논문, 2001, 13쪽 참조.

14) 1960년대 이후 현재에 이르기까지 강고하게 사전에 짜여진 텍스트의 '말'과 '글'이 지닌 억압으로부터 탈피하여 '몸', 혹은 '육체'를 중심에 놓는 연극운동이 활발하게 전개되어 텍스트 없는 연극에 대한 실험이 다양하게 이루어져 온 것은 사실이지만, 여전히 희곡을 저본으로 삼는 상연의 경우 그것의 미적 성취도가 곧 극적 완성도에 있어 유력한 요소로 작용한다는 것 역시 부정할 수 없는 사실이다.

의 의의를 좋은 희곡의 발굴과 민중의 교화라는 두 가지에서 찾고 있다. 이 글에서 연극은 '民衆을 爲한 社會學校'로 비유되는데, 이는 그가 연극을 '민중교화'의 주요한 수단으로 여기고 있었음을 말해준다. 근대 계몽기를 전후하여 서양식 연극이 도입된 이래 연극은 곧잘 민중계몽, 혹은 민중교화의 유력한 수단으로 받아들여지곤 했다.15) 연극이 일종의 학교로 기능하기 때문에 극장과 극단 및 관람자의 수가 증가하는 것은 그 자체로 바람직한 일이라는 이태준의 평가 역시 연극의 사회적 의미를 중시하는 이러한 태도와 동궤에 놓여 있는 것으로 보인다.

그런데 연극사적 경험을 더듬어보면 사회적 의미, 혹은 수단으로서의 연극이 지나치게 강조될 경우 희곡, 또는 연극의 미적 완성도가 상대적으로 떨어지는 경우가 많았다. 연극을 선교(宣敎)의 도구로 활용했던 서양의 중세 종교극까지 거슬러올라갈 필요도 없이, 이태준과 동시대에 카프를 중심으로 발표되고 상연되었던 프롤레타리아 희곡 가운데 몇몇 작가의 그것을 제외하고는 그다지 주목할 만한 작품이 보이지 않는다는 점은16) 잘 알려진 사실이다. 하지만 이태준의 경우 이러한 경도, 혹은

---

15) "동서양을 물론하고 풍속개량하는 효험이 학교가 제일이라 하겠으나, 그 효험의 속함으로 말하면 연설이 학교보다 앞서고 소설이 연설보다 앞서는데 소설보다 앞서는 것은 연회라 하느니……(후략)"(구연학, 『雪中梅』, 匯東書館, 1908, 49쪽, 김동식, 「한국의 근대적 문학 개념 형성과정 연구」, 서울대 박사학위논문, 1999, 50쪽에서 재인용)/ "偉大한 演劇의 作用은 觀劇하는 이에게 거의 無意識으로 反省도 하고 悔悟케도 하야 우에 말한 倫理說로 사람을 가르키고자 하는 勞力보다도 一層 더 迅速하고 힘들지 안코도 오히려 그 結果는 갓흘 수가 잇다고 斷言하겟다."(윤백남, 「演劇과 社會」(2), 『東亞日報』, 1920. 5. 5)/ "그 모든 民衆을 卒地에 急速히 多數히 短時間에 敎養하는 機關은 모든 人類를 敎養하는 設備物 中에 演劇 밧게는 適切하고 簡易하고 便利하고 必要한 것 업는 것 갓다."(현철, 「文化事業의 急先務로 民衆劇을 提唱하노라」, 『開闢』 제10호, 1921. 3, 107쪽)

16) "경향극은 희곡이 갖추어야 할 현실적 여건이나 사태의 실질성이나 인물의 성격이나 극적인 동기에 별로 상관없이 작가의 주장이나 구호나 설교를 늘어놓는 데 치중되고 있는 것이다. 무차별적이고도 일방적인 태도로 자신의 메시지만 늘어놓기가 일쑤이다."(서연호, 『한국근대희곡사』, 고려대 출반부, 1996, 220쪽)

편향의 위험은 글 (1)에서처럼 희곡의 문학성을 재삼 강조함으로써 상쇄
될 수 있는 여지를 남기고 있었다.

요컨대 이태준이 글 (2)에서와 같이 희곡과 연극의 사회적 의미를 강
조하는 한편 글 (1)을 통해 확인할 수 있었던 것처럼 문학으로서의 희곡
역시 중시했다는 사실은 그가 희곡을 온전히 문학적 글쓰기로 직시함과
동시에 그것의 가공을 통해 창조되는 연극의 위력을 체감하고 있었음을
말해주는 것이다. 또한 이 글들은 그가—적어도 이론적인 측면에서는—
희곡과 연극 전반에 걸쳐 상당한 수준의 이해와 관심을 지니고 있었을
뿐만 아니라 희곡의 통예술적 성격을 비교적 선명하게 각인하고 있었음
을 드러내주기도 한다.

문제는 이태준의 이러한 '앎'이 실제적인 희곡 창작 과정에서는 어
느 정도의 균형 감각을 유지한 채 투영되었는가 하는 점이다. 그의 창작
희곡을 통해 극작술을 검토하고자 하는 이 글이 희곡 텍스트를 직접 다
루기에 앞서 굳이 그의 희곡관과 연극관을 먼저 문제삼았던 이유가 바
로 여기에 있다. 희곡의 미적 성취와 연극의 도덕적 성취를 동시에 중시
한 그가 자신의 창작 희곡에서 이 두 가지 목적을 얼마나 견실히 달성하
고 있는가를 확인하는 작업은 곧 그의 '앎(이론)'과 '실천(창작)' 사이의
거리를 보여주는 것이기 때문이다. 이러한 거리의 가늠은 곧 그의 극작
술이 머물고 있는 자리를 보여주며, 이것은 다시 그의 희곡이 지닌 공과
를 확인할 수 있는 유력한 방법론 가운데 하나가 된다는 점에서 의미를
지닌다.


## 3. 「어머니」: 의도와 표현 사이의 거리, 혹은 괴리

이태준의 희곡 「어머니」는 현대 경성의 서만기 일가를 중심으로 펼
쳐지는 단막극이다. 만기는 온갖 고생을 감내하며 기름장사를 해서 자

식의 학비를 댄 어머니 윤성녀 덕에 동경 유학까지 마치고 돌아온 지식인이다. 그는 동경에서 벌어왔다는 돈으로 집을 신축하지만 기실 그 집은 남의 돈을 빌려 지은 것이었다. 어머니로부터 받았던 얼마 되지 않는 학비와 자신의 고학으로 겨우겨우 유학 생활을 꾸려나갈 수 있었던 만기가 따로 돈을 번다는 것은 사실상 불가능했다. 하지만 만기는 평생 자식들의 뒷바라지를 위해 희생했던 어머니가 단 하루라도 내 집에서 사는 낙(樂)을 즐겼으면 하는 바람으로 가족들에게 거짓말을 했던 것이다.

> 만기 : 모두 어머니 때문이다. 어머니? 얼마나 우리 때문에 고생하셨니? 어머니가 오래만 사실 것 같어두 안 그랬겠다. 요새두 새벽이면 그 기침하시는 걸 봐라…… (목소리가 떨린다. 다시 마루에 앉음) …… 너는 나보다두 더 어머닐 불쌍한 어른으로 알아야 한다. 다 어머니가 어떡해서 네 공부를 시켰니? 그래도 넌 어머니가 기름 팔러 다니던 모양으루 기름병 함지를 이구 기름에 쩔은 헌털뱅이를 입구 기숙사로 찾어가면 동무들이 부끄러웠다구! …(중략)… 그까짓, 나중엔 갑산을 가더라도 남과 같이 내 집이라고 지어 놓구 단 하루라도 어머니를 모시다가 돌아가시게 하구 싶었다. 그래서…… (잠깐 만옥의 울음소리뿐) 내가 웬 돈이 있니? 먹어 가게도 달리는 수입으로 무얼 가지구 다달이 삼사십 원씩 집값을 꺼가니?[17]

극은 만기가 빌린 돈을 제대로 갚지 못해 집이 건설회사로 넘어간 다음 가옥 중개인이 그 집을 보여주기 위해 한 중년 부부와 함께 만기의 집에 다녀간 직후부터 시작된다. 마침 이 날은 여동생 만옥의 중신을 서기 위해 외삼촌인 윤승한이 시골에서 상경한 날이었다. 만기는 승한을 대접하기 위하여 집에 있던 벽시계를 저당 잡히고 돌아온다. 곧 경성 구경을 마치고 돌아온 성녀와 승한에게 만기가 시계를 저당 잡힌 돈으로

---

17) 이태준, 「어머니」, 『달밤』(이태준문학전집 권1), 깊은샘, 1994, 338쪽.(이하 이 글에서 같은 희곡의 인용은 본문에 이 책의 쪽수만 표기함)

술상을 봐주는 순간 중개인과 건설회사의 사원이 다시 찾아오고 결국 모든 사실이 폭로되고 만다. 성녀는 만기가 털어놓는 진실에 잠시 충격을 받지만 예의 어머니로서의 강한 모성애를 회복하고 오히려 아들 만기를 보듬어 안는다.

희곡이 '긴장'을 중핵으로 하는 문학 장르라고 했을 때,[18] 「어머니」는 크게 두 개의 긴장으로 구성되어 있다. 하나는 만기 일가와 그 외의 인물군—가옥 중개인, 건물 회사원, 중류 신사와 부인 등—사이의 긴장이고, 다른 하나는 만기와 그를 제외한 나머지 가족 사이의 긴장이다. 전자가 등장인물 개개인과의 충돌이 곧 사회의 구조적 모순을 시사하는 데까지 확대되는 적대적 긴장인 반면, 후자는 만기와 만옥, 만기와 성녀 사이의 충돌이 곧 가족애라는 이해와 화해의 틀 안으로 인입되면서 해소되는 비적대적 긴장이다. 여기서 긴장의 축으로 기능하는 만기는 이 희곡의 성패를 결정짓는 중심인물이다. 왜냐하면 두 개의 긴장이 모두 만기라는 인물로부터 촉발되며, 그의 행위와 심리 변화의 추이를 따라 극이 전개되기 때문이다. 「어머니」에 대한 기왕의 평가 역시 주로 만기를 중심에 놓고 행해져 왔다는 사실은 이 희곡에서 만기가 지닌 비중을 짐작케 한다.

이태준 희곡에 대한 최초의 평가는 1930년대 당시 신극운동을 대표하던 극예술연구회의 유치진에 의해 이루어졌다. 유치진은 이태준의 희곡이 발표된 지 한 달 후인 1934년 2월 동아일보에 게재한 「新春戲曲槪評」이라는 글의 첫 대상 작품으로 「어머니」를 다루었다. 그는 이태준의 「어머니」를 평하는 자리에서 "씨[이태준—인용자]의 첫 번째 극작임에도

---

18) 에밀 슈타이거는『시학의 기본개념』에서 서정적인 것을 '회상', 서사적인 것을 '상상', 극적인 것을 '긴장'이라 정의하였다. '긴장'이 항상 접촉과 저항을 통해 발생한다는 점을 상기해보면, 그의 이러한 정의는 희곡의 본질을 대단히 선명하게 부각시켜주는 것이라고 할 수 있다. 이에 대해서는 손양근 옮김,『드라마, 어떻게 해석할 것인가?』, 새문사, 2002,(Hans-Dieter Gelfert, *Wie interpretiert man ein Drama*, Reclam, Ditzingen, 1992) 7-16쪽을 참고할 것.

불구하고 이미 소설에 있어서 일가를 이룬만큼 사건 구성에 있어서 용의 주도한 준비를 발휘하였다."[19]면서 사건 구성의 측면에 있어서는 비교적 호평을 하였지만 인물, 특히 만기의 성격 묘사 미흡에 대해서는 다음과 같이 긴 지면을 할애하여 세세한 비판을 가하고 있다.

> 끝으로 그들이 집을 쫓겨 나가게 될 무렵에 만기는 다음과 같은 대사를 말했다. "……어머니 이 세상엔 저희 같은 자식들과 어머니 같은 부모들이 얼마든지 있습니다. 그 중에서 내 집 하나만, 내 부모 하나만 호강스럽게 섬기려면 그 자식은 세상에 나가 남의 혓바닥이 되고 남의 밑씻개가 되어야 하는 줄 아십니까? 어머니, 당신은 호강을 위해 이 자식이 그렇게 되기를 바라십니까?……" 이 대사로 미루어보건대 만기는 자기 수입으로는 주체도 못할 그런 집을 남의 돈으로 지어서 어머님을 모시다가 결국 쫓겨나게 되니까―"보십시오, 어머니! 어머님이 호강을 위해서 날더러 이런 실수를 감행하게 했으니!" 이 같은 보복적 의미로 말한 것 같이 들리게 된다. 물론 아니다. 만기는 이 같은 열의(裂意)의 트릭을 만들어서 그 어머니를 징벌하려는 아들은 결코 아니다. …(중략)… 그러므로 앞에 인용한 만기의 대사는 오히려 어머니의 입에서 흘러나와서 자식을 위로하게 되는 것이 자연스럽지 않을까?[20]

유치진이 성격 묘사의 결함으로 지적하고 있는 대목은 만기가 집의 신축과 관련해 했던 선의의 거짓말이 폭로되고 집에서 쫓겨날 위기에 처하자 돌연 어머니 성녀를 붙들고 절규하는 장면이다. 이 장면에서 만기가 쏟아내는 감정적 대사들을 들여다보면 "돌아가실 날이 얼마 남지 않은"(333쪽) 어머니를 위해 그 스스로가 택했던 집의 신축에 대한 열의는 온데간데없고 오로지 그 모든 사태의 근본적 원인이 어머니 성녀에게 있음을 강변하며 책임을 전가하는 것으로 가득 차 있다. 애초부터 스

---

19) 유치진, 「新春戲曲槪評」(2), <東亞日報> 1934 .2. 24.(『東朗柳致眞全集』 권8, 서울예대 출판부, 1993, 139쪽에서 재인용)
20) 유치진, 위의 글.(『東朗柳致眞全集』 권8, 서울예대 출판부, 1993, 138쪽에서 재인용)

스로의 능력으로는 집세조차 감당하기 어려운 형편이었지만, 평생을 자식들의 수발에 바친 어머니의 여생을 조금이라도 윤택하게 만들기 위해 무리라는 것을 알면서도 신축을 시도했던 정황은 그런 대로 납득할 만하다. 그러나 자승자박으로 곤경에 처하게 되는 이 장면에서 발화되는 만기의 대사는 드라마 공간을 현실 공간으로 옮겨 놓고 그 핍진성을 따져보면 정신적 공황 내지는 분열로밖에 받아들여지지 않는다.

만기의 이러한 돌출적 폭발 장면은 유치진 이래 「어머니」를 분석하는 논자들마다 빠짐없이 거론하며 서로 다른 해석을 내놓게끔 하였다. 이런 이유에서 이 장면은 「어머니」의 극적 완성도를 결정짓는 가장 문제적 장면이라고 할 수 있다. 어머니를 위한 선의의 거짓말과 그것의 탄로로 좌절하는 만기에 대해 서연호는 "지식 청년의 내면적 고뇌를 섬세하게 사실적으로 그린"21) 것으로 평가하였고, 이명희는 "자신과 자신의 가족의 안락한 생활을 빌미로 희생되는 것은 다름 아닌 '자존'의 문제와 직결"22)되기 때문에 이 마지막 장면에서 겪는 만기네 일가의 고통은 시대적 맥락을 고려했을 때 곧 민족 전체의 존립 문제를 상징하는 것이라고 읽어냈다.

그런데 서연호와 이명희의 독법은 나름대로 정연한 논거를 지니고 있기는 하지만, 이러한 해석은 이 장면이 극작술상으로 아무런 무리가 없다는 판단이 전제된 연후에야 가능한 것이다.23) 하지만 이 장면에서 만기의 돌변은 텍스트 전반부에서 드러나는 그의 성격을 감안했을 때 선뜻 받아들이기가 어렵다. 아무리 곤혹스러운 상황이라고 할지라도 자

---

21) 서연호, 위의 책, 177쪽.

22) 이명희, 위의 글, 329쪽.

23) 조심스런 추론이긴 하지만 이태준과 동시대의 극작가였던 유치진마저 문제로 지적했던 성격 묘사의 결함에 대해 후대의 연구자들이 상대적으로 관대할 수 있었던 것은 문학사에서 이태준이라는 이름이 지니고 있는 위엄 때문이었는지도 모른다. 즉 이태준 희곡이 이처럼 관대하게 해석되는 이면에는 그가 소설에서 성취한 문학적 공력(工力)이 희곡의 영역으로까지 옮겨지는 무의식적 전이가 자리하고 있었던 것이다.

식들에게 모든 것을 바친 어머니를 위해 무리한 신축을 감행하는가 하
면, 달갑지 않은 중신을 서기 위해 오는 외삼촌에게 술상을 봐주려 벽시
계까지 잡혔던 만기가 갑작스레 어머니를 힐책한다는 것은 동의를 얻기
힘든 행위(action)이기 때문이다.

　희곡은 '사건'과 맞닥뜨린 '인물'의 변화를 보여주어야 한다. 따라서
희곡의 등장인물은 개막과 폐막 사이에 무대 위에서의 행위를 통해 분
명한 변화를 겪는다. 그것은 위에서 아래로의 하강(비극)일 수 있으며,
때로는 아래에서 위로의 상승(희극)일 수도 있다. 가시적으로 확인되는
변화가 아닐 경우조차 희곡의 등장인물은 분명히 변화한다. 그런데 등
장인물의 이러한 변화는 개연성을 확보한 채 이루어질 때만 독자와 관
객으로부터 공감을 얻을 수 있다. 하지만 「어머니」에서 만기가 보이는
갑작스런 심경의 변화는 충분한 개연성을 지니고 있지 못하기 때문에
독자나 관객이 쉽게 공유하기가 어렵다.24) 만기가 극의 시작에서 보인
초조와 불안이 끝에서 어머니에 대한 절규로 치닫는 것을 수긍할 만한
행위로 나타내려면 그의 정서가 변화하는 과정을 무대 위에서 차근차근
'보여주어야' 했다.25)

　결국 이태준의 「어머니」는 그의 첫 희곡이라는 의의에도 불구하고
작품 자체의 완성도만을 놓고 보자면 이미 당시에 유치진이 지적했던

---

24) 물론 「어머니」를 문자텍스트로 한정한 채 만기의 대사와 행위가 지니는 의미를 곱씹
　　어 본다면 다소 장황해지더라도 그의 급변을 '설명'해낼 수는 있을 것이다. 그러나 희곡
　　이 연극을 전제로 하는 글쓰기, 즉 무대 위에서 말해지는 대사와 보여지는 행위가 순간
　　적으로 나타났다 사라지는 장르라는 점을 감안한다면 이러한 '설명'은 그다지 설득력을
　　얻지 못 한다.

25) "모든 큰 움직임 속에는 보다 작은 움직임들이 내포되어 있다. 어떤 연극에서 <사랑>
　　이 <미움>으로 변하는 큰 움직임이 있다고 가정해 보자. 이 안의 보다 작은 움직임들
　　에는 어떤 것들이 있을 수 있을까? <너그러움>에서 <까다로움>으로의 움직임이 그
　　하나다. 그리고 그것은 다시 <냉담함>에서 <짜증스러움>의 움직임으로 더 하강할 수
　　있다."(김선 옮김, 『희곡작법』, 청하, 1991,(Lajos Egri, *The Art of Dramatic Writing*, Simon &
　　Schuster, 1946) 180쪽)

것과 같이 인물의 성격 묘사에 실패했다는 평가가 보다 더 온당하다.[26] 만기의 어머니에 대한 갑작스런 힐난은 사실상 자신의 행동을 합리화시키려는 궁색한 변명 이상의 의미를 지니지 못하며, 이 역시 극의 전사(前事, Vorgeschite)와 무대 위에서 보여지는 그의 성격을 감안한다면 너무나 급작스러운 것이기 때문이다. 극이 자연스럽게 만기 일가의 비참(悲慘)을 드러내려 했다면 이 부분은 유치진의 지적대로 어머니인 성녀를 통해 말해지거나, 극의 초반부에서 만기의 불같은 성정을 사전 암시(Andeutung)로[27] 미리 보여주었어야 했다. 따라서 「어머니」의 마지막 장면은 극작술의 측면에서 볼 때 만기의 개연성 없는 폭발로 말미암아 극 전체의 격을 한 단계 떨어뜨리고 말았다는 점에서 아쉬움을 남긴다.

　오히려 「어머니」에서 돋보이는 극작술 상의 성과는 오브제(object)[28]의 적절한 활용에서 찾을 수 있다. 「어머니」의 무대 설명 마지막 부분에는 "큰 못이 하나 박혀 있는데 시계 걸었던 자리 같음"(335쪽)이라는 지시문이 부가되어 있다. 이것은 만기가 승한을 대접하기 위해 전당포에 잡힌 벽시계가 걸려 있던 자리이다. 못이 걸린 벽시계의 빈자리는 만기

---

26) 이런 이유에서 최초의 단평이자 제일 오래된 평가이기도 한 유치진의 글은 「어머니」에 대한 가장 경청할만한 지적이라고 할 수 있다.
　"이 작품에 가장 큰 결함이 있다면 그것은 그 인물(만기)의 성격 묘사의 불철저에만 잇는 것이 아니요, 등장하는 대부분의 인물의 성격 묘사의 모호한 데에 있다고 보겠다. 즉 이 작품을 읽고 누구나 동감하는 것은 이 작품에는 아무 살이 붙지 않고 그 내포한 재료(즉 사건)만을 열적(烈蹟)해 준 감을 주는 것이다."(위의 글, 『東朗柳致眞全集』 권8, 서울예대 출판부, 1993, 139쪽에서 재인용)
27) 사전 암시의 기법에 대해서는 조상용 옮김, 『드라마 속의 시간』, 들불, 1994,(Peter Pütz, *Die Zeit im Drama —zur Technik dramatischer Spannung*, Auflage Göttingen, 1977) 137-225쪽 참조.
28) 오브제는 무대장치나 소품(小品)이라고 번역되지만, 이러한 번역은 때때로 그것이 지닌 의미를 축소시킨다. 오브제는 배우의 신체를 제외하고 무대 위에서 표현되는 모든 것을 포괄한다. 따라서 그것은 단순한 시각적 장치가 아니라 극에 있어서 하나의 의미로 기능하는 당당한 기표이다. 오브제에 대해서는 신현숙·윤학로 옮김, 『연극학사전』, 현대미학사, 1999,(Patrice Pavis, *le Dictionnaire du Théâtre*, Messidor/ Editions sociales, 1987) 351-353쪽을 참조할 것.

의 점층적이고 심층적인 상실을 보여주는 초도(初度) 상징이라는 점에서 대단히 중요한 의미를 지닌다.[29] 그런데 아무리 '큰 못'이라고 할지라도 그 크기에는 한계가 있어서 독자는 제시된 지문을 통해 못의 존재를 쉽게 파악할 수 있지만 관객의 경우 별도의 장치가 마련되어 있지 않으면 못을 인지하기가 쉽지 않다. 하지만 이태준은 이러한 오브제를 "그런데, 저기 시곈 어디 갔수?"(336쪽)라는 만옥의 대사를 통해 자연스레 노출시키는 세련된 기법을 사용하고 있다. 관객은 미처 포착하기 힘든 '큰 못' 이지만, 만옥의 일상에서 그것은 벽시계의 부재로 인해 도드라지는 빈 공간이다. 이러한 공간이 그녀의 대사를 통해 노출됨으로써 관객은 그녀의 시선을 따라 정면 기둥의 '큰 못'을 발견하게 되고, 이제 관객은 시계의 부재에 대해 그녀와 같은 양의 정보를 가지게 되며, 나아가 그 '큰 못'이 상징하는 상실의 의미를 알아차리게 되는 것이다.

요컨대 이태준의 「어머니」는 극작술의 측면에서 보자면 그다지 완성도가 높은 희곡이라고 할 수 없다. 물론 '큰 못'이라는 오브제를 효과적으로 활용하여 만기 일가가 겪게될 상실의 점층과 심층을 암시해준 점은 「어머니」에서 돋보이는 극작술 상의 성과로 높이 살만 하다. 하지만 동경 유학을 마치고 돌아온 지식인 만기가 그 자신의 '지식'만으로는 무엇 하나 제대로 해 볼 도리가 없는 시대의 현실 속에서 겪게 되는 파국을 온전히 보여주기에는 역부족이었다. 유치진의 지적처럼 이 희곡은 사건의 얼개를 갖추기는 했으나 전사로부터 무대 위의 현재에 이르는 수많은 정보를 효율적으로 전달하기 위한 짜임새가 다소 부족했고, 그러다 보니 역할의 창조 역시 효율적으로 이루어지지 못하고 불필요한 인물—식모를 비롯하여 기능이 겹치는 역인 가옥 중개인과 회사원, 중류 신사와 부인 등—이 빈번하게 등장하여 사연을 전하기에 급급할 수

---

29) "「어머니」에서 주인공 만기는 세 가지를 상실하는데 시계와 집과 누이동생이다."(이종대, 위의 글, 206쪽)

밖에 없었다. 또한 이 희곡의 결정적 패착은 앞에서 이미 다룬 것과 같이 주동인물인 만기의 성격을 여실(如實)하게 창출하는 데 실패했다는 것에 있다. 결국 「어머니」는 이러한 성격 창출의 실패로 종막에서 구현되었어야 할 비극성을 상실하고 오히려 신파조의 희망적 비전만을 암시하는 의무적 장면(obligatory scene)으로 폐막할 수밖에 없었던 것이다.


## 4. 「산사람들」 : 이태준 희곡의 성장 가능성

「산사람들」은 「어머니」로부터 대략 2년 뒤에 발표된 희곡으로 고산지대의 화전부락을 무대로 하고 있다. 용길네 가족은 화전을 일구어 근근이 생계를 유지하지만 그마저도 여의치 않자 아들 용길을 대처로 보내기로 결정한다. 용길의 부모는 한쪽 팔과 다리를 쓰지 못 하는 용길이 산 속에서 풀로만 배를 채우느니 대처에서 동냥질을 하는 것이 제 한 몸 건사하는데 더 간이할 것이라고 생각한 것이다. 용길은 대처에서 살아가기 위한 생존의 방편으로 열심히 각설이 타령을 연습한다. 그러는 가운데 부락에는 영림서에서 불법적인 화전에 대한 단속을 나왔다는 소문이 돈다. 용길 아버지를 위시한 부락의 남자들은 이 소문을 듣고 단속을 피하기 위해 모두 산 속으로 피신을 하게 된다. 용길 어머니 역시 허기에 지쳐 산딸기를 마구 따먹고 관격에 걸린 이웃집 쾌석이를 살피기 위해 집을 비운다. 곧 용길과 그의 여동생 용순만이 남겨진 집에 단속 나온 형사로 알려진 두 명의 신사가 찾아 든다. 그러나 기실 그들은 형사가 아니라 화전민을 취재하기 위해 내려온 서울기자와 그를 안내하기 위한 지방기자였다. 그들은 용길과 용순을 만나 화전민의 생활을 호기심 어린 눈으로 둘러본다. 하지만 그들의 관심은 화전민의 곤궁한 삶에 있지 않았다. 서울기자는 도시에서는 경험할 수 없는 화전민들의 삶을 신기하게 바라보며 즐길 뿐이었다. 그들에게 화전부락은 일종의 오지

체험이었던 셈이다. 그들은 그 오지 체험의 기념으로 감자껍데기의 무
거리를 사고, 용길의 어머니는 쾌석이 결국 급사하고 말았다는 소식을
가지고 돌아온다. 서울기자와 지방기자가 형사가 아니라는 사실을 알게
된 용길의 어머니는 그들의 제안에 따라 용길을 그들과 동행시킨다. 용
길은 어설픈 각설이 타령으로 돈을 벌기 위해 대처로 기약 없는 길을 떠
난다.

　「산사람들」은 「어머니」와 달리 당대의 평가를 찾아볼 수 없고, 공연
되지도 않았다. 하지만 후대 연구자들의 경우 다소 상이했던 「어머니」
에 대한 평가와는 달리 「산사람들」에 대해서는 거의 일치된 목소리를
내고 있다는 점은 이 희곡이 「어머니」보다는 비교적 논란의 여지가 없
이 잘 다듬어진 작품이라는 사실을 시사해준다. 서연호는 「산사람들」에
대해 "대자연을 배경으로 잔잔하게 서정적으로 진행되는 이 작품은 화
전민들의 착한 마음씨와 사회적 불평등과 소외된 삶에 대한 그들의 조
용한 저항감을 조화 있게 표현"하였으며, 무엇보다도 "화전민들의 현실
인식과 심리를 향토성 짙은 대사로 진솔하게 표현해 놓은 것이 특색"30)
이라고 평하였고, 이명희 역시 "식민지 시대에 있었던 화전민의 극한적
삶을 형상화하면서 일제의 불합리한 정책을 비판한 작품"31)이라고 평가
하였다. 또한 이종대는 "기자들이 불러일으키는 정서가 분노라면 용길
이와 그 가족들이 촉발시키는 것은 연민"32)이라고 하면서 「산사람들」이
서로 상반된 극적 정서를 효과적으로 표현한 작품이라고 평하였다. 이
처럼 「산사람들」은 후대의 연구자들로부터 비교적 좋은 평가를 받았는
데, 이러한 호평은 극작술의 측면에서 접근해도 마찬가지로 유효하다.

　먼저 구성의 측면에서 보자면 「산사람들」은 두 개의 서사가 극을 이
끌어 나가고 있다. 이 희곡의 주된 긴장소(main-suspense)는 무대 위의

---

30) 서연호, 위의 책, 177쪽.
31) 이명희, 위의 글, 326쪽.
32) 이종대, 위의 글, 212쪽.

용길네 가족을 중심으로 보여진다. 용길의 길떠남을 전후로 등장하는 기자라는 외지인과의 조우 과정이 극 전체를 관통하는 중심적인 사건이다. 한편, 이 희곡에는 중심적인 사건의 진행과 병행하여 무대 밖에서 벌어지는 보조적 긴장소(sub-suspense)가 마련되어 있다. 그것은 주린 배를 움켜쥐고 먹을 것을 찾아 산을 헤매다 발견한 딸기를 급하게 먹고 관격(關格)으로 끝내 죽음에 이르고 마는 이웃집 쾌석이의 이야기이다. 「산사람들」은 기자들의 호기심 어린 시선에 포착된 용길·용순 남매를 무대 위에서 보여주는 한편, 무대 밖 쾌석이의 급사(急死)를 알려주고 있는데, 이 두 개의 서사는 결국 화전민들의 곤궁한 삶의 형상화라는 측면에서 하나로 만나고 있는 것이다.

또한 이 희곡은 사자(使者, messenger)를 적절히 활용하여 극의 흥미와 긴박감을 높여주고 있다. 이 극에서 사자의 역할을 하고 있는 인물은 무대 밖 서사인 쾌석네의 이야기를 무대 위의 등장인물과 관객에게 전달해 주는 쾌석 어머니와 용길 어머니, 그리고 용순이다. 쾌석 어머니는 극의 앞부분에 등장하여 쾌석이 관격이 되었다는 정보를 전달해주고, 용길 어머니는 그녀를 따라 나섰다가 다시 극의 중반부에 등장하여 쾌석이 위급함을 알리며, 용순은 쾌석네에게 약을 가져다주러 갔다가 돌아와 쾌석의 죽음을 전하고 있다. 이들 사자의 등 퇴장은 극의 흐름을 방해하는 일 없이 자연스럽게 이루어지는데, 이들이 가져오는 개연성 있는 정보는 극 전체에 또 다른 살을 덧붙여주고 있는 것이다.

하지만 무엇보다도 「산사람들」에서 돋보이는 것은 등장인물의 생생한 성격 구축이다. 이 희곡에 등장하는 인물군은 크게 두 부류로 나뉘는바, 용길네 가족을 위시한 화전부락 사람들과 기자 갑과 을이라는 외지인이 그것이다. 이러한 인물들은 극에서 수직적인 우열 관계를 드러내는데, 이 관계 역시 중층적 성격을 띠고 있다. 도시인인 기자 갑과 을이 화전부락민들에 대해 지니는 우월 의식이 대표적인 수직 관계라면, 서울 기자인 갑과 지방 기자인 을 사이에서도 역시 수직 관계가 드러나며,

정상인인 다른 등장인물들에게 항상 동정과 염려의 대상이 되는 비정상
인 용길 사이에서도 이러한 관계가 희미하게나마 나타난다. 탁월한 것
은 이러한 인물들의 성격 및 의식이 「어머니」에서처럼 장황한 대사로
'말해지는' 것이 아니라 상황에 따른 필연적 발화를 통해 자연스럽게
'보여지는' 데에 있다.

> 용길모 : 못 보내…… 못 보내…… 병신두 자식이지…… (흑흑 느껴운다)
> 대체루 나가문 그놈의 장거리 새끼들이 여북해…… 촌사람은 성
> 한 사람이 가두 놀리구 때리구 한다는데 저거 놀리구 때리길……
> 용길부 : 그럼 어쩐단 말야 뭘로 팔구월꺼정 살 테냐 말야? 그 자식이 양이
> 나 적어? 무슨 눈치나 있어? 한 끼라두 제 식성이 못 차면 에미애
> 빌 잡아먹으려구 덤비는 자식인데 뭘 멕일 테냐 말야? 빌어먹
> 을…… 애빈 자식 귀한 줄 몰르는가보군……
> (잠깐 침묵, 용길 어머니 흑흑 느끼는 소리뿐).
> 용길부 : 그래두 이 구석을 떠나는 놈이 사람이야…… 대처에선 올 같은 흉
> 년에두 개두 그래두 낟알을 먹거던……33)

극의 초반부인 이 장면은 용길의 대처행을 둘러싸고 아버지와 어머
니 사이에서 벌어지는 작은 분규이다. 그들의 대화는 비정상인인 아들
용길에 대한 서로 다른 사랑의 방식이기 때문에 심각한 긴장으로까지
치달을 가능성은 애초부터 배제되어 있다. 그런데 용길의 대처행을 가
지고 진행되는 이러한 일상의 사소하고도 짧은 논쟁은 이 부부의 성격
을 자연스럽게 드러내줄 뿐만 아니라 이 극의 전개와 관련하여 대단히
많은 정보를 내포하고 있다는 점에서 중요하다. 그것은 용길이 비정상
인이라는 점, 이들 가족의 화전 생활이 대단히 곤궁하다는 점, 도시라는
문명의 공간이 결코 긍정적이지만은 않은 각박한 곳이라는 점 등이 그
것이다. 이렇듯 성격 구축에 기여할 뿐만 아니라 극에 대한 적지 않은

---

33) 이태준, 「산사람들」, 『달밤』(이태준문학전집 권1), 깊은샘, 1994, 352-353쪽.

정보를 담고 있는 이 짧은 대화는 자식의 진로를 놓고 부부 사이에서 흔히 벌어질 수 있는 토론이라는 점에서 충분한 핍진성(verisimilitude)을 획득하고 있다. 「어머니」에서 만기의 전사와 만기 일가의 정황을 알려주기 위해 쓰였던 다소 장황한 '고백'을 상기했을 때, 이태준이 「산사람들」에서 등장인물들을 통해 발화시키고 있는 대사는 여러모로 효율적인 기능을 하고 있는 것이다.

> 기자갑 : 뭘요, 괜찮습니다…… 힘은 들어두 말만 듣던 화전부락을 이번에
>          참 처음 봅니다. 신문사서 밤낮 화전화전 했지만 이런 줄은 몰랐
>          습니다.
> 기자을 : 그러시겠죠. 경성 근처야 이런 데가 돈 내야 구경헐 수 있겠습니
>          다?(361쪽)

화전민을 취재하기 위해 용길의 부락을 찾은 서울 기자 갑과 지방 기자 을의 이러한 대사 역시 그 짧은 분량에도 불구하고 적지 않은 정보를 전달한다는 점에서 극적 대사로서의 미덕을 제대로 갖추고 있다. 관객들은 기자 갑의 대사를 통해 이들이 화전부락민들이 두려워하던 형사가 아니라 신문기자라는 사실을 알게 된다.[34) 또한 기자 을의 '경성 근처'라는 표현을 통해 기자 갑이 서울에서 내려왔다는 점과 '그러시겠죠'라는 말을 통해 그 자신은 서울 기자가 아니라는 점을 알게 되며, 이런 부락은 돈을 내고도 구경할 수 없다는 부분에 이르면 이들의 취재 목적이 화전민들의 곤궁한 삶에 대한 비판적 보도가 아니라 가벼운 가십

---

34) 「산사람들」에서 기자 갑과 을의 정체는 대단히 중요한 의미를 지닌다. 이 극의 주요한
    긴장은 화전민들이 그들을 형사로 오인하면서 드러내는 두려움을 통해 형성되기 때문
    이다. 그런데 관객들은 이 대사를 통해 그들이 무대 위에 등장함과 동시에 그들의 정체
    를 간파하게 된다. 이로써 관객은 정보의 양에 있어서 화전민들보다 우세한 위치에 서
    게 된다. 정보의 우세는 관객들로 하여금 기자를 형사로 오인하는 화전민의 행동을 보
    다 우월한 위치에서 조망하게 해주며, 이는 곧 이들이 보여주는 극행동에 대한 비판적
    시선의 확보를 가능하게 한다.

(gossip)에 있음을 짐작하게 해준다.

　기자들의 화전민에 대한 이와 같은 하시(下視)의 시선은 극 내내 계속된다. 이들을 형사로 알고 두려워하는 용순에게 '산골색시가 내운 무슨 내우'(363쪽)를 하느냐며 핀잔을 주는 것이나, 생전 처음 맛 본 탄산음료에 질겁하는 용길에게 사이다도 못 먹느냐며 놀려대는 지경에 이르면 이들의 시선에 포착된 화전부락의 용길과 용순은 그들과 같은 육체와 정신을 지닌 동등한 인간이 아니라 하나의 신이한 구경거리에 지나지 않는다. 이태준 문학에는 이들 기자와 같이 역사와 사회에 대한 지식인으로서의 책임과 의무는 지워내고 간이한 현실에 안착하여 오로지 일신의 영달만을 추구하는 인물이 곧잘 등장한다.「산사람들」의 기자 갑과 을 또한 이태준 문학에서 비판적으로 그려지는 부르조아적 지식인에 속하는 인물들로서, 그들의 부정적 인간상이 극의 점진적 진행에 따라 개연성 있게 묘파되고 있다는 점에서「어머니」에서의 인물 구축에 비해 역시 한 단계 발전된 모습을 보여준다.

　요컨대 이태준의 두 번째이자 마지막 희곡인「산사람들」은 이전의「어머니」에 비하자면 탁월한 극작술이 발휘된 작품이라고 할 수 있다. 극구성에 있어서「산사람들」은 무대 위에서 펼쳐지는 용길네 가족의 서사를 주된 긴장소로 하고, 무대 밖 쾌석네 이야기를 보조적 긴장소로 하는 이중 구조로 이루어져 있는데, 이것이 궁극에는 화전민의 곤궁한 삶을 보여주는 하나의 주제로 모아진다는 점에서 비교적 탄탄하게 짜여져 있다. 또한 병치된 두 개의 서사를 이어주는 매개고리로 사자를 적절히 활용하여 극의 흥미와 긴박감을 높여줄 뿐만 아니라, 효율적이고 경제적인 대사의 구사를 통해 핍진성과 개연성을 획득함과 동시에 등장인물의 성격 구축에도 성공을 거두었다. 애석한 것은 적어도 지금까지 알려진 이태준의 창작 희곡이「어머니」와「산사람들」두 편에 불과하기 때문에 이것만으로는 첫 번째 희곡에서 두 번째 희곡을 거치면서 적지 않은 향상을 보인 그의 극작술에 대해 엄밀한 평가를 내리기가 사실상 어렵다는 점이다.

## 5. 단편소설과 단막희곡 : 이태준 문학의 지식인 서사

이태준 희곡을 비판적으로 읽는 일은 여러모로 난감하다. 앞에서도 누차 부언했듯이 그가 남긴 희곡이 「어머니」와 「산사람들」 단 두 편에 불과할 뿐만 아니라 이 두 편은 '비약적'이라고 해도 좋을 만큼 완성도에 있어서 사뭇 멀리 떨어져 있기 때문이다. 그런데 이러한 난감함은 희곡 바깥으로 시야를 넓혀 이태준 문학 전체를 조망했을 때 해소될 여지를 보인다. 그것은 이태준 문학의 본령, 혹은 정수라고 할 수 있는 소설, 특히 단편소설(이하 단편)을 통해 그의 단막희곡(이하 단막)을 '번역'하는 것이다. 「어머니」와 「산사람들」 두 편의 단막 속에는 1930년대 초·중반 그가 내놓은 탁월한 단편들의 흔적이 남아 있는 바, 그의 단편에서 거의 빠지지 않고 등장하는 인물군인 '지식인'이 그것이다.

이태준 초기 단편에 등장하는 지식인은 사회 진출의 방향에 있어 '의무 이행'과 '권리 행사'라는 두 축으로 대별된다.[35] 의무 이행형이란 지식인으로서 식민지 현실의 모순에 대해 고뇌하고 그 속에서 자신의 올바른 자리를 찾기 위해 고심하는 인물군으로 「고향」의 김윤건, 「어떤 날 새벽」과 「실락원 이야기」의 윤선생, 「아무 일도 없소」의 기자 K 등이 여기에 속한다. 반면 권리 행사형이란 이와는 상반된 위치에 있는 인물군을 일컫는데, 이들은 지식인에게 부여된 역사적 소명 따위에는 관심이 없고, 자신이 성취한 학벌의 기득권을 통해 개인의 안위를 보장받

---

35) 장영우는 이태준 단편소설에 나타난 지식인의 유형을 반동적 지식계급/부르조아적 지식계급/허무적 지식계급으로 나눈바 있다.(위의 책, 98-102쪽 참조) 이 글의 '의무 이행'과 '권리 행사'라는 지식인 유형의 대별은 각각 장영우의 허무적 지식계급/부르조아적 지식계급의 분류와 같은 맥락에 있는 것임을 밝혀둔다.

는 것에만 관심을 쏟는다. 「고향」의 ××은행원, 「순정」의 박취체역과 경옥, 그리고 「서글픈 이야기」의 강군 등이 그들이다. 여기서 한 가지 흥미로운 사실은 이태준 단편에 등장하는 이러한 각각의 지식인들이 미시적으로는 서로 다른 시공간에서 각기 다른 사건과 대면하지만 이들을 하나의 선분 위로 모아보면 일제 강점기 엘리트 지식인이 겪었으리라고 추정되는 하나의 보편적이고도 단일한 서사가 읽혀진다는 것이다. 그것을 선조적으로 도식화하면 아래와 같다.

① 일본에서 유학을 마치고 귀국한다.
② 조선에서 자신의 역할을 찾기 위해 노력한다.
③ 식민지 조국의 엄혹한 현실에 부딪혀 좌절한다.
④-1 제도에 대한 강한 거부감을 드러내며 저항, 또는 방황한다.
④-2 기왕에 선취한 고등교육자로서의 기득권을 활용해 제도 속으로 안착한다.
⑤-1 거듭되는 좌절과 현실의 모순을 견디지 못 하고 왜곡된 방식으로 분노를 표출한다.
⑤-2 현실에 안주한 자신에 대해 소극적 비판을 거듭하지만 제도 밖으로 탈주하지는 못한다.

이태준 단편에 등장하는 여러 유형의 지식인들은 때로 분기와 비약의 모습을 보이지만 대개가 위의 도식 안으로 포섭된다. 예컨대, 「고향」의 김윤건은 ①에서 출발하여 ②와 ③을 거쳐 ④-1과 ⑤-1의 경로를 걷지만, 같은 단편에 등장하는 ××은행원의 경우 ①에서 바로 ④-2로 비약하고 있다. 또한 「아무 일도 없소」의 K는 비록 ④-2로 분기하기는 했지만 그 위치에서 멈춰 자신의 영달을 꾀하는 「고향」의 ××은행원과는 달리 현실의 모순에 대한 자각과 소극적 비판을 통해 ⑤-2의 경로를 걷고 있는 것이다. 이처럼 이태준 단편에 등장하는 지식인들의 개인사를 종합해보면 그 나름대로 하나의 지식인 서사가 형성된다.

이러한 지식인 서사는 단막인 「어머니」와 「산사람들」에 적용해 보아도 예외 없이 나타난다. 「어머니」에 등장하는 만기의 경우 무대 공간(stage space)에서 보여지는 모습은 ⑤-1이지만 전체 드라마 공간(dramatic space)을 염두에 두고 보면 「고향」의 김윤건과 유사한 모습을 보이며, 연극의 종막 이후 예견되는 후사(後事)로 「어떤 날 새벽」의 윤선생을 떠올리는 데에도 무리가 없다. 한편 「산사람들」의 기자 갑과 을은 만기의 경우와 같이 극을 주도적으로 이끄는 등장인물은 아니지만 그들이 화전민 부락에서 나누는 대화를 참조해보면, 「고향」의 ××은행원, 「아무 일도 없소」의 편집회의에 등장하는 일군의 M 잡지사 기자들, 「서글픈 이야기」의 강군 등과 같이 ④-2에 머무는 권리 행사형, 혹은 부르조아적 지식인이라고 할 수 있다.

단편과 단막의 종합을 통해 하나의 선분 위로 모아지는 이러한 지식인 서사는 「어머니」와 「산사람들」, 그 가운데에서도 특히 만기와 기자 갑과 을이라는 지식인 형상화 방식의 차이를 드러내 보여준다는 점에서 의미가 있다. 그것은 크게 두 가지 방식을 통해 확인할 수 있는데, 하나는 이러한 지식인 서사의 선분 위에서 만기와 기자 갑과 을의 상호 비교를 통해 단막 사이의 완성도를 가늠해 보는 것이고, 다른 하나는 단편과 단막의 인물 가운데 서로 유사한 진행 경로를 보이는 인물의 비교를 통해 단편과 단막 사이의 문학적 편폭을 가리는 것이다.

「어머니」의 만기와 「산사람들」의 기자 갑과 을의 극작술 상의 성패 여부는 비교적 선명하게 드러난다. 앞에서도 지적했듯이 만기의 경우 식민지 지식인이 자신이 속한 생활세계(life−world) 내에서 산궁수진(山窮水盡)의 상황에 처해 표출하는 감정선의 폭발이 그 전후의 맥락에도 불구하고 말 그대로 너무나 급작스럽게 나타난 반면, 기자 갑과 을의 경우 극 전체를 이끄는 주동인물은 아니지만 그들의 존재 및 정체 자체가 화전부락의 조악한 삶의 환경과 맞물려 수직적 우열 관계를 돋보이게 할 뿐만 아니라 펍진한 발화로 희곡에서 요구되는 정보의 자연스러운 공개가 이루어지고 있는 것이다. 따라서 이태준 문학의 지식인 서사에 있어 하나의 선분 위에 서로 다른 시공간을 점하고 있는 만기와 기자 갑과 을은 전자가 형상화에 실패한 반면 후자는 상대적으로 탁월한 성과로 남았다는 차이를 지닌다.

단막 사이의 상호 비교에 비해 흥미로운 것은 단편과 단막 사이의 문학적 편폭이다. 결론부터 말하자면 이 둘 사이의 편폭은 단편의 단막에 대한 우위를 '당연하게' 보여준다. 「어머니」의 만기와 「고향」의 김윤건은 각각의 대단원과 결말에서 감정적 폭발을 보이며, 김윤건의 경우 폭력 행사까지 불사하는 유사한 분열을 드러낸다. 그런데 일견 유사해 보이는 이들의 분열이 설득력에 있어서는 현저한 차이를 지니고 있다. 「어머니」는 누차 지적해 왔듯이 극작법에서 요구되는 감정 변화의 세밀한 추이를 무시한 채 돌출적으로 만기의 폭발을 보인 반면, 「고향」은 '이상이 현실과 얼마나 커다란 괴리를 유지하고 있는가를 알려주는 삽화'36)를 김윤건의 귀국 여정 곳곳에 배치함으로써 마지막에 나타나는 그의 육체적·정신적 분노의 핍진성을 배가시키고 있기 때문이다. 이처럼 외견상으로 유사해 보이는 김윤건과 만기의 분열은 단편과 단막이 거두고 있는 형상화의 성패 측면에서 보자면 적지 않은 차이를 지닌다. 이러한 차이는 단편과 단막 각각에게 요구되는 장르적 특성, 즉 소설의 '분산'과 희곡의 '집중'이라는 형상화 방식의 다름으로부터 비롯되며, 그 성패의 차이 역시 각기 다른 형상화 방식의 적절한 적용 여부의 결과로 볼 수 있다.37)

---

36) 장영우, 위의 책, 83쪽.

37) 이런 점에서 루카치가 역사소설과 역사극, 혹은 장편소설과 장막극을 비교하면서 제기한 총체성의 문제는 이태준의 그것이 비록 단편과 단막이긴 하지만 적지 않은 참조점을 제공해준다. 「어머니」가 만기를 중심으로 갈등에 집중하는 '운동'의 총체성을 형상화하는데 실패한 반면, 「고향」은 김윤건의 귀국이라는 여정의 핍진한 묘사를 통해 발전하는 중심, 혹은 운동하는 중심으로서의 거대한 삶의 모습을 드러내는 '대상'의 총체성을 형상화하는 데 성공했다고 볼 수 있기 때문이다. 운동의 총체성과 대상의 총체성에

요컨대 이태준의 단편과 단막에 주요 인물군으로 등장하는 지식인은 크게 '의무 이행'과 '권리 행사'라는 두 축으로 대별되지만, 대체적으로 식민지 조선의 지식인들이 겪었을 법한 하나의 서사로 모아진다. 「어머니」의 만기와 「산사람들」의 기자 갑과 을은 각각 의무 이행형과 권리 행사형에 속하는 인물로, 전자가 희곡이라는 장르가 요구하는 '집중'의 형상화 방식에 실패했다면, 후자는 비록 주변인물에 속하지만 적실하게 배치됨으로써 극적 긴장의 창출에 성공했다는 점에서 차이를 지닌다. 또한 단편과 단막에서 유사한 경로를 걷는 김윤건과 만기라는 지식인을 비교해보면, 단편의 그가 거두는 형상화의 탁월함이 단막에서는 제대로 구현되지 못하고 있음을 알 수 있으며, 이는 이태준이 단편을 통해 이룩한 성과가 단막에도 동일하게 적용되지는 않음을 말해준다. 이태준의 단편이 단막에 비해 그 미적 성취도에 있어 월등하다는 것은 그의 문학적 여정을 간주했을 때 하등 새로울 것이 없는 사실이다. 하지만 소설을 통한 희곡 '번역'을 통해 여전히 아쉬움으로 남는 것은 그의 희곡 세계가 「어머니」라는 습작 수준의 텍스트로부터 「산사람들」이라는 그 나름대로 수작(秀作)의 가능성을 지닌 텍스트로의 비약 이후를 짚어볼 수 있는 무엇이 부재한 채 너무 많은 여백을 남겨두고 있다는 것이다.


## 6. 이태준 희곡의 새 자리 : 習作에서 秀作으로, 그리고 여백


소설가 이태준은 「어머니」와 「산사람들」이라는 두 편의 희곡을 남겼다. 그가 남긴 희곡은 비록 두 편에 불과하지만, 그가 희곡을 단순한 여기(餘技)가 아니라 하나의 중요한 문학 장르로 인식하고 있었다는 사

---

대해서는 이영욱 옮김, 『역사소설론』, 거름, 1987,(Georg Lukács, *Der historische Roman* ; *Probleme des Realismus III*, Luchterhand Neuwied, 1965) 118-141쪽을 참고할 것.

실은 그의 희곡관과 연극관을 통해 분명히 드러난다. 「戲曲 生産의 促進으로나 民衆教化 위해 意義 깊다」와 「國民劇戲曲選後感」이라는 두 편의 짧은 평문은 그의 희곡관과 연극관을 잘 보여주는 글이다. 그는 희곡이 문학과 연극을 넘나드는 통예술적 장르라는 사실을 정확히 간파하고 있었다. 또한 그는 연극을 민중교화의 유력한 방편이라는 점에서 중시했지만, 그러한 사회적 의미만큼이나 희곡의 문학성 획득 역시 매우 중요하게 여겼다. 하지만 희곡이 문학과 연극 사이의 경계에서 적절한 균형 감각을 유지해야한다는 생각이 처음부터 그의 작품에 전일적으로 투사되지는 못 했다.

이태준의 첫 희곡인 「어머니」는 바로 이런 점에서 아쉬움이 많이 남는 작품이다. 「어머니」는 만기 일가가 겪는 비참을 점층적이고 심층적인 상실로 보여주고자 했으나 만기 등의 인물 성격 구축에 실패함으로써 극을 어설픈 신파로 떨어뜨리고 말았다. 이 희곡은 극작술에 있어서 벽시계의 빈자리인 '큰 못'이라는 오브제의 적절한 활용이 돋보이기는 하지만, 그것이 중심인물인 만기의 형상화 실패라는 단점을 덮어주지는 못 했다.

이태준 희곡의 성장 가능성은 「산사람들」을 통해 확인된다. 이 희곡은 화전부락민들의 곤궁한 생활상을 이들의 취재를 위해 찾아온 기자들과의 대비를 통해 선명히 부각시키고 있다. 「어머니」가 실제로 무대화되었던 반면, 「산사람들」은 공연 기록도 없을뿐더러 창작 당시에는 별다른 주목을 받지 못 했지만 극의 완성도에 있어서나 극작술의 원숙함에 있어서는 「어머니」에 비해 한층 발전된 모습을 보여준다. 왜냐하면 「산사람들」은 탄탄한 이중 구조를 갖추고, 등장인물의 성격을 성공적으로 형상화했다는 점에서 전작에 비해 진일보한 극작술을 보여주고 있기 때문이다.

이태준의 희곡이 「어머니」와 「산사람들」 단 두 편이기 때문에 그의 희곡 세계를 좀 더 넓고 깊게 완상하기가 어렵다는 사실은 희곡사적 측면에서 보자면 대단히 애석한 일이다. 이태준의 희곡은 그가 이룩한 단편소설의 성과와는 제법 큰 편폭을 지니고 있지만, 「어머니」와 「산사람들」의 극작술 상의 거리를 통해 확인할 수 있듯이 그의 희곡은 충분한 발전 가능성을 지니고 있었기 때문이다. 하지만 그가 희곡의 장르적 본질을 정확히 꿰뚫고 그 둘 사이의 균형감각을 유지하기 위해 고심했다는 사실과 그의 두 번째이자 마지막 희곡인 「산사람들」이 1930년대 중반 희곡 창작을 업으로 하던 전문극작가의 그것과 견주어 보아도 결코 손색이 없다는 사실은 희곡사에서 간헐적으로 소개되거나 때로는 생략되기까지 했던 그의 위치를 재조정하게 하는 충분한 이유를 제공해준다.

# 이태준『문장강화』의 해방 전/후
## ―그 역사적 콘텍스트를 중심으로

이 혜 령*

## 1. 『소련기행』의 하위텍스트 ― 조명희의 행방

소련에서의 첫 아침, 조선인 이주의 역사가 깊은 러시아 원동에서 이태준은 러시아어 출판물들 틈 속에 놓여져 있던 조선말 서적들을 발견하고 감격한다. 그 책들은 외국노동자출판부에서 1933년부터 1937년까지 조선어로 번역해 간행한 레닌·스탈린의 저작, 그리고 체홉과 고리키 등 러시아 문학자의 작품집 등으로, 식민지 조선에 보내기 위한 것들이었다. 이태준은 다음과 같이 그 감격을 전한다. "조선과 같이 국내에서 노예생활을 하고 있는 동포들을 위해 이미 입에 서툴러진 모어(母語)로 한 마디 한 줄씩 뇌이고 다듬고 했을 이 이역에서 고국을 향한 진실했던 침묵의 노력을 생각할 때 나는 가슴이 뜨거워졌다."[1] 이태준은 자신과는 일면식도 없지만 조명희라면 이 일에 응당 진력했을 것이라 짐작하며, 그의 소식을 내친 김에 알아보기 위해 원동군단(遠東軍團)의

---

* 성균관대 강사.

[1] 이태준,『소련기행』,『이태준문학전집 4』, 깊은샘, 2001, 21쪽.

조선인 강소좌, 그리고 연달아 박장교를 찾아가지만 알 수 없었다. 『소련기행』(1947)에서 이태준이 포석 조명희의 행방 내지 소식을 수소문하는 장면은 한 번 더 등장한다. 모스크바에 도착해서 여장을 푼 첫날, 이태준은 외국출판부 조선부에서 활약하고 있는 김동식 씨를 통해 1934년까지의 원동작가동맹에서의 활동상을 알게 되지만, 그 이후의 소식은 김 씨 또한 몰랐다. 그도 그럴 것이, 1928년 소련으로 망명한 조명희가 1937년에 시행된 스탈린의 한인강제이주정책의 사전정지작업으로 획책된 한인학살 및 탄압 과정에서 체포되어 1938년 하바로프스크의 감옥에서 처형되었다는 사실[2]을 당시의 이태준은 알 리 없었다. 스탈린의 한인강제이주 과정에서 자행된 한인학살은 오랫동안 금기시된 사건이며, 그것과 직접 관련된 공식문서는 최근에서야 발견되었기 때문이다.[3] 그러나 1937년 연해주 조선인의 중앙아시아로의 강제이주는 당시 식민지 조선의 언론에 다뤄졌다.[4] 『소련기행』에서 일행들이 중앙아시아에 있는 조선인 농촌 마을에 가보고 싶었으나 여정만 십여일이 소요되기 때문에 포기했다고 밝히고 있는 것으로 보아서는, 이태준도 그 역사를 모르지 않았을 것이다.

　해방 후 조국건설의 중요한 참조틀이었던 소련 하에서 일어난 조명희의 비극을 둘러싼 저간의 사정을 이태준이 알았던 몰랐던 간에, '소련

---

2) 하바로프스크 작가회관에 가족들과 살고 있던 조명희는 1937년 가을 체포되어 1938년 4월 15일에 사형언도를 받고 5월 11일 총살된다. 하바로프스크시 안전위원회 고고문서과에는 "조명희는 일본을 위한 간첩행위를 감행하는 자들을 협력한 죄로 헌법 제58조에 따라 취조와 재판도 없이 최고형―총살선고를 받았다고"고 되어 있다. 그는 1956년 제20차 당대회에서 복권된다. 권희영, 「소련에서의 민족운동과 한인 강제이주」, 『한국과 러시아: 관계와 변화』, 국학자료원, 1999, 131쪽.

3) 1930년대 후반 처형된 1,000여 명의 재러시아한국인의 신상명세와 죄목 등이 적힌 옛 소련 KGB의 비밀문서는 모스크바에 있는 동포 선교·문화단체은 삼일문화원과 고려인협회의 노력에 의해 1999년 말 러시아정부 고문서보관소에서 발견되어 그 다음 해 공개되었다. 그 비밀문서에 조명희에 관한 기록도 있다고 한다. 「스탈린 한인학살 공식문서 확인」, 『한겨레신문』, 2000. 1. 16.

4) 『조선일보』, 1937. 10. 14. ; 『삼천리』 제10권 1호, 1938. 1. 1.

기행'을 통해 한껏 부풀어오른 해방된 조국건설을 둘러싼 정치적 상상력의 리얼리티는 그 엄연한 사실에 의해 반감된다. 먼 동토의 땅에서 식민지 조국의 해방을 꿈꾸며 모어(母語)를 지켰을 조명희의 초상은 적확하게 이국의 땅에서 자신의 모어를 지킬 수 있도록 정책적 제도적으로 보장해준 스탈린 정권에 대한 찬탄과 맞물리기 때문이다. 소련의 극동과 모스크바, 그리고 소연방을 구성하고 있는 소수민족 공화국인 아르메니아·그루지아 공화국을 방문하면서 지역 관계자들에게 줄곧 물었던 것은 언어문화에 관한 것이었다. "자기 민족어로 발전하는 민족 중에 가장 수 적은 민족이 어떤 민족입니까?"(61쪽), "전 소연방 내에서 몇 가지 말의 서적이 출판되고 있습니까?"(61쪽) 등의 질문을 던진다. 그리고 아르메니아와 그루지아 공화국의 학교와 극장, 도서관 등 관련 시설의 방문을 통해 이태준은 제국주의와의 비교에서 소련이 우위일 수밖에 없는 결정적인 근거를 얻고, 다음과 같이 결론짓는다. "낙후민족에게 무엇을 팔아먹고 무엇을 뽑아갈까가 아니라 근본적으로 평등한 경제기초부터 세워주며 단 7천 밖에 안 되는 소민족을 위해서도, 그 언어와 문자를 보장시키는 정책은, 확실히 양심적이요 의로운 지도인 것이다."(107쪽)

　이렇게 소련기행이 쓰여지기 위해서 조명희의 행방은 은폐되거나 무지의 영역으로 남아 있어야 할 하위텍스트였다. 우즈베키스탄과 카자흐스탄 등 중앙아시아로 강제이주 된 한인들은 그 후 모국어를 잃어버리게 되는 운명에 처해 있었기 때문이다. 소련은 강제이주를 당한 다음 해인 1938년 조선어를 소련의 소수민족언어에서 제외시켰으며, 이에 따라 원동에서 이주한 한인학교는 폐교를 당하고 한글을 가르치던 선생은 학교에 남아있을 경우 다른 과목을 수업하거나 그렇지 않은 경우 학교를 떠나야 했다.5) 이태준이 소연방의 소수민족 공화국들이 민족어 교육을 지속시키고, 민족어 문화를 꽃피우고 있는 현장을 바라보고 있던 그

---

5) 최협·이광규, 『이민족국가의 민족문제와 한인사회』, 집문당, 1998, 182쪽.

때 중앙아시아의 조선인들의 모국어는 이미 명암을 달리하고 있었던 것
이다.

암흑기 문학의 명맥을 유지했다던 『문장』지의 편집자로서 할 말이
없지는 않았을 터이지만, 그는 해방 조국의 건설현장에 서 있던 그에게
그 과거 아닌 과거를 성찰할 겨를이 없었던 것 같다. 이 글은 『소련기
행』이 나오기 위해 지워지거나 몰랐어야 할 역사성, 특히 언어의 역사성
에 대한 의문에서부터 시작되었다. 식민지 상황에서 나름대로 민족어에
대한 강조를 통해 '조선적인 것'을 보존했다고 평가되는 이태준의 언어
의식이 성립되기 위해서 은폐되거나 억압되었어야 할 역사성에 대한 성
찰, 이를 두 개의 『문장강화』를 둘러싼 전혀 다른 역사적 콘텍스트를 구
성해 보는 것을 통해 해명하고자 한다.

## 2. 국어로서의 조선어·국어교육, 그리고 『문장강화』의 위치

이태준의 1940년 문장사판 『문장강화』와 해방 후 그것을 다소 수정
보완해서 박문서관에서 1947년에 펴낸 증정판 『문장강화』는 그 내용과
체제상 이태준의 견해가 바뀌었다 할 만큼의 결정적인 변화가 없어 연
구자들에게 차라리 동일한 텍스트로 읽혀져 왔다.6) 식민지 시대 이태준
의 언어의식을 다루는 연구자들도 증정판 『문장강화』가 연구텍스트로
널리 사용되고 있으며, 현재 시중에서 구할 수 있는 창작과 비평사 판
『문장강화』(1988)와 깊은샘 판 『아버지가 읽어주신 문장강화』(2003) 모두
증정판을 그 저본으로 삼고 있다. 이렇듯. 이태준의 두 개의 『문장강화』
는 초판과 재판의 차이 정도일 뿐 동일한 텍스트로 인식되어 왔다.7) 그

---

6) 두 텍스트의 내용, 체제상의 개괄적 비교는 최시한, 「국문운동과 『문장강화』」, 『시학과
언어학』 6, 시학과언어학회, 2003, 118-121쪽 참조.
7) 실제로 이는 당시 『증정문장강화』를 발간한 박문서관 사장 이응규의 회고와도 일치하

러나『문장강화』는 해방 전/후라는 전혀 다른 콘텍스트에 위치해 있었다는 것을 새삼 환기하고 싶다.

증정판『문장강화』는 조선어가 국어로 복권되고, 당연히 학교교육의 교육용어가 조선어로 재편되던 시기에 간행되었다. 해방 직후, 근대 민족국가형성 시기 문학관련 출판의 특징 중 하나는 문학개론, 문학독본, 문장론 등의 서적들이 꽤 간행되었다는 점이다. 문학개론으로는, 김기림의『문학개론』(문우인서관, 1946), 백철의『문학개론』(백양당, 1946) 등이 있고 문학·문장 독본 류로는, 박태원의『중등문범』(정음사, 1947), 방종현·김형규 편『개정 문학독본』(동성사, 1947), 정지용의『지용문학독본』(박문출판사, 1948), 양주동의『문장독본』(수선사, 1948), 이광수의『문장독본』(대흥출판사, 1948), 이윤재의『문예독본』(한성도서주식회사, 1945), 김기림의『문장론신강』(민중서관, 1949) 등이 있다.8)

식민지 시기 문장작법과 문장, 문학독본류가 공식적인 제도교육의 바깥에서 근대담론으로서의 문학관, 글쓰기 이데올로기와 기술적 규범, 나아가 장르에 대한 의식과 규범을 드러내주는 역할을 했다.9) 애초의『문장강화』또한 식민지 시대의 공교육이 우리말의 문법적 확립과 그 문학적 표현의 규범을 마련할 수 없는 상황에서 나왔으며, 이는『문장강화』가 선취한 계몽적 규범성과 내용의 완결성이 후대에 남긴 지속적인

---

는 바가 있다. 그에 따르면, 해방직후에는 예전에 펴낸 책을 다시 찍는 식의 출판물이 많았고 그 예로 양주동의『조선고가연구』, 이태준의『문장강화』등을 들고 있다.「증언으로 엮는 해방 전후 출판계 1-전 박문서관 사장 이응규씨에게 듣는다」,『출판저널』43, 1989. 6, 6쪽. 한편『문장강화』는 문장사가 간행했지만, 그 인쇄자 이상오는『문장』지를 인쇄한 대동인쇄소의 책임자이다. 대동인쇄소는 박문서관의 방계회사였다.『문장강화』는 1941년 문장사에서 박문서관으로 옮겨 간행된다.

8) 이상의 목록은 김명인의「주체적 문학관 구성의 모색과 그 좌절」(『식민지 문학 장의 재발견』, 민족문학사학회 기초학문연구단 학술발표회 발표집, 2004. 5. 22) 구자황의「'독본(讀本)'을 통해본 근대적 텍스트의 형성과 변화」(상동)의 연구와 토론과정에서 참여하면서, 두 연구자가 제시한 자료를 통해 얻어볼 수 있었다.

9) 구자황,「'독본(讀本)'을 통해 본 근대적 텍스트의 형성과 변화」,『상허학보』13, 상허학회, 2004. 8, 215쪽.

영향력과 관련이 있을 터이다.10)

그럼에도 해방 직후 쏟아져 나온 문학 및 문장독본 류 서적의 간행 동기와 그 영향은 해방 전과 연속적인 면이 존재하면서도 사뭇 다르다.11) 우선 그 저자의 면면을 보자면, 이광수·이태준·이윤재 등의 저서는 재간행의 형태를 띠고 있다.12) 이광수는 친일인사라는 오명이 있어서 출판계에서 그의 저서간행을 배척했다고 하나 그의 저서는 재간이나 신간이나 여전히 독서시장에서 상당한 상품적 가치가 있었다.13) 한편 조선어학회의 핵심 멤버로서 조선어학회사건으로 체포, 투옥당해 1943년 12월 8일 옥사한 이윤재의 삶과 죽음이 지닌 상징성 때문에『문예독본』은 재간행된다. 간행사 격의 글인 책 첫페이지의 근고(謹告)는 이러한 독본류의 책이 당시에 지녔던 의미를 시사한다.

> 三千里江山에는 三十六年만에 自由獨立의 光明이 넘쳐흐르고, 三千萬同胞의 感激과 歡喜는 이로 形言할 수 업습니다.
> 우리나라 新建設에 重責을 가지신 여러분께서는 自重自愛하사 끗까지 忠勇한 役軍이 되시기를 삼가 비나이다. 이제는 새로운 決意로 新出發하야 朝鮮出版文化事業에 조고만한 이바지라도 하고저하오니 倍舊의 愛護와 支

---

10) 천정환, 「이태준의 소설론과『문장강화』에 대한 고찰」,『한국현대문학연구』6, 한국현대문학연구회 편, 1998, 201쪽.

11) 이 글에서의 논의는 부득이하게 남한만을 대상으로 하도록 하겠다. 북한의 상황에 대한 나의 공부와 이해가 부족하다는 게 그 이유이기도 하거니와 이 글에서 다뤄지는 텍스트가 서울에서 출판되었으며, 해방기에 아직 그들의 운명(월북, 납북)은 미결정적이었다는 데서 미흡하나마 근거를 얻고자 한다.

12) 이윤재의『문장독본』은 1933년(한성도서)에, 이광수의『문장독본』은 1937년(홍지출판사)에 간행되었다.

13) 이광수는 해방 후부터 1950년 한국전쟁 시 납북되기 전까지『혁명가의 아내』(재간, 숭문사, 1946. 8),『도산 안창호』(대성문화사, 1947. 5),『꿈』(舊稿, 면학서포, 1947. 6),『나·소년편』(생활사, 1947. 12),『돌베개』(생활사, 1948. 6),『유랑』(성문당, 1948. 9),『나·스물살 고개』(박문서관, 1948. 10),『선도자』(태극서관, 1948. 11)『나의 고백』(춘추사, 1948. 12),『사랑』(재간, 박문서관, 1950. 3),『유정』(재간, 한성도서, 1950. 4) 등을 간행한다. 노양환 편, 「연보」,『이광수전집』제20권, 주요한 외 편, 삼중당, 1963, 304-306쪽.

援이 있기를 바라오며, 今番 讀書界의 要請으로 前日 朝鮮總督府警務局의 無理하게 押收되어 發賣禁止되였든 故 李允宰 先生이 編修하신 文藝讀本 上下編 二券을 合部하고 某文人의 作品 四篇만은 느낀 바 있서 削除하고 再刊提供하오나 用紙關係로 印刷部數가 極少하오며 經濟界의 變動으로 因하야 不得已 臨時定價로 發表하오니 十分 諒解하심을 바라나이다.[14]

해방직후 재간된 이윤재의『문예독본』에서 삭제한 모문인의 작품 4편이란 이광수의 글 네 편이다. 이광수의 글은 1933년 판『문예독본』상권에는 「이충무공 묘에서」, 「조선문학의 개념」, 하권에는 「봄비」(시조), 「우덕송」 등 총 4편이 실려 가장 큰 비중을 차지했다. 이러한 배제의 원리는 해방 전/후의『문예독본』의 간행의도가 상당한 차이가 있음을 보여준다. 아니러니하게도 이광수의 재간행된『문장독본』은 1937년 판과 같이 겉표지에 춘원이광수저작과 똑같은 크기의 활자로 조선어학회교감(校鑑)이라 되어있으며, 자서(自序)에는 "綴字法은 斯界의 權威이신 桓山 李允宰 先生이 全部 修正하신 것으로 先生께 깊이 感謝하는 바이다"라고 쓰여있다. 이윤재의 재간행본에 이광수의 글이 전격 삭제된 것과 대조를 이룬다. 옥사한 이윤재가 대표하는 조선어학회는 해방 전/후 모두 한 저작의 권위에 대한 참조물이었다. 조선어학회사건이 상징하는 바의 수난/해방의 서사가 그대로 민족적 동일성의 서사였기 때문이다. 독본류 출판물이 대거 쏟아져 나온 데에는 한글의 통합력과 함께 국민국가 건설의 희망과 과제가 함께 작용하고 있었다.

'한글'은 남북한을 각각 미군과 소련군이 점령·통치하게 되고, 또 민족주의 내부의 분열과 좌우의 갈등 등 제반 불안한 정치적 상황을 뛰어넘어 강력한 사회문화적 통합의 기능을 발휘했다. 법·학교·행정을 떠받치고 있던 것이 일본어였기 때문에 국민국가 건설을 위한 식민지 잔재의 청산은 일본어 청산과 국어 정화로부터 시작해야 했다. 더욱이

---

14) 한성도서주식회사 출판부, 「근고」, 이윤재,『문예독본』, 한성도서주식회사, 1946.

식민지 차별교육 정책으로 인해 전체 주민 중 80%를 상회하는 문맹률을 기록했으며 높은 문맹률은 국가건설을 위해 시급히 해결해야 할 급무였다. 일제 하 교육용어가 일본어였으며, 일본이 전시파시즘체제로 본격적으로 돌입할 무렵 단행된 1938년 3차 교육령개정에 의해 조선어는 선택과목으로 전락하여 급기야는 폐지되었기 때문에, 당시 학교에 다니고 있던 국민학교 학생들은 조선어를 배울 기회가 없었다. 따라서 해방 직후 교사, 교과서와 같은 학교교육의 물적 토대 마련은 많은 어려움을 겪었다.[15] 이 분야에 있어 36년의 식민지배가 어떠한 결과를 낳았는지, 그것의 극복이 얼마나 지난한 것이었는지는 다음 남조선과도정부 문교부의 보고가 단번에 드러내준다.

> … 역사상 한국과 같이 과거 교육에서 사용된 언어가 완전히 바뀐 나라는 없을 것이다. 우리가 처음 업무를 시작했을 때, 학교에서 사용한 교재 중 한국어로 된 교재는 단 한 페이지도 없었다.[16]

이 시기 문장, 문학독본류의 책이 급증한 것은 조선어가 국어, 즉 교육용어로 복권되었다는 데 그 근본적인 배경이 있다.[17] 조선어가 '국어'로 복권되었을 뿐만 아니라 국어교과목은 국민학교는 주당 9시간, 중등학교는 주당 5시간 등 교과목 중 가장 큰 비중을 차지하게 되었다.[18] 학

---

15) 김용일, 「미군정하 교육정책 연구―교육정치학적 접근」, 고려대 박사학위논문, 1994, 40쪽 참조.

16) HUSAFIC, Department of Education, Textbook Situation in South Korea, 18 August 1947, 정태수 편저, 『미군정기 한국교육사자료집』 상, 홍지원, 1992, 960-961쪽. 앞의 김용일 논문 40쪽에서 재인용.

17) 미군정청 학무국은 1945년 9월 29일 법령 제6호 <교육에 관한 조치>를 통해 교육에 관한 일련의 긴급한 사항들을 명령했는데, 그 제4조는 "교육용어는 조선어로 한다. 다만 조선어로 된 적당한 교수재료를 활용할 수 있게 될 때까지는 외국어를 사용하는 것도 무방하다"는 내용이다. 내무부 치안국, 『미군정법령집』, 1965, 8-9쪽.

18) 미군정청 학무국은 1945년 9월 30일 '교수 요목'이란 이름으로 교육과정의 일부분을 결정 발표한다. 이때 규정된 국어교과의 교수시수이다. 박붕배, 『한국국어교육전사』 상

교교육은 현저히 국어중심으로 편성되었다. 이러한 상황에서 문장, 문학 독본은 충분히 공식적인 국어교과과정과 피드벡이 가능해졌으며, 이는 당시 나온 교과서가 증명해준다. 해방 직후 각급 학교의 국어교과서편찬은 미군정청 학무국의 위촉을 받은 조선어학회가 맡았다. 조선어학회 사건으로 1942년 체포·수감되었던 학회의 수뇌부(이극로·이희승·최현배·정인승)는 해방 직후인 8월 17일 함흥 감옥에서 석방되어 서울로 돌아와, 8월 25일 긴급총회를 열어 종전의 사전 편찬 사업을 계속하는 한편, 초·중등학교 임시국어교재 편찬, 국어교사 양성을 위한 단기강습회 개최를 결정한다.[19] 이에 9월 초 조선어학회 산하에 국어교과서편찬위원회를 설치했는데, 그 명단은 다음과 같다.

> 김병제(조선어학회), 김윤경(조선어학회), 박준영(한성상업고등학교), 방종현(조선어학회), 장지영(저선어학회), 정인승(조선어학회), 조병희(경성서부남자국민학교), 조윤제(진단학회), 주재중(해동국민학교), 최현배(조선어학회), 양주동(진단학회), 윤복영(협성학교), 윤성용(수송국민학교), 윤재천(청량리국민학교), 이극로(조선어학회), 이세정(진명고등학교), 이숭녕(평양사범학교), 이태준(조선문화건설중앙협의회), 이호성(서강국민학교), 이희승(조선어학회), 이은상(국문학저술가)[20]

조선어학회가 편저하고, 미군정청 학무국이 발행자로 된 국어교과서는 다음과 같다.

> 초중등교육 용 :『한글 첫걸음』, 1945. 11. 6, 인쇄 : 조선교학도서주식회사
> 초등교육 용 :『초등국어교본』상권(1-2학년, 1945. 12. 30), 중권(3-4학년

---

(개정판), 대한교과서주식회사, 1992, 517쪽.

19) 한글학회,『한글학회 50년사』, 한글학회, 1971, 20쪽.

20) 조선어학회,『초등국어교본 한글교수지침』, 군정청 발행, 조선교학도서주식회사, 1945. 12, 1-3쪽, 박붕배, 앞의 책, 583쪽에서 재인용. 한글학회의 앞의 책에도 이 명단이 나와 있으나, 박준영이 빠져 있으며, 이태준을 이태종이라 오기한 듯하다. 293쪽.

　　　　　　　　　　용, 1946. 4. 15), 하권(5-6학년 용, 1946. 5. 5) 인쇄 : 조선서
　　　　　　　　　　적인쇄주식회사
　　　중등교육 용 :『중등국어교본』상권(1-2학년, 1946. 9. 1), 중권(3-4학년,
　　　　　　　　　　1947. 10. 1), 하권(5-6학년, 1947. 5. 17) 인쇄 : 조선교학도
　　　　　　　　　　서주식회사
　　　교　사　용 :『한글교수지침』1집(1945. 12. 30), 2집(1946. 1. 15) 인쇄 : 조
　　　　　　　　　　선서적인쇄주식회사[21]

　　가장 먼저 출간된 『한글 첫걸음』은 국어교과서가 만들어지기 전까
지 시급히 각급학교의 한글교육에 소용될 교재로, 이것과『초등국어교
본』상권을 군정청에 증정하는 의식이 1945년 11월 20일 수행된 후 무상
으로 배부되었다고 한다.[22] 교과서편찬은 조선어학회의 활동이 1945년
이전과 그 성격이 현격히 달라졌다는 것을 의미한다. "이 시기 한글운동
의 가장 두드러진 특징은 민간 단체인 조선어학회의 활동이 국가적 차
원에서의 정책적 실행과 동의적인 의미를 가졌다는 데 있다."[23]

　　교과서편찬위원의 선정에 있어 조선어학회가 그 이니셔티브를 쥐었
다는 것은 위의 명단으로 확인되는 바이다. 조선어학회 소속으로 참여

---

21) 박붕배, 앞의 책, 528-529쪽; 한글학회, 앞의 책, 299-300쪽. 조선어학회가 펴낸 이 국어
　　교과서들은 미군정기의 정규 교과서이지만, 교과서 검인정제도 가 확립되지 않았기 때
　　문에 개인이 펴낸 각종의 국어교과서들이 상당량 존재했으며 그것들도 각급학교에서
　　교과서로 활용되었다고 볼 수 있다. 자세한 사항은 박붕배, 앞의 책, 528-531쪽 참조. 개
　　인이 펴낸 각종 국어교과서도 조선어학회 인사들이 편저자인 경우가 많다는 것이 특징
　　적이다. 정열모, 이희승, 정태진·김원표, 이병기, 장지영, 정인승, 최현배 등이 그 예이
　　다. 또 다른 특징은 많은 당시의 출판사들이 교과서출판에 뛰어들었다는 점이다. 국어
　　교과서를 출판했던 회사들만 열거하자면, 정음사, 조선서적인쇄주식회사, 한글사, 중앙
　　문화사, 박문출판사, 숭문사, 범문사, 조선인쇄주식회사, 학생사, 고려문화사, 계몽사, 한
　　글문화사, 금성사, 문교사, 동흥서적인쇄주식회사, 동지사, 삼중당, 국학사, 문교당 등
　　이다.
22) 한글학회, 앞의 책, 291-300쪽 참조.
23) 황선영, 「탈식민화 과정에서의 언어적 민족주의에 대한 연구」, 연세대 석사학위논문,
　　1998, 26쪽.

한 김병제·김윤경·방종현·장지영·정인승·이희승·이극로·최현배 외에도 여러 인사가 조선어학회와 직간접적으로 관련이 되어 있다. 이 세정은 조선어학회의 전신 조선어연구회의 인사가 다수 참여한 총독부 학무국의 제3회 언문철자법 개정 시 심의위원으로 들어가 조선어연구회 의 의견을 관철시키는 데 힘을 실어주었으며 표준어사정 시 제1, 2독회 의 사정위원으로 참여했다. 이호성은 해방 전 조선어학회의 기관지『한 글』지에「보통학교 조선어 독본 어휘 조사」(제2권 6호[1934. 9. 1]~제4권 11호[1936. 12. 1])를 연재하는 등 조선어학회의 지지자였으며, 윤성용 또 한「조선어 독본에 나타난 교재 분류와 그 지도 정신」(제4권 1호, 1936. 1. 1),「방법상으로 본 독본」(제4권 4호, 1936. 4. 1),「공자의 연구(교재 연구)」 (제4권 6호, 1936. 6. 1) 등을『한글』지에 기고하는 등의 인연을 갖고 있다. 윤복영은 표준어제정시 세 차례의 독회 때 경성출신 사정위원으로 참여 했다. 양주동 또한 표준어제정시 제2독회 때 황해출신 사정위원으로 참 여했다. 이은상 또한『신가정』주간의 자격으로『한글』지에 한글맞춤법 통일안에 대한 지지를 표명한 바 있다.

　　이태준은 또한 조선어학회와 각별한 관계에 있었다. 그는 표준어제 정 시 강원출신의 사정위원으로 제1,2 독회 때 참여했다. 그 밖에도『문 장』지의 편집위원이자 조선어학회 회원이었던 이병기, 그리고 이희승으 로부터 받은 영향 등 이태준과 조선어학회의 관계는 긴밀한 것이었다.[24] 즉, 이태준이 문인 중 거의 유일하게 교과서편찬위원에 선정된 것은 이 러한 조선어학회와의 인연이 중심적으로 작용했기 때문이다. 이태준은 『중등국어교본』의 기초위원(起草委員)으로 교과서편찬에 기여한다.[25]

---

24) 이태준과 조선어학회, 그리고 이희승, 이병기 등의 조선어학회 인사와의 관계에 대해 서는 다음을 참조. 배개화,「1930년대 후반 전통담론의 탈식민성 연구」, 서울대 박사학위 논문, 2003, 182-191쪽; 박진숙,「이태준의 언어인식」,『상허학보』13, 상허학회, 2004. 8.
25)『중등국어교본』의 집필위원은 이태준, 이숭녕, 이희승이었으며 이희승이 그 책임을 맡 았다. 조선어학회,『초등국어교본 한글교수지침』, 군정청 발행, 조선교학도서주식회사, 1945. 12, 1-3쪽, 박붕배, 앞의 책, 584쪽. 그밖에,『초등국어교본』의 기초위원은 윤복영,

따라서 이태준이 교과서편찬에 어떤 영향력을 끼쳤는지, 그리고 그것이 증정판『문장강화』와는 어떤 상호관계를 맺고 있는지를 살펴보기 위해서는『중등국어교본』의 대략을 살피는 것이 좋겠다.『중등국어교본』은 주로 문인들의 글을 직접 싣는 형태로 편성되었는데 그 문인들의 명단은 다음과 같다.

『중등국어교본』상 : 조동탁·조만식·방정환·채만식·<u>박태원</u>·김광섭·한용운*·이선희·노자영·이기영·황의돈·<u>이태준</u>*·김소월·조명희·박찬모·이은상*·김동명·변영로(두 과에 수록)·이원조·<u>김기림</u>·홍명희·임화
『중등국어교본』중 : 민태원·안창호*·이희승*·<u>이만규</u>*·<u>이윤재</u>*·조윤제·심훈·이선근·이효석·<u>이태준</u>·이병기*(두 과에 수록)·<u>정지용</u>·이원조·홍명희·박화성·<u>양주동</u>·<u>박태원</u>·유창선
『중등국어교본』하 : <u>정지용</u>·이극로*·안재홍*(두 과에 수록)·김진섭·오장환·이은상*·김소월·조지훈·이희승*·정인보·조윤제(두 과에 수록)26) (별표 및 밑줄─필자)

눈에 띄는 것은 이광수·최남선 등 당시 공인된 친일문인의 글이 빠졌다는 것,27) 정치적 입장이 좌파냐 우파냐는 초월하려고 애쓴 흔적이 있다는 점이다.28) 그리고 별표[*]한 인사들의 경우 식민지 시기 조선어

---

윤성용, 이호성(책임),『한글 첫걸음』의 기초위원은 장지영, 정인승(책임), 윤재천이었다. 교과서심사위원은 방종현, 조병희, 주재중, 양주동, 이세정이었다.
26) 한글학회, 앞의 책, 308-312쪽 참조.
27) 1948년 정부수립 직후 반민족행위처벌법이 제정되고 시행방법에 대한 구체적인 논의가 이루어지는 와중에 나온『예상등장인물 친일파군상』(민족정경연구소, 1948)은 문인 가운데 이광수·김동환을 광적인 친일분자로 비판하였고, 그밖에 최남선·이헌구·유진오·김기진·박영희·정인택·주요한·김동인·모윤숙·백철·장혁주·이찬·김용제·최재서·이석훈·정인섭·유치진·박영호·노천명·홍양명·안함광·이서구 등의 친일 행적을 폭로한 바 있다. 권영민,『한국현대문학사(1945~1990)』, 민음사, 1993, 40쪽.
28) 유종호의 회고에 따르면 1948년 단정이 수립되고 나서 새 학기(9월)가 한 달 쯤 지난

학회의 핵심 멤버 아니면 관련사업에 참여하거나 적극적인 지지를 보낸 이들이다. 이는 해방 후의 정치적 상황 그리고 교과서편찬 주체의 성격에서 비롯된 산물일 것이다.

한편 박붕배는『중등국어교본』이 상당히 문학 중심의 성격을 띠고 있으며 그것이 결함 중 하나라고 지적한다.29) 그런데 당대의 상황과 국어교과서 편찬 의도 속에서 보자면 교과서에 실린 글은 문학텍스트라기보다 한글텍스트로 보는 것이 적절한 것 같다. 식민지 시기 한글전용을 시행했던 인쇄 미디어는 사실상 성경과 문학작품이었다. 따라서 급박한 국어교육수립 과정에서 문학작품은 당장에 활용 가능한 주된 텍스트였다.

이태준은 공식적으로 조선문화건설중앙협의회 소속 자격으로 참여했다. 이 단체는 임화·이태준·김기림·이원조 등이 주축이 된 조선문학건설본부(이후 조선문학가동맹)가 중심이 된 단체였으며, 잘 알려졌다시피 이태준·김기림 등을 주요인사로 내세울 만큼 민족통합적 성격을 띠었으나, 뚜렷하게 다른 입장을 견지했던 우익진영 문인들은 독자적인 행보를 취했다. 이 교과서에 우익진영의 핵심적인 이데올로그였던 김동리·조연현 등30)의 글은 실리지 않은 것은 이태준의 영향력이라고 해도 좋을 것이다. 주요한·염상섭·박종화·나도향 등 신문학 건설 초기 문

---

후에 국어교사가 국어교과서 수록 글 중 좌익으로 지목된 사람들의 글을 먹으로 지우라고 했다고 한다. 이 수업 시간에는 정복 차림의 경찰관 한 명이 들어와 교실을 둘러보았다고 한다. 그런데 교과서 이외에 보통출판물에서는 좌파 문인의 글에 대해서 심한 검열은 없었다고 한다. 유종호, 앞의 책, 264-265쪽.

29) 대표적인 국어교과서 연구자인 박붕배는 당시 중등국어교본 상·중·하 모두 문학작품이 주종을 이루고 있다고 지적했다. 박붕배, 앞의 책, 552쪽 참조.

30) 주지하듯이, 이들은 전쟁과 분단 이후, 남한의 문학권력 형성에 핵심적인 역할을 하게 된다. 이른바 문협정통파이자 오랫동안 교과서의 문인들이었던 이들이 전쟁으로 분단이 기정사실화된 직후인 1950년대 초중반에 문학개론 류 및 문학, 문장 독본류의 책을 펴낸다는 사실은 의미심장하다. 김동리의『문학개론』(정음사)은 1952년, 조연현의『문학개론』(고려출판사)는 1953년, 김동리·조연현의『현대 문예독본』은 1953년, 박목월의『문장강화』(계몽사)는 1953년, 모윤숙의『문장독본』(신향사)는 1953년에 간행된다.

인들의 글은 빠졌으나 홍명희의 글은 상권과 중권에 각각 한 편씩 들어간 것 또한 당시 좌익진영의 상징적인 구심역할을 했던 홍명희에 대한 배려가 아닌가 싶다. 그밖에 정지용·김기림·박태원은 이태준과 구인회를 매개로 각별한 인연도 인연이려니와 그들 또한 임화·이원조·이태준이 주축이 된 문인그룹의 멤버였다는 사실도 고려의 대상이었을 것이다. 이러한 교과서의 인적 배치는 여러 문학적 경향에 대한 취사선택의 결과라기보다는 해방기 여타 사회문화 영역에서와 마찬가지로 문단에도 관철되었던 정치적 헤게모니의 소산이었다.

해방 직후 국민국가건설의 직접적인 과제였던 학교교육의 재건과 국어교육의 수립과정에서 간행된 국어교과서는 이렇듯 당시 국민 만들기의 민족주의적 파토스에 부응한 것이었다. 그 결과, 교과서의 문인들은 이전과는 전혀 다른 차원의 권위를 부여받을 수 있었다. 해방된 조국에서 처음 펴낸 국어교과서에 자신의 글이 실렸다는 것은 조선의 신문학 건설이래 초유의 일이기도 하거니와 자신의 삶과 문학활동에 드리웠을 수밖에 없는 식민성의 혐의와 낙인을 지울 수 있는 유력한 통로이기 때문이다. 다른 한편으로는 중앙집권적 정책과 전국적 규모의 학교교육 시스템에 전적으로 의존하고 있는 교과서의 존재방식은 독자의 선택이라는 다분히 우연적 계기에만 의존해야 했던 문학텍스트의 유통방식에 어느 정도 안정적인 기반을 제공했다고 판단된다.

여기서 눈여겨 볼 것은, 밑줄 친 사람들―박태원·이태준·김기림·정지용·양주동, 이윤재 그리고 교과서 편집위원으로 참여한 방종현 등은 이 교과서가 편찬된 시기를 전후로 해서 문장 내지 문학독본을 간행한 이들이라는 사실이다. 이들의 독본은 국어교과서의 권위에 힘입은 것이라고 할 수 있다. 그 중심에는 문교권력의 핵심에 진입한 조선어학회, 그리고 당대 민족국가건설의 과제와 가장 밀착해 있던 문예운동그룹인 조선문화건설중앙협의회, 양자와 긴밀한 관계에 있던 이태준이 있었다.

이러한 콘텍스트에 기대어 볼 때, 그의 증정판『문장강화』의 성격은 좀더 뚜렷해진다. 증정판『문장강화』는 1940년 문장사판의 그것과 비교해 보면 체제상 내용상 커다란 변화가 없다고 하지만, 해방 후라는 정치적 각인이 전혀 없다고는 할 수 없다. 증정판의 경우, 체제와 내용 자체상의 변화는 없지만 예문을 삭제하거나 대체한 곳이 더러 있다. 전자의 경우는 제3강 운문과 산문의 예문이었던 주요한의「샘물이 혼자서」가 삭제되었다. 후자의 경우는 이광수의 글을 다른 문인들의 글로 대체하는 일관된 특징을 보이고 있다. 문장사판에 이광수의 글을 예문으로 든 사례는 총 10회였다. 이 빈도수는 정지용(12회) 다음으로 큰 것이었다. 그런데 증정판『문장강화』에서는 4회로 줄어들고, 6곳이 다른 문인의 글로 대체된다.31) 다른 문인들의 예문은 그 빈도수나 내용에 있어서 변함이 없는 데 반해 이광수의 것을 대폭 줄인 이유는 이윤재의『문예독본』에서 이광수의 글을 전면 삭제한 이유와 같은 맥락이라 볼 수 있다. 단적으로, 제4강 8절 식사문(式辭文)의 유일한 예문이었던 이광수의「鳳兒祭文」이 이태준 자신의「在外革命同志歡迎文」으로 대체되었다는 사실이 그걸 드러낸다.

　　나는 在內三千萬의 하나로서 凱旋入城하는 同胞, 特히 革命同志 여러분

---

31) 그 바뀐 사례를 열거하자면 다음과 같다. 제1강 문장작법의 새 의의 1. 문장작법이란 것 중 이광수,「愛慾의 彼岸」→염상섭,「사랑과 罪」; 제3강 운문과 산문 3. 산문 중 이광수,「無明」→안회남,「老人」, 한설야,「술집」; 제4강 각종 문장의 요령 4. 서정문의 요령 중 이광수,「이 人生의 恩惠와 死와」→홍명희,「죽은사람을 생각하며」, 이광수,「「義의 人」→충정공 민영환,「訣告文」; 8. 식사문의 요령 중 이광수,「鳳兒祭文」→이태준,「在外革命同志歡迎文」; 제6강 제재, 서두, 결사 기타 2. 서두에 대하야 중 이광수,「梧桐」→안회남,「病苦」, 이무영,「作亂」. 한편, 1948년 판을 저본으로 삼은『아버지가 읽은 문장강화』는 1947년 판과 달리 밑줄 친 이광수의 두 글이 제4강 10. 수필의 본문이 끝나는 곳에 수록되어 있다. 그 이유에 대해서는 확신할 수는 없지만 당시 이태준은 월북한 상태였으며, 이광수의 책 또한 간행했던 박문서관이 자체적으로 재편집을 하면서 그렇게 되지 않았나 싶다.

을 歡迎하는 말씀을 드리고자 한다.

歷史 오랜 民族으로 興亡 없는 民族이 있으리오만, 이번 우리처럼 外敵에게, 深刻한 制壓을 받는 民族은 人類史上 그 類가 드물 것이다. 같은 被壓迫民族에서도 우리는 그 環境과 比重을 달리해, 「民族自決」을 標榜하던 國際聯盟 時代에도 우리 手足은 풀리지 못하였었다. 안으로는, 民族의 最後財인 母語와 禮俗까지도 消滅되는 危機에 直面했었고, 밖으로는, 國境以北과 自由都市上海까지도 敵勢圈內에 들어, 世界는 넓다 하나 우리 革命同志는 旗 들 하늘이 없고, 칼 짚을 땅이 없었던것이다. 우리 民族의 自由란 百年河淸을 기다림같이 茫漠한 것이었는데, 문득 오늘, 이 解放과 自由의 鍾소리란 果然 무슨 꿈인가!

(…중략…-인용자)

敵의 가지가지 奸策과 暴政下에, 우리는 敵을 위하는 銃을 들어야 했고, 우리는 피처럼 아픈, 뜻 아닌 말과 글을 배알아야 했다. 呼訴할 곳이 없이 蹂躪될 대로 蹂躪된 民族의 貞操, 오오, 우리는 차라리 禽獸와 蠻人으로 못 태어났음을 얼마나 恨하였던가! 이제 무슨 낯으로 聖汗에 젖은 同志들의 偉容을 우러러 볼것인가!(…이하 하략-인용자)[32]


이태준 자신의 글인 이 예문은 해방 전/후의 『문장강화』를 동일한 텍스트로 바라보는 시각에서는 눈에 띠기 어렵지만, 『문장강화』의 다른 예문들과는 질적으로 다른 역사성을 지니고 있으며 나아가 증정판이 1940년의 그것과 역사적 콘텍스트가 다르다는 것을 그 자체로 증언한다. 즉, 이태준은 이 예문을 통해 아주 은밀하게 자신의 증정판『문장강화』의 서문을 대신했던 셈이다. 소멸될 위기에 처했던 민족의 최후재인 모어가 부활한 곳에 이태준은 제 뜻과는 다른 말과 글을 뱉어야 했던 자신의 입과 자기 손을 자신이 정초한 독본의 모국어로 재정화시키려 했다. 이처럼, 해방 조국건설의 사명과 직결된 역사적 콘텍스트와 만나는 곳에서 일으킨 텍스트내의 미묘한 변화는 국어와 국가라는 보다 상위의 심급에 의해 견인된 것이었다.

---

32) 이태준, 『문장강화』, 박문서관, 1947, 170-171쪽.

한편 증정판『문장강화』는 교과서의 교과서의 위치를 점하고 있었다. 해방 후 증정판『문장강화』는 최현배가 프린트 해서 펴낸『한글맞춤법통일안』과 함께 꽤 잘 팔린 책으로 당시의 출판인에게 기억되고 있는데,33) 이태준·최현배34) 모두 국어교과서의 편찬위원이었으며, 당시 참고서가 없던 시절에서 그들의 책은 교과서의 실린 교과내용을 심화하는 형태였기 때문에 교과서의 교과서 역할을 했을 것이다. 다른 문인들의 문장·문학독본은 대개가 자신의 작품이나 글 중에서 문범을 뽑아 나열하는 것이 통례였으며, 이태준 자신도 비슷한 형식의『상허문학독본』(백양사, 1946)을 낸다. 허나『문장강화』는 훨씬 세분화된 체제 속에 여러 문인의 글을 삽입하고, 앞뒤의 부연설명을 통해 각각의 문례의 유형과 전범적 성격을 부각시키고 있다. 또한 앞에서 일별했듯이,『중등국어교본』상·중·하에 글이 실린 문인의 범위와『문장강화』의 그것은 거의 중첩되어 있다. 예컨대, 교과서에 이태준 자신의 글이 두 번 실렸으며, 정지용·박태원·김기림 등이 눈에 띤다. 이들은 해방 전에 구인회의 멤버로서 이태준과 긴밀한 관련이 있으며,『문장강화』에서 이태준이 빈번히 예문을 들던 글의 주인공들이기도 하지만, 조선문학건설본부에 참여했던 인사들이었다. 그밖에도『중등국어교본』에 실린 글과『문장강화』에

---

33) 대담, 「8·15 직후의 대구 출판계 2—계몽사창립 전후—김원대씨」,『출판저널』48, 1989. 9, 6쪽. 흥미롭게도 해방이 되고 나서야 학교에서 모국어수업을 받을 수 있었던 세대의 대표적 작가인 최인훈은 자전적 소설『화두』(민음사, 1994)에서, 비평가 유종호는 최근『나의 해방전후』(민음사, 2004)에서 이태준의『문장강화』,『소련기행』등을 당시에 깊은 인상을 받았던 책으로 회고한다.

34) 최현배는 학무국의 교과서과장으로 별도로 다뤄야 할 만큼 이 시기 교과서편찬의 실질적 책임자로서 활약했다. 그는 오천석, 최승만, 유억겸, 김성수와 함께 군정 초기 학무국에 발탁된다. 특히 오천석, 최승만, 최현배의 경우 학무국 기록에 "처음 10일간 학무국에 온 3명의 한국인들이 너무 많은 일을 하고 영향력이 대단했으므로 그들의 이름을 밝히지 않을 수 없다"고 할 정도의 인물들이었다고 한다. 최현배는 당시 시급했던 교과서 문제를 해결하는 데 적임자라는 점 때문에 등용된 것으로 보이는데, 그는 조선어학회 활동을 통해 이미 자신의 입지를 마련하고 있었다. 김용일, 앞의 논문, 84-85쪽.

실린 글이 아예 중복되는 경우도 있다. 해방 전/후의『문장강화』두 텍스트에 모두 실린 글로는, 방정환의 「어린이예찬」은 『중등국어교본』상의 2과의 내용이며,『조선일보』의 사설인 「일초 일목에의 사랑」 또한 마찬가지로 상권 37과에, 변영로의 「시선에 대하여」와 홍명희의 「온돌과 백의」는 각각 상권 38, 48과에 수록되었다. 또 역으로『중등국어교본』중권의 28과 홍명희의 「죽은 사람을 생각하며」는 증정판『문장강화』에서는 이광수의 글을 대체하여 수록된다. 해방 후의『문장강화』는 이태준 자신이 참여한 국어교과서의 편찬과 그 결과인 국어교과서와의 피드백을 통해 만들어졌으며, 거기에 기대어 존재하고 있었다. 조선어로 쓰여진 글과 문학작품이 국어교육의 필요불가결한 물질적·이데올로기적 토대를 구성하게 된 역사적 상황이 출현하고 나서야『문장강화』는 자신의 존재성을 더욱 여실히 과시할 수 있었다.

애초에『문장강화』는 문학적인 것을 가운데 놓고 글쓰기의 전 영역을 아우르는 완결적인 성격을 가지고 있었다.[35]『문장강화』의 체계성과 완결성은 실상 일본에서 이미 간행되었던 독본과 강화를 참조로 해서 얻어진 것이기도 하지만,[36] 일본의 그것과 달리 그 체계성과 완결성은 자족적인 것이기도 했다. 왜냐하면 제국의 언어 편제 안에서 조선의 문학독본이나 강화는 어디까지나 지방적인 것, 문학과 생활의 범주 안으로 분절된 것에 불과하기 때문이다. 즉,『문장강화』는 결국 피식민 지방문학으로서의 조선어 문학의 전범 제시라는 제한된 카테고리로 수렴될 수밖에 없는 운명이었다. 해방은 이 운명을 뒤바꿔놓았다. 국어와 국가라는 보다 초월적인 심급의 작용 아래서 이 텍스트는 재정의되고 재구성되었던 것이다. 국가건설의 핵심적 과제인 국어교육의 재건에 역동적으로 조응해 들어갔던 상황의 소산인 증정판『문장강화』는 문학의 영역

---

35) 천정환, 앞의 논문, 201쪽.
36) 일본의 문장강화와 독본류 서적의 영향관계에 대해서는 박진숙, 「이태준 문학 연구」, 서울대 박사학위논문, 2003, 148쪽 참조.

을 초과한 위상을 갖게 되었다. 애초부터 이 텍스트가 갖추고 있었던 체계성과 완결성은 비가시적이고 잠재적인 독자를 대상으로 한 '계몽'이 아니라 전국적으로 시스템화된 학교 '교육'을 등에 지고서야 그 자족성을 벗어던질 수 있었다.

## 3. 식민지하 조선어글쓰기 담론과『문장강화』

해방 후『문장강화』는 해방 전『문장강화』와 전혀 다른 장에, 전혀 다른 존재방식을 취하고 있었다. 그 역도 성립한다.『문장강화』에서 뚜렷하게 부각된 이태준의 언어인식에 대해서, 박진숙은 조선어학회의 한글운동, 그리고 경성방송국에서의 이태준의 활동, 그리고 조선어가 방언으로 전락해 가던, 그리고 그것을 암암리에 내면화가던 일제 말기의 상황과 관련지어 논의한 바 있다. 결론적으로 이태준은 "한글로 쓴 것만이 조선문학"이라는 강경한 원칙을 '조선적인 것'의 구현으로 실현하면서 일제 말기 식민정책에 대한 성찰적 대응을 보였으며, 이러한 원칙은 해방 이후 국가건설을 전제한 민족어에 대한 강조로 나타나게 되는 발판이 되기도 했다는 것이다.[37] 배개화 또한 그가『문장강화』를 집필하고, 문장작법을 표준화하려고 노력했던 것은 태평양전쟁으로 치달아가던 상황에서 아름다운 것=조선적인 것을 지키기 위한 일환이자 그의 최소한의 도덕성을 보여주는 것이라고 평가한다.[38] 두 연구자의 논의는 이태준의 언어인식에 대한 가장 최근의 논의이자 기존 연구보다는 당대의 콘텍스트를 풍부하게 참조하면서 전개되었지만, 전통 내지 조선어의 물신화가 역설적으로 보편주의를 지향했던『인문평론』의 최재서와 달리 심정적 저항의 근거가 될 수 있었다는 김윤식의 오래된 주장의 연장선

---

37) 박진숙, 「이태준의 언어인식」,『상허학보』13, 상허학회, 2004. 8.
38) 배개화, 「1930년대 후반 전통담론의 탈식민성 연구」, 서울대 박사학위논문, 2003.

상에 있다.39)

이 즈음에서 『문장강화』가 성립되기 위해서 무엇이 지워지거나 은폐되었어야 했는가를 묻고자 한다. 해방 전 『문장강화』를 둘러싼 콘텍스트는 사실 그러한 텍스트의 성립을 불가능하거나 무용지물로 만들기에 충분한 것이었다. 서둘러 말한다면, 『문장강화』는 그러한 콘텍스트를 억압하거나 은폐한 위에서만 성립할 수 있는 텍스트였다.

『문장강화』를 통해 근대적 글쓰기의 방법, 그리고 용도에 따라 분류된 문장의 종류와 문체의 유형 등의 체제 아래 한글 글쓰기의 전범을 제시하고자 했다. 문제의 예각화를 위해 단순화하자면, 『문장강화』의 짜임새란 일련의 체체에 맞춰 각 항목에 걸맞는 '텍스트'를 배치한 형태이다. 『문장강화』에는 한글로 쓰여진 고전문학인 『춘향전』과 『장화홍련전』이 예로 제시되고 있으나 그것은 부정적 참조물이었다.40) 그 근본적인 이유가 고전소설의 태생적 기반이 낭독 내지 구연(口演)에 의존해 있기 때문이라는 점은 이미 지적되었다. 박헌호는 일찍이 낭독에서 묵독으로의 전환 속에서 탄생된 근대소설의 본질적 요소인 '문자성'에 대한 자각, 그리고 거기에 기반한 묘사의 강조를 이태준의 소설론의 특질이라고 평가한 바 있다.41) 넓은 의미에서, '문자성'의 자각은 비단 식민지 조선에만 국한되지 않는 근대 인쇄미디어의 광범위한 유통과 '사실성' 중시의 근대 에피스테메의 결합을 자신의 모태로 삼는 소설장르에 대한 이해로 접근가능하다.42)

---

39) 김윤식, 『한국근대문예비평사』, 한얼문고, 1973.;『한국근대문학사상비판』, 일지사, 1978.;『해방공간의 문학사론』, 서울대학교출판부, 1989.

40) 이와 반대로, 『한중록』이나 『조침문』과 같은 내간체는 긍정적 참조물이었는데, 이들 내간체 문학은 『춘향전』이나 『장화홍련전』과 같은 작품과 그 발생과 향유 방식 자체가 달랐다는 데 있을 것이다.

41) 박헌호, 「이태준 문학의 소설사적 위상」, 성균관대 박사학위논문, 1997, 40-41쪽 참조.

42) 이러한 인식은 이광수에게서 이미 나타났다. 이광수는 「문학이란 하오」(1916)에서 구비전승 제외한 문자로 된 것만을 문학의 범주에 넣었으며, 일상어의 사용 자세한 묘사를 문학이 갖추어야 할 필수요소로 꼽았다. 여기에 가장 부합하는 장르는 소설이라 할

한편으로 조선어학회의 한글운동을 계기로 1930년대 본격적으로 촉발된 '조선어'에 관한 담론43)이 '문자'와 '글쓰기' 방식 문제로 경사되었다는 것을 지적하고자 한다. 조선어학회의 한글운동부터 주목해 보자면, 그것은 균질화된 활자어를 매개로 한 출판인쇄 미디어의 전면적 획득을 지향했다. 한글맞춤법통일안 제정과 표준어 사정 등으로 나타난 한글운동은 언어는 균질화된 교환매체라는 인식 하에, 그것의 유통과 보급을 위한 매체(media)로서 학교·교회·신문사, 나아가 근대국민국가와 같은 시스템을 적극 활용하면서 그 영향력을 넓힐 수 있었으며, 어떤 의미에서 한글맞춤법통일안 채용이라는 단일한 실천의 형태 때문에 전폭적인 지지를 받을 수 있었다. 조선어학회의 한글운동이 그 권위를 인정받게 된 결정적인 동기는 1930년 2월 공포된 총독부 학무국의 제3회 언문철자법개정에 자신들의 의사를 관철시켜, 자신들의 맞춤법이론이 적용된 조선어과목의 교과서가 출판되고서부터이다. 그 후 한글운동은 신문·성경, 잡지와 각종 종류의 인쇄 미디어에 신철자법을 채용할 것을 주장하는 운동의 형태를 띠었던 것이다.44) 그러나 역설적이게도 이러한 운동방식이 성공적일 수 있었던 또 하나의 이유는 식민지적 언어상황의 본질적 국면을 문제삼지는 않았다는 데 있다. 즉 한글운동은 식민지배가 낳은 언어상황의 근본적인 사태인 이중언어의 상황, 특히 학교교육 현장에서 갈수록 그 존립 여부가 의문시되었던 상황을 은폐해야만 가능

수 있다.

43) 소설이나 시 문학작품은 성경과 함께 이미 한글 전용을 실천한 중요한 미디어로 인식되었다. 그렇다고 해서 문인들이 언제나 옹호되었던 것은 아니다. 한글운동은 문자어의 통일과 정리를 목표로한 어문의 근대화운동이기도 했기 때문에, 이에 문인들은 조선문학의 요체로서 조선문, 즉 한글에 대한 각자의 생각을 밝힐 것을, 또 의식적으로 고민할 것을 요구받게 된다. 즉, 민족어의 풍부화와 순화(醇化)에 기여하기를 요구받았던 것이다. 조선어와 조선문학의 관련성을 직접적으로 다룬 글들이 조선어학회의 한글맞춤법통일안제정(1933)과 조선어표준말공포(1936)를 전후로 한 시기에 대거 발표된 것도 이같은 사정 때문이라고 할 수 있다.

44) 이혜령, 「한글운동과 근대 미디어」, 『대동문화연구』 47, 대동문화연구원, 2004. 9, 참조.

했던 운동이다.45) 단적으로, 조선어학회의 한글운동은 조선어교육과 관련하여 유독 교과서의 철자법문제에만 관심을 기울였으며, 교육용어의 문제나 조선어교육의 존폐를 결정짓는 내선공학(內鮮共學) 실시와 같은 식민지 교육정책에 관해서는 함구했다. 오히려 조선어학회는 1936년부터 기관지『한글』에 당시의 모든 잡지나 서적에 의무화된 황국신민서사를 게재하고, 다른 잡지에서 찾아보기 힘든 신년봉축사를 매년 1월호에 싣고, 사언(社言)으로「국민정신총동원 '총후보국강조주간'에 대하여」라는 글을 싣는 등46) 일제 말기 전시파시즘체제의 정책에 협력한 대가를 통해 그 활동을 지속시켰다. 그것은 조태린의 지적처럼 그간 일제 하 민족주의운동의 최후로 보루로 평가되어온 조선어학회의 명예를 손상하고도 남을 만큼의 노골적인 친일행위라고 할 수 있지만,47) 한글맞춤법통일과 표준어사정 등 문자표기방식, 그것의 실천방안인 인쇄매체 획득에 집중하여 그 영향력을 확대할 수 있었던 운동방식의 지속이 낳은 결과였다.

筆者는 끝으로 年前, 朝鮮語學會와 朝鮮語學研究會와의 '綴字法'을 中心으로 한 分爭에 集團的으로 그 一方의 聲名書의 署名한 百에 가까운 文學者諸位들에게 이 一文을 드리면서 지금 모든 敎育者, 言語學界들이 最大의 興奮을 가지고 絶叫하는 '共學制'에 對하야 大體 무엇을 하고 있는가를 反問하고 싶다. 저 聲明書에 署名한것과 같은 朝鮮語文에 대한 높은 關心은

---

45) 이는 '한글'이란 명명이 이를 시사하는데, '한글'은 훈민정음을 비하한 의미의 諺文의 대척점에 놓인 용어로 쓰이기도 했으며, 주시경을 이은 조선어학회 그룹의 철자법 내지 문법을 쓰는 조선어문을 지칭하여 '한글'이라 하기도 했다. 무엇보다 '한글'은 國文이란 명칭을 쓸 수 없는 데서 나온 용어이다. 즉, 이민족의 언어인 일본어가 국어의 지위를 찬탈한 식민지배의 상황은 '한글'이라는 명명을 가능하게 한 역사적·정치적 배경이지만, 그러한 명명에 의해 은폐되기도 했던 것이다. 이혜령, 앞의 글, 참조.
46) 조태린,「일제시대 언어정책과 언어운동에 관한 연구」, 연세대 석사학위논문, 1997, 116쪽.
47) 조태린, 앞의 논문, 115-117쪽 참조.

一場夢事이었든가?[48]

　윗 글의 필자인 임화는 조선어학회와 조선어학연구회의 한글철자법을 둘러싼 논쟁에서 조선어학회 편을 거의 일방적이라 할 만큼 편들어주면서 한글에 대한 관심을 보이던 문인들[49]이 조선어의 존립 자체를 위협하는 내선공학 문제에 대해서 일말의 관심을 보이지 않는 현실을 비판한다. 내선공학은 1938년 조선교육령개정과 그것에 잇따라 나온 각급학교규정 개정에 의해 현실화되지만, 그런 소문은 그 이전부터 횡행하였다. 내선공학이 실시된다면, 조선어교과 자체가 폐지되는 것은 물론 아동들의 일상적인 조선어사용이 금지되리라는 불안감이 증폭되고 있었다. 이런 상황에서, 여전히 맞춤법 시비를 가리고 사어(死語)나 고어(古語)를 부활시켜서라도 순한글을 사용할 것인가 말 것인가를 두고 의견이 분분한 것 자체가 임화가 보기에는 지나치게 안이하며, 그토록 조선어에 대한 논의가 쇄말화 되어가고 있다는 것이 진정 '조선어'의 위기이자 조선문학의 위기상황이었던 것이다.

　조선문학의 토대 자체가 식민적이며, 식민화의 심화에 따라서 그 운명을 장담할 수 없으리라는 불안감은 1930년대 중후반 조심스럽게 제기되었다.『삼천리』가 주최하고, 조선·동아·조선중앙 세 신문사의 학예부장(순서대로 홍기문·서항석·김복진)과 이화·연희·보성전문 세 학교의 교수 4인(김상용·정인섭·손진태·유진오)가 참석해서 <문예운동의 모태인 한글어학의 장래를 위한 대책여하>라는 주제하에 열린「문예정책회의」(『삼천리』제8권 6호, 1936. 6) 그리고 바로 연달아『삼천리』가 실시한 설문「『조선문학』의 정의 이러케 규정하려 한다!」(『삼천리』제8권 8호,

---

48) 임화,「조선어와 위기하의 조선문학」, <조선중앙일보> 1936. 3. 8~3. 24.
49) 임화 자신도 1934년 7월 9일 문예가 78명이 발표한「한글철자법 시비에 대한 성명서」에 서명했다. 이 성명서는 이태준『문장강화』의 제4강 각종 문장의 요령 중 논설문의 문범으로 제시되어 있기도 하다.

1936. 8)는 불안감과 그 불안을 완강한 낙관론으로 봉쇄하거나, 아주 우회적인 방식으로 '조선문' 자체의 개념을 상대화함으로써 그 불안감을 중화시키려 하는 등 단일하지 않은 스펙트럼을 보여준다.

(ㄱ) 鄭寅燮(延禧專門學校文科教授) 한글語學의 運命問題는 실로도 크고도 根本問題인데 솔직하게 오늘날 現象을 말한다면 作家側에서는 特別한 愛着을 가지고 한글의 美化, 方言의 發掘等에 情熱을 퍼붓고 있지만은 한편 讀者層에서 생각해보면 한글 語學物에 대한 興味가 衰退하여 지고 있는 것이 事實이여요. 그 原因은 社會情勢가 變하여짐에 따라 저절로 實用語, 公用語에 끄을려 가는 점, 또 한가지는 學校教育이 그래서 이 趨勢는 朝鮮出版市場에 나타난 出版物과 딴 곳 出版物과의 對比에서 分明하여 짐니다. 그러나 이 傾向이 언제까지 갈 것이냐 하는데 대한 豫斷을 할 수 없스나 한 개의 言語脈이 그리 쉽사리 사라지는 例가 없슴니다. 不得已하여서 實用語로서 사라지는 限이 잇슬지라도 古典語, 學術語로서라도 命脈을 가지고 있지요. 현재 라텐語가 이것을 說明하고 있지 안슴니까.

(ㄴ) 만일 우리가 今後 몇 世紀를 지난 뒤에 우리의 通用文字가 母語와 一致하지 않는 時代가 온다면(勿論 우리는 母語의 純粹性의 保持와 및 母語와 通用文字와의 一致를 爲하야 積極的으로 努力하여야 하겟지만) 그때에 이른바 朝鮮글이란 것은 또 어떠한 文字가 되는지 모를 것이다. 世界共通語에 其한 文字가 될넌가, 또는 張赫宙씨의 諸作이나 姜鏞訖씨의 諸作이 그 時代의 普通文字와 같은 文字를 사용하였든 關係로 朝鮮文學에 編入될 때가 올넌가.

(ㄱ)은 「문예정책회의」에서 정인섭이 한 발언이며, (ㄴ)은 서항석이 「『조선문학』의 정의 이러케 규정하련다!」는 설문에 대한 서항석의 답변 중 일부이다. 여기서 표면화되지는 않았지만 배면에 놓인 현실은 당시 조선어의 불길한 운명이며, 그것은 정인섭에게서는 조선어의 제3의 존재방식―고전어와 학술어―을 고려하는 인식을, 서항석에게는 '조선문' 자체의 개념을 상대화하는 인식을 낳았으며, 따라서 조선문학에 대한 정

의도 유동적이고 상대적이었다. 서항석은 이 설문에서 연암과 일연이 쓴 한문은 당시의 상황과 조건상 조선글로 볼 수 있기 때문에 그들의 문학은 조선문학에 속한다고 답했다. 같은 맥락에서 현재의 아일랜드와 인도처럼 그 불운 때문에 출판과 교육상 모어보다는 영어를 사용하고 있으며 영어가 문학표현의 도구가 된 상황을 고려한다면, 타고르나 예이츠의 영문으로 쓴 문학을 각각 인도문학·아일랜드문학으로 받아들일 수 있다는 논지를 편다. 서항석의 진술에는 민족문학의 본질적 요소인 민족어의 가변적이며 의제적(擬制的, fictive) 성격이 부지불식중에 폭로되고 있다.

'조선어'의 운명, 그리고 그것과 결부된 '조선문학'의 정의에 관한 논의는 불가피하게 성찰한 적 없거나 함구해 왔던 신문학 건설이래 발전해온 조선문학의 식민적 기반과의 충격스러운 대면을 야기했다. 민족문학으로서 근대문학은 3·1운동 후 문화통치로의 전환에 의한 각종 법적·제도적 조치가 주요한 물적 기반이었기에, 식민지배전략의 변화 예컨대 신문지법·잡지법 등의 변경만으로도 그 기반의 붕괴가 가능했다.[50] 더욱이 사전검열을 비롯해 압수·수색 등 출판억압이 심했음에도 불구하고 식민지 시기 내내 출판법에 의해 발행된 잡지의 건수가 가장 높은 것이 '문예'관련 잡지였으며 단행본의 경우도 족보 다음으로 소설·문집의 비중이 컸다.[51] 따라서 비관론이 현실화되리라는 예상은 어려운 것이었으며, 지배적인 낙관론의 근거 중 하나는 이렇게 텍스트의 물질성에 기초해 있었는지도 모른다.

여하튼, 비관론을 내세우든 낙관론을 내세우든 지금 당장 무엇을 할 것인가는 사회의 추세가 그렇기에 문학자들이 더욱 조선어문의 수호에

---

50) 실제로 일제는 1937년 중일전쟁이 발발한 이후 언론기관 장악 및 통제계획을 세웠다. 이 계획에는 조선인 발간의 민간신문 통합 내지 폐간이 주요한 내용이었다. 이에 대해서는, 최유리, 『일제 말기 식민지 지배정책연구』, 국학연구원, 1997, 34-55쪽 참조.
51) 정진석, 『한국언론사』, 나남출판, 2001, 307-308쪽, 394~396쪽 참조.

나서야 한다는 당위론으로 떨어지거나 조선어에 대한 관심을 어떻게 기울일 것인가는 어떤 단어를 어떻게 쓸 것인가의 디테일한 주제로 대체되는 양상을 보였다. 예컨대, 한자사용 여부, 신어(新語)의 창출이나 고어(古語)의 부활, 외래어의 수입 문제, 표준어와 방언의 문제 등이 주된 화제였으며52) 조선어학회가 제기한 주장의 자장 안에 있는 것들이었다.

여기서 우선, 이태준의 『문장강화』는 이러한 주제를 고스란히 수렴하고 있다는 사실을 환기해 두고 싶다. 『문장강화』의 <제2강 문장과 언어의 제문제>에서 제시된 키워드는 외래어와 한자어, 신어의 창출, 표준어와 방언의 사용조건, 의성어와 의태어 등이다. 이러한 키워드의 운용과 이태준 나름의 견해는 그 자신의 고유한 생각이라기보다 1930년대 중후반 꾸준히 논의된 주제를 수렴한 성과라고 보는 것이 적절하다.

이태준의 문장론이 기본적으로는 플로베르의 일물일어설(一勿一語說)에 비견될 만한 어휘선택의 적확성을 지향한다는 사실은 누차 지적되어 왔다. 그것은 이처럼 어휘선택 문제로 경사된 조선어 글쓰기를 둘러싼 담론의 자장 속에서 형성된 것이었다. 특히 어감과 감각 재현 중시는 이태준의 문장론의 특성이라 평가되어왔지만53) 어감과 감각 재현 중시의 문장론은 기본적으로 형용사와 어미의 다기한 활용에 근거한다는 점에 주목해보았을 때는 새로운 사실이 나타난다. 당대의 담론에서 형용사, 관형사, 부사 등 수식언의 풍부함과 어미의 다양한 활용은 조선어의 가장 뚜렷한 장점이자 가능성으로 제시되었던 것이다. 예컨대, 『문장강화』의 인용문으로 제시된 홍기문의 「한 사람의 언어학도로서 문단인에 향한 제언」(『조선일보』, 1937. 6. 15~7. 7)의 대목이나 이희승의 「사상표현과 어감」(『한글』 제5권 9호, 1937. 10) 등은 주로 수식언의 풍부함과 어미

---

52) 당시 이러한 논의의 총체적 양상을 잘 보여주는 글로는 다음을 참조. 임화, 앞의 글; 한식, 「문학의 대중화와 언어문제」, <조선일보> 1937. 6. 15~7. 7.; 홍기문, 「한 사람의 언어학도로서 문단인에 향한 제언」, <조선일보> 1937. 9. 18~9. 26.

53) 배개화, 앞의 논문, 135-140쪽.

의 활용에 의한 어감의 미묘한 변주를 조선어의 장점으로 꼽았다. 심지어 김문집은 "과연 조선말을 미각해보라. 그 얼마나 깨소금같이 고소하고 봉선화의 그 한때와도 같이 아기자기하며 은방울을 궁둥이 뒤로 미러낼 정도로 동골동골한가를"54)과 같이 형용사의 나열로 조선어의 특장을 이야기할 정도였다.

> 이들(文學語上의 形式主義－인용자) 은 隨筆이나 若干의 젊은 詩人들의 作品에서 볼 수 있는 것과 같이 言語를－內容을 去勢하고 그 音響의 一點에서만 驅使하랴는 사람들로서 그들의 特徵은 모든 感情과 意志를 表現하는데 不足이 없는 朝鮮語를 그저 곱고 시내물 소리같이 고요하며 여자의 속삭임같이 『甘味』한 것으로 不具化시키는 것이다. 이들의 손에서 朝鮮말로 그 男性的인 모든 要素를 去勢당하고 女性化의 一路로 모라넣는 것이다. 要컨대 衰殘해가는 民族의 言語에 相應하도록 朝鮮語는 改變되는 것이다.(임화, 「조선어와 위기하의 조선문학」)

당면한 언어상황의 근본적 곤란을 회피한 조선어 담론의 경향과 그 실험은 형식주의 내지 미문주의를 수반할 수밖에 없었으며, 이에 대해서 임화는 위와 같이 비판했다. 감각어 중심의 언어 구사가 민족어의 여성화를 낳으며, 그것은 쇠잔해가는 민족의 언어에 상응하는 것이라는 지적은 여성표상과 결합된 식민주의적 수사를 쓰고 있기는 하지만 타당한 면이 있다. 감각어의 풍부함이라는 조선어의 특장이란 한문 내지 한자로부터의 탈구를 통해 순우리말의 경계가 정해졌기 때문에 성립된 것이자 그러한 역사성을 몰각했기 때문에 오랫동안 유지된 것이기도 하다. 더욱이 이태준이 그토록 강조한 소설에서의 담화와 묘사를 통해 드러내야 할 개성 있는 인물의 정체란 대게 젠더적으로는 여성, 계급적으로는 하층민, 그리고 지역적으로는 지방민이었다는 데 주목할 필요가 있다.

---

54) 김문집, 「한글예술의 개성론－언어의 생리성을 운위하면서」, 『조선문학』 제2권 11호, 1936. 11.

오랜동안 한자문명권의 자장 안에 있었던 역사도 역사려니와 세계체제로 편입된 조선에서 근대적 문명은 불가피하게 신생한자어의 번역과정을 거쳐야 했다는 사정을 고려할 때, 한자, 한자어를 조선어의 순수성과 조선문학의 내셔널리티를 저해하는 이언어로 끊임없이 배제하면서 창출된 소설의 문체가 <형용사와 방언의 제국>으로 귀결된 것, 그리고 그러한 미학이란 비문명 또는 반문명의 공간인 자연과 시골, 하층민의 표상으로 결정화(結晶化)될 수밖에 없었던 것은 당연한 결과일지도 모른다.55)

물론 이태준은 한글전용론자는 아니었다. 조선어학회의 가장 과격한 이데올로그인 최현배가 그 중심에 선 한글전용론을 문인 중에서 지지한 예는 발견하지 못했다. 한글전용론은 그 실천 상 생경한 신어와 역사적 사회적 변천에 따라 사라진 사어와 고어의 부활을 야기했기에 복고주의적이며 심지어는 파쇼적 작태라는 비난을 당했다.56) 문자사용의 관습상 생경한 단어의 출현에 대한 저항감이 근원적인 이유겠지만, 한편으로는 신문학 건설이래 비평이나 논설, 학술적인 글에는 한자 내지 한자어를 섞어쓰면서 작품창작만은 순한글로 하는 문체의 이원화 양상은 관습화·내면화되었기 때문이다.

> 描寫本位라야 할데서는 아모래도 漢字語는 具體力이 적다 아니할 수 없다./ 그러나 文章이란 모도가 描寫를 爲해 써지는 것은 아니다. 文學의 大部分은 描寫이나 學問과 論說은 描寫가 아니라 理論이다.(이태준, 『문장강화』, 문장사, 1940, 70-71쪽)
> 이런 文章들에서 漢字語들의 正當한 勢力을 無視할 수는 없다.(상동, 72쪽)
> 漢字語는 術語, 즉 敎養語가 많다. 敎養人의 思考나, 感情을 表現하려면

---

55) 이러한 논의는 내가 아직 발표하지 않은 논문 「소설의 골상학—조선어/방언의 표상」에서 편 바 있다.
56) 대표적으로는 인정식, 「복고주의에 의거하는 조선어연구운동의 반동성」, 『정음』 21, 1937. 11.

도저히 俗語만으로는 滿足할 수 없는 것이다.(상동, 75쪽)

이태준의 한자어에 대한 인식은 이렇듯 이미 관습화·내면화되어 온 문체의 이원화 양상의 재확인에 다름 아니다. 조선어학회의 한글전용론은 학술적·전문적 용어, 즉 술어와 일상적으로 쓰이는 한자어를 한글로 바꿔쓰자는 데 집중되었다. 가령, 학교를 배움집으로, 문법을 말본으로 바꿔쓰는 것이 그 예이다. 그것은 복고주의적인 경향이라기보다는 그 자체로 문명어의 문제이자 근대적 학문제도를 현재의 조선어가 감당할 수 있는가, 즉 조선어의 근대성과 관련된 문제였다.[57] 사실 여기에 대한 절망에서 조선어의 결여태가 발견되었다. 이는 왜 '조선적인 것'의 구현이 반문명과 반근대성의 표상에 의탁해야 했는가의 또 다른 근거였다.[58]

이태준의 『문장강화』는 글쓰기 장르에 따른 문체의 배치―주로 단어의 선택과 배치를 위주로 한―를 체계화·규범화한 것이다. 그것을 가능하게 했던 콘텍스트는 속문(屬文)의 글쓰기가 근대문학, 특히 소설에서는 현저하게 속문(俗文)의 지향으로 굴절되면서 나타난 문체와 한자어에 의지해 쓰는 교양적인 문체로 분화되어온 역사적 과정이며, 조선어의 운명을 둘러싼 식민적 콘텍스트에 대한 성찰 없이 단어의 선택 문제로 제한했던 1930년대 중후반 조선어 글쓰기 담론이었다.

강조하건대, 단어의 선택문제로 제한되었던 이유는 철자법의 채용을 근대 인쇄미디어의 획득차원에서 실천하고자 했던 조선어학회의 한글운동의 방식과 긴밀하게 관련되어 있다. 단어 하나하나의 내셔널리티를

---

57) 술어(術語) 문제에 대한 당시의 비교적 진지한 논의로는, 김기석, 「논리의 언어로서의 조선어」, 『사해공론』 제4권 7호, 1938. 7.; 고재휴, 「과학어로서의 조선어의 통일」, 상동, 참조.

58) 정종현은 일제 말기 조선문학의 지방문학화와 이태준의 작품의 상호텍스트성에 대해서 다룬 바 있다. 정종현, 「제국/민족 담론의 경계와 식민지적 주체―1940년대 이태준 '문학'에 나타난 혼종성」, 『상허학보』 13, 상허학회 편, 2004. 9, 120-125쪽 참조.

판별하거나 한 단어의 정서법을 가린다는 것 자체가 근대 인쇄기술에 의한 언어의 형성과 고정화에 의해 가능한 것이기 때문이다. 인쇄는 모든 언어적, 사회적 형식을 평준화시키는 기능을 했다는 맥루한의 주장에 따르면, 이 사태는 인쇄술에 의한 언어의 '시각적 양식'의 보편화이며, 여기에서야 비로소 바른 문법, 하나의 문자에는 하나의 소리, 하나의 단어에는 하나의 의미라는 식의 주장이 정당화될 수 있었다.[59] 글쓰기의 규범이란 바로 언어의 규범화와 고정화라는 가정 없이는 불가능한 것이다. 나아가, 인쇄술에 의해 구어적 상황에서는 일상적으로는 자각될 수 없는 민족어가 시각적 형상으로 실체화되었다. 이것이『문장강화』를 가능하게 한 핵심적인 콘텍스트이다.

『문장강화』가 나올 수 있었던 조건으로 당시의 출판현황을 들지 않을 수 없다. 식민지 시기 내내 출판시장에서 문예물의 비중은 높았으며, 특히 1930년 중후반 이후 1940년 정도까지는 문예서 출판의 신기원을 이룩했다 해도 과언이 아니다.[60] 이것을 대변한 것은 문학전집과 문고판 발행 붐이다. 『현대조선장편소설전집』(한성도서주식회사, 1936), 『조선문학명작선집』(삼천리사, 1936), 『박문문고』(박문서관, 1939~1941), 『현대걸작장편소설전집』(박문서관, 1938), 『조선작가명작전집』(영창서관, 1939) 등이 그것이다.[61] 신문학 건설 이래의 제작가의 작품을 포괄하고 있는 전

---

59) 마샬 맥루한, 임상원 역,『구텐베르크의 은하계』, 커뮤니케이션북스, 2002, 441-459쪽 참조.
60) 방효선, 「일제시대 민간 서적발행활동의 구조적 특성에 관한 연구」, 이화여대 박사학위논문, 2001.
61) 그 자세한 내역에 대해서는, 방효선, 앞의 논문, 196-293쪽, <부록 2 : 출판사별 출판물 목록>; 천정환, 「한국근대소설독자와 소설 수용 양상에 대한 연구」, 서울대 박사학위논문, 2002, 216-222쪽. 표 4-2>, 표 4-3>, 표 4-4> 참조. 방효선에 따르면, 일본의 황국식 민화정책에 대한 반동으로 대중들이 민간 출판사가 제공하던 우리 작가에 의해, 우리 글로 쓰여진 작품을 적극 구독, 출판이 활기를 띠면서 출판문화의 부흥기를 띠었다고 한다. 또한 당시 민족주의 열풍이 우리 서적과 고전에 대한 향수를 자극했다는 것, 전시 체제가 경제적으로는 위축을 낳았지만 사고에 긴장감을 줘 서적에 대한 요구가 높아졌기 때문이라고 주장한다. 무엇보다 전쟁으로 인해 외국 서적수입이 어려워지는 상황이

집 및 문고본의 간행과 고전문학출판 붐은『춘향전』에서 신문학 건설이래 여러 작가의 작품이나 글을 문장작법의 문범으로 삼은『문장강화』가쓰여질 수 있었던 실제적인 참조물이었다. 무엇보다 내선공학의 실시, 전시체제로의 재편 등 조선어의 운명을 좌우하는 위협적인 상황의 도래와 거의 동시적으로 나타난 조선어 문예서적의 집적 현상은 그 자체로도 역설적이지만 위기의 발원지를 감추거나 도외시하게 만드는 효과를발휘했다고 보인다. 이러한 텍스트의 물질성이 민족문학으로서의 조선문학의 현존 그리고 조선어의 현존을 재현하고 증거했으며 자연화시켰다. 덧붙이자면 이태준은 이광수와 함께 이 시기 문예서 출판계의 총아였다. 이광수의 경우,『이광수전집』(1936, 삼천리사),『이광수걸작선집』(영창서관, 1939) 이 이 시기 간행되었다. 이태준은 이 시기 다섯 권의 단편집과 12권의 장편소설을 출간했으며, 이 숫자는 김윤식의 표현대로 이광수를 빼면 겨눌 자가 거의 없는 형편이다. 이 두 사람이『삼천리』설문조사 때 가장 완강한 속문주의를 천명했던 자들이었다는 사실은 예사롭지 않다.


## 4. 나오며

이태준의『문장강화』는 그 동안 단일한 텍스트로 이해되어왔다. 그러나 해방 후 그 이전에 쓰여진 작품들이 개작되었듯이, 이태준의『문장강화』는 단순한 증정 이상의 개작이 이루어졌다.『문장강화』에서 큰 비중을 지녔던 이광수의 텍스트들이 반 너머 삭제되었던 것은 친일잔재청산이라는 민족적 열망에 부응한 것이자 이태준 자신의 민족됨의 순도

---

발생해 오히려 국내 서적시장의 활성화에 긍정적인 영향을 미쳤다는 것이다. 방효선, 앞의 논문, 160쪽.

를 증명하기 위한 일환이기도 했다. 무엇보다 증정판『문장강화』를 해방 이전의『문장강화』와 질적으로 다른 것으로 만드는 결정적인 차이는 텍스트 내부에 있다기보다는 그 텍스트가 존재했던 콘텍스트에 있다. 즉, 조선어가 국어의 지위를 회복했을 뿐만 아니라 국어교육을 핵심으로 한 문교권력이 성립되면서 이태준 자신이 거기에 깊숙이 참여했다. 이태준은 조선어학회가 주체가 된 국어교과서편찬위원의 위원으로 참여했다. 당시의『중등국어교본』의 중요한 참조물이 이태준의『문장강화』였으며, 역으로 국어교과서는『문장강화』의 '증정'의 참조물이었다. 국어교과서와의 피드백을 통해 간행된 증정판『문장강화』는 교과서의 교과서였던 것이다.

그 핵심에 조선어학회의 한글운동이 존재한다. 해방기 조선어학회의 활동은 국가적 차원의 정책적 실행과 동일한 차원의 것이었다. 이것이 증정판『문장강화』의 위치를 가능하게 한 것이라면, 해방 전의『문장강화』의 성격 또한 조선어학회의 한글운동 그리고 거기서 파생된 조선어 담론과 무관하지 않았다. 조선어학회의 한글운동은 인쇄에 의한 언어의 규범화와 고정화에 주력했으며, 이는 글쓰기에 있어서 어휘선택을 중요한 것으로 간주하게 만들었다. 외래어와 한자어, 표준어와 방언, 신어의 창출 문제 등 어휘선택과 관련된 언어문제를 문장작법에서 고려해야 할 일차적인 요소로 제시한『문장강화』는 1930년대 중후반 대두한 조선어 글쓰기 담론의 주류적인 경향을 총괄수렴하고 있다. 감각어와 시각적 재현을 중시한 이태준의 문체관 또한 인쇄에 의한 언어의 고정화가 수반한 언어의 시각적 양식의 보편화가 그 근원적인 기반이다. 그러나 인쇄미디어의 획득에 주력한 한글운동의 방식은 보다 근원적인 식민지의 언어상황에 대한 실천적 개입을 포기했기 때문에 가능한 것이었다. 활자화된 문자로 실체화된 민족어의 세계, 조선어의 위기가 임박한 시대에 대량으로 쏟아져 나온 조선어 텍스트의 물질성이 위기의 근원지를 두텁게 가린 곳에서『문장강화』는 나왔던 것이다. 해방은 조선어학회의 한글운동과『문장강화』가 기대고 있던 근대 인쇄술과 미디어의 역사적 기원과 그 식민성을 아예 묻지 않아도 되게끔 만들었다. 아니, 근대의 테크놀로지란 그것을 사용하고자 하는 자가 누구인지를 상관하지 않는 가치중립성의 세계로 현현하기 때문에 그런 물음을 어렵게 만든다. 더욱이 그것을 통제하고 있던 보이지 않던 손이 자신의 손이 되었을 때 그 물음이란 아예 제기될 필요가 없는 것이었는지도 모른다.

# 한국전쟁기의 이태준
— 『위대한 새중국』을 중심으로 —

김 재 용*

## 1. 월북 이후의 이태준을 찾아서

　필자는 월북 이후의 이태준의 문학활동에 대해서 깊은 관심을 갖고 여러 편의 글을 쓴 바 있다. 굳이 이 시기의 문학에 관심을 갖게 된 것은 이 시기의 활동이 남쪽과 북쪽 모두에서 제대로 평가받지 못하고 있다는 것에 대한 불만 때문이었다.

　남쪽에서는 이태준을 아끼는 많은 이들이 그 열정에도 불구하고 묘한 편견을 갖고 있었다. 이태준은 '순수문학'가이며 해방후 특히 월북 이후의 작품은 이태준 문학의 본령이 아니라는 점이다. 이러한 이태준 상에 집착하는 사람들은 월북 자체가 이태준의 자의에 의한 것이 아니고 외부의 강요나 유혹에 의한 것으로 설명한다. 물론 모든 남쪽의 이태준 연구자들이 그러한 것은 아니지만 이태준을 아끼는 사람 중 상당수가 이런 생각을 한다는 것은 부인하기 어렵다. 이태준의 문학을 월북이라는 이유로 깍아내리려는 사람들의 언어도단의 행위에 대해 이태준과

---

* 원광대 한국어문학부 교수.

그의 문학을 보호하기 위하여 이러한 소극적 자구책을 고안한 것이 아닌가도 생각해 보았다. 실제 그런 경우가 전혀 없는 것은 아니지만 그것은 극히 소수의 사람들에 국한되는 것이고 대다수는 그렇지 않았다. 그렇기 때문에 이태준의 월북이 결코 타의가 아니라 자의에 의한 것이고 그것은 당시 한반도의 현실에 대한 상허 자신의 종합적 판단에 기반한 것임을 밝히는 것을 시작으로 월북 후의 이태준의 문학활동에 대해 여러 차례 글을 발표하였다.

북쪽에서는 남쪽과는 상황이 다르지만 냉전적 분단구조 하에서 심한 왜곡이 초래되었다. 특히 월북 이후의 행적과 문학에 대해서는 언급을 하지 않거나 하더라도 심한 왜곡에 기초한 평가가 주를 이루었다. 알다시피 한국전쟁의 책임문제로 인하여 벌어진 남로당계 숙청의 파장으로 이태준은 억울하게 반동작가로 지목되어 심한 고생을 겪어야 했다. 그런 상황에서 상허 문학에 대한 제대로 된 평가는 나올 수 없었을 것이다. 한설야와 안함광 등이 새롭게 평가를 받기 시작하는 최근의 정황을 고려할 때 앞으로 이태준이 북에서 올바른 평가를 받지 말라는 법도 없는 것이기에 지켜볼 일이다.

이태준에 대한 남쪽과 북쪽의 이러한 평가를 보고 있으면서 필자는 안타까움을 지울 수 없었다. 이러한 정황 속에서 이태준 문학 특히 월북 이후의 그의 문학적 활동에 대한 연구를 시작하였다.

월북 후 이태준에 대해 처음 쓴 글은 「북한의 토지개혁과 그 소설적 형상화」[1]이다. 이태준의 『농토』를 이기영의 『땅』과 비교한 이 글은 월북 이후 이태준 문학을 부각시키려는 노력이었다. 남쪽에서는 월북 이후의 이태준 문학에 대해서는 아예 다루려고 하지 않고 북쪽에서는 이태준의 『농토』를 제외하고 오로지 이기영의 『땅』만을 평가하는 상황에

---

1) 이 글은 1990년 『실천문학』에 발표되었으며 이후 필자의 책 『민족문학운동의 역사와 이론』(한길사, 1990)에 수록되었다.

▲ 『위대한 새중국』

서, 이 두 작품의 비교를 통하여 이태준의 문학적 면모에 대해 새롭게 주목하고자 하였다. 그러나 월북 후 이태준 문학을 알리고자 하는 필자의 노력은 이것이 처음은 아니다. 1987년 재월북 작가 해금이 있기 전해에 필자는 『해방 3년의 소설문학』이란 책을 펴내면서 이태준의 『농토』를 수록하였다. 월북 후의 상허 문학을 남쪽 사회에 알려야 한다는 의무감이 당시의 검열 상황 속에서 이런 식으로 표출된 것이다. 아마 이것이 월북 후 이태준의 면모에 대해 남쪽 사회에 처음으로 알려졌던 것이 아닌가 생각한다. 이태준 문학은 결코 일제하에서 끝나는 것이 아니라는 것 그리고 월북 이후에도 그의 문학적 활동은 진지하게 이어지고 있다는 점을 알리고 싶었다.

『농토』를 통해 월북 이후 이태준의 면모를 소개함에도 불구하고 여전히 월북은 타의에 의한 것이고 그 이후의 문학적 활동은 거론할 가치가 없다는 편견의 큰 벽 앞에서 필자는 다른 방식을 모색하였다. 우선 이태준의 월북 자체를 자료에 근거하여 새롭게 검토하는 글을 발표하였다. 「월북 이후 이태준의 문학활동과 「먼지」의 문제성」[2]에서 이태준의 월북은 타의에 의한 것이 아니라 당시의 정세 속에서 스스로 판단한 것임을 밝혔다. 그리고 전쟁이 시작되기 직전인 1950년 2월『문학예술』에 발표된「먼지」를 학계에 알리면서 이태준 문학이 갖고 있는 다층성과 복합성에 대해서 주목하였다. 월부 후 이태준이 기본적으로 민주기지론에 입각해 있는 것처럼 보이지만 그 내면에는 한반도의 통일과 관련하여 다층적 사고를 하고 있었음을 제시하여 월북 이후 이태준 문학에 대해 다른 접근의 가능성을 모색하였다.

　이러한 필자의 노력은 월북 후 이태준 문학에 대해 냉전의식에서 벗어난 객관적 평가를 행함으로써 월북 이전의 문학과 통합적으로 이해할 수 있는 지반을 마련하는 데 있었다. 그런 점에서 아직 이태준론은 온전하지 않다는 것이 필자의 판단이다. 이태준론이 가능하려면 문학 전체에 대한 조망이 있어야 하는데 아직 우리 학계가 거기에 미치지 못하고 있다는 것이 필자의 판단이다. 이 글은 이러한 문제의식 하에서 한국전쟁 시기에 이태준이 쓴 중국기행문『위대한 새 중국』을 통하여 한국전쟁 시기 이태준 문학에 대한 하나의 시각을 제공하고자 쓴 것이다.


## 2. 새로운 중국에 대한 두 가지의 인식

　이태준이 40여 일에 걸친 중국 여행에서 가장 놀랍게 본 것은 두 가지이다. 하나는 중국이 아편 전쟁 이후 구미의 압제와 침탈에서 허덕이다가 드디어 해방되었다는 점이다. 다른 하나는 중국 내부의 민주주의적 변화이다.

　1949년 중국의 건국은 단순히 장개석 국민당과의 싸움만이 아니라 이들을 배후에서 지원하였던 미국을 중심으로 한 유럽 세력을 물리치는

---

2) 이 글은 1997년『민족문학사연구』에 발표되었다가 필자의 책『분단구조와 북한문학』
　(소명, 2000)에 수록되었다.

것이기 때문에 외세와의 싸움에서 승리하는 것이기도 하였다. 알다시피 중국은 1840년대 아편전쟁을 계기로 하여 구미 세력의 침략 쟁탈의 무대가 되었다. 홍콩이 영국에게 넘어가고 상해 지역에 구미 열강들이 조차지를 만들었던 것 등이 대표적인 사건이다. 이후 일세기 동안 중국은 구미 세력의 침탈과 수탈에 시달려야 했다. 중국 공산당은 장개석 국민당을 배후에서 지지하는 미국을 이러한 침탈 세력의 하나로 간주하였다. 그런데 이번 전쟁에서 중국 공산당이 국민당을 물리치게 되면서 그 긴 악몽에서 해방되었던 것이다. 그렇기 때문에 이태준이 새로운 중국에서 가장 감동적으로 읽은 것은 구미 외세로부터의 해방이다.

이태준이 새로운 중국에서 감지한 또 다른 측면은 민주적 관계의 진전이다. 억압적인 관계 속에서 살아왔던 사람들이 새로운 세계에서 갖는 자유로움에 대해서 깊은 감동을 받았다. 그가 자주 언급한 것은 토지개혁이다. 토지개혁 이후 이루어지는 농촌의 변화에 대해서 특별한 관심을 갖고 이야기하고 있는데 이는 중국 내부의 민주주의적 개혁에 대한 작가 자신의 지지이기도 한 것이다. 1947년에 북쪽의 토지개혁을 다룬『농토』를 쓴 바 있는 이태준으로서는 중국의 토지개혁에 대해서도 남다른 관심을 가졌을 것이기에 중국 농촌의 방문에서 빼놓지 않고 언급하는 것이 바로 토지개혁 이후의 중국 농촌의 변화된 삶이다. 그런데 중국 내부의 민주주의적 변화에 대해서는 비단 이러한 계급적 관계에 그치지 않는다. 기차 칸에서 경험한 사람들 사이의 사소한 관계도 이태준에게는 중국 내부의 민주적 변화의 단면이었다. 기차의 승무원이 승객에게 대하는 태도가 결코 위압적이지도 않은 것을 보면서 "나는 새 중국에 와 40여 일 동안 어떤 사람과 어떤 사람 사이에도 명령조의 거센 소리가 오고가는 것을 한번도 듣지 못하였다."라고 말하는 것 역시 이러한 맥락에서 이해할 수 있다. 사람과 사람의 관계가 과거처럼 위계적이지 않은 것을 목격하면서 이태준은 매우 놀라워하고 있다. 토지개혁을 통하여 농촌의 생산관계가 변하는 것은 이미 북한도 시행한 바 있기 때문에 그렇게 낯선 것이 아니다. 하지만 사람들이 다른 사람에 대해서 결코 명령조로 대하지 않는 것을 보면서 놀라워하는 것은 당시 북한과 대비되는 것이기에 더욱 신선하게 다가왔을 것이다. 이처럼 이태준은 새로운 중국을 보면서 두 가지의 현실 즉 구미 세력으로부터의 해방과 민주주의적 관계의 진전을 가장 눈여겨보았고 또한 이것이 중국의 새로운 모습이라고 평가하였다.

이 글에서는 전자의 면에 대해서만 이야기하고자 한다. 잘 알려져 있는 것처럼 이태준은 동양에 대해서 남다른 관심을 가졌던 작가이다. 근대 이후 한반도의 일상을 지배하기 시작하는 서구에 기원을 두고 있는 근대 자본주의의 물살 속에서 이태준은 고고하게 동양의 정신적 우위를 확신하면서 살아왔다. 하지만 그러한 인식으로는 거칠게 몰아치는 근대의 파고를 제대로 헤쳐 나갈 수 없다는 판단을 하고서는 이전의 도식으로부터 벗어나기 시작하였다. 세계를 바꾸려고 하는 것의 중요성을 깨달으면서 그는 이전의 상고주의적 동양주의 세계에서 벗어나기 시작하여 서양을 그 자체로 받아들이기 시작하면서 동양에 대해서 이전과는 다른 태도를 가졌다. 중일전쟁 이후 특히 1938년 이후 발표하는 이태준의 소설 예컨대 「패강냉」, 「농군」, 「영월영감」, 「장마」 등은 이러한 인식의 전환과 떼놓을 수 없는 작품들이다. 이러한 생각이 해방 후에 국제주의로 이어졌다. 「해방전후」에서 싹트기 시작한 국제주의는 『소련기행』을 계기로 한층 강화되었다. 이러한 사고의 연장에서 나온 것이 『위대한 새중국』이기 때문에 이 책은 동양에 대한 변모된 생각을 가늠할 수 있는 적절한 대상이다. 따라서 이 글에서는 여행기에 드러나는 두 가지 중에서 전자 즉 구미의 압제에서 벗어나 새롭게 떠오르는 중국에 대한 작가의 태도를 중심으로 읽고자 한다.

## 3. 동양에서 아시아로

이태준이 새 중국을 관찰하면서 반복적으로 언급하는 것이 바로 서구 침탈 역사와 그 극복으로서의 중국 해방이다. 장개석 군대를 물리친 모택동 중심의 중국 공산당이 중국을 통일한 것의 가장 큰 의의를 이태준은 서구 근대 침탈 역사의 극복이라고 보고 있다. 알다시피 장개석 군대를 후원하면서 중국 내전에 관여한 것이 미국을 중심으로 한 일련의 유럽 국가였다. 그렇기 때문에 장개석 국민당과 이들의 뒷배를 봐주고 있던 미국을 물리친 이 사건이 갖는 의미 중에서 유독 구미 세력의 침탈 극복을 강조하고 있다. 북경 관람을 마치고 상해로 들어가면서 본 양자강에 대한 다음의 묘사는 그가 얼마나 이 문제에 몰두했는가 하는 것을 여실히 보여준다.

> 세계에는 이 양자강보다 더 긴 강이 있기는 하다. 그러나 장강 연안이 인구가 조밀하며 황무지가 없어 물산이 막대하며 하구로부터 3천톤짜리 기선은 칠백 마일이나 되는 '한구'까지 올라가고 1천톤짜리 기선은 일천마일이나 되는 '중경'까지 깊이 올라가므로 강이면서도 좌우에 큰 항구들이 연이어 있는 일대 해안의 역할을 하기 때문에 양자강은 그 존재 가치가 위대한 것이다. 이런 양자강은 거의 한 세기 동안을 차라리 없는 것만 못하게 미 영 강탈자들의 군함이 대륙 오지에까지 함포를 쏘아 댈 수 있게 이용되었다. 인민해방군의 남하 작전을 막아보려 미 영 불의 군함들은 이 장강에서 헤매며 최후 발악도 해 보았다. 그러나 오늘 양자강은 한때 악몽을 황해 밖으로 쓸어버리고 영원한 중국 인민의 복리의 장강으로 유유히 흐르고 있는 것이다.[3]

양자강이 근 한세기 동안 없는 것만 못하게 되었다는 것은 아편 전쟁 이후 유럽 강대국의 자본주의 침탈이 근 100년에 걸쳐 이루어졌다는

---

[3] 이태준, 『위대한 새중국』, 국립출판사, 1952, 78쪽.

것을 의미하며 이번 중국의 해방이야말로 이러한 압제를 물리치고 드디어 중국이 중국 인민들의 것으로 변화하였음을 강조하는 것이다.

중국이 구미 세력으로부터 해방된 것에 관한 이태준의 인식은 비단 양자강에 그치지 않는다. 상해라든가 천진 등의 도시를 방문할 때 어김없이 언급하는 것이 아편 전쟁 이후 이들 도시들이 얼마나 구미 세력의 억압에 시달렸는가와 이들로부터 벗어나는 해방의 노력이 얼마나 간고하게 이루어졌던가 하는 점이다. 또한 북경의 이화원을 관람할 때 영국에 의해 파괴된 건물들과 전각을 보면서 그들의 야만성에 대해 비판하는 대목 이러한 인식의 연장선에서 나온 것이다.

그렇기 때문에 이태준은 중국의 문화가 갖는 중요성을 자주 강조하면서 유럽중심주의에서 벗어나려고 한다. 북경 하늘을 수놓은 폭죽에 관한 이태준의 성찰은 그 대표적인 대목이다. 국경일을 축하하기 위하여 폭죽을 쏘아 올려서 북경의 하늘이 휘황찬란하게 물들어 있을 때 이태준은 화약에 대해 매우 뜻 깊은 성찰을 하고 있다. 화약을 처음으로 발명한 나라가 중국이라는 것과 또한 중국인은 이 화약을 평화적으로 사용한 반면, 유럽은 정작 화약을 만들어 낸 중국을 비롯한 아시아를 침략하는 데 이 화약을 사용하고 있다는 것이다.

> 저 화약을 세계에서 먼저 발명한 것이 중국이다. 중국은 화약을 먼저 소유했으나 건설과 경사를 위해 썼을 뿐 살인에 먼저 이용하지는 않았다. 그런 중국이 오늘 저렇게 굉장하고 찬란한 불놀이로 경축하는 이 승리야말로 앞으로는 인류가 화약을 살인에 쓰지 않고 그 발명한 본래 중국에서처럼 건설과 경축 오락으로만 쓰는 항구 평화세계를 위해 의의 깊은 전 인류적 승리인 것이다.[4]

화약을 중국이 먼저 만들어 내었고 이를 유럽이 살인에 사용한 것이

---

4) 위의 책, 27쪽.

그 동안의 근대 유럽 중심의 역사였다면 이제 화약을 건설과 폭죽용으로만 사용하도록 하는 것이 바로 중국 국경일의 의미라고 하는 진술은 유럽중심주의에서 벗어나 있지 않고서는 어려운 것에 틀림없다.

알다시피 이태준은 작가 초기부터 유럽 중심주의에서 벗어나려고 노력하였던 인물이기에 이러한 인식이 그렇게 낯선 것은 아니다. 그는 유럽 근대의 문명이 아시아를 휩쓸고 있는 현실에 대해 결코 주눅들지 않았다. 그의 생각으로는 물질적으로는 유럽 근대의 서양 문명이 앞서 있지만, 정신적으로는 동양이 서양보다 윗길이라고 보았던 것이다. 그렇기 때문에 그는 유럽 근대 문명에 도취되지 않았다. 당시 많은 근대 한국의 문학가들이 서구 근대 문명의 위력 앞에서 왜소해져 유럽을 추수하기에 바빴던 것과는 분명 차이를 보여주었다. 그렇기 때문에 한국전쟁기 중국을 방문하여 중화인민공화국의 창건 두 해를 맞는 국경일의 폭죽 놀이를 보면서 화약에 대해서 이렇게 생각하는 것이 갑작스러운 것은 아니다.

하지만 여기에는 중요한 차이가 있다. 과거 물질적 서양과 정신적 동양5)이라는 이분법 속에 가두어져 있을 때에는 서양과 동양만이 존재하였고 지구상의 다른 지역은 안중에도 없었다. 아프리카나 남아메리카와 같은 것은 시야에 없었다. 그런데 이번의 중국 여행기에서는 서양과 대비되는 동양은 더 이상 나오지 않는다. 동양 대신에 아시아에 주목하였다. 그렇게 됨으로써 더 이상 정신적 동양이란 개념은 그의 사유 속에서 자리잡기 어려운 것이 되었다.

물론 이태준이 물질적 서양에 대비되는 정신적 동양의 개념에 대해 회의하면서 이를 포기하기 시작한 것은 이 무렵이 아니다. 중일전쟁 이후 일본이 중국을 침략하는 것을 목격하면서 정신적 동양이 들어설 자

---

5) 이태준이 견지하였던 물질적 서양과 정신적 동양이라는 대립항이 형성된 과정과 그 극복의 과정에 대해서는 「동양주의에서 국제주의로」(곧 출간될 『이태준문학의 재인식』에 수록될 예정)에서 논하고 있기에 여기에서는 구체적 언급을 피한다.

리가 더 이상 없다는 것을 명확하게 깨달았다. 동양이란 것도 철저하게 서구 근대의 세계에 편입되어 있기에 정신적 동양이란 것은 결코 현실에서 가능한 것이 아님을 알게 되었다. 또한 이러한 격랑의 현실에서 관조적인 삶을 영위하는 것이 결코 능사가 아니라는 것을 깨달으면서 실천에 주목하게 된다. 그리하여 세상을 바꾸어 나가는 인간의 실천이 갖는 의미에 대해서 깊이 생각하면서 이러한 노력을 하는 인물을 소설 속에 그리고자 하였다. 소설 「농군」, 「영월영감」에 나오는 인물들이 바로 이러한 작가적 노력의 산물이었다. 세상을 바꾸어 나가는 실천의 중요성을 강조하는 인물을 주인공으로 내세우면서 이전의 관조적 태도로부터 벗어나고자 하였다. 근대 세계의 흐름에 적응하지 못하고 패퇴하는 인물은 더 이상 이태준의 세계가 아니었다. 그렇기 때문에 이 시기에 이태준은 물질적 서양과 정신적 동양이라는 이분법을 넘어서서 물질적 세계라는 조건 속에 살고 있는 인간이 나은 삶을 위하여 억압을 깨고 실천하는 것의 중요성을 이야기할 수 있었다.

세계 속의 아시아를 인식하기 시작하였다는 것을 상징적으로 보여주는 대목이 아시아 작가들의 모임에 관한 묘사이다. 당시 이태준을 비롯한 각국의 대표들의 숙소였던 북경반점에서 아시아의 여러 작가들이 모여서 아시아의 문학에 대하여 좌담회를 열었다. 중국 작가는 물론이고 인도 버어마 등지에서 온 작가들이 발언을 하고 상대방의 문학에 대해서 이해를 높이는 자리였다. 또한 이러한 좌담회를 기화로 앞으로 중국이 아시아 작가들의 대회를 열어 줄 것을 요구하는 발언도 있을 정도로 아시아 작가들의 모임에 대해 열의가 높았다. 그런데 이 모임은 더 이상 아시아주의에 근거한 것이 아니었다. 아시아의 특성에 대해서 깊이 논의하는 것이기는 하지만 그것은 아시아의 특수성을 배타적으로 주장하는 것과는 거리가 멀었다. 아시아주의가 아시아 이외의 것을 배타적으로 대하는 것이라면 이 좌담회에서의 아시아에의 관심은 어디까지나 세계 속의 아시아였던 것이다. 그런 점에서 일제말 일본이 행하였던 대동아문학자대회와는 차원이 다른 것이었다. 이 모임의 이러한 성격을 보여주는 것이 이 좌담회 자리에 아시아 외부에서 온 작가들이 참석하고 있다는 점이다. 특히 흥미로운 것은 시인 파블로 네루다의 참석이다. 물론 소련에서 참가한 에렌부르그도 발언도 하였지만 당시 냉전적 대립의 세계질서를 생각하면 그 이상의 의미를 부여하기는 어려운 것이다. 하지만 파블로 네루다는 다르다. 그는 이 회의에 참석하여 발언하지 않고 아시아 작가들의 이야기만을 듣고 있었던 것으로 묘사되고 있지만 남미 칠레 출신의 그가 아시아 작가들의 모임에 합석하였다는 것 자체만으로 이 모임이 단순히 아시아주의에 뿌리를 두고 있는 것이 아님을 보여주는 산 증거이다. 미국을 중심으로 한 세계 패권 하에서 주변부의 문학가들이 서로 자신들의 의견을 나누는 그런 차원에서 이해될 수 있는 것이고 그 속에서 아시아의 문학이 이야기되고 있다는 점이다. 이태준은 남미에서 온 이 시인에 대해 큰 관심을 갖고 다음과 같이 적고 있다.

> 이날 저녁 네루다 선생은 새 조선문학 이야기에 깊은 관심을 가지고 들었고 자기는 발언하지 않았다. 그는 큰 키에 우람한 몸집과 깍지 않는다면 탐스러울 구레나룻의 얼굴이었다. 이 분은 미국 자본가들 밑에 피땀을 착취당하고 있는 칠레 광산노동자들 속에서 시를 써왔고 제2차 세계대전 당시에 벌써 미국이 앞으로 파쇼의 길을 걸을 것을 예견하여 미국 청년들에게 경종을 울리는 많은 시를 썼으며 미제와 자기 나라 반동정권의 갖은 박해 속에서 세계 평화를 위하여 싸워온 시인의 하나다. 이 네루다의 중요 시편들은 중국에서도 번역되었는데 이 좌담회가 있은 다음 날 네루다는 중국어판 자기 시집 한권에 내 이름을 한문으로 그림 그리듯 써서 보내주었다.[6]

네루다로서는 조선에서 온 이태준에 대해서 각별한 관심을 가졌을 것으로 보인다. 왜냐하면 당시 한국전쟁은 아시아뿐만 아니라 전 세계에 걸쳐 중대한 관심사였기 때문에 칠레서 온 네루다 역시 예외가 아니

---

6) 위의 책, 59쪽.

었을 것이기 때문이다. 오히려 그는 이 문제에 대해 더욱 깊은 관심을 갖고 있었을 터이기에 이태준의 발표를 주의 깊게 들었을 것이다. 그가 이태준의 한문 이름을 그림 그리듯 써서 보내주었던 것 역시 이런 맥락에서 이해할 수 있다. 반대로 이태준은 네루다를 통해서 남미에 대해서 새롭게 인식하였을 것이다. 일제하에서 제한된 지역밖에 모르던 이태준으로서는 이렇게 남미에서 온 시인을 직접 만나 그의 시를 읽을 수 있었다는 것 자체가 놀라운 경험이다. 네루다가 미국을 중심으로 한 세계 중심부 국가의 문학인이 아니라 주변부에서 온 문학인이고 또한 네루다가 미국 패권에 대해서 대단히 비판적인 시인이기 때문에 이태준으로서는 더욱 신선하게 여겼을 것이다. 구미와 아시아 이외에 존재하는 지구의 한 지역을 안다는 것은 아시아를 세계 속에서 볼 수 있는 지반을 마련해주는 것이라 할 수 있다. 이제 동양이 아니고 아시아인 것이다.

## 4. 민주적 아시아의 꿈

1942년부터 일본과 중국에서 매해 열려던 대동아문학자대회에서 아시아의 작가들이 아시아 문학의 미래에 대해서 논했던 것이 불과 몇 년 전이고 이태준은 이 대회에 참가하지는 않았지만 당시의 정치적 정황에 대해서 누구보다도 잘 알고 있었기에 이렇게 중국에서 열리는 아시아 작가 좌담회에 참석하여 발언하게 되었을 때 특별한 감회에 젖었을 것에 틀림없다. 이태준이 아시아주의에 빠지지 않을 수 있었던 것은 앞서 보았던 것처럼 아시아를 서양과 대비되는 동양으로 이해하는 것이 아니라 남미와 아프리카를 포함한 비서구 주변부가 세계 속에서 갖는 위상에 대한 이해가 전제되기에 가능한 것이었다.

이태준이 아시아주의에서 벗어날 수 있었던 데에는 아시아를 아시아 바깥과 연관하여 상상하는 태도와 더불어 아시아 자체 내부의 차이에 대한 준열한 성찰이 있었기에 가능한 것이었다. 아시아 내부 자체의 차이에 대한 이태준의 사유는 군국주의 일본의 존재와 조선의 독자성에 대한 천착에서 구체화되었다.

우선 군국주의 일본의 존재에 대한 이태준의 분석을 보자. 이태준이 이 기행문을 쓸 무렵은 미국과 일본의 샌프란시스코 강화조약이 체결된 직후이다. 잘 알려져 있는 것처럼 미국은 중국에서의 장개석 국민당이 대만으로 철수하면서 동북아시아에서 힘의 균형이 깨어지는 것을 우려하여 전쟁 당사자였던 일본을 끌어들여 자신의 진영으로 합류할 필요성을 강하게 느꼈다. 특히 1949년 중화인민공화국의 성립을 목격하면서 미국은 강한 위기의식을 가졌기에 일본과의 단독 강화조약을 맺었다. 일본은 전쟁의 폐허를 딛고 일어설 수 있는 기회라고 생각하여 미국의 대동아시아 정책의 첨병으로 나섰고, 이후 한국전쟁의 특수를 만끽하여 전후 재건의 발판을 마련해다는 것은 널리 알려진 일이다. 일본은 과거 자신이 저지른 식민주의적 억압에 대한 진지한 반성보다는 자신들의 위상 제고만을 염두에 두었다. 식민주의적 과거에 대한 반성이 없는 상태에서 동북아시아에서의 민주의의에 대한 거시적 관심을 기대하기는 어려운 것이다. 이태준은 일본이 민주적 아시아 건설의 일원이 되기보다는 아시아에서의 맹주국으로 재차 일어서려고 하는 것에 대해 이 책 곳곳에서 비판을 가하였다.

이태준이 민주적 아시아 건설에 남다른 관심을 갖고 있었음을 확인할 수 있는 또 다른 대목이 조선의 독자성에 대한 인식이다. 중국은 새로운 국가를 건립함으로써 자신들의 성취가 과거 전근대 문명의 위업에 그치는 것이 아님을 입증하였다. 전근대 중국의 문명이 세계 문명에서 차지하는 위상은 익히 잘 알려져 있다. 그런데 거기에 그치는 것이 아니고 이렇게 구미와 일본의 식민주의적 위협에 맞서 싸워 독립된 민주주의 나라를 건설하였기에 일본 식민지에서 벗어나서도 여전히 미소의 대립 속에서 독립을 성취하는 데 실패하고 나아가 이렇게 동족상잔의 전쟁을 겪는 분단된 나라의 지식인인 이태준으로서는 주눅이 들 만하다. 특히 한국전쟁에서 북을 결정적으로 도운 것이 소련이 아니고 중국 지원군이었다는 사실을 고려하면 더욱 그럴 수 있다. 하지만 이 기행문 전체를 읽어보면 중국의 건강한 모습에 대해 이태준이 찬사를 아끼지 않고 있지만 그렇다고 그것에 짓눌려 있지 않음도 동시에 확인할 수 있다. 다음 대목은 아시아 각국이 어떻게 자신의 독자성을 가지면서 민주적 아시아 건설에 이바지할 수 있는 가능성에 대해서 흥미로운 자료를 제공해주고 있다.

> 나는 송시대 청자기를 볼 때 우리 고려시대 청자기를 연상하지 않을 수 없었다. 고려자기가 송자기의 영향을 받았을 것은 물론인데 고려자기는 그 색조에 있어 일단 발전하였고 독특한 상감기술을 창안하여 세계 애호가들이 소위 삼도수라 일컬어 애완하는 조선 독자의 도자기를 제작하였다. 이는 일본에는 물론 중국의 도자공예에도 다시 돌아가 영향을 주었다. 나는 과거 조중 문화교류에 있어 이런 아름다운 관계를 고서적들을 보면서도 회상할 수 있었다. 선명 수려한 송판본들과 명시대 ‘십죽재황보’를 비롯하여 인쇄서적도 특징적인 것들은 대개 진열되어 있는데 중국의 인쇄술은 물론 조선에 흘러 들어왔을 것이다. 그러나 조선에서 먼저 발명된 금속으로 주조한 활자는 다시 중국 출판 문화를 현대화시키는 데 획기적인 역할을 놀았던 것이다. 송자에서 물을 길은 고려자기는 세계 도자계의 여왕처럼 떠받들린다. 중국판본 인쇄물을 모방하여 발전시킨 조선의 금속활자의 창안은 오늘 세계문명의 보고를 풍부히 하고 있다. 과거 조중 문화의 교류는 이외에도 아름다운 결실이 많을 것이다.[7]

북경의 고궁 안에 열린 각종 전람회를 보면서 쓴 위의 대목은 이태준이 중국의 위력에 결코 주눅들지 않고 조선의 독자성에 대해서 지속적으로 사고하였다는 것을 보여준다. 당시 이태준은 중국과의 강한 연

---

7) 위의 책, 33쪽.

대를 보여주었다. 자신이 전선에서 보았던 중국인 지원병들에서 깊은 감명을 받는데 그것은 미국과 그 하수인으로 전락한 일본의 패권에 맞서 중국의 병사들이 함께 싸우고 있다는 점 때문이다. 또한 중국의 농민들이 올해 농사를 잘 지어 이를 조선에 보내 주어야 한다고 하는 대목에서는 이루 말할 수 없는 감사함을 드러내었다. 이처럼 중국의 도움을 일방적으로 받고 있는 정황에서 중국과 다른 조선의 독자성을 강조하고 이를 기반으로 이루어지는 두 나라간의 문화적 교류를 '아름다운 관계'라고 말할 수 있는 것은 결코 쉽지 않은 것이다. 이렇게 당당하게 나올 수 있었던 것은 그가 민족주의자거나 혹은 국민주의자이어서가 아니다. 민주적 아시아를 건설하고 이를 바탕으로 인류의 평화를 다지기 위해서는 아시아 자체 내부에서도 그 차이를 인정하고 이를 근거로 서로 만나야 한다는 것에 대한 인식이 있었기 때문에 가능한 것이다. 강한 나라가 다른 나라를 무시하고 인정하지 않는 것은 더 이상 발을 붙여서는 안 된다는 것이다. 차이를 인정하면서 그 속에서 연대를 강화할 때만이 과거 식민주의에서 아시아가 벗어나 새로운 가치를 창출할 수 있다고 보는 것이다.

이태준의 이러한 태도는 비슷한 무렵 일본에서 아시아에 대한 재인식을 주장한 다케우치 요시미(竹內好)와 비교할 만하다. 알다시피 다케우치 요시미는 일제말 대동아공영권론을 비판적으로 이어받기를 주장한 사람이다. 전후 일본에서 대동아공영권 논리가 거론할 가치가 없는 것으로 받아들여지고 있을 때 그는 그 자체를 비판하면서도 그 속에 내재해 있는 아시아 연대의 부활을 강조하였다. 유럽 근대의 이식 이후에 아시아가 자신에 대한 성찰 없이 무분별하게 서구 근대를 추수하였기 때문에 이제 그러한 근대주의에 대해서 비판하고 넘어서야 한다는 것이 그의 주장이었다. 그 자신 전쟁 말기에 일본의 식민주의에 대해서 비판하였지만 한때 대동아공영권의 의의에 대해서 글을 쓴 적이 있을 정도로 이 문제에 대해서는 남다른 관심을 가진 바 있기에 이런 생각을 할 수 있었던 것이다. 문제는 전후에 아시아의 연대를 주장하면서 그가 모택동을 중심으로 한 중국혁명과 노신에 대해 갖는 태도이다. 일본의 좌파들이 자기 현실에 충실하지 못하여 실패한 반면, 중국의 좌파들은 자신의 현실과 전통에 충실하였기 때문에 이러한 혁명을 가져올 수 있었다고 강조[8])하면서 중국의 혁명을 이상화시켰다. 천안문 사태에서 볼 수 있는 것처럼 중국의 구좌파들에 의해 이루어진 혁명은 바람직하지 않은 요소도 내부에 많이 포함하고 있었다. 이런 가능성을 염두에 두지 않고 중국 혁명의 성공에 과도하게 집착한 나머지 중국을 이상화하는 그의 태도는 이후 일본 내에서 비판의 대상이 된다. 일본의 국가주의가 나라를 망쳤고 이에 맞선 좌파들마저 이를 막지 못하였던 일본의 현실을 고려할 때 혁명에 막 성공한 중국의 좌파들을 전후시기에 이렇게 이상화시키는 것이 어느 정도는 이해가 간다. 하지만 중국을 이렇게 일방적으로 미화하고 그 속에서 자신이 속한 일본을 일방적으로 비판할 때 중국은 거울로서의 역할도 제대로 하지 못하게 되는 것이다. 이태준은 '아름다운 관계'를 말하였다. 중국의 영향을 받으면서도 거꾸로 중국에 영향을 주는 조선의 모습을 상상하였다. 중국과 조선에 대해 가해자였던 일본 속에 성장한 지식인과는 다른 차원에서 민주적 아시아 건설의 꿈을 갖고 있던 이태준에게서 지적 여유를 읽을 수 있다. 노신에 대한 두 사람의 미세한 차이도 이런 차원에서 생각해 볼 수 있을 것이다.


## 5. 온전한 이태준론을 위하여


이태준의 중국기행문을 오늘날 우리의 시각에서 보면 비판할 수 있는 여지가 많다. 우선 들 수 있는 것이 한국전쟁에 대한 태도이다. 이태

---

8) 竹內好,「日本人の 中國觀」,『日本とアシア』, 筑摩書房, 1966, 58쪽.

준은 한국전쟁을 남쪽의 침략에 따른 북쪽의 반격이라고 인식하고 방어적 전투를 하는 일은 평화를 지키는 일이라고 생각하였다. 그렇기 때문에 평화를 지키는 나라의 일원으로서 중국에 모인 세계 각지의 지식인들 앞에서 평화를 역설하였다. 실제로 이태준이 당시 한국전쟁의 진상을 모르고 이렇게 생각했을 가능성도 있다. 한국전쟁의 결정이라는 것이 극히 제한된 상층부에 의해 이루어졌으며 또한 전쟁이 남쪽에 의해 감행되었고 북쪽이 반격한 것이라고 선전되었기 때문에 진상을 알 수 있는 위치에 있지 않았던 이태준으로서는 이런 생각을 자연스럽게 할 수 있다. 사정이 그렇지 않다면 실제로 전쟁을 누가 먼저 시작했는가와 무관하게 해방 후에 한반도에 조성된 정세의 연장 속에서 한국전쟁을 이해했을 가능성도 있다. 한국전쟁이 일어나기 직전에 발표한 「먼지」에서 주인공이 삼팔선 근처에서 총에 맞아 죽는 것으로 설정한 것을 감안하면 이런 가능성도 충분히 존재한다. 미소 공동의 철수를 거부하면서 한반도에 개입하려고 했던 미국으로 인하여 이미 전쟁은 시작된 것이나 마찬가지이기 때문에 근본적으로는 외세의 개입으로 인해 전쟁이 촉발된 것이나 다름없고 따라서 미국을 비판하는 것이 곧 평화의 사수라고 생각할 수도 있었던 것이다. 그 어느 쪽이든 오늘날의 시각에서 보면 그 제한성을 어렵지 않게 말할 수 있다.

　다음으로는 소련을 중심으로 한 세계질서 속에서의 민주적 아시아 건설의 역사상이다. 미국과 소련의 대치라는 냉전적 대립 속에서 소련을 중심으로 한 국가사회주의에 대해서 과도한 기대를 가지고 있던 이태준이었기에 곳곳에서 냉전적 이분법을 벗어나지 못한 인식을 드러내고 있다. 이태준은 잘 알려져 있는 것처럼 『소련기행』을 통해서 냉전적 세계인식에 접속되었고 1949년의 2차 소련 기행문을 통해 그것이 한층 강화되었다. 물론 이러한 대립이 1949년 중반 이후 한반도에서 전쟁으로 비화될 수 있을 정도로 격화되는 것을 보면서 이에 대해 경계를 하는 듯한 태도를 「먼지」에서 보여주기도 하지만 기본적으로 냉전적 대립에서 세계를 이해하는 관점은 극복하지 못하고 있었다. 이러한 태도는 중국 기행문에서도 간헐적으로 등장하고 있는데 민주적 아시아 건설이라는 그의 꿈이 자주 소련을 중심으로 한 세계 질서와 연관되어 이야기 되곤 하는 대목이 그 증거이다.

이태준의 중국기행문이 내장하고 있는 이러한 시각상의 문제점을 간과해서는 안 되겠지만 일제시대 이후 이태준의 문학적 사상적 도정에서 이 기행문이 갖는 의미를 밝히는 것이 더욱 중요한 과제라는 것이 필자의 판단이다. 한국의 근대 작가들은 서구 근대의 격랑 속에서 살아야 했기 때문에 이것에 대한 고민이 문학적 사유의 핵심이 될 수밖에 없었고 이태준 역시 이러한 시대를 반성적으로 성찰하면서 문학적 작업을 행했으며 『위대한 새중국』은 그 과정의 산물이었다. 그렇기 때문에 이태준 생애에 있어 마지막 저술이라고 할 수 있는 이 기행문에서 이태준 문학의 사상적 궤적을 확인하고 그것이 주는 의미를 읽어내는 것은 일정한 의의를 갖는다고 할 수 있다. 『위대한 새중국』이 드러나면서 이태준 문학의 전 도정이 이제 수면 위로 부상했다고 생각한다. 그런 점에서 그의 문학 전반을 대상으로 하는 온전한 이태준론이 가능할 수 있는 길이 열린 셈이다.

# 부록

# 이태준 작가 연보

민 충 환(부천대 교수)


1904년(1세)  11월 4일 강원도 철원군 묘장면 산명리에서 부(父) 장기 이씨 창하(昌夏)와 모(母) 순흥 안씨 사이의 1남 2녀 중 장남으로 출생. 아버지 이창하는 철원 공립보통학교 교원과 덕원 감리서 주임을 역임한 개화파.

1909년(6세)  아버지를 따라 러시아 블라디보스톡으로 이주. 그 해 8월 아버지의 죽음으로 귀국중 함북 배기미(梨津)에 정착. 서당에 다니며 한문을 수학.

1912년(9세)  어머니의 죽음으로 외할머니를 따라 철원 용담으로 귀향하여 친척집을 전전함.

1915(12세)  사립 봉명학교 입학.

1918(15세)  사립 봉명학교 졸업. 철원 읍내에 있는 간이 농업학교에 입학하나 한 달 후 가출. 여러 곳을 방황하다가 원산에 객줏집 사환으로 정착. 이때 그를 찾아온 외조모의 보살핌을 받으며 문학서적을 탐독.

1920(17세)  4월 배재학당 보결생 모집에 합격하나 등록하지 못함. 낮에는 상점점원이서 일하고 밤에는 야학에 나가 공부함.

1921(18세)  4월 휘문 고등보통학교에 입학. 스승으로 가람 이병기, 같은 학예부원으로 상급반에 정지용, 김영랑, 박종화 등이 있었음.

1924(21세)  휘문 고등보통학교 학예부장으로 활동. 6월 동맹휴교 주모자로 4학년 1학기에 퇴학. 이어 휘문고보 친구인 김연만의 도움으로 일본으로 건너감.

1925(22세)  일본에서 단편 「오몽녀」를 『조선문단』에 투고하여 입선.

1926(23세)  4월 동경 상지(上智)대학 예과에 입학. 신문, 우유 배달 등을 하며 매우 궁핍한 생활 속에 나도향 등과 교우.

1927(24세)  11월 상지대학을 중퇴하고 귀국함. 각 신문사와 모교를 방문하여 일자리를 구하나 뜻을 이루지 못함.

1929(26세)  『개벽』사에 입사. 『학생』, 『신생』 등의 편집에 관여함.

1930(27세)  이화여전 음악과 출신의 이순옥(李順玉)과 결혼.

1931(28세)  『중외일보』 기자로 근무. 폐간으로 『조선중앙일보』 학예부 기자로 옮김. 장녀 소명(小明) 태어남.

1932(29세)  이전(梨專), 이보(梨保), 경보(京保) 등의 학교에 출강함. 장남 유백(有白) 태어남.

1933(30세)  박태원, 이효석 등과 '구인회(九人會)'를 조직.

1934(31세)  차녀 소남(小楠) 태어남.

1935(32세)  『조선중앙일보』 퇴사, 창작에 몰두함.

1936(33세)  차남 유진(有進) 태어남.

1938(35세)  만주 지역을 여행함.

1939(36세)  『문장』의 편집자 겸 소설추천 심사위원으로 활동(임옥인, 곽하신, 최태웅 등이 추천됨). 이후 황군위문작가단, 조선문인협회 등의 단체에서 활동.

1940(37세)  3녀 소현(小賢) 태어남.

1941(38세)  제2회 조선 예술상 수상.

1943(40세)  강원도 철원 안협으로 낙향. 광복 전까지 이곳에서 칩거함.

1945(42세)  문화건설중앙협의회, 문학가동맹, 남조선민전 등의 조직에 참여, 문학가동맹 부위원장, 민전 문화부장을 맡음. 『현대일보』 주간에 취임.

1946(43세)  7~8월경 월북. 「해방전후」로 제1회 해방문학상 수상. 10월 방소문화사절단의 일원으로 소련 여행.

1947(44세)  5월 소련 여행기인 『소련기행』이 남쪽에서 출간됨.

1948(45세)  8·15 북조선최고인민회의 표창장 받음. 북조선문학예술총동맹 부위원장, 국가학위수여위원회 문학분과 심사위원이 됨.

1950(47세)  한국전쟁중 낙동강 전선까지 종군. 12월 국방군의 북진을 따라 문화계 인사들이 이태준을 구출하려 했으나 실패.

1952(49세)  남로당과 함께 숙청될 위기에서 소련과 기석복의 후원으로 살아남으나 문단활동은 미약함.

1954(51세)  3개월 간의 사상검토 작업중 과거를 추궁당함.

1955(52세)  이광수, 박창옥 등과 함께 비판당함.

1956(53세)  소련파의 몰락과 함께 '구인회' 활동과 사상성을 이유로 1월 조선노동당 중앙위원회 상무위의 결의로 임화, 김남천과 함께 비판당함. 2월 '평양시당 관할 문학예술부 열성자대회'에서 한설야에 의해 비판·숙청당함.

1957(54세)  함흥노동신문사 교정원으로 배치됨.

1958(55세)    함흥 콘크리트 블록 공장의 파고철 수집 노동자로 배치됨.
1964(61세)    중앙당 문화부 창작 제1실 전속작가로 복귀함(<김진계의 구술>, 민충
             환, 『이태준 소설의 이해』, 백산출판사, 1992. 3).
1969(66세)    강원도 장동탄광 노동자 지구에서 사회보장으로 부부가 함께 삶. 이후
             연도 미상이나 사망한 것으로 알려짐(<장현준의 증언>, 『한겨레신문』,
             1991. 12. 19).

일설에는, 1953(50세)년 남로당파의 숙청이 끝난 가을, 자강도 산간 협동농장에서 막
노동을 하다가 1960년대 초 산간 협동농장에서 병사한 것으로 알려짐(강상호, 「내가
치른 북한 숙청」, 『중앙일보』, 1993. 6. 7).

# 이태준 작품 목록

자료정리 : 이 병 렬(숭실대)


## 1. 장편(掌篇)

1. 「만찬」, <조선일보> 1929. 3. 19.(원제는 「모던껄의 만찬」)
2. 「백과전서」, 『신소설』 1930. 1.(원제는 「백과전서의 신의의」)
3. 「은희부처」, 『신소설』 1930. 5.
4. 「천사의 분노」, 『신동아』 1932. 5.
5. 「미어기」, <동아일보> 1933. 7. 23.
6. 「어떤 畵題」, 『조선문학』 1933. 10.(원제는 「코가 복숭아처럼 붉은 여자」)
7. 「馬夫와 敎授」, 『학등』 1933. 10.
8. 「氷點下의 憂鬱」, 『학등』 1934. 3.
9. 「백배 천배로」(단편집 『고향길』, 재일본 조선인교육자동맹 문화부, 1952. 12.에 수록)
10. 「누가 굴복하는가 보자」(단편집 『고향길』에 수록)
11. 「미국대사관」(『고향길』에 수록)
12. 「네거리에 선 전신주」(『고향길』에 수록)


## 2. 동 화

1. 「물고기 이야기」 외 5편, 『휘문』 1924. 6.
2. 「어린 수문장」, 『어린이』 1929. 1월호.
3. 「불쌍한 소년 미술가」, 『어린이』 1929. 2월호.
4. 「슬픈 명일 추석」, 『어린이』 1929. 5월호.
5. 「쓸쓸한 밤길」, 『어린이』 1929. 6월호.

6. 「불쌍한 삼형제」, 『어린이』 1929. 7·8 합병호.
7. 「눈물의 입학」, 『어린이』 1930. 1월호.
8. 「외로운 아이」, 『어린이』 1930. 11월호.
9. 「몰라쟁이 엄마」, 『어린이』 1931. 2월호.
10. 「슬퍼하는 나무」, 『어린이』 1932. 7월호.


## 3. 단 편

1. 「오몽녀」, <시대일보> 1925. 7. 13.
2. 「구장의 처」, 『반도산업』 1926. 1. 1.
3. 「행복」, 『학생』 1929. 3.
4. 「그림자」, 『근우』 1929. 5.
5. 「온실화초」, <조선일보> 1929. 5. 10~5. 12.
6. 「누이」, 『문예공론』 1929. 6.
7. 「산월이」, 『별건곤』 1930. 1.(원제는 「기생 산월이」)
8. 「어떤 날 새벽」, 『신소설』 1930. 9.
9. 「결혼」, 『혜성』 1931. 4~6.(원제는 「결혼의 악마성」)
10. 「고향」, <동아일보> 1931. 4. 21~4. 29.
11. 「아무일도 없소」, 『동광』 1931. 7.(원제는 「불도 나지 안엇소, 도적도 나지 안엇소,
    아무 일도 업소」)
12. 「봄」, 『동방평론』 1932. 4.
13. 「불우선생」, 『삼천리』 1932. 4.
14. 「실락원 이야기」, 『동방평론』 1932. 7.
15. 「서글픈 이야기」, 『신동아』 1932. 9.
16. 「코스모스 이야기」, 『이화』 1932. 10.
17. 「슬픈 승리자」, 『신가정』 1933. 1.
18. 「꽃나무는 심어놓고」, 『신동아』 1933. 3.
19. 「아담의 후예」, 『신동아』 1933. 9.
20. 「어떤 젊은 어미」, 『신가정』 1933. 10.
21. 「달밤」, 『중앙』 1933. 11.
22. 「촌띠기」, <농민순보> 1934. 3.
23. 「점경」, 『중앙』 1934. 9.
24. 「우암노인」, 『개벽』 1934. 11.(원제는 「어둠」)

25. 「색시」, 『조광』 1935. 11.

26. 「손거부」, 『신동아』 1935. 11.

27. 「순정」, 『사해공론』 1935. 11.

28. 「삼월」, 『사해공론』 1936. 1.

29. 「가마귀」, 『조광』 1936. 1.

30. 「바다」, 『사해공론』 1936. 7.

31. 「장마」, 『조광』 1936. 10.

32. 「철로」, 『여성』 1936. 10.

33. 「복덕방」, 『조광』 1937. 3.

34. 「사막의 화원」, <조선일보> 1937. 7. 2.

35. 「패강냉」, 『삼천리문학』 1938. 1.

36. 「영월영감」, 『문장』 1939. 2~3.

37. 「아련」, 『문장』 1939. 6.

38. 「농군」, 『문장』 1939. 7.

39. 「밤길」, 『문장』 1940. 5~6·7.

40. 「토끼 이야기」, 『문장』 1941. 2.

41. 「사냥」, 『춘추』 1942. 2.

42. 「석양」, 『국민문학』 1942. 2.

43. 「무연」, 『춘추』 1942. 6.

44. 「돌다리」, 『국민문학』 1943. 1.(원제는 「석교」)

45. 「뒷방 마님」(단편집 『돌다리』에 수록, 1943. 12)

46. 「제1호 선박의 삽화」, 『국민총력』 1944. 9. 1.(일문 소설)

47. 「즐거운 기억」, <한성일보> 1945. 10*.

48. 「너」, <시대일보> 1946. 2*.

49. 「해방전후」, 『문학』 1946. 8.

50. 「아버지의 모시옷」(단편집 『첫전투』, 문화전선사, 1949. 11.에 수록)

51. 「첫전투」, 『문학예술』 4, 문화전선사, 1948. 12.

52. 「호랑이 할머니」(단편집 『첫전투』에 수록)

53. 「삼팔선 어느 지구에서」(단편집 『첫전투』에 수록)

54. 「고귀한 사람들」(단편집 『고향길』에 수록)

55. 「고향길」(단편집 『고향길』에 수록)

56. 「먼지」(『문학예술』 1950. 3)

57. 「두 죽음」, 1952.(*미확인)

## 4. 중 편

1. 「법은 그러치만」, 『신여성』 1933. 4~1934. 4.
2. 「박물장사 늙은이」, 『신가정』 1934. 2~7.
3. 「애욕의 금렵구」, 『중앙』 1935. 3.
4. 「코스모스 피는 정원」, 『여성』 1937. 3~7.


## 5. 장 편

1. 「구원의 여상」, <신여성』 1931. 3~1932. 8.
2. 「제이의 운명」, <조선중앙일보> 1933. 8. 25~1934. 2. 23.
3. 「불멸의 함성」, <조선중앙일보> 1934. 5. 15~1935. 3. 30.
4. 「성모」, <조선중앙일보> 1935. 5. 26~1936. 1. 20.
5. 「황진이」, <조선중앙일보> 1936. 6. 2~9. 4.(연재 중단됨)
6. 「화관」, <조선일보> 1937. 7. 29~12. 22.
7. 「삼자매」, <동아일보> 1939. 2. 5~7. 19.(원제는 「딸삼형제」)
8. 「청춘무성」, <조선일보> 1940. 3. 12~8. 11.(연재 중단됨)
9. 「사상의 월야」, <매일신보> 1941. 3. 4~7. 5.
10. 「별은 창마다」, 『신시대』 1942. 1~1943. 6.
11. 「신혼일기」, 『조광』 1942. 1~1943. 1.(원제는 「행복에의 흰 손들」이었으나 후에 단행본으로 출간되며 「삼인우달」, 「세동무」, 「신혼일기」로 바뀜)
12. 「왕자 호동」, <매일신보> 1942. 12. 22~1943. 6. 16.
13. 「불사조」, <현대일보> 1946. 3. 27~7. 19.(연재 중단됨)
14. 「농토」, 삼성문화사, 1948. 8.


## 6. 희 곡

1. 「어떤날의 베토벤」, 『학생』 1929. 9.
2. 「어머니」, 『중앙』 1933. 11.
3. 「산 사람들」, 『중앙』 1936. 2.

## 7. 작품집

1. 『달밤』, 한성도서, 1934.
2. 『가마귀』, 한성도서, 1937.
3. 『久遠의 女像』, 태양사, 1937.
4. 『第二의 運命』, 한성도서, 1937.
5. 『花冠』, 삼문사, 1938.
6. 『三姉妹』, 문장사, 1939.
7. 『李泰俊短篇選』, 박문서관, 1939.
8. 『靑春茂盛』, 박문서관, 1940.
9. 『無序錄』, 박문서관, 1941.
10. 『李泰俊短篇集』, 학예사, 1942.
11. 『돌다리』, 박문서관, 1943.
12. 『三人友達』, 남창서점, 1943.
13. 『王子 好童』, 남창서관, 1943.
14. 『서간문강화』, 박문서관, 1943.
15. 『별은 窓마다』, 박문서관, 1945.
16. 『세동무』, 범문사, 1946.
17. 『黃眞伊』, 동광당서점, 1946.
18. 『思想의 月夜』, 을유문화사, 1946.
19. 『尙虛文學讀本』, 백양사, 1946.
20. 『福德房』, 을유문화사, 1947.
21. 『解放前後』, 조선문화사, 1947.
22. 『소련기행』, 조선문학가동맹, 1947.
23. 『增訂 文章講和』, 박문서관, 1948.
24. 『農土』, 삼성문화사, 1948.
25. 『첫전투』, 조선문화사, 1949.
26. 『고향길』, 조선문고, 1952.

# 이태준 관련 논저 목록
(필자별 가나다순)


자료정리 : 이 병 렬(숭실대)


강금숙, 「젠더(Gender) 공간 구조로 본 서사체 연구-1930년대 소설을 중심으로」, 이화여대 대학원 박사학위논문, 1989. 8.

강대원, 「이태준 단편소설 연구」, 세종대 대학원 석사학위논문, 1997. 8.

______, 「이태준의 단편 속에 등장하는 바보 인물」(『한민족문화연구』 11,한민족문화학회, 2002. 12)

강병구, 「이태준 역사소설 연구」, 충남대 교육대학원 석사학위논문, 1990. 2.

강옥희, 「이태준 후기 소설의 페미니즘과 계몽주의」(『자하어문논집』 13, 상명어문학회, 1998. 12)

______, 「1930년대 후반 대중소설 연구」, 상명대 대학원 박사학위논문, 1999. 2.

강진호, 「이태준연구-단편소설을 중심으로」, 고려대 대학원 석사학위논문, 1987. 7.

______, 「해방후 이태준 소설의 변모양상」(『어문논집』, 고려대, 1991. 12)

______, 「이상과 현실의 거리-해방기 이태준 소설론」(『문학과논리』 2, 태학사, 1992)

______, 「동경과 좌절의 미학」(상허문학회, 『이태준문학연구』, 깊은샘, 1993. 12)

______, 「동경과 좌절, 그리고 욕망」(『동서문학』, 1994. 3)

______, 「이태준의 문학세계」(『말글생활』, 1994)

______, 「개성, 문체 그리고 순수문학」(『돌다리-이태준문학전집 ②』, 깊은샘, 1995. 3)

______, 「탁월한 문장가의 숨은 산실」(『문화예술』, 1996)

______, 「1930년대 후반기 소설의 전통지향성 연구-이태준을 중심으로」(『상허학보』 1, 상허학회, 1999. 12)

공미영, 「이태준 단편에 나타난 여성상 연구」, 인하대 교육대학원 석사학위논문, 1994. 8.

공종구, 「이태준 초기소설의 서사지평분석(1)」(『국어국문학』 109, 국어국문학회, 1993. 5)

______, 「이태준 초기소설의 서사지평분석(2)」(『현대소설연구』 2집, 한국현대소설연

구회, 1995. 6)

______, 「이태준 초기소설의 서사지평 분석(3)-'고향'」(『선청어문』, 서울대 사범대, 1995)

구수경, 「이태준 소설의 구조적 특성 연구」(『어문연구』 26,어문연구회, 1995)

기석복, 「조국해방전쟁과 우리 문학」(『인민』, 인민사, 1952)

김강호, 「1930년대 한국 통속소설 연구」, 부산대 대학원 박사학위논문, 1994. 2.

김광섭, 「'영월영감'과 역작 '무명'」(<동아일보> 1939. 1. 28)

김국봉, 「이태준 장편소설에 나타난 갈등구조의 변모양상연구」, 부산외대 교육대학원 석사학위논문, 1994. 8.

김규동, 「자유세계의 일원으로 작가 이태준에게」(<평화일보> 1956. 6. 27)

김기림, 「작가론-스타일리스트 이태준씨를 논함」(<조선일보> 1933. 6. 25~26)

김길영, 「이태준 신문 연재소설 연구」, 한국교원대학교 대학원 석사학위논문, 2002.

김도형, 「이태준 단편의 변모과정연구」, 경희대 대학원 석사학위논문, 1996. 2.

김도희, 「이태준 장편 <왕자 호동>의 중간소설적 성격」(『새얼어문논집』 13, 새얼어문학회, 2000)

______, 「이태준 단편 <패강랭>의 항일문학적 성격」(『현대소설연구』 20, 한국현대소설학회, 2003. 12)

김동리, 「이태준론」(『풍림』, 1937. 3)

김동석, 「'달밤'의 감격」(<조선중앙일보> 1948. 7. 24)

김동식, 「<가마귀>에 관한 몇 개의 주석」(『상허학보』, 상허학회, 2003. 8)

김동인, 「이태준씨의 '애욕의 금렵구'」(<매일신보> 1935. 3. 27)

김명렬, 「내가 본 외삼촌 이태준」(『문학사상』, 2004. 4, 문학사상사)

김문집, 「신춘창작대관-'수난의 기록'과 '패강냉'」(<동아일보> 1938. 1. 21)

______, 「이태준론」(『삼천리문학』, 1938. 4)

김미순, 「이태준소설연구」, 단국대 대학원 석사학위논문, 1990. 2.

김미정, 「이태준소설연구」, 경원대 대학원 석사학위논문, 1998. 2.

김민선, 「이태준 단편소설의 인물 유형 연구」, 단국대학교 대학원 석사학위논문, 2001. 2.

김민정, 「이태준론」(『한국학보』, 1998. 가을호)

______, 「구인회의 존립양상과 미적 이데올로기의 상관성 연구」, 서울대 박사학위논문, 2000

김북남, 「이태준 장편소설 연구」, 경희대 교육대학원 석사학위논문, 1995. 2.

김상선, 「이태준단편소설연구」(『인문학연구 17』, 중앙대, 1990. 12)

______, 「이태준론」(『이선영교수회갑논총』, 한길사, 1990)

______, 「이태준 단편소설연구(1)」(『비평문학』 5호, 한국비평문학회, 1991. 10)

______, 「이태준 단편소설연구」(『玄山 金鍾塤博士 華甲記念論文集』, 집문당, 1991. 9)

______, 「이태준 단편소설 연구(2)」(『비평문학』, 한국비평문학회, 1992)

______, 『상허 이태준 문학연구』, 한빛미디어, 1993.

김상욱, 「이태준의 '석양'론－허무의 수사학」(『국어교육』, 한국국어교육연구회, 1996. 3)

김상태, 「해방공간의 소설」(『현대문학』, 1988. 12)

김선학, 「시대의 풍향계 그리고 인간학」(『문예중앙』, 1995)

김소예, 「이태준론－장편소설을 중심으로」(『어문논집』, 성심여대 국문과, 1990)

김수경, 「이태준연구－현실인식의 변모과정을 중심으로」, 서울시립대 대학원 석사학
    위논문, 1992. 2

______, 「이태준 단편소설연구」(『전농어문연구』 4집, 서울시립대 전농어문연구회,
    1991)

김수진, 「이태준 소설에 나타난 근대성연구」, 서울여대 대학원 석사학위논문, 1998. 8.

김승환, 「해방공간의 농민소설연구」, 서울대학교 박사학위논문, 1990.

______, 「부르조아민주주의 혁명적 세계관으로부터 사회주의 리얼리즘에로의 소설
    적 전화와 해방공간 토지문제로 현현된 주인과 노예의 변증법적 역전관계」
    (이우용 편, 『해방공간문학연구』, 태학사, 1990)

______, 『해방공간의 현실주의 문학연구』, 일지사, 1991.

김시태, 「구인회 연구」(『논문집』, 제주대학교, 1976)

김연숙, 「1920－30년대 소설에 나타난 '귀향' 양상연구－염상섭, 이태준, 이기영을 중
    심으로」, 경희대 대학원 석사학위논문, 1994. 2.

김연희, 「이태준 소설의 인물유형 연구－단편소설을 대상으로」, 전남대 대학원 석사
    학위논문, 1995. 8.

김영숙, 「상허의 단편소설연구－단편의 변모양상을 중심으로」, 전남대 교육대학원
    석사학위논문, 1994. 2.

김영옥, 「이태준 단편소설연구－죽음의 의식을 중심으로」, 단국대학교 교육대학원
    석사학위논문, 1997. 2.

김용성, 「상허 이태준 소설론」(『민제교수회갑논총』, 중앙대국문학과, 1990. 10)

김우종, 「사회악의 고발과 농촌계몽의 인간형」(『작가선집 3』, 을유문화사, 1988)

______, 「이태준 소설의 몇가지 특성」(『현대문학사의 재조명』, 백문사, 1991. 12)

김윤식, 「고전과 작위성」(『한국근대문학사상비판』, 일지사, 1987)

______, 「이태준론」(『현대문학』, 1989. 5)

______, 「빨치산 소설의 기원」(『한길문학』, 1990. 11)

______, 「이태준의 표정」(『해방공간의 문학사론』, 서울대 출판부, 1990)

김은정, 「이태준 단편소설 연구-작중인물의 욕망을 중심으로」, 서강대 대학원 석사
    학위논문, 1991. 2.
_____, 「이태준 문학에 나타난 '선비 의식'-단편소설을 중심으로」,(『서강어문 11
    집』, 서강어문학회, 1995. 11)
_____, 「이태준 단편소설의 명명법 연구-인물의 성격화를 중심으로-」,(『현대소설
    연구』 3집, 한국현대소설학회, 2000. 12)
_____, 「상허 이태준의 <제2의 운명>연구」,(『한국문학이론과 비평』 10집, 한국문학
    이론과 비평학회, 2001. 3)
_____, 「상허 이태준의 <청춘무성>론」,(『상허학보 7집, 상허학회, 2001. 8)
_____, 「이태준의 <사상의 월야>연구」,(『현대소설연구』 15집, 한국현대소설학회,
    2001. 12)
_____, 「이태준 장편소설 연구」, 서강대학교 대학원 박사학위논문, 2002.
_____, 「이태준의 <해방전후> 연구」,(『배달말』 30호, 배달말학회, 2002. 6)
_____, 「이태준의 <농토>론」,(『상허학보』 9집, 상허학회, 2002. 8)
김은정·명형대, 「이태준 중편소설의 플롯과 작가 지향성」,(『상허학보』 11집, 상허학
    회, 2003. 8)
김재영, 「'농토' 연구」(상허문학회, 『이태준문학연구』, 깊은샘, 1993. 12)
김재용, 「북한의 토지개혁과 그 소설적 형상화」(『실천문학, 1990. 봄호)
_____, 「해방 직후 자전적 소설의 네 가지 양상」(『문예중앙』, 1995)
_____, 「월북 이후 이태준의 문학활동과 <먼지>의 문제성」(『민족문학사연구』, 민
    족문학연구소, 1997. 3)
_____, 「냉전의식에 굴절된 '2차 소련방문기'」(『시사월간 WIN』, 중앙일보사, 1998. 1)
김정철, 「이태준 문학의 근대성 연구」, 충북대학교 대학원 석사학위논문, 2001. 2.
김정희, 「이태준 소설에 나타난 서술자의 특성 연구-해방전 단편소설을 중심으로」,
    경북대 대학원 석사학위논문, 1999. 8.
김종건, 「1930년대 소설의 공간 설정과 작가의식」(『우리말 글』 19, 2000)
김종균, 「이태준 장편소설 '불멸의 함성'에 나타난 민중문화 의식」(『한국어문학연구』,
    한국외대 한국어문학연구회, 1992. 11)
_____, 「이태준 장편소설 <화관> 연구」(『어문논집』 34, 1995)
_____, 「이태준 장편소설 <성모> 연구」(『건국어문학』 19, 20합집, 건국대 국어국문
    학연구회, 1995. 5)
_____, 「이태준 장편소설 <별은 창마다> 연구」(『외국어교육연구논집』 11, 1997)
김종빈, 「묘혈을 자청한 이태준」(『동아춘추』, 1963. 4)
김 준, 『한국농민소설연구』, 태학사, 1990. 7.

김지혜, 「이태준 중·단편소설 연구—등장인물을 중심으로」, 전남대 교육대학원 석
　　사학위논문, 1995. 2.
김진기, 「이태준 단편소설연구」, 건국대 대학원 석사학위논문, 1993. 8.
김　철, 「몰락하는 신생 : ‘만주’의 꿈과 <농군>의 誤讀」(『상허학보』 9집, 상허학회,
　　2002. 8)
김한식, 「이태준 단편소설의 서정적 특성 연구」(『어문논집』 35, 1996)
김한응, 「이태준연구—단편소설을 중심으로」, 제주대 대학원 석사학위논문, 1991. 2.
김현숙, 「이태준소설의 기호론적 연구」, 이화여대 대학원 박사학위논문, 1991.2
＿＿＿, 「이태준소설의 기호론적 분석」(『개신어문연구 8』, 충북대개신어문연구회,
　　1991. 8)
＿＿＿, 「‘오몽녀’ 언술의 특성과 수사법」(상허문학회, 『이태준문학연구』, 깊은샘,
　　1993. 12)
＿＿＿, 「이태준 소설의 노인, 그 기호학적 의미」(『상허학보』 1, 상허학회, 1999. 12)
＿＿＿, 「문학과 이념 사이를 방황한 방랑자」(『문학사상』, 2004. 4, 문학사상사)
김현주, 「이태준의 수필론 연구」(『상허학보』 1, 상허학회, 1999. 12)
김혜숙, 「이태준 소설 속의 여성상 연구」, 군산대학교 대학원 석사학위논문, 2000. 8.
김화선, 「이태준의 초기 아동문학 작품 연구」(『한국언어문학』 50, 2003)
김화영, 「상허 이태준 ‘달밤’ 수록 간편 분석」(『인문논총』, 호서대 인문대, 1989)
김환태, 「상허의 작품과 그 예술관」(『개벽』, 1934. 12)
노상래, 「이태준연구—전기와 관련한 문학변모양상을 중심으로」, 영남대 대학원 석
　　사학위논문, 1990. 8.
류보선, 「역사의 발견과 그 문학사적 의미」(『한국의 전후문학』, 태학사, 1991. 4)
모윤숙, 「조선여성자화상—이태준씨의 ‘딸삼형제’」(『조선일보』, 1940. 1. 22)
문무학, 「이태준 ‘화관’ 연구」(『어문논총』, 대구대 국문과, 1990)
민영주, 「이태준 장편소설에 나타난 여성상 연구」, 인천대 대학원 석사학위논문,
　　1994. 2.
＿＿＿, 「이태준 장편소설에 나타난 여성상 연구」(『인천어문학』 10집, 인천대 국어국
　　문학과, 1994. 2)
민충환, 「상허 이태준의 전기적 고찰과 습작기 작품 검토」(『공산권연구』, 1986. 11)
＿＿＿, 「상허 이태준론(1)—전기적 사실과 습작기 작품을 중심으로」(『논문집 6』, 부
　　천공전, 1986)
＿＿＿, 「상허 이태준론(2)—‘농군’을 중심으로」(『논문집 7』, 부천공전, 1987. 2)
＿＿＿, 「상허 이태준론(3)—단편소설의 발표원문과 개작내용과의 비교를 중심으로」
　　(『공산권연구』, 1987. 5)

______, 「상허 이태준론(4)-'어떤 젊은 어미' 소고」(『부천전문대학보』, 부천공전, 1987)

______, 「상허 이태준론(5)-'코스모스이야기'를 중심으로」(『공산권연구』, 1987. 9)

______, 「상허 이태준론(6)-'복덕방'을 중심으로」(『논문집 8』, 부천공전, 1987. 12)

______, 「상허 이태준 중단편소설의 이해-1925~1943년을 중심으로」(『공산권연구』, 1988. 1~3)

______, 『이태준연구』, 깊은샘, 1988. 4.

______, 「고단했던 생애와 작품세계」(『현대공론』, 1988. 6)

______, 「상허 이태준론(7)-작품의 현지답사 내용을 중심으로」(『공산권연구』, 1989. 1)

______, 「상허 이태준의 북에서의 작품」(『공산권연구』, 1989. 9)

______, 「상허 이태준론(8)-북에서 쓴 단편소설을 중심으로」(『논문집 10』, 부천공전, 1990. 3)

______, 「월북 작가 이태준을 찾아서」(『공산권연구』, 1990. 5)

______, 「상허 작품집 출판의 한 문제점」(『공산권연구』, 1990. 6)

______, 「상허 이태준론-'산월이'에 나타난 현장조사를 중심으로」(『공산권연구』, 1990. 11)

______, 「상허 이태준론(9)-'산월이'에 나타난 현장조사를 중심으로」(『논문집 11』, 부천공전, 1990. 12)

______, 「북에서 개작한 상허 이태준의 작품-'밤길'을 중심으로」(『공산권연구』, 1992. 6)

______, 「'성모'에 나타난 한 문제」(『학산문학』, 1992. 여름)

______, 『이태준소설의 이해』, 백산출판사, 1992. 9.

______, 「이태준의 전기적 고찰」(상허문학회, 『이태준문학연구』, 깊은샘, 1993. 12)

______, 「이태준의 새로운 습작기 작품」(『극동문제』, 1995. 9)

______, 「이태준 소설의 선본 문제」(『상허학보』 1, 상허학회, 1999. 12)

박건명, 「이태준 단편소설에 나타난 인물유형 연구」(『건국어문학』 15·16, 1991. 3)

박경덕, 「이태준 단편의 인물 유형」, 고려대 교육대학원 석사논문, 1990. 2.

박기연, 「이태준소설연구-작가의식의 변모과정을 중심으로」, 동아대 대학원 석사학위논문, 1992. 2.

박덕규, 「이태준 단편소설에 나타난 죽음의식 연구」, 배재대 대학원 석사학위논문, 1999, 2

박미정, 「이태준 단편소설연구」, 국민대 교육대학원 석사학위논문, 1994. 2.

박상두, 「이태준의 '오몽녀' 연구」, 단국대 교육대학원 석사학위논문, 1994. 2.

박선애, 「'해방전후', '농토' 연구」(『원우논총』, 숙명여대, 1994)

박영숙, 「이태준 단편소설 연구」, 강원대 교육대학원 석사학위논문, 1995. 8.

박영순, 「이태준 소설의 배경적 모티브 연구-기차·정거장을 중심으로」, 강원대 교
　　　육대학원 석사학위논문, 1999. 2.
박은경, 「이태준 단편소설에 나타난 '부조리' 고찰」(『인천어문학』 12, 인천대 국문과,
　　　1996. 2)
박재섭, 「해방기소설연구」, 서강대 대학원 석사학위논문, 1985.
박정규, 「상허소설의 현실인식」(『어문논집』, 고려대, 1986. 3)
＿＿＿, 「농민소설에 나타난 유토피아 추구의식」(『한양어문논집 5』, 1987. 10)
박종화, 「이태준저 『문장강화』」(<조선일보> 1940. 5. 18)
박중선, 「대중을 집단주의로 교양시키자」(『로동신문』, 1949. 8. 20)
박진숙, 「이태준의 <까마귀>와 인공적인 글쓰기」(『현대소설연구』 16호, 2002. 6.
＿＿＿, 「이태준 문학 연구-텍스트와 내포독자를 중심으로」, 서울대 박사학위 논문,
　　　2003. 8.
＿＿＿, 「이태준 문장론의 형성과 근대적 글쓰기의 의미」(『시학과 언어학』 6호, 2003.
　　　12.
박태원, 「이태준 단편집 『달밤』을 읽고-독후감」(<조선일보> 1934. 7. 26~27)
박헌호, 「이태준 문학의 소설사적 위상」, 성균관대 대학원 박사학위논문, 1997. 8.
＿＿＿, 「이태준 문학의 소설사적 위상」, 『조선문학』, 1998. 2~11.
＿＿＿, 「이태준의 초기작품 考」(『현대소설연구』 8, 한국현대소설학회, 1998)
박혜경, 「이태준 소설에 나타난 여성의식 연구」, 인하대학교 대학원 석사학위논문,
　　　2000. 2.
박혜성, 「이태준소설연구」, 성신여대 교육대학원 석사학위논문, 1996. 2.
방용호, 「이태준 단편소설 연구」, 인하대 교육대학원 석사학위논문, 1998. 8.
＿＿＿, 「이태준 장편소설 연구」, 인하대 대학원 박사학위논문, 2003. 2.
방준원, 「이태준론」(『백민』, 1946. 12)
백　철, 「울결의 문학」(<조선일보> 1937. 3. 17~21)
＿＿＿, 「문학과 사상성의 검토-내가 쓰는 작가 이태준론」(<동아일보> 1938. 2. 15
　　　~19)
＿＿＿, 「이태준씨 장편소설 「딸삼형제」를 읽고」(<매일신보> 1940. 1. 19)
＿＿＿, 「신사상의 주체화 문제점」(『신천지』, 1948. 7)
＿＿＿, 「참 좋은 작가들이었는데」(『월간중앙』, 1978. 5)
백해선, 「이태준 단편소설 연구 - 현실인식의 변모과정을 중심으로」, 계명대학교
　　　대학원 석사학위논문, 2000. 2.
변경혜, 「이태준 소설의 인물 연구」, 서울대학교 대학원 석사학위논문, 2001.
변소영, 「이태준단편소설연구」(『마을문 2』, 한국외대 한국어교육과, 1990. 5)

三枝壽勝, 「상황과 문학자의 자세」, 경희대 대학원 석사논문, 1976. 2.
______, 「李泰俊作品論」(『史淵』 117, 九州大文學部, 1980)
______, 「解放後の 李泰俊」(『史淵』 118, 九州大文學部, 1981)
상허문학회, 『이태준 문학 연구』, 깊은샘, 1993. 12.
서경석, 「미군정기 소설의 현실인식」(『한국학보 54』, 1989. 봄호)
서석준, 「한국현대소설에 나타난 '부상실'연구」, 경희대학교 박사학위 논문, 1991.
서영채, 「두 개의 근대성과 처사의식」(상허문학회, 『이태준문학연구』, 깊은샘, 1993.
      12)
서은선, 「이태준 장편소설 연구」(『국어국문학』 29, 부산대 국문과, 1992. 10)
______, 「서사기법으로 본 이태준 소설의 연구」(『한국문학논총 14』, 한국문학회, 1993.
      11)
서은희, 「이태준 단편의 인물유형과 현실인식양상」, 고려대 교육대학원 석사학위논
      문, 1994. 2.
서종택, 「이태준의 단편소설」(『한국현대소설연구』, 새문사, 1990. 5)
선우휘, 「납북 되거나 월북한 문인들 문제」(『뿌리깊은 나무』, 1977. 5)
송미선, 「이태준의 성장소설 연구」, 단국대학교 대학원 석사학위논문, 2003.
송병직, 「이태준의 농민소설 연구」, 충남대 교육대학원 석사학위논문, 1995. 2.
송영숙, 「이태준 단편소설 연구 – 문체와 기법을 중심으로」, 단국대학교 대학원 석
      사학위논문, 2000. 8.
송인화, 「상허 이태준 단편소설연구」, 연세대 대학원 석사학위논문, 1990. 8.
______, 「이태준 소설 연구」, 연세대 대학원 박사학위논문, 1999. 8.
송하섭, 「이태준 단편의 작중 인물들」(『단국어문논집』 1집, 단국대학교 단국어문연
      구회, 1995. 5)
______, 「이태준 소설의 서정성 연구」, 『논문집』, 단국대대학원, 1995. 6.
신고송, 「해방 후 4년간의 문학예술계의 약진상」, 『조소문화』, 1949. 8.
신남철, 「작가심정의 문제」(<동아일보> 1937. 6. 23)
신동욱, 「이태준작품의 문학적 의미」(『해금문학전집 2』, 삼성출판사, 1988)
______, 「이태준 소설과 민족의식」(『월간 고교 독서평설』, 1991. 12~1992. 1)
______, 「이태준의 소설에 나타난 민족의식」(『동방학지』, 연세대 국학연구원, 1992)
신순철, 「이태준 작품 연구」(『한민족어문학』 18, 1990)
______, 「해방 이후의 이태준의 삶과 문학」(『국문학연구 13』, 효성여대국문학과, 1990.
      12)
______, 「해방 전의 이태준의 문학적 전기고찰」(『경주전문대논문집』 5집, 1991. 5)
______, 「이태준연구」, 효성여대 대학원 박사학위논문, 1991. 8.

______, 「이태준 단편소설의 서정성고」(『논문집』, 경주전문대, 1992)

신용화, 「이태준 단편소설 연구」, 연세대 교육대학원 석사학위논문, 1994. 8.

신윤경, 「김유정과 이태준 단편에 나타난 아이러니 비교연구」, 고려대 교육대학원 석사학위논문, 1993. 8.

신춘호, 「이태준의 농민소설 연구」(『논문집』, 건국대 중원인문연구소, 1992)

신형기, 「해방직후 중간층 작가의 의식전이 양상 – 이태준을 중심으로」(『오늘의 문예비평』, 1991)

______, 「해방 이후의 이태준」(『상허학보』 1, 상허학회, 1999. 12)

신희교, 「이태준 소설의 반어적 특성 연구」(『현대소설연구』 4집, 현대소설학회, 1996. 6)

심진경, 「이태준의 <성모> 연구」(『상허학보』, 상허학회, 2002. 2)

안남연, 「이태준소설의 미학적 연구」(『우리어문학연구 3』, 한국외대 한국어교육과, 1991. 9)

______, 「이태준 장편소설의 작중인물 유형연구」(『한국어문학연구』 4, 한국외대, 1992. 11)

______, 「이태준장편소설연구」, 한국외대 대학원 박사학위논문, 1992. 2.

______, 「이태준 장편소설의 변모 양상」(『한국어문학연구』 6집, 한국외대 한국어문연구회, 1994. 12)

안미영, 「이태준 소설에 나타난 유곽의 의미」(『현대소설연구』 18, 2003. 6)

안숙원, 「구인회와 바보의 시학」,(『서강어문』 10집,서강대학교 서강어문학회, 1994. 12)

안한상, 「해방전후에 나타난 문인의 현실인식과 삶의 선택」(『전농어문연구』 5, 서울시립대, 1992. 12)

안함광, 「8·15 해방 이후 소설문학의 발전 과정」,『문학의 전진』, 문화전선사, 1950.

안회남, 「문예시평－최근창작개평」(<조선일보> 1935. 5. 30)

______, 「현역 작가들의 기량」(<조선일보> 1936. 9. 3~10)

양문규, 「'사상의 월야' 해설」(『사상의 월야 – 이태준문학전집⑦』, 깊은샘, 1996. 10)

양백화 외, 「조선문단합평회」,(『조선문단』, 1925. 8)

양일운, 「북한의 숙청문인 – 상허와 임화를 중심으로」(『북한학보』 5, 1981)

양용산, 「이태준 단편소설에 나타난 공간 분석」, 목포대 대학원 석사학위논문, 2001. 2.

양진오, 「이태준의 '사상의 월야' 연구」, 서강대 대학원 석사학위논문, 1993. 2.

______, 「이태준 장편소설 분석」,(『서강어문』 10집, 서강대학교 서강어문학회, 1994. 12)

양태진, 「월북작가론」(『통일정책』 4권 2호, 1978)

엄명자, 「이태준의 <사상의 월야> 연구」,경산대학교 대학원 석사학위논문, 1999. 8.

오경은, 「이태준연구-자전적소설 '사상의 월야'를 중심으로」, 숭실대 대학원 석사학
　　　위논문, 1992. 2.
오양호, 「이태준 아동문학론」(『인천어문학』, 인천대 국문과, 1992)
오인숙, 「이태준의 신문연재소설 연구」, 한남대학교 대학원 석사학위논문, 2000. 2.
오일명, 「그는 이데올로기가 낳은 비극인이었다」(『현대공론』, 1988. 6)
오형엽, 「이태준 단편소설의 스토리 전개방식」(『어문논집』 33, 고려대 국어국문학과,
　　　1994. 12)
오효일, 「1940년대 후반기 단편소설 연구」, 계명대학교 석사학위논문, 1984.
원형갑, 「이태준의 문학세계 어떻게 볼 것인가」(『문학세계』, 1992. 7)
유인순, 「味讀의 즐거움 - 이태준의 '성모'를 중심으로」(『朝鮮學報』 159집, 조선학
　　　회, 1996. 4)
유인영, 「이태준 단편의 아이러니연구」, 전북대 교육대학원 석사학위논문, 1998. 8.
유종호, 「'인간사전'을 보는 재미-이태준의 단편」(『1930년대 민족문학의 인식』, 한
　　　길사, 1990)
유철상, 「이태준 단편소설연구」, 서울대 대학원 석사학위논문, 1993. 2.
유한근, 「스타일리스트 상허」(『월간문학』, 1988. 6)
윤규섭, 「학예사판『이태준 단편집』을 읽고」(<매일신보> 1941. 3. 23~29)
윤애경, 「이태준 단편소설의 변모과정 연구」, 연세대 대학원 석사학위논문, 1995. 2.
윤지영, 「이태준 장편소설의 이념적 지향 연구」, 숙명여자대학교 대학원 석사학위논
　　　문, 2003.
이강언, 「이태준 소설의 소외 양상 연구」(『인문예술논총』 18, 1999)
이　건, 「이태준의 '황진이' 연구」, 상명여대 대학원 석사학위논문, 1996. 2.
＿＿＿, 「이태준의 역사소설 '황진이'의 서사구조와 반유교주의 사상」(『자하어문논
　　　집』, 상명어문학회, 1996. 8)
이경국, 「이태준 소설 연구-시대별 변모양상을 중심으로」, 창원대 대학원 석사학위
　　　논문, 1998. 8.
이경남, 「월북작가 이태준은 북한탈출을 기도했었다」(『월간현대』, 1987. 11~12)
이경은, 「이태준단편소설연구」, 연세대 교육대학원 석사학위논문, 1989. 8.
이기인 편, 『이태준(작가론총서)』, 새미, 1995. 12.
이나영, 「해방직후 소설의 진보적 세계관 연구-이태준, 안회남, 허준을 중심으로」,
　　　경북대 대학원 석사학위논문, 1998. 2.
이남호, 「이태준단편소설연구」(『한국어문교육 3』, 고려대사대국어교육회, 1988. 12)
＿＿＿, 「오래된 것들의 아름다움」(『무서록-이태준문학전집 15』, 깊은샘, 1994. 11)
이대영, 「상허의 장편소설 연구」(『어문연구 23』, 충남대 어문연구회, 1992. 12)

______, 「이태준 단편소설 연구」(『어문연구 30』, 충남대 어문연구회, 1998. 12)

이동봉, 「이상과 실체-상허의 『소련기행』을 읽고」(『경향신문』, 1947. 8. 10)

이명성, 「이태준 단편소설 연구-인물의 형상화를 통한 현실인식의 변모양상을 중심으로」, 중앙대 대학원 석사학위 논문, 1995. 2.

이명희, 「이태준의 장편 '화관' 고」(『원우논총』, 숙명여대 대학원, 1992)

______, 「이태준 장편 '청춘무성' 고」(『어문논집』 3, 숙명여대 한국어문학연구소, 1993. 2)

______, 「이태준문학연구」, 숙명여대 대학원 박사학위논문, 1993. 8.

______, 「장편소설에 나타난 여성의식」(상허문학회, 『이태준문학연구』, 깊은샘, 1993. 12)

______, 「'황진이', '왕자호동'의 역사소설적 의미」(상허문학회, 『이태준문학연구』, 깊은샘, 1993. 12)

______, 「'좋은 소설'로서의 상허만의 존재방식」(『동서문학』, 1994. 3)

______, 「이태준 소설의 인물과 성격화」(『한국학연구』, 숙명여대, 1994)

______, 「이태준 소설의 기법과 구성법」(『한국어문학』 4, 숫대한국어문학연구, 1994. 8)

______, 「이태준 장편 '성모' 연구」(『현대소설연구』 1집, 한국현대소설연구회, 1994. 8)

______, 『상허 이태준의 문학세계』, 국학자료원, 1994. 11.

______, 「이태준 희곡연구」(『국어국문학』 112, 국어국문학회, 1994. 12)

______, 「이태준 소설의 인물과 성격화」(『한국학연구』 4, 1995)

______, 「이데올로기의 간극과 작가의 비극」(채훈 외, 『월북작가에 대한 재인식』, 깊은샘, 1995. 7)

______, 「'구인회' 작가들의 여성의식」(『어문논집』 6, 1998. 6)

______, 「역사적 사실과 이야기적 요소의 만남 속에 숨겨진 작가의 내면세계」(『왕자호동-이태준문학전집⑦』, 깊은샘, 1997. 6)

______, 「이태준 소설의 여성주의적 층위」(『상허학보』, 상허학회, 2000. 8)

이미경, 「이태준 단편소설에 나타난 현실수용 양상」, 성균관대 교육대학원 석사학위 논문, 1998. 8.

이병렬, 「이태준문학연구의 향방」(『숭실어문』 제6집, 숭실어문연구회, 1989. 4)

______, 「광복기 작가의 한 유형(1)-이태준의 변신」(『숭실어문』 제8집, 숭실어문연구회, 1991. 7)

______, 「이태준소설의 개작문제고」, 제36회 전국국어국문학연구발표대회 발표요지, 1993. 6. 6.

______, 「이태준 소설의 창작기법 연구」, 숭실대 대학원 박사학위논문, 1993. 8.

______, 「'복녀'와 '오몽녀'의 거리」(『숭실어문』 제10집, 숭실어문연구회, 1993. 9)

______, 「이태준의 문학사적 위상」(상허문학회, 『이태준문학연구』, 깊은샘, 1993. 12)

______, 「이태준 소설의 인물 성격화 유형」(상허문학회, 『이태준문학연구』, 깊은샘, 1993. 12)

______, 「소설미학과 현실인식의 사이에서」(『동서문학』, 1994. 3)

______, 「이태준 소설의 텍스트 문제」(『국어국문학』 111호, 국어국문학회, 1994. 5)

______, 「'첫전투'와 '고향길'의 의미」(『해방전후, 고향길-이태준문학전집③』, 깊은샘, 1995. 10)

______, 「이태준 후기소설 연구」(『현대소설연구』 제5호, 한국현대소설학회, 1996. 12)

______, 「이태준의 '사상의 월야' 연구」(『숭실어문』 제13집, 숭실어문학회, 1997. 6)

______, 「'황진이'의 역사소설적 의미」(『황진이, 법은 그렇지만-이태준문학전집⑧』, 깊은샘, 1997. 7)

______, 「이태준의 소설관 연구」(『현대소설연구』 7호, 현대소설학회, 1997. 12. 30)

______, 「역사적 인물의 소설적 형상화」(『숭실어문』 14, 숭실어문학회, 1998. 6. 14)

______, 『이태준 소설 연구』, 평민사, 1998. 10.

______, 「이태준 문학연구, 그 성과와 한계」(『상허학보』 1, 상허학회, 1999. 12)

______, 「이태준의 <먼지> 연구」(『상허학보』 8, 상허학회, 2002. 2. 28)

______, 「우리 현대소설사에서 이태준의 위상」(『조선문학』 133, 조선문학사, 2002. 5.)

______, 「이태준의 <복덕방>과 월북 무용가 최승희」(『소설시대』 3, 한국작가교수회, 2002. 3. 1)

______, 「월북한 순수문학의 기수」(상허학회 편, 『새로쓰는 한국작가론』, 백년글서당, 2002. 9)

______, 「이태준 문학연구, 그 성과와 한계」(『작가』 2004년 여름호, 2004. 5, 민족문학 작가회의)

이상갑, 「'사상의 월야' 연구」(상허문학회, 『이태준문학연구』, 깊은샘, 1993. 12)

이상명, 「이태준 단편소설에 나타난 현실의식 고찰」(『인천어문학』 10집, 인천대 국문과, 1994. 2)

이선미, 「이태준소설연구」, 연세대 대학원 석사학위논문, 1991. 2.

______, 「단편소설에 나타난 현실인식」(상허문학회, 『이태준문학연구』, 깊은샘, 1993. 12)

______, 「감상적 인간주의의 미적 승화」(『동서문학』, 1994. 3)

______, 「'구인회'의 소설가들과 모더니즘의 문제」(상허문학회, 『근대문학과 구인회』, 깊은샘, 1996. 9)

______, 「1930년대 후반 이태준 소설의 변화와 그 의미」(『상허학보』, 상허학회, 1998.

11)

이선영, 「전통적 정서에 민족의식을 담은 이태준」(『한국인』, 사회발전연구소, 1988.
    11)

이수라, 「해방공간의 단편소설에 나타난 작가의식 연구-이태준, 김동인, 채만식, 이
    봉구」, 전북대 대학원 석사학위논문, 1993. 2.

이승수, 「한국문학의 공간 탐색 1-평양」(『한국학논집』 33, 1999)

이예주, 「이태준론」(『성심어문논집』, 성심여대 국문과, 1993. 2)

이용군, 「이태준의 <사상의 월야> 연구」(『숭실어문』 19, 숭실어문학회, 2003)

이우석, 「이태준 단편소설에 나타난 인물유형 연구」, 국민대 교육대학원 석사학위논
    문, 1997 .2.

이우용, 「이태준-허위적 속성의 문학과 비극적 삶」(『사회와 사상』, 1989. 5)

______, 「이태준 '농토'에 나타난 인물성격 연구」(『논문집』, 건국대, 1990)

______, 『해방공간문학연구』, 태학사, 1990.

______, 『해방공간의 민족문학사론』, 태학사, 1991.

이원규, 「글쓰기의 고전 '신문장강화'」(『시사월간 WIN』, 중앙일보사, 1998. 1)

이익성, 「상허단편소설연구」, 서울대 대학원 석사학위논문, 1987. 2.

______, 「'사상의 월야'와 자전적 소설의 의미」(『한국근대장편소설연구』, 모음사, 1992.
    8)

______, 「상허 단편소설의 구조와 기법」(상허문학회, 『이태준문학연구』, 깊은샘, 1993.
    12)

______, 「1930년대 서정적 단편소설 연구」, 서울대 대학원 박사학위논문, 1994. 8.

이재봉, 「해방기 이태준 소설연구-'해방전후' 및 '농토'를 중심으로」, 부산대 대학
    원 석사학위논문, 1990. 8.

______, 「이태준의 '해방전후'와 그 이데올로기의 성격」(『국어국문학 27』, 부산대 국
    문과, 1990. 9)

______, 「'농토'의 인물성격과 그 의미」(『한국문학논총 12』, 한국문학회, 1991. 11)

이재진, 「이태준 소설 연구-자전적 요소를 중심으로」, 고려대 교육대학원 석사학위
    논문, 1997. 2.

이종대, 「이태준 희곡 연구」(『상허학보』 1, 상허학회, 1999. 12)

이주형, 「1930년대 한국장편소설연구」, 서울대 대학원 박사학위논문, 1983.

이중재, 「이태준 단편소설에 나타난 아이러니 기법 고찰」, 『동악어문논집』, 1995. 12.

______, 「'구인회'연구-이태준, 박태원, 이상의 소설을 중심으로」, 동국대 대학원 박
    사학위논문, 1996. 2.

이진희, 「1930년대 소설에 나타난 母像연구-박태원, 이태준, 최정희, 강경애를 중심

으로」, 서강대 대학원 석사학위논문, 1998. 8.

이탄미, 「이태준소설연구-해방이전 단편을 중심으로」, 중앙대 대학원 석사학위논문, 1990. 8.

_____, 「이태준 연구」, 중앙대학교 대학원 박사학위논문, 2002.

이항구, 「북한작가들의 생활상」(『국토통일원』, 국토통일원 조사연구실, 1979)

이헌구, 「'딸삼형제'를 읽고」(『문장』, 1940. 3)

이혜령, 「이태준 장편소설 연구 - <제2의 운명>과 <청춘무성>을 중심으로」, 성균관대 대학원 석사학위논문, 1996. 2.

이혜원, 「이태준 소설의 이미지 연구」(『한국어문교육』 6, 고려대 국어교육학회, 1992. 12)

_____, 「이태준 소설의 이미지 연구」(상허문학회, 『이태준문학연구』, 깊은샘, 1993. 12)

이호숙, 「이태준 문학관 연구」(『연구논집』, 이화여대 대학원, 1993)

_____, 「이태준 소설의 이중 욕망 연구」, 이화여대 박사학위논문, 2002.

이홍숙, 「이태준 소설 '농토'의 신화적 성격」(『사림어문연구』 12, 1999. 12)

이화진, 「이태준의 장편소설에 대한 일 고찰」(『반교어문연구』, 1991)

이희춘, 「낙원과 이념의 사이-이태준론」(『논문집』, 밀양산업대, 1996)

일기자, 「이태준씨가정 방문기」(『조선문단』, 1936. 7)

_____, 「이상을 어하는 이태준씨」(『삼천리』, 1939. 1)

임경순, 「이태준소설의 담론과 해석」(『현대소설연구』 제6호, 한국현대소설학회, 1997. 6)

임명수, 「한국근대소설의 서정적 성격연구」, 경북대 대학원 석사학위논문, 1988. 7.

임은희, 「이태준 단편소설연구」, 한양대 대학원 석사학위논문, 1994. 2.

임창범, 「이태준소설연구」, 전북대 교육대학원 석사학위논문, 1999. 2.

임헌영, 「이태준의 해방 이후 작품세계」(『해방전후, 고향길 - 이태준문학전집③』, 깊은샘, 1995. 10)

임형택, 「상허 이태준론(1)」(『노산어문학1』, 1963. 11)

_____, 「상허론(2)」(『노산어문학 3』, 1964. 10)

임진영, 「8·15직후 단편소설연구」, 연세대 대학원 석사학위논문, 1987.

임창범, 「이태준소설연구」, 전북대 교육대학원 석사학위논문, 1999.

임 화, 「단편소설의 조선적 특징」(『인문평론』, 1939)

장미영, 「이태준 연구-단편소설을 중심으로」(『한성어문학』, 한성대 국문과, 1990)

장병희, 「이태준 단편소설에 나타난 '가난' 문제 연구」(『어문학논총』 16, 1997)

장소진, 「이태준 문학에서 노인의 문제」(『서강어문 9』, 서강어문학회, 1993. 12)

장양수, 「이태준 단편 '가마귀'의 탐미주의적 성격」(『한국문학논총 13』, 한국문학회, 1992. 10)

장영우, 「상허 이태준론」(홍기삼·김시태 편, 『해금문학론』, 미리내, 1991. 8)

______, 「이태준의 초기작품에 관한 일 고찰」(『문학예술』, 1992. 4)

______, 「이태준 소설연구」, 동국대 대학원 박사학위논문, 1992. 8

______, 「해방후 이태준 소설 연구」(『한국문학연구 16』, 동국대학교 한국문학연구소, 1993. 12)

______, 「문학과 정치」(상허문학회, 『이태준문학연구』, 깊은샘, 1993. 12)

______, 「낭만주의적 민족관과 온고지신의 정신」(『동서문학』, 1994. 3)

______, 「이태준 단편소설의 특징과 의미」(『달밤』-이태준문학전집①』, 깊은샘, 1995. 3)

______, 『이태준소설연구』, 태학사, 1996. 12.

______, 「이태준의 비극적 삶과 문학세계」(『문학사상』, 2004. 4, 문학사상사)

______, 「이태준 단편소설의 특질과 의의」(『작가』 2004년 여름호, 2004. 5, 민족문학 작가회의)

長璋吉, 「李泰俊」(『朝鮮學報』 92, 1979)

정병철, 「이태준단편소설연구」, 연세대 교육대학원 석사학위논문, 1994. 8.

정숙자, 「이태준 장편소설연구」, 전북대 교육대학원 석사학위논문, 1993. 2.

정연희, 「김동인과 이태준의 서술기법 비교 연구」(『현대문학이론연구』 15, 현대문학 이론연구학회, 2001)

정운엽, 「상허 이태준소설의 의식고찰」(『경기문학』 제10집, 1989. 12)

정원실, 「이태준 단편소설의 서정성 연구」, 동아대 대학원 석사학위논문, 1993. 8.

정지영, 「이태준 소설에 나타난 서정성 연구」, 국민대 대학원 석사학위논문, 1997. 2.

정현기, 「이태준연구」(『세계의 문학』, 1988. 가을호)

______, 「작가적 증오심의 형상화」(『월북문인연구』, 문학사상사, 1989. 8)

______, 『이태준』, 건국대학교 출판부, 1994. 12.

정현숙, 「예술가 의식과 사회의식」(『어문학보』 17집, 강원대학교 사범대학 국어교육 과, 1994 .12)

정호웅, 「해방공간의 소설과 지식인」(『한국학보』 54, 1989. 봄호)

조구호, 「이태준 소설과 두 개의 지향점」(『배달말』 27, 2000)

조기철, 「이태준 문학작품에 나타난 선비정신 연구」, 단국대학교 대학원 박사학위논 문, 2001. 2.

조남현, 「해방직후 소설에 나타난 선택적 행위」(『해방공간의 문학사론』, 태학사, 1990)

______, 「이태준의 이론과 실천의 틈」(『새국어생활』 11, 2001)

조달옥, 「상허 소설의 기법 고찰」(『어문논집』, 경남대 국문과, 1990)

조문규, 「이태준소설연구 - 30년대 단편소설에 나타난 작가의식을 중심으로」, 경남대 교육대학원 석사학위논문, 1990. 2.

조병해, 「단편소설에 나타난 이태준의 작가의식 연구」, 경기대 대학원 석사학위논문, 1997. 8

조용만, 「이태준씨 단편집 『달밤』을 읽고」(<매일신보> 1934. 8. 4~5)

______, 「구인회의 기억」(『현대문학』, 현대문학사, 1957. 1)

______, 「나와 구인회 시대」(<대한일보> 1969. 9. 30)

조은숙, 「이태준 단편소설 연구-서정적 특성을 중심으로」, 단국대 대학원 석사학위논문, 1994. 2.

진영복, 「해방기 리얼리즘 소설연구-채만식, 안회남, 이태준, 이기영」, 연세대 대학원 석사학위논문, 1992. 8.

차원현, 「토지개혁의 형상화와 농본주의 사상」(『호서어문연구』1집,호서대 국어국문학과, 1993. 12)

채호석, 「이태준 장편소설의 소설사적 의미」(상허문학회, 『이태준문학연구』, 깊은샘, 1993. 12)

친이두, 「한국단편소설론」(『문학』 7, 1966. 11)

천정환, 「이태준의 소설론과 <문장강화>에 대한 고찰」(『한국현대문학연구』 6, 1998)

최남희, 「이태준 소설의 분석과 해석」, 부산대 교육대학원 석사학위논문, 1993. 2.

최명숙, 「이태준 단편소설의 골계 연구」, 목포대 대학원 석사학위논문, 1998. 8.

최소영, 「이태준 신문연재소설 연구-독자공감요소를 중심으로」, 연세대 교육대학원 석사학위논문, 1995. 2.

최용석, 「상허 이태준의 현식인식 고찰」, 중앙대학교 대학원 석사학위논문, 2000. 2.

최원식, 「찰원 애국단 사건의 문학적 흔적」(『기전어문학』 10, 1996)

최유찬, 「이태준 - 허위적 속성의 문학과 비극적 삶」(『사회와 사상』, 1989. 5)

______, 「이태준의 삶과 문학」(『리얼리즘이론과 실제비평』, 두리, 1992)

최은주, 「상허 이태준 단편소설 연구」, 한국외대 대학원 석사학위논문, 1990. 2.

최재서, 「최근 문단의 동향」(『조광』, 1937. 11)

______, 「단편작가로서의 이태준」(『문학과 지성』, 인문사, 1938. 6)

최재원, 「이태준 소설 연구」(『국어국문학연구』 20, 1999)

______, 「이태준 장편소설 연구-<사상의 월야>를 중심으로」, 원광대학교 대학원 석사학위논문, 2000. 8.

최정숙, 「이태준의 문학과 월북 동기」(『통일』, 1990)

최정주, 「'사상의 월야' 연구」(『우석어문』, 전주우석대 국문과, 1993)

______, 「이태준의 <해방전후> 연구」(『한국언어문학』 32, 1994)

______, 「해방기의 이태준 소설연구」, 전주우석대 대학원 박사학위논문, 1995. 2.

최정희, 「이태준작 「청춘무성」」(『인문평론』, 1941. 1)

최진이, 「이 책을 누구에게도 보이지 말 것」(『문학사상』, 2004. 4, 문학사상사)

최혜실, 「이태준 단편소설에 나타나는 '일상성(quotidiennet)'」(『국어교육』, 국어교육연구회, 1992)

______, 「이태준 장편소설에 나타난 애정의 삼각구도」(『한국근대장편소설연구』, 모음사, 1992. 8)

최태응, 「이태준의 비극(상)」(『사상계』 116, 1963. 1)

______, 「이태준의 비극(하)」(『사상계』 117, 1963. 2)

추경란, 「이태준 단편소설의 인물유형 고찰」, 조선대 교육대학원 석사학위논문, 1990. 2.

K 기자, 「동인과 상허」(『백민』, 1946. 12)

布袋敏博, 「일제 말기 일본어 소설 연구」, 서울대 석사학위논문, 1996.

하정일, 「계몽의 내면화와 자기확인의 서사」(상허문학회, 『근대문학과 구인회』, 깊은샘, 1996. 9)

한양숙, 「이태준소설연구─소외의식과 그 극복과정을 중심으로」, 계명대 대학원 박사학위논문, 1994. 2.

한상규, 「『문장강화』를 통해 본 이태준의 문학관」(상허문학회, 『이태준문학연구』, 깊은샘, 1993. 12)

한설야, 「전국 작가예술가 대회에서 진술한 한설야 위원장의 보고」(『조선문학』, 1953. 10)

한지현, 「여성의 시각에서 본 이태준의 장편소설 연구」(『인문과학』 80, 1999)

한 효, 「민족문학에 대하여」(『문화전선』, 문화전선사, 1949)

______, 「보다 높은 성과를 위하여」(『문학예술』, 1950. 1)

______, 「자연주의를 반대하는 투쟁에 있어서의 조선문학」(『문학예술』, 1953. 1~1953. 3)

한형구, 「해방공간의 농민문학」(『한국학보』 52, 1988. 가을호)

허만욱, 「이태준 소설의 창작기법과 미학성 고찰」(『동아어문논집』 12, 2001)

허윤회, 「시대인식과 그 불협화」(『상허학보』 1, 상허학회, 1999. 12)

현 수, 『적치 6년의 북한 문학』, 국민사상지도원, 1952)

현순영, 「이태준 소설의 아이러니 연구」, 이화여자대학교 대학원 석사학위논문, 1998. 8.

홍 구, 「우리 위원장 이태준」(『신문학』 3, 1946. 8)

홍효민, 「이태준저『화관』독후감」(<동아일보> 1938. 9. 11)
황순재, 「현실대응의 방법적 자각—이태준의 '화관'론」(『문학과비평』, 문학과비평사, 1991. 6)
______, 「이태준의 소설 <화관>론」(『인문논총』 50, 1997)
황영숙, 「이태준소설연구」, 명지대 대학원 박사학위논문, 1994. 8
______, 「이태준 장편소설 고찰」(『명지어문학』, 명지대 국문과, 1995. 3)
황종연, 「반근대의 정신—식민지 시대 이태준의 단편소설에 관한 한 고찰」(『세계의 문학』, 1992)
______, 「한국문학의 근대와 반근대—1930년대 후반기 문학의 전통주의 연구」, 동국대 대학원 박사학위논문, 1992. 8.
와다 도모미, 「외국문학으로서의 이태준 문학」(『상허학보』 1, 상허학회, 1999. 12)

상허 탄생 100주년 기념   이태준과 현대소설사

---

2004년 10월 30일 인쇄
2004년 11월  4일 발행

저 자  상 허 학 회
펴낸이  박 현 숙
찍은곳  신화인쇄공사

[1 1 0 - 2 9 0]
서울시 종로구 인사동 153-3 금좌B/D 305호
T. 723-9798, 722-3019    F. 722-9932
펴낸곳 도서출판 **깊 은 샘**
등록번호/제2-69. 등록년월일/1980년 2월 6일

---

ISBN  89-7416-141-9
※ 잘못된 책은 교환해 드립니다.
※ 깊은샘은 E-mail : kpsm80@hanmail.net
에서 만나실 수 있습니다.


값 20,000원